Olivier Adam

An den Rändern der Welt

Roman

Aus dem Französischen von
Michael von Killisch-Horn

Klett-Cotta

Die Übersetzung wurde gefördert durch ein Arbeitsstipendium
des Deutschen Übersetzerfonds.

Klett-Cotta
www.klett-cotta.de
Die Originalausgabe erschien unter dem Titel »Les Lisières«
im Verlag Flammarion, Paris

Printed in Germany
Umschlag: Rothfos & Gabler, Hamburg
Unter Verwendung eines Fotos von © plainpicture / Elektrons 08
Gesetzt von r&p digitale medien, Echterdingen
Gedruckt und gebunden von Friedrich Pustet GmbH & Co. KG, Regensburg
ISBN 978-3-608-98004-2

Für Karine

Und ich sehe die reichsten Nachbarn / Kollegen von Mama, die /
in den schicksten Häuschen wohnten / der Klassenkampf ist
ein Garten / ein Pingpongtisch / ein Zimmer für jeden /
ein Kamin im großen Salon / ein Ehemann, der Pfeife raucht /
ein neuer Wagen ein voller Kühlschrank / Sommer-, Winterferien /
tolle Kleidung, es ist sauber und riecht nach Luft.

Paul Bouaziz, Mendelson, *Barbara 1983*

Millionen von Leben, verborgen in Blechhütten / Ameise, die Welt
auf deinen Schultern tragend / Die sich wie die Weide beugt,
aber nicht bricht / Ameise, die Welt auf deinen Schultern tragend.
Häuser Schlösser / Mauern aus Sand, Mauern aus Wind /
Hauch der Zukunft, der uns aufwirbelt / Wie das faulige Blatt eines
Baums / Gelb und golden in der untergehenden Sonne /
Wie ein Hund, der nicht mehr bellt / Und du, was wird aus dir? /
Ich frage dich: / Und du, was wird aus dir?

Gérard Manser, *Que deviens-tu?*

I

ICH PARKTE AUF DEM GEHSTEIG gegenüber und warf einen Blick in den Rückspiegel. Auf der Rückbank suchte Manon ihre Sachen zusammen, das Gesicht hinter einem langen Vorhang schwarzer Haare verborgen. Neben ihr kämpfte Clément mit dem Aufwachen. Sechs Monate hatten nicht ausgereicht, mich daran zu gewöhnen. An dieses Leben auf Abruf. An die Wochenenden, die mir zweimal im Monat gestohlen wurden. An die Sonntagabende. An die zwölf Tage, die ich warten musste, um sie wiederzusehen. Eine zwölftägige Leere, die das Telefon und die E-Mails nicht auszufüllen vermochten. Wie hatte es nur so weit mit uns kommen können? Ich streckte die Hand nach meiner Tochter aus, und sie drückte sie, bevor sie sie küsste.

»Ist alles okay, Papa?«

Ich zuckte die Achseln und lächelte auf diese gewisse Art, die niemanden täuschen kann. Manon stieg aus dem Wagen, gefolgt von ihrem Bruder. Ich nahm ihre Rucksäcke aus dem Kofferraum und folgte ihnen. Sarahs Haus auf der anderen Straßenseite war nicht mehr meines. Dabei hatte sich nichts oder fast nichts verändert. Ich hatte nur meine Kleidung mitgenommen, meinen Computer und ein paar Bücher. Wenn ich die Kinder sonntags zurückbrachte, kam es mir jedes Mal absurd vor, wieder wegzufahren, ich konnte einfach nicht begreifen, dass mein Leben nicht mehr dort stattfand. Ich hatte das Gefühl, aus mir selbst verbannt worden zu sein. Seit sechs Monaten war ich nur noch ein Geist, eine schlaffe Haut, eine leere Hülle. Und irgendetwas sagte mir ständig, dass ein Teil von mir weiterhin ganz normal in diesem Haus lebte, ohne dass ich es wusste. Im Garten erwachte alles zu neuem Leben. Unter dem Kirschbaum breitete sich ein zarter rosafarbener Blütenteppich aus. Die Osterglocken und Tulpen bildeten bunte Beete. Der Rasen war erst vor ein paar Stunden gemäht worden, die Luft roch nach frisch gemähtem Gras. Ich konnte mir nicht recht vorstellen, dass Sarah das getan hatte. Bestimmt hatte der Nachbar ihr seine Hilfe angeboten. Ich blickte zu seinem Haus und nahm es ihm unwillkürlich übel. Es war irgendwie merkwürdig. Ich mochte ihn. Er war ein netter Kerl, der wirklich kein leichtes Leben hatte. Einer seiner Söhne war autistisch oder so ähnlich, und seine Frau hatte seit drei Jahren eine Operation nach der anderen, die meiste Zeit lief sie mit Krücken herum und hatte das rechte Bein in Gips. Doch als ich den gemähten Rasen sah, sagte ich mir, dass er zu der unsichtbaren Meute gehörte, die mir seit sechs Monaten mein Leben stahl.

Sarah stand lächelnd in der Tür, ein Glas Wein in der Hand. Als ich sie küsste, musste ich mich zusammennehmen, um meine Lippen nicht auf ihren Mund zu drücken, ihr meine Zunge hineinzustecken und sie zu umarmen. Auch daran konnte ich mich nicht gewöhnen. Wir standen einander gegenüber, wir hatten uns nicht verändert, es waren immer noch ihr Körper und ihr Mund. Warum hatte ich nicht mehr das Recht, mit meiner Hand ihren Hintern zu tätscheln, ihre Brüste zu streicheln, einen Finger zwischen ihre Schamlippen zu stecken? Was hatte sich geändert?

»Alles, Paul. Alles hat sich geändert«, pflegte sie zu sagen, wenn ich es nach ein paar Gläsern Wein nicht mehr schaffte, das Wohnzimmer zu verlassen, und ihre Lippen suchte.

Wir tauschten zwei lächerliche Küsschen aus, wie man sie flüchtigen Bekannten, Kollegen gibt.

»Es scheint dir gut zu gehen«, sagte ich aufs Geratewohl, und ich meinte es vollkommen aufrichtig. Seit wir uns getrennt hatten, war Sarah aufgeblüht, etwas in ihr schien von einer Last befreit, und ich musste wohl oder übel akzeptieren, dass ich diese Last gewesen war. Das war im Übrigen nicht sehr schwer zu verstehen. In all den Jahren war ich kein Geschenk gewesen, ich war kein einfacher Mensch, darin waren sich alle einig. Ich hatte keine Ahnung, wo all diese Leute ihre Gewissheit hernahmen, doch an der Einigkeit dieser Feststellung war nicht zu rütteln; nach allgemeiner Übereinkunft war ich ganz offensichtlich ein Typ, mit dem man nicht leben konnte.

»Dir nicht«, sagte Sarah mit dieser neuen Leichtigkeit im Blick.

Sie ging mir ins Wohnzimmer voraus, und wir setzten uns. Sie bot mir einen Whisky an. Das war wie eine Provokation. Sie wusste ganz genau, dass ich seit geraumer Weile damit abgeschlossen hatte, dass ich nur noch Wein trank, und das in Mengen, die ich für vernünftig hielt. Manon ging in ihr Zimmer hinauf, und Clément schmiegte sich an mich mit einem Comic, in dem er zerstreut blätterte. Ich küsste sein Haar. Nichts fehlte mir so sehr wie sein Geruch und das Spiel meiner Finger auf seinem Nacken. Sarah fragte mich, wie lange ich beabsichtige, bei meinen Eltern zu bleiben. Ich hatte keine Ahnung, es hing davon ab, was ich vorfinden würde. Wann meine Mutter aus dem Krankenhaus käme und in welchem Zustand. Am Telefon hatte mein Vater ziemlich verloren gewirkt. Er hatte wieder davon gesprochen, das Haus zu verkaufen und in eine dieser Seniorenresidenzen zu ziehen, über die er sich immer so abschätzig geäußert hatte. Lieber krepieren, als in so einem Loch zu enden, hatte ich ihn immer wieder sagen hören.

»Weißt du, es gibt sehr gute Einrichtungen. Was wollen sie denn in dem Haus, deine Mutter kann keine Treppen mehr steigen, und dein Vater hat sich in seinem ganzen Leben noch nie um den Haushalt gekümmert, er weiß nicht einmal, wie eine Waschmaschine oder ein Gasherd funktioniert.«

Ich nickte. Natürlich hatte sie recht, doch ehrlich gesagt war mir das ziemlich egal. Was mir im Augenblick viel mehr Kopfzerbrechen bereitete, war die Zeit, die ich dort verbringen würde. Und das wusste Sarah. Immer wenn wir sie besuchten, höchstens einmal im Jahr und nie länger als einen halben Tag, damit die Kinder ihre Großeltern sahen und nicht vergaßen, wie sie aussahen, zumindest wussten, dass sie existierten, war ich ein Nervenbündel und schon zwei Wochen davor unausstehlich. Dabei war der Besuch selbst dann gar nicht so schlimm, und wir blieben auch immer nur ein paar Stunden, doch ich bebte jedes Mal vor Ungeduld, wieder aufzubrechen.

»Du sagst ihnen, dass ich an sie denke, ja?«

Ich nickte, obwohl mir das vollkommen unsinnig vorkam. Sarah hatte mich aus meinem eigenen Leben geworfen, sie hatte mir meine Kinder genommen, die abgesehen von ihr und vom Schreiben das Einzige waren, was mich immer aufrecht gehalten hatte, und jetzt sollte ich meine Eltern auch noch von ihr grüßen! Ich sah ihr zu, wie sie sich ein weiteres Glas Weißwein einschenkte, eines dieser Gewächse aus dem Südwesten mit leichtem Räuchergeschmack, das wir so gern sonntagabends zu Austern oder gebratenen Garnelen getrunken hatten. Ich hatte mit aller Kraft versucht, sie zu hassen, doch es war mir nie gelungen. Sie hatte mich durch den Dreck gezogen, um die Kinder zu behalten. Vor dem Richter hatte sie meine Dienstzeugnisse, die Alkoholmengen, die ich konsumierte, und die ellenlangen Rezepte der Medikamente, die ich jahrelang geschluckt hatte, ausgebreitet, ja sogar den Inhalt der Bücher, die ich schrieb, der von meiner psychischen Labilität und den zahlreichen Neurosen, unter denen ich seit frühester Kindheit litt, Zeugnis ablegte. Darüber hinaus hatte sie meine häufigen Reisen angeführt und meine Kontakte zu Leuten aus der Welt des Kinos und des Chansons, kurz zu Künstlern, die zwangsläufig Alkoholiker und kokainsüchtig oder was weiß ich noch alles waren. Sie hatte wirklich nichts ausgelassen, doch das hatte nicht gereicht, ich hatte sie zu sehr geliebt, um sie eines Tages hassen zu können.

Ich stand auf und ging zu Manon hinauf. Auf dem Weg fiel mein Blick auf das Bett, in dem ich noch vor sechs Monaten geschlafen hatte. Auf dem Nachttisch stapelten sich Bücher, die ich hätte lesen können. Sarah und ich hatten stets die gleichen Bücher, die gleichen Filme, die gleichen Platten, die gleichen Fotos gemocht. Wir waren die besten Freunde. Das waren wir ihrer Meinung nach geworden. Freunde, die unter demselben Dach lebten. Ich hatte das natürlich nicht so gesehen, für mich gehörte das zu dem Blödsinn, den man in Klatschmagazinen lesen konnte, und es war mir unverständlich, dass eine intelligente Frau wie sie Gefallen an dieser Art von Kategorisierung der Menschen und Gefühle finden konnte. Dabei hatte sie mir doch genau das regelmäßig vorgeworfen, aber alle Diskussionen waren sinnlos gewesen, sie liebe mich nicht mehr und Schluss, sie brauche Luft zum Atmen, sie brauche ihre Freiheit, sie habe mich lange genug ertragen, jetzt könne sie nicht mehr, sie habe genug zu tun mit ihren kleinen Patienten im Krankenhaus. Die seien wirklich krank. Die brauchten sie wirklich. Die hätten wirklich Grund zu jammern, während ich nur ein verwöhntes Kind sei, unfähig, Glück zu empfinden und das Leben leicht zu nehmen; ein Typ, dem das Leben alles geschenkt habe, liebe wunderbare Kinder, ein Leben ohne Einschränkungen, ganz dem Schreiben gewidmet, aber eben einfach nicht imstande, mit dem, was ihm geschenkt werde, wirklich etwas anzufangen.

Manon saß an ihrem Schreibtisch. Die Hi-Fi-Anlage spielte »In the Dark Places«, ein Stück des letzten Albums von PJ Harvey. Dieses Mädchen hatte mich immer schon verblüfft, die Bücher, die sie las, die Platten, die sie hörte, die Filme, die sie mochte, all das zeugte bereits jetzt von einem unabhängigen Geist, der sich über die Diktate des Fernsehens und jeden Gruppeneinfluss hinwegsetzte und keine Angst hatte, sich zu unterscheiden, ganz anders als ich in ihrem Alter. Ich brauchte mir nur in Erinnerung zu rufen, wie mein Zimmer ausgesehen hatte, als ich elf gewesen war, welche Schnulzensänger die Wände geschmückt hatten, um mich davon zu überzeugen.

»Was machst du?«

»Meine Hausaufgaben. Ich muss einen Aufsatz fertig schreiben.«

Ich seufzte. Ihr Französischlehrer ging mir gehörig auf die Nerven. Jede seiner Korrekturen offenbarte eine solche Borniertheit und literarische Unsensibilität, dass ich ernsthaft daran gedacht hatte, ihm einen Brief zu schreiben oder um ein Gespräch zu bitten, was Manon mir eine Zeitlang ausgeredet hatte. Ich konnte sie verstehen. Seit dem Kindergarten hatte ich mich mit jedem ihrer Lehrer angelegt und sie in unmögliche Situationen gebracht, an denen sie wochenlang zu knabbern gehabt hatte, bis zu meinem nächsten Wutanfall.

»Wann sehen wir uns wieder? Mama hat gesagt, dass du uns in zwei Wochen vielleicht nicht zu dir nehmen kannst.«

»Das hat sie euch gesagt? Ich weiß noch nicht. Es kommt drauf an. Es hängt davon ab, wie es deiner Großmutter geht. Und wie dein Großvater ohne sie zurechtkommt. Ich werde versuchen zurückzukommen, um das Wochenende mit euch zu verbringen.«

Ich umarmte sie, und sie schmiegte sich einen langen Augenblick in meine Arme. Wie jedes Mal bekam sie feuchte Augen, und ich spürte, wie sich mir die Kehle zuschnürte.

»Also dann, meine Schöne, bis bald.«

Ich ging wieder ins Wohnzimmer hinunter. Clément war nicht mehr da, er war zu seinem Freund Romain gegangen, der drei Häuser weiter wohnte. Sie kannten sich seit dem Kindergarten und waren unzertrennlich. Sein Vater arbeitete im Hafen. Ich begegnete ihm häufig nach Einbruch der Dunkelheit am Strand am Ende der Straße, wo er gern im kalten Sand saß und einen Joint rauchte. Manchmal wechselten wir ein paar Worte, meist über die Schönheit des Himmels, die Qualität des Lichts und die Farbe des Wassers.

»Verdammt, er hätte doch warten können, damit ich mich noch von ihm verabschieden kann.«

»Ach, reg dich nicht so auf, ihr habt euch doch achtundvierzig Stunden lang nicht aus den Augen gelassen.«

Diesmal hatte sie es geschafft. Für eine Viertelsekunde hasste ich sie tatsächlich.

Wir verabschiedeten uns ein bisschen feierlicher als sonst. Man muss dazu sagen, normalerweise waren diese Abschiede alle zwei Wochen nicht wirklich Abschiede. Wir lebten im selben Viertel und begegneten uns mehrmals pro Woche, im Café, am Strand, auf den Feldwegen zwischen Ginster und Heidekraut. Das war eine Art geistige Folter. Auf diese Weise bekam ich eine Ahnung von ihrem Leben ohne mich. Und im Gegensatz zu mir schien es ihr ausgezeichnet zu bekommen. Im Grunde hatte ich sie niemals so heiter gesehen. Der etwas sorgenvolle Ausdruck, den ich immer auf ihrem Gesicht bemerkt hatte, war verschwunden. Sie betrachtete das Meer mit einem leichten Lächeln auf den Lippen, glatter Stirn und ausgeruhten Gesichtszügen, ruhig wie das Wasser, auf das sie stundenlang starren konnte, ohne genug davon zu bekommen.

Bevor ich in den Wagen stieg, warf ich einen Blick hinauf zu Manons Fenster. Zwischen den Zweigen der großen Zeder beobachteten mich die Bruchstücke ihres Gesichts. Mit der Hand machten wir uns ein Zeichen, unser ganz persönliches Zeichen, ziemlich kompliziert, aus sechs oder sieben Bewegungen, inspiriert von den Rappern und den Typen aus den Vorstädten, das wir uns ausgedacht hatten, als sie vier gewesen war, und das uns in all den Jahren begleitet hatte.

WIR HATTEN UNS TRENNEN MÜSSEN, damit die gute alte Angst der Sonntagabende aus meiner Jugend zurückkehrte. Dabei wartete montags gar nichts Besonderes auf mich. Nichts außer diesen knapp zwei Wochen, die ich allein in meiner Wohnung gegenüber dem Meer leben musste, nur ein paar Meter von meinem alten Zuhause, meiner Frau, meinen Kindern entfernt. Ich klappte die Matratze des Sofas zusammen. Ich hatte mich noch immer nicht entschließen können, ein richtiges Zimmer für die Kinder einzurichten. Ich wollte mir noch nicht eingestehen, dass ich verloren hatte. Bestimmt war das nur vorübergehend. Noch ein paar Wochen, und alles würde wieder sein wie vorher. Ich nahm ein Bier aus dem Kühlschrank und trank es im Stehen vor dem großen Fenster. Der Abend senkte sich auf das Wasser, das sich, nun ruhig und glatt wie ein See, zurückgezogen und Reihen kleiner Inseln freigelegt hatte, die wie Schatten aussahen. Milchiger Dunst verschleierte den Horizont. Als ich vor neun Jahren hierhergekommen war, hatte ich das Gefühl gehabt, endlich meinen Platz gefunden zu haben, wie an keinem anderen Ort zuvor.

Ich setzte mich an meinen Schreibtisch und machte den schwachen Versuch, an meinem Roman zu arbeiten. Zu behaupten, man schreibe besser, wenn man allein sei und im Schlamassel stecke, ist reinste Augenwischerei. Seit Sarah mich verlassen hatte, hatte ich keine drei Worte mehr zu Papier gebracht. Ich hatte ihr bis jetzt alle meine Bücher gewidmet. Zu glauben, ich schriebe nur für sie, war daher nur ein kleiner Schritt, und ich stand kurz davor, ihn zu machen. Es war wie eine doppelte Strafe. Das Schreiben war für mich stets das einzige Mittel gewesen, mich mit der Welt zu verbinden, sie zu spüren, mich ihrer Existenz zu versichern und nebenbei auch meiner, und jetzt, da ich mehr denn je über dem Abgrund hing, war ich dazu nicht mehr in der Lage. Als hätte die Geste ohne ihren Adressaten ihren Sinn verloren. Trotzdem hätte ich geschworen, dass ich das alles mit mir selbst abmachen könnte. Ich schaltete den Computer aus. Die Stille in der Wohnung war erfüllt von Vogelgesang. In der Dämmerung sangen sie aus vollem Halse, als fürchteten sie, die Nacht würde sie verschlingen. Ich zündete mir eine Zigarette an und sah zu, wie die Dunkelheit das Meer in neue Farben tauchte und die Riffe tarnte. Dieser Anblick konnte mich stundenlang gefangen nehmen. Und manchmal genügte mir das. Ich dachte an das Wochenende zurück, das ich soeben mit den Kindern verbracht hatte. Das Wetter hatte uns diesmal die ganze Zeit blauen Himmel beschert, und wir hatten jede Sekunde am Meer verbracht, hatten alle Strände unsicher gemacht, waren bis zu den Oberschenkeln in das eiskalte Wasser gegangen, waren auf dem Sand einem Ball hinterhergejagt, hatten uns übereinanderfallen lassen, eng umschlungen gelesen und waren schließlich eingeschlafen. Manon hatte sich zusammengenommen, sie wusste sehr genau, dass unsere Zeit beschränkt war und dass man sie nicht mit Traurigkeit beschweren durfte. Von morgens bis abends hatte ich ihr Gesicht gemustert, voller Sorge, diese neue Falte zu entdecken, die ich elf Jahre lang nie auf ihm gesehen hatte. Irgendetwas in ihr war zerbrochen, man brauchte sie nur zu beobachten, um es zu begreifen. Ich glaube nicht, dass sie uns Vorwürfe machte. Dafür war sie zu intelligent. Doch sie war zutiefst verletzt, das war deutlich zu erkennen, ein Stück ihres Lebens, das sie für wahr und unveränderlich gehalten hatte, war zerbrochen, und damit musste sie jetzt leben. Diesen Bruch in ihr zu spüren zerriss mir das Herz. In all den Jahren hatte ich sie immer unbeschwert, voller Tatendrang und strahlend erlebt. Sie hatte in jedem Augenblick eine Freude ausgestrahlt, die mich bezaubert hatte, und ich hatte oft das Gefühl gehabt, dass sie uns, Sarah und mich, damit ansteckte. Clément dagegen kämpfte vor allem mit den praktischen Aspekten; er musste mit seiner Schwester auf dem Sofa schlafen, vergaß ständig etwas in der Wohnung, ein Kleidungsstück, ein Heft, seinen Nintendo DS oder irgendwas anderes, meckerte, weil ich immer noch keinen Fernseher gekauft hatte, doch er konnte mir nichts vormachen. Obwohl er den starken kleinen Kerl markierte, war ihm anzumerken, dass er Angst hatte, und es gelang ihm nie wirklich, seine Sorgen und seinen Kummer zu vergessen, um unbeschwert die Augenblicke zu genießen, in denen wir endlich zusammen waren. Mir ehrlich gesagt auch nicht. Doch ich versuchte mir nichts anmerken zu lassen. Ich versuchte endlich für sie da zu sein.

»Du bist nie da«, hatte Sarah oft gesagt. »Mit dir zu leben ist, als würde man mit einem Geist leben. Du bist nie da. Nie wirklich. Immer muss man dir alles dreimal sagen. Das erste Mal, damit du merkst, dass du da bist. Das zweite Mal, damit du merkst, dass wir da sind. Und das dritte Mal, damit du wirklich zuhörst. Und selbst dann. Das ist auf die Dauer ganz schön anstrengend. Am einen Tag bist du ganz in deine Bücher vertieft. Am nächsten verlierst du dich in der Betrachtung der Weiten. Aber nie bist du hier bei uns.«

Sie hatte nicht unrecht. Ich war nie da. Ich war niemals wirklich da gewesen. Es war wie eine Krankheit, die auf meine Kindheit zurückging. Mein Leben öffnete sich auf ein schwarzes Loch. Eine Abwesenheit. Ein Sockel, von dem nichts übrig geblieben war und der mir immer gefehlt hatte, bis heute. Mein Leben war auf Sand gebaut. Entschwundene Jahre, von denen nur eine opake, undurchdringliche Materie zurückgeblieben war. Und meine ersten Erinnerungen waren Erinnerungen an den Tod. Unerklärlicherweise wurde mein Gedächtnis an dem Tag angeknipst, an dem meine Großmutter starb. Ich war damals zehn. Meine Erinnerung beginnt an genau diesem Tag, an dem zum ersten Mal jemand aus meiner Umgebung verschwand. »Sie ist nicht mehr da«, hatte meine Mutter gesagt, um mir die Neuigkeit mitzuteilen. Ich war gerade in die Küche gekommen, noch im Pyjama, und da stand sie, bleich und mit verstörtem Blick, in einem Mantel, den sie den ganzen Tag nicht mehr auszog, als wäre die Kälte für immer in sie gekrochen, als hätte der Tod ihrer Mutter sie für immer mit Schnee gefüllt.

Meine zweite Erinnerung hatte ebenfalls mit dem Tod zu tun. Und ich denke nie ohne Entsetzen daran zurück. Es war im selben Jahr gewesen. Ich stand am Rand eines Abgrunds. Und ich wollte, dass er mich verschlingt. Es war mitten in den Alpen, und diesmal wohnten wir nicht auf dem Campingplatz, diesmal hatten wir den kleinen Wohnwagen mit seinem braunen Vordach, seinen orangefarbenen Sitzbänken und den Stockbetten, von denen eines eine einfache Hängematte war, in V. zurückgelassen. Es war unerträglich heiß, die Gebirgsbäche stürzten vergeblich die Schluchten hinunter, und ich war zehn und wollte nicht mehr da sein. Ich wollte für immer gehen. Fallen und rollen zwischen den Sträuchern, den Blaubeeren und den Steinfeldern, mir den Schädel spalten und plötzlich das Licht ausgehen sehen, einen Geschmack von Blut und Staub tief im Hals. Mit aller Kraft dachte ich daran am Rand des Abgrunds an der Serpentinenstraße, die zum Pass hinaufführte. Auf der ganzen Fahrt hatte mein Vater nicht aufgehört zu wiederholen: »Stellt euch nur vor, die fahren so was hinauf, als wäre es nichts, und das fünfmal hintereinander am Tag, und kurz vor dem Ziel haben sie noch die Kraft für einen Sprint.« Vom ersten Tag an waren die Ferien zu einer Pilgerreise geworden: L'Alpe d'Huez, Col de la Madeleine, Col du Télégraphe, Col du Galibier, Col de la Croix de Fer, auf den Spuren von Merckx, Anquetil, Hinault und den anderen. Wir hatten angehalten, um die Landschaft zu bewundern, die steilen Hänge und den rauchenden Asphalt, die zerklüfteten Gipfel, die in den Himmel ragten, die Gletscher über den Almen und die tief eingeschnittenen Täler, in die nie ein Lichtstrahl zu dringen schien. Ich hatte mich ein paar Schritte entfernt und mich hinter der Haarnadelkurve geschützt vor den Blicken an den Rand des Abgrunds gestellt. Ich erinnere mich noch an das Nichts, das mich in genau diesem Augenblick anzog. Und auch an die Freude, die ich damals empfand. An die Erleichterung. Ich war zehn, und ich wollte sterben. Und das war eine beglückende Aussicht. Wovon wollte ich mich auf diese Weise befreien? Was enthielten diese Jahre, an die ich nicht die geringste Erinnerung hatte, nicht das geringste Bild, nicht die geringste Empfindung? Ich war bereit zu springen. Ich hätte es getan. Ich schwöre, ich hätte es getan, hätte sich nicht eine

Hand auf meine Schulter gelegt. Ich zuckte zusammen. Es war mein Bruder. In seiner kurzen Jeans und seinem verblichenen grünen T-Shirt. Seine Tour-de-France-Mütze auf dem Kopf. Seine Trinkflasche mit dem Schriftzug der Mannschaft Renault-Gitane in der Hand, die er die ganzen Ferien über umklammerte. In dem Jahr hatte Hinault »Le Blaireau« wegen einer Knieverletzung aufgeben müssen, als er das gelbe Trikot trug, und mein Bruder hatte sich davon noch nicht wirklich erholt. Am liebsten wäre ihm wohl gewesen, der Sommer wäre schon vorbei und das Jahr verginge blitzschnell, damit wieder Juli wäre und die Nachmittage vor dem Fernseher zurückkehrten, in dem er die Grimassen seines Lieblingsfahrers betrachten könnte.

»Was machst du denn da?«, fragte er. »Kommst du? Wir wollen weiter.«

François' Stimme riss mich vom Abgrund weg und aus meinem Schwindel. Es war, als würde man brutal aus einem Traum gerissen, der so intensiv ist, dass man ihn für wirklich hält. Während ich ihm entlang der Felsschlucht folgte, hatte ich das Gefühl, auf einem Seil zu gehen. Ich stieg hinter ihm in den Renault 20. Im Innern des Wagens kam man sich vor wie in einem Glutofen. Die Kunstledersitze klebten an meinen Schenkeln. Der Geruch von Schweiß und kaltem Rauch mischte sich in den Gestank von kochendem Plastik, glühend heißem Blech und überhitztem Motor. Die ganze Fahrt über hatte ich die Augen geschlossen. Ich tat so, als schliefe ich, doch ich weinte. Ohne Tränen, aber ich weinte. Ich war zehn, und ich hatte sterben wollen. Und ich weinte, weil es mir nicht gelungen war. Tja, so viel zu dem, worauf sich mein Leben öffnete, so viel zu dem, woran ich mich erinnern konnte.

DIE NACHT WAR HEREINGEBROCHEN wie im Winter, ohne Vorwarnung, wuchtig und dunkel. Auf dem Damm waren noch ein paar späte Spaziergänger unterwegs, die meisten in Begleitung großer Hunde mit hellem Fell, denen die Zunge heraushing. Obwohl die Stereoanlage »You Are My Face« spielte und die Stimme des Sängers von Wilco den Raum erfüllte und das Meer sich auf dem Sand brach, überflutete die Stille die Wohnung und ging mir durch Mark und Bein. Ich ging hinaus und machte mich auf den Weg zum Haus. Ich verspürte plötzlich das Bedürfnis, die Kinder zu sehen. Ich hatte sie eben erst verlassen, und doch fehlten sie mir bereits. Ich wanderte am Meer entlang bis zur Landspitze, ging durch die ruhigen Straßen, eine Ansammlung gepflegter Einfamilienhäuser, alter Steinhäuser und Ferienvillen, von denen ein Gutteil für immer verschlossen schien. Die an nutzlosen Zäunen hängenden Briefkästen quollen über von klatschnasser Post. Die Fensterläden waren vom Salz zerfressen, und das Unkraut überwucherte Rasenflächen und Beete.

Unsere unmittelbaren Nachbarn waren nie zu Hause. Es handelte sich um Pariser, die nur in den Ferien kamen, Leute, die uns gerade mal mit einer leichten Kinnbewegung grüßten. Ich sprang über den Zaun, durchquerte den Garten, dessen Palmen sich in unseren Breiten merkwürdig ausnahmen, und versteckte mich hinter dem Mäuerchen. Die Wände hinter den erleuchteten Fenstern waren grün, erdbeer- und pflaumenfarben. Die Fensterläden hatten einen neuen lilafarbenen Anstrich erhalten. So bescheiden es auch wirken mochte, dieses Haus war das erste, in dem wir uns wirklich daheim gefühlt hatten. Wir hatten es nach unserem Geschmack umgestaltet, alles war fröhlich, das Licht überall sanft und warm, jeder Gegenstand sorgfältig ausgewählt, beruhigend, zerbrechlich. Alles darin war darauf ausgerichtet, die Traurigkeit zu vertreiben, diese klebrige Melancholie, die mich so lange begleitet hatte. Alles darin war dem Leben zugewandt, dem Licht, dem Wind, dem hellen Himmel, dem salzigen Meer. Ich hatte geglaubt, hier endlich den Krieg gewinnen zu können. Den Kampf einzustellen. Die Waffen niederzulegen. Der Kampf hatte ganz offensichtlich zu viel Kraft gekostet. Als Erste sah ich Sarah. Dann Manon und Clément. Der Kleine trug einen Pyjama, sein nasses Haar war gekämmt. Sie räumten die Küche nach dem Essen auf. Ihre Kopfbewegungen ließen auf Musik schließen, ihr Lächeln auf das unaufhörliche Gequassel von Clément, der uns seit seiner Geburt mit seinen Clownerien und seinen Schauspielernummern entzückte. Dieser Junge sprach ununterbrochen. Selbst im Schlaf.

Ich blieb nicht lange. Ganz offensichtlich kamen sie wunderbar ohne mich zurecht. Im Übrigen hatte ich es nicht nötig, sie auszuspionieren, um mich davon zu überzeugen. In all den Jahren waren sie ohne mich zurechtgekommen. Die meiste Zeit hatte ich mich in mein Arbeitszimmer eingeschlossen oder war in die Lektüre eines Buchs vertieft gewesen. Bei Sonnenaufgang waren wir zu langen Spaziergängen aufgebrochen, bei denen ich stumm geblieben war, eins mit dem Meer, Blick und Gedanken auf den Horizont gerichtet. Im Sommer war ich stundenlang in meinem Kajak an den Steilküsten entlanggefahren, von Inselchen zu Inselchen, unter den hochmütigen Blicken der Kormorane. »Sie dürften nicht allzu sehr unter deiner Abwesenheit leiden«, hatte Sarah gesagt, als sie mir ihre Entscheidung mitgeteilt hatte. »Sie sind daran gewöhnt«, hatte sie mit einem spöttischen Lächeln hinzugefügt. Es war sinnlos, länger zu bleiben.

Ich kehrte ans Meer zurück. Der Damm war jetzt menschenleer. Ein Gutteil der Häuser stand bis Ostern leer. Viele waren große Villen mit mehreren Ferienwohnungen. Andere gehörten alten Leuten, die ihre Fensterläden um achtzehn Uhr schlossen und beim ersten Frost in den Süden verschwanden. Im Sommer bevölkerten Horden von Kindern, von Cousins und Neffen die freien Zimmer ihrer Häuser, und sie wurden von den Fenstern aus überwacht, während sie über den Strand tobten, Bällen hinterherliefen, Drachen steigen ließen, Garnelen und Krebse ärgerten und in Surfanzügen auf ihren Boards über die Wellen glitten. Ich betrat La Goélette. Auf den Lederbänken unterhielten sich ein paar Touristen. Hinten im Raum nippte ein knappes Dutzend Wirtschaftsprüfer an bunten Cocktails, diskutierte über das Seminar, das am nächsten Tag im Thermalbad stattfinden sollte, und warf lustlose Blicke auf die Buchten, in denen das nachtschwarze Meer anstieg. Wind war aufgekommen, und es bewegte sich in einem schwerfälligen und langsamen Seegang. Bald würde es gegen den Damm schlagen, und die Wellen würden zu Gischt zerstieben und die Scheiben lecken. Am Tresen standen die sonntagabendlichen Stammgäste. Der alte Apotheker, der alle mit den Fotos seiner Enkelkinder nervte. Der Trainer des Volleyballklubs, der sich alle zwei Monate die Hand verstauchte und einen Schaumstoffball knetete. Die beiden ledigen Krankenwagenfahrer, die erfolglos Anzeigen auf Meetic schalteten und freundliche Blicke auf die Frauen warfen, die hereinkamen, um mit Freundinnen ein Glas zu trinken. Der Typ, der in dem Laden nebenan Sushis machte, sich für einen Schriftsteller hielt und mich als Kollege beschwatzte. Stundenlang erzählte er mir vom Fortschritt seiner Arbeiten, einem historischen Roman über Napoleon, der als Korse galt, in Wirklichkeit aber Bretone gewesen sei, wofür er Beweise habe, die er stets in einer komplizierten Beweisführung darlegte, von der ich kein einziges Wort verstand. Die Zeitungsverkäuferin, die Clément heiß und innig liebte, weil sie ihm immer Bonbons schenkte und ihm die nicht verkauften Kinderzeitschriften zusteckte. Und, ungewöhnlich auf seine Art, dieser Typ, den ich nie hatte ausstehen können, ein Arzt mit ordentlich geschnittenem weißem Haar, der mit Sarah im Krankenhaus arbeitete, sich schön fand und einen Audi fuhr. Ich hatte ihn im Verdacht, dass er sich für George Clooney hielt. Man begegnete ihm manchmal am Strand, und auch dort war er immer noch wie aus dem Ei gepellt, taillierter Anzug, tadelloses Hemd, Lackschuhe, *Le Point* oder *Le Figaro* unter dem Arm. Wenn er da war, hörte man nur ihn. Als gäbe seine Stellung als Arzt ihm das Recht, zu allem seine Meinung zu äußern. Als könnten seine Ansichten über die Welt für uns von Interesse sein. In Wahrheit ging er uns auf die Nerven, doch niemand traute sich, es ihm zu sagen. Er war ein renommierter Arzt, wohnte in einem riesigen Haus mit Blick aufs Meer, fuhr einen deutschen Wagen und duzte den Bürgermeister. Er beeindruckte. Selbst mich, denn ich brachte es einfach nicht fertig, mich in Gegenwart eines Kerls wie ihm nicht minderwertig zu fühlen. Und doch trank auch er wie alle anderen sonntagabends in einer Bar mit schwerem Herzen und leerem Blick einen Whisky. Ich stellte mich an den Tresen. Laure empfing mich mit Küsschen. Sie hatte sich die Haare schneiden lassen, und das stand ihr gut, machte ihr spitzes Gesicht reiner und nahm ihm ein wenig die Müdigkeit. Sie fragte mich, was ich wolle, und tötete mich mit freundlichen Blicken. Es war unvernünftig, ich wusste es besser als jeder andere. Ich entschied mich trotzdem für einen Whisky. Beim letzten Ultraschall hatte der Arzt gemeint, ich hätte die Leber eines Seelöwen, und wenn ich nicht aufpassen würde, würde ich es bereuen, hatte er mich gewarnt, ich sollte meinen Alkoholkonsum einschränken, und wenn ich es schon nicht für mich täte, sollte ich es wenigstens für Sarah und die Kinder tun. Ich hatte mich nicht getraut, ihm zu sagen, dass ich es mit Sarah vermasselt hatte. Und was die Kinder betraf, sah ich die Zukunft klar vor mir, ich würde so etwas wie ein entfernter Onkel für sie werden, ein Verwandter, der ihnen zwar vertraut war, der in ihrem Alltag jedoch immer weniger eine Rolle spielte. Das Wochenende mit mir zu verbringen würde schon bald zu einer lästigen Pflicht für sie werden, sie würden Ausreden finden, um sich davor zu drücken, und eines Tages würde Sarah mich durch einen verantwortungsbewussten, ausgeglichenen und Ruhe ausstrahlenden Blödmann ersetzen, den sie schließlich Papa nennen würden. Ich kippte meinen Bowmore in einem Zug hinunter und bestellte einen zweiten. Samir kam herein, als Laure das Glas vor mich hinstellte. Er hatte sich ebenfalls gerade von seiner Frau getrennt und litt ebenso sehr wie ich darunter, wenn nicht sogar mehr.

Sein Junge war gerade mal drei, und er flennte, so sehr fehlte es ihm, seine Nase in sein Haar zu drücken, zu spüren, wie er auf seinem Bauch einschlief, mit ihm auf dem großen Bett herumzutoben, ihn mit Küssen zu bedecken und seinen Geruch nach Seife und schwarzer Johannisbeere zu atmen. Er war Taxifahrer und der lebende Beweis dafür, dass es durchaus ein linkes Taxi geben konnte. Im Übrigen hatte er Mühe, über die Runden zu kommen, zehn Monate lang war die Stadt wie ausgestorben, und im Sommer stürzten sich die Fahrer auf die Touristen wie Möwen auf ein Päckchen Kekse. In der Regel waren es Fahrten, die nichts einbrachten, vom Bahnhof in die Altstadt, vom Hotel zum Strand und an Regentagen zum Kino oder zum Aquarium. Jeder gab seine Visitenkarte, jeder hatte seine Stammkunden. Da Samir als Letzter dazugestoßen war, sammelte er die Krümel auf. An Abenden, an denen er die Schnauze voll hatte, fragte er sich manchmal, warum er weniger als die anderen gerufen wurde und ob das etwas damit zu tun hatte, dass er Araber war. Ich gab ihm ein Zeichen, und er kam zu mir. Wir tranken mindestens zwei Stunden Seite an Seite. Er hatte den Tag mit seinem Jungen verbracht, sie waren auf der anderen Seite des Deichs spazieren gegangen, wo schmale Halbinseln in wenig tiefes Wasser ragten, das seine Farbe blitzschnell von Smaragdgrün zu Türkis wechseln konnte. Man konnte stundenlang mit den Knöcheln im Wasser marschieren. Der von winzigen Muscheln übersäte Sand knirschte unter den Füßen, und der Kleine hatte ganze Eimer damit gefüllt.

»Bei der Rückkehr herrschte das reinste Chaos. Ein Unfall auf dem Deich. Grauenhaft. Ein alter Mann ist am Steuer eingeschlafen. Ihm ist dieser Typ entgegengekommen, Fußballtrainer, der nach dem Spiel drei Jungs nach Hause fahren wollte, seinen Sohn und zwei Freunde. Nicht einer hat es überlebt. Stell dir das mal vor! Nur weil so ein alter Kerl eingenickt ist. Ich begreife nicht, warum man die Leute mit über siebzig noch fahren lässt. Ich saß zwei Stunden fest. Als ich meinen Sohn zu seiner Mutter gebracht hatte, hat sie die Bullen gerufen. Stell dir das mal vor! Sie hatte sie gerufen, um sie darauf aufmerksam zu machen, dass ich gegen meine Verpflichtungen verstoße. Um achtzehn Uhr hätte ich ihn zurückbringen müssen, und es war nach acht.«

Wir tranken, um das alles zu vergessen. Die Gäste um uns herum gingen einer nach dem anderen. Bald waren nur noch wir beide da und Laure, die Musik hörte, den Blick in die Ferne gerichtet. Der Sänger von Applause bestätigte uns, dass »once again we were riding to nowhere«, und die Wellen schlugen gegen die Fenster. Man hätte meinen können, die ganze Bar sei in einen Waschkessel geraten. Ich ging hinaus, um eine Zigarette zu rauchen, und alles schaukelte, die Nacht, die Sterne und die Villen, die sich an die Corniche klammerten. Obwohl ich versucht hatte, sie im Whisky zu ertränken, war die Angst immer noch da. Unsinkbar. Ich zog mich aus. Stürzte mich nackt in das zwölf Grad kalte Wasser. Ein anderes Mittel kannte ich nicht. Das Meer war schwarz wie der Himmel. Es war nicht mehr zu erkennen, wo es endete. Die beißende Kälte, die Wellen, die mir gewaltige Ohrfeigen versetzten – das alles machte mich mit einem Schlag wieder nüchtern. Es raubte mir den Atem, und die Arme taten mir weh vor Kälte. Auf dem Deich brüllte Samir meinen Namen. Er wollte wissen, ob alles in Ordnung sei, er hatte Angst, dass ich ertrinke. Ich signalisierte ihm, er solle zu mir kommen. Er zögerte einen Augenblick, bevor er seine Schuhe auszog, um die Füße ins Wasser zu tauchen. Weiter ging er nicht und nannte mich einen Verrückten. Ich würde mir den Tod holen. Wenn ich nicht herauskäme, würde er die Feuerwehr rufen. Schließlich fügte ich mich. Bis zum frühen Morgen klapperte ich mit den Zähnen. Ich vergrub mich unter drei Decken und drehte die Heizung bis zum Anschlag auf, es half alles nichts, ich fror innerlich.

DIE STRASSE ZOG IHRE BAHN zum Klang von Midlake, ich hätte mit geschlossenen Augen fahren können, ich kannte sie auswendig. Ich fuhr sie in umgekehrter Richtung, aber im Grunde war sie der Weg meines Lebens. Von der Banlieue ins Finistère. Von einem Rand zum andern. Vier Stunden fuhr ich wie ein Zombie, ich hatte einen schweren Kopf und schlotterte noch immer. Mein Wagen brauste dahin, doch mein Gehirn bremste. Ich hatte es immer gehasst, diese Strecke in dieser Richtung zu fahren, und die Aussicht, mehrere Tage bei meinen Eltern zu bleiben, machte die Sache nicht besser. Wie lange schon hatte ich nie mehr als drei oder vier Stunden bei ihnen verbracht? Wenn wir einmal im Jahr zu Besuch kamen, aßen wir zu Mittag, ließen die Kinder dort und fuhren weiter nach Paris, um Freunde zu sehen, die wir zurückgelassen hatten, als wir in die Bretagne gezogen waren. Oder ich hatte tausend Termine mit Verlegern, Journalisten, Filmregisseuren. Schließlich holten wir die Kinder wieder ab, nach ein paar Stunden, die sie mit Freude erfüllt hatten, obwohl ich nicht begreifen konnte, warum, denn in dieser Stadt gab es nichts, was sie hätten tun können, und bei meinen Eltern noch weniger. Nachdem wir miteinander gegessen und die Neuigkeiten ausgetauscht hatten, fuhren wir wieder weg, und das war's. Für mich war es bereits zu viel. Sobald ich einen Fuß in das Haus setzte, erstickte ich, jeder Vorwand war mir recht, wieder zu gehen. Ich hatte das unbestimmte Gefühl, die Vergangenheit würde mir die Kehle zuschnüren, mir Handschellen anlegen und mich für immer einsperren.

Ich war gegen fünf Uhr morgens losgefahren, ohne Schlaf gefunden zu haben. Schon auf den ersten Kilometern hatte mich ein irrationales Gefühl überfallen, für immer zu gehen, die Kinder zurückzulassen, ohne sicher zu sein, sie wiederzusehen. Das war eine häufig wiederkehrende Angst, eine Ahnung, die mich nie wirklich verließ. Seit Manons Geburt hatte ich mir eingeredet, dass ich sie irgendwann im Stich lassen würde, dass eine Krankheit, ein Unfall mich dahinraffen könnten, bevor sie in dem Alter wäre, ihren Vater sterben zu sehen und darüber hinwegkommen zu können. Das war ein seltsames Gefühl. Ich hatte keine Angst, sie beide zu verlieren. Sie kamen mir unzerstörbar, unantastbar, gesegnet, heilig vor. Ich konnte mir absolut nicht vorstellen, dass ihnen irgendetwas passieren könnte. Nicht ihr Tod weckte mich nachts, sondern meiner. Was sollte aus ihnen werden ohne mich? Würde man irgendwann darüber hinwegkommen, wenn man als Kind seinen Vater oder seine Mutter verlor? Alles um mich herum bestätigte das Gegenteil. Mir nahestehende Menschen hatten das erlebt und schienen für immer davon gezeichnet. Und meine Vertreibung aus dem Schoß der Familie kam mir wie ein erster Schritt vor, der mich gegen meinen Willen meinem Tod entgegenführte. Wie oft hatte ich sie in die Arme genommen, am Boden zerstört von dem Gedanken an das, was ich ihnen antun würde, sollte ich krank werden, durch einen Unfall ums Leben kommen oder mir eine Kugel in den Kopf jagen.

Gegen sieben hielt ich an einer Tankstelle. Das erste Tageslicht tauchte sie in ein fahles, gespenstisches Licht. Im Innern rieben sich alle die Augen. Auf der Toilette rasierten sich die Fernfahrer vor großen Spiegeln, Handelsvertreter rückten ihre Krawatte zurecht, eine dicke schwarze Frau scheuerte die Kloschüsseln. Einen Moment lang fragte ich mich, was sie alle am Leben hielt. Sich ein Dach über dem Kopf leisten, ihre Kinder ernähren, viel mehr nicht, dachte ich. Die Liebe der Ihren. Ein paar kleine, dem tristen Alltag abgetrotzte Vergnügen. Sonst nichts. Ich trank einen Kaffee am Tresen. Ich erinnerte mich an den Tag, an dem wir die Straße dicht hinter dem Umzugswagen in umgekehrter Richtung gefahren waren. Manon war noch ganz klein gewesen, und Clément kam erst ein paar Monate später auf die Welt. Bereits während der ersten Tage in unserer neuen Umgebung hatte ich gespürt, wie sich etwas in mir löste, beruhigte. Ich hatte ganz deutlich das Gefühl, dass ich nach Jahren des Exils nach Hause kam. Wie damals, als ich Sarah kennenlernte. Auch da hatte ich gedacht, dass jetzt endlich mein Leben anfangen würde, nach sinnlos vergeudeten Jahren, die ich mit Warten verbracht hatte wie in einer Schleuse. Sarah hatte mich zur Welt kommen lassen. Und dann hatte sie mich nach Hause gebracht, am äußersten Rand des Landes. Viele Jahre hatten wir davon gesprochen, Paris bekam mir nicht, ich wurde halb verrückt dort, stopfte mich mit Medikamenten voll. Natürlich hatten wir dort all unsere Freunde, doch ich kam mir immer eingesperrt vor, ich fühlte mich nicht zu Hause, hatte nur den Eindruck, auf Besuch, auf dem Sprung zu sein, ohne Ruhe zu finden. Mit den Jahren kam es mir immer mehr so vor, als lebte ich im luftleeren Raum, auf der anderen Seite einer unsichtbaren Schranke, die mich von der Realität, vom gemeinsamen Leben trennte. Sarah arbeitete im Hôpital Robert Debré, in der Abteilung für neonatale Pädiatrie, sie lebte ein anderes Leben als ich, kein Leben zwischen Büchern, ihre Freunde waren meist Künstler und Akademiker. Und wenn ich mein Arbeitszimmer verließ, auf der Terrasse eines Cafés eine Zigarette rauchte und einen Kaffee trank und meine Ohren spazieren gehen ließ, dann saß ich sofort zwischen einem Webmaster, zwei Werbefachleuten, einem Literaturkritiker und drei Fernsehproduzenten. Wir hatten zehn Jahre in diesem Viertel gelebt, und die Dinge hatten sich verändert, ohne dass man es bemerkt hatte, die Haushaltswarengeschäfte hatten eines nach dem andern geschlossen, und an ihre Stelle waren Modeboutiquen, Designgalerien und angesagte Restaurants getreten. Ich hatte das Gefühl, den Kontakt verloren zu haben. Es drängte sich mir der Gedanke auf, dass die Dinge sich den Worten zum Trotz in ihr Gegenteil verkehrt hatten: Das Zentrum war zur Peripherie geworden. Die Peripherie war das Zentrum des Landes geworden, das Herz der Gesellschaft, ihr Gemeinplatz, ihre Durchschnittsrealität. Überall erstreckten sich Übergangszonen, die Vororte fraßen sich immer stärker ins Land hinein, mitten auf dem Land entstanden riesige Wohnsiedlungen. Die Peripherie dehnte sich horizontal aus, erstreckte sich, so weit das Auge reicht, und würde bald das gesamte Gebiet bedecken. Ja, es war kein Zweifel möglich, die Peripherie war zum Herzen geworden. Ein stummes, unsichtbares Herz, übermächtig, aber vergessen, vernachlässigt, ertrunken in seiner eigenen Masse, aus dem ich hervorgegangen war und das ich nach und nach aus den Augen verloren hatte.

Ich bestellte einen zweiten Kaffee. Die Kellnerin vor mir hatte rote Augen, und die Schminke war etwas verlaufen. Sie entschuldigte sich und zog die Nase hoch. Sie hatte eine schreckliche Nacht hinter sich. Ihr Kerl war zu einer unmöglichen Zeit nach Hause gekommen, nach Bier und Parfum stinkend. Er hatte mit dieser Nutte geschlafen, dessen war sie sich sicher. Wie hatte er ihr das nur antun können? Sie erwartete ein Kind, sie war im zweiten Monat schwanger, und dieses Arschloch ließ sich von der erstbesten Schlampe einen blasen, wie hatte sie ihm nur vertrauen können, seit man ihn in der Werkstatt entlassen hatte, Personalabbau, die Letzten werden die Ersten sein, der klassische Fall, hing er immer nur herum, abgesehen von zwei Stunden Putzen täglich hatten sie ihm nichts anzubieten in der Arbeitsagentur, also blieb er die ganze Zeit zu Hause und kippte ein Bier nach dem andern vor der Glotze oder ging in die Pferdewettbar und verdiente sich ein paar Scheine. Was blieb ihm auch anderes übrig? Sie zog heftig die Nase hoch und entschuldigte sich ein weiteres Mal.

»Ich weiß nicht, warum ich Ihnen das alles erzähle.«

Ich wusste es auch nicht. Vermutlich, weil ich ihr zuhörte. Das war schon immer so gewesen, ohne dass ich irgendwas dafür konnte. Die Leute vertrauten sich mir an, alle erzählten mir ihr Leben, was Sarah zur Weißglut brachte. »Zu Hause kann man keine drei Minuten mit dir reden«, schimpfte sie, »nach zwei Sätzen spürt man, dass du ganz woanders bist, doch sobald wir ausgehen, erzählen dir die Leute ihr Leben, und du hörst ihnen geduldig zu. Scheiße, sind sie denn so interessant? Sind sie interessanter als wir?«

Ich legte zwei Münzen auf den Tresen und wünschte ihr alles Gute. Ich blickte mich um und hoffte, dass das irgendwann ein Ende hätte, diese Manie, überall vom Leben gezeichnete Menschen zu sehen, die es vielleicht gar nicht waren. Jedenfalls nicht so sehr, wie ich glaubte. Nur zu gern hätte ich die Dinge anders gesehen, mir nicht Schwachstellen hinter den schönsten Panzern vorgestellt. Manche Kritiker und manche Leser warfen mir das vor, aber es war stärker als ich. Und sobald einer dieser Typen, denen ich begegnete, das Wort an mich richtete, bewies er mir, dass ich im Grunde recht hatte. Jeder schleppte sein Päckchen mit sich herum und kämpfte sich ab, um durchzuhalten, ohne sich etwas anmerken zu lassen, jeder suchte nach dem Ausgang, der Sonne, dem Licht, alle gingen in die gleiche Richtung, mehr oder weniger stark hinkend, aber hinkend. Während ich an all das dachte, sagte ich mir, dass ich wohl doch nicht so richtig nüchtern geworden war. Der Alkohol machte mich stets weich und sentimental.

Hundemüde erreichte ich V. Die Augen halb geschlossen, hatte ich die Autobahn verlassen, verschwommen zogen Lagerhallen, Reihen von Sozialwohnungen, getrennt durch kurzgeschorene Rasenflächen voller kahler Stellen, Fluchten von Schildern und Blechwürfeln, massenweise Reklametafeln und rote Ampeln an mir vorbei. Dann hatte ich den Fluss überquert. Zur Linken verbargen die Bäume die Fabriken und flohen dann in die freie Landschaft hinaus, die sich immer stärker ausbreitete, bis sie dreißig Kilometer weiter unvermutet in einer Wüste aus Raps, Weizen, Mais und Kartoffeln erblühte. Und auf der anderen Seite das Krankenhaus und der Autoschrottplatz, die Industriegebiete, die Supermärkte, die Parkplätze, die Nationalstraßen, die Bahngleise, die Hochhäuser, Tausende morgendlich erleuchtete Fenster, Kinder, die sich anzogen und unter ihren Schulranzen fast zusammenbrachen, Männer und Frauen mit verquollenen Augen, die sich anschickten, zur Station des RER zu laufen oder in ihren Wagen zu steigen, um in ihr Büro, ihre Werkstatt, ihren Laden, ihre Schule, ihre Praxis oder zur Arbeitsagentur zu fahren. Überall wuselte ein konkretes und reduziertes, bescheidenes und entschlossenes Leben, man musste sich einschränken, aber es war das einzige, das man hatte. Der einzige greifbare Horizont. Überall kämpfte man oder fand sich ab, das hing ab vom Tag, von der Müdigkeit, vom Ärger, von der Arbeit, von den Kleinen, vom Geld, von der Gesundheit. Ich hatte mich nie dazu entschließen können. Ich hatte mir stets gesagt, dass es etwas anderes geben müsse, außerdem waren die meisten meiner Freunde stolz darauf, ein anderes Leben zu führen, doch ich konnte nicht so recht erkennen, was für eins. Sie arbeiteten, zogen ihre Kinder groß, fuhren ein- oder zweimal im Jahr in Urlaub, natürlich waren sie gebildet, lasen Bücher, Zeitungen, sprachen über Kunst und Politik, doch einen grundsätzlichen Unterschied vermochte ich nicht zu erkennen. Es gab nur ein einziges Leben. Und ich war immer unfähig gewesen, es zu leben. Letztendlich hatte ich mich entschieden, das Hindernis zu umgehen. Ich hatte beschlossen zu desertieren. Ich war nicht besonders stolz darauf. Sobald es mir möglich gewesen war, hatte ich alles hingeschmissen, was auch nur entfernt wie Arbeit aussah, selbst wenn es »interessant« gewesen wäre. Der geringste Zwang war mir unerträglich. Einem Chef gehorchen oder aufstehen zu müssen, um in ein Büro zu fahren, ging über meine Kräfte. Anfangs lachte Sarah darüber. Aber ich glaube, mit der Zeit fand sie es schließlich ziemlich deplaziert, dass ich ständig behauptete, ich sei nicht für die Arbeit und das gesellschaftliche Leben geschaffen. Als gäbe es jemanden, der es wäre. Als hätte man die Wahl. Als könnte sich noch jemand diesen Luxus leisten. Durch den Umzug in die Bretagne hatte ich noch einen draufgesetzt. Ich hatte mir ein Leben geschaffen, das nur aus Urlaub bestand – und dass meine Wahl ausgerechnet auf eine ganz dem Tourismus geweihte Stadt fiel, die auf eine Küste ausstrahlt, an der zahlreiche kleine Seebäder liegen, war gewiss kein Zufall. Ich führte dort ein Leben außerhalb der Saison, ein Leben am Rande des Lebens. Jedem, der es hören wollte, beteuerte ich, dass es genau das Gegenteil sei, dass ich am Meer wieder von der Welt der anderen und von mir selbst Besitz ergreifen, dass ich eben gerade mitten im Leben stehen würde. Während alle anderen sich aus Verpflichtung, Müdigkeit oder Faulheit von ihm abgewandt hätten, stünde ich mitten im Leben, das hier mehr als anderswo pulsiere. Ich beschwor all den kosmischen Blödsinn der physischen Welt, die ich hier stärker als überall anders würde schlagen spüren, den Wind die Gezeiten den Sand den Felsen und den Himmel, die mich wieder mit dem Leben verbinden würden, all das wiederholte ich immer wieder in zahlreichen Interviews und Diskussionen, bei Diners und Telefongesprächen, doch ich ließ mich von meinen eigenen Lügen nicht täuschen. Ich war desertiert. Man konnte das als Mut oder Feigheit interpretieren, je nachdem. Ich neigte zu letzterer Hypothese.

Auf der anderen Seite der Seine dehnte sich die Ödnis der Einfamilienhäuser, eine ausgedehnte Zone mit subtilen Einteilungen. Beim Wechsel von einem eher bürgerlichen zu einem bescheideneren Viertel änderte sich im Grunde kaum etwas, hier wie dort Häuser mit Rauhputz und andere aus Mühlsteinquarz, umgeben von Gärten in unterschiedlichen Größen. Auf manchen Parzellen berührten sich die Wohnungen und vervielfältigten sich endlos, entlang an Alleen, die Baumnamen trugen, sie bildeten Sackgassen und ließen Raum für Rasenflächen, die mit Kastanienbäumen oder Birken bepflanzt waren. Jenseits davon, an allen Ecken und Enden von V., drängten die Siedlungen Tausende von Bewohnern an die Ränder einer Stadt, die allerdings selbst kaum Konturen hatte und an andere Städte grenzte, die ebenfalls von ihrem Umland geschluckt zu werden schienen, reduziert auf Annäherungszonen, die alle einem nicht existierenden Zentrum zustrebten. Die Postleitzahl änderte sich lediglich aufgrund eines Wegweisers, aus der Luft gesehen verschmolz alles zu einer ununterscheidbaren Masse.

Im Zentrum reihten sich neben einer Schule, einer Kirche und einer Apotheke drei Geschäfte aneinander. Ein Kino und ein japanisches Restaurant versuchten ihr Glück, allerdings ohne große Überzeugung. Seit langem schon fungierten die Einkaufszentren der Gegend als Stadtzentrum. Ein Stadtzentrum, in dem es nach industriell gefertigtem Feingebäck und Wühltischen, Supermarkt und Popcorn auf den Sitzen der Multiplex-Kinos roch. Ein Stadtzentrum mit Fettpflanzen und Springbrunnen aus falschem Marmor, Schaufenstern und grellen Lichtern, Selbstbedienungsrestaurants und Bowlingräumen. Ich bog dreimal nach rechts und parkte vor dem Haus meiner Eltern. Vor meinem Zuhause müsste ich sagen, denn ich hatte ebenfalls dort gelebt. Sie hatten dieses Haus bei meiner Geburt gekauft, nachdem sie zehn Jahre in einem Hochhaus in der Cité des Bosquets gewohnt hatten. Ein schwarzes Türchen markierte den Eingang. Vor dem Einfamilienhaus aus Steinmauern und mit einem Dach aus orangefarbenen Ziegeln erstreckte sich ein kleines Rasenviereck, bepflanzt mit einer Weide und Flieder und gesäumt von Rabatten, die schon bald blühen würden. Ins Wohnzimmer und in die Küche gelangte man über eine Außentreppe, die an der Wand entlangführte und vor der Eingangstür endete, unter einem kleinen Glasdach, wo wir unsere Schuhe ausziehen mussten. Im oberen Stockwerk lagen die drei Schlafzimmer. Im Erdgeschoss befand sich ein Keller, in dem wir als Jugendliche unser Refugium eingerichtet hatten. Es roch nach Zement, Gips, gestampfter Erde, Werkzeug und Staub. Eine kaputte Sitzbank, ein niedriger Tisch, ein Teppich und ein Schreibtisch, auf den wir unseren Ghettoblaster stellten, hatten uns lange Zeit ausgereicht. Eine Weile hatten wir davon geträumt, einen kleinen Kühlschrank hinzuzufügen und, warum nicht, einen Fernseher. Dann hatten mein Bruder und seine Band den Ort in Beschlag genommen. Zu meiner großen Überraschung hatte mein Vater, der nicht das geringste Geräusch ertragen konnte und die Stille über alles liebte, ihnen erlaubt, den Keller in einen Probenraum zu verwandeln. Aber es handelte sich ja auch um meinen Bruder. Er hatte die Wände sogar mit Leichtbausteinen aus Schaumstoff gedämmt, um die Nachbarn nicht allzu sehr zu belästigen. Arnaud, ein blasser, durchscheinender Junge, der in einem Apartment lebte, hatte schließlich sein Schlagzeug dort aufgestellt. Mehrmals in der Woche, wenn seine Eltern bei der Arbeit und wir in der Schule waren, kam er, um zu üben. Ich habe keine Ahnung, wie er hineinkam. Dass mein so misstrauischer Vater ihm freiwillig einen Schlüssel überlassen hätte, erscheint mir heute undenkbar. Doch er war ein höflicher und zurückhaltender Junge, unscheinbar und unauffällig, ganz nach dem Geschmack meiner Mutter, für die die wichtigste Eigenschaft eines Menschen darin bestand, auf gar keinen Fall aufzufallen. Ein Aschenbecher neben seinem Instrument, in dem ein paar Kippen erkalteten, war der einzige Hinweis darauf, dass er da gewesen war. Quentin, eine Art Geck, der stets lächerliche geblümte Hemden trug, schloss seine Gitarre an einen Verstärker an, der sich immer noch dort befinden musste. Und der Kontrabassist, der nicht größer als einen Meter sechzig war und mit seinem Ding auf dem Rücken ankam, war dermaßen schmächtig, dass ich manchmal das Gefühl hatte, er würde unter seinem Instrument zusammenklappen und verschwinden. Er hätte sich aus der Schutzhülle einen Schlafsack machen können. Und im Grunde glaube ich, dass ihm das gefallen hätte, so sehr wurde er eins mit seinem Bass, den er weniger zu spielen als zu umarmen schien. Manchmal ließ er ihn ein paar Tage da, bis zur nächsten Probe. Ich liebte es über alles, die Schutzhülle zu öffnen und über das glänzende Holz des Resonanzkörpers zu streichen, die Saiten zu zupfen und die Vibration der tiefen Töne zu spüren. Meist trafen sie sich unter der Woche und hörten auf zu spielen, wenn die Eltern von der Arbeit zurückkamen. Es kam aber auch vor, wenn auch selten, dass sie vor einem Konzert am Wochenende probten. Ihre Musik von Verrückten, wie meine Mutter sie nannte, drang dann bis ins Wohnzimmer, kreischend und undeutlich, leicht gedämpft von der behelfsmäßigen Isolierung. Ein Klangbrei, aus dem die Becken, die Infrabässe und die Soli à la Coltrane meines Bruders herausstachen. In seinem Sessel sitzend, biss mein Vater die Zähne zusammen, bis er schließlich seine Radlerhose und sein unvermeidliches Trikot *La vie claire*, das letzte, das Hinault getragen hatte, anzog und zwei Stunden durch den Wald radelte bis in die Gegend von Melun oder die entlegensten Ecken des Départements Essonne, möglichst weit fort von seinem Haus und dem Wohnzimmer, wo er vor Wut kochte, weil man ihm die Ohren zudröhnte.

Der Briefträger steckte zwei Umschläge in den Briefkasten. Außer ihm war niemand auf der Straße. Ich war so erledigt, dass es schon gereicht hätte, ihm nachzusehen, um einzuschlafen. Ich brachte den Sitz in Schräglage, stellte das Radio etwas leiser und schlief in der angenehmen Wärme des Autos ein. Der Fluss der Nachrichten drang wie durch Watte an mein Ohr. Es ergab alles keinen Sinn. In Japan hatte die Erde gebebt. Eine riesige Welle hat ganze Städte überflutet. Man befürchtete, dass ein Atomkraftwerk betroffen war. In Frankreich sagten die letzten Umfragen für die Kreiswahlen Marine Le Pen, hierzulande nur die Blonde genannt, Ergebnisse voraus, die ihr Vater nie erreicht hatte. Ich schreckte aus dem Schlaf, als versuchte ich, mich aus einem Albtraum zu befreien. Ich stellte lauter, und plötzlich war alles real. Ich erinnerte mich an das Gespräch, das ich kürzlich mit meinem Bruder gehabt hatte. Er lebte in der westlichen Banlieue mit seiner Frau und ihren drei Kindern. Ich war niemals bei ihnen gewesen. Delphine hasste mich, ohne dass ich so recht wusste, warum. Wir hatten eigentlich nie so richtig etwas miteinander zu tun gehabt. Und was mich betrifft, so hatte die Tatsache, dass sie Steueranwältin war, ein Beruf, der den elementarsten Moralbegriffen widersprach, ausgereicht, um mir meine Meinung über sie zu bilden. Sarah sagte: »Du übertreibst. Du kennst sie doch gar nicht.« Sie hasste nichts so sehr wie meine Art, die Leute nach ihrem Beruf, ihrem Stimmzettel oder den Zeitschriften, die sie lasen, zu beurteilen. Sie behauptete, dass es sicher auch unter den Steueranwälten, den Versicherungsagenten, den Investmentbankern, den Notaren, den UMP-Wählern und so weiter anständige Leute gebe. Aber sie hatte mich niemals wirklich überzeugen können. Ob sie Beispiele nennen könne? Nein, konnte sie nicht. Dann solle sie welche suchen, und dann, erst dann, wäre ich bereit, meine Meinung zu revidieren. Mein Bruder übte den lukrativen Beruf des Tierarztes aus. Er hatte es geschafft und war stolz darauf: »Für Arbeitersöhne haben wir es recht weit gebracht«, sagte er gerne. »Wir haben die Statistiken widerlegt, ein Tierarzt und ein Schriftsteller, das ist nicht schlecht. Das ist der Beweis, dass man es schaffen kann, wenn man nur will.« An dem Abend hatte er gerade mit unserem Vater telefoniert und war der Meinung, dass er, seit unsere Mutter im Krankenhaus sei, allein nicht zurechtkomme und Hilfe brauche.

»Ich weiß nicht mal, ob er isst. Hör zu, in dieser Woche kann ich meine Praxis unmöglich schließen. Und Delphine ist auf einem Kongress in New York. Ich muss mich um die Kinder kümmern ...«

»Du kannst sie doch bei deinen Schwiegereltern lassen.«

»Machst du Witze? Damit sie sie essen lassen, was sie wollen, und zu den unmöglichsten Zeiten ins Bett gehen? Sie verwöhnen die Kinder nach Strich und Faden und lassen ihnen alles durchgehen. Na ja ... Keine Ahnung, warum ich dir das erzähle ... Ich vergaß, dass du ja gegen jede Art von Autorität bist und Sie das Hinternversohlen verbieten lassen wollten ...«

Es kam gar nicht so selten vor, dass François mich siezte und mich damit in eine Gemeinschaft einschloss, die er aus tiefstem Herzen verachtete und die für ihn aus all jenen bestand, die er als »alternative Wohlstandsbürger« bezeichnete, die Leser von *Libé* und *Télérama* oder *Les Inrocks*, die »Konformisten«, die Künstler, die Lehrer, die Beamten, die »Demagogen«, die Intellektuellen, diejenigen, die sich für die Dritte Welt engagierten, kurz alle, die für ihn die schändliche Bruderschaft der »Linken« bildeten.

»Du solltest zu ihm fahren. Du könntest es ausnahmsweise einmal tun. Ich weiß nicht. Du könntest dich vielleicht wie ein Sohn benehmen. Einmal in deinem Leben. Ich werde dich in spätestens zehn Tagen ablösen.«

Und so hatte sich die Falle über mir geschlossen, und jetzt saß ich in meinem Wagen vor dem Haus meiner Eltern nach einer fast schlaflosen Nacht. Ich hatte versucht, ihm zu erklären, dass ich noch vor Monatsende einem unnachgiebigen Produzenten die zweite Version eines Drehbuchs liefern müsse, er hatte nichts hören wollen. Für ihn wie für die meisten anderen war ich immer im Urlaub.

»Ach übrigens, du wirst dich vor Lachen kugeln. Während ich mich mit Papa über Gott und die Welt unterhalten habe, über das Tagesgeschehen, da sagt mir der Alte doch glatt, dass er sie gar nicht schlecht findet, die Tochter von Le Pen, dem Einäugigen. Stell dir das vor! Papa. Mit vierzehn in der Druckerei angefangen, nur das Zeugnis in der Tasche. Sein Leben lang in der Gewerkschaft. Aus eigener Kraft zum Werkmeister emporgearbeitet. Zweitgeborener Sohn einer Familie mit sieben Kindern. Groß geworden in einer Dreizimmerwohnung in Maisons-Alfort als Sohn eines Müllwagenfahrers und einer Hausfrau. Vom Anhänger des alten Marchais zum Anhänger der großen Blonden. Das tut schon weh.«

Ich hatte ihm geantwortet, dass ich nicht verstünde, warum er sich so aufrege, er habe doch selbst den gegenwärtigen Präsidenten gewählt, der nichts anderes tue, als die Ideen und das Programm des Front National zu klauen. Früher oder später würden sich die beiden Gruppierungen sowieso miteinander verbünden, erste Anzeichen dafür gebe es ja schon.

»Du bist wirklich ein Idiot.«

Ich hatte es dabei bewenden lassen. Unsere politischen Diskussionen endeten meist im Streit, was unsere Mutter betrübte und uns immer mehr voneinander entfernt hatte. Das war schon immer so gewesen. Es hatte sich lediglich etwas verschoben mit der Zeit. Die Opposition zwischen Kommunistischer und Sozialistischer Partei hatte sich in die klassische Konfrontation zwischen Links und Rechts verwandelt.

Ich saß lange da und hörte die Nachrichten. Tausende von Toten in Japan meldeten sie. Es war die Rede von verwüsteten Regionen, von Städten, die ausradiert worden waren, von Häusern und Gebäuden, die von den Schlammmassen fortgerissen worden waren, die Autos und Telegrafenmasten mit sich rissen und Felder und Täler überschwemmten. Es war die Rede von Verwüstung. Von Vernichtung. Es lief mir kalt den Rücken hinunter. Ich hatte plötzlich das Gefühl, die Welt wollte mir etwas mitteilen, hier, vor dem Haus meines Vaters, eines kommunistischen Arbeiters aus dem Elsass, der mit drei Jahren in Maisons-Alfort gelandet war, mit seiner Mutter, die noch Mundart gesprochen hatte, mit seinem Vater und seinem fürchterlichen Akzent, den alle in der Siedlung einen Boche nannten und der eine Stelle bei der städtischen Müllabfuhr angenommen hatte. Sein durchgeknallter Onkel und seine sechs Geschwister, die alle ab dem vierzehnten oder fünfzehnten Lebensjahr gearbeitet hatten. Vor dem Haus meines Gewerkschaftlervaters und meiner Mutter, die zwanzig Jahre am Fließband gestanden hatte und dann bis zur Rente in der Buchhaltung einer Keksfabrik gearbeitet hatte. Vor dem Haus meines Vaters, der die Tochter des Einäugigen gar nicht so schlecht fand, und meiner Mutter, die sich den Oberschenkelhals gebrochen hatte und allmählich den Verstand verlor. Die Welt, die Tsunamis auslöste, die das Land verwüsteten, in dem Sarah, Manon und ich die schönsten Tage unseres Lebens verbracht hatten. Beim ersten Mal war Clément noch nicht geboren, und wir hatten vier Monate damit verbracht, Kyoto zu durchstreifen, die Gärten und Tempel dieser bezaubernden Stadt zu besichtigen, uns an Ahorn, Moos und Baumgalerien zu berauschen, die trockene Gärten und mit Lotus übersäte Teiche säumten, uns von den summenden Psalmodien der Sutras wiegen zu lassen und auf heilige Berge zu steigen, die uns einem Himmel näher brachten, der uns zu verschlingen schien. Ja, ich hatte das Gefühl, dass die Welt etwas von der Oberfläche dieses Globus tilgen wollte und dass dieses Etwas mit mir zu tun hatte.

DER FERNSEHER LIEF, und mein Vater döste vor sich hin. Auf dem Bildschirm bedeckte schlammiges Wasser die Erde mit der Geschwindigkeit eines Zuges und riss alles mit sich auf seinem Weg, Autos Häuser Züge Lagerhallen Supermärkte heilige Stätten Traktoren Wartehäuschen. Es war die Rede von Zehntausenden Toten. Es war die Rede von verdächtigem Rauch um das Atomkraftwerk von Fukushima herum. Es war die Rede von der Apokalypse. Ich schaltete aus, und er schreckte hoch, als hätte ich im Gegenteil den Ton voll aufgedreht.

»Wieso sitzt du denn hier im Dunkeln?«, fragte ich.

»Hm? Wovon redest du?«

Ich deutete mit dem Kinn auf die geschlossenen Vorhänge und ausgeschalteten Lampen und stand auf, um das Licht hereinzulassen. Die braune Blümchentapete, mit der das Zimmer immer schon tapeziert gewesen war, machte die Sache auch nicht viel besser, aber zumindest konnte man sich vorstellen, dass draußen Tag war und die Sonne schien. Ich betrachtete meinen Vater, der seit dem letzten Mal noch mehr abgenommen hatte. Er, der immer sportlich gewesen war, der noch vor zwei Jahren mit Hanteln trainiert hatte und bis vor kurzem jede Woche seine hundert Kilometer mit dem Fahrrad gefahren war, war im Begriff, sich in einen schmächtigen, kahlköpfigen alten Mann zu verwandeln. Er fuhr immer noch ein bisschen Rad, aber das war's dann auch schon. Doch damit würde er sowieso bis zu seinem Tod nicht aufhören. Mein Vater und das Rad, das war legendär in der Familie. Meine Tanten erzählten allen, die es hören wollten, dass er um ein Haar Profi geworden wäre. Dass er ein Rennen nach dem anderen gewonnen hätte. Er senkte stets den Blick, wenn sie davon anfingen, und sagte, sie würden übertreiben. Doch sie holten jedes Mal die alten Fotos hervor: mein Vater im Radfahrertrikot, einen Pokal in der einen, einen Blumenstrauß in der anderen Hand und eine Zigarette im Mundwinkel. Da musste er sechzehn gewesen sein und hatte Lippenstift auf den Wangen. Mit siebzehn hatte ein böser Sturz ihn gezwungen, fast zehn Monate zu pausieren. Als er wieder anfing, Rennen zu fahren, war es zu spät, das Feld war bereits zu weit vor ihm, und es gelang ihm nicht mehr aufzuschließen, weil er immer Schmerzen im rechten Knie bekam. Ich hatte Mühe, ihn mir als Fünfzehnjährigen vorzustellen, fast noch ein Kind, das jeden Morgen in die Druckerei ging und seinen Lohn an jedem Monatsende der Familie ablieferte, den ganzen Tag im Lärm der Maschinen und abends auf seinem Fahrrad, um wie ein Besessener zu trainieren. An den Wochenenden mit seinen Kumpels bei den Befestigungsanlagen, auf dem freien Gelände neben den Schrebergärten, Mädchen, Bier, die ersten Glimmstengel. Wenn ich mir das vorzustellen versuchte, tauchten immer Schwarzweißfotos auf, eine Mischung aus sepiafarbenen Aufnahmen, die meine Mutter in Schuhkartons aufbewahrte, und Fotos von Robert Doisneau oder Willy Ronis.

»Wann fährst du ins Krankenhaus?«

»Gleich. Kommst du mit?«

»Nein. Ich werde am Nachmittag hinfahren. Erst einmal will ich ein bisschen aufräumen.«

»Oh, wenn du willst.«

Wenn ich wollte ... Ich verschaffte mir einen raschen Überblick: Schmutzige Teller stapelten sich im Spülbecken, das Wachstuch voller kreisrunder Rotweinflecken war mit Krümeln übersät. Im Wäschekorb türmten sich Slips und Unterhemden, und im fast leeren Kühlschrank fand ich Eier und Schinken, dessen Verfallsdatum abgelaufen war.

»Was hast du gestern Abend gegessen?«, fragte ich.

»Nichts. Na ja, eine Kleinigkeit, Zwieback, Schinken, ein weich gekochtes Ei.«

»Tja, also, das ist alles nicht mehr gut. Ich werde für dich einkaufen. Dir Fisch und frisches Gemüse besorgen.«

Er zuckte die Achseln. Was würde er schon damit anfangen können. Er war ja kaum imstande, sich einen Instantkaffee zu machen.

»Ich werde für dich kochen.«

»Wenn du nichts Besseres zu tun hast…«

Ich erwiderte nichts, ging in sein Schlafzimmer und brachte ihm ein sauberes Hemd und eine saubere Hose. Diejenigen, die er trug, hatten Flecken.

»Ohne deine Mutter bin ich verloren«, sagte er mit einem schüchternen Lächeln, so wie man sich entschuldigt, dass man immer noch ein Kind ist.

Ich sah ihm zu, wie er sich umzog. Er war spindeldürr. Wann war er so alt geworden? Es kam mir so vor, als alterte er in Schüben. Der erste Schub war eingetreten, als er in den Ruhestand getreten war. Achtundfünfzig Jahre, und von einem Tag auf den anderen war er um zwanzig Jahre gealtert. Er trug die Strickjacke eines Achtzigjährigen, hatte angefangen, mit den Rentnern des Viertels Boule zu spielen, schimpfte über die Jungen, die mit ihren Motorrollern durch die Straßen fuhren, und war felsenfest überzeugt, dass die heutigen Komiker weniger komisch seien als die früheren und die Fußball-, Tennis- und Radchampions nicht so kämpferisch und charismatisch wie einst, dass er das Internet niemals begreifen würde, dass es seit Brel, Brassens, Ferras und den anderen keine richtigen Sänger mehr gebe, dass das Kino tot sei und dass es mit Frankreich bergab gehe. Meine Mutter hatte mitgespielt, hatte angefangen, diese Blusen mit Blümchenmuster oder geometrischen Motiven zu tragen, die ausschließlich für alte Leute entworfen wurden, die zeigen wollten, dass sie alt waren. Hatte angefangen, sich eine Dauerwelle legen zu lassen, die sie fünfzehn Jahre älter machte, und leicht gebeugt zu gehen. Ich war damals fünfundzwanzig, ich betrachtete sie, und auf den Straßen von Paris, dessen Programmkinos, Buchhandlungen und Studentencafés meine zweite Heimat waren, sah ich Schriftsteller, Journalisten, Schauspieler und Fernsehleute an mir vorbeigehen, die ihr Alter hatten, und konnte es einfach nicht begreifen. Anscheinend alterte man besser in Saint-Germain-des-Prés. Besser und langsamer jedenfalls als hier.

Ich hörte, wie der Wagen meines Vaters sich entfernte und es still wurde im Haus. Ich ging durch die Räume und öffnete alle Vorhänge und Fensterläden, denn ich ertrug die Dunkelheit, dieses Gefühl von Eingesperrtsein, von Zwangsjacke nicht. Das war Teil dessen, was Sarah meine Neurosen nannte und was das Leben mit mir unerträglich machte. Meine krankhafte Angst vor zugezogenen Vorhängen, vor geschlossenen Fensterläden, Räumen ohne Fenster. Meine Aversion gegen grelles und direktes Licht. Zu Hause hatte ich schließlich überall kleine Lampen, Girlanden und Kerzen installiert. Ich konnte fuchsteufelswild werden, wenn jemand auf die Idee kam, die Deckenleuchten einzuschalten, und dachte ernsthaft darüber nach, ein für alle Mal die Glühbirnen herauszuschrauben. Meine Angst vor der Stille, die ich von morgens bis abends mit Schallplatten und Radiosendungen füllte. Lange hatte ich mit laufendem Radio geschlafen. Sogar in diesem Haus. Mein Vater hatte Lautsprecherboxen am Kopfende meines Bettes angebracht, eine an der Wand, die zweite auf der Kommode, die meine Matratze einrahmten. Auf diese Weise konnte ich selbst bei sehr geringer Lautstärke deutlich die Lieder und Worte hören, die in einem ununterbrochenen Fluss herausströmten. Jede Nacht gegen drei oder vier Uhr morgens kam meine Mutter und stellte das Radio ab. Ich bemerkte es sofort und schaltete es wieder ein, mit zugeschnürter Kehle und unruhig schlafend, der Panik nahe.

Das Schlafzimmer meiner Eltern hatte sich seit meiner Kindheit nicht verändert. Dieselbe orangefarbene gemusterte Tapete, dieselben etwas klobigen Holzmöbel. Dieselben Rahmen, in denen lediglich die Fotos im Laufe der Jahre gewechselt hatten. Sarah, die Kinder und ich auf der Kommode. François, Delphine und ihre drei Kinder auf dem Nachttisch meines Vaters. Meine Großmutter auf dem meiner Mutter. Seit ihrem Tod wachte Oma über den Schlaf ihrer Tochter. Dieses Foto stand dort seit dreißig Jahren. Während ich es betrachtete, fragte ich mich, ob ich auch eines Tages Fotos meiner Eltern in meinem Schlafzimmer oder im Wohnzimmer aufstellen würde. Ich wusste, dass die Antwort nein lauten würde. Das gleiche Foto hatte auch mein Großvater in dem winzigen Zimmer des Altersheims, in dem er die letzten Tage seines Lebens verbracht hatte, an sein Bett gestellt, neben das kleine Radio von Sony. Ein grauenvoller und hässlicher Ort, dessen Gänge von lebenden Toten mit verstörten Augen bevölkert wurden, die sich auf Gehwägen stützten und im Geruch von Suppe und Desinfektionsmitteln herumirrten. In dem Raum, den er nicht mehr verließ, standen sein Krankenhausbett, ein Resopalstuhl und eine Kommode aus Holzfaserplatten, auf der ein funkelnagelneuer Fernseher thronte, den er nie einschaltete. Nicht einmal, um Fußball oder Nachrichten zu sehen. Auf einer Verschalung mit zwei Brettern über der Heizung standen ein Foto meiner Mutter und meiner Tante, ein Würfel mit seinen sechs Enkelkindern und je ein Exemplar all meiner Romane. Das war alles, was er aus seiner Wohnung mitgenommen hatte. Alles, was von seinem Leben übrig war. Fotos, seine Kleidung, sein Radio und meine Bücher. An dem Tag, an dem François ihn hatte überreden wollen, das Zimmer ein wenig zu verschönern, hübsche Vorhänge aufzuhängen, eine Lampe mit einem schönen Schirm zu kaufen, um nicht mehr diese schreckliche Neonleuchte einschalten zu müssen, Rahmen aufzuhängen, eine Tagesdecke über sein Bett zu legen und eine neue Kommode zu kaufen, hatte er es schroff abgelehnt. Er wollte nichts davon hören. Er sei da, um zu sterben. Das sei seine letzte Bleibe, und es sei ihm egal, ob sie hässlich oder kalt sei, dieser Ort habe keine Bedeutung, er warte dort auf den Tod, und damit Schluss. Er hoffe nur, dass er nicht zu lange auf sich warten lasse. Er habe es eilig, wieder bei seiner Frau zu sein, fünfundzwanzig Jahre ohne sie, das sei jetzt allmählich genug. Und er sah sowieso fast nichts mehr und lebte die meiste Zeit mit geschlossenen Augen in seiner Erinnerung.

Ich ging wieder ins Wohnzimmer hinunter, räumte notdürftig auf, spülte das Geschirr und inspizierte die Wandschränke und noch einmal den Kühlschrank. Meine Mutter war erst seit sechs Tagen abwesend, aber man hätte glauben können, es seien bereits sechs Monate. Ich war seit fast einem Jahr nicht mehr da gewesen. Seit der Trennung von Sarah. Etwas in mir weigerte sich, das Haus meiner Eltern unter diesen Umständen zu betreten. Mein Bruder hatte mehrmals versucht, mich über den Zustand unserer Mutter in Kenntnis zu setzen: Sie verlasse kaum noch ihren Sessel, ihre Arthrose mache ihr so sehr zu schaffen, dass sie sich nur noch widerwillig bewege, und ihre Lendenwirbel fesselten sie jede zweite Woche ans Bett. An diesen Tagen ging sie nicht einmal hinunter, unter dem Vorwand, das Treppensteigen bereite ihr zu große Schmerzen. Als mein Vater sie das letzte Mal hatte überreden können, ein bisschen vor die Tür zu gehen, war sie seit zwei Wochen nicht mehr an der frischen Luft gewesen. Und es sollte auch nicht mehr dazu kommen. Kaum war die Tür offen, war sie auf der Treppe gestürzt, auf den Rasen gepurzelt und im Krankenhaus gelandet. Dort schien sie, vollgepumpt mit Schmerzmitteln, ein wenig den Verstand zu verlieren, sie hatte Blackouts, und so hatte mein Bruder sie bei seinem ersten Besuch vorgefunden. Es war so schlimm gewesen, dass er sich gefragt hatte, ob das Morphium der einzige Grund dafür wäre. Ob es nicht eine andere Ursache haben könnte. Ich hatte versucht, mit meinem Vater am Telefon darüber zu sprechen, doch er hatte die Bemerkung mit einem verärgerten Seufzer hinweggefegt.

»Was weiß dein Bruder schon? Er ist Tierarzt, kein Arzt. Seine Mutter ist schließlich keine Färse oder Kuh oder was sonst für ein Tier!«

Ich hatte unwillkürlich lachen müssen. Ich lasse mir keine Gelegenheit entgehen, mich über meinen Bruder lustig zu machen. Aber das war überhaupt nicht komisch. Mein Vater war immer blind gewesen oder hatte zumindest so getan. Er hatte nichts gesehen, als ich mit sechzehn aufgehört hatte zu essen, mich zwei Jahre lang nur von Toastbrot und Orangensaft ernährt hatte, die ich sofort wieder erbrach, zwei Jahre lang bis auf die Knochen abgemagert war, zwei Jahre lang mit leerem Magen zwei Stunden am Stück gelaufen war, gleichsam im Adrenalinrausch, wie in Trance, so leicht, dass ich über die Wege flog und eins wurde mit der Luft, die zwischen den Bäumen zirkulierte. Und er hatte auch nichts gesehen, als François angefangen hatte, Gras zu rauchen. Dabei hatten hinten im Garten Cannabisbeete geblüht. Er hatte die Pflanzen schön gefunden mit ihren so eigenartig geformten Blättern. Und er hatte ebenfalls nichts gesehen, als meine Mutter, nachdem ich ausgezogen war, angefangen hatte, Prozac zu fressen, als handele es sich um Tic Tac. Ich weiß nicht einmal, ob er damals mitbekommen hatte, dass sie regelmäßig einen Psychiater aufsuchte. Jede Woche verließ sie das Haus, angeblich, um einkaufen zu gehen, und kam zwei Stunden später mit ihrer Tasche voller Kartoffeln, Rüben, Karotten und Lauch für die Suppe und einem blutigen Steak für ihn wieder, weil sie kein Fleisch mehr sehen konnte, allein schon der Anblick verursachte ihr Übelkeit. Esst doch Fisch, schlug ich ihr vor. Sie antwortete mir stets, dass mein Vater die Gräten nicht mochte. Und nur für sich welchen zu kaufen, auf den Gedanken kam sie nicht. Meine Mutter hatte sich schon immer in der Opferrolle gesehen. Sie opferte sich für ihre Kinder, für ihren Mann, so wie ihre Mutter sich vor ihr geopfert hatte. Sie war immer ängstlich, geschäftig, in Sorge, mit beiden Beinen im Leben, im Alltag, und am leichtesten bekamen wir immer dann Kontakt zu ihr, wenn sie uns bemuttern, sich um unsere Gesundheit oder die der Kinder Sorgen machen konnte, und sei es aus der Ferne, telefonisch. Ich hatte immer das Gefühl, dass ihre Gedanken sich dann immer ganz auf unsere Genesung konzentrierten, wie damals, als wir klein gewesen waren. Als ihr Psychiater ihr zu bedenken gegeben hatte, dass es vielleicht an der Zeit wäre, egoistisch zu sein, an sich zu denken und sich endlich einmal selbst eine Freude zu machen, hatte sie mit den Achseln gezuckt. Die Wahrheit ist, dass sie nicht die geringste Ahnung hatte, wie sie das überhaupt anstellen sollte.

Ich ging einkaufen. Das Stadtzentrum war menschenleer. Abgesehen von kleinen alten Männern und Hausfrauen, die es hier allerdings immer weniger gab. Alle waren bei der Arbeit oder im Unterricht. Viele arbeiteten oder studierten in Paris oder in anderen Städten in der Umgebung. Das Leben von V. fand woanders statt. Die Stadt leerte sich und würde sich erst wieder bei Einbruch der Dunkelheit füllen, wenn es Zeit zum Abendessen war. Die Jüngsten langweilten sich abends zu Tode, alle schliefen bei laufendem Fernseher und geschlossenen Fensterläden, alles war wie ausgestorben, mit Ausnahme der Fußballstadien und der Basketballplätze, es blieb einem nichts anderes übrig, als Trübsal zu blasen, sich vor den Computer zu setzen oder irgendwelchen Blödsinn anzustellen, um die Zeit totzuschlagen und die Zukunft zu verschieben, die nichts Verlockendes hatte, wenn man sich seine Eltern und die seiner Freunde anschaute. Im Collège, im Lycée hieß es, man müsse seinen Horizont erweitern, doch die Zeit würde ihn sehr schnell auf das gewerkschaftliche Minimum reduzieren.

An der Supermarktkasse erkannte ich ihn sofort. Umgekehrt war das nicht der Fall. Ich muss dazusagen, dass er sich nicht sehr verändert hatte, ich dagegen schon. Als wir uns zum letzten Mal gesehen hatten, am Tag des Abiturs, das ich bestanden hatte und er nicht, muss ich die Hälfte meines jetzigen Gewichts gewogen haben. Ich befand mich damals auf dem Tiefpunkt meiner Krise. Schwarz gekleidet und Gedichtbände in der Tasche, war ich nur noch ein Gespenst, ein Geist, der über die Oberfläche der Welt glitt. Vollkommen abwesend und in mich selbst zurückgezogen, verloren in meinem kranken Hirn, irrte ich über weite weiße Flächen, schneebedeckte Ebenen, Felder aus Licht. Ich hielt mich für Glenn Gould, Lanza del Vasto oder den heiligen Franz von Assisi und wartete auf die Erleuchtung. Ich aß den ganzen Tag nichts, magerte zusehends ab, verließ mein Zimmer und das Stabat Mater von Pergolesi oder das Requiem von Fauré nur, um mich im Wald zu verlieren, den Blick auf das sonnendurchflutete Laub gerichtet. Ich grüßte ihn, während ich die Lebensmittel auf das Laufband legte. Trotz seiner Geheimratsecken, der eingefallenen Wangen und dem bleichen, von kleinen roten Flecken übersäten Gesicht erkannte ich ihn wieder, auch wenn es mir, als ich ihn da in seiner unvermeidlichen roten Weste sah, schwerfiel, ihn mir als denjenigen vorzustellen, der er all die Jahre im Collège, im Lycée gewesen war. Er war so etwas wie eine schmaler gewordene Version seiner selbst. Von Mikroveränderung zu Mikroveränderung hatte er sich selbst aus dem Blick verloren und war nur noch ein Schatten dessen, der er gewesen war. Ein etwas matter, banaler und blasser Schatten. Er, den ich so strahlend gekannt hatte, unangefochtener Anführer der kleinen Gruppe, der ich nicht wirklich angehörte, deren stummes und abwesendes Mitglied ich war, bekannt für meine Manie, alle naselang ohne Vorwarnung zu verschwinden, und meine Vorliebe für depressive Bücher und Chansons. Ich dachte manchmal an ihn und fragte mich, was wohl aus ihm geworden war. Ein paarmal hatte ich mich dabei ertappt, dass ich seinen Namen auf Google eingab, aber ich hatte nie einen Eintrag gefunden. Ich hatte diesen Typen stets bewundert, seine Ungezwungenheit, seinen Charme, sein Charisma, seine komische Art. Die Mädchen himmelten ihn an. Dass er der Erste gewesen war, der mit einem Mädchen geschlafen hatte, hatte seiner Aura nicht geschadet. In der achten Klasse war er sogar mit Sarah gegangen, die ich damals nur vom Sehen kannte und die zu den Mädchen gehörte, die von vornherein unerreichbar für mich waren. Als ich bezahlte, stammelte ich meinen Namen. Als ich das Wort an ihn richtete, stellte ich fest, dass er mich noch immer beeindruckte, dass er, auch wenn er verwelkt war, immer noch so etwas wie ein großer Bruder für mich war. Und wenn ich genauer darüber nachdachte, hatte das die meisten meiner Freundschaften mit Männern geprägt. Im Laufe der Jahre hatte ich mich stets von Typen angezogen gefühlt, an denen ich mir ein Beispiel nehmen konnte und die ich um ihr Aussehen, ihre Ungezwungenheit und ihren Charme beneidete. Sie waren so etwas wie mein Negativ, und ich schaute zu ihnen auf und lauerte auf die Krümel von Zuneigung und Vertrauen, die sie mir großzügig zuwerfen würden. Tristan und Alex heute, Stéphane, Éric, Fabrice gestern, alle entsprachen diesem Bild, während ich mich selbst für steif, blockiert und unfähig hielt. Seine Augen leuchteten plötzlich auf. Ein Lächeln erschien auf seinem Gesicht, und mit einem Mal kamen wieder seine früheren Gesichtszüge zum Vorschein, die etwas wilde, lebhafte, heitere Schönheit, die so lange sein Markenzeichen gewesen war.

»So was, Paul. Was machst du denn hier?«

»Nichts Besonderes. Ich besuche meine Eltern.«

»Bleibst du länger?«

»Ja, ich weiß noch nicht, mindestens eine Woche. Und du? Du arbeitest also hier?«

»Ja. Ich bin in der Probezeit. Es ist nicht das große Los, aber heutzutage kann man nicht allzu wählerisch sein. Und ich habe zwei Töchter, um die ich mich kümmern muss ...«

Während er den Satz beendete, warf er einen besorgten Blick auf die Reihe alter Männer, die sich hinter mir gebildet hatte. Ich gab meinen Code ein und beeilte mich, meine Joghurts und Steaks in die Tasche zu packen. Ich wollte ihn nicht in Schwierigkeiten bringen.

»Tja, besser nicht. Weißt du, sie haben Kameras«, sagte er und zeigte zur Decke hinauf.

Wir verabschiedeten uns und verabredeten, uns wiederzusehen. Ich brauche bloß an einem der nächsten Abende bei Ladenschluss vorbeizukommen, wir würden etwas trinken gehen und über alte Zeiten reden. Bevor ich den Supermarkt verließ, gestand er mir noch, dass er keines meiner Bücher gelesen hätte, dass er aber eines Abends auf einen Film nach einem meiner Romane gestoßen wäre: die Geschichte eines Mädchens, das seinen Zwillingsbruder suchte. Es hätte ihm super gefallen. Jedenfalls hätte seine Freundin es ganz toll gefunden. Sie hätte am Schluss sogar geweint.

DAS KRANKENHAUS LAG ETWAS oberhalb der Stadt. Sarah hatte dort in der ersten Zeit gearbeitet, wir lebten bereits in Paris, und ich war noch Student. Manchmal kam ich zu ihr, wenn sie Nachtdienst hatte. Ich schlich mich in die menschenleeren Gänge, in denen eine elektrische Stille summte. Sie war allein im Halbdunkel der Station, an ihrem Schreibtisch, den eine Nachttischlampe beleuchtete. Um sie herum schliefen in Brutkästen winzige Neugeborene. Es waren auch besorgte Eltern da, zusammengerollt in unbequemen Sesseln oder auf dem Linoleum ausgestreckt. Ich setzte mich in eine Ecke und döste bis zum Morgengrauen vor mich hin. Wir nahmen den ersten RER bis zur Station Saint-Michel und liefen zu Fuß durch Paris bis zu unserem Zimmer unter den Dächern, dessen einziges Fenster auf die orthodoxe Kathedrale Saint-Alexandre Nevsky ging. Der Christus funkelte vor seinem Goldgrund, wir fickten auf dem Teppichboden, der Bettrahmen ruhte auf Leichtbausteinen und war völlig kaputt, und von unseren Nachbarn war einer verrückter als der andere.

Als ich in das Zimmer trat, schlief mein Vater, die auseinandergefaltete Zeitung auf den Knien, und meine Mutter ebenfalls, mit offenem Mund. Sie war vor zwei Tagen operiert worden, man hatte einen Haufen Schrauben in ihre bereits angegriffenen Knochen getrieben. Als suchte ich einen Fluchtweg, ging ich instinktiv zum Fenster. Von dort hatte ich einen Blick auf die versetzt angeordneten Mietshäuser, auf die kleinen Viertel aus Einfamilienhäusern mittendrin und den Fluss, der in Richtung Paris floss und immer dichtere und vertikalere Städte durchquerte.

»Du hinkst ja immer noch ...«

Ich drehte mich um, und meine Mutter sah mich an. Sie hatte nach wie vor diese Art sechsten Sinn, der sie aufwachen ließ, sobald eines ihrer Kinder sich ihr näherte. Wenn François und ich als Jugendliche in die Dunkelheit der Wälder ausbüchsten, entgingen wir niemals ihrem Blick, sobald wir randvoll und nach Gras und Tabak stinkend auf Zehenspitzen zurückkamen.

»Du sagst doch Papa nichts davon, ja?«, flehten wir sie an.

Sie schüttelte den Kopf. Wir waren unverbesserlich. Nur die schulischen Leistungen retteten uns. Das war unsere Art, in Bezug auf alles Übrige unsere Ruhe zu haben. Wir schlugen uns jede zweite Nacht um die Ohren, und sie stand tausend Ängste aus und stellte sich das Schlimmste vor.

Ich zuckte die Achseln, natürlich hinkte ich noch ein bisschen. Es war typisch für sie, sich deswegen Sorgen zu machen, während sie vollkommen unfähig war, sich in ihrem Bett zu bewegen. Monatelang würde sie sich in der Reha schinden müssen und selbst danach noch, wegen ihrer Arthrose und allem anderen. Kleine tapfere Mutter, die der Schmerz ihrer Kinder viel mehr erschreckte als ihr eigener. Ich drückte meine Lippen auf ihre Stirn.

»Hast du große Schmerzen?«

Anstatt zu antworten, fragte sie mich, wie es meinem Knöchel gehe. Die Operation lag jetzt mehr als ein Jahr zurück, eine Degeneration des Knochens hatte es erforderlich gemacht, die Knochen miteinander zu verschweißen. Ein Gelenk war das Ganze nur noch dem Namen nach. Nach drei Monaten Gips war ich drei Wochen in einem Rehazentrum in Perros-Guirec gewesen, umgeben von Typen im Rollstuhl und Frauen, die mit Stöcken gingen. Alle liefen dort im Bademantel oder Trainingsanzug herum. Die Krankengymnastin, die sich um mich kümmerte, hatte grüne Augen und rauchte wie ein Schlot. Nach den Sitzungen tranken wir manchmal Bier am Strand, und eines Abends hatten wir uns umarmt, so sehr hatten wir in der Dunkelheit gefroren, es hatte weiter keine Bedeutung, wir mochten uns, und sie langweilte sich ein wenig mit ihrem Kerl, zwanzig Jahre gemeinsamen Lebens, das führt zu Routine, er dachte nur ans Surfen und an die Kinder, wie lange hatte er sie schon nicht mehr ausgeführt? Wie lange war es her, dass er nicht nur die Mutter seiner Kinder in ihr gesehen hatte, sie wusste es nicht, manchmal dachte sie daran abzuhauen, aber letztlich sagte sie sich dann immer wieder, dass sie eigentlich zu beneiden sei, dass sie ein angenehmes Leben ohne Probleme führe, die Kinder, die Ausflüge in den Park, die Spaziergänge auf den ehemaligen Zöllnerpfaden, die Samstagnachmittage, die sie mit Gartenarbeit verbrachte oder mit einem Buch, abends eine DVD, und die schönen Tage am Strand, Pasta, eine Pizza im Restaurant, ein ruhiges und bescheidenes Leben, nur eben ein bisschen langweilig, aber man könne sich daran gewöhnen, es schließlich sogar lieben. Als ich sie umarmt hatte, hatte ich mich gefragt, was mich stets in die Arme von Pflegerinnen trieb. Ich teilte mein Leben mit einer Krankenschwester. Das musste doch etwas zu bedeuten haben. War ich wirklich so krank? Brauchte ich so sehr jemanden, der sich um mich kümmert? In den Sitzungen gab sie sich größte Mühe, quälte mich und entschuldigte sich dafür. Wunder könne man nicht erwarten. Wenn alles vorüber sei, würde ich ein wenig hinken, ich würde nicht wirklich laufen können, es tue ihr leid, es tat allen leid, aber nicht so sehr wie mir. Manchmal dachte ich, dass Sarah mich deswegen verlassen hatte. Das ist idiotisch, aber der Gedanke, dass sie es sattgehabt hat, immer einen Typen um sich herum zu haben, der hinkt, ging mir einfach nicht aus dem Kopf. Mit meinen hundert Kilo, meinem zu langen Haar und meinem Bart wurde ich einem Wrack immer ähnlicher; die Hälfte meiner Zähne waren falsch, jede zweite Woche bekam ich einen steifen Rücken, durch meinen zu hohen Blutdruck flimmerte es mir vor den Augen, ich litt unter schrecklicher Migräne, und meine Leber winselte um Gnade. Auch wenn ich nach ein paar Wochen auf den Stock verzichtet hatte, war ich ein kaputter Typ. Und eine Zumutung. Ich konnte es ihr gar nicht übelnehmen. Es war schon ein Wunder, dass sie es überhaupt so lange ausgehalten hatte.

»Wie geht es Delphine?«

»Wem?«

»Delphine, deiner Frau. Wie geht es ihr? Und den drei Kindern?«

Meine Mutter hatte sich leicht aufgerichtet, und jede Bewegung schien eine Tortur für sie zu sein. Das Bett war nicht sehr breit, und trotzdem wirkte sie verloren darin. Das rosa Laken war viel zu groß für sie. Unter ihrem Nachthemd zeichnete sich ein knochiger, zerknitterter und durchscheinend gewordener Körper ab. Wie hatte sie nur so einschrumpfen können? Man hätte glauben können, ein Teil ihrer selbst hätte sich verabschiedet, seine Koffer gepackt und wäre ihr vorausgegangen in die Gebiete aus brauner Erde und zerfetzten Bäumen.

»Mama, ich bin's, Paul.«

»Paul? Natürlich, Paul. Schön, dass du da bist. Du hättest doch nicht diesen langen Weg für mich machen müssen. Aber wo ist François?«

»Er ist zu Hause. Er kann seine Praxis nicht einfach so schließen, das weißt du doch. Und Delphine ist in New York auf einem Kongress. Er muss sich um die Kinder kümmern. Er wird am nächsten Wochenende kommen.«

Meine Mutter wirkte verstört, während sie mir zuhörte. Ihr Körper wölbte das rosa Laken so gut wie gar nicht. Hinter mir hörte ich meinen Vater husten. Der Klang unserer Stimmen hatte ihn geweckt, und er beobachtete uns mit versteinertem Gesicht und kaltem Blick.

»Ah, du bist wach«, sagte er im Ton einer Feststellung. »Der Doktor war da, während du geschlafen hast. Er sagte, er würde in einer knappen Stunde wiederkommen. Soll ich den Fernseher anmachen?«

Er ließ ihr keine Zeit zum Antworten und stand auf, um das Gerät einzuschalten. Die Sender zogen umsonst vorbei. Was sollte man sich auch schon mitten am Nachmittag anschauen? Er entschied sich schließlich für Eurosport. Ein italienisches Fußballspiel, das vor zwei Tagen stattgefunden hatte, wurde von blasierten Kommentaren begleitet. Meine Mutter kann zufrieden sein, dachte ich, sie, die weder Sport noch irgendetwas anderes mochte, wenn man den Fernseher anmachte, schlief immer ein, egal welches

Programm lief. Ihre Fähigkeit, sich für überhaupt nichts zu interessieren, hatte mich immer verblüfft. Die Politik tat sie mit einem Achselzucken ab. Filme ließen sie, von wenigen Ausnahmen abgesehen, vor Langeweile gähnen. Sport interessierte sie nicht die Bohne. »Sport machen, meinetwegen, aber anschauen, nein danke.« Natürlich hatte ich sie nie laufen oder schwimmen oder Rad fahren sehen. Bücher machten sie »verrückt«, ganz besonders meine, aber im Grunde, sagte sie, könne sie sich nicht konzentrieren. »Und außerdem ist die Schrift zu klein«, fügte sie entschuldigend hinzu, als wollte sie mich nicht kränken. Und von Musik bekam sie nach einer Weile immer »Kopfschmerzen«. Auf diesem Gebiet mochte sie nichts besonders. Wenn man es ihr sagte, reagierte sie beleidigt, natürlich liebe sie die Musik, der Beweis, sie und mein Vater hätten meinem Bruder unter Opfern die Hälfte seiner Saxophonstunden bezahlt, all die Jahre habe sie seinen Radau im Keller ertragen müssen, ganz zu schweigen von unseren Stereoanlagen, die die ganze Zeit in voller Lautstärke dudelten und eine Mischung aus Archie Shepp, Franz Schubert, Ravel und Charlie Parker, den Clash, Bach, Nirvana, Léo Ferré, David Bowie, Barbara, den Smiths und Dexter Gordon durch das Haus hallen ließen.

Eine bedrückende Stille herrschte im Zimmer. Die Krankenhausgeräusche waren allgegenwärtig, verstärkten die Gerüche und tauchten jedes Möbelstück, jedes Gerät in ein chirurgisches Licht. Und die Zweckbestimmtheit des Ortes vernichtete alles Übrige. Keine Unterhaltung, kein Gefühl konnten sich dort entfalten. Alles schien am Tropf zu hängen. Und außerdem waren wir es nicht gewohnt, miteinander zu reden. Ich fragte meinen Vater, ob er einen Kaffee wolle. Er verneinte. Wie immer. Außer von meiner Mutter akzeptierte er von niemandem die geringste Aufmerksamkeit. »Ich kann das selber machen«, pflegte er zu erwidern. »Ich bin noch nicht behindert.« Ich ging hinaus, so wie man nach drei Minuten unter Wasser auftaucht, um nach Luft zu schnappen. Pflegerinnen in Kitteln gingen durch die blassrosa gestrichenen Gänge, mit Wagen voller Pillen und Fläschchen. In einem leeren Zimmer wischte eine grün gekleidete Frau den Boden. Unsere Blicke begegneten sich für einen Augenblick. Ich grüßte sie. Ihr Gesicht sagte mir etwas, und aufgrund der Art, wie sie mich anstarrte, fragte ich mich, ob wir uns nicht schon früher einmal irgendwo begegnet waren. Als ich vor dem Kaffeeautomaten stand, fiel mir ihr Familienname ein. Bonneval. Sie war die Schwester von Fabrice. Nach der siebten Klasse war sie auf die Berufsschule im Gebäude nebenan geschickt worden. Von ihren vier Geschwistern war Fabrice der Einzige gewesen, der es aufs Lycée geschafft hatte. Auch der Einzige aus der Siedlung. David, Luis und Samira hatten ein Berufsabitur in den Fachrichtungen Rechnungswesen oder Dienstleistungen gemacht, Mehdi, Karim und Noredine hatten sich für eine Lehre entschieden, und die anderen hatten schlicht und einfach alles hingeschmissen. In der elften Klasse hatte es sicher auch ein paar Mädchen gegeben, doch die hatte ich nur vom Sehen gekannt, für die meisten hatte der Ausleseprozess bereits im Collège stattgefunden, die Maschine lief, und sie war unerbittlich und gut geölt: Berufsschule oder Schulabbruch für die Jungs der Siedlung, Berufsabitur für die Mädchen, technisches Abitur für die Siedlungen der Unterschicht und die bescheidenen Einfamilienhäuser, Lycée und Fachhochschulabschluss für die Siedlungen der Mittelschicht, Universität für die Häuser im Stadtzentrum, Elitehochschulen, Technische Hochschule, Höhere Handelsschule, Hochschule für Veterinärmedizin, Pharmazie, Medizin für die Kinder der Wohnanlagen der Oberschicht. Natürlich gab es Ausnahmen, in allen Schichten und in alle Richtungen, mein Bruder und ich waren der Beweis, aber das war die allgemeine Regel, und sie galt seit langem, die herrschenden Klassen taten alles, um sie am Leben zu halten, sie zu warten, zu ölen, zu schmieren, festzuschrauben, zu perfektionieren, und weder die Politiker noch die Schule würden jemals etwas daran ändern können.

Während ich meinen Kaffee trank, versuchte ich mich an ihren Vornamen zu erinnern. Es gelang mir nicht. Meine Eltern hatten in der Cité des Bosquets gewohnt, ich aber nicht; sie hatten sich im Jahr meiner Geburt auf Lebenszeit verschuldet, um ein kleines Einfamilienhaus mit Gärtchen zu kaufen. Ich war lange regelmäßig in der Cité gewesen, weil Éric dort gewohnt hatte. Er war damals mein bester Freund, und wir waren unzertrennlich. Nach dem Unterricht war ich immer bei ihm und er, seltener allerdings, weil er wie alle meine Kameraden Angst vor meinem Vater hatte, bei mir. Als er etwa fünfzehn war, hatten seine Eltern ein rosa verputztes Reihenhaus in einer neuen, auf die Schnelle gebauten Siedlung gemietet. Die Wände waren kaum dicker als in der Cité, aber sie hatten Platz, keiner unter ihnen und keiner über ihnen, und einen Rasen, auf den sie einen runden Tisch und vier Stühle stellen und ein paar Blumen und einen kleinen Kirschbaum pflanzen konnten, den ich niemals habe wachsen sehen. Von einem Tag auf den anderen hatten wir die Spielwiese und die Treppenhäuser der Cité des Bosquets verlassen. Mehdi, Noredine und Karim sprachen nicht mehr mit uns. Wir gehörten nicht mehr zu ihnen, wir waren Spießer oder Gallier geworden, was auf das Gleiche herauskam, man wurde es schnell, ein Einfamilienhaus genügte, um in eine Schublade gesteckt zu werden, ein Elternteil, der eine feste Arbeit hatte, die nichts mit Putzen, Bau oder Wachdienst zu tun hatte, ebenfalls. Dort, wo ich gelebt hatte, reduzierte sich der Klassenkampf auf einen Garten, eine Arbeit, einen Wagen und Urlaub einmal im Jahr, und sei es auf einem Campingplatz. Im Grunde war ich mit der festen Überzeugung aufgewachsen, der Mittelschicht anzugehören, vielleicht sogar den ersten Stufen des Bürgertums. Als ich etwas später dann an die Uni kam, hatte ich begriffen, dass der Begriff Mittelschicht interpretierbar war. Alles hing vom jeweiligen Standpunkt ab. Und dann kam ich mit den Pariser Künstler- und Intellektuellenkreisen in Kontakt, in denen meine Eltern zu meiner Verblüffung sofort in die Unterschicht, die Arbeiterklasse verbannt, ja fast schon den Armen, den Asozialen zugerechnet wurden. Ich hatte bereits begonnen, Bücher zu veröffentlichen. Ein paar Journalisten hatten sich in den Kopf gesetzt, Porträts über mich zu schreiben. Der Inhalt der Artikel hatte meine Mutter zutiefst verletzt. Es war darin die Rede von unserem »kleinen Haus in der Banlieue«, von dem »sehr einfachen« Milieu, aus dem ich käme, von meiner Mutter als einer »kleinen« Angestellten, von der Familie meines Vaters, die gleichsam einem Roman von Zola entsprungen sei, seinem Vater, dem Müllmann, seinen sechs Geschwistern, die beengt in der Dreizimmerwohnung in Maisons-Alfort gelebt hatten, der Großmutter, die nur elsässischen Dialekt gesprochen hatte, und dem halb verrückten Onkel. Es war darin die Rede von ihrem Abschlusszeugnis, ihrem Eintritt in die Arbeitswelt im Alter von vierzehn oder fünfzehn, den Ferien auf dem Campingplatz. Nichts von alldem war falsch, und dass sie davon erfahren hatten, war allein meine Schuld, schließlich hatte ich ihnen die meisten dieser Informationen geliefert, die mich mit einem gewissen Stolz erfüllten, wie ich zugeben muss, doch die Art und Weise, wie all diese Dinge gewichtet wurden, schien uns in ihren Augen herabzusetzen.

»Hast du das gelesen? Als was sie uns abstempeln? Als Bedürftige!«

Nach dem fünften Artikel dieser Art hatte ich schließlich mit meinem Verleger über das Problem gesprochen, allerdings vergeblich. Das Veröffentlichen von Romanen hatte mich in eine Welt aus hellen Wohnungen, freiliegenden Balken, Zierleisten, Parkett, Spiegeln und Kaminen katapultiert, in eine Welt, in der man das Flugzeug oder den Zug nahm, Reisen machte, übers Wochenende wegfuhr, Häuser mietete, eine Welt, in der man den Code seiner Kreditkarte tippte, ohne zu zittern, in der man mehr als einmal pro Jahr im Restaurant zu Mittag und zu Abend aß, CDs, DVDs und Markenkleidung kaufte, wenn einem danach war, eine Welt, in der all das vollkommen normal war, eine Welt, die sich selbst nicht als eine Welt von Reichen, ja nicht einmal von Bürgerlichen sah, sondern als eine Welt der Mittelschicht. Die wahren Reichen waren immer noch woanders, in den höheren Sphären der Geschäfte, der Finanzen, all dieser Dinge. Von Saint-Germain-des-Prés aus gesehen und für die Redaktionen der Kulturzeitschriften war ich tatsächlich der Sprössling der Unterschicht, ein Arbeiterkind, der Enkel eines Müllmanns. Und die Bewohner der Cités schienen in ihren Augen am Rand zu leben, automatisch ausgeschlossen, und es gab niemanden in meiner Umgebung, der nicht zitterte bei der Erwähnung der Hochhaussiedlungen. Dabei hatten Éric und ich, bevor wir wegen eindeutiger Verbürgerlichung ausgeschlossen wurden, dort freie und fröhliche Nachmittage, Wochenenden und Ferien verbracht. Natürlich hatten wir es hin und wieder mit einer der Banden zu tun bekommen, die das Viertel beherrschten und krumme Geschäfte machten, nichts Schlimmes, Shit und Elektronik, und natürlich hatten sie jedem von uns ein Fahrrad, unsere Tennisschläger und zwei oder drei Bälle abgenommen, aber im Grunde kam es uns so vor, als unterscheide sich das nicht wesentlich von dem, was mein Vater mir über seine Kindheit in den Backsteinsiedlungen von Maisons-Alfort erzählt hatte. Ich denke mir, dass die Dinge seitdem schlimmer geworden sind, dass die Beziehungen zwischen denen aus der Cité und den anderen angespannter geworden sind, ich vermute, dass wir die letzten Jahre ohne größere Probleme miterlebt haben. Ich weiß es nicht. Ich weiß nur, dass einer von Fabrices Brüdern Éric eines Tages seinen Motorroller gestohlen hatte und dass er, als er ihn sich zurückholen wollte, mit dem Messer bedroht wurde und dass wir von da an die Cité und diejenigen unseres Alters, die dort lebten, gemieden haben. Éric hat diese Geschichte zutiefst verletzt. Er war dort aufgewachsen. Er war Mulatte, sein Vater war Schwarzer und seine Mutter selbst Mulattin. Und jetzt war er plötzlich nicht mehr willkommen. Er war ein Feind geworden. Wie hatten die Dinge so rasch kippen können? Niemand wusste es. Niemand weiß, wann genau ein Riss zu einer Spalte wird und sich dann in einen unüberwindlichen Abgrund verwandelt.

Als ich ins Zimmer zurückkam, war mein Vater nicht mehr da.

»Dein Bruder ist hinausgegangen, um eine Zigarette zu rauchen«, sagte meine Mutter.

»Mein Vater, meinst du.«

»Ja, ja, natürlich. Dein Vater. Aber … sag mir noch mal deinen Namen.«

»Paul, Mama. Er lautet Paul.«

»Natürlich. Paul. Ach, diese verdammten Medikamente. Ich weiß nicht, was sie da reintun. Wo ich doch ein so gutes Gedächtnis habe.«

Das stimmte, sie vergaß nichts. Weder von ihrem Leben noch von unserem. Sie erinnerte sich an alles, was wir getan und gesagt hatten. Ich dagegen hatte keine Erinnerung an die ersten zehn Jahre meines Lebens. Ich hatte es oft gesagt oder geschrieben, und ich weiß, wie sehr sie das verletzte. Ich weiß, dass das für sie wie eine Negation meiner Kindheit war, dessen, was wir beide erlebt hatten. Und man muss nur eigene Kinder haben, um zu ermessen, was diese ersten zehn Jahre bedeuten. Wie schmerzhaft es sein kann zu hören, wie der eigene Sohn überall erklärt, er könne sich an nichts erinnern. Nicht an diese unzweifelhafte Liebe, an dieses fast animalische, gleichsam selbstverständliche und sich selbst genügende Band. An dieses so starke, ursprüngliche Band, das nichts jemals lösen kann, das so etwas wie ein Sockel, ein Wurzelgeflecht ist. Ich war auf dem Treibsand der Einfamilienhaussiedlungen, der Vorstädte ohne Anfang und Ende aufgewachsen, und meine Kindheit hatte sich irgendwohin verflüchtigt. Wie hätte ich nicht das Gefühl haben sollen, im Leeren zu treiben, in der Schwebe zu leben, zwischen zwei Wassern, ohne feste Verbindungen und Orientierungspunkte? Ich hatte häufig daran gedacht, an dieses verschlossene und unzugängliche Gedächtnis, das sich auf den Tod meiner Großmutter öffnete und dann auf einen Sommertag, an dem ich am Rand einer Schlucht so intensiv daran gedacht hatte zu sterben. Diese undeutliche Geographie, in der ich groß geworden war, ohne mich daran zu erinnern. Irgendwie schienen diese drei Elemente eng miteinander verbunden zu sein und mir irgendetwas zu erhellen. Ich las darin den Ursprung meiner Ausreißversuche, meiner Neigung zur Flucht und Abwesenheit, zum In-den-Hintergrund-Treten. Ich verstand besser mein Misstrauen gegen die Wurzeln, gegen die verbrauchten und ranzigen Identitäten, meine Fähigkeit, mich am anderen Ende der Welt zu Hause zu fühlen, und meine Manie, mir Zufluchtsstätten zu suchen und dort alles neu zu erfinden.

Meine Mutter sah mich an, als wäre sie verlegen oder schämte sich. Sie hasste den Gedanken, man könnte sich Sorgen um ihre Gesundheit machen, und tat alles, um mögliche Krankheiten herunterzuspielen. In meiner Familie jammerte man nicht. Mir kam immer wieder das Interview mit Jean-Louis Murat in den Sinn, in dem er erzählte, wie schockiert seine Großmutter gewesen sei, als sie »Cheyenne Autumn« gehört hatte; sie habe es ungehörig gefunden, dass er auf diese Weise seine Melancholie, seinen Schmerz ausgebreitet und so intime Verletzungen öffentlich gemacht habe. Meine Mutter mochte es überhaupt nicht, wenn man irgendetwas unnötig aufbauschte und allzu auffällig wurde. Dass ich Schriftsteller geworden war, missfiel ihr außerordentlich, und das Erscheinen eines neuen Buchs war für sie stets ein Affront, eine quälende Prüfung.

Mein Vater kam ins Zimmer, seinen Becher in der Hand und mit seinem gewohnten verschlossenen und frostigen Gesichtsausdruck. Was hatte ihn so biestig gemacht? All diese Jahre, gegen die sich seine unterdrückte Wut, diese Erbitterung, diese ständige Gereiztheit, diese eiskalte Sturheit richteten, mit denen er durchs Leben ging? Er warf einen missbilligenden Blick auf den Fernseher. Ich hatte seine Abwesenheit ausgenutzt, um vom Sport auf die Politik umzuschalten. Auf France 5 lief eine Diskussion. Es ging um den Aufstieg der Blonden. Manche Umfragen sagten ihr einen zweiten Wahlgang und dem bisherigen Präsidenten ein verheerendes Ergebnis voraus. Einer der Kommentatoren wirkte erschrocken, ja geradezu empört. Mein Vater seufzte, angewidert, bevor er nach der Fernbedienung griff und durch die Programme zappte, bis er bei irgendeinem schwachsinnigen Spiel stoppte. Ich hörte, wie er vor sich hin schimpfte: Wie sie ihn anödeten, diese Salonkommentatoren mit ihren hübschen Jacken, ihren Krawatten, ihren verdammten roten Schals und ihren großen Klappen. Sie redeten, um nichts zu sagen, sie sprachen über Leute, aber was wussten sie schon von den Leuten? Wann hatten sie zum letzten Mal das sechzehnte Arrondissement verlassen?

»Und außerdem, ich hab die Nase voll von diesen Fernsehdiskussionen. Nicht jeder will sich dauernd das Leben schwermachen wie du. Man muss auch mal ein bisschen entspannen, Scheiße.«

Ich drehte mich zu meiner Mutter, sie blickte woandershin. Sie hatte eine Heidenangst vor Diskussionen. Die Diskussionen, die meinen Bruder und mich jahrelang entzweit hatten, hatten sie genügend traumatisiert, sie wollte das nicht noch einmal erleben, vor allem nicht mit meinem Vater, mit dem man im Übrigen nicht diskutieren konnte. Beim geringsten Widerspruch bekam sie ein rotes Gesicht, ihre Gesichtszüge verhärteten sich, und man fühlte sich als Gesprächspartner sofort gehasst und verachtet. Was ein ausgesprochen irritierendes und verletzendes Gefühl war, wenn man zufällig ihr Sohn war.

Ich fragte mich, wovon er sich wohl entspannen wollte. Er war schon lange im Ruhestand, war keinerlei Zwang ausgesetzt und verfügte über jede Menge Zeit. Wenn ich zu Besuch war, hörte ich, wie er den lieben langen Tag jammerte, er habe es satt, dass man ihm ständig auf den Nerven herumtrampele, doch niemand dachte auch nur im Geringsten daran, die ganze Welt ließ ihn in Ruhe, aber das reichte anscheinend noch nicht. Ein Mofa auf der Straße, der Anblick einer Gruppe etwas erregter junger Leute, ein Kommentar im Radio oder im Fernsehen, den er für unangebracht hielt, brachten ihn bereits auf die Palme. Alles ging ihm auf die Nerven.

Manchmal dachte ich bei mir, dass er nur noch auf den Tod wartete, dass er sich wirklich nichts anderes wünschte, wenn er behauptete, er wolle in Ruhe gelassen werden. Ich betrachtete ihn und dachte an den Vater meiner Mutter in seinem Altersheim, der zum Schluss sein Radio nicht mehr eingeschaltet hatte. Sein ganzes Leben hatte er von morgens bis abends RTL gehört. An dem Tag, an dem ich ihn besucht hatte, war sein Radio ausgeschaltet gewesen, und ich hatte begriffen, dass er bald sterben würde. Drei Wochen später hatte eine schlimme Bronchitis ihn dahingerafft. In der Nacht davor hatte ich von ihm geträumt. Er irrte über einen leeren Parkplatz, in Unterhose und Strümpfen, mit langsamen zögernden Schritten, verloren und scheinbar auf der Suche nach einem Weg, einem Ausgang, einem Licht. Plötzlich hatte der Asphalt Risse bekommen und hatte ihn verschlungen in einer Lache aus geschmolzenem Makadam.

Eine Pflegehelferin kam mit dem Abendessen herein. Sie war die Schwester von Fabrice. Sie stellte etwas ungewürztes Püree, das nach Konserve roch, und eine Scheibe gekochtes Leder, das vermutlich als Fleisch durchgehen sollte, auf die Rollkommode. Erneut richtete sich ihr müder Blick auf mich. Ich fragte mich, ob sie mich erkannt hatte. Dann begriff ich, dass sie nicht mich betrachtete, dass sie niemanden betrachtete, dass ihr Blick ins Leere gerichtet war und sie in ihr Inneres blicken ließ, in ihre Gedanken oder ihre Abwesenheit, auf die verschwommenen und nebligen Gegenden, die einem die Müdigkeit vorgaukelt. Wie hätte sie mich erkennen sollen? Was war noch übrig von dem, der ich mit fünfzehn gewesen war? Die Jahre und die Kilos hatten ihn zum Verschwinden gebracht, und jetzt irrte er durch undeutliche Landschaften, unsichere, tief verschneite Täler. Ich half meiner Mutter, sich aufzurichten, während mein Vater seine Jacke anzog und ein »also, wir lassen dich dann allein« murmelte, das vor allem seinen Wunsch ausdrückte, nach Hause zu fahren. Wer hätte ihm das übelnehmen können? Wer bleibt schon gern stundenlang in einem Krankenhauszimmer, ohne krank zu sein? Außerdem lebten meine Mutter und er schon so lange zusammen, dass sie sich nicht mehr viel zu sagen hatten. Zu Hause löschte der Alltag teilweise das Schweigen aus, füllte es und machte es bedeutungslos und normal, doch hier, in diesem geschlossenen Raum, in dem es nach Gemüse ohne Geschmack, Desinfektionsmitteln, Äther, Alkohol und Wasserstoffperoxid roch, verbreitete es Unbehagen und machte einem die eigene Unfähigkeit, das eigene Versagen bewusst. Nacheinander küssten wir meine Mutter auf die Stirn und gingen auf den Flur hinaus. Aus den meisten Zimmern kamen Besucher, die, sobald sie die Tür geschlossen hatten, den Schritt beschleunigten, man konnte ihre Erleichterung spüren. Da herauszukommen war stets eine Erlösung, man hatte immer Angst, ebenfalls dort zu bleiben. Irgendwann würde das auch geschehen, doch bis dahin ging man dicht an den Wänden entlang, als könnte einem das einen Aufschub gewähren. All unsere Hoffnungen gründeten auf diesen kindlichen Glauben: nicht auffallen und heil davonkommen. Lange hatte ich geglaubt, das sicherste Mittel, nicht krank zu werden, sei, die Ärzte zu meiden. Natürlich war das Unsinn, und mit fünfunddreißig hatte ich einsehen müssen, dass es nichts half, den Kopf in den Sand zu stecken, Leber, Knöchel, Zähne, alles hatte ich nach und nach ruiniert, die Grenzen waren überschritten, mein Körper flehte um Gnade, und mein Terminkalender wurde mit einem Mal weniger von der Literatur als von den Ärzten bestimmt. Wir verließen das Hotel und gingen zu unseren Autos. Eine fahle Sonne versuchte durch den milchigen Himmel zu dringen und tauchte die Gebäude ringsum in gelbes Licht. Weiter unten schien der Fluss Schlamm mit sich zu führen. Ich ließ meinen Vater allein nach Hause fahren. Ich brauchte ein Bier, bevor ich meinerseits nach Hause fuhr, das Abendessen machte und mich seinem Schweigen, seiner Kälte und seinem schneidenden Blick aussetzte. Ich hatte ihn nie anders erlebt als so: mit vor Erbitterung zusammengepressten Kiefern, kalter

Wut, erschöpft. Seine Schimpfkanonaden und seine Tritte in den Arsch. Seine Manie, uns den Arm zu zerquetschen, uns bis zur Eingangstür zu zerren, sie zu öffnen, während er uns festhielt, und uns hinauszubefördern, um uns zu beruhigen und uns über das nachdenken zu lassen, was wir getan oder gesagt hatten. Oder nicht getan, nicht gesagt hatten. Anders hatte ich ihn nie erlebt, doch ich hatte mich nie wirklich daran gewöhnen können. Ich betrat die Bar, die Yanns Vater gehörte, die einzige in dieser Stadt, in die ich jemals den Fuß gesetzt hatte. Im Übrigen kannte ich auch keine andere. Ich hatte irgendwann vergessen, wie ein solcher Ort in einer solchen Gegend aussah. Jedenfalls kein Ort, den man sich aussuchte, den man besonders mochte oder wo man sich mit anderen traf. Nein, an einem solchen Ort strandete man zwangsläufig, getrieben von der Langeweile, der Einsamkeit oder dem Verlangen nach Alkohol, oder allen drei Dingen gleichzeitig. Dort, wo ich seitdem lebte, waren die Cafés voller fröhlicher Schüler und Studenten, die Rumpunsch tranken, das Haar noch feucht und angegriffen vom Salz, inmitten der Holztäfelungen und zum Klang alter Rock- oder Reggaeklassiker. Doch wäre es keinem Jugendlichen oder Erwachsenen unter vierzig in den Sinn gekommen, die Tür eines solchen Lokals aufzustoßen, mit all dem Ärger und den Enttäuschungen, die damit verbunden sind. Vor allem dann nicht, wenn es keine Zigaretten verkaufte. Das Café von Yanns Vater bestand gerade mal aus zehn Plastiktischen in einer Reihe vor dem schmalen Tresen, an dem drei Stammgäste standen, die schon angeheitert waren, bevor sie ihr erstes Glas Weißwein bestellt hatten. Ich setzte mich in die Nähe der Tür. Über der Bar zeigte der Fernseher Bilder aus Japan. In einer Endlosschleife liefen die immer gleichen unvorstellbaren Bilder über den Schirm, die nur schwer zu ertragen waren: ausgelöschte Dörfer, dem Erdboden gleichgemachte Städte, begraben unter einer Schlammflut, die Autos, Bäume und Telegrafenmasten mit sich riss, in Lagerhallen und Turnhallen zusammengepferchte Menschen auf Matratzen, die Zeitung lasen oder sich um ihre Kinder kümmerten, verstörte Gesichter, leblose Körper, Gliedmaßen, die aus Trümmern ragten, tränenüberströmte Gesichter, ruinierte, zerfetzte, vernichtete Existenzen. Das anzuschauen war schlicht und ergreifend unerträglich. Ich wechselte den Platz, um auf die gewöhnliche Straße ohne jeden Reiz zu blicken. Yanns Vater kam, um meine Bestellung aufzunehmen. Er war noch dünner als damals, als hätten die Jahre ihn ausgemergelt. Seine Frau kam herein. Lautstark wie immer rief sie, sie sei gerade aus ihrem Mittagsschläfchen aufgewacht und habe Lust auf einen Pastis, bevor sie die Gäste mit einem Küsschen begrüßte. Sie war jünger als meine Mutter, aber wenn man sie näher betrachtete, würde man nicht glauben, dass sie mehr oder weniger derselben Generation angehörten und Söhne im gleichen Alter hatten. Sie hatte sich nicht sehr verändert. Das Haar immer noch lang und rotbraun, fast rot gefärbt, die Augen übertrieben geschminkt, Brüste, die sich deutlich abzeichneten in einem ihrer enganliegenden auffällig bedruckten T-Shirts, meist im Leopardenlook, für den sie stets eine Vorliebe gehabt hatte. Ihre Stimme war noch rauher geworden, und das wollte was heißen, denn schon damals hatte ihre Stimme wie ein Reibeisen geklungen. Als sie mich sah, öffnete sich ihr Mund wie ein Fischmaul. In einer theatralischen Geste tat sie so, als würde sie ohnmächtig, und schrie: »Das gibt's doch nicht, das gibt's doch nicht!« Ich wusste nicht, wohin ich mich verkriechen sollte. Ich fühlte mich wie ein kleiner schüchterner Junge, den ein Onkel, der sich einen Spaß machen will, plötzlich ins Licht stößt. Yanns Vater warf ihr einen fragenden Blick zu, während er das Bier vor mir auf den Tisch stellte. Alle Stammgäste hatten sich zu mir umgedreht.

»Aber erkennst du ihn denn nicht? Das ist Paul.«

»Paul?«

»Ja, Yannicks Paul.«

Sie setzte sich mir gegenüber, mit einem breiten und zärtlichen Lächeln. Wir plauderten einen Augenblick. Sie freute sich wirklich, mich zu sehen. Sie hatte mich sofort erkannt, weil Yannick ihr Zeitungsfotos von mir gezeigt hatte, er war eines Tages auf einen Artikel gestoßen und war sofort in die Buchhandlung gestürzt. Er, der niemals viel gelesen hatte, verschlang seitdem alles, was ich veröffentlichte, und schnitt alle Artikel über mich aus, wenn sie ihm in die Hände kamen. Sie hatte es ebenfalls versucht, aber mit den Büchern war es immer das Gleiche, nach drei Seiten gab sie auf, vor allem, wenn das, was erzählt wurde, nicht wahr war. Warum sollte sie sich für Dinge interessieren, die nicht wirklich passiert waren im echten Leben?

»Und Filme?«, sagte ich auf gut Glück.

»Wie, Filme?«

»Filme mögen Sie doch, oder?«

»Ja.«

»Aber die sind doch auch erfunden. Und die Leute, die man auf der Leinwand sieht, sind nur Schauspieler, die so tun als ob.«

Sie machte sich nicht die Mühe zu antworten und stellte mir einen Haufen Fragen über den Ort, in dem ich lebte, über meine familiäre Situation, über das Leben, das ich führte. Danach kramte sie in Erinnerungen an meine Besuche in dem Café. In der Regel durchquerten wir lediglich den Raum, öffneten die Tür und gingen in den oberen Stock, wo sie ihre Wohnung hatten. Im Kühlschrank war immer Bier. Wir nahmen ein paar Flaschen und gingen in Yanns winziges Zimmer. Meist war auch Éric da und manchmal Stéphane, den ich gerade in der Stadt im Simply wiedergetroffen hatte. Und David, Fabrice und Christophe, wenn seine Eltern ihm erlaubten auszugehen. Auch Thomas kam ab und zu, aber weniger häufig als die anderen. Seine Eltern sahen es nicht gern, dass er sich in einer Bar herumtrieb. Sie misstrauten Yann. Niemand wusste so recht, warum. Sie behaupteten, in diesem Café geschähen zwielichtige Dinge. Außerdem waren Yanns Eltern früher Schausteller gewesen und man hatte Yann und seinen Bruder Jérôme auf den Märkten in den Städten ringsum gesehen, wo sie ausgeholfen hatten. Ich liebte es, sie sonntagvormittags dort zu besuchen, unter dem Vorwand, ich würde ein Huhn und Tomaten für meine Mutter kaufen. Ich sah, wie sie Kisten auf- und abluden, die Kunden bedienten und das Restgeld herausgaben. Sie beeindruckten mich. Ich glaube sogar, dass ich sie beneidete. Wegen des Geldes, das sie auf diese Weise verdienten. Yann war der Erste, der sich ein Mofa kaufte. Seine Eltern versuchten damals, ihre Kneipe in ein Fastfood-Restaurant zu verwandeln. Der Vater sagte, man müsse mit der Zeit gehen, bald gebe es überall nur noch Hamburgerrestaurants. In diesem Punkt hatte er sich nicht getäuscht, doch ihres hatte nur ein paar Monate überlebt. Die Stammgäste waren weggeblieben, und niemand schien Cheeseburger anderswo als bei McDonald's essen zu wollen, der gerade an der Nationalstraße aufgemacht hatte, ganz in der Nähe von Auchan. Unter dem Bistro gab es einen Keller. Jérôme hatte dort einen Plattenspieler und Lautsprecherboxen aufgestellt, dazu rote und grüne Spots und Gartenprojektoren mit Gelatinefiltern. Außerdem hatte er ein oder zwei Bänke und niedrige Tische aufgetrieben. An den Wänden hingen Fotos von Madonna, U2, Cure und Simple Minds. Von der Decke hing sogar eine Diskokugel. Hier fanden die Feten statt. Alle zwei Wochen. Dann wöchentlich. Dort verbrachte ich Abende, an denen ich mich nicht vom Plattenspieler wegbewegte, schüchtern und linkisch, während die anderen tanzten. Dort nahm ich mir vor, Nathalie, Caroline oder Céline zum Tanzen aufzufordern, wenn ein Slow kam, Scorpions, Eagles, George Michael, ohne mich letztlich zu trauen, ohne schnell genug zu sein, jedenfalls landeten sie immer in den Armen von Stéphane oder einem anderen, der sie schließlich küsste und ein oder zwei Wochen mit ihnen ging, bevor er Schluss machte und sie in Tränen aufgelöst und stets ein bisschen verliebt zurückließ. Thomas kam nicht oft, seine Eltern erlaubten ihm nur selten, abends auszugehen. Sie mochten nicht nur keine Bars, sie schätzten auch solche Abendvergnügungen nicht. Und das, was sie seinen »Umgang« nannten. Doch wenn er kam, war er stets der Hahn im Korb, ein süßer Fratz, immer gut frisiert und gut gekleidet, der sich zu benehmen wusste.

Er war der einzige Spießer in unserer Clique. Merkwürdigerweise ging er nicht wie die anderen auf die Privatschule an der Place Jules Ferry, ein schlechter Witz übrigens, fast ebenso schön wie die Adresse der Arbeitsagentur in der Rue de l'Avenir. An meinem ersten Tag in der fünften Klasse saß ich in Französisch neben ihm, wir freundeten uns rasch an, und eines Samstagmittags lud er mich zu sich ein. Er lebte in einer Wohnanlage von Kaufman and Broad, einer Ansammlung von luxuriösen Einfamilienhäusern, die sich um einen Park und ein großes Belle-Époque-Haus gruppierten, das »das Schloss« genannt wurde. Kleine Kanäle verliefen zwischen den Alleen. Unter den gewaltigen Bäumen, die flaschengrüne Schatten auf große Rasenflächen warfen, gab es Teiche und Spielplätze aus massivem Holz. Als ich mit Éric zu ihm kam, sah seine Mutter uns schief an und wollte als Erstes wissen, wo wir wohnten. Meine vage, aber beruhigende Antwort (im Stadtzentrum, Madame) bewahrte mich zwar vor dem Schlimmsten, doch Éric passierte niemals die Schranke. Die Tatsache, dass er in der Cité lebte und unverkennbar ein Mulattengesicht hatte, wirkte sich eindeutig ungünstig für ihn aus. Er wurde nie mehr eingeladen, wenn die Eltern da waren. An diesem ersten Samstag verbrachten wir den Nachmittag damit, Fahrrad zu fahren und Dart zu spielen und sogar Billard. In einem eigens dafür vorbehaltenen Raum stand ein riesiger Billardtisch aus Mahagoni, der mit einem fast neuen grünen Tuch überzogen war. Es gab auch ein Arbeitszimmer mit Bibliothek, es war das einzige Haus mit einem solchen Zimmer, das ich kannte, die Küche war hell und hervorragend ausgestattet, das Wohnzimmer dreimal so groß und mit Sofas aus cremefarbenem Leder auf hellem Parkett. Thomas hatte drei Brüder, und jeder hatte sein eigenes Zimmer mit dickem Teppichboden und gestrichenen Wänden ohne Poster und tadellos aufgeräumt. Am Wochenende fuhren sie alle gemeinsam ans Meer oder aufs Land in ihr Ferienhaus, im Winter liefen sie Ski in Courchevel, und im Sommer flogen sie in ferne Länder, zu einer Zeit, da wir auf solche Dinge überhaupt nicht achteten, doch im

Nachhinein verstehe ich besser die misstrauischen und missbilligenden Blicke, mit denen seine Eltern uns betrachteten. Hast du nicht genug Freunde in der Wohnanlage? Und deine Freunde in der Seelsorge?, flehten sie ihn an und schüttelten betrübt den Kopf. Als ich das erste Mal bei ihm gewesen war, hatte seine Mutter, bevor wir gingen, jedem von uns eine Broschüre mit dem Titel *Glaubst du? Ich glaube* mitgegeben, in der ich noch am selben Abend in meinem Bett gelesen hatte. Darin war die Rede vom Glauben und von Jesus, vom Religionsunterricht, von den Gebeten und von der Sonntagsmesse. Sie lag mehrere Wochen auf meinem Nachttisch. Eines Tages sprach mein Vater mich darauf an: »So was liest du?« Das war alles, doch an seinem Ton und seinem Gesichtsausdruck erkannte ich, dass ihm das nicht gefiel. Aber er hatte es immerhin dabei belassen. Die Mutter meiner Mutter war sehr fromm gewesen, und meine Mutter schätzte es nicht, wenn man der katholischen Religion allzu kritisch gegenüberstand, obwohl sie selbst nicht sehr gläubig war. Sie liebte ihre Mutter sehr, und da diese bis zu ihrem Tod an all diese Dinge geglaubt hatte, konnte man sie nicht einfach mit einer Handbewegung vom Tisch fegen. Damit hätte man ihr Andenken beleidigt. Damals träumte ich häufig von dem Leben, das ich gehabt hätte, wäre ich zusammen mit Thomas' Brüdern aufgewachsen. Sein Vater ein hoher Beamter. Seine Mutter, die sich der Wohltätigkeit widmete. Der große Flügel im Wohnzimmer, die Tennis-, Golf-, Skistunden, die Messe, der Religionsunterricht … Auch ihn beneidete ich, so wie ich Yann darum beneidete, in einer Bar zu leben, die über einen Keller verfügte, der für Partys hergerichtet war, was ihm natürlich eine gewisse Beliebtheit verlieh. Das und seine Mutter. Sein Vater machte uns ein wenig Angst, wie alle Väter, wie meiner. Vermutlich war es eine Generationsfrage. Mit Ausnahme von Érics Vater, der von den Antillen stammte, ein sanfter und untreuer Mann, ein Schürzenjäger mit zarter Stimme und fast femininen Bewegungen, machten uns alle Väter Angst, derjenige von Christophe vor allem, der als

Faschist bezeichnet wurde, aber nicht nur er. Der Vater von Yann war kurz angebunden und wortkarg, Tattoos bedeckten seinen Rücken und seine Schultern, es hieß, er habe in einem Zirkus gearbeitet und sich dann um Jahrmarktsattraktionen gekümmert, manche behaupteten sogar, er sei eine Weile im Gefängnis gewesen, was Yann mir eines Tages mit der ausweichenden Bemerkung bestätigt hatte: »Aber das ist lange her, bevor er Mama kennenlernte. Sie hat ihn gezähmt.«

Yanns Mutter brachte mir ein zweites Bier, ohne dass ich darum gebeten hatte. Sie war wirklich gerührt. Während ich sie betrachtete, musste ich unwillkürlich an die eigenartigen Abende denken, die wir bei ihr verbracht hatten. Manchmal blieben wir über Nacht, Éric, Stéphane und ich. Fabrice bekam nie die Erlaubnis dazu. Seine Mutter wollte es nicht, »es gehört sich nicht, die Leute auf diese Weise zu belästigen«, pflegte sie zu sagen. Was Fabrice nicht begriff, letzten Endes aber hatte begreifen müssen, war, dass es seiner Mutter egal war, ob er woanders übernachtete, solange es nur in der Cité war. Außerhalb war ihm nichts erlaubt. Als ich jetzt wieder daran dachte, musste ich lächeln. Yanns Wohnung war dunkel und klein, die Zimmer waren winzig, nichts hätte irgendjemandem ein Gefühl sozialer Unterlegenheit vermitteln können, mit Ausnahme derjenigen, die die Büros putzte und deren Mann Sicherheitsbeamter im Einkaufszentrum war. Yanns Mutter verbrachte viel Zeit mit uns, wenn sie die Bar geschlossen hatte, kam sie zu uns hinauf, legte sich aufs Sofa zwischen Yann und mich, küsste uns auf die Stirn, stellte uns einen Haufen Fragen über Mädchen und so weiter und sah sich mit uns die Horrorfilme und Blockbuster an, die wir uns reihenweise reinzogen, *Gremlins*, *Zurück in die Zukunft*, *Indiana Jones*, *Star Wars* und all das Zeug. Sie blieb auch, wenn Yann den Sender Six einschaltete, auf dem Softpornos liefen. Anfangs war es mir peinlich gewesen, dass wir sie in ihrer Anwesenheit anschauten, aber dann hatte man sich daran gewöhnt, und wir brachen jedes Mal in schallendes Gelächter aus, wenn sie ihre Kommentare abgab über die stöhnenden Mädchen und die Kerle, die ihren Slip anbehielten und so taten, als würden sie ficken, auf flauschigen Teppichen vor einem Kaminfeuer zu den schmachtenden Klängen eines Saxophons.

»Und Yann«, fragte ich, »was ist aus ihm geworden?«

»Yann geht's ganz gut. Du weißt ja, wie er ist. Er schafft es immer irgendwie. Er arbeitet bei Castorama. Leiter der Gartenabteilung. Rasenmäher und so weiter. Es ist schon komisch, denn wir haben nie einen Garten gehabt, und er hat auch keinen. Er wohnt ganz in der Nähe, in D., in einem kleinen Apartment in einer ruhigen Wohnanlage. Er ist verheiratet. Mit Céline übrigens. Es ist schon komisch. Wie viele Jahre ist er hinter ihr her gewesen. Damals ist sie mit allen seinen Kumpels ausgegangen, aber nie mit ihm.«

»Mit mir jedenfalls nicht.«

»Ja, aber du ...«

»Was, ich?«

»Na ja, du warst damals schon ein Träumer. Immer ernst, innerlich zerrissen. Schüchtern, intellektuell. Das mögen die Mädchen nicht ... In den Zeitschriften behaupten sie zwar das Gegenteil, dass sie die sensiblen, ein wenig poetisch veranlagten Jungs mögen, aber das ist Blödsinn. In Wirklichkeit wollen sie einen Typen, der zuverlässig ist, der sie zum Lachen bringt, wenn möglich, der sich nicht dauernd Gedanken macht ...«

»Haben die beiden Kinder?«

»Nein. Nicht, dass sie es nicht versucht hätten, aber es klappt einfach nicht. Das zermürbt sie. Ihn sogar mehr als sie. Ich werde dir ihre Nummer geben: Du brauchst sie nur anzurufen, das wird sie freuen, du glaubst gar nicht, wie. Was hat sie uns vollgequatscht mit ihrem Kumpel, der Schriftsteller geworden ist ... Eines Abends mussten wir uns sogar eine Büchersendung auf France 5 anschauen. Ich bin eingeschlafen. Ich habe dich nicht einmal mehr sprechen hören. Ich habe nur noch gesehen, dass du ganz schön dick geworden bist und dass du schlecht rasiert warst. Also wirklich. Wenn man im Fernsehen auftritt, sollte man sich schon rasieren. Und sich die Haare kämmen. Du hast ausgesehen wie ein Bär.«

»Und wie geht es seinem Bruder?«

»Oh, Jérôme ... Wir sehen ihn nicht oft. Dabei wohnt er gar nicht weit weg. In Le Vésinet im Département Yvelines. Du glaubst es nicht. Le Vésinet. Du musst sein Haus sehen. Hier würde man es Schloss nennen, aber für sie ist es nur ein Haus. Na ja, in zehn Jahren sind wir nicht mehr als dreimal dort gewesen. So ist es eben. Er ist sehr beschäftigt. Der Herr ist Ingenieur, verstehst du. Aber wir beklagen uns nicht. Das haben wir uns ja immer für ihn gewünscht. Deswegen haben wir uns ja jahrelang krummgelegt. Damit er studieren kann und eine gute Stellung hat. Wir können uns also eigentlich freuen. Nur würden wir ihn eben gern öfter sehen und nicht immer nur mit ihm telefonieren. Manchmal habe ich das Gefühl, er geht uns aus dem Weg. Als würde er sich schämen. Als wären wir nicht mehr gut genug für ihn. Oder für seine Frau. Keine guten Manieren. Nicht genügend Niveau. Nicht der richtige Stammbaum. Er hat Kinder, aber wir haben sie nur vier- oder fünfmal gesehen. Robert sagt manchmal, er wolle prozessieren, man habe jetzt das Recht dazu. Kindesentzug oder so ähnlich. Ich hab ihm geantwortet, du spinnst wohl, bei deinem Strafregister, da machen wir uns ja lächerlich, es ist zwar lang her, aber wenn man als vorbildliche Großeltern gelten will, macht es keinen guten Eindruck, wenn man wegen Betrugs im Knast war.«

»Und Ihnen geht es gut?«

»Ach, es geht schon. Robert hat sich letztes Jahr einen Tumor entfernen lassen. Im Gehirn, obwohl er keins hat. Die Lungen dagegen sind sauber. Seit seinem vierzehnten Lebensjahr raucht er zwei Päckchen am Tag, aber nichts, der Arzt sagt, er habe Lungen wie ein junger Mann. Kannst du das glauben?«

Ich kramte in meiner Tasche nach etwas Kleingeld, doch sie bedeutete mir, es sei schon gut. Das gehe aufs Haus. Sie küsste mich auf die Stirn, wie sie es spätabends gemacht hatte, wenn sie sich zwischen uns gelegt hatte, um zu plaudern und die schwachsinnigen Sendungen von Jacques Pradel oder Christophe Dechavanne zu gucken. Ich ging hinaus. Draußen war es bereits dunkel. Im Radio war immer noch von Japan die Rede. Wie der schwarze Rauch, der vom Atomkraftwerk von Fukushima aufstieg, hatte befürchten lassen, war es in Mitleidenschaft gezogen worden. Die Schäden schienen sehr schwerwiegend zu sein. In der unmittelbaren Umgebung hatte die Radioaktivität rapide zugenommen. Man musste mit dem Schlimmsten rechnen.

ALS ICH NACH HAUSE zu meinem Vater kam, waren die Fensterläden bereits geschlossen. Ich hatte das Gefühl, einen Keller zu betreten. Im Wohnzimmer lief der Fernseher, mein Vater sah sich *Top Chef* an, einen Kochwettbewerb, in dem Sterneköche die Kochkünste von Sous-Chefs prüfen, die davon träumen, mit Hilfe ihres Kochtalents ihr Leben zu ändern. Die behaupteten, das Kochen beherrsche ihr Leben, ihre Gedanken und ihre Träume. Warum nicht, dachte ich bei mir. Wenn es das ist, was sie in Erregung versetzt. Was mich dagegen wunderte, war, dass man zu allem bereit war, nur um ins Fernsehen zu kommen. Wenn die wüssten, dachte ich. Ich hatte ein paarmal die Gelegenheit gehabt, und ich konnte nicht verstehen, wie man sich das freiwillig antun konnte.

Ich bereitete zwei Doradenfilets und Reis zu, während mein Vater sich für all diese Leute begeisterte, die alles Mögliche ablöschten, Fleisch dämpften und Schlemmermahlzeiten komponierten. Ich hörte, wie er kommentierte, sich aufregte, reagierte. Er, der nicht einmal Nudeln kochen konnte. Der gerade mal fähig war, ein halbes Baguette der Länge nach aufzuschneiden, es mit Butter zu bestreichen und mit einem Stück Comté und einer Scheibe Schinken zu belegen.

Ich ging mit zwei Tabletts zu ihm ins Wohnzimmer, und wir aßen, während wir auf den Bildschirm starrten. Ein Typ, der wie ein Catcher aussah, weinte, weil ihm seine Mayonnaise misslungen war. »Stellen Sie sich das mal vor«, sagte er immer wieder, »ich will Küchenchef werden und krieg nicht einmal eine Mayonnaise zustande. Und das unter den Blicken von Thierry Marx und Jean-François Piège …« Bei der ersten Werbeunterbrechung fasste ich endlich den Mut, meinen Vater über meine Mutter auszuhorchen. Ich ging sehr behutsam vor. Ich spielte den Eindruck etwas herunter, den ich im Krankenhaus von ihr gewonnen hatte. Ich wollte ihn auf keinen Fall brüskieren. Ein falsches Wort, und mein Vater würde aufbrausen, sein Gesicht würde rot anlaufen, und seine Augen würden diesen Ausdruck annehmen, der mich meine ganze Kindheit hindurch in Angst und Schrecken versetzt hatte und von dem ich immer noch manchmal träumte. Ich hätte das Gefühl, dass sie leicht verwirrt sei, sagte ich vorsichtig. Sie sei mir etwas konfus vorgekommen, und sie habe mich zweimal mit meinem Bruder verwechselt.

»Oh, fang du nicht auch noch an. Das sind die Medikamente. Ich hab's deinem Bruder schon gesagt. Wieso wollt ihr mir eigentlich unbedingt einreden, dass sie den Verstand verliert?«

»Wir wollen dir nicht einreden, dass sie den Verstand verliert, wir machen uns nur Sorgen, das ist alles.«

»Ja, aber ihr wisst doch, dass sie nicht will, dass man sich Sorgen um sie macht. Du kennst sie. Sie leidet stumm. Sie jammert nicht die ganze Zeit wie du und deine Bücherfreunde. Aber ich muss dir was sagen, weil sie dich nie darauf ansprechen wird, du kennst sie ja, womit sie gar nicht fertigwird, ist, dass du dich von Sarah getrennt hast. Und sie nimmt dir übel, dass du die Kinder in eine solche Situation gebracht hast. Das macht ihr wirklich Sorgen, wenn du es genau wissen willst.«

Die Sendung ging weiter, und mein Vater starrte wieder auf den Bildschirm, ein Zeichen, dass das Gespräch beendet war. Ich konnte mich nicht erinnern, dass er jemals so lange an einem Stück mit mir geredet oder dass er jemals mir gegenüber die Sorgen und den Kummer angesprochen hätte, die ich meiner Mutter bereitete. Ich brachte die Tabletts in die Küche zurück, spülte Teller und Besteck und trank den Rest, der noch in der Weinflasche war. Vom Wohnzimmer drangen die Freudenschreie einer Frau zu mir, der eine Tajine gelungen war, das Thierry Marx als gut gewürzt, intensiv im Geschmack, ausgewogen und lecker bezeichnet hatte. Was mein Vater gerade über meine Ehe und die Kinder gesagt hatte, ging mir nicht aus dem Kopf. Ich konnte nicht widerstehen. Ich wählte Sarahs Nummer. Sie nahm ab, und am anderen Ende der Leitung hörte ich das Echo derselben Sendung. Sarah kochte ebenfalls nie, schoss es mir durch den Kopf. Doch dann besann ich mich. Jetzt, da ich nicht mehr da war, blieb ihr nichts anderes übrig, niemand ist unersetzlich, vor allem, was diese Dinge betrifft. Ich verlangte die Kinder zu sprechen.

»Sie schlafen, Paul.«

»Was?«

»Sie sind im Bett.«

Ich blickte auf die Uhr. Gerade mal 21 Uhr 30. Um diese Zeit waren sie nie im Bett, beide nicht.

»Eben. Wir versuchen, gute Gewohnheiten anzunehmen.«

»Gute Gewohnheiten? Gib zu, dass ihr euch ohne mich so sehr langweilt, dass ihr mit den Hühnern zu Bett geht.«

Sie würdigte mich keiner Antwort. Im Wohnzimmer gestattete eine zweite Werbepause meinem Vater, pissen zu gehen. Man könnte glauben, die Fernsehsendungen seien nur noch dazu da, um zwischen zwei Werbeblöcken zu warten. Ich stellte diesen Schwachsinn leiser, den man, wenn man ihn schon nicht verbieten kann, mit hohen Steuern belegen sollte, um die Kassen des Kultur- und Bildungsministeriums zu füllen, deren Arbeit er beleidigte und sabotierte kraft des Prinzips der Lobotomie, auf das er seinen Einfluss gründete.

»Wie geht's deiner Mutter?«

»Ganz gut. Die Medikamente verwirren ihren Geist, aber davon abgesehen ganz gut. Sie sprechen davon, sie Ende nächster Woche zu entlassen.«

»Und dein Vater?«

»Wie immer. Die reinste Quasselstrippe. Herzlich. Fröhlich. Entspannt. Und jetzt gib mir Manon!«

»Ich sagte doch, sie ist im Bett.«

»Gib sie mir, verdammt!«

»Ich lege auf, Paul.«

»Sag ihnen, dass ich sie liebe.«

»Das wissen sie.«

Und sie legte auf. Mein Vater setzte sich wieder vor den Fernseher. Er stellte den Ton lauter. Ich war ein entschiedener Gegner des Fernsehens. Darin aufzutreten hasste ich ebenso wie davorzusitzen. Ich hatte immer das Gefühl, lebendig begraben zu sein. Seit sie im Ruhestand waren, widmeten meine Eltern ihm den größten Teil ihrer Zeit. Etwas, das für mich unbegreiflich war. Sie hatten ihr ganzes Leben für einen Hungerlohn gearbeitet und sich abgerackert, meine ganze Kindheit hindurch hatte ich immer gehört, wie sehr sie sich nach dem Ruhestand sehnten, das war für sie der Anfang des wahren Lebens, die Hoffnung auf Erlösung, wie das Paradies für die Gläubigen. Mein Vater sagte immer: »Wir werden das Haus aufgeben und uns ein kleines Häuschen am Meer kaufen, bei den heutigen Preisen hier werden wir uns vielleicht was direkt am Wasser leisten können, wenn wir einen gottverlassenen Ort wählen, im Cotentin oder im Finistère. Niemand wird uns mehr auf die Nerven gehen, wir werden ein ruhiges Leben führen, ich werde wieder angeln, deine Mutter wird den ganzen Tag das Meer betrachten können, sie hat immer gesagt, das sei das Einzige, was sie wirklich liebe, mich ödet das ja schnell an, aber ich werde Fahrrad fahren oder Kajak, und ich werde anfangen zu lesen, vor lauter Arbeit und Erschöpfung bin ich nie dazugekommen, aber sobald ich im Ruhestand bin, werde ich das nachholen. Und ich werde auch Musik hören. Im Sand sitzen, Musik hören und die Vögel beobachten, ohne irgendwas anderes zu tun zu haben, das muss wunderbar sein … Ich sehe mich schon …« Natürlich hatten sie nichts von alldem gemacht. Hatten nicht ihr Haus verkauft, fuhren niemals in Urlaub, saßen immer nur vor der Glotze. Was hatte sie daran gehindert? Nichts. Ich hatte sogar für sie recherchiert. Hatte zum Preis ihres Einfamilienhauses ein von Grund auf renoviertes Bauernhaus mitten auf dem Land ausfindig gemacht, nur zwei Autominuten vom Strand von Plouha entfernt. Kieselstrände inmitten der von Farn und Stechginster bedeckten Landzungen und Klippen. Etwas weiter weg, in Richtung Roscoff, wartete ein Fischerhäuschen auf sie mit Blick auf den Jachthafen. Im Cotentin nahe Portbail gab es Schlafzimmer, Küche, Wohnzimmer und Terrasse, nichts Großes, aber direkt am Strand. Und so weiter und so fort. Mein Computer quoll über von ihrem ganz neuen friedlichen Leben, ihrer wohlverdienten Erholung am Meer, in unmittelbarer Nähe der Dünen, der kleinen Buchten, der Zöllnerpfade. François hatte das Haus schätzen lassen, und die Summe, die meine Eltern dafür bekommen würden, hatte uns verblüfft. So merkwürdig es klingt, in dieser Banlieue, wo nie jemand hatte leben wollen, in dieser Banlieue, die immer von allen als grässlich bezeichnet worden war, als hässliche, öde und langweilige Wohnwüste, waren die Immobilienpreise plötzlich explodiert. Die Wohnungen und Einfamilienhäuser mit Garten, die in unmittelbarer Nähe des Bahnhofs lagen, fanden reißenden Absatz, fünfundzwanzig Minuten im Zug genügten, um ins Zentrum von Paris zu kommen, wer hätte geglaubt, dass die Linien C und D des RER eines Tages zu Verkaufsargumenten werden würden, die alle Gebote rechtfertigten? Paris drängte die Mittelschichten immer mehr aus seinen Mauern hinaus, selbst das Kleinbürgertum kam nicht mehr zurecht, sobald ein Paar zwei Kinder hatte, war das Leben nicht mehr bezahlbar. Sie alle hatten zunächst den kleinen Gürtel besiedelt und drangen jetzt in die große Banlieue vor, manchmal sogar bis dorthin, wo das Land begann. Überall wurden Sozialwohnungen gebaut, der Schneeballeffekt wurde nur knapp vermieden, und die ärmsten Vorstadtbewohner waren schon bald gezwungen, ebenfalls wegzuziehen und sich woanders umzusehen. Den Geringverdienern unter den neuen Exilanten blieben nur die Rübenfelder, und sie siedelten sich im Nirgendwo an, waren auf Züge angewiesen, die nur einmal pro Stunde fuhren, und brauchten anderthalb Stunden, um Les Halles zu erreichen. In V. wie in den Städten ringsum lebten jetzt die vormals vorstädtischen unteren Volksschichten zusammen mit den neuen Vertriebenen. Letztere trösteten sich, so gut sie konnten, mit den Seineufern und dem nahen Wald und so etwas wie Landluft in manchen Ecken der Stadt, allerdings musste man hierfür eine eher vage Vorstellung vom Land haben und durfte nicht allzu anspruchsvoll sein, wenn man von Natur sprach. Sosehr ich mir auch die Augen rieb, man prügelte sich jetzt darum, an dem Ort zu leben, wo ich aufgewachsen war, den ich immer hatte verlassen wollen und den meine Eltern, wenn es nach mir gegangen wäre, auch hätten verlassen sollen. Was hielt sie nur dort? Welche Bindungen? Welche Wurzeln? Welche Trägheit? Warum waren sie unfähig, sich ein bisschen Glück zu gestatten, sich eine gute Zeit zu machen, sich ihren Anteil am Horizont, am Licht, an silbrigen Fluten im Sonnenlicht, am Sand und an den Vögeln zuzubilligen? Ich konnte nicht umhin, darin eine Art Klassenreflex zu sehen, so etwas wie »dieses Leben ist nichts für uns«. Eine andere Erklärung sah ich nicht. Mein Vater begann vor dem Fernseher einzunicken. Das Halbdunkel der geschlossenen Läden erstickte mich. Ich spürte, wie mich ein heftiges Gefühl des Eingesperrtseins, von Traurigkeit und Langeweile überfiel, das ich aus der Kindheit kannte. Ich ging hinaus, bevor es mich vollends überwältigte.

Ich ließ mich, das Handy am Ohr, durch die ruhigen Straßen treiben, die die Laternen in ein orangefarbenes Licht tauchten. Mein Bruder am anderen Ende war ebenfalls schon schlafen gegangen, ich hatte ihn sogar aufgeweckt. Wie erklärte es sich, dass man um diese Zeit bereits im Bett sein konnte? »Die Arbeit«, antwortete er mir schroff. »Die Arbeit, es gibt Leute, die arbeiten, weißt du, ich weiß, das mag merkwürdig für dich klingen, bei dir ist es ja schon eine Weile her ...« Ich ging nicht weiter darauf ein. Seit Jahren galt es im Familienkreis, für meine Eltern wie für meinen Bruder, als ausgemacht, dass ich nicht arbeitete, dass ich im Dauerurlaub oder im Ruhestand war. Und unser Umzug ans Meer hatte diesen Eindruck nur bestätigt. Die meiste Zeit nahm ich ihre Anrufe entgegen, am Strand oder auf einem der Pfade oberhalb der Fluten, und wenn ich mal nicht dranging, lag das nicht daran, dass ich ins Schreiben meines nächsten Romans vertieft war, sondern im Wasser, mir meinen Weg im Kajak bahnend zwischen den Inselchen und den Kormoranen oder am Strand entlangschwimmend, der sich am Ende unserer Straße erstreckte. Ich konnte es ihnen nicht übelnehmen. Vor allem meinen Eltern nicht. Und ich konnte ihnen nicht Unrecht geben. Verglichen mit ihrem Leben in der Werkstatt, im Büro, geprägt von Schichtdienst, Stechuhr, Maschinenlärm, Stumpfsinnigkeit, Möchtegern-Chefs und so weiter, war das Schreiben von Büchern keine Arbeit und davon zu leben nichts als Luxus, eine Blume, die das Schicksal einem schenkte und der man sich als würdig erweisen musste. Über die Schwierigkeiten zu jammern, die einem das Schreiben eines Romans bereitete, über die Qualen der schöpferischen Arbeit und das damit verbundene Leiden war mir stets absolut unwürdig, ja unanständig vorgekommen. Nichts ärgerte mich mehr als Schriftsteller, die sich im Radio über ihr Schicksal beklagten und sich über ihr Leiden an der »Arbeit« ergingen. Wenn du so sehr leidest, dann mach doch was anderes, hätte ich ihnen am liebsten geantwortet. Und ich stellte mir meinen Vater vor, der darauf brannte, sie in die Mine zu schicken, damit sie ein für alle Mal verstünden, was Arbeit ist.

Wir tauschten ein paar Bemerkungen über unsere Mutter und ihren Gesundheitszustand, die Hingabe der Krankenschwestern, die Professionalität der Ärzte, ihre Ansichten und ihre Diagnosen aus. Ich stimmte ihm in allem zu. François war Tierarzt und hielt sich in gewisser Weise für einen Arzt. In der Tat empfand er seinen Kollegen gegenüber eine Art Brüderlichkeit und Solidarität, die mich amüsierte, die aber auch jede Kritik verbot. Ich war diesbezüglich ein gebranntes Kind. Sarah arbeitete ebenfalls im Krankenhaus, und sobald man sich über eine etwas kratzbürstige Krankenschwester, eine unfreundliche Pflegehelferin, einen allzu schroffen Arzt beschwerte, begrub sie einen unter einem Wortschwall über die harten Realitäten ihres Berufs, die Rahmenbedingungen, unter denen all diese Leute ihren Beruf ausübten, die Krankheit, den Tod, die Verzweiflung, das Leid, tagtäglich, die fehlenden Mittel und den

Verschleiß, ihr Engagement im Dienst am anderen für einen Hungerlohn, während so viele andere sich dumm und dämlich verdienten, indem sie irgendwelchen Blödsinn verkauften und sich damit begnügten zuzusehen, wie ihr Geld oder das der anderen arbeitete, oder gar für teures Geld Ratschläge gaben, wie man am besten das Finanzamt betrügt – und es war nicht schwer zu erraten, was sie im Blick hatte. Am Ende blieb mir gar nichts anderes übrig, als zuzugeben, dass all diese Leute durchaus das Recht hätten, bisweilen ungeduldig zu werden, zu vergessen, Handschuhe anzuziehen, oder ihre Müdigkeit nicht zu verbergen … Im Übrigen hatte ich sie im Verdacht, dass auch sie meine literarischen Aktivitäten niemals als echte Arbeit angesehen hatte. Ich war ja selbst nicht davon überzeugt. Und viele unserer Meinungsverschiedenheiten rührten daher, dass diese Arbeit wirklich nicht leicht zu verstehen war, dass sie keine festen Zeiten und keine Ruhepausen kannte, bei Tisch, am Strand, in unserem Bett, im Urlaub, in der Stadt konnte ich nicht einfach abschalten, wenn ich einen Roman schrieb, war ich in Gedanken unaufhörlich damit beschäftigt, und meine natürliche Abwesenheit wurde dadurch so sehr verstärkt, dass man mich zehnmal rufen musste, um meine Aufmerksamkeit zu erregen, und mir fünfmal dieselbe Information wiederholen musste, damit ich sie aufnahm.

Ich ging durch Straßen, die von blühenden Kirschbäumen gesäumt wurden, und über dunkelviolette Bürgersteige, die an Einfamilienhäusern entlangführten, deren Vorhänge zugezogen und deren Fensterläden geschlossen waren, Leben, verborgen hinter doppelt verschlossenen Türen. Es waren vertraute Straßen, durch die ich jahrelang mit dem Fahrrad in alle Richtungen gefahren war, von einem Haus zum nächsten, von einem Viertel in ein anderes, von einer Siedlung zu einem Haus mit Rauhputz, von einem kleinen Häuserblock zu einer Siedlung mit Sozialwohnungen, vom Supermarkt zur Bibliothek, von der Schule in den Wald, vom Schwimmbad in den Tennisklub, vom Lebensmittelgeschäft zur Bar von Yanns Eltern in der tiefen Langeweile der Sonntagnachmittage. Ich ging an Érics Haus vorbei, während mein Bruder über unseres sprach, von der Entscheidung unseres Vaters, es jetzt so schnell wie möglich zu verkaufen, vom baldigen Umzug in die Wohnresidenz für Senioren am unteren Ende der Stadt, die in der anderen Cité der Stadt, der Cité des Acacias, die vor zehn Jahren vollständig renoviert worden war, doch schon wieder verfiel und von ein paar großen Bäumen in einer Reihe niedriger Geschäftsgebäude beschützt wurde, in der nur noch eine Metzgerei überlebt hatte, inmitten von Schaufenstern, an denen Schilder mit der Aufschrift »Zu verpachten«, »Zu verkaufen«, »Zu vermieten« klebten.

»Was heißt bald umziehen?«

»Eine Wohnung ist frei geworden, und da muss man schnell zugreifen. Er wird sie morgen besichtigen.«

»Morgen? Verdammt noch mal, er hat kein Wort gesagt. Wann hast du es erfahren?«

»Vorhin. Er hat angerufen vor dem Abendessen. Er hat mir gesagt, Paul ist in die Stadt gegangen. Mein Gott, was willst du dort? Es gibt doch nichts.«

»Heimweh, Kamerad, Heimweh.«

»Heimweh hat man, wenn man bedauert. Als Kind habe ich schon bedauert, aber was ich bedauert habe, war, dass ich nicht woanders geboren wurde.«

»Ach, hör schön auf, es hat dir nicht geschadet, schließlich hast du es zu was gebracht.«

»Du hast recht.«

»Ich verstehe das nicht. Ich bin da, und Papa hat kaum zwei Worte mit mir geredet.«

»Ich weiß. Aber was willst du? Er ist es nicht gewohnt. Und man kann nicht behaupten, dass du dich in den letzten zwanzig Jahren viel um sie gekümmert hast. Und davor mussten sie sich um dich kümmern.«

»Wie meinst du das?«

»Das weißt du ganz genau. Du warst ein anfälliges, überempfindliches Kind. Jedenfalls hat Mama das gesagt. Man musste dich beschützen. Wenn ich dich jetzt sehe, mit deinem Rugbyspieleraussehen, muss ich lachen.«

»Ein Rugbyspieler, der hinkt.«

»Ja, der hinkt, aber neulich habe ich dich im Fernsehen gesehen ... Von dem blassen und kränklichen Dichter unserer Jugend war nicht mehr viel übrig ...«

An der Vorderseite von Érics Haus ging Licht an. Es war ein kleines, ganz normales, rosa verputztes Reihenhaus mit grün gestrichenen Fensterläden. Im Garten war inzwischen alles gewachsen. Es gab dort jetzt richtige Bäume, kräftige Sträucher, und der Rasen war durchsetzt von Moos und Klee. Ich konnte mich noch an den Tag erinnern, an dem sie eingezogen waren. Alles war neu gewesen. Aus der braunen Erde hatten sich drei schmächtige Stämme erhoben, die gestützt wurden. Auch im Inneren war alles neu: cremefarbene Fliesen, weiße Wände, mit bemustertem Stoff bezogenes Schlafsofa und schwarze Möbel. Érics Zimmer war tapeziert mit Rallyewagen, die von Dünen in die Unendlichkeit sprangen, stellenweise überdeckt von Postern, die Yannick Noah, Jimmy Connors und Mats Wilander zeigten. Ich persönlich zog Stefan Edberg und Boris Becker vor. Von der fünften Klasse, als er noch in der Cité wohnte, bis zum Abitur waren wir unzertrennlich gewesen. Dann war ich verschwunden und hatte mich nie mehr gemeldet, ich hatte ohne Grund jeden Kontakt abgebrochen, zu ihm wie zu allen anderen. Als ich später die Uni verließ, machte ich es noch einmal. Ich zog endgültig einen Schlussstrich unter jede Art von Arbeit. Mein Leben bestand aus voneinander unabhängigen Blöcken, aus Stücken, die sich nicht zusammenfügten, die durch keinen durchgängigen Zeugen miteinander verbunden waren. Und jetzt fürchtete ich, dass die Zeit mit Sarah endgültig zu Ende ging und ich nach und nach aus dem Blick meiner Kinder geriet, die mich nur noch als einen fernen Bekannten betrachten und rasch Vertrauen zu demjenigen fassen würden, der mich bei ihr ersetzen würde.

»Wusstest du, dass du mir das Leben gerettet hast?«

»Was?«

»Als ich zehn war. Das war in dem Jahr, als unsere Eltern Zimmer in Les Deux Alpes gemietet hatten. Das hatte sie ein Schweinegeld gekostet, doch Mama hatte gesagt, sie habe die Nase voll vom Camping, vom Wohnwagen und von den Betten, von denen sie Rückenschmerzen bekomme, von den Gemeinschaftsduschen und vom Abwaschen in der Schüssel. Es war das Jahr, in dem Oma gestorben war, und Papa hatte gesagt, okay, man werde sich ausnahmsweise mal was gönnen.«

»Ja, ich erinnere mich. Es war ein schrecklicher Ort. Campen wäre mir lieber gewesen.«

»Mir auch. Im Übrigen mochte ich das Campen. Ich meine, wenn man dir nicht eines Tages gesagt hätte, dass das eine Sache für Proleten wäre, mit all der Verachtung, die damit verbunden ist, hättest du gewusst, dass man mich für einen Spießer hielt? Ich fand, wir hatten ein Riesenglück. Die Ferien auf dem Campingplatz überstiegen schon unsere Mittel, aber Papa sagte immer: Niemand soll sagen, dass ich meinen Kindern keine Ferien bezahlen kann. Wir fahren und Schluss.«

Durch das erleuchtete Fenster sah ich Érics Mutter vorbeigehen, sie war kaum wiederzuerkennen. Ihr Gesicht war faltig, sie hatte bestimmt zwanzig Kilo oder mehr verloren, und ihr gewelltes Haar war grau geworden. In letzter Zeit hatte sie sich von der Traurigkeit zerfressen lassen. Érics Vater hatte sich mit einer anderen, mindestens fünfzehn Jahre Jüngeren, von den Antillen wie er, aus dem Staub gemacht. Großzügig hatte er das Haus seiner Frau und seinen drei Kindern überlassen, Éric und seinen beiden kleinen Schwestern, die letzte musste acht sein. Als sie geboren wurde, war die Ehe wegen des ständigen Fremdgehens des Vaters schon ziemlich am Ende gewesen, das Mädchen war nicht wirklich geplant gewesen, als sie auf die Welt kam, hatten sie kurz vor der Scheidung gestanden. Jeden Abend schrien sie sich an, und Éric versuchte so oft wie möglich, woanders zu schlafen, er machte sich Vorwürfe, seine beiden Schwestern inmitten des Geschreis und der Beschimpfungen allein zu lassen, doch es ging über seine Kräfte. Meist ging er zu Yann oder David, manchmal kam er aber auch zu uns. Die stumme Langeweile unseres Hauses, dessen Fensterläden geschlossen wurden, sobald die Nacht sich ankündigte, unser vorzeitiges Familiengrab war ihm immer noch lieber.

»Erinnerst du dich nicht? Wir fuhren mit dem Wagen alle Pässe der Tour de France ab. Es war das Jahr, in dem Hinault wegen seines Knies aufgeben musste. Die Eltern waren beim Wagen geblieben. Du bist vorausgegangen. Da war ein Abgrund. Eine vollkommen senkrechte Felswand. Ich blieb stehen. Und ich wäre beinahe gesprungen. Aber du bist umgekehrt und hast mich gerettet.«

»Was redest du denn da? Das ist wieder einer deiner Schriftstellerfilme. Du warst zehn, Blödmann. Niemand begeht Selbstmord mit zehn. Niemand denkt auch nur dran.«

»Doch, ich. Und du hast mich gerettet.«

»Also hör zu, es ist spät. Für heute Abend hab ich genug Blödsinn gehört. Es gibt weiß Gott Wichtigeres, ich habe Hunde zu retten.«

»Katzen einzuschläfern, ja.«

»Das kommt vor. Was willst du von mir?«

»Nichts. Ich will nichts. Dir nur danken. Und dir auch sagen, dass ich dich im Grunde gern habe. Auch wenn du rechts bist. Ich habe es dir nie gesagt.«

»Ach, hör schon auf. Du und ich, wir haben uns nie riechen können.«

»Das kann sein.«

Das Licht ging aus, und ich ließ Érics Haus hinter mir. Ich durchquerte die Siedlung. Die Autos glänzten neben den in einer Reihe aufgestellten Mülleimern. Der Asphalt schimmerte wie nach dem Regen, er war an dieser Stelle glatt wie nirgendwo anders, man kam zum Skateboard- oder Rollschuhfahren hierher, mit voller Geschwindigkeit ging's die leicht abschüssige Straße hinunter, man baute sich Sprungschanzen mit einem Leichtbaustein und einem Holzbrett, man kam stets mit bis auf die Knochen aufgeschürften Knien und Perlen aus mit Staub vermischtem getrocknetem Blut nach Hause.

»Erinnerst du dich, das Jahr, in dem du am Tisch der Jugendlichen gegessen hast? Ich musste mit den Eltern essen und langweilte mich zu Tode. Ich sah, wie du dich am anderen Ende des Saals amüsiert hast. Du warst immer mit einem Mädchen mit großen Brüsten zusammen. Eine Dunkelhaarige im Gothic-Style.«

»Eigentlich warst du damals alt genug, um bei uns zu sitzen, aber du warst schon immer so. Schüchtern, irgendwie dir selbst im Weg. Du bist nie unbeschwert gewesen. Du bist niemals cool gewesen.«

»Hast du es mit ihr getrieben?«

»Mit wem?«

»Na mit dem vollbusigen Gothic-Girl?«

»Warum interessiert dich das? Das geht dich nichts an.«

»Ich weiß nicht. Ich will's einfach nur wissen.«

»Also ja.«

»War sie deine Erste?«

»Ja.«

»Verflixt!«

»Du sagst es.«

Er lachte und wünschte mir eine gute Nacht. Die Besichtigung sei morgen um elf Uhr dreißig, ich solle ihn danach anrufen, um ihm zu sagen, was es koste. Der Immobilienmakler würde auch am frühen Abend vorbeikommen. Ich verließ die Siedlung und stand vor der Schule. Ein Gebäude aus Fertigbauteilen, das immer noch wie früher aussah. Ringsherum waren eng aneinandergedrängte Häuser wie Pilze aus dem Boden geschossen. Sie sahen aus, als wären sie auf die Schnelle errichtet worden, als wären sie ganz von allein aus der Erde gekommen, Unkraut, das darauf wartete, ausgerissen zu werden. Dabei waren es echte Häuser mit Menschen drin. Wenn man gegenüber wohnte, hätte man durchs Fenster mit ausgestrecktem Arm die Hand des anderen berühren können. Der Neuanstrich der Wände verblasste bereits, große schmutzige Streifen durchschnitten die Farbabstufungen von Rot, Orange und Rosa, die der Architekt als »provenzalisch« bezeichnet hatte, als er das Projekt dem Bürgermeister übergeben hatte. Während ich zu den Tennisplätzen ging, dachte ich an meinen Bruder. Ich hatte nie gewusst, wer er wirklich war. Ich hatte das Gefühl, dass er sich wie ich aus verschiedenen Identitäten zusammensetzte. Mit jeder Mauer wurde er ein ganz anderer Mensch und gab sein altes Wesen auf im Zuge der Begegnungen, der Schwärmereien, der Freundschaften, der Paare, die er mit dieser oder jener Kameradin bildete, die manchmal nach Hause kam und mich unweigerlich zum Träumen brachte. Ich hatte ihn zuerst als Schwimmer gekannt, dann als Leichtathletikmeister, der alle Rekorde sammelte, aber die Disziplin wechselte, sobald er seine Titel errungen hatte: Hochsprung, Weitsprung, Dreisprung, vierhundert Meter. Dann hatte er damit Schluss gemacht, um Barockflöte zu lernen. Auslöser war ein Flötist gewesen, der in der Schule sein Instrument vorgeführt hatte. Von meinen Eltern hatte er die Erlaubnis erhalten, sich für den Unterricht einzuschreiben, der zu einem geringen Preis und in Zehnergruppen im Jugend- und Kulturzentrum stattfand, ohne sich klarzumachen, was für ein Opfer das trotz allem bedeutete, wie sehr es das Familienbudget belastete. Auch mir war das nicht klar gewesen, als ich Jahre später Tennisstunden verlangte. Allein schon der Schläger und die Schuhe kosteten ein Vermögen. Als das alles schon eine Weile zurücklag, gestand mein Vater uns, dass er einen Kredit hatte aufnehmen müssen, um unsere Aktivitäten zu finanzieren. Aber er wollte eben nicht, dass es hieß, er habe nicht die Mittel, uns Musik- oder Sportunterricht zu bezahlen. Dabei war das die Wahrheit. Er hatte nicht die Mittel dazu, und das Geld fehlte an allen Ecken und Enden, jede Ausgabe war eine Qual, das Monatsende begann bereits am 10., und das schmerzte ihn, vielleicht schämte er sich sogar. Nach der Barockflöte, auf der wir ihn im Konzert und beim Vorspielen hörten, wo meine Eltern schrecklich fehl am Platz wirkten, ganz verlegen inmitten all der Eltern des örtlichen Kleinbürgertums, unbeholfen und die Blicke der anderen fürchtend, fürchtend einen Fauxpas zu begehen und in gewisser Weise demaskiert zu werden, hatte mein Bruder wieder alles hingeschmissen, um sich ganz dem Bodybuilding zu verschreiben. Mit dem Geld, das er sich verdiente, indem er bei Leuten in den vornehmsten Vierteln den Rasen mähte und die Hecken schnitt, kaufte er sich einen Satz Hanteln, die meine Mutter »seine Töpfe« nannte. Zwei Jahre sahen wir mit an, wie er mehrere Stunden pro Tag mit ihnen trainierte, sich nur noch von langsamen Zuckern ernährte, eimerweise Proteinergänzungen verschlang, auf sein Gewicht achtete, sich im Spiegel betrachtete, Masse zulegte, wie er es nannte, und sich mit der Form jedes einzelnen Muskels beschäftigte, jede Woche erschienen neue, von den meisten hatte man gar nicht gewusst, dass sie überhaupt existierten. Zu dieser Zeit verkehrte er nur noch mit Typen, die wie er von den Hanteln besessen waren, sah sich Videos an, auf denen eingeölte Kerle in winzigen roten Slips ihre Muskeln spielen ließen, zog sich die Filme von Arnold Schwarzenegger und Sylvester Stallone rein und tapezierte die Wände seines Zimmers mit Postern von berühmten Bodybuildern. Wo war die Verbindung zwischen dem Typen, der Bach, Händel, Rameau, Vivaldi, Couperin, Telemann und die Komponisten des Frühbarock gespielt und nur Gedichte gelesen hatte, und diesem vor Anstrengung geröteten Gesicht, dem leeren Blick und den ausgeprägten Muskeln, der wie ein Ochse schnaufte, während er beim Bankdrücken Stangen mit hundert Kilo stemmte und das Wachstum seiner Brustmuskulatur überwachte, die im Sommer seine T-Shirts wie Brüste wölbte. Und wieder schmiss er von einem Tag auf den anderen alles hin und kehrte zur Musik zurück. Er wurde Jazzsaxophonist. Aus seinem Zimmer drangen nur noch Coltrane, Dexter Gordon, Archie Shepp, Stan Getz, Charlie Parker und die anderen. Nachdem er im Sommer zwei Monate beim Gemüsehändler des Orts gearbeitet hatte, hatte er sich ein Instrument gekauft. Dann hatte er sich mit einem Gitarristen, einem Bassisten und einem Schlagzeuger zusammengetan. Sie hatten den Keller zu ihrem Proberaum erkoren ... Wie immer, wenn er sich auf etwas stürzte, tat er es gründlich und mit einer natürlichen Begabung, die ihn ein paar Stufen überspringen ließ und ihn in die Pariser Klubs führte, wo er aufzutreten begann. In dieser Phase lernte er Delphine kennen, seine zukünftige Frau. Er vegetierte damals in der juristischen Fakultät vor sich hin, träumte von einer Karriere als Kommissar und arbeitete abends und an den Wochenenden bei McDonald's. Das alles zusammen, Jazz, Polizei und Hamburger, veranschaulicht recht gut die Komplexität seines Profils. Er mochte weder die Bullen noch den Jazz noch die Hamburger, hatte aber zwei Leidenschaften, die Verteidigung des Rechts der Reichsten, weniger Steuern zu zahlen, als sie schuldeten, und die Tiere. François schmiss alles hin, um Tierarzt zu werden, Delphine zu heiraten, in schickere Vorstädte zu ziehen und ihr drei Kinder zu machen.

Ich hatte auch miterlebt, wie er mit fünfzehn von morgens bis abends Radio Libertaire hörte, *Charlie Hebdo* und *L'Humanité* las, Jacques Higelin, Bernard Lavilliers und Hubert-Félix Thiéfaine hörte und die russischen Dichter und die Beat Generation las. Nichts deutete darauf hin, dass er eines Tages Jura studieren und sich in den Kopf setzen würde, Kommissar zu werden. Und noch weniger, dass er ein glühender Sympathisant des RPR und später der UMP werden würde. Alles änderte sich an dem Tag, als er auf dem Marktplatz von zwei Typen überfallen wurde, die aus der Cité einer Nachbarstadt gekommen und fest entschlossen waren, ihm seine Brieftasche zu stehlen. Vermutlich hatten sie sich ihn nicht richtig angesehen. François war damals mitten in seiner Schwarzenegger-Phase und hatte ihnen die Fresse poliert, bevor er friedlich wie ein Lama nach Hause zurückkehrte, seine Brieftasche in Sicherheit in der Innentasche seiner Jeansjacke. Eine Brieftasche, die natürlich nur einen Zehn-Francs-Schein und die Karte für den Schulbus enthielt. Eine Woche später waren sie genau am selben Ort zu zwölft und bewaffnet mit Rasiermessern aufgetaucht. François war mit geschwollenem Gesicht und blutender Nase, zerschnittener Haut unter dem T-Shirt und ohne Brieftasche nach Hause gekommen. Als ich Wochen später mit ihm sprach, begriff ich, dass sich etwas verändert hatte. Er hasste jetzt die Banlieue, in der er aufgewachsen war und gegen die ich ihn bis dahin nie irgendetwas hatte sagen hören. Jeden Morgen brachte er *Le Figaro* mit, den mein Vater stets sofort in den Mülleimer warf, an manchen Donnerstagen *Le Point*, den mein Vater seufzend durchblätterte, sprach davon, sich an der Universität Panthéon-Assas einzuschreiben, und war entschlossen, Chirac zu wählen, dessen ehrgeizige Pläne auf den Gebieten der Sicherheit und Immigration ihm gefielen und für die Charles Pasqua ihm ein ernstzunehmender Garant zu sein schien. Dieser Wandel war ebenfalls radikal gewesen und der Ursprung der Streitigkeiten, die die Mahlzeiten belebten, beinahe zu Handgreiflichkeiten zwischen uns geführt hätten und meine Mutter zur Verzweiflung brachten, für die rechts oder links dasselbe in Grün, Jacke wie Hose waren, Erklärungen, die meinen Vater vor Wut kochen ließen und alles nur noch schlimmer machten, denn Maß und Diplomatie hatten nie zu seinen herausragenden Eigenschaften gehört.

An den Tennisplätzen hatte der Zahn der Zeit genagt. Oder täuschte mich meine Erinnerung? Damals waren die fünf Quickplätze, die beiden Hartplätze und das winzige Klubhaus so etwas wie ein Hafen für mich gewesen, ein Zufluchtsort mit weißen Schuhen, gelben Bällen, gespannten Seilen, perfekten Bewegungen, pastellfarbenen Polohemden. Ein Ort, der für mich damals nichts Spezifisches, Kodiertes, gesellschaftlich Besetztes gehabt hatte. Éric und Yann waren mir gefolgt, und unsere Eltern hatten das Gesicht verzogen, als sie die Schecks für die Jahresabonnements unterschrieben hatten. Wir spürten ihren Widerstand, begriffen aber nicht die Gründe, obwohl sie ihnen aus den Augen sprangen, der gesellschaftliche Graben, die Höhe der Klubgebühren, der Lebensstil der Mitglieder, die Schmachtlocke von Thomas und seinen Freunden der Kaufman-and-Broad-Wohnanlage. Im Nachhinein schäme ich mich. Für mich war das eine Laune gewesen. Heute werfe ich mir meine Gedankenlosigkeit vor. Mein Vater war dermaßen stolz und meine Mutter so sehr damit beschäftigt gewesen, nicht als »arm« zu gelten, dass sie zu allem ja gesagt hätten, zumal ich gute Noten nach Hause brachte und in ihren Augen dieses Opfer verdiente. Yann dagegen verdiente sich seine Stunden und seine Schläger, indem er seinen Eltern in der Bar half. Und Érics Vater fühlte sich so schuldig, dass er das Geld hinblätterte, ohne viel zu sagen. Später erfuhr Éric, dass das Geld von einem Konto stammte, das für sein Studium bestimmt gewesen war, ein Konto, das bei seiner Geburt eröffnet worden war und auf das per Dauerauftrag trotz Überziehungen und zweier Verbraucherkredite jeden Monat winzige Beträge überwiesen worden waren. Ich spielte vier oder fünf Jahre. Bis ich Sarah kennenlernte, die eigentlich ganz in der Nähe gewohnt und in dieselbe Schule wie ich gegangen war. Wir begegneten uns in Paris und beschlossen, dort zu bleiben; nach den Stadträndern träumten wir davon, im Zentrum zu leben. Ich wusste noch nicht, dass diese Stadt trotz ihrer Anziehungskraft und ihrer Schönheit nicht meine Stadt war, ich war nicht geschaffen für sie, Paris regte mich auf, spielte mit meinen schon von Haus aus nicht sehr starken Nerven. Ich war leicht entflammbar, und nichts war gefährlicher für mich, als auf diese Funken zuzugehen. Von all diesen Jahren auf den roten und grünen Tennisplätzen, auf denen ich so viele Stunden damit verbracht hatte, meine Rückhand zu verbessern, die Knie zu beugen, an meinen Schlägen zu arbeiten, unwahrscheinliche Flugbälle zur Unzeit, gewagte Passierschläge beim Laufen zu versuchen, Scheinlobs mit unklaren Stoppbällen abzuwechseln, war mir nur eins im Gedächtnis geblieben: Man ist, was man kann. Gewiss hat man die Pflicht, es so gut man kann zu sein, aber letztlich ist man, was man kann. Als ich den Klub zum ersten Mal mit meinem zu herabgesetztem Preis bei Decathlon gekauften Head-Tennisschläger, meinen auf dem Markt gekauften falschen Adidas, meinen weiten Shorts und einem alten hellblauen T-Shirt betrat, hatte ich die feste Absicht, wie Stefan Edberg zu sein. Auf einem niedrigen Niveau natürlich. Aber trotzdem. Er war mein Vorbild, mein Ideal. Seine Eleganz, die unvergleichliche Reinheit seiner Rückhand, seine akrobatischen Flugbälle. Seine Risikobereitschaft, seine Angriffslust. Seine Weigerung, darauf zu verzichten. Selbst auf einem Hartplatz. Selbst als die Herrschaft der brutalen Spieler, der Grundlinienspieler, der berühmten »Grundlinienangreifer« begann. Niemals habe ich gesehen, dass er sich in Geduld geübt hätte. Niemals habe ich ihn defensiv spielen sehen. Keine Emphase, keine Schwerfälligkeit, kein Schreien, keine Grimasse, kein Pathos, keine Effekthascherei. Nein, in all diesen Jahren hatte ich seine Anmut, sein Serve-and-Volley-Spiel, seine ethische Haltung, seine fließenden Bewegungen, seine Leichtigkeit, seine Schnelligkeit bewundert und wollte wie er sein ... Und was hatte ich nach vier Jahren besessenen Trainings erreicht? Nun, ich war geworden, was ich konnte. Ein Grundlinienspieler. Ein Typ, der weite gerade Bälle von der Grundlinie aus schlägt. Ein Typ, der den Passierschlägen der Angreifer nachsieht, wie ein Jäger eine Meise beobachtet. Ein schwerfälliger Typ, der am Boden klebt. Kurz: ein Typ, der die Rückhand beidhändig spielt. Ich hatte die Sache verraten. Ich hatte ein Edberg, Sampras oder Federer werden wollen und war nur ein miserabler Nadal geworden. Ich hatte ein Mozart, Haydn, Schubert werden wollen und war Brahms geworden. Später hatte ich mich als Modiano, Fante, Sagan, Salinger gesehen und hatte die Bücher geschrieben, die ich geschrieben hatte. Bücher eines Grundlinienspielers, solide, aber ohne Reiz, mühsam und schwer. Man ist, was man kann. Aber es zu wissen, ist kein Trost ...

Ich ließ die Tennisplätze hinter mir und bog in eine abschüssige schmale Straße, die, wenn man sie bis zum Ende ging, zum Wald führte. Etwas weiter oben gelangte man linker Hand, vor dem Platz, an dem eine Bäckerei lag, zu Caroline. Das Haus lag versteckt hinter Bäumen, so dass es kaum zu sehen war. Natürlich war es nicht so schön und groß wie in meiner Erinnerung. Es war nur ein weißes Einfamilienhaus mit blauen Fensterläden und zahlreichen Türen mit Sprossenfenstern. Ihr Vater war Englischlehrer im Lycée und ihre Mutter leitende Angestellte in der Zentrale der Société Générale. Sie lebte in einer anderen Welt als wir. Eine Welt, in der das Wohnzimmer voller Bücher war und die Stereoanlage ständig klassische Musik oder Chansons von Brel Brassens Ferré Barbara spielte, eine Welt, in der man *Télérama*, *Le Monde* und *Le Nouvel Observateur* las, in der der Fernseher nur selten eingeschaltet wurde, und dann nur, um Filme anzuschauen, alte oder meist unbekannte, in denen Yves Montand, Fanny Ardant oder Jean-Louis Trintignant spielten und die in einen Videorekorder geschoben wurden. Eine Welt mit einem Garten, in dem Flieder und Glyzinien blühten und weiß gestrichene Eisentische und -stühle standen. Sie studierte Geige und ging außerhalb des Unterrichts nur selten aus. Wir kannten uns seit der dritten Klasse, und ich hatte mich, als ich sie das erste Mal sah, gleich in sie verliebt. Ich glaube, sie hatte mich auch gern. In den folgenden Jahren begegneten wir uns voller Schüchternheit und mit respektvoller Distanz und lächelten uns manchmal zu vom einen Ende des Klassenzimmers zum anderen. Vier- oder fünfmal war ich zum Nachmittagskaffee bei ihr zu Hause, wobei ihre Eltern uns diskret überwachten, indem sie scheinbar im Wohnzimmer lasen, uns in Wahrheit aber nicht aus den Augen ließen. Ich war der einzige Junge der Klasse, der zu ihr eingeladen wurde. Die anderen kamen vom Konservatorium. Ansonsten war sie von der üblichen Gruppe von Mädchen umgeben, streberhafte Mädchen, die zumeist im Stadtzentrum oder in den vornehmsten Wohnanlagen der Gemeinde lebten. Damals wohnte Éric noch in Les Bosquets, und ich war fast die ganze Zeit bei ihm. Wir verbrachten die meiste Zeit auf unseren Mountainbikes und verließen die Cité nur, um auf dem verwilderten Gelände neben dem Schwimmbad Fußball zu spielen oder in den Wald zu fahren, wo niemals zugeschüttete Granatlöcher uns eine ideale Strecke boten. Es war ein staubiges Leben, mit Erde an den Knien, verschwitzten T-Shirts, wir waren immer irgendwie schmutzig. Als ich Caroline begegnete, kam sie mir vor wie aus einer anderen Zeit mit ihren schlichten Kleidern, ihren Pastellfarben, ihrem langen Haar, das von einem schrecklichen Stirnband gehalten wurde. In der neunten Klasse teilte sie uns eines Tages mit, dass sie fortgehen würde. Sie würde am Pariser Konservatorium studieren und die Schule verlassen. Wir würden sie nicht wiedersehen. Ich war stolz, mich die ganzen Jahre in der Welt eines Mädchens bewegt zu haben, das eine Künstlerin werden würde, und zugleich unendlich traurig, wie man es in diesem Alter ist, wenn man verliebt zu sein scheint. In der letzten Zeit hatte uns lediglich unsere beiderseitige Schüchternheit daran gehindert, miteinander zu gehen. Um uns herum bildeten sich dagegen Paare, die Mädchen wechselten sich ab in den Armen von Thomas oder Stéphane, häufig dieselben, die sie untereinander tauschten. Éric ging mit Cendrine, einem Mädchen, das mit ihrer Mutter, Kassiererin im Supermarkt in D., in einer kleinen Wohnung in der Cité des Alouettes lebte, der kleinsten und ruhigsten der Stadt, so klein und so ruhig, dass man Mühe hatte, sie als solche zu bezeichnen. Sie bestand nur aus drei vierstöckigen Häuserblöcken, getrennt durch Rasenflächen und Parkplätze. Patrick, ein Schwarzer, ein ausgezeichneter Leichtathlet, ein Arbeitstier und begabt in Mathematik, und Xing wohnten ebenfalls dort. Beide interessierten sich für Informatik, sprachen von morgens bis abends von nichts anderem als von Amstrad oder Amiga, liebten es, gemeinsam zu programmieren, trainierten zusammen und verkehrten niemals mit denen aus Les Bosquets. Im Lycée hatte ich sie aus den Augen verloren, sie hatten den technologischen Zweig gewählt, der mit zweijährigen Kurzstudiengängen verbunden war, deren Bezeichnungen mir nichts sagten und von deren Inhalten ich keine Ahnung hatte. Das war ein unergründliches Geheimnis. Während diejenigen aus Les Bosquets oder der Cité des Acacias auf das Zeugnis zur beruflichen Befähigung oder direkt den Schulabbruch abonniert waren, kamen diejenigen der Cité des Alouettes, Jungen wie Mädchen, sehr viel besser klar. Dabei unterschieden sie sich nicht. Die Eltern von Xing sprachen kein Wort Französisch und lebten mit ihren vier Kindern und diversen Cousins, die vorübergehend bei ihnen wohnten, zusammengepfercht in einer Dreizimmerwohnung, deren Miete niemals gering genug für sie sein konnte. Diejenigen von Patrick arbeiteten meist nachts, der Vater als Eisenbahnarbeiter, die Mutter als Putzfrau in den Hochhäusern von La Défense. Nur die Geographie und die Stadtpolitik, die die Organisation der Stadt bestimmt hatten, konnten erklären, warum ihre Lebenswege sich so sehr von denen unterschieden, die ihre Mitbürger in den Randgebieten von V. erwarteten.

Bevor Caroline tatsächlich fortging, nahm ich meinen ganzen Mut zusammen und lud sie ins Kino ein. Wir würden zu viert sein, Cendrine und Éric würden sich uns anschließen, in gewisser Weise zwei Paare also, und ich hatte mir fest vorgenommen, sie endlich zu küssen. Aus den Blicken, die sie mir an den Tagen, die diesem berühmten Samstag vorangegangen waren, zugeworfen hatte, hatte ich erkannt, dass sie es wusste und dass sie einverstanden war. Doch nichts von alledem ist wirklich geschehen. Als mein Vater mir die notwendige Geldsumme aushändigen sollte, weigerte er sich rundweg. Wir wollten uns *Susan … verzweifelt gesucht* anschauen, und er war absolut nicht bereit, auch nur einen Centime für diese schwachsinnigen amerikanischen Filme auszugeben, und erst recht nicht für diese Nutte. Er hatte Madonna nicht gerade in sein Herz geschlossen, wie auch sonst nicht allzu viele damals. Und Carolines Vater hatte wissen wollen, mit wem sie auszugehen beabsichtige. Ich sehe ihn noch, wie er uns vor der Schule am Steuer seines Wagens, dessen Fenster heruntergedreht war, betrachtete, während Caroline mit dem Finger auf uns deutete, Éric und mich, die wir an dem Tag vor der Schule mit einem Tennisball Fußball spielten, zusammen mit Fabrice und zweien seiner Brüder sowie Noredine und Mehdi, die nach der Berufsschule auf den Bus warteten, um nach Les Bosquets zurückzukehren. Am nächsten Tag teilte Caroline mir mit, dass ihr Vater nicht mehr wolle, dass sie am Samstag ausgehe, sie müsse Geige üben für eine bevorstehende Prüfung. Das war gewiss vernünftiger. Natürlich war es nett von ihr zu lügen, ich fiel jedoch nicht darauf herein, ihr Vater war der Meinung, dass wir seiner Tochter nicht würdig seien, dabei hatte ich einige Male zu ihm nach Hause kommen dürfen, aber in seiner normalen Umgebung war ich in der Masse verschwunden. Doch hier vor der Schule, inmitten meiner aufgeregten, farbigen und schlecht gekleideten Kameraden, hatte er nur einen Schreihals unter anderen gesehen.

Danach war Caroline verschwunden, und ich hatte versucht, sie aus meinen Gedanken zu verbannen. Was ich damals nicht wusste, war, dass sie letztlich zurückkommen und dass ihr Leben nicht das sein würde, was ich mir vorgestellt hatte. Keine Konzerte, keine endlosen Proben als Mitglied eines Quartetts, das eine Gesamtaufnahme der Streichquartette von Schubert für die Deutsche Grammophon aufnimmt, keine Tournee mit einem philharmonischen Orchester unter Leitung von Claudio Abbado, Riccardo Muti oder Vladimir Ashkenazy. In der vorletzten Klasse sahen wir sie mitten im Jahr im Park der Schule auftauchen, kaum wiederzuerkennen und fremd. Sie hatte von heute auf morgen die Geige aufgegeben. Das wussten wir von Cendrine, die in all der Zeit mit ihr in Kontakt geblieben war. Cendrine war damals mit Thomas zusammen, sehr zum Ärger seiner Mutter, die nicht begreifen konnte, was ihr Sohn an der Tochter der Kassiererin finden konnte, die jeden Nachmittag ihre Einkäufe auf dem Laufband an sich vorbeilaufen ließ. Caroline war vollkommen verändert zurückgekehrt. Das Haar rabenschwarz gefärbt und übertrieben geschminkt. Éric präzisierte: »Wie eine Hure«, und das tat mir weh. Aber es war nicht ganz unrichtig, und ihre Art, sich zu kleiden, mehr Bein und Busen zeigend als jedes andere Mädchen im Lycée, bestätigte sein Urteil. Sie ging zwischen uns hindurch, ohne uns zu beachten, ich warf ihr verzweifelte Blicke zu, doch sie tat so, als bemerke sie sie nicht. Nach der Schule sah ich, wie sie zu älteren Kerlen auf Motorrädern ging, die sie auf den Mund küsste. Die Typen zögerten nicht, sie an sich zu drücken, ihre Schenkel und ihren Hintern zu streicheln und manchmal sogar ihre Brüste durch die durchsichtige Bluse. Häufig fuhr sie mit dem Bus nach Hause, und ich stand nur ein paar Meter von ihr entfernt, betrachtete sie und registrierte den Ansatz ihrer Brüste, ihren BH, und das genügte schon, um eine gewaltige Erektion zu bekommen. Mein Schwanz wurde so steif, dass es wehtat. Sobald ich zu Hause war, wichste ich wie wild. In meinen Träumen zog sie ihr Höschen aus, behielt aber ihren Rock an, öffnete ihre Bluse und blies mir einen, in meinen Träumen nahm ich sie von hinten, bevor ich zwischen ihren Lippen kam. Das waren heftige sexuelle Phantasien, ein wenig erniedrigend bisweilen. Ich träumte von niemandem so wie von ihr, mit dieser fast animalischen Heftigkeit. Mein Herz schlug damals für Sophie, die ebenfalls nicht frei war, mir aber einen Platz an ihrer Seite als »bester Freund« eingeräumt hatte. Der Vertrag war nach außen hin klar. Ich hatte selbst erklärt, nichts anderes von ihr zu erwarten. Um sie zu täuschen, erfand ich Liebesgefühle, die jede Woche wechselten. Sie sagte mir, was sie davon hielt, doch mir war das egal, ich nannte Namen, um sie zu überlisten, verbarg die Gefühle, die ich für sie hatte, die mit einem Kerl schlief, der viel älter als sie war; sie war sechzehn, er sechsundzwanzig, sie waren zusammen seit ihrem zwölften Lebensjahr. Zuerst war mir das gar nicht so seltsam vorgekommen, aber trotzdem, der Kerl war zweiundzwanzig gewesen, als er sie zum ersten Mal geküsst hatte. Wie war das möglich? Er trainierte im selben Schwimmklub wie sie und hatte sie verführt, als sie zwölf, und sie gefickt, als sie dreizehn gewesen war. Ich hasste ihn, und er konnte mich ebenfalls nicht ausstehen. Er durchschaute mein Spiel. Er wusste genau, dass ich mich vor Liebe nach ihr verzehrte und sie so tat, als bemerkte sie es nicht. Er wusste genau, dass ich nur darauf wartete, dass sie sich trennten, um meinerseits mit ihr zusammen zu sein. Und er hatte recht, doch niemals, nie hatte ich von Sophie auf diese Weise geträumt. Nein, wenn ich von ihr träumte, träumte ich von asexuellen, sanften und zärtlichen Umarmungen. Wenn ich die Augen schloss, sah ich ihr Gesicht, aber nie ihren Hintern oder ihre Brüste. Dabei hatte ich manchmal einen Blick auf ihren Hintern und ihre Brüste erhascht. Und ich träumte auch nicht auf diese Weise von den Mädchen, mit denen ich in allen diesen Jahren ausging, in denen ich in Sophie verliebt war und endlos auf sie wartete, selbst nicht von denen, mit denen ich später geschlafen hatte, deren Haut ich berührt hatte, in die ich eingedrungen war und die mich in ihren Mund genommen hatten.

Zum letzten Mal sah ich Caroline an dem Tag, an dem wir die Abiturergebnisse bekamen. Ihre Eltern begleiteten sie, und ihr Aussehen bildete einen scharfen Kontrast zu dem ihren, er Leinenhose und kurzärmliges weißes Hemd, sie langes geblümtes Kleid und Halskette aus Holz. Natürlich hatte sie nicht bestanden. Ich lächelte ihr verständnisvoll zu, doch sie reagierte nicht, ihr Blick drang durch mich hindurch, um sich auf etwas anderes zu richten, weit jenseits der Anschlagtafeln, der Gebäude und der weitverzweigten Städte, die so weit vom Zentrum entfernt waren, dass sie vergaßen, dass es eines gab und dass sie die Funktion hatten, es zu umgrenzen. Ein paar Jahre später hatte ich, als ich mit Sarah meine Eltern besuchte – damals lebten wir in Paris und ich mutete es mir zu, sie vier- oder fünfmal pro Jahr zu besuchen –, an den Pfosten der Stadt Suchanzeigen mit ihrem Foto gesehen. Das hatte ein paar Wochen gedauert, vielleicht zwei oder drei Monate, und dann waren die Plakate verschwunden. Ich hatte mich lange gefragt, was passiert sein mochte, unter welchen Umständen sie verschwunden war, ob man sie gefunden hatte, ob man die Suche eingestellt hatte, ob sie tot war. Schließlich hatte ich eines Abends ihre Eltern angerufen, leicht betrunken, merkwürdig wehmütig und sentimental, während Sarah im Krankenhaus arbeitete. Ihr Vater hatte abgenommen, er erinnerte sich an mich, hatte Artikel in *Le Nouvel Observateur* und *Télérama* gelesen, war aber nicht ganz sicher, er erinnerte sich nicht genau an meinen Familiennamen, aber mein Vorname, mein Gesicht und die Erwähnung von V. in manchen Artikeln hatten ihn an mich denken lassen.

»Wenn ich damals gewusst hätte …«

»Wenn Sie damals was gewusst hätten?«

»Nein, nichts, es ist idiotisch.«

»Ja.«

»Ich hätte sie vor allem tun lassen sollen, was sie wollte, ausgehen, mit wem sie wollte.«

»Vermutlich. Ich weiß nicht.«

»Haben Sie Kinder?«

»Ja.«

»Eine Tochter?«

»Ja.«

»Sie werden sehen, wenn sie in die Pubertät kommt. Sie werden sehen … Das ist nicht einfach. Man hat vor allem Angst.«

»Hatten Sie Angst vor mir?«

»Vielleicht.«

Wir sprachen über Caroline, über ihr Aufgeben der Musik, über die Jahre, die ihrer »Krise«, wie sie es nannte, gefolgt waren. Im Grunde hatte sie ihre Krise nie überwunden. Eines Tages war er nach Hause gekommen, und sie war nicht mehr da gewesen. Er hatte ihr Zimmer verwüstet vorgefunden, und ihre Sachen waren verschwunden. Sie hatte kein Lebenszeichen mehr gegeben. Er hatte wochenlang, monatelang nach ihr gesucht. Manche Zeugen behaupteten, sie hätten sie mit einer Gruppe junger Außenseiter gesehen, die in einem Minibus unterwegs gewesen seien, aber das war alles. Bis zu dem Tag, an dem sie sich, Jahre später, in einer Straße im 14. Arrondissement von Paris plötzlich gegenüberstanden. Sie kam aus einem Haus und hielt ein Kind an der Hand, von dem sie niemals erfahren hatten, ob es ihres oder das eines anderen war.

»Sie machte einen gesunden Eindruck. Ein bisschen dünn vielleicht. Aber gut frisiert und gut gekleidet. Wie jemand, der das Haus verlässt, um ins Büro zur Arbeit zu gehen. Sie hat sich geweigert, mit uns zu sprechen. Und ihre Augen, als sie uns sah. Sie hätten den Hass in ihrem Blick sehen sollen. Was haben wir ihr nur getan? Was wirft sie uns vor?«

Er konnte nicht weitersprechen. Ich hatte keine Antwort. Sie hatten gewiss ihr Möglichstes getan, wie die meisten Eltern, doch das hatte nicht gereicht, das war alles, so ist es eben, ein mathematisches Gesetz, die Liebe der Eltern war eine notwendige, aber nicht zwangsläufig hinreichende Bedingung, eine Menge anderer Dinge spielten eine Rolle. Caroline war eines Tages in einen Abgrund gestürzt, niemand wusste, warum, und als sie wieder herausgefunden hatte, hatte sie sie nach und nach aus ihrem Leben gestrichen. Als hätte sie nur noch um diesen Preis leben können. Ich verstand das. Dieses Bedürfnis zu brechen. Gründlich aufzuräumen. Die Verwüstung zu Ende zu führen. Jahrelang, jedes Mal, wenn ich in die Gegend der Rue Daguerre, Rue de Gergovie, Rue d'Alésia, Rue des Plantes, wo Manon geboren worden war, Rue Didot, Rue des Thermopyles oder in das Quartier de Plaisance, in dem meine Mutter als Kind gewohnt hatte, gekommen war während der langen Wanderungen durch Paris, die ich damals fast täglich unternahm, ohne genaues Ziel und ohne wirkliche Route, auf denen ich meinen Geist schweifen ließ, angeregt durch die Namen auf den Sprechanlagen, die Cafés, in denen ich eine Pause machte, die Fassaden, hinter denen tausend Leben wie Romane geschrieben wurden, hatte ein Teil von mir gehofft, ihr zu begegnen. Doch auch das ist nie geschehen.

Christophe hatte in dem Haus nebenan gewohnt. Ein ebenerdiges Einfamilienhaus, grau verputzt, in Form eines L. Eigentlich kannte ich ihn kaum. Er war eher ein Einzelgänger, gehörte keiner bestimmten »Clique« an, doch alle mochten ihn. Er sprach wenig, vermutlich, weil er leicht stotterte, und seine Stimme war sanft und leise. Er lächelte ständig, ein etwas trauriges Lächeln, das niemanden täuschen konnte. Sein Vater war Bulle, und uns hatte es immer vor ihm gegruselt. Er wurde »Faschist« genannt. Nicht weil er Bulle war, sondern weil er es tatsächlich war. Er war ein wortkarger, rotgesichtiger Kerl, und jede seiner Bewegungen drückte Brutalität aus. Er war immer mürrisch und von allem und jedem genervt, insbesondere wenn dieser schwarz oder Araber war, und dort, wo wir lebten, fand er genügend Gründe, um außer sich zu geraten. Seine Mutter sahen wir so gut wie nie, sie war eine kleine, unauffällige Frau, und ich bin nicht sicher, ob ich ihre Stimme überhaupt jemals gehört habe. In ihrem Garten, der von hohen, mit Tonscherben gespickten Mauern umgeben war, gab es einen Dreckskӧter, der ständig kläffte, und ein großes Fass mit schlammigem Wasser, in dem die Welse plätscherten, die er sonntags in aller Frühe im Teich des Freizeitparks angelte. Ich bin nur ein paarmal bei ihnen gewesen. Meist ging Christophe nach der Schule sofort nach Hause. Er traute sich nur, uns einzuladen, wenn sein Vater nicht da war. Einmal war der Faschist aufgetaucht, als wir im Garten die Welse betrachteten, und hatte uns schroff befohlen zu verschwinden. Ganz nebenbei hatte er uns noch wissen lassen, dass wir eine Bande von Arschlöchern seien. Wir waren mit gesenkten Köpfen abgezogen, voller Angst, was wohl mit Christophe geschehen würde. Er sprach nie darüber, doch alle ahnten es, alle wussten Bescheid. Seit er mit rasiertem Schädel und einem Verband, der die Stiche direkt über der Stirn verbarg, in die Schule gekommen war, wussten alle Bescheid. Und dann war seine Mutter von einem Tag auf den anderen verschwunden. Christophe sagte nur, sie sei krank und werde in einem Krankenhaus in Paris behandelt, weiter äußerte er sich nicht. Als wir das Collège verließen, blieb Christophe, weil er durchgefallen war. Wir begegneten ihm nur noch ab und zu auf der Straße, und wenn wir ihm vorschlugen, sich uns anzuschließen, sagte er immer: »Nein, ich muss nach Hause, das nächste Mal vielleicht.« Wenn wir ihn nach seiner Mutter fragten, antwortete er stets ausweichend, sie sei immer noch krank, aber es gehe ihr besser, er besuche sie von Zeit zu Zeit. Die Vorstellung, dass Christophe in diesem Haus allein mit seinem Vater und seinem Hund lebte, schnürte uns die Kehle zu. Ich erinnere mich, dass irgendwann Hakenkreuze auf die Mauer, die den Garten von der Straße trennte, geschmiert worden waren. Immer wenn wir am Wochenende dort vorbeikamen, sahen wir Christophe und seinen Alten, wie sie die Aufschriften geduldig überstrichen. Drei Tage später waren sie wieder da. Und dann sahen wir ihn überhaupt nicht mehr. Manchmal begegneten wir dem Alten, und er sah uns an, als wollte er uns schlagen, niemand hat sich je getraut, ihn zu fragen, was aus seinem Sohn geworden war. Erst fünfzehn Jahre später habe ich ihn in Paris wiedergesehen. Ich war auf dem Weg zur Maison de la Radio, ich war spät dran, die Sendung sollte live auf France Inter zur Hauptsendezeit laufen, ich stand im Bus und hielt mich an einem Plastikgriff fest, und da sah ich ihn. Auf einem Karton vor dem McDonald's an der Porte Saint-Denis, inmitten der chinesischen Huren, die in dem Viertel ihre Runde machten, ohne jemals anzuhalten, und darauf warteten, dass ein Mann sie ansprach und sie fragte, wie viel sie nähmen und ob sie bereit wären, ihm auch ohne Pariser einen zu blasen. Noch heute frage ich mich, wieso ich nicht an der nächsten Haltestelle ausgestiegen bin. Vermutlich hatte ich mir eingeredet, dass ich mir nicht sicher sei, ob er es sei, obwohl ich ihn natürlich sofort erkannt hatte. Sein trauriges Lächeln, seine leicht mürrischen und sehr sanften Gesichtszüge, wie die eines erschöpften Boxers. Vermutlich hatte ich mir eingeredet, dass ich ihn ja so gut auch wieder nicht kannte ... Vermutlich hatte ich mir eingeredet, dass ich wichtige Dinge zu tun hätte, wie im Radio über ein Buch reden, ein Buch, das als besonders einfühlsam gelobt werden würde, das dem »Sozialen« besondere Aufmerksamkeit schenke, und das alles in der behaglichen Wärme eines bequemen Studios mit Kaffee und Croissants. Auf der Rückfahrt nahm ich den Bus in umgekehrter Richtung, stieg an der Station Strasbourg – Saint-Denis aus und ging zu dem McDonald's, doch er saß nicht mehr auf den Kartons. Statt seiner plauderten dort zwei Männer in Militärjacken mit Bärten, Hunden und den vorschriftsmäßigen Villageoise-Flaschen. Ich fragte, wo der Typ hingegangen sei, der vor ihnen hier gesessen habe. Sie wussten es nicht.

»Aber Sie kennen ihn?«

»Christophe? Ja. Manchmal sehen wir ihn, aber er wechselt ständig den Ort. Er ist viel in der Métro unterwegs, normalerweise.«

»Wissen Sie, wo ich ihn finden kann?«

»Bist du ein Bulle?«

»Nein, nein, ich bin kein Bulle. Wir waren in der Schule zusammen, und ich bin vorhin im Bus vorbeigefahren und habe ihn erkannt.«

»Also manchmal schläft er im Obdachlosenheim Saint-Martin.«

Ich ging mehrmals zu dem Obdachlosenheim, setzte mich in das Café gegenüber und beobachtete die Leute, die kamen und gingen. Ich sah all diese Typen in Lumpen, schmutzig und schlecht rasiert, mit ihren Plastiktüten. Es waren auch ein paar Frauen darunter, die meisten zahnlos, mit faltigem Gesicht, sie sahen aus wie siebzig, aber sie waren sicher nicht älter als vierzig. Ich habe Christophe nicht wiedergesehen. Ich kehrte noch ein paarmal zu dem McDonald's an der Station Strasbourg–Saint-Denis zurück. Die beiden Typen mit ihren Hunden waren jedes Mal da, inmitten der chinesischen Huren und der Gaffer, die nach der Arbeit den Monoprix stürmten, um ihre Einkäufe zu machen. Monatelang hatten sie mir nichts Neues zu sagen. Dann erzählte mir einer der beiden, er sei im Krankenhaus, jedenfalls habe er das gehört. Es war Winter, und Christophe hatte eine schlimme Lungenentzündung bekommen. Ich begann mit dem Hôpital Lariboisière. Ich brauchte nicht weiterzusuchen. Das erste Krankenhaus war das richtige. Aber es war zu spät. Er war am Tag zuvor gestorben. Ich erfuhr das, wie man etwas aus den Nachrichten erfährt, etwas benommen, nicht ganz sicher, ob es wirklich stimmt. Ich erinnere mich, dass ich an dem

Tag endlos im Wohnzimmer herumgelaufen bin, während ich auf Sarah wartete, und keinen klaren Gedanken fassen konnte. Ich hatte das Bedürfnis, mit ihr zu reden, ihr zu erzählen, was aus Christophe geworden war, den sie auch gekannt haben musste, wenn auch vermutlich nur aus der Ferne, aber doch nah genug, um sich an sein Gesicht, seine Stimme, die Angst, die sein Vater uns eingeflößt hatte, und die ohnmächtige Sorge zu erinnern, mit der wir ihn betrachtet hatten. Ich hatte das Bedürfnis, mit ihr zu reden, um mich zu überzeugen, dass es wirklich real war, dass einer meiner Freunde aus der Kindheit wirklich auf der Straße gelebt, dass ich ihn eines Tages wirklich gesehen und wirklich versucht hatte, ihn wiederzufinden, und dass er tatsächlich tot war. Als sie schließlich nach Hause kam, stürzte ich mich auf sie und redete pausenlos auf sie ein. In meine Worte mischte sich ein Kummer, dessen Ausmaß mir in all den Stunden des Wartens nicht bewusst gewesen war, und ein Schuldgefühl, das ich bis heute nicht losgeworden bin. Sarah brach in Tränen aus. Und das war keine Gefühlsduselei. In ihrer Arbeit war sie täglich mit Situationen konfrontiert, die nicht weniger dramatisch waren. Im Laufe der Jahre hatte sie sich den Panzer zugelegt, den alle bekommen, die in solchen Berufen arbeiten, und der sie darum nicht weniger menschlich und engagiert sein ließ. Sie warf mir fassungslose Blicke zu. Wieso war ich an dem Tag nicht aus dem Bus ausgestiegen? Wie hatte es mit Christophe so weit kommen können? Wieso hatten seine Eltern, seine Familie, seine Freunde ihn im Stich gelassen, so dass er auf der Straße gelandet und dort gestorben war? Wieso hatte ich wochenlang vor dem Obdachlosenheim und bei der Metrostation Strasbourg – Saint-Denis auf ihn gewartet, ohne ihr ein Wort zu sagen? Auf all diese Fragen hatte ich keine Antwort. Doch in den folgenden Tagen, Monaten, Jahren ließen sie mir keine Ruhe und wurden schließlich zu einer Obsession. Hundertmal nahm ich mir vor, über Christophe zu schreiben und damit auch über den Ort, an dem ich gelebt hatte, über diejenigen, die mit mir dort aufgewachsen waren und die ich verlassen hatte, ohne jemals ein Lebenszeichen zu geben, ohne zurückzublicken, so wie man sich von einer Last befreit, so wie man aus seinem Leben streicht, was im Weg ist und die eigenen Pläne stört. Aber ich kam nie über drei Zeilen hinaus. Oder ich schrieb auf Umwegen darüber, indem ich unaufhörlich Orte und Personen in Szene setzte, die mich nach V. und zu Christophe und seinem Lebensweg zurückführten, der derjenige von jedem von uns hätte sein können, wie ich mir sagte, auch wenn es falsch war, auch wenn die Orte und der Kontext unserer Kindheit nichts erklärten, jedenfalls nicht alles; indem ich es mir zur Aufgabe machte, ihnen treuzubleiben, so verschlungen mein Leben auch verlaufen würde, das sich ständig von ihnen entfernte, geographisch, auf sozialer und kultureller Ebene und gefühlsmäßig. Die seltenen Male, wenn ich mit Sarah und den Kindern meine Eltern besuchte, kramte ich in den Schränken. Ich holte das Klassenfoto heraus, auf dem wir alle versammelt waren, Stéphane, Thomas, Éric, Fabrice, David, Sophie, Caroline, Cendrine, Christophe und die anderen. Auf dem Foto hatte Christophe ganz kurzgeschorene Haare, sie begannen gerade nachzuwachsen, man konnte noch die rote Narbe erkennen. Wie oft hatte ich mir vorgenommen, durch die Straßen zu gehen, durch die ich in diesem Augenblick ging. Wie oft hatte ich mir diesen Augenblick ausgemalt, in dem ich wieder vor Christophes Haus stehen würde, das einerseits wie in meiner Erinnerung und doch ganz anders war als dasjenige, das ich im Kopf hatte, als sei es ein anderes, eine Nachbildung. Wie oft hatte ich von dem Tag geträumt, an dem ich seinen Vater sehen würde. Wie oft hatte ich mir vorgestellt, dass ich mich, wenn ich ihn sähe, auf ihn stürzen, ihm an die Kehle springen, ihn mit Beschimpfungen überschütten und ihn auffordern würde, es mir zu erklären. Ob er wisse, was mit seinem Sohn geschehen sei? Wie er ihn in all diesen Jahre so habe behandeln können? Wie er habe zulassen können, dass er auf der Straße gelandet sei? Wieso er ihn wie einen Hund habe krepieren lassen? Und wie oft hatte ich seine Antwort gehört: Und du? Und ihr? Und seine Freunde? Wieso habt ihr ihn vergessen und seinem traurigen Schicksal überlassen? Wieso bist du in diesem verdammten Bus geblieben und in aller Ruhe zu deiner Rundfunksendung gefahren? Wieso war das für dich wichtiger, als zu ihm zu gehen?

Hinter mir hörte ich ein Tor quietschen. Ich drehte mich um und sah, wie der Faschist den Mülleimer herausbrachte. Er wirkte kleiner, um die Hälfte eingeschrumpft. In meiner Erinnerung war er riesig und bedrohlich gewesen. Ein Hund begann zu kläffen. Er fuhr ihn an, die Schnauze zu halten, und gab ihm den zärtlichen Kosenamen »du verdammter Wichser«. Ich erkannte sofort seine Stimme wieder. Auch wenn ihm seine Kleidung zu groß und er beinahe kahl war, lief es mir kalt den Rücken hinunter. Genau wie damals, als unter der zivilisierten männlichen Schale in einem Wort, einer Geste die unterschwellige Brutalität, die reine Gewalttätigkeit erkennbar wurde, die jeden Augenblick zum Ausbruch zu kommen drohte. Ich hatte immer das Gefühl, diese Brutalität, diese Gewalttätigkeit bei den meisten Männern wahrzunehmen, vielleicht war das eine Manie bei mir, doch sie schien mir allgegenwärtig, gefährlich, beängstigend, wie diese Hunde, deren Besitzer einem versichern, sie seien freundlich, deren spitze Zähne jedoch weiß schimmern und deren Muskeln sich unter der Haut deutlich abzeichnen, die das kurzgeschorene Fell kaum zu bedecken vermag. Ich hätte mich durchaus mit dem Gedanken anfreunden können, dass man den meisten Männern Maulkörbe anlegen sollte. Natürlich rührte ich mich nicht von der Stelle und stand wie versteinert da, bis er die Tür wieder hinter sich geschlossen hatte, nicht ohne seinem dämlichen Kläffer ein letztes Mal befohlen zu haben, seine verdammte Schnauze zu halten.

Als ich nach Hause kam, schlief mein Vater auf dem Sofa im Sitzen, ein wenig nach rechts gesackt. Auf dem Bildschirm luden Männer und Frauen sich abwechselnd ein und versuchten sich als Köche und Gastgeber von ihrer besten Seite zu zeigen. Ich schaltete den Fernseher aus und fragte mich, was diese Besessenheit vom

Essen wohl zu bedeuten hatte. Vorher zappte ich noch auf die Nachrichten, die Bilder aus Japan waren mehr als schrecklich. Man schätzte, dass die Flutwelle, die alles mit sich gerissen hatte, an manchen Stellen mehr als dreißig Meter gemessen hatte und bis zu fünf Kilometer ins Landesinnere vorgedrungen war, wobei sie auf ihrem Weg alles verwüstet hatte. Das in Mitleidenschaft gezogene Kernkraftwerk war kurz davor zu explodieren und bekam überall Risse. Es wurde überlegt, es mit Hilfe von Hubschraubern zu beregnen, um es abzukühlen. Im Inneren waren Angestellte mit Aufräumarbeiten beschäftigt und setzten sich dabei einer Strahlung aus, die sie innerhalb weniger Tage, Wochen töten würde, opferten ihr Leben, um die Kühlsysteme wieder in Gang zu bringen und das Schlimmste zu verhindern, während man in Tokio die unaufhörlichen Stellungnahmen fürchtete. Die Bilderflut riss nicht ab, aus Kameras, Mobiltelefonen kamen zitternde Bilder, deren Anblick ich nicht länger als dreißig Sekunden ertragen konnte. In das Grauen, das diese Menschen erlebten, mischte sich ein seltsames Gefühl, das mit den Monaten zu tun hatte, die wir dort verbracht hatten, das Gefühl, das ich dort empfunden hatte, ganz und gar dort zu sein, in Übereinstimmung und befreit, diese strahlenden Tage, in denen Sarah Manon Clément und ich die Tempel besichtigten, eins mit der Zeit, die sanft dahinfloss, unter rotem Ahorn lustwandelnd, uns berauschend an Moos und Weihrauch, Zedern, Ahorn, Ginkgos und Flüssen, die durch tiefe Täler flossen, deren Reisfelder und Felder im Nebel lagen.

Ich legte meinen Vater auf das Sofa und bedeckte seinen schlafenden Körper mit einer Decke. Er murrte nicht einmal, sondern ließ es sich gefallen, wie ein Kind, das tief und fest schläft. Im Haus herrschte tiefe Dunkelheit und Stille. Ich ging hinauf in mein Zimmer, wo ich den Wandschrank öffnete, in dem meine Eltern einen Teil meiner Sachen aufbewahrten. Ich kramte herum, bis ich fand, was ich suchte, das Klassenfoto. Unsere lächerliche Kleidung, unsere nicht sehr attraktiven Frisuren, unsere Gesichter, die noch halb kindlich waren, aber schon auf die Pubertät vorausdeuteten, die uns immer mehr zu schaffen machen würde. Wir waren alle da, Christophe natürlich, Stéphane, der sich sehr gerade hielt und über das ganze Gesicht lächelte, mit leuchtenden Augen, Caroline und ihre Zöpfe, ihr weißes Spitzenkleid, Cendrine in ihrem glänzenden Trainingsanzug, Éric, dessen Haare merkwürdig hochstanden, als würden sie von der Decke angesaugt, Thomas und seine Micky-Maus-Locke, sein Polohemd von Lacoste und sein Sohn-aus-gutem-Hause-Lächeln, Yann, dessen Kopf merkwürdig groß wirkte, in einem enganliegenden orangefarbenen Unterziehpulli, in dem ihm zu heiß war, der Farbe seiner Wangen nach zu urteilen. Fabrice, Xing, Patrice, Martin, William und alle anderen. Und Sophie, mit der ich damals nur von ferne verkehrte, die in einer anderen Sphäre lebte mit ihrem zehn Jahre älteren Geliebten, wir waren erst auf dem Lycée Freunde geworden, nachdem die Gruppe sich zwischen verschiedenen Klassen und Studienrichtungen aufgesplittert hatte. Ich schaltete den Computer ein und tippte ihren Namen. Auf *Copains d'avant* erschien ihr Familienname in Klammern vor ihrem Ehenamen, Deschamps. Sophie Deschamps. Und es wurde angegeben, dass sie in V. lebte. Es waren doch tatsächlich alle dageblieben. Oder in der Umgebung. Alle außer mir und Thomas, dessen Namen ich eines Tages gegoogelt hatte. Die Suche hatte mich nach Kalifornien geführt, wo er ein kleines Unternehmen gegründet hatte, das Joghurts »à la française« vermarktete, die von verschiedenen Verbraucherjurys zum Produkt des Jahres gewählt worden waren. Ich tippte weitere Namen ein. Patrice hatte einen Fachhochschulabschluss gemacht, arbeitete als Verkäufer bei Surcouf und wohnte fünf Kilometer von hier in der Stadt, die unmittelbar an unsere angrenzte, durch die Fenster des RER erkannte man sie an den sieben Hochhäusern, die einen großen künstlichen Weiher überragten. Xing lebte ebenfalls immer noch in V., unter Beruf war »Fahrer« angegeben, und unter Firma konnte man lesen: »freiberuflich«. Über Cendrine fand ich nichts. Und ebenfalls nichts über William, David und Martin. Die völlige Abwesenheit von Einträgen über sie machte deutlich, dass sie wohl in der großen Masse verschwunden waren, in der sie seit der Geburt ertrunken waren, wie wir alle hier. Schließlich gab ich Érics Namen ein. Wie hatten uns zweimal in Paris wiedergesehen, während meines ersten Jahrs an der Uni, es waren ein paar Telefonate gefolgt, dann nichts mehr. Ich hatte einen Schlussstrich gezogen, ich lebte in Paris, die Vergangenheit war Vergangenheit, ich hatte Tabula rasa gemacht. Jedenfalls hatte ich das lange Zeit geglaubt. Dass ich die Namen meiner ehemaligen Klassenkameraden googelte, schien mir auf rührende Weise das Gegenteil zu bezeugen. Bevor ich den Computer ausschaltete, suchte ich Sophies Adresse in den Gelben Seiten. Sie lebten in einem Einfamilienhausviertel in der Nähe des Waldes, einer dieser neuen Siedlungen, die den Zustrom von Familien aufnehmen sollten, die Paris aufgrund der exorbitanten Mieten verließen. Ich notierte die Adresse und legte mich im Bett meiner Jugend schlafen. Die Stereoanlage funktionierte noch immer, mit ihren Lautsprecherboxen auf jeder Seite des Kopfendes, die so etwas wie Kopfhörer für mich gewesen waren. Wie früher stellte ich die Musik leise. Durch das Fenster konnte ich den Mond und die Stromleitungen sehen. Ich dachte an Sarah und die Kinder, ich konnte nicht begreifen, wie sie ohne mich schlafen konnten, fünfhundert Kilometer nordwestlich von hier. Tief in meinem Innern hoffte ich, dass Manon und Clément seit meiner Abreise keinen Schlaf mehr fanden, dass sie jeden Abend beim Zubettgehen in Tränen ausbrachen. Tief in meinem Innern hoffte ich, dass ich ihnen fehlte. Ich war wie ein Kind, das sterben will, damit man es vermisst. Ich war genau diese Art von Kind. Ich war es immer gewesen.

AM NÄCHSTEN TAG BEGLEITETE ICH meinen Vater zur Wohnungsbesichtigung. Wir parkten außerhalb der Cité des Acacias. An der Bushaltestelle, die sich mickrig ausnahm vor den langen Häuserblöcken, deren Wände zerbröckelten, abblätterten, Blasen bildeten und mit Graffiti und verschiedenen Aufschriften bedeckt waren, drängten sich etwa zwanzig Personen, meist Farbige oder Maghrebiner. Manche Männer trugen Dschellabas, manche Frauen Kopftücher und die meisten der Jugendlichen ein den Hiphop-Stars abgeguckte Outfit.

»Man fühlt sich nicht mehr zu Hause«, schimpfte mein Vater kopfschüttelnd.

Ich sah ihn fassungslos an.

»Was hast du gesagt?«

»Du hast mich sehr gut verstanden.«

Die Unterhaltung war beendet, als wir die Schranke passierten, die den Eingang in den Park der Wohnanlage bildete, mehrere Rasenflächen mit gewaltigen Bäumen, etwas hochtrabend »Domäne« genannt. Doch zu meiner großen Überraschung schien mein Vater sie fortsetzen zu wollen. An seinem Ton erkannte ich, dass er sich angegriffen fühlte, dass er meinen Blick als Vorwurf aufgefasst hatte, und das gefiel ihm nicht. Ich sah, dass er sich verspannte, wie immer, wenn man ihm auf irgendeine Weise widersprach, sei es in politischen Dingen, sei es bezüglich seiner Urteile über diese oder jene Person, die stets darauf hinausliefen, dass er sie als Arschloch oder Vollidiot bezeichnete. Für meinen Vater gab es praktisch niemanden, der nicht eines von beiden war. Ich hatte nie gehört, dass er etwas Gutes über jemanden sagte. Keiner war jemals aufrecht, tugendhaft, intelligent, bescheiden, integer oder was auch immer genug, es gab niemanden, auf den er nicht mit Gereiztheit oder Verachtung reagierte. Das erklärte vermutlich, warum er sein Leben lang keinen einzigen Freund gehabt hatte. Seine Beziehungen beschränkten sich ausschließlich auf seine sechs Geschwister und deren Ehepartner und Nachkommen. Auch sie waren für meinen

Vater großenteils Kretins, Dummköpfe oder Arschlöcher, doch er fühlte sich verpflichtet, Umgang mit ihnen zu haben. Aus einem Grund, den ich mir nicht erklären konnte, waren die Blutsbande heilig für ihn. Unumstößlich. Unbestreitbar. Außerdem war ihm meine Neigung ein Dorn im Auge, meine Verbindungen abzubrechen, den Familientreffen fernzubleiben, keinen Kontakt zu meinen Onkeln, Tanten, Cousins und Cousinen zu pflegen zugunsten einer »neu gebildeten«, erfundenen Familie, bestehend aus meinen und Sarahs Freunden und einem Haufen beruflicher Bekannter, die sich regelmäßig übers Wochenende zu uns nach Hause oder für zwei Nachmittage am Strand einluden, was so weit ging, dass ich einigen meiner Cousins, die neuerdings nur fünfzehn Kilometer von uns entfernt lebten, hartnäckig verbot, unser Gartentor zu passieren. Und wenn ich ständig hörte, wie mein Vater über die anderen sprach, musste ich mich letzten Endes fragen, was er wohl von uns denken mochte, von meinem Bruder und mir und unseren Frauen. Von unserem Leben, unseren Kindern. Von meinen Büchern.

»Du kannst das nicht verstehen. Du lebst nicht mehr hier. Für dich ist es leicht, schockiert zu tun, aber du lebst nicht mit ihnen. Du hat deine Ruhe in deinem schönen Haus am Meer. Du verkehrst in der besseren Gesellschaft. Also erspar mir bitte deine Belehrungen.«

Er schäumte. Ich konnte ihn tatsächlich nicht verstehen. Dass er der Meinung war, ich sei nicht mehr von hier, als wäre ich es nie gewesen, als käme ich nicht von hier, als hätten diese Gegenden nicht auch mich geprägt, nein, das konnte ich nicht verstehen.

»Ich bin hier aufgewachsen«, erwiderte ich.

Er zündete sich eine Zigarette an, ohne zu antworten, das Gesicht rot vor Wut, im Kopf einen imaginären Dialog weiterspinnend, den wirklich zu führen er sich weigerte. Schweigend waren wir nebeneinander bis zur Wohnanlage gegangen. Auch ich kochte, in meinem Schädel tobte ein Kampf, die Diskussion war polemisch und hitzig, aber dabei blieb es. Ich sagte ihm nicht, dass das, was er

»zu Hause« nannte, nicht »hier«, sondern »früher«, in seiner Jugend, war, dass er im Grunde seiner Jugend nachtrauerte und dass genau dies das Problem der Alten war, die davon träumten, dass ihr Land wieder so würde, wie es gewesen war, als sie zwanzig waren, als würden sie dadurch wieder zwanzig. »Man fühlt sich nicht mehr zu Hause.« Was konnte ihm das ausmachen? Wieso störten diese Leute ihn? Was nahmen sie ihm weg? Warum ertrug er ihre Anwesenheit nicht? Ich war hier aufgewachsen, die Cité war mir vertraut, und in meiner Erinnerung war Frankreich schon immer so gewesen. Es war nie ausschließlich weiß und katholisch gewesen, es war immer schon gemischt, pluralistisch, komplex, sich verändernd, bunt gewesen. Von V. war ich nach Paris gezogen, in das Viertel von Barbès, ich hatte in Château Rouge und dann in Belleville gearbeitet, im Handumdrehen vom arabischen Viertel ins chinesische und ins afrikanische wechselnd. Die Halal-Metzgereien, die asiatischen Lebensmittelgeschäfte, die afrikanischen Boutiquen, die Kebabbuden, das war das einzige Paris, das ich kannte. Als ich in den Westen zog, hatte mich am meisten überrascht, dass die Dinge woanders anders waren. Ich ging durch die Straßen, und alles kam mir gleichförmig und provinziell vor. Zum Glück spülte das Meer das alles weg. Zum Glück öffnete der Sommer die Fenster weit und lockte alle möglichen Leute in die Stadt und an die Strände. Als ich in die Bretagne kam, entdeckte ich zu meiner Überraschung eine Gegend, wo alle weiß waren, wo es noch Leute gab, die sich als »katholisch« bezeichneten, wo viele betonten, dass sie seit Generationen hier ansässig waren und stolz darauf waren, was ich je nach Tagesform mal verdächtig und mal einfach lächerlich fand, und wo manche ganz ernsthaft von regionaler Identität, lokalen Traditionen, Gebräuchen, Eigentümlichkeiten und Wurzeln sprachen. Ein Relikt der Vergangenheit, ein Frankreich, das stehen geblieben und nur mit sich selbst beschäftig war. Ich hatte dieses Frankreich stets für eine Fiktion gehalten, bestimmt für Leute wie meinen Vater, die der Zeit nachtrauerten, in der sie zwanzig gewesen waren, und ein Land priesen, das es nicht mehr gab, auch wenn es außerhalb der großen Städte wie Paris, Marseille, außerhalb der Banlieues noch sichtbare Spuren davon gab. Ich redete mit Leuten, die erschraken, wenn man das Wort aussprach, die beunruhigt waren über die Anwesenheit von Immigranten, deren Farbe sie noch nie gesehen hatten, die sie als Bedrohung oder Problem empfanden oder zumindest als eine Realität, die für sie so unbekannt war, dass sie sie ängstigte. Und vor der Jugend, insbesondere der sogenannten Jugend der Vorstädte, hatten sie ganz einfach Schiss. Natürlich war dies vor allem die Sichtweise der Alten, und dieser ganze Staub würde letzten Endes mit ihnen davonfliegen, aber das ganze Land alterte, sie waren Millionen, sie wählten, die Fernsehprogramme wurden zu einem Gutteil auf sie zugeschnitten und viele der Maßnahmen, die die Regierung ergriff, ebenfalls, ganz zu schweigen von den Debatten, die man dem Land mit aller Gewalt aufzuzwingen versuchte, nationale Identität, Einwanderung und Kriminalität, Islam und Trennung von Kirche und Staat und so weiter und so fort. Es kam mir so vor, als lebte ein Teil des Landes mit einem Auge im Rückspiegel, dem Fuß auf der Bremse und der Sehnsucht nach einer Zeit, die es nur noch auf sepiafarbenen Fotos gab.

Wir betraten die Seniorenresidenz, die sich in genau dem Augenblick bereiterklärte, meine Eltern aufzunehmen, da ich insgeheim für ein Wahlverbot für über Siebzigjährige kämpfte. Die Leiterin trug ein tannengrünes Wollkostüm, und ihr dauergewelltes Haar war so weiß, dass es zu leuchten schien. Ihr Büro lag neben dem Gemeinschaftsraum, dessen Wände mit karamellfarbenem Stoff bespannt waren und in dem Sessel und von vier oder sechs Stühlen umgebene runde Holztische standen. Dort konnten die Bewohner sich nachmittags treffen, um Bridge, Schach oder Scrabble zu spielen oder einfach nur das Zusammensein zu genießen und über Gott und die Welt zu plaudern. Die Leiterin sprach in einem unerträglich honigsüßen Ton und nur mit mir, als wäre mein Vater taub oder dement.

»Hier sind die Briefkästen, aus denen er seine Post holen kann, und dort der Raum, wo er sich, wenn er es wünscht, von unserem Friseur, der jeden Donnerstag kommt, die Haare schneiden lassen kann. Hier die Tür zu der Treppe, die in die oberen Stockwerke führt, und dort der Aufzug, den wir nehmen werden, um die Wohnung zu besichtigen, es sei denn, er zieht ein bisschen Bewegung vor, manche unserer Bewohner sind noch sehr rüstig, wissen Sie, und nehmen lieber die Treppe, das hier ist kein Altersheim, lediglich eine Residenz für Rentner, in der jeder die wohlverdiente Ruhe genießen kann nach einem harten Arbeitsleben, nicht wahr? Was hat er denn gemacht?«

»Das können Sie ihn selbst fragen. Hm, Papa, sie kann direkt mit dir reden, das ist vielleicht besser ...«, ermunterte ich ihn.

Mein Vater begnügte sich damit zu brummen: »Schön, also wo ist diese Wohnung?« Er hatte es nie gemocht, seine Zeit mit unnötigem Geschwätz zu vergeuden. Sichtlich gekränkt, drückte die Leiterin auf den Aufzugknopf, und wir warteten, bis die Tür sich öffnete. Umsonst. Die Wohnung liege im Erdgeschoss, und das sei unser Glück, denn Madame habe Schwierigkeiten mit dem Gehen, wie sie mitbekommen habe.

»Oh, im Augenblick ist sie im Krankenhaus, aber wenn sie rauskommt, wird sie einen Stock bekommen und wird auf jeden Fall den Aufzug nehmen können.«

»Nun, dann wird sie ihn nehmen, um die Freundinnen zu besuchen, die sie sicherlich hier finden wird. Es gibt viele Frauen in der Residenz, sie laden sich gegenseitig ein, es herrscht eine fröhliche Atmosphäre, Sie werden sehen, die meisten leben allein, sie haben ihren Mann verloren, und manchmal könnte man meinen, dass sie nur darauf gewartet haben ...«

Mein Vater blickte sie böse an, und sie stammelte Entschuldigungen, sie habe damit natürlich nicht ihn gemeint, er mache ja einen sehr rüstigen Eindruck. Wir gingen in einen dunklen Flur, in dem unzureichende Wandleuchten knisterten. Die Leiterin ging voraus mit kleinen gleitenden Schritten, es sah aus, als ginge sie auf Rollschuhen. Das erinnerte mich an das Haus meiner Tante Josyane, ihr Wohnzimmer mit dem gewachsten Parkett, ihre Möbel mit Zierdeckchen und Glasfiguren, die Enten, Fische, Katzen und Vögel darstellten. Sie lebte allein, seit mein Onkel mit zweiundfünfzig an einem Hirntumor gestorben war, der ihn innerhalb von zwei Monaten dahingerafft hatte. Er hatte in den Renaultwerkstätten in Boulogne-Billancourt gearbeitet, in der Motorenabteilung, hatte laut gesprochen und über ein unerschöpfliches Repertoire an Witzen verfügt, aus dem er während der Diners schöpfte, bei denen er stets zu viel trank. Er war, glaube ich, mein Lieblingsverwandter gewesen, zusammen mit Serge, dem Mann der jüngsten Schwester meines Vaters, ein äußerst nervöser Typ, der sich ständig mit seiner Frau stritt, meinen Bruder und mich aber abgöttisch liebte. Wenn sie mit ihrer einzigen Tochter, meiner Cousine Louise, zum Mittagessen kamen, stellten wir uns schon um zehn Uhr vormittags ans Fenster und warteten ungeduldig auf sie, obwohl sie erst gut zwei Stunden später in ihrem alten roten Alfa Romeo kommen würden. Serge leitete einen kleinen Supermarkt in Ivry, und das machte ihn in unseren Träumen zum Chef von irgendetwas, mit Untergebenen. In unseren Augen hatte er es geschafft, wie ein anderer unserer Onkel, der ebenfalls eine von Papas Schwestern geheiratet hatte und als Verkaufsleiter für Feuerlöscher arbeitete. Die ganze Familie hatte einen. Man würde also nicht durch die Flammen eines Brandes umkommen. Serge kam immer mit irgendwelchen Schätzen: ein funkelnagelneuer Ball, ein Dartspiel, Nunchakus, Comics, eine Videokassette. Impulsiv und aufbrausend, regte er sich wegen jeder Kleinigkeit auf. Mein Vater und er wären einige Male fast handgreiflich geworden. Ich weiß nicht mehr, worum es ging. Politik, nehme ich an.

Eines Tages waren meine Tante und ihre Tochter unangekündigt bei uns hereingeschneit, völlig aufgelöst. Sie hatten sich wieder einmal gestritten, übrigens stritten sie ständig und über alles und jedes, so funktionierten sie, wie manche Paare, bei denen man sich fragt, wie sie das durchhalten können, ständig uneins zu sein, von morgens bis abends spitze Bemerkungen zu machen, sich gegenseitig zu nerven, halb zum Spaß, halb ernsthaft, doch diesmal war die Situation eskaliert, er hatte sie mit einem Messer bedroht. Meine Tante war in Tränen aufgelöst und hatte sich in die Arme meines Vaters gestürzt. Ein paar Minuten später klingelte das Telefon, und mein Vater erklärte Serge, wenn er auch nur einen Fuß in sein Haus setzen würde, würde er ihn umbringen. Louise und ihre Mutter waren ein paar Wochen bei uns geblieben. Wir lebten in der Angst, Serge könnte jeden Moment aufkreuzen. Doch das traute er sich nicht, nicht einmal, wenn mein Vater in der Arbeit war. Abends aßen wir gemeinsam, und meine Tante weinte, während mein Vater sie zur Vernunft zu bringen versuchte, sie wollte zu ihm zurückkehren, sie hatte ihm verziehen, und aus den Gesprächen verstand ich, dass er sie schlug. Seit langem. Eigentlich immer schon. In unserer Familie war das allgemein bekannt, auch wenn nur in Andeutungen darüber gesprochen wurde. Als ich das begriff, zerbrach etwas in mir. Serge stürzte von seinem Sockel, auf den ich ihn während meiner ganzen Kindheit gestellt hatte. Ich glaube, ich fühlte mich verraten. Betrogen. Und auch ein wenig schuldig, dass ich einen Typen, der seine eigene Frau auf diese Weise behandelte, so sehr geliebt hatte. Ich denke auch, dass mich das aufweckte, dass ich die Beziehungen zwischen Erwachsenen und die Nachsicht, die manche von ihnen in der Mann-Frau-Beziehung an den Tag legten, in einem neuen Licht zu sehen begann.

Die Tür öffnete sich auf ein kleines leeres Apartment mit einem Balkon, der durch eine grün gestrichene Barriere geschlossen wurde. Man gelangte auf ihn durch eine Glasfront, die den Hauptraum auf ganzer Länge begrenzte. Dieser wurde gesäumt von einer Kochnische, und ein einfacher Vorhang trennte ihn vom Schlafzimmer, dessen Fenster auf einen Baum ging, der ganz besonders von Eichhörnchen geliebt werde, wie die Leiterin eigens betonte, als hätte sie es mit Kindern zu tun. Ich konnte mir dieses honigsüße geisttötende Getue, das manche Personen älteren Leuten gegenüber an den Tag legen, nicht erklären. Ich stellte mir vor, wie mein Vater innerlich tobte und sich am liebsten aus dem Staub gemacht hätte. Aber das war nicht der Fall. Er schien nichts auszusetzen zu haben an dieser winzigen Wohnung, in der er fortan leben und eine ganze Hauseinrichtung unterbringen sollte.

»Wunderbar«, beendete er die Besichtigung zu meiner großen Überraschung. »Und ist es sofort frei?«

»Ja.«

»Dann zeigen Sie mir die Papiere. Ich habe meine gleich mitgebracht. Ich denke, ich habe alles dabei, was Sie verlangt haben.«

»Warte«, unterbrach ich ihn. »Und Mama? Fragst du sie nicht nach ihrer Meinung?«

»Deine Mutter ist einverstanden«, erwiderte er in bestimmtem Ton. »Deine Mutter ist früher schon hier gewesen, um eine Bekannte zu besuchen. Die Apartments sind alle gleich.«

Ich konnte es nicht fassen. Dass alles so schnell ging. Dass meine Mutter die Wohnung nicht einmal besichtigt hatte. Dass mein Vater diese Entscheidung getroffen hatte. Dass er sein Haus einfach so aufgab. Sobald es zum Verkauf angeboten wurde, würde es sofort einen Käufer finden, das stand zweifelsfrei fest. Ein Bus hielt nur wenige Meter entfernt und brachte einen in weniger als zwanzig Minuten zum Bahnhof, und zehn Minuten Wartezeit sowie fünfundzwanzig mit dem RER verbanden einen mit dem Zentrum von Paris, Station Châtelet–Les Halles, die Schule und die ersten Geschäfte waren zu Fuß erreichbar, das alles sei sehr begehrt, versicherten ihm die Immobilienmakler stereotyp, die sich regelmäßig vorstellten, während meine Mutter nur die Achseln zuckte und sich zu Recht fragte, wer ein Interesse daran haben könnte, so viel Geld zu bezahlen, um hier zu wohnen …

»Viele, Madame. Und ich bitte Sie, mir zu glauben, wenn Sie

nicht darauf aus sind, den Preis in die Höhe zu treiben, ist Ihr hübsches kleines Haus innerhalb von einem Tag verkauft.«

Nein, ich konnte es nicht fassen. In all den Jahren hatte ich versucht, sie zu überzeugen, ihr Einfamilienhaus gegen ein Häuschen am Meer zu tauschen. Und in all diesen Jahren hatten sie immer neue Ausreden gehabt. Zuerst hatten sie sich um meinen Großvater kümmern müssen, nach seinem Tod wollten sie sich dann nicht allzu weit von François und seinen Kindern entfernen, denn meine, nicht wahr, würden sie ja kaum kennen, erklärte meine Mutter mit einer bitteren Falte im Mundwinkel. Und dann hieß es: »Damit es sich lohnt, müssten wir wirklich etwas finden mit Blick aufs Meer, vor allem wenn deine Mutter auch weiterhin Schwierigkeiten mit dem Gehen haben sollte, denn es wäre doch zu frustrierend, am Meer zu wohnen, ohne etwas davon zu haben. Und Blick aufs Meer, das ist nichts für uns. Wir haben nicht die Mittel, um uns diesen Luxus leisten zu können.« Sie hatten immer wieder neue Argumente gefunden, die ich jedes Mal entkräftete, bis meine Mutter sich schließlich geschlagen gab und einräumte, sie lebten nun schon seit dreißig Jahren hier und das sei ihr Zuhause. Das einzige »Zuhause«, das sie jemals gehabt hätten, so schwer das auch für jemanden wie mich zu verstehen sei, der sich immer fremd gefühlt habe, in diesem Haus, in dieser Banlieue, ja sogar in diesem Land, der sich in Japan wie in Portugal oder Kanada, im Süden wie im Norden, in Paris wie auf dem Land zu Hause fühlen könne. Sie hatte nicht unrecht. Es fiel mir wahnsinnig schwer zu begreifen, wie man so sehr an Orten, Blutsbanden, Gegenständen, Dingen, ja Erinnerungen hängen konnte. Es kam mir vor, als hätte ich mein ganzes Leben damit verbracht, Spuren auszulöschen und Bindungen zu lösen. Die geringste Erwähnung der Vergangenheit bereitete mir Unbehagen. In den drei Tagen, die ich jetzt hier war, hatte ich ständig das Gefühl gehabt zu ersticken und nur einen Wunsch: wegfahren, der Vergangenheit entfliehen, die Wurzeln ausreißen und in das Leben zurückkehren, das ich von A bis Z neu erfunden hatte mit Hilfe meiner Bücher, Sarahs und meiner Kinder, indem ich meine Koffer an einem neuen Ort ohne Gedächtnis abgestellt hatte, wo ich niemanden kannte und wo mich nichts an die Vergangenheit erinnerte.

»Warte, Papa«, versuchte ich es ein letztes Mal. »Wir könnten vielleicht schauen, ob ich nicht etwas näher bei mir für euch finden könnte, mit der Summe aus dem Hausverkauf könnte ich eine kleine Wohnung am Meer finden.«

»Das sagst du jetzt, aber ich bin mir nicht sicher, ob du uns wirklich um dich herum haben willst ... Und außerdem, was sollen wir am Strand, deine Mutter und ich?«

Ich dachte einen Augenblick über diese Frage nach. Ich hatte keine vernünftige Antwort. Ich sah zu, wie sie Papiere austauschten, andere ausfüllten, und hatte das Gefühl, meinen Vater zur Unterzeichnung einer Bestattungsverfügung zu begleiten. Ich sagte: »Ich warte draußen«, und ging hinaus. Auf dem Flur begegnete ich zwei feschen und parfümierten älteren Damen, die fröhlich plauderten, begleitet von getrimmten Pudeln. Ich durchquerte die Eingangshalle und bemerkte ein Dutzend Opas und Omas, die im Gemeinschaftsraum Tee tranken und Karten spielten. Aus einem Lautsprecher erklangen Chansons von Charles Trenet. Die Männer waren alle kahlköpfig und beige gekleidet, und die Frauen hatten alle bläulich schimmerndes Haar; auf einem Tisch stand zuckerglänzendes Gebäck, und all diese Herrschaften machten einen vollkommen glücklichen Eindruck, doch ihr Lächeln und ihre gute Laune ängstigten mich, mir meinen Vater und meine Mutter unter ihnen vorzustellen ängstigte mich, ich hätte mich freuen sollen, dass die Mysterien des Immobilienmarkts in der Banlieue und die Explosion der Preise für den Quadratmeter Beton im Herzen von Städten ohne Seele, Zentrum und Konturen, ohne akzeptable Cafés und Restaurants, ohne Kinos, die diesen Namen verdienten, ohne irgendetwas, das auch nur von ferne einem einigermaßen vernünftigen Kulturangebot ähnlich sah, ihnen erlaubten, sich am Ende eines Arbeiterlebens die Art von Refugium zu leisten, wo sie ruhige Tage verbringen könnten, beschützt vor der Wut der Viertel und der Langeweile der Schlafstädte durch ein paar verirrte Bäume eines ehemaligen Waldes, doch ich konnte es nicht. Als ich im Freien war, atmete ich tief die harzige Luft ein. Ein Eichhörnchen sprang von einer Kiefer zur anderen, ein dickes rotbraunes Eichhörnchen, einem Comic entsprungen. Ebensolche hatte ich von meinem Schreibtisch aus gesehen, bevor Sarah mich aus meinem Leben vertrieben hatte, denn das Fenster ging auf einen Teil des Gartens, in dem ich eine Schaukel für die Kinder aufgestellt hatte. Eine hohe Hecke verdeckte die Straße und stieß an die großen Zedern des Hauses gegenüber, ein bürgerliches Haus, von dem nichts zu erkennen war, so sehr wurde es von den Bäumen verborgen. Ich verließ den Park, sprang über die Schranke und fand mich auf der Straße wieder, mitten im Leben, inmitten der Leute, inmitten der Autos, der Motorroller, der Dschellabas, der Frauen mit Kopftüchern, der schreienden Kinder, der als Rapper verkleideten Jugendlichen, die sich sarkastische Bemerkungen zuwarfen und in einer erfundenen Sprache redeten, von der ich die Hälfte der Worte nicht mehr verstand. Ich zündete mir eine Zigarette an und wartete, dass der Tabak seinen Schwarm von Schmetterlingen freisetzte. Bald streichelten ihre Flügel meine Lungen, und ich stand einen Augenblick da, inmitten der Kinderwagen, der Einkaufstüten, der sich vermischenden Sprachen, und fühlte mich gut, an meinem Platz, fremd und Teil der Menge, getragen von einem Strom, der mich nicht betraf, in den ich aber gern eintauchte. Der Satz meines Vaters fiel mir wieder ein: »Man fühlt sich nicht mehr zu Hause.« Im Radio hatte ich gehört, wie einer der Schergen des Präsidenten, ein Minister der Republik, in etwa das Gleiche behauptet hatte. Was sollte das bedeuten, ich wusste es nicht, wovon redeten sie, von welchem »Zuhause«? Von welchem ranzigen, verschimmelten, im eigenen Saft schmorenden Land? Und wer könnte dort leben wollen, außer sie selbst und die alten Leute, die ihrer Jugend nachtrauerten?

Ich sah meinen Vater aus dem Schatten der großen Bäume auftauchen. Ich winkte ihm, und er näherte sich mit misstrauischen Schritten, zusammengesunken, als versuchte er, sich so unauffällig wie nur möglich zu machen. Ein paar Meter von mir entfernt pöbelten Jugendliche sich heftig an, beschimpften sich lautstark, versetzten sich Schläge auf den Kopf und lachten sich kaputt. Manche machten sich einen Spaß daraus, die Passanten zu erschrecken, kleine alte Männer meist, die davonliefen, ohne einen Ton von sich zu geben. Mein Vater schien so schnell wie möglich von hier wegkommen zu wollen. Seinem Gesicht war die Angst anzumerken. Ich hätte ihn am liebsten gefragt, wovor er sich eigentlich fürchtete. Ob eine Gruppe ebenso erregter weißer Jugendlicher ihn genauso erschreckt hätte. Doch ich begnügte mich damit, ihm zum Auto zu folgen.

Als wir ins Krankenhaus kamen, hatte gerade die Visite begonnen. Dem Arzt zufolge war alles in Ordnung, die Operation sei gut verlaufen, die Röntgenaufnahmen zeigten keine Auffälligkeiten, und meine Mutter könne in ein paar Tagen nach Hause entlassen werden. Ein paar Wochen lang sei sie auf den Rollstuhl angewiesen, sie bekomme tägliche Physiotherapiesitzungen verschrieben, zu denen sie problemlos mit dem Krankenwagen gebracht werden könne, die Kosten würden selbstverständlich übernommen. Natürlich müsse er zu Hause dafür sorgen, dass sie keine Treppen hinauf- und hinuntergehen müsse.

»Aber es wird trotzdem mühsam werden«, sagte meine Mutter mit müder Stimme.

Der Arzt legte ihr die Hand auf die Schulter und sagte, zu meinem Vater gewandt: »Aber Ihr Mann wird Ihnen helfen und alles so für Sie einrichten, wie Sie es brauchen, dessen bin ich sicher.«

Mein Vater nickte wie ein Kind vor seinem Lehrer. Den Ärzten gegenüber senkten meine Eltern stets den Kopf und sprachen und verhielten sich auf eine Weise, die ich nicht an ihnen kannte, ergeben und eingeschüchtert. Ich hatte mich oft gefragt, ob sie sich auch ihren Chefs gegenüber so verhielten. Sie stellten niemals eine Frage, verlangten niemals eine Erklärung, und wenn die Ärzte verschwunden waren, blieben sie in der Regel allein mit ihren unvollständigen Informationen, ihren Fragen und ihrer Unsicherheit.

»Hast du sie denn nicht gefragt?«, fragte ich sie.

»Oh nein, du weißt doch, wie sie sind. Und außerdem hatte er es wohl eilig, er hat eine Menge Patienten, ich wollte ihm nicht seine Zeit stehlen.«

»Aber Scheiße, Mama, du bist ebenfalls seine Patientin. Ebenso wie die anderen. Er behandelt dich nicht bevorzugt, wenn er sich um dich kümmert. Das ist sein Job ...«

Am Gesichtsausdruck meiner Mutter sah ich, dass sie nicht überzeugt war, dass sie glaubte, die Ärzte, die sich mit ihrem Fall beschäftigten, hätten andere sehr viel wichtigere Patienten zu behandeln. Und diese Wichtigkeit, das wusste ich nur zu gut, hatte nichts mit dem Ernst ihres Zustands zu tun, sondern mit ihrer gesellschaftlichen Stellung: Es gab sicher Ingenieure, leitende Angestellte, Chefs, Lehrer, die vor ihr behandelt werden mussten. Der Arzt ging hinaus, und ich folgte ihm auf den Flur. Er schien es eilig zu haben und schickte sich an, in das Zimmer nebenan zu gehen. Ich hielt ihn am Ärmel zurück. An seinem Blick erkannte ich, dass er das nicht gewohnt war. Er musterte mich ungeduldig. Die Zeit, die uns zustand, war für ihn eindeutig abgelaufen.

»Kann ich mit Ihnen über meine Mutter sprechen?«, fragte ich.

»Ja. Aber nur kurz. Ich habe noch andere Patienten.«

Ich stellte ihm Fragen. Ob es »normal« sei, dass sie so verwirrt sei? Als ich sie vorhin geküsst hatte, hatte sie mich empfangen mit der Bemerkung: »Ach, Paul, das ist nett, dass du gekommen bist. Hast du eine gute Fahrt gehabt? Wie ist das Wetter in der Bretagne? Und Sarah, ist sie nicht mitgekommen?« Es war ganz deutlich zu erkennen, dass sie sich nicht erinnerte, dass sie mich am Tag zuvor bereits gesehen hatte. Mein Vater hatte es vorgezogen, den Blick abzuwenden. In dem großen Sessel sitzend, hatte er so getan, als blättere er in einer *Télé Loisirs*, die dort lag, als erwarte er tatsächlich, irgendetwas Wichtiges daraus zu erfahren.

»Hören Sie. Sehen Sie, was da steht?«, erwiderte er und deutete auf sein Namensschild.

»Ja.«

»Sehen Sie. Ich bin Orthopädiechirurg. Ich kümmere mich um den Oberschenkelknochen Ihrer Mutter, nicht um ihr Gehirn.«

»Okay. Aber kann das Ihrer Meinung nach mit den Medikamenten zu tun haben?«

Mein Insistieren irritierte ihn. Er zuckte die Achseln und verzog das Gesicht. Was wohl nein bedeuten sollte.

»Wissen Sie, wenn man ein gewisses Alter überschritten hat, funktioniert das Gedächtnis nicht mehr so gut. Und die Erschöpfung, die Schmerzmittel tun ein Übriges. Aber Sie können gern einen Neurologen hinzuziehen.«

»Aber so alt ist sie doch gar nicht ...«, wandte ich ein.

»Alt, das heißt gar nichts, wissen Sie. Das kann von Person zu Person sehr unterschiedlich sein. Die Leute leben nicht unter den gleichen Bedingungen. Ganz zu schweigen von den genetischen Faktoren. Alter ist nicht gleich Alter.«

Als ich ins Zimmer zurückkam, lief der Fernseher, und meine Mutter schlief. Meine Vater starrte auf den Bildschirm, als könnte es ihn tatsächlich interessieren, ob es einer dicken Frau namens Valérie gelingt oder nicht gelingt, ein Wort aus sechs Buchstaben zu erraten, indem sie Kugeln aus einer durchsichtigen Urne holt. Ich ging hinaus und durchquerte Flure, die sich alle ähnelten, stieß Dutzende von Flügeltüren auf und gelangte zu einer Treppe. Dort fand ich schließlich, was ich suchte: Zwischen zwei Stockwerken rauchten zwei Krankenpfleger. In jedem Krankenhaus ist es das Gleiche, es gibt eine Ecke, in der das Personal sich versteckt, um zu rauchen, ein Flur, der zu leeren Büros führt, eine Treppe, die niemand benutzt. Ich setzte mich auf eine Stufe, etwas abseits. Sie grüßten mich mit einem Kopfnicken und setzten ihre Unterhaltung fort, während ich mir eine Zigarette anzündete. Der Größere deutete auf den Aschenbecher. Ich fragte mich, ob sie ihn mitbrachten, wenn sie zum Rauchen herkamen, oder ob er immer da stand. Was war aus uns geworden? Wer wollte schon in einer Welt leben, in der man sich wie Pestkranke oder Mörder verstecken musste, um eine Zigarette zu rauchen? Eine Frage quälte mich seit langem: Hatte eigentlich jemand eine Vorstellung von den genauen Kosten dieser ausgedehnten nationalen und weltweiten Anti-Raucher-Kampagne? Hatte jemand das wirklich mal langfristig ausgerechnet? Natürlich würden Lungenkrebs und ähnliche Krankheiten zurückgehen und dadurch auch die damit verbundenen Ausgaben der Krankenkassen, doch man sollte sich keine Illusionen machen, die Gesundheit der Leute interessierte niemanden. Das Einzige, worum die öffentliche Hand sich Gedanken machte, war das Gleichgewicht der Ausgaben, Vorrang hatten also wie bei allem die Verwaltung, die Wirtschaft. Doch wie steht es mit den Verschreibungen von Beruhigungsmitteln und Antidepressiva, die in die Höhe schnellen würden? Wie mit den nervös bedingten Krankheiten, dem Stress? Wie mit der Gewalt, der nervösen Erschöpfung, dem Verschleiß? Wie mit der Fettleibigkeit, wenn die Leute, um sich zu beruhigen, ein Twix essen, anstatt an einer Zigarette zu ziehen? Wie mit den sozialen Kosten, die eine von schlechter Laune, Aggressivität und Frustration vergiftete Gesellschaft verursacht? Ich zündete mir eine zweite Zigarette an. Die Krankenpfleger waren gegangen. Sofort hatten zwei Pflegehelferinnen sie ersetzt, die meine Anwesenheit kaum bemerkten. Die Kleinere sprach über ihre Tochter, sie finde keine Arbeit, sie habe vier Jahre studiert, finde aber keine Arbeit. Überall sage man ihr, das sei die Krise, überall biete man ihr unbezahlte Praktika oder Verträge über zwei Stunden täglich an. Und obendrein habe auch noch ihr Freund sie verlassen. Eines Tages sei er nach Hause gekommen und habe ihr ganz einfach erklärt: »Also, ich hau ab, ich hab jemanden kennengelernt.«

»Und weißt du, wer das war? Seine Beraterin bei der Arbeitsagentur. Sie hat keine Arbeit für ihn gefunden, aber das eilte ja auch nicht, da er noch sechs Monate Ansprüche hatte, aber sie hat ihn sich gekrallt. Dass er eine Freundin hat, die ebenfalls arbeitslos ist, scheint sie nicht weiter gestört zu haben. Na ja, die Kerle sind alle gleich, sie denken mit dem Schwanz, da kann man nichts machen.«

Ich drückte meine Zigarette im Aschenbecher aus.

»Sie waren nicht gemeint, Monsieur.«

»Woher wollen Sie das wissen?«

Sie lachten ein offenes Lachen, und es tat mir gut, sie so lachen zu hören, mit ihren Nikotinstimmen und ihren schönen Gesichtern, die schon Falten zeigten, wie zerknittertes Papier. Ich verabschiedete mich und ging wieder hinauf. Plötzlich erinnerte ich mich, warum ich immer schon die Gesellschaft der Raucherinnen vorgezogen habe.

NACH DEM BESUCH IM KRANKENHAUS setzte ich meinen Vater zu Hause ab. Am Morgen hatte ich das Abendessen für ihn vorbereitet. Der Teller stand bereits in der Mikrowelle. Ich hatte sogar den Timer programmiert und den Tisch auf dem Wachstuch im Wohnzimmer gedeckt. Er brauchte nur noch auf den On-Knopf zu drücken.

»Wirst du zurechtkommen?«, fragte ich, bevor ich meine Jacke anzog.

»Natürlich komme ich zurecht. Ich habe nicht auf dich gewartet. Du brauchst dich nicht um mich zu kümmern. Zum Glück. Wenn ich bedenke, wie selten wir dich in den letzten zwanzig Jahren gesehen haben, da wäre ich ganz schön angeschmiert gewesen. Ich mach dir keinen Vorwurf. Ich sag es vor allem wegen deiner Mutter. Ihr wäre es lieber gewesen, dass du nicht so weit wegziehst.«

Ich verzog keine Miene. Das war die beste Art, auf derartige Erklärungen zu reagieren. Ich bildete mir nicht ein, der perfekte Sohn zu sein, aber immerhin hatte ich in all den Jahren regelmäßig angerufen und sie ein-, zweimal pro Jahr besucht, an Weihnachten oder anlässlich eines Geburtstages, vor ein paar Jahren waren sie sogar für drei Tage in die Bretagne gekommen, aber mich kostete das stets eine solche Überwindung, dass ich nur schwer akzeptieren konnte, dass das immer noch nicht genug war. Mir war durchaus bewusst, dass ich weniger tat als François. Doch etwas sagte mir, dass mir selbst, wenn es anders wäre, solche Bemerkungen nicht erspart bleiben würden. Unter uns waren die Rollen seit so langer Zeit verteilt, dass sie unveränderlich waren.

Ich holte Stéphane am Ausgang des Simply Market ab, wie wir am Morgen ausgemacht hatten. Ich hatte dort Vorräte für meinen Vater eingekauft, und er hatte erneut an der Kasse gesessen, in seiner roten Weste, liebenswürdig lächelnd, immer mit einem freundlichen Wort für die alten Omas, die ihren Einkaufswagen vor sich her schoben. Wir gingen zu Fuß zu ihm. Er wohnte in unmittelbarer Nähe des Zentrums, in einer Wohnung im ersten Stock, über dem

Blumenhändler, von dem meine Mutter immer behauptet hatte, er sei der beste der Stadt. Soweit ich das beurteilen konnte, waren die Sträuße ohne Reiz und Schwung, zu üppig und in schreienden Farben. Durch diese Art der Zusammenstellung starben die Schnittblumen ein zweites Mal. Als er die Tür aufschloss, flüsterte Stéphane mir zu: »Du wirst sehen, es ist kein Palast, aber es ist ja auch nur vorübergehend. Na ja, hoffe ich zumindest.« So etwas erwartete ich auch nicht. Es war niemand da.

»Marie holt die Kinder bei meiner Schwiegermutter ab. Mittwochs kümmert sie sich um sie. Sie müssen jeden Augenblick zurück sein.«

Er führte mich herum. Das Wohnzimmer diente auch als Schlafzimmer, die Schlafcouch wurde jeden Abend ausgezogen, und in dem einzigen weiteren Zimmer standen zwei Einzelbetten. Er öffnete das Fenster, um zu lüften, und entschuldigte sich für den Straßenlärm.

»Das ist die schlimmste Zeit. Alle kehren von der Arbeit zurück. Da ich in der Nähe arbeite, habe ich das Problem zum Glück nicht. Aber das war nicht immer so. Ich habe eine Weile in Paris gearbeitet. RER morgens und abends. Mein Vater hat das sein ganzes Leben gemacht. Fast drei Stunden eingepfercht da drin mit seiner viermal gefalteten Zeitung. Und eines Tages hieß es dann *good bye.* Anderthalb Jahre Arbeitslosigkeit, Abfindung für die Übergangszeit und dann der echte Ruhestand. Stell dir das mal vor. Sie haben ihn dafür bezahlt, dass er zu Hause bleibt, weil sie einfach keine Verwendung für ihn hatten. Er hat im Außendienst gearbeitet, weißt du. Danach haben sie ihn in ein Büro gesetzt, in der Zentrale, wo er sich angeblich zu Tode gelangweilt hat. Sein ganzes Leben habe ich ihn schimpfen hören, dass er dauernd unterwegs sei, und als man ihn dann in ein Büro gesteckt hat, hat er das nicht ertragen. Das und die vorzeitige Entlassung, ich schwör dir, das hat ihn zermürbt, er ist auf einen Schlag zwanzig Jahre gealtert. Und jetzt langweilt er sich zu Tode in seinem kleinen Häuschen. Ich sag ihm immer, genieß deinen Ruhestand, arbeite im Garten, geh aus, schau dir deine Kumpels an, sie haben so sehr davon geträumt, und jetzt genießen sie es, sie besuchen ihre Enkelkinder, gehen spazieren, hören Musik, arbeiten im Garten, trinken gemütlich ein Glas in ihrem Garten, gehen manchmal ins Kino und haben eine gute Zeit. Aber er interessiert sich für nichts. Selbst meine Töchter lassen ihn gleichgültig, er schafft es nicht, etwas mit ihnen zu unternehmen. Er sagt immer, ich hab mich für sie abgeschuftet, sie haben mich weggeworfen, ich bin nichts als Abfall. Meine Mutter hat ihm Medikamente verschreiben lassen.«

Wir gingen ins Wohnzimmer zurück, und Stéphane öffnete zwei Bier, schüttete Chips in eine große Salatschüssel und ließ im Hintergrund Musik laufen.

»Zuerst wohnten wir in einem kleinen Haus in La Villa. Das war schön, es war ruhig dort. Und dann verlor Marie ihre Arbeit, ihr Laden dicht gemacht. Wir haben uns gesagt, das ist nicht so schlimm, wir werden den Gürtel ein bisschen enger schnallen, ich war Krankenwagenfahrer nach dem Abi, weißt du, ich hab ein bisschen Scheiße gebaut, na ja, wir alle haben Scheiße gebaut, Martin, William, David, Magali, wir hatten uns an der Uni eingeschrieben, aber wir verstanden nur Bahnhof, wir waren stinkfaul, wir haben zweimal das Fach gewechselt, und dann haben wir nacheinander alle aufgehört. David tat so, als würde er hingehen, seine Eltern hätten es nicht ertragen, verstehst du, sein Vater hatte irgendetwas mit Elektronik zu tun, seine Mutter war Ärztin, für sie stand unumstößlich fest, dass für ihren Sohn nur ein Studium infrage kommt, es hat zwei Jahre gedauert, bis sie etwas gemerkt haben. Ich habe ihn ein wenig aus den Augen verloren. Als ich das letzte Mal von ihm gehört habe, arbeitete er in einem Büro in Vincennes. Irgendwas in der Verwaltung. Ich hab fast überall gejobbt, Kundenwerbung per Telefon, Prospekte verteilt, Sportschuhe verkauft, und irgendwann hatte ich die Nase voll und hab mich als Krankenwagenfahrer beworben. Das schien mir das Richtige zu sein. Ich dachte, das sei eine nützliche Arbeit, ich würde zu etwas anderem nutze sein, als ihre Scheiße zu verkaufen und mir den ganzen Tag anhören zu müssen, dass ich nicht genug Leistung erbringen würde, und wenn ich meine Ergebnisse nicht verbessern würde, würde ich entlassen, denn beim Arbeitsamt würden Tausende darauf warten, dass mein Platz frei wird, und die meisten seien qualifizierter als ich, mit Abschluss und motivierter. Das hat zehn Jahre gedauert, weißt du. Marie hat gearbeitet, und ich habe meine kleinen Alten ins Krankenhaus gebracht, zu den Untersuchungszentren, zur Computertomographie, ich glaube, sie mochten mich so, wie ich bin, weißt du, immer gut gelaunt, immer ein kleiner Witz, ein Lächeln, ich muss mich nicht dazu zwingen, ich bin einfach so. Ich hatte auch Kinder, die ich täglich zur Behandlung bringen musste, da war ein kleiner Autist, den ich sehr mochte, Marius hieß er, seine Leidenschaft war der Weltraum, du hättest ihn sehen sollen, er kannte alle Planeten, die Sternbilder und all den Kram. Kurz und gut, es lief alles gut, wir fühlten uns wohl in unserem Häuschen mit Garten für die Kinder, ich hatte eine Schaukel für sie aufgestellt und eine Plastikhütte, wir waren glücklich, gingen einmal im Monat ins Kino, freitagabends zu McDonald's und zum Buffalo Grill, am Wochenende fuhren wir mit dem Fahrrad in den Wald, unser Leben war schön, und dann peng, Marie wurde arbeitslos, und ich unmittelbar darauf.«

»Was ist passiert?«

»Konkursanmeldung. Der Chef hat sich aus der Kasse bedient. Er hat alles für sich abgezweigt. Und weißt du, wofür? Für Nutten. Nutten, stell dir das mal vor. Er war süchtig. Nicht die kleinen Nutten aus der Rue Saint-Denis, verstehst du, nein, die Escortgirls, Nutten wie die, mit denen Ribéry rummacht. Er leistete sich zwei bis drei davon pro Woche, zum Schluss kam da ein hübsches Sümmchen zusammen, das kannst du mir glauben, vor allem wenn man ihnen auch noch Geschenke macht, Schmuck, Parfum, Pelze, Luxusdessous. Ich brauch dir nicht zu erzählen, was für ein Aufsehen das erregt hat, als alles herauskam, alle Zeitungen berichteten darüber, seine Frau hat die Scheidung verlangt. Die Arme. Das kannst du dir ja vorstellen. Und wir waren die Gelackmeierten. Dabei hätte man dem Typen so etwas nie zugetraut. Immer korrekt. Sympathisch. Mit der Zeit kannten wir uns ganz gut, er war kein Freund, du weißt ja, wie das ist, Chef bleibt Chef, aber trotzdem ... Na ja. Wir mussten aus dem Haus ausziehen und sind hierhergezogen. Zwei Jahre habe ich gebraucht, um Arbeit zu finden. Zum Glück hat Marie diesen Job im Einkaufszentrum angenommen. Sie ist Kellnerin in der Bar, weißt du, in die wir immer nach dem Kino gingen. Ohne das weiß ich nicht, wie wir es geschafft hätten. Aber jetzt sind wir auf einem guten Weg. Wir verdienen beide nicht gerade viel, aber es geht schon, wir kommen zurecht. Und die Mädchen sind super. Sie verlangen nie etwas. Sie beklagen sich nie. Aber es tut schon verdammt weh, dass wir so einen Rückschlag erlitten haben. Ich meine, normalerweise läuft das Leben in die andere Richtung, am Anfang schuftest du wie blöd, und mit vierzig wird es dann etwas ruhiger. Verstehst du, mit vierzig noch immer kein Häuschen für meine Frau und meine Töchter, nicht mit ihnen in die Ferien fahren zu können, das macht mich wütend. Mein Vater will nicht mal herkommen. Er sagt, das gibt's doch nicht, ich habe mit sechzehn angefangen zu arbeiten, und in deinem Alter ging es mir hundertmal besser als dir. Das macht ihn stinksauer. Auf mich. Ich hatte dich gewarnt, sagt er immer. Und es stimmt. Wie hat er mich genervt mit seinem Studium und seinen Diplomen. Aber damit stünde ich jetzt anders da. Ich schwör dir, im Nachhinein sag ich mir, Scheiße, was hab ich mir nur dabei gedacht. Verdammt, ich hätte auf ihn hören sollen. Ich meine, meine Mutter und er haben sich abgerackert, damit es meinem Bruder und mir an nichts fehlte, damit wir die besten Bedingungen bekamen, um Karriere zu machen, sie waren bereit, uns die Uni oder auch eine Schule zu bezahlen, mein Vater verbot uns zu arbeiten, um uns das Studium zu finanzieren, so sehr hat er sich Sorgen gemacht, es könnte uns den anderen gegenüber benachteiligen, und wir, was haben wir gemacht? Wir haben uns in seinem Wohnzimmer versammelt, sobald er aus dem Haus war, und spielten unsere scheißdämlichen Rollenspiele und zogen uns einen Joint nach dem anderen rein ...«

»Mit achtzehn kann man eben noch nicht wissen, dass man nur eine Chance hat.«

»Ja, eine einzige Chance. Das sagte er mir ständig. Und er hatte recht. Ich meine, schau dir Yann an, dabei hat er es noch ganz gut getroffen, er arbeitet bei Casto, aber die anderen, Martin, William, David, sie haben sich wirklich abgerackert. Martin lebte mit fünfunddreißig noch bei seinen Eltern. Am Ende ist er zu den Bullen gegangen. Stell dir das mal vor! Martin, der Punk, Bulle? Er regelt den Verkehr vor der Schule. David ist Busfahrer. Er fährt einen Schulbus. Und den lieben langen Tag muss er sich die Kommentare der Schüler anhören. Und William, du wirst es nie erraten, er ist Wächter in Fleury. Und er findet es zum Kotzen. Nein, wir haben wirklich den größten Scheiß gebaut! Weniger als Christophe, aber trotzdem. Du weißt, was mit Christophe passiert ist ...?«

»Ja.«

»Na ja, natürlich, manche haben es auch zu was gebracht. Schau dir Thomas an. Aber Thomas kann man nicht vergleichen. Ich meine, Thomas war ein kleiner Spießer. Abgesehen von Cyril, der völlig ausgerastet ist, haben er und seine Freunde, Nicolas, Gaël, Wassim, es zu was gebracht, sie sind in Führungspositionen in großen Firmen, sie sind alle nach S. gezogen, weil es sich dort schicker lebt, sie haben ihre Nobelhütte in der tollen Wohnanlage mit Schranken und allem Drum und Dran, einen schönen Schlitten und so weiter. Aber wir, ich weiß nicht. Dabei haben wir keine Ausreden. Ich meine, wir sind nicht in der Cité aufgewachsen, mit Eltern, die arbeitslos waren oder putzen gingen. Unsere Eltern haben kein leichtes Leben gehabt, man hat ihnen nichts auf einem Silbertablett serviert, sie haben ihr ganzes Leben geschuftet, aber die Wahrheit ist, dass wir weniger gut klarkommen als sie.«

»Es ist auch schwieriger.«

»Ich weiß nicht. Sicherlich. Das sagt meine Mutter auch immer. Dass es heute die Hölle ist, einen unbefristeten Vertrag zu bekommen. Sie sagt, man muss den Tatsachen ins Auge sehen, eine unbefristete Vollzeitarbeit ist heute ein Luxus. Die Leute sind bereit, alles dafür zu tun.«

Die Wohnungstür ging auf, und Marie kam herein mit zwei Mädchen. Sie mussten acht und zehn oder so sein. Stéphane stand auf, um sie zu küssen, dann stellte er uns vor. Sie sahen mich misstrauisch an. Marie drückte mir die Hand. Sie war eine kleine, zierliche Frau mit schönen regelmäßigen Gesichtszügen, die von einer kastanienbraunen Ponyfrisur umrahmt wurden. Ihre riesengroßen haselnussbraunen Augen verliehen ihr den unruhigen Ausdruck eines verängstigten Tiers.

»Guten Tag.«

Das war alles, was sie sagte. Sie wirkte eingeschüchtert oder verlegen. Stéphane sagte mit fröhlicher Stimme: »Na, hattest du nicht eine Menge Fragen an ihn?«

»Ja, aber ... Ich will ihn nicht nerven. Und außerdem sind es dumme Fragen.«

»Es gibt keine dummen Fragen«, ermunterte ich sie.

Doch sie antwortete nicht. Die Mädchen kamen und gingen, suchten abwechselnd etwas in ihren Schultaschen und den Wandschränken. Ich blickte auf die Uhr. Auf dem Programm standen Baden, Hausaufgaben (verspätet) und Abendessenmachen. Ich kannte das auswendig. Ich hätte viel dafür gegeben, um diese Zeit zu Hause sein zu können, wenn häufig die Nerven blank lagen, Sarahs oder meine, je nachdem, Spannung lag in der Luft, wir öffneten eine Flasche, um die Spannung zu lösen, leerten sie, danach war ich leicht angetrunken, leicht abwesend. Sarah kümmerte sich schließlich um alles, während ich in der Musik versank, eine Zigarette im Mund, Kurt Wagner sang, und der Abend nahm seinen Lauf, unruhig und leicht verpatzt, bis die Kinder eingeschlafen waren und Sarah, die wieder nach unten gekommen war, ausgepowert und verbittert, mir wieder einmal vorwarf, ich würde mich in mich zurückziehen und sie die Kinder allein ins Bett bringen lassen, die sich nie mit einer einzigen Geschichte und einem einfachen Kuss auf die Stirn zufriedengaben und wollten, dass wir sie gemeinsam in unsere Arme nahmen, während die Nacht sie nach und nach verschlang. Ich stand auf und verabschiedete mich. Stéphane bestand darauf, dass ich zum Abendessen blieb, doch ich lehnte ab. »Das nächste Mal«, sagte ich und versicherte ihm, wie sehr ich mich gefreut hätte, ihn wiederzusehen. Als ich die Wohnung verließ, sah ich, wie Maries Gesicht sich entspannte. Das der Mädchen ebenfalls. Alle drei wirkten erleichtert, dass ich ging, damit sie ihr Leben geschützt vor indiskreten Blicken weiterführen konnten.

Zu Hause angekommen, stand der Teller noch immer in der Mikrowelle, und mein Vater sah sich die Nachrichten im Fernsehen an. Fukushima, Libyen, die Elfenbeinküste, Griechenland. Überall drohte die Apokalypse. Und in Frankreich nicht weniger als anderswo. Die Krise, die ständig schlimmer wurde, die Blonde, immer neue Affären, der Islam, Identität und Nation, der alte Mief von Arbeit Familie Vaterland. Irgendetwas verfaulte nach und nach in diesem Land. Eine langsame Verwesung. Daneben schienen die Anfänge des Präsidenten, die Vulgarität seiner Manieren, seine reaktionären Ansichten, die Dreistigkeit, mit der er ungestraft die Geschäfte des Landes allein zugunsten der Mächtigen führte, nur noch Details, Themen für Debatten und Interpretationen zu sein. Gegenwärtig war alles nur noch Schuppen, Fetzen. Alle waren mit den Nerven am Ende. Die Depression dehnte ihre Herrschaft aus. Ich musste an Sarah denken, an ihr Achselzucken, an ihre Art, das Radio auszuschalten, all diese Dinge auf Abstand zu halten. Was die Natur des Menschen betraf, so konnte sie nichts mehr überraschen. Ich wählte ihre Nummer. Manon nahm den Hörer ab. Ihre Stimme zu hören gab mir einen Stich ins Herz. Ich hörte ihr zu, wie sie mir ihren Tagesablauf erzählte, den Nachmittag mit den Freundinnen am Strand und ihr Theaterkurs. Hinter ihr hörte ich Clément, der ebenfalls mit mir sprechen und mir seinen Tag erzählen wollte, sie fehlten mir plötzlich wie nie zuvor, wie gern hätte ich sie in den Arm genommen und an mich gedrückt, ihre Haut ihr Haar gerochen und ihren Hals geküsst. Ich hätte alles dafür gegeben, nach Hause zurückkehren und meinen Platz wieder einnehmen zu können. Clément erzählte mir jetzt am anderen Ende der Leitung zehn Minuten von einem Film von Miyazaki, den er gerade gesehen hatte. Hinter ihm hörte ich Sarah, die ihn drängte, endlich aufzulegen, es sei Zeit zum Schlafengehen, ich hätte schließlich früher anrufen können, ich, der ich es hasste, wenn das Telefon nach dem Abendessen klingelte, der ich sein Klingeln grundsätzlich hasste, das sei wirklich der Gipfel. Doch auch wenn sie manchmal wie das letzte Miststück reagierte, wie gern würde ich jetzt bei ihr sein und ihre Zunge in meinem Mund spüren. Ich legte auf und wählte sofort, ohne lange nachzudenken, ja, ohne zu wissen, was das zu bedeuten haben könnte, Sophies Nummer. Ich entschuldigte mich dafür, sie so spät anzurufen. Sie war gar nicht überrascht, mich nach zwanzig Jahren Funkstille, für die ich allein verantwortlich war, zu hören. Sie hatte Stéphane in der Stadt getroffen, im Grunde hatte sie damit gerechnet. Jedenfalls freute sie sich über meinen Anruf. Wie verabredeten uns für den nächsten Tag. Sie arbeite nicht und außerdem sei ihr Mann gerade unterwegs. Im ersten Augenblick achtete ich gar nicht auf diese Zusatzerklärung. Ich begnügte mich damit, ihre Adresse zu notieren, obwohl ich sie bereits hatte, und ihr eine gute Nacht zu wünschen. Ihre Stimme hatte sich nicht verändert. Die Stimme verändert sich nie. Es war schon merkwürdig, diesen vertrauten Klang zu hören. Es versetzte mich ungefiltert in die Vergangenheit zurück, besser als Fotos. Viel mehr hätte es nicht bedurft, um mich wieder an das zu erinnern, was mir drei Jahre lang Herzklopfen verursacht hatte. Diese Jahre, die ich in ihrem Kielwasser verbracht, mir ihre Vertraulichkeiten angehört, ihr Parfum gerochen und auf ihr Lächeln gelauert hatte, das sie nur mir schenkte. Die Gelben Seiten logen also nicht. So überraschend es auch sein mochte, Sophie lebte hier. Und sie arbeitete nicht. Sie führte das Leben, das sie eigentlich nie hatte führen wollen: Haus und Kinder und das Bild ihrer Mutter, die ziellos durch das Einfamilienhaus und die Straßen des Stadtzentrums irrte, traurig und untätig, lustlos und schon bald gefangen in den Schlingen einer leichten Depression, ausgelöst durch die Langweile, die immer gleichen Tage und die Hässlichkeit der Umgebung. Letzten Endes war sie in ihre Fußstapfen getreten und hatte den Weg eingeschlagen, den sie so sehr gefürchtet hatte. Einen Augenblick dachte ich an unser Telefongespräch und fragte mich, warum sie sich die Mühe gemacht hatte hinzuzufügen, dass ihr Mann nicht da sei. Mein Blut floss plötzlich ohne Vorwarnung schneller durch meine Adern. Mir fiel die Bemerkung der beiden Pflegehelferinnen wieder ein, die ich am Morgen im Krankenhaus gehört hatte. Natürlich ergab das keinen Sinn. Ich bildete mir da gewiss etwas ein. Das lag alles so lang zurück.

NATÜRLICH MACHTE DAS GROSSE BETT mit dem Holzrahmen mitten im Wohnzimmer neben dem Buffet und dem runden Tisch, der jetzt vor den Fernseher geschoben worden war, keinen besonders guten Eindruck. Aber mein Vater verstand nicht, wo das Problem sei. Es war praktisch, und nur darauf kam es an. Für ihn standen alles Praktische, Bequemlichkeit und Zuverlässigkeit stets an oberster Stelle. Das galt für die Kleidung, die Möbel, die Einrichtung des Hauses, die Autos, die Schuhe, den Garten, das Essen und vermutlich das Leben selbst. Die wenigen Besuche bei uns hatten ihn natürlich halb verrückt gemacht. Nichts stand wirklich gerade, die Schubladen ließen sich nur schwer öffnen, nichts hatte seinen festen Platz, nichts war wirklich stabil, alles wackelte ein bisschen. Wenn er mich darauf aufmerksam machte, kam ich ihm immer mit diesem Satz, der ihn fürchterlich ärgerte: niemals die Ästhetik dem Praktischen opfern, in allem. Im Grunde glaube ich, dass er nicht wirklich begriff, wovon ich sprach. Der Preis, den mir die Gegenstände wert waren, die Sorgfalt, mit der ich jeden Raum in ein gedämpftes Licht tauchte, das das Lesen unmöglich machte, und das Wohnzimmer mit kleinen antiken Möbeln möblierte, die zwar toll aussahen, aber kaum zu benutzen waren, kamen ihm vollkommen oberflächlich vor. Meine hartnäckige Weigerung, das Holz, das vom Meersalz zerfressen wurde, gegen dieses scheußliche PVC einzutauschen, das die ganze Umgebung, ja die ganze Küste verschandelte, nur weil es praktisch war. Das Vermögen, das ich ausgegeben hatte, um ein Steinhaus zu erwerben, in dem alles krumm und schief war, während sich nur einen Steinwurf entfernt funkelnagelneue Einfamilienhäuser aneinanderreihten, mit großen Fensterfronten, ein Argument, über das ich herzhaft lachen musste, dass gerade er, der bei geschlossenen Fensterläden lebte, die Fensterfronten anpries, amüsierte mich. Ich verkniff es mir, ihm den Preis für manchen Krimskrams zu gestehen, eine Girlande, die nichts beleuchtete, ein Sekretär, der jedes Mal kaputtzugehen drohte, wenn man ihn öffnete, ein Schreibtisch mit Schubladen, die sich nicht öffnen ließen … Ich ging nicht weiter auf die budgetären Entscheidungen ein, die mich veranlassten, lieber jedes Zimmer zu streichen, als die elektrischen Leitungen, die diesen Namen nicht verdienten, den Normen anzupassen oder die Rohrleitungen zu erneuern, die leckten oder jeden Augenblick zu lecken drohten. Ich traute mich auch nicht, ihm zu gestehen, dass ich mich entschieden hatte, die Doppelfenster zu entfernen, weil ich ihre Aluminiumrahmen hässlich fand. Ganz zu schweigen von der Küche. »Mit dem Geld, das du verdienst, hättest du dir schon eine Küche mit allem Drum und Dran leisten können«, sagte er. »Deine Mutter hat immer davon geträumt.« Ich konnte es nicht fassen, dass man von so etwas träumen konnte, aber das war wieder so ein Gespräch, das wir niemals führen würden, da jeder auf seiner Position beharrte, die unvereinbar waren und auf so verschwommenen und undurchsichtigen Begriffen beruhten wie Lebensweise, Vorlieben, Werte und, wie immer man dazu auch stehen mochte, gesellschaftliche Zugehörigkeit. Ich war ganz schön bürgerlich geworden, das war deutlich an seinem Blick zu erkennen. Und er verkniff sich nur mühsam ein Lächeln, wenn er Sarah in Stadtschuhen oder empfindlichen Sandalen über die Zöllnerpfade gehen sah und in bedruckten Kleidern und dünnen Jacken, auf die Gefahr hin, sich den Knöchel zu verstauchen oder erbärmlich zu frieren. Und er musste an sich halten, wenn Manon und Clément sich weigerten, Sportschuhe oder Trainingsanzüge zu tragen, wenn sie Rugby spielten oder Fahrrad fuhren. Und er konnte nur mühsam seine Wut zügeln, wenn er sah, dass ich meinen Einkaufswagen mit Lebensmitteln füllte, ohne auf den Preis zu achten, dass ich meine Kontoauszüge nicht prüfte und mein Geld mit vollen Händen für Bücher und CDs und in Bars und Restaurants ausgab, wo es doch so einfach war, viel billiger zu Hause zu essen. Doch im Grunde waren unsere Unstimmigkeiten weniger ein Problem persönlicher Entscheidungen als eine Frage der Klassenzugehörigkeit und der damit verbundenen Vorlieben sowie Lebens- und Denkweisen. Auch wenn ich auf einem Campingplatz aufgewachsen war, auch wenn ich mich in der intellektuellen Bourgeoisie immer noch unwohl fühlte, die im Wesentlichen das Milieu bildete, in dem ich mich aus beruflichen Gründen manchmal bewegen musste, war ich auf die andere Seite gewechselt. Allem, was ich sagte oder schrieb, zum Trotz war ich nicht mehr von hier. Und da festzustehen schien, dass ich auch niemals woanders zu Hause sein würde, war ich dazu verurteilt, im Nirgendwo herumzuirren.

Als alles an seinem Platz war, spürte ich, dass mein Rücken nicht mehr lang mitmachen würde. Mit der Zeit hatte ich gelernt, auf ihn zu hören, und er befahl mir, ihm eine Pause zu gönnen. Ich kannte ihn, er verstand keinen Spaß. Seine Drohungen waren durchaus ernst gemeint, und wenn er sie wahrmachte, war ich tagelang ans Bett gefesselt, wie gelähmt vor Schmerzen, unfähig, auch nur die geringste Bewegung zu machen, ohne Folterqualen zu leiden. Ich legte mich aufs Bett. Jeder meiner Wirbel rief mir seine Existenz in Erinnerung. Um mich herum war es dunkler als sonst, als hätten die Möbel das Licht absorbiert. Ich hatte das Gefühl, man würde meinen Körper mit Erde oder Sand bedecken. Auf der Matratze standen zehn Schuhkartons, die ich unter dem Bett gefunden hatte, als ich es zerlegt hatte. Zehn Schuhkartons ohne die geringste Spur von Staub, deren Zustand deutlich erkennen ließ, dass sie regelmäßig und erst kürzlich noch hervorgeholt worden waren. Ich öffnete den ersten, und meine Eltern waren fünfundzwanzig, bereits zehn Jahre Arbeit hinter sich, wer hätte das gedacht? Noch keine Kinder, sie hatten uns spät bekommen, hatten »möglichst viel vom Leben haben wollen«, hatte meine Mutter oft gesagt, als müsste sie sich rechtfertigen. Natürlich passte das nicht zu dem Milieu, aus dem sie kamen. Das hatte sicher zu Gerede geführt. Auch wenn mein Vater mir versichert hatte, seine eigene Mutter hätte ihn darin bestärkt, sie hätte jedes ihrer sieben Kinder inständig gebeten, sich in Fragen der Fortpflanzung Zurückhaltung aufzuerlegen, sieben Kinder, das sei kein Leben, vor allem wenn man sie nur mit dem Gehalt ihres

Vaters großziehen müsse, eines städtischen Angestellten der Gemeinde Maisons-Alfort, zuerst Straßenarbeiter, dann Müllfahrer und schließlich Aufseher auf der Mülldeponie. Immer wenn ich Äste, gemähtes Gras oder verwelkte Schnittblumen bei der Müllverwertungsanlage abgeben wollte, dachte ich an ihn, wenn ich die Typen sah, die mir von ihrem Häuschen aus den Weg wiesen. Ich dachte an ihn, obwohl ich ihn nie kennengelernt hatte, obwohl er lange vor meiner Geburt gestorben war. Auf den Fotos hatte mein Vater meist eine Zigarette zwischen den Lippen und das Haar nach hinten gekämmt, und er trug ein ärmelloses T-Shirt oder ein kariertes Hemd, mal einen Schnurrbart, mal einen Bart und manchmal weder noch. Bei meiner Mutter war es ein ständiger Wechsel auf Taille gearbeiteter Kleider mit schicken Motiven und unterschiedlich geformter Frisuren, deren Farbe von Jahr zu Jahr von Rotbraun über alle möglichen Blondtöne zu Dunkelbraun wechselte. Ich muss zugeben, dass ich nie gewusst habe, wie ihre natürlich Haarfarbe war. Das einzige Mal, als ich sie vor zwanzig Jahren danach gefragt hatte, während ich dieselben Fotos betrachtet hatte, hatte sie mir geantwortet: »Jetzt ist meine natürliche Haarfarbe Grau.« Mich überraschte der Einfallsreichtum der Posen und das immer andere Aussehen auf diesen Fotos, auch die Freude, die Unbeschwertheit, das strahlende Lächeln am Steuer des Diane, überall in Frankreich mit ihrem Campingzelt unterwegs, die glatten Flüsse und das Licht, das durch die Wolken bricht, in der Ardèche, die rotbraunen Weinstöcke des Beaujolais, die Plage Napoléon am Fuß der Klippen von Plouha, meine Mutter bis zu den Hüften im ruhigen Meer, sie trug ein grünes Kleid, das sie nicht hochgehoben hatte. Auf zahlreichen Fotos war mein Vater auf seinem Rennrad zu sehen, in Radlerhose und schwarzweißem Peugeot-Trikot. Seit meiner Ankunft hatte er sein Rad nicht ein einziges Mal herausgeholt, zu seinem sechzigsten Geburtstag hatten mein Bruder und ich ihm ein federleichtes Rad auf dem neuesten Stand der Technik geschenkt, das er mit pingeligster Sorgfalt gepflegt hatte. Als ich tags zuvor in den

Keller gegangen war, hatte ich es gesehen, es war wie neu, und mein Vater war hinter mir aufgetaucht und hatte wie immer gesagt: »Rühr es ja nicht an, ich weiß nicht, was du mit deinen Rädern machst, aber sobald dir eines in die Finger kommt, ist es kaputt, ein Rad verbogen, es ist wie mit deinen Schuhen, ein Paar hat nie länger als sechs Monate gehalten ...« Ich hatte nicht geantwortet. Er hatte ja vollkommen recht. Wahrscheinlich passte ich einfach nicht genug auf. Alles, was ich benutzte, sah sofort alt und gebraucht aus. Kaum hatte ich eine Jacke gekauft, konnte man meinen, ich würde sie schon zehn Jahre tragen. Eine Zeitlang hatte ich mir eingeredet, das läge an der schlechten Qualität der Kleidung, die ich trug, und hatte beschlossen, obwohl ich nie einen Sinn dafür gehabt hatte, mich an Alex zu orientieren, den wir unter Freunden den bestangezogenen Mann der Welt nannten. Das ging ein paar Monate so, doch dann musste ich mich den Tatsachen beugen: Wenn wir bei diesem oder jenem Anlass identisch gekleidet auftraten, hätte niemand vermutet, dass wir uns in denselben Geschäften einkleideten. Ich sah aus, als liefe ich in Lumpen herum, wohingegen er von allen Seiten Komplimente für seine Kleidung bekam und gefragt wurde, wo er denn diese Jacke gefunden habe, die ihm so gut stehe, obwohl ich genau die gleiche trug und meine neu war, seine aber bereits ein paar Jahre alt. Das Fazit war eindeutig: Kleider machen nicht Leute, Klasse konnte man nicht im Laden kaufen. Ich kehrte rasch zu meinen Gewohnheiten zurück und trug wieder meine karierten Hemden und meine Jeans, die neu schon alt, gebügelt verknittert und blitzsauber bereits schmutzig aussahen.

Die Fotos zogen weiter vor meinen Augen vorbei. Mich überraschte, dass ich nicht einen Freund, weder meines Vaters noch meiner Mutter, auf ihnen sah; alle Gesichter, denen man auf ihnen begegnete, gehörten meinen Onkeln und Tanten, Serge vor allem, der auf allen Fotos die Schwester meines Vaters küsste, umarmte und mit Blicken verschlang, die eigenartig, fast animalisch leuchteten. Ich öffnete den zweiten Karton, und mein Bruder erschien, ein

Winzling in weißen Windeln, direkt aus der Entbindungsstation gekommen, in einem orangefarbenen Schlafanzug vor der geblümten Tapete der Wohnung in Les Bosquets, auf einem Holzpferd mit langen Haaren wie ein Mädchen, in den Armen meines Vaters oder meiner Mutter, seiner Großeltern und seiner Onkel und Tanten, Hunderte leicht vergilbter Fotos, Polaroids, die die Zeichen der Zeit trugen. Je länger ich diese Fotos betrachtete, desto deutlicher trat der Widerspruch zwischen dieser ausschweifenden Fotografierlust und den Gesichtern meiner Eltern hervor, die zu einer ernsteren, sorgenvolleren, auch härteren Maske erstarrt waren. Seit der Geburt meines Bruders waren sie nicht mehr ganz dieselben wie damals, etwas in ihnen hatte sich geschlossen, war plötzlich gealtert. Einen Augenblick dachte ich an die wenigen zärtlichen Worte und liebevollen Gesten, die in unserer Kindheit an uns verschwendet worden waren, und obwohl ich mich bis zu meinem zehnten Lebensjahr an nichts erinnern konnte, wusste ich es durch meinen Bruder, der mir diesen Eindruck immer wieder bestätigt hatte, wenn ich ihn danach gefragt hatte. Ich wusste es auch, weil ich anschließend bei ihnen gelebt hatte. An all das dachte ich, während ich diese Hunderte von Fotos betrachtete, die genau das Gegenteil zu sagen schienen: Wir waren der Mittelpunkt ihres Lebens gewesen, so sehr, dass ich mich manchmal fragte, was aus ihnen geworden war, nachdem wir von zu Hause weggegangen waren, ob etwas in ihren zerbrochen war, ob nicht alles seinen Sinn verloren hatte. Es war idiotisch, so etwas zu denken, ich wusste es wohl, Kinder können sich nicht vorstellen, dass ihre Eltern ein eigenes Leben haben, ohne sie, und das ist mit acht Jahren nicht anders als mit vierzig, was mag aus ihnen werden ohne uns, diese Frage stellen wir uns alle, sogar wenn wir selbst Eltern geworden sind. Natürlich war das eine andere Zeit gewesen, in der man Zärtlichkeit und Liebe nicht so offen zeigte, vor allem in diesen Milieus. Zuweilen fand ich diese zeitbedingte Schamhaftigkeit, diese Zurückhaltung, diese nicht gesagten Worte, diese verpassten Gesten, diese Kühle, die die auf dem Bett verstreuten Fotos dementierten, sogar rührend. Ich öffnete den dritten Schuhkarton, und es kamen ähnliche Fotos zum Vorschein, Fotos von mir, die von einer frühen Kindheit erzählten, die trotz meiner nicht vorhandenen Erinnerungen stattgefunden hatte, zwischen meinen Eltern und meinem Bruder, meinem Bruder, dem ich auf den Fotos nicht einen Millimeter von der Seite wich und der mich immer wohlwollend und liebevoll betrachtete. Ich kann mir vorstellen, wie sehr der Anblick all dieser Fotos meine Mutter erschüttert haben musste, sie, die niemals darüber hinweggekommen war, dass sich zwischen ihm und mir dieser banale Graben geöffnet hatte, den das Leben manchmal zwischen erwachsen gewordenen Geschwistern gräbt, wenn die Summe der getroffenen Entscheidungen schließlich dazu führt, dass ihre Ansichten und ihre Lebensweise weit auseinanderklaffen, so sehr, dass wir, würden wir uns auf einer Abendgesellschaft begegnen, ohne uns zu kennen, nicht auf die Idee kämen, miteinander zu reden, und uns gegenseitig für verachtenswerte Arschlöcher halten würden.

Unter den Dutzenden von Fotos, die mein Vater von mir als Kind gemacht hatte, diesen Dutzenden von Fotos, die ich so oft betrachtet hatte, bis ich jeden Quadratmillimeter kannte, als wäre durch das Betrachten meine Erinnerung zurückgekehrt, als hätte sich eine Öffnung gebildet, durch die sich die Erinnerungen ergossen hätten, die mir fehlten, gab es vier Polaroids, die ich zum ersten Mal sah. Auf ihnen war ein winziger, zerknitterter Säugling zu sehen, mit bläulicher Hautfarbe, fotografiert durch die Glaswände eines Brutkastens. Das war natürlich nicht ich, ich war ein kräftiges Baby gewesen, meine Mutter hatte es mir immer wieder erzählt, wie oft hatte ich mit angehört, wie verblüfften Außenstehenden meine Größe und mein Gewicht bei der Geburt mitgeteilt worden waren. Ich legte die Fotos auf die Matratze und betrachtete sie eine Weile. Sosehr ich mir auch den Kopf zerbrach, ich konnte mich nicht erinnern, sie jemals gesehen zu haben. Ich drehte sie um und versuchte auf der Rückseite ein Datum zu lesen. Es war nur das Jahr angegeben, das auch das meiner Geburt war. Ich sah mir die anderen Fotos der Schachtel an. Auf ihnen waren praktisch nur mein Bruder und ich zu sehen und meine Eltern mit abgespannten Gesichtszügen, auf denen eine unbestimmte Traurigkeit lag, als seien sie vorzeitig gealtert. Das Haar meines Vaters ergraute bereits, und durch den Haarausfall, der an den Schläfen begann, bildeten sich Geheimratsecken. Meine Mutter hatte etwas zugenommen, doch plötzlich kam es mir so vor, als belaste sie etwas anderes, das sie dicker erscheinen ließ. Die Jahre am Fließband, auch wenn sie zu dem Zeitpunkt bereits ins Büro gewechselt war. Die Anstrengung, die es bedeutete, zwei Kinder großzuziehen. Das Ende der Unbekümmertheit. Die Geldsorgen, als sie die Cité verlassen und dieses Haus gekauft hatten, das sie dreißig Jahre abbezahlt hatten, das ihnen jetzt gehörte und mehrere Zehntausend Euro wert war, das sie würden verlassen müssen, um in eine falsche L-förmige Zweizimmerwohnung im Erdgeschoss mit Blick auf Eichhörnchen zu ziehen. Im Grunde nichts Besonderes, nur die Unbeschwertheit und die Anmut, die mit dreißig aus ihren Gesichtern verschwunden war und wogegen niemand etwas tun konnte. Würde man beim Durchblättern unserer Fotoalben das gleiche Abschlaffen, diese neue Schwere zum Zeitpunkt der Geburt von Manon und Clément finden, fragte ich mich. Wohl eher nicht. Diese Zeit war doch im Gegenteil unbeschwerter, fröhlicher, lebendiger gewesen als jede andere. Als ich Vater wurde, hatte ich aufgehört, gegen mich selbst zu kämpfen, die Traurigkeit war von mir abgefallen, etwas hatte sich beruhigt in mir, die Krankheit hatte sich in eine Ecke verkrochen, kam manchmal wieder hervor, konnte es sich jedoch nie bequem machen, rasch vertrieben von der Vitalität der Kinder, ihrem Lachen und ihren Zärtlichkeiten, ihrem Tatendrang, ihrer Fröhlichkeit, rasch weggewaschen von den Landschaften, in denen zu leben ich beschlossen hatte, es genügte, dass der Himmel sich öffnete und sich über dem smaragdgrünen Meer ausbreitete, grau gefleckt an den Stellen der unter Wasser liegenden Riffe und gesäumt von goldenem Sand, damit sich in meinen Lungen ungeahnte Räume, klare Weiten und neue Horizonte öffneten. All das war vermutlich nur ein Gefühl, eine Illusion. Schließlich hatte Sarah unser gemeinsames Leben beendet und die Zelle zerstört, durch die ich geglaubt hatte, ein weiteres Mal alles neu erfinden zu können, durch die ich ein neuer Mensch werden wollte, als wäre das tatsächlich möglich, als könnte man sich tatsächlich von sich selbst befreien, sich selbst hinter sich lassen und alles wieder von vorn beginnen.

Erneut betrachtete ich diesen Säugling in seinem Brutkasten. Ich musste an Manon denken, deren Geburt ein Wunder gewesen war, an die ersten Tage, an denen wir ihre kleine Hand nur durch die Öffnungen im Plexiglas berühren durften. Ich versuchte Sarah zu beruhigen, natürlich vergeblich, sie arbeitete in einer Abteilung wie dieser am anderen Ende der Stadt, wer also kannte besser die Gefahren und konnte den Ernst der Situation besser einschätzen? Plötzlich kam mein Vater herein, sich mit einem Hustenanfall ankündigend, als wollte er sich dafür entschuldigen, dass er nach Belieben im ersten Stock seines eigenen Hauses hin und her ging.

»Ach, du kommst gerade recht«, sagte ich. »Ich habe das unter den Fotos von meiner Geburt gefunden, wer ist das?«

Ich reichte ihm die Fotos. Er tat so, als betrachtete er sie, bevor er sie mir mit undurchdringlichem Gesichtsausdruck wie immer zurückgab.

»Das muss einer deiner Cousins sein.«

Ich zeigte ihm das Datum auf der Rückseite des Fotos. Er betrachtete es und runzelte die Stirn wie jemand, der versucht, verstreute Informationen, verschüttete Erinnerungen zusammenzusuchen. Schließlich meinte er, das müsse Sébastien sein, mein Cousin Sébastien, wir seien im selben Jahr geboren worden.

»Du bist es jedenfalls nicht. Du bist gesund geboren worden. Ein kräftiger Bursche von vier Kilo. Aber was willst du mit all den Fotos? Interessiert dich plötzlich die Vergangenheit?«

Er verließ das Zimmer, ohne die Antwort abzuwarten, und ich

hörte, wie die Treppe unter seinen Schritten knarrte, die zu seinem Schlafzimmer führte, in dem kein Bett mehr stand. Einen Augenblick dachte ich an Sébastien. Mein Cousin. Der Sohn des Verkaufsleiters eines Feuerlöscherherstellers. Wie lange hatte ich ihn nicht gesehen? Mindestens fünfundzwanzig Jahre. Noch bevor ich ins Lycée kam, hatte ich beschlossen, dass es für mich vorbei sei mit den Familientreffen. Ich folgte dem Beispiel meines Bruders. Das war der Vorteil, wenn man jünger war, man durfte das Gleiche tun wie der Ältere, nur drei Jahre früher. Was war aus ihm geworden? Was für ein Leben führte er? Hatte er Kinder? Vermutlich. Sie hatten alle welche. Doch wie viele? Und mit wem lebte er? War er immer noch Vertreter bei Epson France? Jedes Mal, wenn ich mit meiner Mutter telefonierte, kam sie unweigerlich auf meine Cousins und Cousinen zu sprechen. Sie erzählte mir von ihrem Leben, den Geburten, ihren Problemen, aber ich hörte nur halb hin, mit der Zeit verwechselte ich sie alle und wusste nicht mehr genau, wer Zeuge Jehovas geworden war, wer in einem Restaurant arbeitete, wer gerade ein Haus in Brétigny gekauft hatte, wer seinen Job bei Total verloren hatte, wer Bauleiter bei Bouygues war, Parkplatzwächter in Étampes, Lagerverwalter bei Decathlon in Sainte-Geneviève-des-Bois, wer zwei Töchter und einen Sohn hatte oder umgekehrt, einen legasthenischen Jungen und einen hyperaktiven, eine bulimiekranke Tochter, einen frühreifen Sohn, eine Steuerprüfung, einen Bungalow in der Bretagne, Brustkrebs, eine kaputte Hüfte, schlechte Noten, Drogenprobleme, eine depressive Frau, einen Mann, der hinter den Frauen her war, all ihre Geschichten überlagerten sich und bildeten ein lückenhaftes und einseitiges Mosaik, denn meine Mutter erzählte mir nur von ihnen, um mich an ihren Problemen teilhaben zu lassen. Das normale Leben mit seinen kleinen Freuden, seinen Momenten der Gnade, seinen unbeschwerten Tagen war selbstverständlich ausgeblendet zugunsten der kleinen Dramen, die jeder durchmachte und die ich für meine Bücher ausschlachtete, als interessierten die Ereignisse mich mehr als diejenigen, die sie erlebten, als berührten sie mich nur so weit, wie ich sie in meiner Arbeit benutzen konnte, im Dienst von Personen, die mir wichtiger waren als die Lebenden. Ich klappte den Karton zu, streckte mich aus und schloss die Augen. In einer Art Halbschlaf hörte ich, wie mein Vater mir mitteilte, er fahre ins Krankenhaus. Ich würde meinerseits in ein oder zwei Stunden hinfahren. Obwohl meine Anwesenheit dort nichts brachte. Wenn meine Mutter mich begrüßte, schien sie sich zu freuen, mich zu sehen, ihre Augen wurden sogar ein wenig feucht, sie küsste und umarmte mich und versuchte einen Kontakt herzustellen, den wir vorher nie gehabt hatten, und dann setzte ich mich neben sie, und das war alles, sie beklagte sich über die Schmerzen, das Essen, die Krankenschwestern, die Ärzte, blätterte in *Télé Loisirs*, *Femme actuelle* und ähnlichen Zeitschriften, die mein Vater am Kiosk im Erdgeschoss kaufte, neben der Cafeteria, in die ich so oft wie möglich hinunterging, Kaffee trank, bis mir schlecht wurde, und meine Ohren zwischen den Besuchern und den Kranken spazieren gehen ließ, die ihre Infusionen an so etwas wie Garderobenständern aus Edelstahl mit sich herumschleppten. Von Zeit zu Zeit tauchten Paare auf, die einen Tragekorb dabeihatten, in dem ein Neugeborenes schlief, doch meist waren es Leute mit großen Umschlägen, in denen Röntgenbilder steckten, Leute jeden Alters im Rollstuhl oder im Pyjama, die nach draußen gingen, um einen Sonnenstrahl abzubekommen oder eine zu rauchen. Mit der Zeit wurden einige Gesichter vertraut, und wir grüßten uns wie alte Bekannte. Das Besondere am Krankenhaus war, dass alle, denen man dort begegnete, etwas gemeinsam hatten: Ob es sich um sie selbst oder einen Nahestehenden handelte, man musste kämpfen, gesund werden, eine Therapie machen, und wenn auch die Art und der Ausgang des Kampfes unterschiedlich waren, mussten sich doch alle den Schmerzen und dem Pech, dem Alter oder den Gefahren stellen, die ein kleines, soeben geborenes Wesen bedrohten. Alle sprachen sich Mut zu. Alle wünschten sich alles Gute. Es war voller Herzlichkeit, zugleich aber auch deprimierend. Ich sah zu, wie die Minuten vergingen, und konnte es kaum erwarten wegzukommen, ging wieder ins Zimmer hinauf und betete, mein Vater möge aufstehen, seine Jacke anziehen, einen Kuss auf die Stirn meiner Mutter drücken und sagen, bis morgen.

DER RER BRAUSTE IN RICHTUNG PARIS. Die meisten Passagiere dösten vor sich hin, vornübergebeugt, den Kopf so schwer, dass man hätte glauben könnte, er würde abfallen und wie eine Bowlingkugel durch die Sitzreihen rollen. An den Fenstern flogen die vertrauten Landschaften der Linie D vorbei: der Autoschrottplatz, die Ufer der Seine, die Kläranlage, die Lagerhallen, die Bürogebäude, die Cités aus rotem Ziegelstein, wo mein Vater aufgewachsen war, die stachligen Sträucher der Hochhäuser, die Chinoiserien von Chinagora. Das war nirgendwo, für viele aber ein Zuhause. Für mich war es das viele Jahre gewesen. Dann verschluckte uns ein Tunnel, und wir fuhren ins Zentrum hinein. Ich konnte nichts dagegen tun. Ich ging wie ein Geist durch die Straßen, in denen ich gelebt hatte, die aber weder etwas von mir noch von uns bewahrt hatten. Wo waren wir geblieben? Wo waren meine Freunde geblieben? Die meisten hatten die Stadt verlassen. Cécile und Pierre lebten jetzt in London, Jean, Raphaëlle und ihre drei Kinder im Norden Frankreichs, Stéphanie in New York. Seit fünf Jahren hatte ich nichts von Tristan gehört, ohne genau zu wissen, woher diese plötzliche Funkstille kam, ja, ob ich darin so etwas wie ausgleichende Gerechtigkeit sehen sollte, eine Maßregelung, mit der das Schicksal mich spüren lassen wollte, wie eine solche plötzliche Funkstille, ein klarer Bruch, sich anfühlt. Ich hatte es oft genug getan. Irgendwann musste es mich treffen. Vermutlich war ich zu lästig geworden. Vermutlich hatte er, als er nach Los Angeles ging, wie ich das Gefühl, ein neuer Mensch zu werden. Vermutlich war ich alles, was ihn mit seinem alten Leben verband, und das war noch zu viel, er musste einen klaren Schnitt machen. Dabei waren wir uns in all den Jahren nahegestanden wie zwei Brüder. Alex und Lorette lebten noch in Paris, doch sie erstickten dort wie alle und verbrachten ihr Leben damit, ein wenig Luft an der Oberfläche während eines Kurzurlaubs zu schnappen. Ich hatte Alex vom Bahnhof in Juvisy aus angerufen, er war beruflich in Marseille, und Lorette hatte eine Woche Urlaub genommen, sie wollte mit Manuskripten aufs

Land. Olivier war zum Schreiben in die Normandie gefahren, wo sein wahres Zuhause war, wie er sagte, wo er irgendwann hinziehen würde, lange Sandstrände, gesäumt von silbrigem Wasser. Antoine war auf Reportage in Dakar. Und seine Lebensgefährtin Anaïs, nun, sie war Sarahs Schwester, und unsere Trennung machte die Dinge nicht einfacher, weder mit ihr noch mit den anderen. Sie alle waren nicht da, und meist sah ich sie ohnehin nicht in Paris, sondern in der Bretagne, sobald die Tage schön wurden, kamen sie in Wellen, an den Wochenenden, in den Schulferien. Jedes Jahr um den März herum verwandelte ich mich vom Romancier in einen perfekten Gastgeber. Ich richtete die Gästezimmer her, ging frühmorgens auf den Markt, kochte für acht, zwölf oder fünfzehn, wurde zum Touristenführer oder zum freundlichen Organisator und wählte unter Berücksichtigung der Gezeiten, des Windes und der Beliebtheit mit größter Sorgfalt den Strand zum Erholen. Dann kam der Herbst, und wir waren wieder allein in unserem Steinhaus mit den lilafarbenen Fensterläden. Seit unserer Trennung waren die Dinge komplizierter geworden. Manche wohnten trotzdem weiter bei uns. Wir sahen uns am Strand oder im Restaurant, und dann ging jeder seiner Wege. Andere wählten dagegen das Hotel, in einer Art von Schweizer Neutralität, die Manon und Clément gar nicht gefiel. Sie waren es gewohnt, dass unser im Winter dem Studium und der Arbeit gewidmetes Haus sich ab dem Frühling in eine Ferienunterkunft verwandelte, in der ein ständiges Kommen und Gehen herrschte und Scharen von Kindern vom Strand in den Garten und vom Garten in die Zimmer rannten, die Pfingstrosen und die Lilien zertrampelten und ihre Bälle in die Kamelien und Stockrosen kickten, während im Wohnzimmer Musik auf der Stereoanlage erklang oder jemand am Fuß der großen Zeder Gitarre spielte. Auch dieses Leben war vorbei, es war ebenfalls verschlungen worden, wie die Städte im Norden von Honshu in Japan.

Paris brodelte, aber Paris war wie ausgestorben. Für einen Augenblick dachte ich daran, in den Verlag zu gehen, aber es war spät, die

Büros waren bereits geschlossen oder würden es gleich sein, und ich war nicht in der Lage, all diesen Leuten zu sagen, was sie zu hören hofften. Ich hatte seit einer Ewigkeit keine Zeile geschrieben und hatte nicht die geringste Idee für einen Roman, übrigens auch nicht die geringste Lust, einen zu schreiben, und nicht die Kraft dazu. Ich hatte meine besten Bücher im Licht unserer glücklichsten Jahre geschrieben und aus ihnen die nötige Kraft und Inspiration bezogen. Jetzt, da sie hinter mir lagen, fühlte ich mich wie ein Asthmatiker, von dem man verlangt, einen Marathon ohne Ventolin zu laufen. Ich stieg an der Station Courcelles aus und durchquerte den Parc Monceau. Wo waren wir geblieben? Wer hatte unsere Spuren zu Füßen der großen Bäume, der Statuen, an den Becken, ausgestreckt auf den tadellos gemähten Rasen ausgelöscht? Wir hatten ein paar Meter von hier gewohnt, in der Rue Daru, im sechsten Stock ohne Aufzug eines Bürgerhauses, in einer winzigen Dachkammer ohne Toilette, die man sich im Treppenflur teilen musste. Was unsere Nachbarn betraf, so war einer verrückter und furchteinflößender als der andere. Der Serbe, der für die orthodoxe Gemeinde des Viertels Elektriker- und Klempnerarbeiten machte, und seine Flaschen, die er überall mit hin schleppte, der auf der Treppe stürzte und die Stufen auf dem Arsch hinunterpurzelte, wenn er morgens um vier oder fünf stockbesoffen nach Hause kam, sein Zimmer, dessen Wände von oben bis unten mit Pornofotos bedeckt waren und in dem ein Feldbett, zwei Propangasflaschen und ein Karton als Nachttisch standen. Die Spanierin, die mitten in der Nacht brüllte, in voller Lautstärke Flamenco hörte, stundenlang die Toilette blockierte, glaubte, vom Ehepaar Chirac überwacht zu werden, und behauptete, wichtige Informationen über ihre Beziehungen zu Außerirdischen zu haben, was erklärte, dass ihr jeden Morgen die an sie adressierten Briefe aus dem Briefkasten entwendet wurden, ihr stickiges Zimmer, dessen Vorhänge immer zugezogen waren und das nach Knoblauch und Parfum roch, das Bett, auf dem eine rote Samtdaunendecke lag, der Tisch und die Kommode, die unter den Zierdeckchen schier zusammenbrachen, und die Wände, die mit Krimskrams bedeckt waren, wie man ihn in Lourdes findet, ein phosphoreszierender Christus, ein Papst mit Pailletten, elektrische Jungfrauen, ihr zahnloser Mund und ihr Geschrei, wenn der Serbe manchmal an ihrer Tür kratzte und um einen Kuss und mehr bettelte, und jedes Mal öffnete sie ihm schließlich doch, und die Schreie, die sie dann ausstießen, gingen uns so sehr auf die Nerven, dass wir uns schließlich aus dem Staub machten. Auf dem Treppenflur begegneten wir dem Kellner des russischen Restaurants in seinem offenen bordeauxroten Morgenrock, der seinen weißen Oberkörper und seine zu lockere Unterhose sehen ließ, an der ein Knopf fehlte, so dass sie zwangsläufig ein Stück seines riesigen Schwanzes, einen Hoden oder ein Haarbüschel erkennen ließ. Eine Wodkaflasche in der Hand, wartete er auf seine »Lieblinge«, wie er sie nannte, und wir begegneten ihnen auf der Treppe, blass und mager, in Kunstpelzmäntel gehüllt und mit Netzstrümpfen und geschminkt wie Nutten, die sie waren. Wir gingen in den Park mit seinen Blumenbeeten, seinen glatten Rasenflächen, seinen Statuen, Bücher in den Taschen, eine Weinflasche und Gläser im Rucksack, oder wir ließen uns von den Straßen schlucken, betrachteten die Kinoplakate, vertrieben uns die Zeit zwischen den Regalen der Buchhandlungen und liefen durch Paris von einem Ende zum anderen, ohne ein anderes Ziel, als gemeinsam unterwegs zu sein und stundenlang zu reden. Wir hatten uns so viel zu sagen, ich hatte so viel nachzuholen, ein ganzes Leben, wie mir schien, ich hatte so lange alles in mich hineingefressen, war so lange in mir selbst eingesperrt gewesen und wartete darauf, dass jemand mich befreite, wartete darauf, dass jemand mir Unterschlupf bot, mir einen Blick, ein Gesicht als Halt schenkte. Was ist von uns geblieben, von diesen leuchtenden und kargen Jahren, knochig und strahlend, wie eine zweite Geburt? Von diesen beiden streunenden Hunden ohne Halsband, zwei Helden à la Modiano, die sich durch die helle Stadt treiben ließen und sich in der erleuchteten Nacht unter dem gesenkten Blick eines goldenen Christus aneinanderschmiegten, wo waren sie? Wo verlor sich ihre Spur? Wo war Sarah? Ich erinnere mich an sie auf unserem behelfsmäßigen Bett, ihr glückliches Gesicht im Lärm des Regens, der auf das Zinkdach prasselte. Das war vor diesen düsteren und chaotischen Jahren, bevor die Krankheit mich wieder einfing. Dabei hatte ich geglaubt, ich hätte sie abgehängt, versteckt im Herzen der riesigen Stadt, beschützt von Sarah, die mich in ihrem Blick hatte. Ich hatte einen Rückfall, aber sie blieb bei mir, entzog mir nicht ihre Hand. Selbst als alles in der Wohnung in der Rue Myrha schwankte, die schiefen, vergilbten Wände, die sechseckigen Bodenplatten und die löchrigen Wandschränke, in die ich mich einschloss. Die Freunde, die vorbeikamen, und die dröhnende Musik bis in die frühen Morgenstunden, die Flaschen, die wir leerten, und diejenigen, die ich schon am Morgen öffnete, die Stunden, die ich damit verbrachte, mich durch die Stadt treiben zu lassen, während sie arbeitete, die Nerven, die blank lagen, der drohende Zusammenbruch, das endlose Kreisen um den Tod, eine fixe Idee und diese Geste, die ich manchmal mitten auf der Straße machte, mir mit einer imaginären Pistole, die meine Hand formte, eine Kugel in den Kopf zu schießen, zwanzigmal, hundertmal am Tag diese Geste, mir eine Kugel in den Kopf zu schießen, um dem Schmerz zu entkommen, diesem Biss, der sich nicht löste, absurd und grundlos, eine Krankheit, hatte mir der Arzt gesagt, »Sie können nichts dagegen tun, es ist eine Krankheit, eine andere Form dieser Krankheit, die dafür verantwortlich ist, dass Sie mit zehn sterben wollten, dass Sie ein paar Jahre später aufgehört haben zu essen, versucht haben, sich in gewisser Weise auszulöschen, sich aus den Augen zu verlieren und sich in Luft aufzulösen, eine Krankheit, vor der Sarah Sie eine Zeitlang gerettet hat, die sich aber lediglich verkrochen hatte, besiegt durch die Kraft dieser so mächtigen Liebe, lachen Sie nicht, Sie wissen so gut wie ich, alle lächeln, alle machen sich darüber lustig, alle verschanzen sich hinter Zynismus, aber nicht, weil es eine solche Liebe nicht gibt, sondern weil nur sehr wenige Menschen auf Erden sie erleben, wissen Sie, es ist dieses alte Bild, die zwei Seiten einer Münze, die beiden Hälften eines Körpers, eines Gesichts, etwas Zwillinghaftes, der andere, seinesgleichen, verloren irgendwo auf der Welt, den man wiederfinden muss, lachen Sie nicht, halten Sie mich nicht für sentimental oder romantisch, die Krankheit jedenfalls schert sich einen Dreck darum, sie hat sich eine Weile verkrochen, neue Kräfte geschöpft, und schon kommt sie zurück und hält einen fest im Griff, und man muss in den sauren Apfel beißen und warten, dass es vorübergeht, sie nicht füttern, ihr keine Nahrung geben, Alkohol ist Nahrung für sie, wissen Sie, Sie glauben, er schwächt sie, betäubt sie, aber er nährt sie, stärkt sie, und dieses ziellose Herumwandern durch die Straßen von Barbès Château d'Eau Château Rouge Belleville, dieser Strom von Passanten, dieses Durcheinander von Sprachen, diese unverständliche Menge, worin Sie sie zu ertränken glauben, verstärkt sie nur, Sie müssten ans Meer fahren, bei manchen wirkt das, besser als Medikamente, Sie werden sehen, die Meeresküsten sind wie Krankenhäuser, man begegnet dort Scharen von Rekonvaleszenten, die vor dem Schmerz fliehen.« Es ist verrückt, damals habe ich darüber gelächelt, aber er hatte recht, die Städte am Meer waren Krankenhäuser unter freiem Himmel. Sarah hielt die ganze Zeit tapfer zu mir und hielt mich über Wasser. Damals hatte ich das Gefühl, nichts könnte uns jemals auseinanderbringen. Weder Krankheit noch Wahnsinn oder Unglück. Und ich hatte auch das Gefühl, dass umgekehrt nichts zwischen uns die geringste Schramme, die geringste Abnutzung, die geringste Laxheit überleben würde. Wir waren erst kurz zusammen, da wussten wir schon, dass wir uns zu sehr liebten, um eines Tages beschließen zu können, uns nur gern zu haben. Wir haben mehr als zwanzig Jahre durchgehalten. Das war nicht wenig. Das war gar nicht so schlecht. Zwanzig Jahre, und Sarah war zermürbt, gleichsam mit Verspätung. Die Jahre des Leids hatten sie zermürbt. Manon war gekommen, und erneut hatte die Krankheit sich in ihr Loch verkrochen, als sei sie groggy. Wir zogen um, ich hatte aufgehört zu arbeiten, und wir lebten nun in den Straßen, durch die ich jetzt ging, im hintersten Winkel von Montmartre, am Rand von Barbès. Wo waren wir drei geblieben, die Abende die Wochenenden die Ferien, wenn wir durch diese Straßen bummelten, den Kinderwagen zwischen den Stühlen der überfüllten Cafés hindurchschoben und unsere Schuhe staubig wurden in Grünanlagen, wo Manon Rutschen hinunterrutschte? Wo waren wir, sie und ich, während Sarah im Krankenhaus war, diese Tage, für deren fröhliche Zärtlichkeit, deren glückliche Komplizenschaft es keine Worte gibt? Manon war immer dieses Kind mit den großen blauen, weit aufgerissenen Augen gewesen, voller Schwung und Phantasie, so unbeschwert, dass ich manchmal daran zweifelte, dass sie meine Tochter war, von mir, der ich so große Mühe hatte, mich in dieser Welt zu bewegen, ihr zu vertrauen, von mir, der ich so schwerfällig und unbeholfen war, wie lebendig eingemauert. Nein, es gab uns nicht mehr in diesen Straßen, sie lebten ohne uns und hatten mir nichts mehr zu sagen. Wir hatten sie verlassen, um ins Finistère zu ziehen, als ich spürte, dass die Krankheit sich mit neuen Kräften zurückmeldete. Wir waren schon seit Jahren auf der Flucht gewesen, hatten für ein paar Tage Zuflucht gefunden in der Bretagne, in den Felsbuchten von Esterel, wenn das Licht in Paris zu grau und schmutzig geworden war. Immer und immer wieder Küsten, oder Inseln, Groix, Houat, Belle-Île, kleine Stückchen Erde verloren inmitten des wogenden Wassers, wo ich das Gefühl hatte, endlich meinen Platz gefunden zu haben. Losgelöst, aus der Mitte gerückt, ultramarin. Sarah hatte ihre Versetzung bewilligt bekommen, und wir hatten alles hinter uns gelassen. Ich hatte meinen Wahnsinn unter Tonnen von Salzwasser, Sand, Algen, Farn und Ginster begraben. Clément war ein paar Monate später geboren worden, unendlich zärtlich und voller Leben, das er verschlang, als wären die Tage nie lang genug, nie erfüllt genug, als müsse er immer noch mehr davon bekommen. Mehr Freude, Musik, Sand, Freunde, die kamen und gingen, Spiele, ausgelassenes Tanzen, Kämpfe auf dem Bett, Fußballspiele, Wellen, in denen wir zum Spaß ertranken, Küsse. Ich machte einen Umweg über die Place Franz-Liszt und ging die Rue d'Hauteville hinunter. Ich nahm es Sarah wirklich übel. Wie hatte sie das alles nur zerstören können, dieses erträumte Leben, das die Krankheit in Schach hielt, dieses Leben, das mir endgültig vorgekommen war? Ich ging an den Büros vorbei, wo ich gearbeitet hatte, bis meine Tantiemen mir erlaubten, mich nur noch dem Schreiben zu widmen, und ich machte mir Vorwürfe, dass ich es nicht verstanden hatte, uns vor der Abnutzung, den Schnittwunden und den Schrammen zu bewahren, die mit der Zeit immer tiefer wurden, bis sich ein Abgrund geöffnet hatte, von dem ich nichts geahnt hatte, bevor er uns verschlungen hatte. Ich ließ die Büros, von denen nichts übrig geblieben war, hinter mir. Die Büros, in denen Alex, Lorette und ich uns kennengelernt hatten, waren in Wohnungen verwandelt worden. Der Laden hatte seit langem zugemacht. Neben der Eingangstür wies ein dunkleres Rechteck auf ein ehemaliges Schild hin. Ich ging über die großen Boulevards bis zur Seine und an ihr weiter bis Saint-Michel und nahm den RER in umgekehrter Richtung. Erst auf der Höhe von Choisy-le-Roi bemerkte ich, dass der Typ, der mir gegenübersaß und seit zehn Minuten kopfschüttelnd lächelte, lange Zeit mein bester Freund gewesen war. Was wollte mir das Leben damit sagen? Was hatte es mit mir vor, indem es auf diese Weise alles auslöschte, was sich im Zentrum entwickelt hatte, indem es Paris und seinen Straßen die Erinnerung an uns nahm? Was hatte es vor, indem es mich immer wieder nach V. zurückführte, zu den ersten achtzehn Jahres meines Lebens?

Ich weiß nicht, wer von uns beiden mehr überrascht war, plötzlich dem anderen gegenüberzusitzen. Ich weiß nur, dass sich in Érics Lächeln und Blick Wut mischte. Er war mir böse, und das war nicht verwunderlich. Nach all diesen Jahren, in denen wir uns nicht von der Seite gewichen waren, obwohl er sich für Sozialwissenschaften in Évry entschieden hatte und ich an einer Pariser Uni Geisteswissenschaften studierte, eine Entscheidung, die meinen Vater zugleich mit Stolz und Sorge erfüllte, mit Stolz, weil diese Wahl etwas von Befreiung, von Kompromisslosigkeit hatte, eine Absage an Wirtschaftlichkeit, Effizienz und Nützlichkeit war, eine Art Glaube an das Wissen, das Nachdenken, die Intelligenz und die Schönheit, die mich von meiner Herkunft aus der Arbeiterklasse entfernte, etwas, das er sich, ohne es zu sagen, mehr als alles andere auf der Welt wünschte, und mit Sorge, weil er nicht so recht wusste, wohin mich das führen würde, und er einen Abschluss vorgezogen hätte, der mir Arbeit, gesicherte Verhältnisse und ein gutes Einkommen garantierte. Nach all den Jahren, in denen wir uns nicht aus den Augen verloren hatten, obwohl ich Sarah kennengelernt hatte und wir mit dem Geld aus den kleinen Jobs, die wir angenommen hatten, um unser Studium zu finanzieren und unsere Eltern nicht damit zu belasten und ein wenig frei zu sein, dieses Zimmer unterm Dach gemietet hatten. Nach all den Jahren hatte ich plötzlich kein Lebenszeichen mehr gegeben, nicht einmal, als er mir zwei Jahre nach unserem letzten Telefongespräch eine Nachricht hinterlassen hatte, in der er mir mitgeteilt hatte, dass er heiraten werde, und mich zur Hochzeit eingeladen hatte. Ich hatte ihn keiner Antwort gewürdigt, ihm keine Karte, kein Geschenk geschickt und nie mehr etwas von mir hören lassen. Natürlich nahm er es mir übel, dass ich ihn aus meinem Leben gestrichen hatte, so wie ich geglaubt hatte, mein ganzes vergangenes Leben, Kindheit und Jugend, auslöschen zu können, V., das Elternhaus, die Freunde, die Cité Les Bosquets, meine angeborene Geistesabwesenheit und meine Manie, bei jeder Gelegenheit zu verschwinden, meine Art, mich immer stärker zurückzuziehen, mein gespensterhaftes Aussehen, wenn ich mit schwarzem Rucksack durch den Park des Lycées irrte, Kopfhörer über den Ohren, in denen endlos die *Goldberg Variationen* gespielt von Glenn Gould liefen, und mit abgegriffenen Gedichtbänden, die aus der hinteren Tasche meiner Jeans ragten. Es nutzte nichts, mich zu entschuldigen oder die geringste Erklärung abzugeben, ich war verschwunden, das war alles, und jetzt kehrte ich zurück, nicht wiederzuerkennen vermutlich mit meinen hundert Kilo, meinem Bart, meiner schwarzen Brille, meinem zu langen Haar, meinen karierten Hemden, den neuen Zähnen, denn zehn Jahre, nachdem ich wieder angefangen hatte zu essen, waren sie einer nach dem anderen ausgefallen, meinem steifen Knöchel, der mich zu einem leichten Hinken verurteilte, meiner zerrütteten Ehe, meinen Kindern, die mir so sehr fehlten, dass ich mich unvollständig fühlte und spürte, dass der Schmerz zurückzukehren drohte, meinen zehn Büchern, meinen verfilmten Drehbüchern, meinem Leben am Meer als Dauerurlauber, ich war verschwunden, bevor ich endgültig desertiert war, Arbeit, Familie, Heimat, ich hatte alles hinter mir gelassen und mich dort versteckt, wo mein Platz war, am äußersten Rand. Die zehn Minuten, die uns von Juvisy trennten, genügten uns, um jeweils das Wichtigste vom anderen zu erfahren. Er hatte zwei Kinder, war mit Cendrine verheiratet, ja, der bewussten Cendrine, der von den Partys bei Yann, diejenige, die mit ihm, dann mit Stéphane, dann mit Thomas und dann Jahre später wieder mit ihm zusammen gewesen war. Nach zwei Jahren Uni hatte er eine Ausbildung zum Krankenpfleger gemacht und arbeitete in der Psychiatrie. Was wollte das Leben mir sagen? Warum gab die Welt vor, nichts als ein riesiges Krankenhaus neben einem Einkaufszentrum zu sein? Ich war desertiert, doch all jene, mit denen ich aufgewachsen war, arbeiteten in einem dieser beiden Bereiche. Die Welt schien auf diese eine Alternative reduziert zu sein: Entweder man verkaufte oder man pflegte und behandelte, entweder man konsumierte oder befand sich in den Händen der Ärzte.

Wir stiegen in Juvisy aus. Da er den Bus nehmen wollte, bot ich ihm an, ihn nach Hause zu fahren. Das wäre zwar ein Umweg, aber schließlich sei ich ihm das wohl schuldig. Mein Scherz konnte ihm kein Lächeln abringen. Ich schuldete ihm sehr viel mehr als das. All die Jahre hatte ich in seinem Kielwasser verbracht. Ich hatte nicht nur von seiner Gabe, zuhören zu können, seiner Geduld und seiner Gesellschaft profitiert, sondern auch von seiner Fähigkeit, Kontakte zu knüpfen, seiner Art, voll im Leben zu stehen, voller Charme, lebhaft und fröhlich, aufmerksam und zugewandt. Er war alles, was ich nicht war. Uns verband unsere Leidenschaft für die Welt, wie sie ist, die Politik, die Gesellschaft, doch davon abgesehen unterschieden wir uns sehr. Ich hielt mich abseits, hielt Kontakt zur Welt nur über Bücher und Zeitungen und blieb ein mehr oder weniger außenstehender Beobachter, während er sich mit Leib und Seele in die Arena stürzte, stets der Anführer war und sich aktiv in Schülervereinen engagierte. Im Grunde frage ich mich, ob ich ohne ihn nicht noch isolierter gewesen wäre. Heute glaube ich, dass Stéphane, Yann, Fabrice, David, Christophe, William und die anderen mich nur akzeptiert haben, weil ich mich in seinem Kielwasser bewegte, weil er nirgendwo hinging, ohne mich mitzunehmen, auch wenn ich in meiner Ecke blieb, den Mund nicht aufmachte und mittendrin verschwand. Unsere Freundschaft hatte mich vor der vollkommenen Einsamkeit gerettet, die mir drohte. In all den Jahren hatte er mir ein wenig von seiner Leichtigkeit, von seinem Charme geschenkt, die auf mich abgefärbt hatten. Im Grunde war es immer so gewesen. Im Collège hatte Éric mir die Hand gereicht, und ich hatte sie niemals losgelassen. Im Lycée war dann in gewisser Weise Sophie an seine Stelle getreten. Auf der Universität hatte Tristan mich in der hintersten Ecke eines Hörsaals gefunden, wo ich meine Gedichte gekritzelt hatte, und mich mitgenommen in sein Leben, das sich in prächtigen Bürgerhäusern und Anwesen oberhalb des Vézère abgespielt hatte, zwischen Nuss- und Kastanienbäumen, mit seinem Großvater, der in der Résistance gewesen war, und seinen Husarenlektüren, seiner Vorliebe für alte Cabriolets und die weite Landschaft, seiner Leichtigkeit und seiner Eleganz, seiner Sorge, zur Last zu fallen und träge zu werden, seiner Abneigung gegen Ergüsse und Trübsal, seinem traurigen Clownslächeln und seiner Leidenschaft für Sagan. Im Büro war Alex derjenige, der genau wusste, dass ich nur scheinbar da war. Gebeugt über meinen Computer, schrieb ich mehr schlecht als recht meine Berichte über die Kulturpolitik dieses oder jenes Gemeinwesens, um Romane zu verfassen, deren Manuskripte er wohlwollend las, obwohl er der stellvertretende Direktor eines Ladens war, zu dessen Untergang ich nicht unwesentlich beitrug, indem ich die Kunden durch meinen Mangel an Diplomatie und meine intellektuelle Wurstigkeit verprellte, die man als Arroganz auslegte, obwohl eher Verlegenheit, das Gefühl des Betrugs und ein Klassenkomplex dahintersteckten, die die Kassen der Agentur leerten, seit der Chef, ein lispelnder Glatzkopf mit Brille und ehemaliger okzitanischer Achtundsechziger, der es zum Leiter eines Fremdenverkehrsamtes gebracht hatte, mir, ohne zu wissen, mit wem er es zu tun hatte, den Kauf des Büromaterials übertragen hatte, das unter meiner Ägide im Wesentlichen aus Bestellungen von Rum- und Whiskyflaschen und Schokoladentafeln aller Art bestanden hatte, und der buchstäblich jeden vom Arbeiten abhielt durch beschissene Witze, Tennispartien mit Plastikschlägern und Papierkugeln, Aperitifs bereits um fünfzehn Uhr, möglichst laute Musik und das Vorlesen der schlechtesten Romane, die wir als Pressedienst jede Woche erhielten, endlose Kommentare über die Presse, für deren Lektüre der Vormittag nicht reichte, und zahlreiche pennälerhafte und kindische Provokationen Alex gegenüber, der stets vorbildlich, ernst, diplomatisch, charmant, professionell und fleißig war und den ich so gut ich konnte aufzuheitern versuchte, indem ich jedes Blinzeln, jedes Wort aus seinem Mund wie ein Almosen empfing, seine Aufmerksamkeit suchte wie ein Kind, das sich nach Freundschaft sehnt, und meine sprichwörtliche Unsichtbarkeit zu Hause ließ zugunsten einer Exzentrik, die vom Alkohol verstärkt, vom Schmerz und vom Wahnsinn, die in mir hochstiegen, geschürt und von meinem Status als angehender Schriftsteller autorisiert wurde, der mit dem houellebecqschen Postulat argumentierte, dass ein toter Dichter nicht mehr schreibt, dass man, um zu schreiben, zumindest am Leben bleiben muss, koste es, was es wolle, und dass man, um am Leben zu bleiben, essen muss und daher nicht zögern darf, auf Kosten der Sphäre der Produktion zu leben. Ich hatte mir dafür eine Agentur ausgesucht, in der man von morgens bis abends über die Kultur nachdachte und die Mittel, sie einem möglichst breiten Publikum nahezubringen, alles andere also als eine Fabrik, zumal die mit der Demokratisierung der Kultur verbundenen Probleme mich in höchstem Maße interessierten, doch ich musste mich den Tatsachen beugen, Tristan wiederholte es mir den lieben langen Tag, aber ich gab vor, nicht auf ihn zu hören, arbeiten machte mich krank, zerfraß mich von innen. In einem Büro zu sitzen, mich irgendeiner Autorität beugen zu müssen, feste Arbeitszeiten zu haben, Rechenschaft ablegen zu müssen, Aufgaben zu erledigen, Kunden zufriedenzustellen, rücksichtsvoll zu behandeln und zu verführen, zerfraß mich von innen und ließ die Krankheit wieder ausbrechen. Sosehr ich auch trank und mich mit Medikamenten vollstopfte, sosehr ich diesen Gedanken auch zurückwies aus Rücksicht auf meine Eltern, meine Onkel, meine Tanten, aus Respekt für die Welt, aus der ich kam, einer Welt der Arbeit, echten Schweißes, einer Welt, in der man nie jammerte, weder über undankbare Aufgaben oder Hungerlöhne noch über Chefs, Arbeitszeiten oder die in öffentlichen Verkehrsmitteln verbrachten Stunden, einer Welt, in der man verantwortungsbewusst und voller Selbstverleugnung arbeitete und den Mund hielt, während man auf die Wochenenden die Urlaube und die Rente wartete, die man nicht nutzte, weil man zu müde war, ich war nicht für die Arbeit geschaffen. Noch heute widert es mich an und empört mich, diese Worte zu schreiben. Und die anderen, dachte ich. Glaubst du etwa, die anderen seien für die Arbeit geschaffen? Ja, erwiderte Tristan unermüdlich, und ich spürte diese Arroganz des im sechzehnten Arrondissement aufgewachsenen Bürgersohns, die mich manchmal ärgerte, die seinen bilderstürmerischen Charakter, seine verschlungenen Gedankengänge, seine poetische und herablassende Überempfindlichkeit mäßigte. Ja, viele sind es, aber du nicht, du bist für etwas anderes geschaffen, wie ich. Du bist dafür geschaffen zu desertieren, auf poetische Weise die Welt zu bewohnen und dir dessen bewusst zu sein. Ich hörte ihm zu und dachte an meinen Vater. Was hätte er zu diesem Unsinn gesagt? Was hätte er gedacht, wenn er gehört hätte, dass ich mich über eine so bequeme und intellektuell faszinierende Arbeit beklagte? Was hätte er gedacht, wenn er gesehen hätte, dass ich im Büro den ganzen Tag über keinen Finger krummmachte, Chaos anrichtete und ging, wann ich Lust hatte, unter dem Vorwand, ich hätte eine Verabredung, und mich im Square Montholon auf eine Bank legte und Whisky trank?

Éric schlug mir vor, auf ein Glas mit hochzukommen. Vermutlich mehr aus Höflichkeit, als dass er es wirklich wollte, oben waren seine Frau und seine Kinder vermutlich dabei, schlafen zu gehen, oder vielleicht schon im Bett. Er beruhigte mich, ausnahmsweise seien sie nicht da, die Mädchen würden bei Freundinnen übernachten und Cendrine sei auf einem dieser blödsinnigen Firmenseminare, die sie hasste, mit Rollenspielen, Gemeinschaftsabenden, um die Truppe zusammenzuschweißen, Vorträgen von Managementfachleuten und ähnlichen Scherzen.

»Das ist schade«, sagte ich. »Ich hätte mich gefreut, sie wiederzusehen.«

Er zuckte die Achseln, und ohne die Bedeutung seiner Geste interpretieren zu können, folgte ich ihm in den sechsten Stock eines modernen Mietshauses, das die Seine überragte. Die Wohnung war vollständig weiß gestrichen, der Boden bestand aus schwimmendem Parkett, Ikea-Bilder schmückten die Wände, die von Halogenlampen erleuchtet wurden. Große Fenster öffneten sich auf den Fluss und die Autos unten, etwas abseits waren die Bahngleise zu erkennen, die teilweise von hellgrauen Häuserblocks verdeckt wurden. Die Regale waren voller DVDs. Mir fiel die Zeit wieder ein, als wir uns begeistert die VHS-Kassetten ansahen, die Éric im Videoklub im Stadtzentrum auslieh. Wir zogen uns reihenweise die damaligen Blockbuster rein. Ich erinnerte ihn an den Tag, als ich ihn in den letzten Kusturica geschleppt hatte und dann noch in einen Film von Ken Loach, es war die Fête du cinéma, eine gekaufte Eintrittskarte, die anderen kostenlos, ausnahmsweise wählst du, hatte er gesagt, und ich hatte mich ausnahmsweise getraut, ja, ich hatte mich getraut, einen Kinosaal zu betreten, um mir etwas anderes anzuschauen als einen Spielberg oder einen Film mit Tom Hanks. Normalerweise gingen wir in Gruppen von sechs oder sieben ins Kino, man brauchte also gar nicht zu glauben, man könne etwas anderes sehen. Und diesmal hatte ich mich getraut. Jeden Sonntagabend blieb ich lange auf, um mir die Filme des *Cinéma de minuit* anzuschauen, die Reihen mit Filmen von Truffaut, Godard, Louis Malle, Pialat, Rohmer, Eustache, Kurosawa, Ozu, Rossellini, Ford, Fassbinder und anderen. Ich erzählte niemandem davon. Und auch nicht von den Kassetten, die ich damals hörte, Manset, Ferré, Brel, Dylan, Cohen, Barbara, Lou Reed, The Velvet oder The Smiths. Soweit ich mich zurückerinnern kann, hörte ich Musik immer heimlich. Schon mit zehn hörte ich die Platten meines Vaters, wenn niemand da war. Chansons, für die ich zu jung war. Im Nachhinein überrascht es mich, dass ich mich mit Sängern, die Probleme von Erwachsenen behandelten, so sehr identifizierte, dass mir die Tränen kamen. Ich hörte »Le Petit Garçon« von Serge Reggiani und identifizierte mich mit dem Vater, der mit seinem Sohn allein in dem kalten Haus war und vergeblich versuchte, den Abgrund zu schließen, den die Abwesenheit der Mutter geöffnet hatte. Ich hörte Brel, und auch ich hatte nie eine Katze getötet, ich hörte Ferrat, und auch ich fragte mich, was ich ohne dich anderes wäre als die auf dem Zifferblatt der Uhr stehengebliebene Zeit. Und wie Dassin hatten wir uns geliebt, sie und ich, wie man sich verlässt, ohne ans Morgen zu denken, das immer ein wenig zu schnell kommt.

Als wir aus dem Kinosaal gekommen waren, hatte Éric mich mit einem leicht fragenden Blick angesehen. »Magst du das wirklich?«, hatte er mich gefragt. Ich hatte bejaht, woraus er geschlossen hatte, dass ich tatsächlich ein seltsamer Vogel sei, bevor er mich in einen McDonald's geschleppt hatte, wo mir kotzübel geworden war, während ich ihm beim Essen zugeschaut hatte. Dann hatte er die Dinge wieder in die Hand genommen, und wir hatten uns einen Film von Luc Besson angeschaut, dessen Kassette ich in den Regalen entdeckt hatte.

»Magst du das Kino immer noch so?«

»Ja, klar. Aber nicht das gleiche wie du. Wenn ich von der Arbeit nach Hause komme, habe ich das Bedürfnis, mich zu entspannen. Ich weiß, du wirst das gewöhnlich finden, aber so ist es nun mal, nicht jeder will sich ständig nur mit Problemen herumschlagen. In der Arbeit hab ich schon genug davon, das kann ich dir sagen. Da erleb ich genug Leid, Wahnsinn und Verzweiflung. Weißt du, ich brauche keine Romane zu lesen, keine Filme anzuschauen, um zu wissen, wie die Welt tickt. Ich steh mit beiden Beinen in der Welt, und ich kann dir sagen, dass sie nach Scheiße stinkt, wie du es in deinen Büchern beschreibst. Nur, du schreibst das, in aller Ruhe die Füße im Sand dasitzend, ohne dir die Hände schmutzig zu machen, oh, ich sehe dich direkt vor mir, wie du mit deiner Zigarette und deinem Computer im Liegestuhl sitzt und über das Unglück der Welt, die Gewalt in unserer Gesellschaft, das harte Leben der von der Gesellschaft Ausgeschlossenen, des Prekariats schreibst. Ich sehe dich vor mir, wie du deine Pause machst und schwimmen gehst am Ende deiner Straße, die im Meer mündet, wie ich dich neulich Morgen bei Pascale Clark habe sagen hören. Oh, ob du's glaubst oder nicht, ich weiß eine ganze Menge über dich. Natürlich, wenn du nicht wärst, wer du bist, wüsste ich nichts, ich wüsste nicht mal, dass du existierst, ich lese so gut wie nicht, und ganz ehrlich, es ist immer das Gleiche, wenn man deinen Namen googelt, sieht man ganz deutlich, dass man dich in deinem Milieu zwar ein wenig kennt, doch sobald man es verlässt, sobald man ins echte Leben zu den echten Leuten zurückkehrt, sagt dein Name niemandem was. Aber die Schriftsteller kennt sowieso keiner. Na ja, ich hab mich aus Neugier dafür interessiert, um zu wissen, was aus dir geworden ist. Ich habe einen großen Teil deiner Bücher gelesen, ich habe eine Menge Dinge wiedererkannt, du übertreibst natürlich, du erfindest, beschreibst alles aus deiner Sicht, aber na gut, das ist normal … Ich tippe oft deinen Namen ein und lese Interviews mit dir, all die Dinge, die du über den Ort erzählst, wo du herkommst, und wie du den Sozialschriftsteller raushängen lässt, der die Realität dieser Welt kennt, da kann ich nur lachen, da kann ich nur herzhaft lachen. Ich sage mir, verdammt, dieser Kerl hat nie wirklich gearbeitet, er hat das nie aus eigener Anschauung kennengelernt, und er will die Realität dieser Welt kennen? Die Realität dieser Welt kennen, ich sag dir mal was, ich kenne sie! Ich kenne sie verdammt gut. Ich stecke tief drin, ich begnüge mich nicht damit, das Leid zu beschreiben, ich kriege es voll mit. Und ich versuche es zu lindern, so gut ich kann. Jedenfalls setz ich mich ihm das ganze Jahr über aus. Zerstörte Menschen, ich weiß, was das heißt. Du hast gerade mal eine Ahnung, und ich leugne nicht, dass deine Ahnungen zum Teil durchaus zutreffend sind, und ich verstehe, dass man das liest, aber du hebst deinen Arsch nicht hoch, du bleibst in deinem Sessel sitzen, und das war's. Ihr seid alle gleich, du und deine Kumpel aus Saint-Germain-des-Prés.«

»Welche Kumpel?«, unterbrach ich ihn, aber das war sinnlos, ich konnte mir nur zu gut vorstellen, wie er mich sah, was für ein Leben er mir unterstellte, und das hatte keine Bedeutung.

Es war klar zu erkennen, dass er mir böse war, dass er auf mich wütend war, und diese Wut hatte vermutlich nichts mit dem zu tun, was ich schrieb, oder mit meiner Lebensweise, von der er im Grunde keine Ahnung hatte. Er war zu intelligent, um zu glauben, er wüsste Bescheid über mich, weil er die vier Interviews und die drei Porträts in der Presse gelesen hatte. Ich erkannte mich und mein Leben ja selbst nicht darin wieder. Die meisten Journalisten, die auf mich zukamen, hatten bereits eine vorgefertigte Meinung über mich und das, was ich zu sagen hatte. Ganz gleich, was sich während unserer Gespräche entwickelte, am Ende erschien genau der Artikel, den sie im Kopf gehabt hatten, bevor sie sich mit mir trafen, und sie zeichneten ein Bild von mir, gegen das ich mich letztlich nicht wehrte, weil es mich gegen jede wirkliche Einmischung schützte: ein Bär, der sich in seinem windgepeitschten Haus verschanzte und die meiste Zeit damit verbrachte, einsam und von sich überzeugt über die Zöllnerpfade zu wandern, wild und brummig, ein schwieriger Kerl, aufgewachsen in einfachen Verhältnissen, im Beton der traurigen Vorstädte, bis er ins Finistère gezogen war, rauhe Schale, weicher Kern, unter seinen bretonischen Manieren und dem Aussehen eines Rugbyspielers im Ruhestand eine extreme Sensibilität verbergend … Das war natürlich blühender Unsinn, dem ich auf Anfrage immer wieder Nahrung gab, wie die meisten Schriftsteller und Künstler, die man zu porträtieren vorgab, indem man sich ein, zwei Stunden mit ihnen traf. Nein, er war wütend auf mich, weil er in all den Jahren im Collège und im Lycée zu mir gehalten hatte und ich ihn, nachdem Sarah in mein Leben getreten war, hatte fallenlassen. Ich hatte ihn ohne Dankbarkeit aus meinem Leben verbannt, obwohl ich zutiefst in seiner Schuld stand. Mit welchem Recht hätte ich ihm Vorwürfe machen können? Éric suchte in den Wandschränken in der Küche nach einem Schluck Whisky für mich. Er trank nicht oder so gut wie nicht. Sie hatten lediglich ein paar Flaschen für Gäste. Obwohl sie nicht oft Gäste hatten. Abends und am Wochenende war er dermaßen fertig, dass er nur seine Ruhe haben wollte mit Cendrine und den Mädchen. Und am Samstag musste all das erledigt werden, wofür während der Woche keine Zeit geblieben war, Papierkram, Einkaufen, Haushalt, ein Mittagsschläfchen, eine DVD, ein kleiner Ausflug in den Wald am Sonntagvormittag, Kino am späten Nachmittag, und schon war wieder Montagmorgen. Das Gespräch kam auf die Kinder. Sie hatten sich wahnsinnig gequält, welche zu bekommen. Die Jahre, in denen sie alles versucht hatten, waren wie ein Albtraum gewesen. Die Kliniken, die sündhaft teuren Spritzen und jeden Monat die Enttäuschung, die Cendrine schier zu zerreißen, immer mehr zu zermürben schien. Und dann hatte das Wunder stattgefunden, als sie kurz davor waren aufzugeben, weil es so nicht weitergehen konnte, weil ihr Leben sich nur noch darum drehte, ein Leben unter medizinischer Betreuung geprägt von Angst und enttäuschten Hoffnungen. Cendrine wäre beinahe verrückt geworden, ein trockener, unfruchtbarer Boden, unfähig, Leben zu schenken, so sah sie sich, und diese Aussicht stürzte sie in eisige Abgründe, von denen er an manchen Tagen eine Ahnung bekam, aber nur an manchen, denn er konnte sich ein Leben ohne Kinder durchaus vorstellen. Natürlich hätte er gern welche gehabt, aber er konnte es sich vorstellen, sie dagegen nicht.

»Auch unsere Beziehung begann darunter zu leiden. Ich sah, dass es ihr immer schlechter ging, dass sie depressiv wurde, und sagte mir, Scheiße, die Aussicht auf ein Leben nur mit mir jagt ihr eine solche Angst ein. Ist das denn so schrecklich? Irgendwann schrien wir uns jeden Abend nur noch an und warfen uns die schlimmsten Dinge an den Kopf. Sie warf mir vor, der Wunsch, Vater zu werden, würde mich nicht so stark quälen wie sie der Wunsch, Mutter zu werden. Ich sagte mir, es gibt so viele Dinge auf der Welt, die man tun kann, so viele Menschen, um die man sich kümmern muss, und sie warf mir das vor, und das ging mir auf die Nerven, und daher sagte ich ihr, schließlich kannst du keine bekommen, nicht ich, scheiße, wenn jemand dem anderen Vorwürfe machen muss, dann doch wohl eher ich. Na ja, du verstehst schon. All diese schrecklichen Dinge, die man sagt, wenn man auf niemanden und die ganze Welt, auf das Scheißleben wütend ist. Und dann eines Tages ist sie schwanger geworden. Und Justine wurde geboren. Und dann ist nichts so gelaufen wie geplant. Ich meine, wir hatten uns so abgemüht, es hätte das vollkommene Glück sein müssen. Doch im Gegenteil. Cendrine kam nicht damit zurecht. Dieses Kind, nach dem sie sich so gesehnt, das sie sich so gewünscht hatte, ich weiß nicht, es war, als könnte sie keine Beziehung zu ihm herstellen, als würde sie es nicht erkennen, alles war kompliziert. Es zu füttern, zu wickeln, in den Schlaf zu wiegen, auf seine Bedürfnisse einzugehen, zu verstehen, warum es weint. Natürlich kümmerte ich mich um alles, ich hätte mich ohnehin darum gekümmert, ich sagte mir, es gibt keinen Grund, warum vor allem sie das machen soll, sie gibt ihm andere Dinge und auf andere Weise. Aber ich irrte mich. Sie hat es nie auf den Arm genommen, nie mit ihm geschmust, nie mit ihm geredet. Sie schloss sich stundenlang in ihr Zimmer ein und heulte. Sie ließ sich gehen, sagte ständig, sie sei eine Niete, unfähig, eine völlige Versagerin. Schließlich ließ sie sich helfen. In einem auf solche Fälle spezialisierten Zentrum, das der Leiter meiner Abteilung mir empfohlen hatte. Es war langwierig, aber es hat funktioniert. Nach und nach hat sie es gelernt. Und dann kam Clara. Einfach so. Weil wir miteinander geschlafen hatten. Wir hatten es seit Monaten nicht mehr getan. Die Ärzte sagten, es sei unmöglich. Klinisch unmöglich. Aber Clara war da. Unser kleines Wunder. Bei ihr war alles einfach. Du wirst sie sehen. Sie sind jetzt beide groß. Die Ältere ist zwölf, Clara neun. Sie machen Ballett, die Große macht auch Leichtathletik, die Kleine hat angefangen, Geige zu lernen, ich hab keine Ahnung, wie sie darauf gekommen ist, wir hören nie Geige. Du kannst dir nicht vorstellen, wie sehr wir leiden, es ist ein schreckliches Gekratze. Aber es ist okay. Es geht uns gut. Das Schlimmste liegt hinter uns. Wir sind ein Herz und eine Seele. Manchmal ist Cendrine zwar ein bisschen streng mit Justine, aber ich denke mir, unbewusst macht sie sie verantwortlich für das, was sie wegen ihr durchgemacht hat. Und manchmal denk ich, das ist immer so bei älteren Geschwistern. Jedenfalls war es bei mir so. Am Anfang haben die Eltern eine Menge Grundsätze, Regeln, für die Mahlzeiten, das Schlafen, die Erziehung, und bei denen, die danach kommen, sieht man die Dinge dann ein bisschen lockerer. Ich denke, bei dir war es auch so.«

»Ja, mehr oder weniger. Na ja, bei uns ging es nie sehr locker zu.

Erinnerst du dich? Wir hatten nie viel zu lachen zu Hause. Und deswegen versuche ich, es nicht genauso zu machen. Wir stehen alle vor diesem Problem. Es genauso machen oder es anders machen.«

Éric stand auf, um die CD zu wechseln. Durch die Fenster waren nur noch schwarze Blöcke und Lichtpunkte zu erkennen. Die Seine glänzte seidig.

»Ich mag den Blick von hier nachts. Am Tag weniger.«

»Hast du nie daran gedacht, woanders zu leben?«

»Nein. Na ja, theoretisch schon, aber eigentlich nicht. Weißt du, meine Eltern leben immer noch hier. Und sie sind nicht mehr die Jüngsten. Schließlich muss man für sie da sein, wenn sie einen mal brauchen. Und Cendrine denkt genauso. Außerdem wollen wir ihnen nicht ihre Enkelkinder vorenthalten. Übrigens helfen sie uns sehr.«

»Hat deine Mutter wieder jemanden gefunden?«

»Nein. Nie, sie hat ihn immer geliebt. Selbst nachdem er abgehauen war. Ich sehe direkt vor mir, wie sie ihn anschaut, wenn sie ihm begegnet. Eine Zeitlang sah ich ihn mit diesem Mädchen, das fünfzehn Jahre jünger war als er, und dachte, das würde vorbeigehen und er würde zu Mama zurückkehren, aber das ist nie passiert. Im Gegenteil, nach zwei, drei Jahren mit der Neuen hat er eine andere gefunden, und immer so weiter. Er ist siebzig, und schafft es noch immer, fünfundfünzig-, sechzigjährige Frauen zu verführen und mit ihnen Abenteuer zu erleben, wie er es nennt. So ist er eben. Aber ich weiß gar nicht, warum ich dir hier mein Leben erzähle. Noch dazu, weil das in einem deiner Bücher landen wird.«

Das Lachen blieb ihm im Hals stecken, und er sah mich argwöhnisch und spöttisch an. Ich zuckte die Achseln. Ich antwortete ihm nicht, dass er mir sein Leben erzählte, weil die Leute es generell taten, ohne dass ich jemals verstanden habe, warum. Manchmal sagte ich mir, sie tun es, weil sie glauben, wenn sie mir ihre Geschichten anvertrauen, würden sie in einem Buch, einem Film vorkommen, aber das stimmte nicht, die Leute erzählten mir ihr Leben auch, wenn sie nicht wussten, dass ich Bücher schreibe. Das passierte mir dauernd, überall. Éric stand auf und sagte, er wolle bald ins Bett gehen, morgen müsse er früh raus, und er habe einen anstrengenden Tag hinter sich.

»Du solltest mich mal besuchen. Ein paar Tage in meiner Abteilung verbringen.«

»Warum? Glaubst du, ich bin verrückt?«

»Natürlich nicht, ich meine, du solltest kommen, um dir einen Eindruck zu verschaffen. Mit Patienten, Ärzten reden. Darüber schreiben. Das wäre wirklich sinnvoll.«

»Denn es ist nicht sinnvoll, über die Leute zu schreiben, die draußen sind?«

»Keine Ahnung. Weniger jedenfalls.«

Ich nahm seinen Rat zur Kenntnis und ging in die ruhige Nacht hinaus, die kaum gestört wurde durch das Geräusch der Züge und den Verkehr auf den Uferstraßen. Wir hatten uns nichts vorgemacht. Wir hatten uns nicht versprochen, uns wiederzusehen. Wir waren uns zu nah gewesen, um zu glauben, wir könnten nach zwanzig Jahren absoluter Funkstille da weitermachen, wo wir aufgehört hatten.

Als ich nach Hause kam, schlief mein Vater wie jeden Abend vor dem laufenden Fernseher. Das thailändische Gericht, das ich für ihn gekauft hatte, stand noch immer unangerührt in der Mikrowelle. Auf dem Wohnzimmertisch lagen die vier Fotos meines Cousins in seinem Brutofen zwischen den Resten eines Abendessens, das aus einer Scheibe Schinken und einer Tüte Chips bestand. Ich schaute sie mir noch einmal an. Der Säugling war wirklich winzig, sein Gesicht vollständig von einer Maske bedeckt, und an seinen Handgelenken waren mit Klebeband Schläuche befestigt. Ich hatte zu Hause genau die gleichen Fotos. Von Manon nach der Geburt. Sie war weit weniger schwächlich, aber auch durch ein Beatmungsgerät mit dem Leben verbunden gewesen, und war intravenös ernährt und massiv mit Antibiotika behandelt worden. Dass wir sie bei der Geburt beinahe verloren hatten, prägte unsere symbiotische Beziehung, unsere maßlose Liebe und unser Verlangen nach Zärtlichkeit, die dazu führten, dass wir uns den lieben langen Tag unaufhörlich versicherten, wie sehr wir uns liebten und wie viel wir uns bedeuteten. Letztlich hatte ich ständig eine Heidenangst um sie. Sie traurig oder enttäuscht oder unzufrieden zu sehen, zerriss mir das Herz über jedes vernünftige Maß hinaus. Wenn sie krank war, fühlte ich mich körperlich elend, und ich konnte mir absolut nicht vorstellen, dass sie eines Tages die Qualen der Pubertät durchzumachen hätte, dass sie leiden würde, weil sie nicht richtig oder gar nicht geliebt würde, dass sie diese Abgründe kennenlernen würde, die mich immer schon begleiteten und gegen die ich mich vergeblich zu schützen versuchte. Es wurde mir jetzt erst bewusst, dass ich seit etwa zwölf Jahren nichts anderes getan hatte, als vor dem Schmerz und der Depression zu fliehen, zu versuchen, sie abzuhängen, indem ich mich entfernte, indem ich sie im Meer zu ertränken und unter Tonnen von Liebe zu begraben versuchte und der Verpflichtung, durchzuhalten und auf den Beinen zu bleiben, die das Vatersein mir abverlangte. Dass sie eines Tages würde sterben wollen, wie ich es seit meinem zehnten Lebensjahr so oft gewollt hatte, war absolut unerträglich für mich. Und ich wollte auch nicht an den Augenblick denken, in dem sie das Nest verlassen würde, um mit ihren eigenen Flügeln zu fliegen. Und ich wollte nicht daran danken, wie unglücklich wir sie gemacht hatten, als wir uns getrennt hatten, ihre Mutter und ich. Wenn ich die Zeit zurückdrehen und alles Nötige tun könnte, um das zu vermeiden, ich würde es tun. Nicht, um den Sinn wiederzufinden, den Sarah meinem Leben gab, nicht, um sie wieder in meine Arme zu schließen, nicht, um an die Jahre anzuknüpfen, in denen ich in ihrer Gegenwart immer gewusst hatte, was zu tun war und was ich wollte, in denen, sobald sie sich entfernte, nichts mehr klappte, die Tage ihre Form und Konsistenz verloren und die Welt wieder zu diesem kalten und unbewohnbaren Ort wurde, aus dem ich während meiner ganzen Jugend hatte verschwinden wollen, nein, nicht für mich, sondern für Manon und natürlich auch für Clément, auch wenn ich unerklärlicherweise immer weniger Angst um ihn als um seine Schwester gehabt hatte, nicht, weil er ein Junge war, sondern weil ich spürte, dass er weniger gefährdet war, weniger melancholieanfällig, weniger ängstlich darauf bedacht, einen nicht zu enttäuschen, und weniger auf jedes Wort und jede Geste achtend. Ich würde alles dafür geben, wenn ich meine Fehler rückgängig machen und meinen Kindern das Leid ersparen könnte, das ich ihnen zugefügt habe, indem ich es nicht verstanden habe, ihre Mutter an meiner Seite zu halten oder vielmehr an ihrer Seite zu bleiben, sie rücksichtsvoller zu behandeln, mich nicht zu sehr auf sie zu verlassen, sie, die jeden unserer Tage bestimmte, die in jeder Situation wusste, was zu tun war, ohne die wir nichts von diesem Leben kennengelernt hätten, ohne die ich mich aufgelöst hätte, ohne die ich nicht die Energie aufgebracht hätte, mich durch das Schreiben zu retten, ohne die wir niemals Paris verlassen hätten, das mich verschlang, ohne die wir niemals in diese Gegend gezogen wären, die mich reinwusch, mich freisprach, ohne die ich keinen Freund behalten hätte, ohne die wir nie nach Japan gereist wären, ohne die wir nichts gemacht hätten, denn ohne sie war ich zu nichts anderem fähig, als mich in einen Wandschrank einzuschließen, zitternd vor unbegreiflicher Angst, zerfressen von einer Krankheit, die nichts ersticken konnte, weder der Alkohol noch die Medikamente, eine Krankheit, die unheilbar war, die mich dahinraffen würde, für mich war es so klar, so offensichtlich, dass ich ohne sie den Rest meiner Tage in einer dieser psychiatrischen Abteilungen verbringen würde, in der Éric arbeitete und sich um die Kranken kümmerte, ja, dort würde ich enden, dessen bin ich sicher. Immer wenn ich einen dieser Orte betreten hatte, hatte ich diese Gewissheit gehabt, in jedem Patienten, der zu meinen Lesungen kam, erkannte ich meinesgleichen, und es sprang mir förmlich in die Augen, wie dünn, zerbrechlich das war, was das

Drinnen vom Draußen trennte, wie sehr es an einem seidenen Faden hing.

Ich betrachtete noch eine Weile diese Fotos, etwas an diesem Säugling war mir unglaublich vertraut, sogar über die Situation hinaus, in der er fotografiert worden war und die mich an Manon erinnerte. Sein schwarzes Haar, seine Augen mit den endlos langen Wimpern, es sprang einem geradezu in die Augen: Er sah aus wie eine Miniaturausgabe von Clément bei der Geburt, der seiner Schwester sehr ähnlich sah, vor allem aber mir, wie meine Mutter nicht müde wurde zu sagen, wie alle Großmütter väterlicherseits natürlich, doch so etwas zu sagen entsprach so wenig ihrem Naturell, dass ich es schließlich glaubte, und die Fotos, die sie damals aus ihren Schuhschachteln holte, waren der unwiderlegliche Beweis, so dass sogar Sarahs Eltern sich den Tatsachen beugen mussten: Clément war mir wie aus dem Gesicht geschnitten. Ich holte die Schuhkartons unter dem Bett meiner Eltern hervor. Mein Vater schnarchte nur ein paar Zentimeter von mir entfernt auf dem Sofa. Auf dem Bildschirm versuchten junge Sänger eine Jury von »Profis« davon zu überzeugen, dass sie Talent hätten und dass es sich lohnen würde, eine Platte zu produzieren, obwohl sie nie etwas anderes gesungen hatten als die Songs der anderen, die sie im Radio gehört hatten, und nie woanders als unter der Dusche oder in ihrem Zimmer, mit einem Deodorantspray als Mikrofon. Ich kramte einen Augenblick, bis ich die Fotos von meiner Geburt gefunden hatte. Ich legte ein paar davon aufs Bett. Warum faszinierte es mich so sehr, dass wir uns ähnlich sahen trotz der Kilos und der Zentimeter, die uns trennten, und obwohl diese Ähnlichkeit nicht weiter verwunderlich war, da wir Cousins waren? Irgendetwas irritierte mich. Ich war, man hatte es mir immer wieder gesagt, das Ebenbild meiner Mutter. Und mehr noch meiner Großmutter mütterlicherseits, deren Tod meine erste Erinnerung in dieser Welt ist. Und Sébastien war mein Cousin väterlicherseits. Ich legte die Fotos in die Schachteln zurück und stellte die Schachteln wieder unters Bett.

Ich dachte an das, was meine Mutter mir erzählt hatte, die eines Tages einen Anruf ihrer Tante bekommen hatte, die so sehr von einem Anblick schockiert worden war, dass sie sich noch immer nicht davon erholt hatte. Wie jeden Morgen hatte sie sich die Nachrichten mit William Leymergie angesehen und dann Haushaltsarbeiten erledigt, ohne den Fernseher auszuschalten. Als sie mit einer Schüssel, die sie in den Geschirrschrank räumen wollte, ins Wohnzimmer zurückkam, fiel ihr Blick auf den Bildschirm, wo jetzt die tägliche literarische Sendung *Dans quelle étagère* lief, und ihr Herz machte einen Sprung in ihrer Brust, so dass ihr die Salatschüssel aus Porzellan, die sie seit ihrer Hochzeit wie ihren Augapfel gehütet hatte, aus den Händen glitt und in tausend Stücke zersprang auf den Bodenplatten des kleinen Hauses in der Corrèze, in dem sie ebenso lange wie die Salatschüssel lebte. Auf dem Bildschirm war soeben, in Gestalt eines Mannes, ihre Schwester, meine Großmutter also, erschienen. Gewiss, da waren der Bart und die männlichen Gesichtszüge, doch es war sie, die sie da plötzlich auf dem Bildschirm des Fernsehers sah, die gleichen Augen, die gleichen Wangenknochen, die gleiche Stirn, das Ebenbild meiner Großmutter, wie ich sie ein paar Wochen vor ihrem Tod gesehen hatte, als sie langsam an einem Krebs starb, von dem sie keine Ahnung hatte oder keine Ahnung zu haben vorgab, und tatsächlich glaubte, im Frühling sei sie wieder gesund und könnte mit uns Fußball spielen im Park wie früher, ein Früher, von dem ich nichts weiß, denn mein Gedächtnis öffnete sich in jenen Tagen, als ich, über ihr Bett gebeugt und ihre Hand haltend, wusste, dass sie sterben wird, und sie von ihrer baldigen Genesung sprechen hörte, denn alles andere war in einem schwarzen Loch verschwunden, von dem ich immer geglaubt hatte, es hätte mich des Sockels, des Fundaments beraubt, auf dem ich stehen könnte. Auf dem Bildschirm war sie also sozusagen von den Toten auferstanden, und meine Großtante betrachtete sie mit offenem Mund inmitten der Porzellanscherben, in ihrem Wohnzimmer, in dem es drückend heiß war an diesem Spätsommertag in der

Gegend von Tulle, an dem die Fliegen so laut summten, dass man ihre Existenz nicht mehr ignorieren konnte. Dann wurden mein neuester Roman und mein Name eingeblendet, und da hatte sie begriffen: Es musste sich um einen der Enkel ihrer Schwestern handeln, und sie hatte sofort nach dem Telefon gegriffen, um meine Mutter anzurufen, mit der sie ein-, zweimal im Jahr sprach, und diese hatte ihr versichert, nein, sie habe nicht geträumt, es handele sich tatsächlich um ihren Sohn, der Bücher schreibe, ach ja, ich hatte dir nie davon erzählt, nein, du hast mir nur gesagt, dass er im Kulturbereich arbeitet, nicht, dass er Schriftsteller ist, der im Fernsehen auftritt. Im Allgemeinen sprach meine Mutter nicht darüber. Sie erzählte allen immer nur von meinem Bruder, Tierarzt in dieser bürgerlichen Vorstadt, die mich immer schrecklich deprimierte, wenn ich gezwungen war, dorthin zu fahren, um in einer Buchhandlung über eines meiner Bücher zu sprechen, und wo ich ihn immer zu sehen hoffte. Doch diese Ehre hatte er mir nie erwiesen, den kleinen Hund von Madame Lombard mit Wurmmitteln vollzupumpen schien ihm vermutlich wichtiger und nützlicher zu sein, als mir dabei zuzusehen, wie ich *mich aufspiele*, denn Bücher schreiben und erst recht darüber sprechen, hieß für ihn nichts anderes als: sich aufspielen. Im Grunde glaube ich, dass meine Mutter sich ein wenig schämte, dass Schriftsteller für sie kein ernsthafter Beruf, keine redliche Beschäftigung war. Ich glaube, für sie war das irgendwie krankhaft, eine schamlose, unanständige Art, sein Herz auszuschütten, eine Art Überheblichkeit, die einen dazu trieb, das Wort zu ergreifen und anzunehmen, das, was man zu sagen habe, sei es wert, gehört zu werden, der Wunsch, sich zu unterscheiden, hervorzutreten. Wie hätte ich ihr erklären sollen, dass ich mit dem Schreiben nur versuchte, mich zu retten, sonst nichts. Ihr zu sagen, es handele sich um eine Frage von Leben und Tod, hätte zwangsläufig pathetisch geklungen. Zumal sie sich als gute Mutter sofort verantwortlich gefühlt hätte für den Schmerz, dem ihr Sohn durch das Schreiben und das damit verbundene Leben eines Deserteurs zu entfliehen versuchte, so wie ich mich schon im Vorhinein verantwortlich fühlte für alle Narben, Enttäuschungen und Mühsalen, die meinen Kindern nicht erspart bleiben würden.

Ich steckte die Fotos in meine Tasche. Auf dem Bildschirm verhunzte ein kräftiges Mädchen mit grotesker Frisur ein Chanson von Nino Ferrer, ein Sakrileg, für das mir keine Strafe zu hoch vorkam. Die Jury war meiner Meinung, sie begnügte sich damit, ihm viermal die rote Karte zu zeigen, und ich schaltete den Fernseher aus. Mein Vater grunzte, als ich seine Beine auf das Sofa legte. Die Stille war so tief, dass sie summte. Ich blickte auf die Uhr. Es war zu spät zum Telefonieren. Das Beste war hinaufzugehen und zu schlafen. Ich weiß nicht, ob ich in dieser Nacht geschlafen habe. Irgendetwas ging mir nicht aus dem Kopf und störte einen Schlaf, der, als er endlich kam, unerträglich hell war. Ich wartete bis zum Tagesanbruch, um meinen Onkel anzurufen. Den Verkaufsleiter für Feuerlöscher. Ich untertreibe, wenn ich sage, dass mein Anruf ihn überraschte. Doch er nahm mir die fünfundzwanzig Jahre absoluter Funkstille nicht übel. Seine einzige Bemerkung war: »Du bist ja schon immer seltsam gewesen«, was die Tatsache mit einschloss, dass ich Schriftsteller geworden war und mit fünfzehn jeden Kontakt zu meinen Onkeln, Tanten, Cousins und Cousinen, denen ich bis dahin nahe gewesen war, abgebrochen hatte. Ich erzählte etwas von Familienrecherchen für mein nächstes Buch, was ihn nun allerdings aufs Höchste überraschte. Warum wollte jemand, der sich seit fünfundzwanzig Jahren für niemanden aus dem Kreis der Familie interessiert hatte mit Ausnahme seiner Eltern, ausgerechnet ein Buch über diese Familie schreiben? Seine Stimme bekam jetzt einen leicht misstrauischen Ton, er hoffe, ich gehöre nicht zu den Schriftstellern, die unaufhörlich mit ihrer Familie abrechnen in weinerlichen Büchern, die nur sie interessieren. Ich zog es vor, mich auf diese Art von Diskussion gar nicht erst einzulassen, obwohl ich eine fertige Verteidigung in meiner Schublade hatte, die ich immer dann hervorzog, wenn in einer Diskussion, in einer Buchhandlung jemand das Wort ergriff, um gegen die sogenannte Nabelschau betreibende und egozentrische französische Literatur zu wettern, doch ich zog es vor zu schweigen und zu widersprechen, nein, darum gehe es nicht, ich wolle nur ein den Tatsachen entsprechendes Bild der Familie zeichnen, aus der ich stamme, um besser verstehen zu können, wo ich herkomme, und damit auch, wo ich hingehe. Daraufhin erkundigte er sich nach meiner Familie. Dass ich von Sarah getrennt war, schien ihn zu bekümmern oder zu empören. Soweit er wisse, sei ich der Erste, der sich scheiden lasse, es sei nicht Art des Hauses – das konnte er sich nicht verkneifen zu bemerken, bevor er hinzufügte, wir Künstler seien ja unsichere Gesellen, die besser über das Leben schreiben, als es wirklich zu leben. Nach diesen Worten voller Weisheit verabschiedeten wir uns, aber ich hatte ihm längst nicht mehr zugehört, seit etlichen Minuten schon erreichte seine Stimme nicht mehr mein Gehirn, seit er mir nach einer langen verlegenen Pause geantwortet hatte, nein, sein Sohn habe nie in einen Brutkasten gelegt werden müssen, er sei zum errechneten Termin und völlig gesund geboren worden, von einem leichten Schielen abgesehen, mit einem Gewicht von drei Komma acht Kilo und einer Größe von neunundvierzig Zentimetern, übrigens, wenn ich einen Augenblick Zeit hätte, solle ich ihn doch anrufen, er würde sich bestimmt freuen, von mir zu hören.

DAS HAUS WAR EINES VON VIELEN gleichartigen in einer neuen Siedlung, die am Waldrand errichtet worden war. Ich lächelte bei dem Gedanken, dass dieser Wald immer unser Refugium gewesen war, der einzige Grund, aus dem wir diese Stadt nicht gänzlich hassten. Die rosa verputzten und mit grünen Fensterläden geschmückten Einfamilienhäuser reihten sich dichtgedrängt aneinander. Die Straßen beschrieben komplizierte Kurven, die in Sackgassen, kleinen Plätzen und Stichstraßen endeten. Eine Schranke an der Einfahrt zeigte an, dass der Lebensstandard etwas höher war als anderswo, auch wenn abgesehen von der Tür, die auf den Niederwald hinter der Wohnanlage führte, nichts in der Landschaft darauf hindeutete, dass man hier besser dran war als anderswo. Ich war etwas zu früh. Ich streifte einen Augenblick durch die Straßen, die alle deprimierend gleich aussahen, man brauchte einen Schlüssel, um in den Wald zu gelangen, die Eltern bewahrten ihn vermutlich gut versteckt auf, sie wussten nur zu gut, dass sie, wenn sie die Tür offen ließen, riskierten, dass die Kinder klammheimlich das Haus verließen, im Wald verschwanden und niemals wiederkehrten.

Schließlich läutete ich. Was soll ich sagen? Sie war zwanzig Jahre älter geworden, wie ich, aber es waren weniger ihre Gesichtszüge als die Art, wie sie sich hielt, sich kleidete, sich frisierte, die diese Jahre verrieten. Irgendetwas an ihr war verschwunden, ihre Schönheit war unauffällig geworden, ihre Kleidung nahm man kaum wahr, so gewöhnlich und langweilig war sie. Selbst ihre Stimme hatte sich unmerklich verändert. Die Sprechweise, die Lautstärke. Ja, das dachte ich, als ich sie in der Tür stehen sah: Sie war noch dieselbe, aber man hatte sie domestiziert. Sie war leicht geschminkt, tadellos frisiert und trug einen geraden Rock, ein kleines schwarzes Oberteil und schlichten Schmuck. Sie sah aus wie Hunderttausende andere Frauen, die gleich gekleidet, gleich frisiert und gleichermaßen schlank waren, halblanges kastanienbraunes Haar, braune Augen, wohingegen sie mir in ihrer Jugend immer anders als alle anderen vorgekommen war. Sie führte mich in ihr Wohnzimmer mit beigem Steinboden, weißen Wänden und Mahagonimöbeln. Spielzeug lag herum, doch die Kinder waren in der Schule, sie hatte zwei, einen Jungen und ein Mädchen, in der gleichen Reihenfolge und eindeutig im gleichen Alter wie meine. Während ich mich umblickte, erkundigte sie sich nach meiner Mutter. Ich konnte ihr nicht viel mehr erzählen als das, was ich ihr bereits am Telefon gesagt hatte, außer dass meine Mutter heute kaum die Augen geöffnet und fassungslos gewirkt habe, als mein Vater ihr den Schätzwert genannt habe, den ein junger Typ des Maklerbüros ermittelt habe.

»Der Preis dieser Baracken ist schon verrückt«, fügte ich hinzu. »Als wir Kinder waren, wollte niemand hier wohnen, und jetzt ist es teurer als in einem vornehmen Badeort am Meer. Was haben sie nur alle, dass sie sich darum prügeln, in dieser grässlichen Stadt zu wohnen?«

Ich spürte, wie ihr Gesicht sich leicht verzerrte. Ich hatte sie gekränkt, ohne es zu wollen. Ich hatte geglaubt, unser Gespräch da wieder aufnehmen zu können, wo wir es unterbrochen hatten. Wir hatten gerade unser Abitur bestanden und sprachen den lieben langen Tag davon abzuhauen, anderswo zu leben, weit weg oder in Paris, jedenfalls woanders, es anders zu machen, nicht das Scheißleben unserer Eltern zu leben. Sie würde nie wie ihre Mutter sein, die aufgehört hatte zu arbeiten, um ihre Kinder aufzuziehen, und in ihrem Einfamilienhaus, in dem der Fernseher von morgens bis abends lief, deprimiert wie besessen putzte, bügelte, in schwachsinnigen Zeitschriften blätterte, RTL hörte, und mit mechanischen, nützlichen und konkreten Handlungen die Zeit ausfüllte, die zwischen dem Zur-Arbeit-und-zur-Schule-Gehen ihres Mannes und der Kinder und ihrer Rückkehr lag, mit leerem Kopf im dem sauberen Haus herumwanderte, achtmal am Tag unter dem kleinsten Vorwand aus dem Haus ging, Straßen, die sie auswendig kannte, das kümmerliche Stadtzentrum, Supermarkt, Apotheke, das Bringen der Kinder in die Schule, ins Schwimmbad, zum Judokurs und das Wiederabholen, alles, nur nicht allein zu Hause bleiben, wo es zu still und so sauber war, dass man glauben konnte, das Haus sei unbewohnt, so kalt und still, dass es vom Summen der elektrischen Geräte erfüllt war, vom Vibrieren des Kühlschranks, von den morgendlichen Fernsehsendungen und dem Bügelbrett im Wohnzimmer, aufgeklappt vor den alten Serien und Fernsehfilmen mit ihren verblichenen Farben, ihren zähen Handlungen, ihrer antiquierten Musik. Verglichen damit schien ihr jeder Job besser, selbst Kassiererin oder Putzfrau, wenn sie nur hier herauskam, aber es war zu spät, sie war niemals herausgekommen, ihr Mann hatte gesagt: »Du hast bereits einen Job, den schönsten, den schwierigsten, den es gibt, du ziehst deine Kinder groß.« »Das soll ein Job sein?«, hatte sie erwidert. »Sophie ist nie da, immer beim Training im Schwimmbad oder mit ihrem zehn Jahre älteren Kerl oder mit ihren Schulkameraden, dass ich nicht lache, ihr kleiner Bruder baut nur Scheiß, schwänzt die Schule, raucht den ganzen Tag Joints mit seinen Kumpels, redet kaum mit mir und schließt sich in sein Zimmer ein, wenn er nach Hause kommt. Das nennst du Job?«

Sophie erzählte mir, wie es kam, dass sie das Leben führte, das sie immer gefürchtet hatte: die beiden Kinder, das Haus, der Mann, der arbeitete, der Alltag, die Einkäufe, der Haushalt, das Abholen von der Schule, der Schwimmklub der Großen und Ballett, Basketball und Gitarre für den Kleinen. Mitten im Studium hatte sie Alain kennengelernt, er war älter als sie, er arbeitete bereits, und sie war von der Uni angeödet. Er hatte ihr gesagt: »Du kannst ein Jahr unterbrechen, weißt du, du unterbrichst für ein Jahr, um herauszufinden, was du wirklich willst, und danach studierst du etwas anderes.« Das schien ihr eine gute Idee zu sein. Sie hatte auf ihn gehört, und es war eine schöne Zeit gewesen, diese Tage in Paris, ohne etwas zu tun, das Bummeln durch die Stadt, die Kinobesuche, die Parks mit einem Buch in der Hand, die Museen, die Cafés mit den Freunden. Natürlich hatte sie ihr Studium nie fortgesetzt, sie war schwanger geworden und hatte sich gesagt: Wozu hat man Kinder, wenn man sich nicht um sie kümmert, wenn man den ganzen Tag arbeitet, sie in den Hort schickt oder Tagesmüttern überlässt, um neunzehn Uhr nach Hause kommt, um sie zu baden, zuzudecken, und das war's dann, wozu macht man Kinder, wenn man sie anderen anvertraut und sie unter der Woche nur eine Stunde am Tag sieht und sie am Wochenende den Großeltern, den Onkeln, den Tanten andreht, weil man so kaputt ist, dass man zwei Tage im Bett oder auf dem Sofa verbringt? Und mit Kindern in Paris, wie soll das gehen? Die zu hohen Mieten, der Beton, die Abgase, die Umweltverschmutzung, die Preise. Da war es hier schon besser, der Garten, ein großes Zimmer für jeden, der Wald direkt vor der Haustür für Fahrradtouren. Selbst sie konnte Paris schließlich nicht mehr ertragen. Die Natur fehlte ihr. Wieder nach V., in die südliche Banlieue von Paris zu ziehen schien mir etwas mager als Rückkehr zur Natur, aber ich sagte nichts und hörte mir ihre Argumente an, während ich mir das Bücherregal im Wohnzimmer genauer ansah. Wann hatte ich eigentlich diese Manie entwickelt, mir, wenn ich eine Wohnung betrat, immer zuerst ihr Bücherregal, ihre Bücher, ihre DVDs, die Zeitschriften im Zeitungsständer anzuschauen und sie sofort nach diesen Kriterien zu beurteilen, sie in Schubladen zu stecken, manche zu verachten, von anderen angenehm überrascht zu sein und danach die Chancen einzuschätzen, eine Beziehung einzugehen? Es kam mir so vor, als hätte sie ihre Rede geprobt, vorbereitet, während meine Augen über die gesammelten Werke von Marc Musso und Guillaume Levy, Anna Pancol und Katherine Gavalda und zwei oder drei Prix-Gonaudot- oder Renoncourt-Preisträgern glitten und dann auf denen von Cédric Thompson und Danièle Klapisch verweilten, auf einer Unmenge romantischer Komödien mit Julia Aniston oder Jennifer Roberts, ein paar Big-Budget-Filmen mit Brad Cruise oder Tom Pitt, bis sie in der CD-Abteilung schließlich bei Grégoire Obispo und Florent Boulay, Calimero und Zazou und James Williams und Robbie Blunt landeten ... Sie überraschte meinen Blick, meine Bücher standen nicht dort, aber sie hatte sie gelesen, sie standen anderswo, weil Alain nicht wollte, dass sie im Wohnzimmer stehen. Seltsamerweise war er ein bisschen eifersüchtig.

»Dabei hat er gar keinen Grund. Soviel ich weiß, hat es nie etwas zwischen uns gegeben.«

Sie wirkte ein wenig verlegen und strich ihr Haar hinter das Ohr, eine Geste, über die wir im Lycée immer hatten lachen müssen, die Geste der hübschen wohlerzogenen Mädchen, der ernsten und etwas einfältigen guten Schülerinnen, die Ballett machten, ritten und am Konservatorium waren, so wie ihre eigene Tochter jetzt. Wir setzten uns gegenüber, sie auf das Sofa, ich in den großen Sessel. Ich hörte ihr zu, wie sie mir von ihren Kindern erzählte, von ihrem Mann Alain, der bei einer Versicherung arbeitete, es war ein bisschen merkwürdig, die Frau, die mir da gegenübersaß, war eine Unbekannte und zugleich unglaublich vertraut, am liebsten hätte ich sie umarmt, als wäre die Vergangenheit, wenn auch begraben unter ganzen Schichten von Jahren und getrennten, ja grundverschiedenen Wegen, nach wie vor das, was uns für immer verband und zwischen uns diese unumstößliche Selbstverständlichkeit schuf, die die Worte nebensächlich, überflüssig machte. Sarah, die anders als ich ihren Freunden aus der Kindheit, ihren Cousins und ihren Cousinen treugeblieben war, hätte vermutlich laut gelacht, wenn sie meine Gedanken gehört hätte. »Das ist eigentlich was ganz Normales«, hätte sie gesagt, »das nennt man alte Freunde haben. Aber sobald jemand nicht die gleichen Platten hört wie du, nicht wie du wählt, nicht die gleichen Filme sieht, nicht die gleichen Bücher liest, schlimmer noch, gar nicht liest, ist die Beziehung für dich vorbei, unmöglich, null und nichtig. Du sagst: Wir haben nichts gemeinsam. Wie oft habe ich dich das sagen hören, über deinen Bruder, deine Eltern, die Familie. Warum in Verbindung bleiben, wo man doch nichts gemeinsam hat, wenn man sich bei einer zufälligen Begegnung auf der Straße ignorieren und verachten würde? Wir haben nichts gemeinsam, sagst du. Doch, natürlich, wir haben gemeinsam, was wir erlebt haben, was uns verbunden hat und was niemals sterben wird. Und die Kinder?«, hätte sie hinzugefügt und mir den Gnadenstoß versetzt. »Wenn sie rechts wählen, wenn sie Finanzexperten werden, wenn sie das Kino, die Literatur, die Kunst allgemein verachten, was machst du dann? Brichst du auch zu ihnen den Kontakt ab? Wirst du sagen, wie du es zu deinem Bruder, deinen Freunden im Collège, im Lycée, an der Uni, deinen Cousins, deinen Cousinen gesagt hast, unsere Wege haben sich getrennt, unsere Entscheidungen haben uns getrennt, das Leben hat uns getrennt, wir haben nichts mehr gemeinsam, warum also so tun?« Ich hörte Sophie ganz deutlich, während sie in der Küche verschwand, um Tee zu machen, und ein Gespräch fortsetzte, in dem es um ihre Mutter ging, die immer noch genauso depressiv und von der Langeweile zermürbt war, und um ihren Vater, der sich, seit er im Ruhestand war, tödlich langweilte.

»Und außerdem streiten sie die ganze Zeit. Du musst dir das mal vorstellen, nach vierzig Jahren, die sie miteinander verbracht haben, unter der Woche die Arbeit, die Pflichten des Alltags, die Kinder und all das, sitzt man plötzlich rund um die Uhr aufeinander, ohne irgendwas zu tun zu haben.«

»Und du? Langweilst du dich nicht zu sehr?«

»Warum soll ich mich langweilen? Langweilst du dich? Du bist doch auch den ganzen Tag zu Hause, oder nicht?«

»Schon, aber ich habe meine Bücher.«

»Na ja, ich habe auch meine Beschäftigungen. Ich habe eine Menge zu tun. Ich habe keine Zeit, mich zu langweilen.«

»Was für Beschäftigungen?«

»Ich lese, ich kümmere mich um den Garten, ich gehe im Wald spazieren, ich gehe ins Kino, ich treffe mich mit Freundinnen, ich fahre einmal in der Woche nach Paris. Ich bin frei. Ich lebe nach meinem Rhythmus. Ich genieße alles. Die Blumen, die wachsen. Den Kaffee um zehn, wenn die Sonne ins Haus scheint. Den Geruch des Waldbodens. Das Lachen der Kinder.«

Ich hörte ihr zu und schwankte, ob ich sie oder mich bedauern sollte. Denn was bewies mir, dass sie wirklich dachte, was sie sagte, dass das wirklich so war? Was trieb mich dazu, immer zu glauben, die Leute seien unglücklich vor Langweile, aufgerieben vom Alltag und gekränkt, weil sie ein Leben führen, das in ein Handschuhfach passt? Warum wollte ich partout, dass alle unglücklich sind, depressiv, verschlissen, unzufrieden mit sich selbst? Ich, der ich im Grunde nie zu irgendetwas fähig gewesen war, der ich alles aufgegeben hatte, der ich mich in die Literatur geflüchtet hatte, um zu leben, zu fühlen, *alles zu genießen*, jede Stunde, wie sie sagte. Ich, der ich unfähig war, das Leben in seiner einfachsten Ausdrucksform zu erfassen, vom ihm Besitz zu ergreifen, in ihm anwesend zu sein. Ich, der ich nicht einmal für meine Kinder wirklich da war, der ich mich beklagte, niemals wirklich bei ihnen, mit ihnen zu sein, ständig auf der Flucht, ständig im Begriff, mich wegzustehlen, in ein Buch, in meine Träumereien, in mein Büro unter dem Vorwand, ich hätte einen Einfall, in mein Kajak, versunken in die Betrachtung des Meeres.

»Weißt du, es gibt Menschen, denen das Leben, so wie es ist, gefällt. Ich habe lange gebraucht, um das zu begreifen. Was ist schlimm daran, ein normales Leben zu führen? Und was ist ein ›nicht normales‹, besonderes Leben? Ich meine, du schreibst Bücher, das ist deine Arbeit. Du hast ein Haus, ein Auto, eine Frau, Kinder. Du fährst manchmal in Urlaub. Du kaufst ein. Du isst. Du schläfst. Wo ist der Unterschied?«

Sie hatte das sehr ruhig und sehr sanft gesagt, als sie mit einer Teekanne und zwei Tassen ins Wohnzimmer zurückkehrte. Die Sonne brannte auf die Fenster und tauchte den Garten in goldenes Licht. Überall blühte Flieder, die Tulpen öffneten sich wie Pfingstrosen.

»Soll ich dir zeigen, wo ich deine Bücher verstecke?«

Ich folgte ihr ins Treppenhaus. Einen Augenblick lang hätte ich sie am liebsten berührt, für einen Augenblick kehrte dieses schmerzliche Gefühl zurück, das ich immer in ihrer Nähe empfunden hatte. Während der drei Jahre im Lycée waren wir unzertrennlich gewesen, ich war in sie verliebt gewesen, und selbst als sie ihren zehn Jahre älteren Liebhaber verlassen hatte, hatte ich nichts versucht. Sie hatte mich manchmal auf merkwürdige, wie ich meinte, vielsagende Weise angesehen, aber es war nichts geschehen. Lange hatte ich immer wieder an diese Zeit zurückgedacht und mich gefragt, wieso es dabei geblieben war, warum unsere Freundschaft sich nicht in eine andere Richtung entwickelt hatte. Wir gingen in ihr Schlafzimmer, und sie beugte sich über ihr Bett. Ich sah, wie sie die Matratze hochhob, und erkannte ein paar meiner Romane, in der Taschenbuchausgabe, eingeklemmt zwischen Matratze und Bettrahmen.

»Ich schlafe auf deinen Büchern …«

»Warum versteckst du sie?«

»Das sagte ich doch. Weil Alain nicht will, dass sie im Bücherregal stehen. Er ist eifersüchtig. Ich habe ihm von uns beiden erzählt.«

»Was denn?«

Sie zuckte die Achseln, und wir gingen hinaus. Sie wollte einen Spaziergang machen. Wir verließen das Haus und die Wohnanlage. Sie holte den Schlüssel aus ihrer Tasche, und das schwarze Türchen öffnete sich in den Wald.

»Weißt du, deine Bücher, wenn ich aufrichtig sein soll, ich mag sie nicht besonders. Du bist zu düster. Aber das bist du immer gewesen. Du hast immer schon alles in schwarzen Farben gemalt. Gejammert. Trübsal geblasen. Aber ihr Künstler seid alle gleich. Ihr quält euch. Ihr seht überall Probleme. Wie nicht richtig erwachsen gewordene Jugendliche. Ich wette, dass du immer noch deine verfemten Dichter hörst: Murat, Manset, Leonard Cohen …«

Wir gingen tiefer in den Wald hinein. Die Sonne projizierte Lichtpfützen auf den ockerfarbenen Boden, ziselierte die Blätter und durchdrang sie, bis sie durchscheinend wurden. Wir gingen nicht sehr gerade, und manchmal berührten wir uns leicht. Wie früher, dachte ich. Wie früher, als die geringste Berührung mir Herzklopfen verursachte, während sie mir von ihrem Leben mit ihrem zehn Jahre älteren Geliebten erzählte und wir über Schule, den Unterricht und die anderen sprachen, die sie ebenfalls nach der Uni aus den Augen verloren hatte, soweit sie wisse, lebten die meisten immer noch in der Gegend, die Zwillinge arbeiteten in der Automobilbranche, einer sei Verkäufer, der andere arbeite in einer Autowerkstatt, Cédric arbeite im Kommunikationssektor, was natürlich sehr vage sei und alles Mögliche bedeuten könne, Fred sei Steward auf Langstreckenflügen, und Nadège lebe seit siebzehn Jahren in China.

»Es ist schon verrückt, so weit weg zu leben. Oder ständig mit dem Flugzeug von einem Ende der Welt zum anderen zu fliegen.«

Ich antwortete nicht. Das überraschte mich nicht. Im Gegenteil, es kam mir sogar logisch vor. Wenn man hier aufwuchs, dann war man nirgendwo und überall zu Hause, man war für immer des Mittelpunkts beraubt, sowohl drinnen wie draußen, am Himmel von einem Ende der Welt zum anderen fliegend, in China oder in Südamerika, man war ohne Wurzeln, ohne Bindungen. Nein, was mich überraschte war, dass man den Wunsch haben konnte hierzubleiben.

»Weißt du, eigentlich ist es einfacher, als du glaubst. Irgendwo muss man schließlich leben. Wir sind hier aufgewachsen. Das ist weder besser noch schlechter als anderswo. Die Eltern sind hier. Sie kümmern sich ein wenig um die Kinder. Außerdem werden sie älter, und wir müssen uns um sie kümmern. Warum also woanders hinziehen, wenn man keine Arbeit hat, die einen dazu zwingt?«

»Gut, aber du zum Beispiel: Du bist weggegangen, und du bist wiedergekommen. Nicht von hier weggehen, okay. Aber hierher zurückkehren ... Ich meine, ich kenne eine Menge Leute, die in der Bretagne, in der Provence, in den Alpen aufgewachsen sind, die eine Zeitlang weggegangen sind und die schließlich zurückgekehrt sind, weil sie der Meinung sind, dass sie von dort sind, dass sie dort ihre Wurzeln haben. Aber hier. Wie kann man sich hier verwurzelt fühlen, auf diesem Treibsand, in diesen anonymen Straßen? Hier gibt es nichts.«

»Hast du dich nie gefragt, ob das Problem vielleicht nicht der Ort ist, sondern du? Dass es an dir liegt, dass du dich nirgends verwurzelt fühlst? Um verwurzelt zu sein, Bindungen zu entwickeln, muss man eine Weile da sein. Aber du bist nie da gewesen. Überleg mal. Als wir in der Schule waren, warst du so sehr woanders, dass du gar nicht gemerkt hast, dass ich wahnsinnig verliebt in dich war. Selbst als ich mit dem anderen zusammen war. Ich habe dir Brücken gebaut, aber du hast nichts bemerkt, du hast in deinen Büchern, deiner Musik, deinem Durchsichtigkeitswahn gelebt, du hast nichts gegessen, bist zusehends abgemagert, du hast keine drei Worte gesagt, wir gingen im Wald spazieren, jeder mit einem Kopfhörer, du hast mir Gedichte vorgelesen, hast den ganzen Tag keinen Bissen zu dir genommen, erinnerst du dich, wie ich dich am Wochenende nach Hause eingeladen habe, um dich zum Essen zu zwingen? Ich dachte mir, du würdest dich nicht trauen abzulehnen, was meine Mutter für dich kochen würde, ich dachte mir, so würdest du wenigstens einmal in der Woche essen und dich auch nicht trauen, dich bei uns zu erbrechen.«

Ich erinnerte mich genau daran und an Sophies Versuche, mich zum Arzt zu schleppen, an ihre Drohungen, mit meinen Eltern zu reden, die nichts bemerkten oder so taten, als bemerken sie nichts, weil darüber zu reden bedeutet hätte, über intime und dunkle und tiefsitzende Dinge zu reden, und das konnten sie nicht.

Unbewusst führten unsere Schritte uns zu unserer Lichtung. Ich versuchte, nicht an das zu denken, was sie mir soeben gestanden hatte, die Liebe, die sie damals für mich empfunden hatte. Ich versuchte mein dummes Herz daran zu hindern, wie wild zu klopfen. Unter den gewaltigen Bäumen, Kastanien zumeist, begannen die

Farne ihre Wedel zu entrollen. Die Sonne tauchte sie in ganz zartes Grün.

»Weißt du, in Paris fehlte mir der Wald. Du hast mich gefragt, ob es etwas gibt, womit man sich hier verbunden fühlen könnte. Also für mich ist es der Wald. Zwischen den Bäumen fühle ich mich wahnsinnig wohl, fühle ich mich beschützt. Weißt du, ich bin nicht wie du. Ich habe Angst vor der Weite. Ich komme ständig hierher. Wenn man nach oben schaut, ist der Himmel nicht mehr so eindrucksvoll, er ist in tausend Stücke zersplittert. Man fühlt sich vom Grün, von den Gerüchen eingehüllt. Sogar im Winter muss ich die Äste, die Stämme, die Rinde berühren. Alain findet, dass ich zu viel Zeit hier drin verbringe. Er findet das komisch.«

»Komisch?«

»Ja. Manchmal glaube ich, dass er mich seltsam findet. Oder dass er Angst hat, ich könnte es sein. Er hat Angst, mich nicht wirklich zu kennen. Ich spüre das. Vor allem seit er deine Bücher gelesen hat. Wenn er glaubt, mich wiederzuerkennen. Er denkt, ich sei damals eine andere gewesen. Und er fragt sich, wo diese andere sich versteckt.«

»Und wo versteckt sie sich?«

»Hier. Genau hier. Aber das genügt mir, weißt du. Wir sind alle so viele Personen gleichzeitig. Manche lassen wir im Schrank. Andere verstecken wir und besuchen sie von Zeit zu Zeit. Diejenige, die ich war, als wir im Lycée waren, lasse ich hier und besuche sie fast jeden Tag, und das genügt mir. Oh, ich weiß, was du über Alain denken würdest, wenn du ihn kennenlernen würdest. Du würdest denken, er ist ein Spießer, ein beklagenswert angepasster Typ. Aber er ist ein anständiger Mensch, weißt du. Ein guter Vater. Und ein zärtlicher und aufmerksamer Ehemann. Einfach, sicher. Ohne Geheimnis. Immer gutgelaunt. Immer dabei. Manchmal frage ich mich, was mit mir geschehen wäre, wenn ich dich in der Schule geküsst hätte, wenn wir miteinander geschlafen hätten. Und ich sage mir, dass du damals schon eine zu schwere Last gewesen bist, dass du mich mit dir hinuntergezogen hättest und dass ich nicht stark genug gewesen wäre, um uns über Wasser zu halten. Du brauchtest jemanden, der stärker ist. Und ich auch. Ich habe ihn gefunden und du auch. Oder nicht?«

»Doch. Endlich. Sie hat mich schließlich fallengelassen. Ich habe sie schließlich zermürbt ... Du siehst also, du hast sicher recht. Ich bin nur Ballast. Ich ziehe die anderen hinunter, bis sie ertrinken. Eine Weile halten sie es aus, dann fliehen sie. Irgendwann müssen sie ihre Haut retten.«

»Moment mal. Du bist geflohen. Du hast von einem Tag auf den anderen nichts mehr von dir hören lassen.«

Sie setzte sich mit dem Rücken an einen Stamm, und ich setzte mich neben sie. Unsere Hände berührten sich. Sie schloss die Augen und bat mich, sie zu küssen. Ich zögerte einen Augenblick, was sollte das alles für einen Sinn haben, sie wusste es ebenfalls nicht, es müsse nicht immer alles einen Sinn haben, sie wolle einfach nur, dass ich sie küsse, hier auf unserer Lichtung, in dem durch die Bäume zerstückelten Licht, das den Farn überflutete, inmitten dieses Spiels changierender zarter und tiefer Grüntöne, Apfel- und Flaschengrün, in diesem Geruch nach Moos und zertrampelten Blättern wollte sie, dass ich sie küsse, und wir küssten uns, und ihr Mund war frisch und unglaublich sanft und ihre Hände unter meinem T-Shirt ebenfalls. Ich ließ meine über ihren Bauch gleiten, schob ihren BH zur Seite, um ihre Brüste unter meinen Fingern zu spüren, bekam einen Ständer, dass es wehtat, ihre Hand packte meinen Schwanz, und ich schob meine Zunge zwischen ihre Zähne. Ich will dir einen blasen, hörte ich sie in mein Ohr flüstern, sie knöpfte meine Hose auf, und ich spürte die angenehme Wärme ihres Mundes, während meine Finger ihre Scham berührten, ohne Widerstand in sie eindrangen und sich in der feuchten und warmen Seidigkeit verloren. Sie setzte sich auf mich. Um uns herum rauschte alles ganz zart, die Luft war mild, und ich hatte das Gefühl, dass alles in unserem Rhythmus vibrierte, dass alles miteinander verbunden war, wir, die Bäume, der Wind in den Zweigen, unsere Geschlechtsteile, ihr Hintern, ihre Brüste, alles war ganz selbstverständlich, alles glitt, gab sich hin mit anmutiger, überwältigender Selbstverständlichkeit.

Händchenhaltend gingen wir zurück zwischen die Bäume. Alles zitterte im durchsichtigen Licht. Meine Gedanken waren leicht. Ich schwebte zwischen den Blättern und den Himmelsfragmenten. Als wir wieder bei dem Türchen waren und sie den Schlüssel hervorholte, um uns erneut in dieses Labyrinth dichtgedrängter rosa verputzter Häuser einzuschließen, wurde ich blitzartig wieder nüchtern. Trotz der großen Bäume, die sich auf den kleinen Rasenflächen da und dort erhoben, trotz der gepflegten Beete und der erlesenen Laternen. Wir betraten das zu neue und zu nackte Haus mit den kalten Möbeln und den beigen Steinplatten, das zu helle Haus ohne jeden Charme, in dem die elektronischen Geräte summten. Überall breiteten sich die Spuren ihres Lebens aus, das bunte Plastikspielzeug der Kinder, die Zeitschriften Alains, Auto- und Sportzeitschriften, seine hellblauen Bankerhemden. Ich hatte das Gefühl, meine Lungen steckten in einem Schraubstock. Was suchte ich hier, in diesem Leben, das nicht meines war, in diesem Leben, vor dem ich mit all meinen Kräften geflohen war, die Einkäufe bei Leclerc am Samstagnachmittag, das Mittagessen mit meinen Eltern am Sonntag, alle zwei Wochen der Buffalo Grill, die Blockbuster im Multiplex, Bowling am Freitagabend, Christophe Maé, Franck Dubosc, Arthur Conforama, Auto Plus, all das hasste ich, ich spürte, wie die Krankheit um mich herumstrich, bereit, wieder auszubrechen. Ich betrachtete Sophie. Dass ich sie vor einer Stunde geküsst, dass ich mit ihr gefickt hatte, war mir plötzlich unerklärlich. Sie sah mich mit einem so strahlenden und erwartungsvollen Lächeln an, diesem beunruhigten und sonnigen Blick, der mir so vertraut war, so voller Intensität und Hoffnung, dass er zugleich faszinierte und beunruhigte, als enthülle er die Risse, die Abgründe und die Suche nach etwas anderem, einem Zeichen, einem Licht, einem Ausweg, einer Befreiung. Ich fühlte mich mies. Mit einem enttäuschten Seufzer teilte sie mir mit, dass ich gehen müsse, die Kinder würden jeden Augenblick nach Hause kommen, zum Glück komme Alain erst in drei Tagen zurück, wir könnten uns also wiedersehen. Sie küsste mich, und ich hatte einen schlechten Geschmack im Mund. Ich fragte, ob ich das Badezimmer benutzen könnte. Ich drehte den Wasserhahn auf und ließ Wasser über meine Handgelenke und Unterarme laufen. Ich sammelte etwas in meinen hohlen Händen und tauchte mein Gesicht hinein. Das Meer fehlte mir plötzlich. Und Sarah und die Kinder, mein Leben, aus dem ich verbannt worden war, das einzige, das mir jemals etwas wert gewesen war, mein Leben als Deserteur auf der Flucht vor der Krankheit, den Bindungen, den Zwängen, der Kindheit, mein Leben am Meer, aus dem ich manchmal ans andere Ende der Welt floh, in die noch unversehrten Straßen von Kyoto, weit weg von Fukushima, weit weg von Sendai, diese Straßen, die in vollkommenem Einklang mit meinem Herzschlag standen, all das fehlte mir jetzt schon zu lange. Ich öffnete den Medizinschrank, und ich hätte darauf wetten können, ich kannte Sophie seit ihrer Jugend, ich wusste, wie sie tickte, und sie führte dieses Leben, vor dem sie sich immer gefürchtet hatte, dieses Leben, in das ihre Mutter sich nach und nach eingemauert hatte, geprägt von Stille, Zigaretten und leerem Blick, Medikamente, Langeweile, Kummer, der das Herz und die Lungen erstickt, schwachsinnige Fernsehprogramme und Tage ohne Anfang und Ende, endlos sich wiederholende Wochen ohne Perspektive. Sophie und ihr netter Mann, ihr modernes Haus, ihre Kinder, ihr Garten, Sophie stopfte sich mit Beruhigungsmitteln und Antidepressiva voll, wie alle, und flüchtete sich jeden Tag in den Wald, um den Schmerz und die Wut zu ertränken und zum Schweigen zu bringen, was in ihr brodeln, leben, sich ausbreiten, wachsen, alles verwüsten wollte. Ich klaute mir zwei Beruhigungstabletten und schluckte sie, und als ich zurückkam, fragte Sophie, ob alles in Ordnung sei. Ich sah sie an und hatte Mitleid mit ihr, und ich verachtete mich dafür, dass ich dieses dreckige, Verachtung empfindende, arrogante Arschloch geworden war, das sie bedauerte, ohne auch nur das Geringste von ihrem Leben zu wissen, nur nach dem äußeren Anschein urteilend.

Ich verließ die Wohnanlage, wie man aus einem Gefängnis flieht. Jetzt war ich mir sicher, diese Schranken schützten vor nichts, vor keinem Dieb, keinem Überfall. Sie waren rein psychologisch, Symbole, die verhindern sollten, dass alle davonliefen.

»DEINE MUTTER WIRD MORGEN ENTLASSEN. Du kannst also nach Hause fahren.«

Ich dachte, dass ich kein wirkliches Zuhause mehr hatte, behielt es jedoch für mich. Mein Vater war immer der Meinung gewesen, dass ich allzu sehr dazu neigte, mich zu beklagen, zu jammern, zu stöhnen, wie er sagte. Und meine Bücher hatten dieses Urteil nur noch bestätigt. Ich erwiderte, dass ich noch ein oder zwei Tage bleiben würde, bis er das Problem des Transports meiner Mutter in ihrem Rollstuhl zur Physiotherapie gelöste hätte, doch er zuckte nur die Achseln.

»Hör zu, es ist alles organisiert. Es gibt Krankenwagenfahrer dafür. Und du wirst dich doch nicht länger hier mit uns langweilen wollen, das ist völlig unnötig. Deine Mutter hat sich gefreut, dich im Krankenhaus zu sehen, das hat sie auf andere Gedanken gebracht, aber jetzt ist es gut. Wir sind noch keine senilen Alten, die gefüttert und gewaschen werden müssen. Und dazu wird es auch nie kommen. Es gibt Einrichtungen dafür. Und wenn deine Mutter vor mir geht, werde ich nie meinen Fuß in so was setzen, das kannst du mir glauben. Es kommt nicht infrage, dass ich als Gemüse ende. Solange ich mich um sie kümmern kann, ist alles in Ordnung. Ach, der Makler ist vorhin mit einem Paar gekommen. Sie schienen interessiert zu sein. Er meint, das Haus sei noch vor Montag verkauft. Du kannst noch mal wiederkommen, um uns beim Umzug zu helfen. Dein Bruder wird auch kommen. Ihr nehmt, was ihr haben wollt. Ich habe alles geregelt mit der Leiterin der Residenz. Wir ziehen in einem Monat um ...«

Mein Vater sprach nicht weiter, als hätten so viele Worte am Stück ihn ermüdet. Im Fernsehen war von Fukushima die Rede, wo die Situation die Behörden, die Fachleute, die Ingenieure, die Regierung und die ganze Welt weiterhin überforderte. In den Reaktoren war es zur Kernschmelze gekommen. Es wurde befürchtet, dass alles explodieren könnte. Niemand war imstande, die Konsequenzen einer solchen Katastrophe vorherzusehen. In der Zwischenzeit begnügte man sich damit, die fatalistische Würde der Japaner zu rühmen, und in zahlreichen Artikeln wunderte man sich darüber, dass ein Land, das von der Atomkraft so sehr in Mitleidenschaft gezogen wurde, sich mit solcher Hingabe in die Höhle des Löwen wagte und das Kernkraftwerk mit Hilfe von Hubschraubern mit Wasser besprengte. Ganze Städte wurden evakuiert, die in einem immer weiteren Umkreis um das Kernkraftwerk von der Strahlung erreicht wurden, die sich wie eine Ölpfütze auszubreiten schien. Auf dem Bildschirm wechselten sich Bilder von überschwemmten Provinzen und zerstörten Tälern ab, die immer gleichen Bilder von Schulen und Turnhallen, die in riesige Schlafsäle verwandelt worden waren, von zerfetzten Familien, von der Suche in den Trümmern und so vielen Toten, dass man sie nicht mehr verbrennen konnte, die Geistlichen, die Krematorien, die Leichenschauhäuser, überall war man überfordert. Immer die gleichen Fotos von Männern und Frauen, die zugleich ruhig und ratlos, würdevoll und fix und fertig, verstört und völlig davon in Anspruch genommen waren, zu überleben, zu warten, zu hoffen. Ich dachte an Manon, was sie wohl denken mochte, wenn sie das alles sah. Seit unseren drei Reisen nach Japan hatte sie verkündet, dass sie als Erwachsene dort leben wolle. Kurz vor unserer Trennung hatten Sarah und ich geplant, ein Jahr oder länger dort zu leben und die Kinder dort einzuschulen. Sie würde ein Sabbatjahr nehmen, und wir würden uns glücklich und frei endlos durch die Straßen von Kyoto, die Dörfer von Kansai treiben lassen, fern von allem. Von was allem?, fragte ich mich. Sie arbeitete noch im Krankenhaus, aber ich? Was verband mich noch mit der Welt, in der ich meine Tage damit verbrachte, zwischen meinem Büro und der Côte Sauvage hin und her zu fahren, die Wasser mit meinem Kajak zu durchpflügen und jeden Tag in meist eiskaltem Wasser zu schwimmen, nach einem Reinigungsritual, das mich reinwusch, dessen Bedeutung mir aber weitgehend verborgen blieb? Es war noch nicht zwanzig Uhr, doch wie immer lag das Zimmer in der Dunkelheit der geschlossenen

Fensterläden und zugezogenen Vorhänge. In den Nachrichten wurde von den letzten Umfragen zu den Kreiswahlen und den Präsidentschaftswahlen ein Jahr später berichtet. In beiden Fällen war die Hauptnachricht nach wie vor der Aufstieg der Blonden in der Wählergunst. Man sagte dem Front National voraus, dass er in vielen Landkreisen beim zweiten Wahlgang dabei sein würde. Ich warf einen Blick auf meinen Vater und bemerkte ein leises Lächeln. Ein spöttisches Lächeln, das den Journalisten, den Fernsehsendern und all dem, was sie für ihn repräsentierten, zu gelten schien und das, daran zweifelte ich nicht einen Augenblick, auch mir galt.

»Komm«, sagte ich, »wir gehen aus! Ich lade dich zum Abendessen ein.«

»Was?«

»Ich lade dich zum Abendessen ein. Ins Restaurant. Damit wir mal rauskommen und was anderes als das Krankenhaus sehen.«

»Ein Restaurant hier? Glaubst du, du bist in Paris? Hier gibt es nichts. Das hast du doch selbst jahrelang immer wieder gesagt.«

»Ich habe einen Japaner am Platz gesehen.«

»Einen Japaner? Machst du Witze?«

Die Straßen waren menschenleer, wie immer nach neunzehn Uhr. Plötzlich fragte ich mich, was mich da eigentlich geritten hatte. Einen weiteren Abend vor dem Fernseher in dem von Möbeln vollgestellten und in die Dunkelheit der geschlossenen Fensterläden getauchten Wohnzimmer zu verbringen überstieg meine Kräfte. Doch mit ihm zu Abend zu essen in dieser Geisterstadt, die nur für Abendessen im Familienkreis, Fernsehabende, Schlafengehen um elf und den Schlaf der Arbeiter zwischen dem RER am Abend und dem am Morgen entworfen worden war, war keine sehr verlockende Aussicht. Das Restaurant war leer, mit Ausnahme von zwei Typen, die allein aßen, vermutlich steckten sie aus irgendwelchen beruflichen Gründen hier fest. Drei Viertel der Dekoration waren chinesisch, der Koch und der Kellner ebenfalls, die Speisekarte beschränkte sich auf ein paar Sushis und fünf oder sechs Menüs mit Spießen begleitet von einer Misosuppe und einem Salat. Mein Vater überflog die Karte mit einem erschütterten Blick, fünfzehn Euro für acht Reisbällchen bedeckt mit einem winzigen Stück Fisch, noch dazu roh, er konnte es nicht fassen, wer war schon so blöd, auf so etwas reinzufallen, abgesehen von alternativen Wohlstandsbürgern wie ich.

»Ach, fängst du jetzt auch damit an?«

»Womit?«

»Überall alternative Wohlstandsbürger zu sehen. Was wirfst du ihnen denn genau vor? Dass sie Sushi essen? Dass sie links wählen? Dass sie Umweltschützer sind? Dass sie genug Kohle haben, um sich jedes Jahr eine Reise leisten zu können? Dass sie *Télérama* lesen? Dass sie ihren Müll trennen? Dass sie sich Filme im Original ansehen? Dass die französische Identität ihnen scheißegal ist? Dass sie keine Angst vor Schwarzen und Arabern haben? Was ist das Problem?«

Ich war etwas laut geworden. Dieser Schwachsinn über die alternativen Wohlstandsbürger, das sogenannte linke Gutmenschentum, auch Einheitsdenken genannt, während die Rechte das Land regierte und ihre Gedanken in den meisten Zeitungen und Medien des Landes verbreitete und ein Typ wie Zemmour laut aussprach, was alle leise für sich dachten, und Urteile, Gedanken, Diskurse zum Besten gab, die man an jeder Straßenecke, in jedem Café, in jeder Familiendiskussion hören konnte, und sich als Vertreter der Minderheiten ausgab, all das machte mich einfach rasend. Meine Generation und die Art, wie sie handelte und redete, waren schon immer verachtet worden, aus der Null-Bock-Generation, der Generation von Schlappschwänzen waren jetzt die alternativen Wohlstandsbürger geworden, es genügte, Bücher zu lesen, dreißig oder vierzig zu sein und links zu wählen, *Libération* zu lesen, bereits im Ausland gewesen zu sein, etwas anderes als Obispo, Pagny, Halliday, Grégoire zu hören und sich asiatische Filme anzuschauen, um als alternativer Wohlstandsbürger bezeichnet zu werden. Und diese Bezeichnung war natürlich als Beleidigung gemeint.

Mein Vater hörte sich meine Tirade an, ohne eine Miene zu verziehen. Er wusste tatsächlich nicht, was er bestellen sollte. Doch eins war sicher, niemals würde man ihn dazu bringen, rohen Fisch zu essen. Das Abendessen verlief schweigend. Wieso hatte ich mich nur so aufgeregt? Was gingen mich diese alternativen Wohlstandsbürger an? Im Übrigen nahm ich ja selbst jede sich bietende Gelegenheit wahr, um sie zu verspotten, mich lustig zu machen über ihre Angepasstheit, ihre gespielte Impertinenz, ihre halbherzigen Vorlieben, die ich bisweilen teile, wie ich zugeben muss, Bénabar, Benjamin Doré Julien Dutronc Thomas Chedid Mathieu Biolay, Guillaume Duris und Romain Canet, Mélanie Tautou Audrey Laurent, François Beigbeder Frédéric Bégaudeau, Ali Barthès Yann Baddou, Vanessa Gainsbourg Charlotte Paradis, Moldplay et Cuse, Sofia Johannsson Scarlett Coppola, Louis Honoré Christophe Garrel, Beist und Björk, Apple und Biogemüse, fairer Handel Thai-Essen Designerkleidung, ihre absolute Gewissheit, besser als alle anderen zu sein, offener toleranter kultivierter, einen besseren Geschmack zu haben, umgänglicher zu sein, gute Schulen, gute Viertel, gute Pläne, gute Manieren, die Leichtigkeit, mit der diese ganze bessere Gesellschaft mit den »Exzessen« der Globalisierung, den »Verirrungen« der Konsumgesellschaft, den »Ungleichheiten« und der pragmatischen Trägheit zurechtkam, mit der meine Generation schon seit langem darauf verzichtet hatte, alles hinzuschmeißen, all das widerte mich an, aber wenigstens besaßen diese Leute so viel Anstand, weder rassistisch noch frauen- oder homosexuellenfeindlich zu sein, sie bezahlten ihre Steuern ohne allzu großes Murren, hatten eine gewisse Vorstellung von Gleichheit und Brüderlichkeit, von Toleranz und Solidarität, und das war schon mal gar nicht so schlecht. Ich dachte an Sarah, an das Gespräch, das wir über dieses Thema hätten führen können. »Wovon redest du?«, hätte sie gesagt. »Hör auf, die Leute in Schubladen zu stecken. Hör auf mit deinen

Archetypen, du, der du es hasst, wenn man dich fragt: ›Und wie sind die Chinesen so? Wie sind die Japaner?‹ Du, der du Verallgemeinerungen hasst, hör auf!«

Mein Vater wollte keines meiner Sushis probieren. Sogar die beiden Stücke mit Räucherlachs waren ihm suspekt.

»Kalter Reis? Das ist doch Unsinn.«

Er kaute misstrauisch auf seinen Spießen herum. Sie schmeckten ja nicht schlecht, seien aber nicht besonders originell, und für den Preis bekomme man nicht eben viel. Bevor wir das Dessert bestellten, zog ich das Foto des Säuglings im Brutkasten aus meiner Tasche. Seit ich es entdeckt hatte, ging es mir nicht mehr aus dem Kopf. Und irgendetwas sagte mir, dass es mit dem eigenartigen Zustand zu tun hatte, in dem ich schwebte. Sicher, ich war bei meinen Eltern, meine Mutter lag im Krankenhaus, gewiss, ich saß in dieser Stadt fest, die ich nicht mochte, die mich aber, dessen war ich mir durchaus bewusst, geformt hatte, mit der mich jedoch nichts wirklich verband, sicher, alles erinnerte mich ständig an eine Kindheit und Jugend, die zwar kein Martyrium gewesen waren, deren Erwähnung mir jedoch stets einen Stich ins Herz gab, seit meiner Ankunft hatte ich ständig das Gefühl zu ersticken, Sarah und die Kinder fehlten mir schrecklich, ich spürte, dass die Krankheit zurückkehrte, ich hatte Sophie gefickt, das Wiedersehen meiner Schulkameraden, ihrer Eltern, ihrer Kinder und das, was sie mir über ihr Leben erzählten, lösten eine klebrige Melancholie, eine schmerzliche Wehmut in mir aus, genau diese Art von Zustand, den ich hasste, der mich schwächte, mich sentimental machte und mich mit einem Bild von mir selbst konfrontierte, das mich ankotzte, doch dieses in einem Schuhkarton entdeckte Foto verfolgte mich. Ständig musterte ich dieses Babygesicht, das so sehr dem meinen ähnelte und mehr noch dem meiner Kinder.

»Das ist nicht Sébastien«, sagte ich.

»Wieso?«

»Ich habe Bernard angerufen.«

»Du hast Bernard angerufen?«

»Ja.«

Das Gesicht meines Vaters zuckte leicht. Doch das musste nichts bedeuten. Das ganze Abendessen über hatte ich seine Gereiztheit gespürt.

»Dann muss es ein anderer deiner Cousins sein ... Keine Ahnung. Wieso interessiert dich das?«

»Welcher Cousin?«

»Na ja, Vincent. Er ist ebenfalls im selben Jahr wie du geboren worden.«

»Vincent? Aber der war doch riesig, das weiß sogar ich. Alle sagten, er würde mal Gewichtheber oder Möbelpacker werden. Und er ist Möbelpacker geworden ...«

Mein Vater aß mühsam seine Schale leer. Er kam nicht zurecht mit den Stäbchen.

»Mein Gott. Wenn sie auch zu blöd gewesen sind, um die Gabel zu erfinden, müssen sie doch nicht heute noch auf sie verzichten.«

Mehrmals hatte er mich auch gefragt, ob ich den Kellner nicht um irgendetwas bitten könnte, womit er seinen Reis würzen könnte, doch ich hatte ihm geantwortet, das esse man nun mal so.

»Das schmeckt nach überhaupt nichts«, schimpfte er, »da hätten wir genauso gut auch zu Hause im Warmen bleiben können.«

»Frierst du etwa?«

»Nein, das sagt man halt so.«

Erneut fragte ich ihn, ob er eine Idee habe, wer das sein könnte, und er wechselte das Thema und fing vom Radsport an. Jahrelang hatte ich mich bemüht, mich auf dem Laufenden zu halten, um ihm eine Freude zu machen und ein Thema für unsere vierteljährlichen Telefonate und die gemeinsame Mahlzeit einmal im Jahr zu haben. Doch seit Armstrong und Ulrich sich zurückgezogen hatten, hatte ich jegliches Interesse verloren. Die heißen Sommer waren fern, in denen wir vom Sofa aus die Bergetappen verfolgt hatten, Hinault, LeMond, Fignon, Delgado, Indurain, Chiappucci, Virenque,

Pantani und die anderen. Die wahnwitzigen Fahrten bergauf im Gedränge der Zuschauer, die die Räder berührten, hinter den Fahrern herliefen, sie mit Wasser besprengten und ihnen ermunternde Worte ins Ohr brüllten. Für meinen Vater und meinen Bruder gab es nur Hinault, meine Mutter bewunderte Fignon, weil er mit seiner Brille intelligent aussah, die Diskussion spaltete ganz Frankreich, jeder musste Position beziehen. Und alle taten es. Alle außer mir, der ich bereits ein Vaterlandsverräter war und auf Greg LeMond stand, seine Klasse, seine typisch amerikanische Lässigkeit, sein Lächeln. Und als die Herrschaft der Spanier kam, Delgado und dann Indurain, waren wir uns alle einig, die reinen Bergfahrer, die unerschrockenen Angreifer, die Herren von L'Alpe d'Huez zu unterstützen, diejenigen, die kein Risiko scheuten und beim Zeitfahren versagten. Und dann begeisterten meine Eltern sich für Richard Virenque. Sie fanden ihn schneidig, und außerdem sei er ein guter Junge, sagte mein Vater, was aus seinem Mund klang wie »ein Bursche aus dem Volk«. Er hat seine Meinung nie geändert. Auch nicht, als es zur Festina-Affäre kam und man entdeckte, dass sein Lieblingsfahrer »ohne sein Wissen und unfreiwillig« mit Dopingmitteln vollgepumpt war. Für meinen Vater war der Spott, mit dem der Bergfahrer damals überzogen wurde, unerträglich, und er tötete mich mit Blicken, als ich ihn, wie es damals Mode war, nachäffte, indem ich die Französischfehler übertrieb. Als wir eines Tages *Les Guignols de l'Info* anschauten, explodierte er: »Sie kotzen mich an, diese kleinen überheblichen Pariser Scheißspießer. Sie sind alle gleich. Triefend vor Herablassung für die kleinen Leute, durch und durch von Hass zerfressen auf die Kleinen.«

»Wovon redest du, Papa? Dieser Typ nimmt Dopingmittel, er ist das reinste Labor mit Pedalen.«

»Begreifst du denn nicht? Es ist ihnen scheißegal, ob er Dopingmittel nimmt. Das machen doch alle. Sogar mir hat man Mittel angeboten, als ich Radrennen fuhr. Das ist schon immer so gewesen. Das ist ihnen scheißegal. Alles, was sie interessiert, ist, sich über ihn lustig zu machen, weil er ein Bursche aus dem Volk ist, weil er nicht studiert hat und nicht gut Französisch spricht. Es ist zum Kotzen, sich deswegen über jemanden lustig zu machen. Verstehst du, meine Großeltern waren Bauern. Und meine Mutter sprach noch Mundart, als sie nach Maisons-Alfort kam. Mein Vater machte fast in jedem Satz Fehler. Und trotzdem waren sie keine Dummköpfe. Sie waren anständige Menschen. Mutig. Rechtschaffen. Sie sprachen noch schlechter als er.«

Dass ich darüber nie nachgedacht hatte, dass ich selbst nie zu diesem Schluss gekommen war, bekümmerte ihn, das war deutlich zu erkennen. Für ihn waren die Dinge klar. Mit meinen Büchern, meinem Studium, meinem Umgang hatte ich längst die Seiten gewechselt. Ich gehörte nicht mehr zu ihnen.

Als wir nach Hause gingen, waren die Straßen menschenleer. Kein Auto war mehr unterwegs. Auf der Vorderseite der Häuser, hinter den Vorhängen, bewegten sich bläuliche Schatten, die verrieten, dass überall der Fernseher lief. Wir kamen an der Vorschule und an der Grundschule vorbei, die mein Bruder und ich besucht hatten. Ich hatte nicht die geringste Erinnerung daran, nicht vor der fünften Grundschulklasse und dem Tag, an dem ich in den Alpen hatte sterben wollen, in dem Jahr, in dem meine Großmutter gestorben war. Eine Zeitlang hatte ich dort gewählt. Das Wahlbüro hatte sich in der kleinen Turnhalle befunden, einem rechteckigen Raum unter einem Glasdach, das so schmutzig und von Blättern bedeckt war, dass das hindurchfallende Licht den Betonboden gelblich färbte. In all den Jahren war alles geblieben, wie es war: die Sprossenwände an den weißgestrichenen Wänden, die Bodenmatten, die in einer Ecke gelagert waren, die Basketballkörbe, die mir bis zum Kinn gingen, die Bälle, die bei den Barren und dem kleinen Trampolin lagen … Als ich in Paris lebte, war ich jahrelang zum Wählen hierhergekommen, weil ich das Gefühl hatte, dass ich von hier stammte. Weil ich nur Pariser auf Zeit war, ein Tourist auf Durchreise in der

Stadt, in der ich lebte. Und sicher auch, um die Gelegenheit zu haben, einmal im Jahr diese Schule zu betreten, im Hof zu verweilen, zwischen den Gebäuden aus Mühlsteinquarz und Dächern aus orangefarbenen Ziegeln, wieder den Geruch nach Kreide, Zement und Papier zu riechen, der mir etwas hätte sagen, eine Erinnerung, ein Bild in mir hätte wecken müssen, doch das war nie geschehen. Mein Leben öffnete sich auf ein schwarzes Loch, und das Seltsamste war gewiss diese schmerzliche Sehnsucht, die mich, wie mir schien, nie verließ, diese Sehnsucht nach der Kindheit, etwas anderes konnte es nicht sein, denn es hatte zwangsläufig mit der Vergangenheit zu tun, diese gegenstandslose Sehnsucht, die sich auf die Leere öffnete, ein Meer des Vergessens. Kann man sich nach etwas sehnen, das man vergessen hat? Kann man etwas nachtrauern, das man verloren hat, und darunter leiden, wenn man nicht die geringste Spur, die geringste Erinnerung daran bewahrt hat? Ich dachte darüber nach, während ich an den Mauern der Schule entlangging, drei Schritte hinter meinem Vater, fast die Wahlplakate streifend, auf denen den meisten Gesichtern ein Schnurrbart, Narben, zotteliges Haar und Piratenkappen hinzugefügt worden waren, wie ich es mit elf oder zwölf auf den Fernsehprogrammen meiner Großmutter väterlicherseits gemacht hatte, sonntagabends, wenn wir ihr den obligatorischen wöchentlichen Besuch in ihrer kleinen Wohnung abstatten mussten, dem meine Mutter sich meist entzog, weil sie sich nicht verstanden, ohne dass ich so recht wusste, was der Grund für diese Animosität war. Meine Großmutter erhob sich nie aus ihrem Velourssessel und machte sich nicht die Mühe, den Fernseher auszuschalten. Nachdem ich eine Weile ihre drei Vogelkäfige betrachtet hatte, klaute ich schließlich drei Bonbons aus der kleinen Dose aus Presskristall, die inmitten Unmengen von Nippes aus Glas, Jade und Porzellan auf Zierdeckchen stand. Eine Ecke des Buffets war den Postkarten vorbehalten, die man ihr stets schreiben musste, wenn wir in die Ferien fuhren oder auf Klassenfahrt gingen. Während die Neuigkeiten der Woche ausgetauscht wurden, die meist meine Onkel, meine Tanten, meine Cousins und Cousinen betrafen, von denen ich mich bereits entfernt hatte durch meine Wortkargheit, meine Unfähigkeit, an ihren Gesprächen und Spielen teilzunehmen, meine Manie, mich in ein leeres Zimmer zurückzuziehen, um zu lesen oder Musik zu hören, und meine Vorliebe für das Tennisspiel, das in der Familie eigentlich nicht als Sport galt, in der man sich für Fußball und Fahrradfahren begeisterte, allenfalls noch für Rugby, bekritzelte ich eine Stunde lang ihre *Télé-Star*-Hefte, indem ich Jean-Paul Belmondo, Alain Delon, Nathalie Baye, Johnny Hallyday, Michel Sardou und all die anderen schminkte. Mit halbem Ohr hörte ich den Gesprächen zu, die mich nicht betrafen und von denen ich kaum etwas verstand. Meine Großmutter hatte sich einen starken elsässischen Akzent bewahrt und sprach bisweilen Mundart, völlig vergessend, dass keiner von uns sie sprach, nicht einmal ihr Sohn, der sich damit begnügte, sie zu bitten zu wiederholen, was sie gesagt hatte, und dann wiederholte sie es, diesmal auf Französisch, und hechelte dann all ihre Kinder, Schwiegersöhne, Schwiegertöchter, Enkelkinder und mehr oder weniger entfernten Cousins und Cousinen durch, deren Leben ihr genügend Zerstreuung bot. Die übrige Zeit füllte das Fernsehen und das Lesen von Büchern aus, dicke Kitschromane oder regionale Erzählungen, die in der Gegend von Guebwiller, Riquewihr, Munster, Colmar, Sélestat oder Ribeauvillé spielten, lauter Städte, die ich auswendig kannte, weil ich Sommer für Sommer dort gewesen war. Alle zwei Jahre entschied mein Vater, dass wir dort unsere Ferien verbringen würden, mit Spaziergängen in den Wäldern und auf den Bergen der Vogesen, auf der Suche nach einem weißen oder schwarzen See, einem Col de la Schlucht oder Col du Bonhomme, einem Bauernhof mit Gästezimmern, wo man Blaubeerkuchen essen konnte, und mit rituellen Besuchen der blühenden Städte mit ihren bunten Häuserfassaden, Fachwerkhäusern und Kaskaden aus Geranien, Elsässerinnen in traditioneller Tracht, Folkloregruppen, Volksfesten mit ausgelassenen Fress- und Saufgelagen, auf denen

Unmengen Bier und Sauerkraut konsumiert wurden, bevor wir in unseren Wohnwagen auf dem Campingplatz zurückkehrten. Meine Eltern schliefen in der Koch- und Essecke, wo der Tisch in einen Bettrahmen verwandelt wurde, auf den die Rückenlehnen der Sitzbänke als Matratzen gelegt wurden. Im winzigen Schlafraum stritten mein Bruder und ich uns um die Hängematte, die allerdings die unbequemere der beiden Schlafgelegenheiten war.

Ich beschleunigte den Schritt, um meinen Vater einzuholen, und ließ die Schule und die Wahlplakate hinter mir, auf denen ich niemanden kannte, abgesehen von dem Kandidaten der Grünen, einem dicken Mann mit Bart, der ein kariertes Hemd trug. Sein Sohn war mit mir in der fünften Klasse gewesen. Er trug sein Haar länger als wir, und seine Mutter ließ ihres bis zum Po wachsen, ohne es zu färben. Gekleidet wie ein Hippie, hatte sie irgendwie etwas Hexenhaftes. Einmal war ich bei ihnen gewesen. Das Haus roch nach Weihrauch und war voller Bücher, Katzen, Pflanzen, Musik, Statuen und Vorhängen, die sie aus Asien und Afrika mitgebracht hatten, wohin sie einmal im Jahr fuhren, indem sie an allem sparten, am Wagen, am Essen, an der Kleidung, um sich die Reisen leisten zu können, die wir für verrückt hielten, »unser einziger Luxus«, wie sie jedem sagten, der es hören wollte.

»Du wirst doch nicht etwa sie wählen?«, sagte ich, ohne weiter nachzudenken.

»Wen?«

»Das Mädchen des Front National.«

Offen gesagt hatte ich ihren Namen bereits vergessen, auf dem Plakat war er kaum zu lesen, und ihr Gesicht erschien gar nicht darauf; man sah nur die Blonde und das Logo des Front National und quer darüber der Slogan »Les Français d'abord«, der in allen Kreisen plakatiert wurde, in denen am nächsten Sonntag gewählt werden würde. Mein Vater sah mich genervt an, wie immer, wenn ihn irgendetwas ärgerte, ein zu lautes Geräusch, ein Befehl, den wir zu langsam ausgeführt hatten, eine Idee, die wir geäußert hatten und die er nicht teilte, unser übliches Gezanke, meist unsere schlichte Gegenwart. »Was macht ihr hier?«, sagte er, wenn er uns untätig im Wohnzimmer sitzen sah. »Draußen scheint die Sonne.«

Und wenn es regnete, war unser Platz in unserem Zimmer, um Hausaufgaben zu machen oder, in Fall meines Bruders, sein Instrument zu üben, das meinen Vater ein Vermögen kostete, damit es wenigstens zu etwas nütze war … Das Beste war, ihm so wenig wie möglich zu widersprechen. Sich klein zu machen, so unauffällig wie möglich. Wenn man auch nur ein wenig laut wurde, das geringste Zeichen von Auflehnung zeigte, konnte er einem ganz schön einheizen. Sobald wir ihn aus dem einen oder anderen Grund, meist aus gar keinem, reizten, begann mein Vater zuerst zu brüllen mit einer eisigen Stimme, die uns durch Mark und Bein ging, bevor er uns einen Tritt in den Hintern versprach, den wir so schnell nicht vergessen würden. Und häufig hielt er sein Versprechen. Und mein Allerwertester erinnert sich noch heute daran.

»Hör zu, Paul. Ich habe mich noch nie irgendjemandem gegenüber für irgendetwas gerechtfertigt, und ich werde heute bestimmt nicht damit anfangen. Ich wähle, wen ich will. Deine Urteile eines bürgerlichen Intellektuellen kannst du für dich behalten. Kapiert?«

Ich nickte. Wir legten den Rest des Weges schweigend zurück. Zu Hause zog mein Vater sich aus, um schlafen zu gehen. Ich ging ins Schlafzimmer hinauf, blickte auf die Uhr, und es war erneut zu spät, um die Kinder anzurufen. Ich hielt mein Telefon in der Hand, als könnte der Apparat mich mit ihnen verbinden. Plötzlich begann es zu vibrieren. Es war Sophie. Ihre Kinder schliefen, sie war allein und ein wenig enttäuscht, dass ich sie nicht zurückgerufen hatte, aber das sei nicht schlimm, ihr Mann habe noch ein wenig länger zu tun, und wir würden uns wiedersehen können. Ihre Stimme, ihr Ton, die Erwähnung ihres Mannes, diese Heimlichtuerei, zu der sie mich anstiftete, all das löste Unbehagen bei mir aus. Ich versuchte auszuweichen, mit kurzen Lauten zu antworten, die schwer zu interpretieren wären. Ich sah mich, als wäre ich aus meinem Körper herausgetreten, würde im Raum schweben und mich dabei beobachten, wie ich dieses Gespräch in meinem Kinderzimmer führte, und alles kam mir rührend und schmerzlich vor: ich, das Zimmer, Sophie am Ende der Leitung, ihre Stimme, die eigenartig vibrierte, voller Licht und Schwung. Ich sah sie wieder im Wald und dann in dem kalten Haus, ich sah sie wieder mit ihrem glatten Haar und ihrer unauffälligen Kleidung, ihr erstaunlich braves Gesicht und ihre so bedächtigen Bewegungen, sie, die früher so laut gesprochen hatte, die so lebendig gewesen war, dass sie eigenartig brüsk gewirkt hatte, ein halber Junge, trotz des langen rabenschwarz gefärbten Haars und der Kohleaugen, trotz der übereinander getragenen Röcke, der indischen Tuniken, der großen Armreifen, der zehn Halsketten. Ich hörte ihrer Stimme zu und stellte mir vor, wie sie allein in dem stillen Wohnzimmer saß, die Kinder einen Stock höher schlafend, der Ehemann in der Provinz, und mir vorschlug, sie morgen direkt im Wald zu treffen, eine Bovary der südlichen Banlieue, eine Chatterley der Einfamilienhaussiedlung. Die Kehle schnürte sich mir zu. Und ich hasste mich, als ich ihr trotz allen sagte: bis morgen.

»AH, FRANÇOIS …«

Meine Mutter richtete sich mühsam auf, als sie mich ins Zimmer treten sah. Sie schien aus dem Nebel aufzutauchen und tauchte auch sofort wieder in ihn ein. Mir blieb gerade Zeit genug, wie jeden Tag meinen Namen und meine Identität zu korrigieren. Anschließend setzte ich mich in den großen Sessel am Fenster und holte mein Buch hervor. Eine Krankenschwester kam herein. Sie maß den Blutdruck, und meine Mutter wachte kurz auf. Ich hätte sie nur zu gern über die Müdigkeit, ihre geistige Verwirrung befragt, doch ich wusste, dass das keinen Sinn hatte. Sie hätte mir nur wieder geantwortet, was man mir seit dem ersten Tag antwortete: Der Bruch des Oberschenkelhalses sei sehr schmerzhaft gewesen, und da meine Mutter sehr gejammert habe, habe man sie mit Schmerzmitteln vollgepumpt, bei manchen Patienten führe das zu dieser Art von Störungen, das sei zwar nicht unbedingt normal, aber doch im Bereich des Möglichen, der Organismus reagiere unterschiedlich auf diese Art von Chemie, man könne nicht vorhersagen, wie gut er sie vertrage. Ich vertiefte mich wieder in die Lektüre. Bevor sie ging, deutete die Krankenschwester auf den Fernseher und sagte, er würde funktionieren und ich könne ihn einschalten, wenn ich wolle.

»Nein danke, ich habe ein Buch.«

Meine Antwort schien sie nicht zu überzeugen. Ihrem Gesichtsausdruck nach zu urteilen, hatte ich wohl etwas völlig Hirnrissiges, Unpassendes gesagt. Ich lächelte ihr zu, und sie schloss die Tür unendlich vorsichtig, als sei auch ich krank. Mein Vater war nicht da. Wir hatten vereinbart, uns abzuwechseln. Im Grunde war es unsinnig, dass wir beide die ganze Zeit da waren. Es war mir gelungen, ihn davon zu überzeugen, als ich gegangen war und er mich hatte begleiten wollen.

»Nimm dir ein bisschen Zeit für dich. Mach eine Fahrradtour, spiel Boule. In zwei Tagen kommt Mama nach Hause, sie wird im Rollstuhl sitzen, und du wirst dich mindestens einen Monat rund um die Uhr um sie kümmern müssen, bis sie wieder etwas gehen kann. Also nimm dir ein bisschen Zeit für dich, solange es möglich ist.«

Ich wusste, dass diese Worte sinnlos waren, dass »sich Zeit nehmen für sich selbst«, wie ich sagte, für ihn ein oberflächlicher Luxus war, den er verachtete, wie er alles verachtete, was darauf herauslief, sich um sich selbst zu kümmern, auf sich zu hören. Da war einerseits seine protestantische Kindheit bei einem Vater, den er als streng bezeichnete, den ich mir aber immer eher als einen Trampel vorgestellt hatte, und andererseits sein Leben als unerschütterlicher, stoischer Arbeiter, aber ich hatte keine Ahnung, worauf ich diese Denkweise zurückführen sollte, die ihn bei fast jedem meiner Sätze den Kopf schütteln ließ.

Endlich öffnete meine Mutter die Augen. Sie hatte Durst. Ich brachte ihr ein Glas, und zum hundertsten Mal fragte sie mich, wo Sarah und die Kinder seien.

»In der Bretagne. Die Kleinen gehen zur Schule. Und Sarah arbeitet.«

»Ach ja. Natürlich. Du weißt ja, ich habe sie sehr gern, deine kleine Frau. Du musst unbedingt gut auf sie achtgeben. Sie gut behandeln. Du darfst sie nicht verlieren …«

Obwohl ich mich immer beklagte, dass mit meiner Mutter und meinen Eltern ganz allgemein jedes etwas vertrautere Gespräch unmöglich sei, hätte ich mir jetzt gewünscht, sie würde schweigen. Sie hatte noch nie so über Sarah gesprochen. Sie hatte überhaupt noch nie über sie gesprochen. Wenn sie zu uns kam oder wir sie besuchten, lief es ganz gut zwischen ihnen, doch ich habe nie das geringste Wort gehört oder die geringste Geste bemerkt, die man als Zuneigung hätte interpretieren können. Nach zwanzig Jahren gemeinsamen Lebens siezte Sarah meine Eltern noch immer, gab meinem Vater die Hand, küsste meine Mutter nur widerwillig, und ich glaube nicht, dass diese sich jemals nach ihrer Arbeit, ihrer Familie, ihren Gefühlen für mich oder ähnlichen Dingen erkundigt hat. Der Blick meiner Mutter fiel auf den Fernseher. Ich hatte ihn schließlich doch eingeschaltet, unfähig, mich auf mein Buch zu konzentrieren, abgelenkt von der Stille, dem grellen Licht und dem Geruch nach Alkohol und Desinfektionsmittel.

»Was ist das denn für ein Blödsinn?«

Auf dem Bildschirm waren Bilder des Parlamentskanals zu sehen. Zwei Wirtschaftsexperten und ein Abgeordneter sprachen über »Steuergerechtigkeit«.

»Das ist eine Diskussion«, erwiderte ich.

»Oh, man kann sie nicht mehr hören, all diese politischen Diskussionen. Sie sind alle gleich.«

Wie oft hatte ich diese Worte aus ihrem Mund gehört: Sie sind alle gleich, links oder rechts, das ist alles eins, die Politik interessiert mich nicht, oh, schon wieder die Arbeitslosigkeit, schon wieder die illegalen Ausländer ... Dafür konnte sie nicht genug bekommen von den schwachsinnigen Fernsehserien, in denen steinreiche Leute sich gegenseitig verrieten, betrogen und Liebes- und Industriekomplotte schmiedeten. Und auf ihrem Nachttisch lagen Klatschmagazine, die einen über die geringste Bewegung von Prominenten informierten, deren Beruf und Funktion man nicht kannte und bei denen man sich fragte, warum sie überhaupt fotografiert worden waren. Ich nahm die Fernbedienung und schaltete das Gerät aus.

»Nachmittags läuft sowieso nie was Vernünftiges.«

Sie nickte, und ich stand auf, um mich auf ihr Bett zu setzen. Das war ein merkwürdiger Augenblick. Wir hatten nie körperlichen Kontakt, abgesehen von dem rituellen Küsschen, das wir zur Begrüßung und zum Abschied austauschten und bei dem die Lippen kaum die Haut der Wangen berührten. Ich legte meine Hand auf ihre. Ich hatte Mühe zu atmen. Woher kam es, dass diese Geste zwischen einer Mutter und ihrem Sohn so merkwürdig, so neuartig, so unpassend sein konnte? Woher kam es, dass eine Mutter und ihr Sohn sich nach so vielen Jahren so schlecht kannten, so wenig miteinander redeten, sich so wenig Zärtlichkeit bezeugten. Von ihr oder von mir? War das ein weiteres Symptom für meine Unfähigkeit, wirklich mit den anderen in Kontakt zu treten, für meine Manie, vor ihnen zu fliehen, für dieses Paradox, das mich veranlasste, mich abzuschotten und jedes Zeichen von Zuneigung, von Intimität zu verweigern, während ich mich zugleich innerlich über meine Einsamkeit, über die Kälte und Abstraktheit meiner Verbindungen mit den anderen, meinen Freunden, meinen Eltern beklagte? Mit allen, außer Sarah und den Kindern, wie mir schien. Sie waren die einzigen Menschen auf der Welt, die ich wirklich zu lieben vermochte. Meine Mutter zuckte nicht mit der Wimper. Sie sah mich nicht an. Ihre Lider waren kurz davor, sich zu schließen, als ich ihre Hand etwas stärker drückte. Sie zuckte leicht zusammen.

»Mama«, flüsterte ich.

Sie sah mich fragend an, ihr Blick war verschleierter und verwirrter denn je. Ich zog das Foto aus der hinteren Tasche meiner Jeans und zeigte es ihr.

»Das habe ich unter deinem Bett gefunden«, sagte ich. »Zwischen den Fotos von meiner Geburt. Wer ist das?«

Ich musterte ihr Gesicht, achtete auf die geringste Regung, das geringste Zeichen von Anspannung. Doch nichts. Im Gegenteil, sie lächelte und ihre Augen wurden feucht.

»Das ist mein kleiner Engel …«

»Dein kleiner Engel?«

»Guillaume. Er hat nur drei Tage durchgehalten … Er war so schwach. Ganz das Gegenteil von dir. Aber weißt du, du kannst nichts dafür. Niemand kann etwas dafür. Abgesehen von mir. Ich war nicht stark genug, um zwei gesunde Kinder zur Welt zu bringen. Mein Körper war nicht in der Lage dazu … Ich sage mir oft, dass das die Ursache dafür ist, dass du psychisch immer ein bisschen labil gewesen bist. Immerhin hast du deinen Zwillingsbruder verloren. Und das merkt man deinen Büchern sehr stark an.«

Die Tür ging auf, und zwei Pflegehelferinnen kamen herein. Ich sah meine Mutter fassungslos an. Ich konnte nicht glauben, dass sie das gesagt hatte. Ich konnte nicht fassen, was sie mir da gerade gesagt hatte. Zu erfahren, dass ich bei der Geburt einen Zwillingsbruder gehabt hatte, verblüffte mich im Grunde weniger als das, was sie über ihn gesagt hatte. Die Worte, die sie benutzt hatte. In Bezug auf ihn. Und vor allem auf mich. All diese Dinge, die sie nie ausgesprochen hatte. So dass ich immer gedacht hatte, sie hätte keine Ahnung davon, sie hätte nie etwas bemerkt, würde nichts von mir wissen, mich nicht kennen, und sie hätte aus meinen Büchern nichts über mich erfahren, was immer ich auch geglaubt haben mochte, als ich sie schrieb. Das war eines der schmerzlichen und unwiderruflichen Dinge, die wir lernen müssen, wenn Schreiben das Leben ist. So intim sie unserer Meinung nach auch sein, so getreu sie unser Inneres auch spiegeln mögen, die Bücher löschen nie ein Missverständnis aus, präzisieren keine Konturen, zeichnen kein klareres und ähnliches Bild. Sosehr sie auch hinter die Fassaden blicken, die Klassifizierungen und Kategorien hinterfragen, sosehr sie uns auch ausziehen und entblößen, sosehr wir in ihnen auch manche Wahrheiten wieder zurechtrücken mögen, die anderen, die Familie und die Freunde, diejenigen, denen man Botschaften zu senden glaubte, empfangen sie einfach nicht, nehmen sie nicht zur Kenntnis. Sie vertrauen nur dem, was sie erlebt haben, den Taten, dem, was sie für Beweise, Indizien halten, ihren Gewissheiten, ihrer ersten Intuition. Und die Bücher bleiben für immer Fiktion, Erfindungen, die mit uns nichts zu tun haben. Sie liefern kein wahreres Porträt von uns, als das gesellschaftliche Leben es völlig Unbekannten, den Lesern, gestattet. Wenn überhaupt. Sie füllen die Leerstellen auf eine Weise auf, dass zum Schluss niemand mehr weiß, wer man wirklich ist, und auf allen Ebenen herrschen Missverständnis und Unverständnis.

»Madame Steiner, wir bringen Sie jetzt zum Röntgen.«

Ich sah ihnen zu, wie sie sanft und professionell mit meiner Mutter umgingen. In ihren Armen schien sie weniger als die Luft zu wiegen. Sie hoben sie aus dem Bett in den Rollstuhl, als handelte es sich um ein Kind. Alles sah ganz einfach aus, fast ohne Anstrengung. Ich ahnte, dass es nicht so war, dass ich an ihrer Stelle Folterqualen gelitten hätte, um sie auch nur einen Millimeter zu bewegen, während sie bei der ersten Bewegung vor Schmerz geschrien hätte.

»Es wird eine Stunde dauern.«

Meine Mutter wirkte erschöpft in ihrem Rollstuhl, als hätte es sie ihre letzten Kräfte gekostet, diese Sätze zu sagen.

»Du kannst nach Hause fahren, Paul. Wenn ich zurückkomme, werde ich so müde sein, dass ich schlafen werde …«

»Okay, Mama. Dann bis morgen.«

»Das ist ihr letzter Tag«, sagte eine der Pflegehelferinnen.

Im Flur schob die Schwester von Fabrice einen Wagen vor sich her. Ich grüßte sie, doch sie ging vorbei, ohne zu reagieren, anscheinend ebenfalls erschöpft, schlafwandlerisch, als zehrte sie von Reserven, die täglich weniger wurden. Ich blieb noch einen Augenblick in dem leeren und stillen Zimmer mit seinen hellblauen Wänden, seiner Kühlschrankstille und betrachtete das Foto meines Bruders, das Foto von Guillaume. Mein Doppelgänger. Gestorben im Alter von drei Tagen. Die Gedanken schwirrten mir durch den Kopf. So viele Dinge bekamen plötzlich einen Sinn. Die Lücken, die mich durchlöcherten. Die Krankheit, die mich auffraß. Mein misslungener Selbstmord im Alter von zehn. Meine Besessenheit zu fliehen, zu verschwinden. Meine Art, mir als Freunde umgekehrte Doppelgänger, strahlende Gegenteile zu wählen, Männer, die so dunkel waren, wie ich blond war, so sonnig, wie ich gequält war, so locker und strahlend, wie ich verschlossen und unfähig, gehemmt und verklemmt war, wie man damals im Collège und im Lycée sagte. »Du bist vielleicht verklemmt«, sagten Éric, Yann und Stéphane ständig zu mir. »Du bist vielleicht verklemmt«, pflegte Sophie, die ich mit meinen Blicken eines schmachtenden Verehrers verschlang, bei jeder Gelegenheit mit schwesterlicher Zuneigung zu mir zu sagen. Und ich war deswegen niemals gekränkt, ich dachte immer: Sie haben recht, ich bin verklemmt, in mir selbst gefangen, eingesperrt, unfähig, aus mir auszubrechen, alles blieb mir im Hals stecken, die Worte, das Lachen, die Gefühle, die Gesten. Ich nahm mein Telefon und wählte Sarahs Nummer. Ich hatte das Bedürfnis, mit ihr zu sprechen, ihr all das zu erzählen. Ich hatte das Bedürfnis, sie zu hören. Ich hatte das Gefühl, dass diese Neuigkeit alles änderte, ich war sofort davon überzeugt, ich war wie ein Kind, alles fand eine Erklärung, meine Abwesenheit, meine Depression, meine Obsessionen, die wiederkehrenden Figuren in meinen Büchern, die Geschichten vom geflohenen Zwilling, vom verschwundenen Bruder, vom fehlenden Teil. Ich hörte dem Klingeln zu, bis sie dranging, mein Herz raste. Das war alles vollkommen lächerlich, kindisch, doch als ich ihre Stimme hörte, dachte ich unwillkürlich, dass ein Neubeginn möglich wäre, dass ich schon bald den Mittelpunkt meines Lebens zurückgewinnen könnte. Ich sprach ihren Namen aus, und die Schroffheit ihrer Stimme wirkte wie eine kalte Dusche. Ich störte sie. Sie war in der Arbeit. Sei es dringend oder könne es warten? Hinter ihr hörte ich Neugeborene weinen. Für einen kurzen Augenblick war ich wie vor den Kopf geschlagen von der Duplizität der Ereignisse, das Foto, das ich in der Hand hielt, das Baby im Brutkasten, zu schwach, um zu überleben, und Sarah am anderen Ende der Leitung zwischen ebensolchen Brutkästen und ebenso schwachen Neugeborenen, von denen manche zwischen Leben und Tod schwebten und mit ihren schwachen Kräften kämpften, all das hatte zwangsläufig einen Sinn, doch mir blieb keine Zeit, ihr auch nur irgendetwas zu erklären. Sarah legte auf, nachdem sie mir gesagt hatte, dass sie spät nach Hause käme und erst morgen mit mir reden könnte, aber bitte nicht zu früh, denn morgen sei Sonntag, und sie wolle ausschlafen, jetzt, da ich nicht mehr da sei, um sie in aller Herrgottsfrühe zu wecken, unter dem Vorwand, man müsse einen bestimmten Gezeitenkoeffizienten, einen bestimmten Einfallswinkel des Lichts auf eine bestimmte mit Strandhafer bedeckte Düne, eine bestimmte Landenge gleich ausnutzen.

Ich verließ das Krankenhaus wie in Trance. Meine Finger glitten unaufhörlich über die Oberfläche des Fotos in meiner Tasche. Ich zog es immer wieder heraus, um es zu betrachten, mich zu vergewissern, dass es sich nicht aufgelöst hatte, dass es immer noch das Bild meines verschwundenen, geflohenen Bruders war, das Bild meines Lebens, das ich mit der Suche nach etwas verbracht hatte, das ich nie gekannt hatte, diese gegenstandslose Sehnsucht, diese Trauer um das, was es nie gegeben hat. Ich betrachtete es, als enthielte es mein Geheimnis, als könnte es ein Schlüssel sein, als wäre es der erste Schritt zur Befreiung, es in der Hand zu halten. Das fehlende Teil. Ich fuhr bis zum Waldrand, ließ den Wagen am Straßenrand stehen und ging durch die kleine Schranke, die den Autos den Zugang zu den breiten Wegen unter den Bäumen verbot. Das Licht fiel herab, als wären gewaltige am Himmel befestigte Scheinwerfer auf den Boden gerichtet. Kegelförmig fiel es auf die Farnfelder, die wilden Gräser herab. Im Geruch der von der Nacht noch feuchten Erde ging ich zu der Lichtung. Sophie erwartete mich dort, sie hatte mich nicht kommen sehen, saß mit verschlossenem Gesichtsausdruck an einem Stamm und strahlte eine kalte Trauer, einen sterilen Schmerz aus. Dann bemerkte sie mich, und ihr Blick leuchtete auf. Sie erhob sich, warf sich in meine Arme und drückte sich an mich, als müsste ich sie trösten und vor irgendetwas retten. Sie, die mir versichert hatte, sie sei glücklich, sie brauche nur diese wenigen Stunden pro Woche im Wald, sie schien jetzt zu Staub zu zerfallen. Ihre Lippen suchten mit fiebriger, fast erschreckender Begierde meine, und ich versuchte sie zu bremsen. Das habe doch alles keinen Sinn, es sei fast lächerlich, rührselig, wenn man es recht bedachte, nicht wahr? Sie war anderer Meinung. Du denkst zu sehr in festen Schemata, sagte sie. Ich hatte das Gefühl, Sarah zu hören. Natürlich, aus der Ferne gesehen hätte ich vermutlich recht, das alles sei lächerlich oder rührselig, aber aus der Ferne sehe man nichts, man belasse es bei den Archetypen, den Klischees, nur die Archetypen, die Klischees existierten gar nicht, man entkomme ihnen, sobald man sie lebe, es gebe keine andere Wahrheit als unsere, diejenige dieses konkreten Augenblicks, diejenige, die sich hier und jetzt zwischen uns ereigne. Nein, es gebe keine andere Wahrheit als die unsere. Nein, wir seien nicht lächerlich. Und all das habe natürlich einen Sinn. Zumindest für sie. Erinnere dich, wie wir durch den Wald gingen, wie wir redeten, wie wir miteinander schweigen konnten, erinnere dich, wie du mich angeschaut hast, wie du gezittert hast, sobald unsere Hände sich berührten, erinnere dich. Sie küsste mich, als wäre für sie nichts geschehen seit den Jahren im Lycée, wo wir unzertrennlich gewesen waren. Ja, wir hatten Zuflucht auf ebendieser Lichtung gefunden, Musik aus demselben Walkman gehört, dasselbe Buch gelesen, waren nebeneinander eingeschlafen, hatten uns berauscht an vertraulichen Gesprächen, in denen ich von meiner Unfähigkeit, mit den anderen in Kontakt zu treten, meiner krankhaften Schüchternheit, meiner Besessenheit, ständig zu fliehen, meiner Suche nach Durchsichtigkeit, meinem Ekel vor Lebensmitteln, meinem Bedürfnis, mich auszulöschen, bis auf die Knochen abzumagern, mich zu erbrechen, erzählte und sie von ihrem ständig abwesenden Vater und ihrer Mutter, die sich mit Medikamenten vollpumpte und sich tagelang in ihr Zimmer einschloss, und von ihrem zehn Jahre älteren Geliebten, den sie verlassen wollte, der ihr wehtat, wenn er sie fickte, der sie immer »von hinten« nehmen wollte, dem sie nichts zu sagen hatte, der ihr aber Angst machte. Sie hatte Angst um mich, er war so eifersüchtig. Wenn sie ihn verlasse, würde er sofort an mich denken, das sei schon komisch, als würden wir etwas miteinander anfangen … Ich lächelte ebenfalls, natürlich sei das absurd. Mir wurde ganz anders, wenn ich sie betrachtete, ich liebte sie so sehr, liebte so sehr ihr Gesicht, ihre Stimme, hätte dieses Arschloch nur zu gern getötet. Das Training, das sie satthatte, diese endlosen Bahnen, der Chlorgeschmack, den sie nicht mehr ertrug, der ihr Brechreiz verursachte, so wie er, wenn er nach dem Training zu ihr in die Umkleide kam und sie zwang, ihn in den Mund zu nehmen, »bis zum Schluss«.

Und tatsächlich hatte sie ihn schließlich verlassen, und tatsächlich war er zu mir nach Hause gekommen mit der festen Absicht, mir die Fresse zu polieren, weil er uns gesehen hatte, wie wir händchenhaltend spazieren gegangen waren, aber das war auch schon alles, was wir damals gemacht hatten, ich sagte mir, das genügt mir, und erinnerst du dich, wir hatten uns damals eingeredet, wir wären Geschwister, Zwillinge, erinnerst du dich? Wir sagten uns ständig, wir seien Zwillinge, und das sei eine noch tiefere Liebe, und ich stimmte zu, das war der Schwur pathetischer und lächerlicher Jugendlicher, aber das passte zu uns, das passte zu mir, der ich mich nur noch schwarz kleidete, mich nur noch von Orangensaft ernährte und ein paar Krumen Weißbrot am Morgen, wenn mir allzu schwindlig war, zu mir, der ich nie meine Kopfhörer abnahm und nur noch Bach und Mozart und Mahler und Brahms und Murat und Cohen und Manset hörte, der ich für den heiligen Franz von Assisi schwärmte, der ich mich auslöschte und meinen Kopf mit schneebedeckten Weiten, endlosen weißen Ebenen füllte, der ich mir verbot zu wichsen, weil das unrein war, weil ich dadurch meine Liebe zu dir verriet, selbst der Gedanke, dich auf den Mund zu küssen, deine Brüste zu berühren, dein gechlortes Geschlecht zu streicheln, kam mir unrein vor, ja, ich war so weit weg, und das passte mir, wir waren Zwillinge, die sich im Wald versteckten, und das passte mir. Ich schrieb Gedichte, ich las, ich versank in der Musik, ich ging wie ein Gespenst durch den Park des Lycées, ich spielte kaum noch Tennis, lief jedoch stundenlang, um zu eliminieren, was eliminiert, verzehrt, verbrannt, gereinigt werden musste, und das passte mir …
Sophie küsste mich, und wie beim ersten Mal schliefen wir miteinander, mit unendlicher Zärtlichkeit, voller Sanftheit und Selbstverständlichkeit, und ich wusste nicht mehr, wen ich fickte, die Frau von heute oder die Jugendliche von damals mit den Kohleaugen, mit dem starken Charakter, die das große Wort führte und die mich faszinierte, die Jugendliche, mit der ich mich regelmäßig des Unterrichts verweisen ließ, damit wir uns in eine waldige Ecke des Lycées

flüchten konnten oder in das Hinterzimmer eines Cafés, in dem die Wirtin uns immer dieselbe Bank reservierte, neben der alten Jukebox, zwei verlorene Hunde ohne Halsband, verloren im Zentrum endloser und undeutlicher Städte, von Anhäufungen von Straßen und Wohnhäusern, die nirgendwohin strebten.

Danach saßen wir eine Weile eng umschlungen da, an die alte Eiche gelehnt, wie vor zwanzig Jahren, überflutet von Grün und klarem Licht, berauscht vom Rauschen, vom Geraschel der Blätter, den Bewegungen unsichtbarer Tiere, den Geräuschen von Insekten und Pflanzen, die uns einhüllten. Ich hatte das Gefühl, wir wären aus der Zeit gefallen. Es war ein unwirklicher, der Gegenwart entrissener gespenstischer Augenblick. Ich war mir nicht sicher, ob Sophie wirklich existierte. Ich war mir nicht sicher, ob sich unter der Schale von heute die Jugendliche von damals verbarg. So wie ich das Gefühl hatte, dass in mir der Jugendliche von damals seit langem verschwunden war, und erst recht das Kind, dass durch ständige Trennungen, Auslöschungen und Neuanfänge auf jeder Seite meines Lebens meine alten Ichs endgültig verschwunden waren. Ich fühlte mich unsicher, als triebe ich zwischen sich überlagernden Zeitebenen. Der Satz von Truffaut fiel mir wieder ein und kreiste in meinem Kopf in rasender Wiederholung: »Das Leben besteht aus Bruchstücken, die sich nicht zusammenfügen.« Und diese Bruchstücke hatte ich vor Augen und versuchte sie zusammenzufügen, während Sophie erneut meinen Mund suchte und meine Hände über ihre Haut wanderten, ihre Brüste berührten und in die feuchte Wärme ihres Geschlechts eintauchten. Wir schliefen ein zweites Mal miteinander, die Augen starr auf die großen Bäume gerichtet, die den Himmel zerstückelten, bedeckt mit Blättern, die Kleider grün vom Moos und beschmutzt von der schwammigen Erde. Dann zeigte ich ihr das Foto und ließ die Katze aus dem Sack. Ich redete lange, wie man es tut, wenn man den Faden seines Lebens abspult, wenn man etwas zu lösen versucht. Ich weiß nicht, zu wem ich sprach. Zu ihr, zu Sarah oder zu mir. Ich sprach mit ihr, wie wir vor zwanzig Jahren geredet hatten, bis uns schwindlig wurde, bis zur totalen Erschöpfung der Gedanken.

STÉPHANE SASS IN DER BAR. Ich war ihm am Morgen bei Simply begegnet, er hatte mir vorgeschlagen, mit ihm was trinken zu gehen, er sei nicht allein, er sei mit ehemaligen Schulkameraden verabredet, deren Namen er mir genannt hatte, die ich aber nicht mit Gesichtern verbinden konnte. Möglicherweise waren sie mit mir in der siebten oder achten Klasse gewesen, doch abgesehen von dem kleinen Kreis meiner damaligen Freunde verschmolzen die Schüler des Collèges und später des Lycées zu einer ununterscheidbaren Masse, aus der niemand wirklich hervorstach. Und es war mehrfach vorgekommen, dass ich den einen oder anderen gekränkt hatte, der anlässlich eines Literaturfestivals oder einer Messe auf mich zugekommen war und den ich nicht erkannt hatte, an den ich mich nicht erinnern konnte. Sie waren wütend wieder abgezogen, überzeugt davon, dass ich hochnäsig geworden war, nachdem sie mir zehnmal hintereinander wiederholt hatten, aber ja doch, Philippe, ich war ständig mit Jean-Marc zusammen, einem etwas dicklichen Blonden, wir haben sogar Referate zusammen gemacht, mit Éric und dir ... Nein, ich hatte keine Ahnung und vermochte es auch nicht zu verbergen, was sie so wütend machte, dass ich sie für immer verlor, ebenso wie ich mir nahestehende Personen, denen gegenüber sie manchmal damit angegeben hatten, dass sie mich gekannt hatten, als Leser verlor.

Ich trat ein, und die hässliche Beleuchtung, der Biergestank, der dreckige Fliesenboden, der übersät war mit leeren Zuckertütchen, zerknitterten Pferdewettscheinen und zerrissenen Rechnungen, verblüfften mich, wie mich ein paar Stunden zuvor die Straßen der Wohnanlage verblüfft hatten, durch die ich Sophie nach Hause begleitet hatte. Sobald wir den Wald verlassen hatten, war alles zusammengebrochen, und eine klebrige Melancholie, die ich nur zu gut kannte, hatte mich wieder überfallen, ein innerer Zusammenbruch. Die eintönigen Straßen verursachten mir eine Gänsehaut, ebenso wie bei ihr das zu grelle Licht und die Stille und die Kälte des zu hellen Bodens, der Möbel und der Fenster ohne Sprossen, erneut das Plastikspielzeug und die Hochglanzzeitschriften, das Bügelbrett und der Wäschekorb, der Wäscheständer auf der Terrasse und die weißen Gartenmöbel aus Plastik, Alains Hemden, seine bunten Krawatten, die DVD-Hülle des am Abend zuvor angeschauten Films auf dem niedrigen Tisch, Sophies Gesicht, das plötzlich ihr richtiges Alter verriet, ihre brave Frisur ihre unauffällige Kleidung. Selbst der Klang ihrer Stimme war nicht mehr der gleiche, und die Worte, die sie sagte, kamen mir plötzlich trivial, hohl, fast vulgär vor. Ich weiß nicht einmal mehr, wovon sie sprach, von ihren Kindern, vom Elternverband, in dem sie sehr aktiv war, den Vorzügen dieser oder jener Lebensmittelkette. Ich hatte eine Verabredung vorgeschützt und mich wie ein Dieb davongestohlen, mit zerbrochenem Herzen und leicht beschämt, über mich selbst vermutlich. Am Eingang der Siedlung hatte mir ein Typ ein Flugblatt in die Hand gedrückt. Selbstbewusst erklärte er, er spreche im Namen eines großen Teils der Bewohner des Viertels, dessen Ruhe und Lebensqualität er pries. Er protestiere gegen den Plan des Bürgermeisters, hier weitere Sozialwohnungen bauen zu lassen, die, wie er schrieb, unweigerlich die Nachbarschaft abwerten, das Schulniveau sinken und die Kriminalität ansteigen lassen würden. Das alles stehe schwarz auf weiß und ohne Umschweife auf dem Flugblatt. Es gehe um die Zukunft dieser Stadt, die immer mehr den höheren Einkünften der Mittelschicht überlassen werde, die die unteren Schichten hinausdränge, um unter sich zu leben, in ruhigen Straßen, die von den Schranken am Eingang geschützt würden, und die ihre Kinder in Schulen mit homogenen Klassen schicken würden, ein Albtraum wie aus einer amerikanischen Serie. Ich gab dem Typen sein Flugblatt zurück. Er sah mich verdattert an.

»Warum geben Sie es mir zurück?«

»Weil ich persönlich diesen Plan befürworte. Ich finde es sehr gut, Sozialwohnungen zu bauen. Und gerade in ›geschützten‹ Vierteln, wie Sie sagen.«

Am Ausdruck seines Gesichts und an der roten Färbung, die es jetzt annahm, erkannte ich seine Fassungslosigkeit. Er starrte mich an, als sei ich der Teufel.

»Aber das ganze Viertel ist dagegen.«

»Nun, dann leben Sie in einem Viertel von Dummköpfen, was soll ich Ihnen anderes sagen?«

Es hatte ihm die Sprache verschlagen, und ich spürte, wie sein Blick mich zum Wagen begleitete, dessen Nummernschild ihn beruhigt haben musste. Klar, ich war ja nicht von hier, ich hatte keine Ahnung, was in dieser Stadt vor sich ging, und irgendetwas sagte mir, die Tatsache, dass ich hier geboren worden und aufgewachsen war, hätte meine Antwort auch nicht zulässiger gemacht.

Wie ich mir schon gedacht hatte, sagten mir die drei Typen in deren Gesellschaft Stéphane war, nichts, und das galt auch umgekehrt. Die drei oder vier Geschichten, an die Stéphane sie erinnerte, änderten daran auch nichts, und ich musste sofort wieder an das Gefühl der Unsichtbarkeit denken, das ich damals hatte, das Gefühl, überall unbemerkt zu bleiben, dass meine Anwesenheit nichts änderte, und an meine Manie, so zu tun, als würde ich verschwinden, um mich abseits zu halten und die eventuellen Wirkungen meines Verschwindens zu beobachten, um schließlich feststellen zu müssen, dass es keine gab. Niemand bemerkte mein Fortsein, niemand außer Éric, der seufzte, auf die Dauer werde er gar nicht mehr darauf achten, ich sei nur wieder einmal verschwunden, ohne Bescheid zu sagen, das sei alles, eines Tages würde ich aus seinem Leben verschwinden, ohne mich zu verabschieden, er würde sich umdrehen, und ich wäre nicht mehr in seinem Kielwasser, und diesmal wäre es für immer.

Stéphane stellte mich vor, und ein verlegenes Lächeln erschien auf ihren Gesichtern, als er ihnen erzählte, dass ich Schriftsteller sei. Ich sagte nichts weiter, ich war das gewohnt. In der Regel löste diese Information bestenfalls Misstrauen oder Unverständnis aus.

»Was schreibst du denn? Kriminalromane, Sciencefiction, Liebesromane?«

»Nein, einfach Romane.«

»Was heißt das?«

»Tja, keine Ahnung. Wie Beigbeder, Gavalda oder Nothomb. Na ja, natürlich nicht wie sie, hoffe ich jedenfalls, aber so in etwa.«

Es war verlorene Liebesmühe. Keiner dieser Namen sagte ihnen etwas. Und wie immer fragten sie mich schließlich, was ich denn abgesehen davon wirklich, ernsthaft im Leben mache.

»Nichts. Ich schreibe, das ist alles.«

Unweigerlich folgte darauf eine Bemerkung über ihre Abneigung gegen das Lesen, woran angeblich die Schule schuld sei und ihre Aversion gegen alles »Intellektuelle« und alles, was »Kopfzerbrechen« bereitet. Immerhin räumten sie ein, dass ich kein Snob sei, und vermerkten positiv, dass ich in der Provinz lebe und nicht in den vornehmen Arrondissements von Paris und dass ich mit einem einfachen Supermarktkassierer einen trinken gehe in einer schäbigen Bar in einer Stadt, verloren in der Vorstadtwüste. Stéphane versuchte tapfer, sie ein bisschen für meine Aktivitäten zu interessieren, indem er die Filme erwähnte, an denen ich mitgearbeitet hatte, und die Namen von zwei, drei Schauspielern nannte, die darin gespielt hatten, doch nein, wirklich, auch das sage ihnen nichts. Und was die Handlung angehe, nein danke, das sei bestimmt nichts für sie.

»Die Zeitungen berichten sogar über ihn, na ja, zumindest auf den Literaturseiten. Der *Nouvel Obs*, *Télérama*, *Le Monde*.«

Sie zuckten im Chor die Achseln. Solange man nicht in *L'Europe* auftauchte, bestanden keine großen Aussichten, dass sie Notiz von einem nahmen. Sie setzten ihr Gespräch fort, von dem sie mich, wie es mir vorkam, von Anfang an ausschließen wollten, als würden die Art unserer Aktivitäten und das Leben, das wir führten, eine unsichtbare Barriere zwischen uns bilden. Als würde es nicht reichen, dass ich in denselben Straßen aufgewachsen war, mich auf dieselben Bänke gesetzt hatte und denselben sozialen Schichten entstammte. Ich hatte irgendetwas verraten, das spürte ich deutlich, ohne genau zu wissen, was. Diese Gedanken schwirrten mir durch den Kopf, obwohl sie vermutlich vollkommen unangebracht und paranoid waren. Schließlich war ich in diese Bar gekommen, ohne sie wirklich zu kennen, und hatte ihr Gespräch unterbrochen. Ich drehte mich zu Stéphane, der besorgt aussah. Seine Probezeit ging zu Ende, und sein Chef hatte ihm noch nicht gesagt, ob er ihn weiterbeschäftigen würde. Am Tag zuvor hatte es einen Zwischenfall gegeben, ein alter Beau im Anzug, man fragte sich, was er da eigentlich zu suchen hatte, hatte ihn beschuldigt, ihn übers Ohr zu hauen, als er ihm das Restgeld zurückgab. Und er hatte die Ruhe verloren und war laut geworden, manchmal gehe diese Scheißarbeit ihm gewaltig auf die Nerven, das müsse man verstehen. Der Chef war sofort herbeigestürzt, man könnte glauben, er habe nichts anderes zu tun, als den ganzen Tag in seinem Büro zu sitzen und auf die Monitore zu starren. Die drei anderen mischten sich in die Unterhaltung und erzählten ganz ähnliche Geschichten, Ärger mit Kunden, die einen behandelten, als wäre man ihr Dienstbote, als wäre man ihnen etwas schuldig, als wären sie etwas Besseres, der Druck von Vorgesetzten, die sich gern als Chef aufspielten und einem vorwarfen, man tue niemals genug, man sei nicht engagiert, freundlich, gesprächig genug, verfüge über zu wenig Zungenfertigkeit, zu wenig Persönlichkeit. Nach einer Weile begann Bruno seinen Werdegang zu erzählen, durchs Abitur gerasselt, dann ein Jahr nichts getan, mit seinen Kumpels geraucht, Skateboard gefahren, ein bisschen Bass gespielt in einer Reggaegruppe und danach immer neue befristete Arbeitsverträge, Probezeiten, die zu keiner Anstellung geführt hatten, monatelang arbeitslos, eine Weile sogar Sozialhilfe. Er habe ein bisschen alles gemacht und sei schließlich in dieser Leiharbeitsfirma gelandet, was nicht das Schlechteste sei. Er nehme, was man ihm anbiete, Verladearbeiten, Hausmeistertätigkeit, Reinigungsarbeiten. Mit dem, was seine Frau verdiene, ginge es. Natürlich würde er ihren beiden Kindern gern Ferien bezahlen können, doch die Miete für ihre Dreizimmerwohnung fresse zwei

Drittel ihrer Einkünfte auf, es bleibe gerade noch genug für Essen und Kleidung, und je besser es gehe, desto früher beginne das Monatsende. Die Blonde habe recht, an allem sei der Euro schuld, der die Preise in die Höhe getrieben habe, und die Ausländer, die einem alle Jobs wegnähmen, denn schließlich sei er durchaus bereit, die Arbeiten zu machen, die die Franzosen angeblich nicht mehr machen wollen. Selbst die Scheißhäuser putzen, Hauptsache, er bekomme einen unbefristeten Vollzeitvertrag und ein Monatsgehalt.

»Stell dir das mal vor. Heute ist es das Höchste, wenn du einen unbefristeten Vollzeitvertrag kriegst. Zur Zeit unserer Eltern war das gerade mal das Minimum. Eine Selbstverständlichkeit. Heute muss man wie ein Löwe darum kämpfen. Und selbst wenn du ihn hast, gibt es immer jemand, der dir sagt, du arbeitest nicht gut genug, du bringst nicht genug Leistung ...«

Ich warf den anderen einen fragenden Blick zu. Aymeric arbeitete bei der Post. Sein Vater hatte ihn dort untergebracht. Sohn eines Postbeamten. Er verdiente etwas mehr als den Mindestlohn, das sei nicht das Nirwana, aber er könne sich nicht beklagen, er habe einen Vollzeitjob und sei nie arbeitslos gewesen. Manchmal habe er den Eindruck, seine Kumpels nähmen ihm das übel. Es gebe immer irgendwas, weswegen er privilegiert sei. Das höre man auch dauernd im Fernsehen. Jeden Tag um fünf Uhr morgens die Post sortieren, er könne nicht recht erkennen, wieso das ein Privileg sei, aber im Grunde könne man es ihnen nicht übelnehmen, das sei eben die Krise. Die Leute mit befristeten Arbeitsverträgen beneiden die mit unbefristeten Arbeitsverträgen. Die Arbeitslosen beneiden die, die Arbeit haben. Diejenigen, die zum Mindestlohn arbeiten, finden, dass die Arbeitslosen zu viel Geld bekommen, obwohl sie nichts tun. Die Franzosen haben was gegen die Ausländer, sogar gegen die Franzosen mit Migrationshintergrund, und das sei gegenseitig, alle beneideten alle, alle hätten was gegen alle, na ja, das sei sein Eindruck, und ganz ehrlich, die Blonde zu wählen würde diese ganze Scheiße nicht besser machen. Bruno stimmte zu. Natürlich würde er sie niemals wählen. Nur manchmal würde er am liebsten alles zum Teufel jagen, dem Ameisenhaufen einen tüchtigen Fußtritt versetzen und diesen scheiß ENA-Absolventen sagen, sie könnten ihm mal im Mondschein begegnen.

»Manchmal sage ich mir, dass wir vierzig Millionen Franzosen sind, die totgeschwiegen werden. Ich meine, du machst den Fernseher an, und es ist nur von den Reichen die Rede. Die ganze Zeit. Und die Steuerobergrenze hier, die Reichensteuer dort, und die Belastungen dieser armen Chefs und die Produktivitätsprobleme unserer Unternehmen, die nicht konkurrenzfähig genug sind, die Armen, und, schnief, schnief, nicht so viele einstellen können, wie sie gern möchten, und die Gehaltsschraube anziehen müssen und so weiter. Warum reden sie, wenn sie von der Krise reden, immer nur von den Börsenmaklern, den Banken und den Unternehmen und nie von den Arbeitnehmern, den Familien, den Rentnern, die darunter zu leiden haben?«

Wir bestellten noch ein Bier und tranken es auf Ex. Der Dritte hatte schon seit einigen Minuten kein Wort gesagt. Er trank sein Glas aus und verabschiedete sich, bevor er ging. Stéphane blickte auf die Uhr. Er würde auch nicht mehr lange bleiben. Marie möge es nicht besonders, wenn er mit Kumpels in der Bar rumhänge, während sie sich um die Hausaufgaben kümmern und die Kleinen baden müsse … Er wirkte ein bisschen enttäuscht, dass er nach Hause musste. Ich sagte ihm nicht, dass ich alles dafür gegeben hätte, um an seiner Stelle zu sein, dass ich, wenn ich er wäre, schon längst zu Hause wäre, dass der Alltag mit den Kindern und Sarah mir mehr als alles andere fehlte, die Alltagsroutine, diese Anhäufung von Gewohnheiten und Ritualen, die man, manchmal verächtlich, Familienleben nannte. Doch was uns betraf, Sarah, die Kinder und mich, hätte ich viel dafür gegeben, das bis zum Ende meiner Tage leben zu können. Ich bezahlte. Als ich gehen wollte, hörte ich meinen Namen. Ich drehte mich um und erkannte ihn sofort in der Schlange für Zigaretten. Er hatte immer noch diesen merkwürdigen und schönen Blick, diese zu hellen Augen und diese zu langen Mädchenwimpern, weswegen er von allen immer als Homo bezeichnet worden war. Niemand hatte viel mit ihm gesprochen. Er war der Sohn der Französischlehrerin, niemand konnte ihn ausstehen, im Nachhinein weiß ich nicht einmal mehr genau, warum eigentlich, sie war sicher nicht schlimmer als andere gewesen, doch das genügte, um Damien dafür büßen zu lassen. Ich erinnere mich, dass er mehrmals versucht hatte, Kontakt mit mir aufzunehmen. Denn auch er hörte klassische Musik, las Gedichte und schrieb welche. Auch er mochte die Filme, die die anderen häufig beschissen oder merkwürdig fanden. Als er mir die Hand schüttelte, spürte ich ein leichtes Unbehagen. In all diesen Jahren hatte ich ihn wie die anderen von oben herab behandelt. Manchmal hatten Yann, Éric, Thomas, Stéphane und ich seine Mutter und ihn mitten in der Nacht angerufen. Wir hatten die Nummer im Telefonbuch gefunden. Wir waren bei Yann, fest entschlossen, die Nacht durchzumachen, und nachdem seine Eltern ins Bett gegangen waren, holten wir Flaschen und schauten uns Horrorfilme an, auch Sexfilme auf dem verschlüsselten Sender Canal, und immer gegen drei Uhr morgens, wenn wir schon ein bisschen besoffen waren, schlug einer vor, Mutter Duval zu nerven. Wir wählten ihre Nummer. Sie nahm ab, und wir sagten nichts. Und das stundenlang. Am nächsten Morgen war Damien blass und hatte Ringe unter den Augen.

»Geht's dir nicht gut?«, fragte ihn einer von uns.

»Nein. Schon wieder hat so ein Arschloch uns die ganze Nacht angerufen. Wenn das nicht aufhört, werden wir die Polizei verständigen.«

Während er das sagte, sah er uns eindringlich an, als ahnte er, dass wir dahintersteckten. Doch keiner verzog eine Miene. Jeder von uns hielt seinem zu hellen, von zu langen Wimpern gesäumten Blick stand.

Wir tauschten ein paar Neuigkeiten aus. Er hatte meinen Werdegang verfolgt. Seine Mutter auch.

»Sie bewundert dich sehr. Und außerdem ist sie total stolz. Sie erzählt allen von deinen Büchern. Stell dir das mal vor! Eine Französischlehrerin …«

Er sprach immer noch mit diesem leichten Lächeln im Mundwinkel. Man wusste nicht genau, wie man das deuten sollte. Wir hatten ein bisschen den Eindruck, er würde sich über uns lustig machen. Oder sich dafür entschuldigen, da zu sein. Er machte eine lange Pause. Ich versuchte mir nichts anmerken zu lasen. Wusste er Bescheid oder nicht? Hatte seine Mutter dieses Buch gelesen? Das, in dem ich mich ein wenig abfällig über sie geäußert hatte? Ich hatte nicht einmal ihren Namen geändert. Das Buch war in einer Reihe für die Jugend erschienen, zu einem Zeitpunkt, da meine Leser sich an den Fingern einer Hand abzählen ließen, zu einem Zeitpunkt meines Lebens auch, da die Krankheit wieder die Oberhand gewonnen hatte. Es war die Zeit, in der ich meinen Kopf gegen die Wände schlug, mich stundenlang in einen Wandschrank einschloss, schon morgens trank und in der Tasche meines Mantels stets einen Flachmann mit billigem Whisky dabeihatte. Die Zeit, in der ich mich mit Medikamenten vollpumpte und Sarah jeden Abend weinte, aber nicht resignierte. Die Zeit, in der ich stundenlang durch Paris wanderte, vor mich hin murmelte, ich wolle sterben, und alle naselang meine Finger in Form eines Revolvers an meine Schläfe drückte. Die Zeit, in der ich einen Haufen Mist über François und seine Frau geschrieben hatte, aber er hatte nie mit mir darüber gesprochen. Ich hätte nicht sagen können, ob er es gelesen hatte, ob das möglicherweise Auswirkungen auf unsere sowieso schon distanzierte Beziehung gehabt hatte, die sich strikt auf familiäre Verpflichtungen beschränkte.

Wir gingen hinaus, und Damien zündete sich eine Zigarette an. Er unterrichtete im Auftrag eines Vereins Ausländer, die nicht oder nur schlecht Französisch sprachen. Davor hatte er einen Umweg über das staatliche Bildungswesen gemacht, hatte es aber nicht lange ausgehalten. Schon im ersten Jahr hatte er sich ein ganzes Leben lang in der Schule gesehen, und das hatte ihn schwindlig werden lassen. Und außerdem widerstrebte es ihm, autoritär aufzutreten. Er wollte den Kindern vertrauen, doch das hatte nicht gereicht, nach drei Monaten war er überfordert gewesen, er hatte nur noch ein Drittel der Klasse unterrichtet. Er hatte ganz offensichtlich versagt. Und natürlich hatte er aufgegeben. Er hatte nicht die Kraft gehabt weiterzumachen. Er brauchte nur ins Lehrerzimmer zu gehen, um zu wissen, dass er die Beine in die Hand nehmen musste. Abgesehen von zwei oder drei Kollegen, die nichts erschüttern konnte, die wirklich Vertrauen hatten, denn das muss man haben, um weiterzumachen zwischen den unkontrollierbaren Kindern, den schwachsinnigen Anweisungen des Ministeriums, den Lehrplänen, die entworfen worden waren, um die Schüler zu verdummen und ihnen jede Lust am Nachdenken, jede Liebe zur Literatur, jede Neugier, jedes Gefühl zu nehmen, schwankten alle Männer und Frauen, denen sie begegneten, zwischen Resignation und Depression, und alle empfanden am Ende das Gleiche für die jungen Leute, die sie ausbilden sollten: Verachtung, Hass, Ekel und manchmal Angst. Er hatte gekündigt und sich von diesem Verein anstellen lassen, der den Immigranten half. Das waren vor allem Afrikaner. Ein paar Chinesen. Er brachte ihnen die Grundlagen bei. Manche konnten kaum lesen, kaum schreiben. Andere dagegen waren sehr gebildet. Aber alle lebten in äußerst unsicheren Verhältnissen. Ein Teil von ihnen arbeitete auf Baustellen, ohne angemeldet zu sein, ohne Vertrag, ohne soziale Absicherung. Die meisten Frauen arbeiteten für Reinigungsfirmen, zwei Stunden am Morgen sechzig Kilometer von hier entfernt, zwei Stunden am Abend am anderen Ende der Banlieue, jedes Mal im Auto eine Stunde hin, eine Stunde zurück, das Benzin fraß die Hälfte des Lohns. Dabei waren diejenigen, die eine solche Arbeit hatten, noch am besten dran. Er erzählte mir nichts von seinem Privatleben. War er verheiratet? Hatte er Kinder? Wir verabschiedeten uns auf dem Bürgersteig. Er schüttelte mir die Hand, und unmittelbar bevor er mir den Rücken zuwandte, flüsterte er mir noch zu: »Übrigens, meine Mutter lässt dir ausrichten, dass sie Chanel trug.« Er ließ mir keine Zeit für eine Antwort. Die Worte, die ich über seine Mutter geschrieben hatte, fielen mir plötzlich wieder ein. Ich hatte von ihren durchsichtigen Pullis gesprochen, die ihre Brust sehen ließen, und ihren Prisunic-Parfums. Ich dachte an sie, während ich zu meinem Wagen ging. Ich ließ den Motor an und fuhr nach Hause, ganz langsam, ohne Radio, bei geöffneten Fenstern, durch die von Einfamilienhäusern gesäumten Straßen, vorbei an den Siedlungen mit Sozialwohnungen, ich fuhr an den Lagerhallen des Industriegebiets vorbei, am Fluss entlang und am Krankenhaus vorbei, vorbei an den leeren Parkplätzen der Supermärkte, machte einen Umweg über die Schule, das Collège, das Jugendzentrum, die Arbeitsagentur, die RER-Station, ich durchquerte zwei oder drei Siedlungen mit Fassaden in einer Reihe, die rechteckige Gärten verbargen, in denen Schaukeln und Grills standen, ich weiß nicht, was ich suchte, während ich so herumfuhr. Vielleicht wollte ich nach Hause fahren. Obwohl ich nie genau gewusst hatte, wo das war. Obwohl ich seit ein paar Monaten nicht mehr wirklich eines hatte.

II

DIE LANDSCHAFT ZOG VORBEI, eine Folge ineinander übergehender Bilder, die die Geschwindigkeit verschwimmen ließ. Im Radio kehrten die Kommentare über das gute Abschneiden des Front National und die Beteiligung seiner Kandidaten am zweiten Wahlgang in zahlreichen Landkreisen in einer Endlosschleife wieder, lediglich unterbrochen durch immer bruchstückhaftere und lakonischere Nachrichten über Japan, wo die Situation sich zu stabilisieren schien. Das Atomkraftwerk in Fukushima war vorübergehend unter Kontrolle, das Schlimmste hatte anscheinend vermieden werden können, obwohl ganze Städte weiterhin evakuiert wurden, obwohl die Produkte der Nachbarregionen verboten waren und obwohl die Rede davon war, dass die Herden der umliegenden landwirtschaftlichen Betriebe geschlachtet werden müssten, das Meer verseucht sei und Hunderttausende Fische verstrahlt seien. Man befürchtete vor allem, weitere Beben könnten die Reaktoren noch mehr schädigen. Diese rauchten im Zuge der Abkühlungsarbeiten noch immer. Die Wolkenbewegungen wurden täglich beobachtet. Die Experten sprachen von sechs bis neun Monaten, bevor man einen Sarkophag um das Kraftwerk bauen könne. Überall wurde unsere Bereitschaft, an der Atomkraft festzuhalten, infrage gestellt. Der französische Minister, der trotz der Tatsachen von Blindheit geschlagen war, behauptete, bei uns sei alles unter Kontrolle und es bestehe keine Gefahr. Man konnte ihm noch so oft sagen, auch die Japaner hätten sich in Sicherheit gewähnt, auch dort habe man von Sicherheitsstandards und von Nullrisiko gesprochen, ihm erwidern, das Unmögliche habe stattgefunden, das Unvorhersehbare sei per definitionem nicht vorhersehbar, er ließ sich von seiner Meinung nicht abbringen, als sei er unfähig, die Auswirkungen von alldem auf die Bevölkerung, das Ausmaß des Wahnsinns und der Verblendung, die unser Handeln seit langem bestimmten, wirklich abzuschätzen. Überall wurde die Ruhe der Japaner gelobt, ihr Fatalismus verblüffte, und hier wie dort versuchten Fachleute so abstrakte Konzepte wie das der Vergänglichkeit ins Feld zu führen, den Shintoismus zu bemühen und jedem, der es hören wollte, zu erzählen, das Archipel trage die Möglichkeit seiner Zerstörung in sich und man müsse damit leben, für sie sei das nichts Außergewöhnliches, sondern eine Selbstverständlichkeit: Wie alle Dinge dieser Welt sterbe auch der Mensch, der nur ein Element unter anderen sei, eines Tages. Dann kam die Rede auf Libyen, wo die Kämpfe an Heftigkeit zunahmen, ohne dass man ein Ende voraussagen konnte, und auf die Krise, die man zunächst als eine Krise Griechenlands bezeichnet hatte und die jeden Tag etwas mehr zu einer Schuldenkrise wurde, zur Krise des Bankensystems, des Euros und bald ganz Europas, und die Kilometer sausten vorüber. Wie vor vielen Jahren, als wir in Richtung Meer gefahren waren, einen Möbelwagen vor uns auf der vierspurigen Autobahn, und unsere leere Wohnung, unsere Vergangenheit zurückließen, hatte ich das Gefühl, vor irgendetwas zu fliehen. Guillaumes Foto lag auf dem Beifahrersitz. In regelmäßigen Abständen warf ich einen Blick darauf. Und je länger ich es betrachtete, desto mehr klärten sich die Dinge, desto mehr hoben sich die Vorhänge des Schweigens und der Kälte: die Trauer meiner Mutter, die eisige Müdigkeit meines Vaters, sein Schweigen, seine Härte, seine gelegentliche Heftigkeit. Natürlich, es gab die Arbeit und den Alltag, der ihr Leben unterhöhlte. Aber trotzdem. Das alles passte so wenig zu dem, was ich von ihnen wusste, als sie jünger gewesen waren; diese so unbeschwerten und fröhlichen Fotos, ihr Entschluss, nicht sofort ein Kind zu bekommen, um das Leben zu »genießen«, ihre Spritztouren in die Ardèche oder in die Bretagne am Steuer des Diane, die wechselnden Kleider und Frisuren meiner Mutter, ihre Leichtigkeit, ihre Schönheit auch. Lange hatte ich uns, meinen Bruder und mich, für diesen Verschleiß verantwortlich gemacht. Lange hatte ich diese Art von Schuldgefühl gehabt. Ich hatte das Gefühl gehabt, eine Last für sie zu sein, eine finanzielle Last, eine psychische Last durch den Ärger, den ich ihnen bereitete, dabei wusste ich gar nicht so recht, um was für Ärger es eigentlich ging, abgesehen von meiner

Wortkargheit, meiner sozialen Unangepasstheit. Und ich war mir nicht einmal sicher, ob sie sich dessen bewusst waren. Denn was wussten sie schon von mir? Und was wusste ich wirklich von ihnen? Vor zwei Tagen hatte ich erneut versucht, mit meinem Vater darüber zu reden, aber er hatte mich nicht einmal ausreden lassen, kaum hatte er das Foto gesehen, das ich in der Hand hielt, hatte er schimpfend das Zimmer verlassen: Ich solle endlich aufhören, ihn mit diesen Geschichten zu nerven, ich hätte zu viel Phantasie, für einen Romanautor sei das ja sehr gut, aber ich gehe ihm gehörig auf den Wecker damit.

»Aber gestern hat Mama mir gesagt...«

»Deine Mutter ist nicht ganz bei sich. Du hast dir neulich doch selbst Sorgen um ihren Geisteszustand gemacht, du wolltest, dass wir einen Arzt bitten, sie zu untersuchen, um festzustellen, ob sie einen Gehirntumor hat oder beginnenden Alzheimer.«

Danach hatte er sich ins Badezimmer eingeschlossen und war im Radfahrerdress herausgekommen. Ich hatte ihm nachgesehen, wie er auf seinem Rad losgefahren war, Grimassen schneidend schon bei den ersten Tritten in die Pedale, sichtlich eingerostet, und dieses Bild hatte nur noch wenig zu tun gehabt mit meinen Erinnerungen an seine Wochenendtouren. Häufig hatte mein Bruder ihn begleitet, und mein Vater hatte sich gerühmt, ihn trotz seines Alters immer noch abzuhängen, und mein Bruder hatte ihm bewundernd beigepflichtet: »Du hättest sehen sollen, wie er mich an der großen Küste von Melun hat alt aussehen lassen ...« Mir fielen wieder all die Male ein, wo er, wütend auf uns, auf meine Mutter, auf alle und niemanden, mit rotem, wutverzerrtem Gesicht auf seinem Fahrrad fortgefahren war, nachdem er uns den Arm umgedreht und uns hinausgeworfen oder uns einen seiner berüchtigten Tritte in den Hintern versetzt hatte. Er war immer erst drei oder vier Stunden später zurückgekommen, ruhig, aber kalt wie ein Aal, und hatte den ganzen Abend und den ganzen nächsten und übernächsten Tag kein einziges Wort mit uns geredet. Dann war plötzlich alles vorbei gewesen, und das Leben ging wieder seinen Gang, stets ein wenig bedrohlich, wie Feuer, das unter der Lava schwelt.

Ich hielt in der Nähe von Laval und rief meine Eltern an. Ich hatte das Gefühl, auf der Flucht zu sein, mich nicht meiner Verantwortung als Sohn zu stellen. Als ich meinem Bruder mitgeteilt hatte, dass ich nach Hause fahren würde, hatte er mir erwidert, dass er es gewusst habe, dass man sich eben doch nicht auf mich verlassen könne. Dass es immer das Gleiche mit uns sei. Im Reden, im Sichberauschen an Worten, an großartigen Ideen seien wir groß, aber wenn es darum gehe zu handeln ...

»Einen Moment«, hatte ich erwidert, »ich sehe nicht den Zusammenhang. Außerdem bin ich schon zehn Tage dort, zwischen Papa, der wie immer von morgens bis abends einen Flunsch zieht, und dem Krankenhaus, wo Mama die meiste Zeit schläft. Ich möchte dich mal sehen.«

»Mich? Machst du dich über mich lustig? Dreiundvierzig Jahre tue ich mir das schon an.«

Einen Augenblick war ich versucht gewesen, ihm von Guillaumes Foto zu erzählen, doch dann besann ich mich. Das war nicht der richtige Augenblick. Aber vielleicht würde der richtige Augenblick nie kommen. Schließlich hatte ich meine Sachen zusammengepackt. Alles war in Ordnung. Meine Mutter war aus dem Krankenhaus entlassen worden. Am Morgen waren die Sanitäter gekommen, um sie abzuholen, und hatten sie unter ihre Arme genommen, um sie die Treppe hinunter zum Krankenwagen zu tragen, der sie zum Rehabilitationszentrum bringen würde. Die Umgestaltung der Räume schien ihren Beifall zu finden. Natürlich hatte sie das große Bett mitten im Wohnzimmer hässlich gefunden, aber das sei ja nur vorübergehend, sie würden umziehen, und darüber freute sie sich wirklich, denn dort sei alles praktischer, und es gebe andere Leute ihres Alters, mit denen sie reden könnte, hier mit den Nachbarn sage man sich ja nur guten Tag und guten Abend, und mein Vater, ich würde ihn ja kennen, für ein Schwätzchen sei er nicht der Richtige. Am Abend hatte sie sich in der Küche mit einer Waschschüssel und einem Waschhandschuh gewaschen. Es klappte alles ganz gut. Der Kühlschrank und der Vorratsschrank waren für zehn Tage gefüllt, und ich hatte eine Hilfe engagiert, die jeden Morgen kommen würde, um ein bisschen zu putzen, eventuell ein paar Besorgungen zu machen und das Essen zu kochen. Mein Vater hatte geschimpft. Er brauche niemanden. Und das würde ihn ein Vermögen kosten. Als ich ihm erwidert hatte, darum brauche er sich keine Sorgen zu machen, ich hätte für die kommenden zwei Monate im Voraus bezahlt, hatte er verärgert gewirkt.

»Es ist nicht nötig, dass du irgendetwas für uns bezahlst. Es ist nicht Sache der Kinder, für ihre Eltern zu sorgen. Außerdem haben wir alles, was wir brauchen. Wir verdienen unseren Lebensunterhalt, wie wir es immer getan haben, ohne jemanden um etwas zu bitten. Zumal das Haus heute Morgen verkauft wurde. Wir unterschreiben den Vorvertrag nächste Woche. Also sag mir, wie viel ich dir schulde.«

Sie hieß Madeleine und sprach mit einem starken ländlichen Akzent. Sie meldete sich am Telefon.

»Läuft alles gut?«, fragte ich sie.

Ihre Antwort lautete selbstverständlich ja. Sie hatte zwei oder drei Fragen zum Umgang mit dem Herd und den Kochplatten, die mein Vater ihr nicht hatte beantworten können. Im Übrigen sei er aus dem Haus gegangen und meine Mutter noch bei der Krankengymnastin. Beruhigt legte ich auf. Immerhin hatte ich getan, was getan werden musste. Und mein Bruder hatte sich nicht einmal bemüht, das grässliche Architektenhaus in dieser grässlichen vornehmen Vorstadt zu verlassen, in der er lebte und seine Zeit damit verbrachte, Zwergpudel zu behandeln. Ich trank meinen Kaffee aus und bezahlte die Rechnung bei der Kellnerin, einem spindeldürren Mädchen in einem viel zu weiten Total-T-Shirt. Sie wünschte mir eine gute Fahrt, und ich wünschte ihr viel Glück.

»Das kann ich brauchen«, erwiderte sie müde. »Nach dem, was gestern passiert ist.«

Es ging schon wieder los. Sie wird nie aufhören, diese Manie der Leute, ihr Leben auf mich abzuwälzen, dachte ich, während ich ihr zuhörte, wie sie mir erzählte, dass ein Fernfahrer am Abend zuvor in der Dusche Selbstmord begangen habe. Sie habe ihn entdeckt, die Tür sei schon seit Ewigkeiten geschlossen und kein Laut zu hören gewesen. Sie habe geklopft, doch niemand habe geantwortet. Nach einer Weile habe sie, als sie auf ihre Füße geblickt habe, gesehen, wie sich um ihre Schuhe herum eine Blutlache gebildet habe. Ein Kollege habe die Tür aufgebrochen. Ein Typ habe nackt auf dem Boden gelegen, den Kopf nach hinten geneigt und mit aufgeschnittenen Pulsadern.

»Ich habe Albträume gehabt, es war dermaßen schrecklich.«

Ich fuhr weiter, stellte die Nachrichten ab, legte eine CD ein und fuhr bis zum Meer, ohne es zu merken, getragen von der Musik, halb im Schlaf, gewiegt von der Landschaft, die mit hundertfünfzig Stundenkilometern vorbeiflog. Manon schimpfte immer mit mir, weil ich zu schnell fuhr. Das tat ich nicht aus Spaß oder Angeberei, es war tatsächlich stärker als ich: Zwanzig Kilometer achtete ich darauf, doch dann dachte ich nicht mehr daran, meine Gedanken flogen davon, und ich musste mich aus meiner Träumerei reißen, um zu bemerken, dass ich viel zu schnell fuhr. »Wenn du keinen Punkt mehr hast, wird es dir vielleicht klar werden«, sagte Sarah bei jeder Gelegenheit. Obwohl ich massenweise Strafzettel bekam, hatte sich ihre Vorhersage niemals erfüllt. Schließlich hatte ich sogar zum Telefon gegriffen, um mich in der Präfektur nach meinem diesbezüglichen Kontostand zu erkundigen. Zu meiner großen Überraschung hatte man mir geantwortet, dass alles in Ordnung sei. Die Dame am anderen Ende der Leitung hatte mir sogar gratuliert. »Siehst du«, hatte ich spöttisch zu Sarah gesagt, »selbst in der Präfektur finden sie, dass ich wie ein Gott fahre.« Daraufhin hatte sie beschlossen, ihnen zu schreiben, um sie darauf hinzuweisen, dass ein Irrtum, ein Programmfehler oder sonst was seit Jahren die Berechnung der Punkte ihres Lebensgefährten verfälsche. Ein paar Tage später hatte ich einen Brief erhalten, in dem man mir mitteilte, dass ich nur noch drei Punkte hätte, und mich aufforderte, an einem Kurs teilzunehmen, um wieder welche zu erhalten. Und mir war nichts anderes übriggeblieben. Ich hätte ihr deswegen böse sein können. Doch die Wahrheit ist, dass ich unwillkürlich stolz darauf war, mein Leben mit einer solchen Frau zu teilen.

Plötzlich erstreckte sich das Meer vor meinen Augen, und ich hatte das Gefühl, mein Schädel würde geöffnet, damit mein Gehirn sich frei ausbreiten könne nach Tagen der Gefangenschaft in einem Tupperwarebehälter. Ich stieg aus dem Wagen, und meine Lungen füllten sich mit Himmel und Algen, Salz und Jod. Auf dem Strand lagen etwa fünfzehn Personen in der Sonne, immer die Gleichen, manchmal fragte ich mich, was sie wohl mit ihrem Leben machten, um jeden Nachmittag hierherzukommen, jeden Sonnenstrahl auszunutzen und stundenlang auf die Fluten zu starren, als würden sie endlos meditieren im Angesicht des Meeres. Und auch sie wussten sicher nicht, womit ich mich beschäftigte, in der Regel grüßten wir uns mit einem Nicken, und die wenigen Worte, die wir wechselten, betrafen die Schönheit des Ortes, die Art des Lichteinfalls, die Art, wie die Ebbe die Riffe freilegte, das Leuchten des Sandes oder die Farbe des mehr oder weniger bewegten Wassers, mehr oder weniger grün, blau, türkis, mehr oder weniger anthrazitfarben oder silbergrau, wenn die Sonne unterging. Manchmal erhob sich einer von ihnen, ging bis zum ersten Plätschern und tauchte dann mit langsamen Schritten ins Wasser ein, ohne sich um die bescheidenen dreizehn oder vierzehn Grad zu kümmern, die das Quecksilber angezeigt hätte, wenn man ein Thermometer hineingehalten hätte. Es war besser, darauf zu verzichten und der Lust nachzugeben, die einen manchmal überfiel. Bald war er fast ganz im Wasser verschwunden und schwamm auf den Horizont zu, den Blick auf den Himmel und die Vögel gerichtet. Ich war einer von ihnen, und mir war durchaus bewusst, dass es nicht mehr einfach nur ums Schwimmen ging, sondern dass es sich um ein eigenartiges Ritual handelte, um eine Zeremonie, die mit Vergessen und Wiedergutmachung zu tun hatte. Manchmal taute jemand ein wenig auf und sprach mit feuchten Augen von dem Glück, das wir hatten, hier zu leben. Am Ausdruck ihres Gesichts und dem Ton ihrer Stimme erkannte ich, dass es sich nicht einfach nur um die Zufriedenheit eines Urlaubers oder Touristen handelte. Nein, etwas Tieferes verband sie mit diesen Landschaften. Ich hatte das Gefühl, dass jeder hierhergekommen war, um sich zu retten. Jeder versuchte, ein neuer Mensch zu werden. Jeder floh vor seinem Leben, seiner Vergangenheit, seiner Gegenwart, seinen Gespenstern und versuchte, sie auf Distanz zu halten und täglich zu ertränken, indem er auf das weite Meer starrte oder sogar hineintauchte, als wollte er sich reinwaschen. Ich zog eine Badehose an und ging ins Wasser, das so eiskalt war, dass meine Arme schmerzten und mein Nacken fast erfror. Ich dachte an Manon, die sich schon bei elf oder zwölf Grad wie eine Katze in der Sonne aalte, sie war schlimmer als ich, und seit einem Jahr ging sie fast jeden Tag ins Wasser und tolerierte den Surfanzug nur im Winter. Ich liebte es, ihr zuzuschauen, wie sie auf ihrem schmalen Brett dahinglitt, das Haar vom Salz zerfressen. Clément war deutlich weniger mutig. Wie Sarah wartete er mildere Temperaturen zum Schwimmen ab und blieb nur für ein paar Schwimmbewegungen und zwei, drei Spritzer im Wasser. Völlig durchgefroren, lief er zähneklappernd zu den Badetüchern und verbrachte dann Stunden auf den Felsen, sich in der Sonne räkelnd auf der Suche nach Wärme.

Ich kam als neuer Mensch aus dem eisigen Wasser. Ich hinkte nicht mehr, mein Geist war klar und frei, innerhalb weniger Minuten hatte das Meer alles ausgelöscht, die Straßen meiner Kindheit und das Haus meiner Eltern, meine früheren Klassenkameraden und Sophie. Ich blicke mich um und hatte plötzlich die Gewissheit, wieder zu Hause zu sein, in diesem Finistère, wohin wir, ich und einige andere, uns geflüchtet hatten und wo wir versuchten, uns am Leben zu erhalten, indem wir uns den Elementen aussetzten, dem Himmel, den Wellen und dem Granit, den Bewegungen der Wolken und der Gezeiten, und ein den Klippen und dem Schimmern des Wassers, den weiten Sandstränden gewidmetes Leben zu führen, ein Leben in Symbiose mit der Landschaft, und nur noch empfängliche Oberfläche, Aufnahme, Wahrnehmung zu sein. Ich hatte Lust, Sarah wiederzusehen. Es war Dienstag, und sie arbeitete nicht, das wusste ich. Ich hatte Lust, sie in die Arme zu nehmen, und ich hatte das Gefühl, wenn sie mich kommen sähe und mich mit ihr sprechen ließe, könnte alles wieder wie früher werden. Ich fühlte mich imstande, sie zu überzeugen, dass ich alles wiedergutmachen würde. Ich fühlte mich bereit, ihr das Versprechen eines Neuanfangs, eines neuen Menschen zu geben und es zu halten. Irgendetwas hatte mir während der Tage, die ich in V. verbracht hatte, die Gedanken zurechtgerückt. Irgendetwas zeichnete sich ab. Ich hatte das Gefühl, die Konturen meines Lebens, seine Leitlinien, seine näheren Umstände besser zu erkennen. Ich griff in meine Tasche, um zu überprüfen, ob Guillaume sich dort befand, winzig und blau angelaufen hinter dem durchsichtigen Plexiglas seines Brutkastens. In meiner Naivität war ich felsenfest davon überzeugt, dass Sarah verstehen würde, wenn sie ihn sähe, und dass alles dort weitergehen würde, wo wir aufgehört hatten.

Ihr Wagen war vor dem Garten geparkt. Ein schwarzer Audi Coupé berührte ihn fast. Ich spürte, wie mein Herz plötzlich verrücktspielte. Ich kannte diese verdammte Karre. Ich parkte etwas weiter weg in einer Sackgasse. Ich konnte es nicht fassen. Was hatte dieser Blödmann von oberlehrerhaftem Arzt bei mir zu suchen? Bei Sarah? Ich hasste diesen Typen, sein silbriges, perfekt frisiertes Haar, seine schwarzen Anzüge und Lackschuhe, die er selbst am

Strand trug, seine glattrasierten Wangen und seine manikürten Hände, seine Manie, nur Tomatensaft oder sündteure Whiskys in La Goélette zu trinken, sein verdammtes schlankes, blendend weißes Motorboot, während hier alle nur auf Segelboote schworen. Alle möglichen absurden Gedanken schickten sich an, mein Gehirn zu überschwemmen, als ich diesen Vollidioten im Garten, meinem Garten auftauchen sah. Dieser Typ ging über meinen Rasen mit seinen großen Schritten eines Vollidioten, vollkommen entspannt, ja sogar lächelnd. Er drehte sich um, um in Richtung Tür zu winken. Von meinem Beobachtungsposten aus konnte ich sie nicht sehen, doch Sarah musste zwangsläufig dort stehen, wer sollte sonst da sein, wenn nicht sie? Der George Clooney für Arme ging zu seinem schönen schwarzen Audi und ließ mich gekreuzigt zurück, hinter einem Baum versteckt auf dem Bürgersteig gegenüber. Ich holte mein Telefon aus der Tasche. Sarah meldete sich nach dreimaligem Klingeln, das mir unendlich lang vorkam.

»Stör ich dich?«

»Nein, nein, ich habe geschlafen. Bist du immer noch bei deinen Eltern?«

»Nein, ich bin zurück. Ich rufe dich an, um es dir zu sagen. Und um dir auch zu sagen, dass ich, wenn du nichts dagegen hast, morgen gern die Kinder nehmen würde. Ich habe sie lange nicht gesehen, sie fehlen mir so sehr.«

»Paul, es ist nicht ›lange‹. Es sind nur zehn Tage. Hör auf, den Märtyrer zu spielen.«

Ich veränderte meine Stellung, um die Terrassentür des Wohnzimmers sehen zu können. Sie hielt das Telefon am Ohr und trug ihr kleines schwarzes Spitzenkleid, das sie immer angezogen hatte, wenn sie mir eine Freude machen wollte. Dieses Kleid war eine Art Signal zwischen uns, das wundervollen Sex in dem leeren Haus versprach an den langen ruhigen Nachmittagen, die uns die Schulbehörde schenkte …

Ich konnte mir die Frage nicht verkneifen: »Was machst du heute?«

»Nichts. Nichts Besonderes. Rozenn ist zum Kaffee da gewesen. Sie ist gerade gegangen.«

»Ich dachte, du machst einen Mittagsschlaf.«

»Na ja, ich hab's versucht. Bis du angerufen hast ...«

Jede dieser Lügen bohrte sich in meine Eingeweide. Die Nachbarin im Garten gegenüber beobachtete mich mit einem eigenartigen Ausdruck. Sie fragte sich vermutlich, wieso ich vor dem Haus meiner Exfrau halb versteckt telefonierte. Ich lächelte ihr zu und zeigte ihr meine schönen falschen Zähne, meine schöne Reihe von Porzellanzähnen zu tausend Euro das Stück, womit ich meinem Zahnarzt zu einem Porsche verholfen hatte. Ich legte auf und ging zu meinem alten Scenic, den die Gischt vorzeitig nass gemacht hatte.

DIE WELLEN BRANDETEN AUF DEN DEICH, brachen sich und leckten die Scheiben der Bar mit großen Fontänen schäumender Gischt. Es war, als säße man im Auto, während es in der Waschanlage gewaschen wird. Das diagonal einfallende Sonnenlicht verbreitete sich auf dem Wasser in Pfützen aus geschmolzenem Aluminium. Ich hatte den Rest des Nachmittags an meinem Schreibtisch verbracht, gegenüber dem Meer, das nach und nach den Sand raubte. Die elektrisch aufgeladene Wolkenschleppe des Himmels senkte sich auf die Wohnung herab und zeichnete riesige petrolblaue Schatten auf das smaragdgrüne Wasser. Das Meer sah aus wie ein Mosaik aus marokkanischen Farben, das an manchen Stellen von innen von gewaltigen Halogenlampen erleuchtet zu werden schien, die in der Tiefe des Wassers aufgestellt und nach oben gerichtet worden waren. Über der Altstadt war der Himmel vollkommen blasslila. Ich hatte meinen Computer eingeschaltet, aber eigentlich umsonst, ein Produzent hatte mir gerade ein Drehbuch gemailt, meist lehnte ich diese Flickarbeit ab, doch diesmal hatte ich eine Ausnahme gemacht. Ich mochte die Arbeit des Regisseurs, ich arbeitete zurzeit nicht an einem Buch, mich wieder an die Arbeit zu machen, konnte mir nicht schaden. Seit ein paar Wochen war mein Leben irgendwie auf den Kopf gestellt. Seit unserer Trennung hatten die Tage ihre Form, ihr Zentrum, ihre Konturen verloren. Ohne Sarah kam mein innerstes Wesen wieder zum Vorschein: unsicher, undeutlich, verwirrt. Übrigens auch seit ich meinen Erzählungsband beendet hatte. Ich konnte nicht mehr leben, ohne zu schreiben. Ich hatte mein ganzes Leben um dieses Zentrum herum konstruiert, das verschwand, wenn ich nicht arbeitete, und dann brach alles zusammen und verlor seinen Sinn. Auch wenn ich jedem, der es hören wollte, erzählte, das Meer genüge mir, es stimmte nicht. Nein, ich konnte nicht mehr leben, ohne zu schreiben, und manchmal fragte ich mich, ob meine Bücher nicht die Antwort auf eine andere Notwendigkeit waren als diese: leben durch Schreiben, den Tagen eine Struktur, ein Ziel, ein Gerüst, eine

Form geben. Ich versuchte mich vom Gegenteil zu überzeugen, mir einzureden, dass jeder Roman auf einen viel tieferen Appell antwortete, dass das Schreiben eine Frage des Überlebens war, aber ich war mir nicht sicher. Ich hatte das Drehbuch, das ich putzen, umgestalten, ja umschreiben sollte, durchgescrollt, ohne irgendetwas aufzunehmen, unfähig, mich zu konzentrieren. Dieser Blödmann von Arzt, seine Lackschuhe, sein Audi Coupé gingen mir nicht aus dem Kopf. Mir vorzustellen, dass er Sarah berührte, zerriss mir buchstäblich das Herz. Ich hatte noch einmal versucht, das Dokument zu lesen, das zu bearbeiten ich mich verpflichtet hatte. Im Großen und Ganzen wusste ich, worum es ging, doch jetzt musste ich ins Detail gehen, die Mechanik abhorchen, das Räderwerk beobachten, um herauszufinden, wo es klemmte. Das war eine Arbeit ohne Folgen, ein bisschen mühselig, ohne Poesie und Charme, wie alles, was mit dem Drehbuch eines Films zu tun hat, dessen Regisseur man nicht ist, wenn man nicht die Gesamtverantwortung hat, nicht für die Sprache verantwortlich ist, die aus Körpern, Zeit, Einstellungen und Licht besteht. Ich weiß nicht, wer gesagt hat, ein guter Film sei vor allem eine gute Geschichte, eine gute Geschichte und eine gute Geschichte, doch dieser Typ war nicht nur ein Idiot, sondern wurde auch von der Gewerkschaft der Drehbuchautoren bezahlt. Gute Geschichten findet man überall, in jedem Mülleimer, die Zeitungen, die Straßen, die Häuser sind voll davon, man muss sich nur bücken, um sie aufzuheben. Und Typen, die etwas Vernünftiges daraus zu machen verstehen, stehen Schlange vor den Türen der Produzenten. Nein, entscheidend für einen guten Film wie für ein gutes Buch sind Dinge wie Stil, Blick, Rhythmus, Einstellung, Sprache, Licht, Zeit, Satz. Und eventuell die Figuren. Der Rest ist Anekdote. Das war die Art von Diskussion, die ich gern mit mir selbst führte. Manchmal quatschte ich Sarah voll, indem ich mich laut über diese Dinge ausließ. Dabei war ich mir selbst gar nicht sicher, ob ich daran glaubte. Im Grunde war ich niemals sicher gewesen, wirklich zu denken, was ich zu denken glaubte, wirklich der zu sein, der zu sein ich mich abmühte. Schließlich hatte ich den Computer ausgeschaltet und war schwimmen gegangen, bis ich vor Kälte zitterte.

Die Bar war voll, Fabien feierte seinen neuen Job, nach einer Ausbildung zum Klempner hatte er sich selbständig gemacht, es war sein erster Tag, und er gab einen aus. Seit ich hier lebte, war es der sechste Job, in dem er sich versuchte. Am Anfang hatte er beim Film gearbeitet, doch im Laufe der Jahre hatte ich miterlebt, wie er Austernhändler, Hafenarbeiter, Barkeeper, Verkäufer von Spielzeug auf Märkten und Chef eines Restaurants geworden war, das nur eine Saison überlebt hatte. Vielen hier ging es so. Sie nahmen, was sie fanden, egal, welche Ausbildung sie ursprünglich gemacht hatten. Es gab nicht viele Jobs, und man arrangierte sich. Nicht eine Sekunde wäre ihnen der Gedanke gekommen, es woanders zu versuchen, wenn es keine mehr gab. Alle verwandelten sich lieber von einem Tag zum andern in etwas, woran sie noch am Abend zuvor nicht im Traum gedacht hätten. Die meisten von ihnen waren hier geboren worden, ich hatte oft mit den Lehrern in der Gegend über sie gesprochen. Die Jungs waren so versessen darauf, hier zu leben, dass sie unzureichende Ausbildungen machten und nur widerwillig zum Studieren nach Rennes oder Paris gingen, und wenn sie es doch taten, kamen sie nach ein paar Jahren zurück und arbeiteten in einem Sektor und auf einer Stelle, die mit ihren Qualifikationen nichts zu tun hatten. Ich blickte mich um, während ich meinen Lagavulin trank. Ich hatte den Whisky bestellt, ohne nachzudenken, ohne mir zu sagen, dass ich rückfällig wurde, nachdem ich jahrelang versucht hatte, mich zusammenzunehmen, mich mit Wein, Bier oder Cidre zu begnügen, und ich zog Bilanz: Da war ein Fotograf, der Käsehersteller geworden war, ein Toningenieur, der auf dem Markt Badetücher verkaufte, ein Informatiker, der Maler- und Elektrikerarbeiten machte und die Bäume ausschnitt, ein Fachmann für Spezialeffekte in Zeichentrickfilmen, der in einem

Beerdigungsinstitut arbeitete, eine Filmmaskenbildnerin, die ein Dekorationsgeschäft hatte, und ein Buchhalter, der in einem Resozialisierungsverein arbeitete. Nur der Zahnarzt war wirklich Zahnarzt, und das war ein Glück für die meisten Anwesenden. Der ehemalige Apotheker mit den Fotos seiner Enkelkinder, der Volleyballtrainer mit seinem Schaumstoffball, die Zeitungshändlerin, die beiden Krankenwagenfahrer, alle wünschten Fabien viel Glück und hofften, man könne im Falle eines sonntäglichen Lecks oder einer Überschwemmung auf ihn zählen. Jeder erklärte sich bereit, ihn zu so vielen Gläschen einzuladen, wie notwendig wären, um sich seiner Dienste zu versichern, wenn Not am Mann sei. Samir kam herein, mit seiner typischen Miene schlechter Tage, und setzte sich neben mich. Er hatte keinen guten Tag gehabt, nur wenige Kunden und kurze Fahrten, vom Hotel in die Altstadt und von der Altstadt ins Hotel, eine Strecke, die man zu Fuß zurücklegen konnte, aber es war den ganzen Tag über windig gewesen, und Wind fürchteten die Touristen noch mehr als Regen.

»Ich kannte Leute, die hierher kamen und wieder gingen wegen des Windes. Alle reden immer vom Regen, aber das ist Quatsch. Es regnet nicht mehr oder weniger als anderswo nördlich der Loire. Nein, die Leute, die den Wind nicht gewohnt sind, macht er nach einer Weile verrückt. Ich habe Typen getroffen, die Häuser oder Wohnungen direkt am Meer hatten, wenn du in ihrem Wohnzimmer standst, hattest du das Gefühl, die Füße im Wasser zu haben, manchmal schienen die Wellen jeden Augenblick über ihr Sofa hereinzubrechen. Tja, schließlich sind sie in eine Baracke in den Straßen weiter hinten gezogen mit Blick auf die Nachbarbaracke und drei kümmerliche Tamarisken. Geht es dir nicht so?«

»Nein«, antwortete ich. »Ich habe das Meer immer schon geliebt. Und mir ist auch nie kalt. Wenn du hundert Kilo wiegst, Kumpel, dann ist dir nie kalt. Es ist, als hättest du dir Robbenfett gespritzt. Den ganzen Tag das Meer zu sehen nimmt mich dagegen manchmal so sehr gefangen, dass ich das Gefühl habe, vollkommen leer zu sein. Wie betäubt. Vollgestopft mit Watte oder Baumwolle. Zuweilen ist mir das sehr recht, glaub mir. Vor allem im Augenblick. Aber manchmal führt mich das so tief in mein Inneres, dass es unmöglich wird zu denken. Zu arbeiten. Zu schreiben. Ich kenne einen, der in der Altstadt wohnt. Du solltest seine Wohnung sehen, eine unverbaubare Sicht auf das weite Meer und die Küste, die sich endlos erstreckt, die Inselkette in der offenen See. Er macht Filme. Und du wirst es mir nicht glauben, seine Drehbücher schreibt er bei McDonald's. Zu Hause kann er es nicht. Die Aussicht lenkt ihn zu sehr ab.«

»Das sind Probleme dieser dämlichen Reichen und Intellektuellen«, warf einer der Krankenwagenfahrer ein, und ich pflichtete ihm bei, während ich meinen zweiten Whisky austrank.

Das war typisch für mich in solchen Situationen. Ich pflichtete dem bei, was die anderen sagten. Schon seit langem war mir die Lust an Wortgefechten, an großen Plädoyers vergangen. Ich hielt mich im Hintergrund und behielt meine Gedanken für mich. Als ich jünger gewesen war, war es mir gelungen, mich mit all meinen Freunden anzulegen, weil ich meine Standpunkte verteidigte und sie den anderen aufzwingen wollte. Sarah hatte am Ende die Nase voll gehabt, immer zu versuchen, die Scherben zu kitten und mit anzusehen, wie die Leute den Kontakt zu uns abbrachen, nachdem wir uns über dieses oder jenes Buch, diese oder jene Platte, diesen oder jenen Politiker gestritten hatten. In diesem Punkt war sie sich mit meiner Mutter einig, die so sehr darunter gelitten hatte, dass ihre beiden Söhne sich immer mehr voneinander entfernt hatten, je stärker ihre Vorstellungen auseinandergingen. All das war mir eine Lehre gewesen, und meist bewahrte ich Ruhe und diskutierte lieber mit mir selbst.

Samir schenkte sich ein zweites Glas ein, und ich bemerkte, dass irgendetwas nicht stimmte, dass seine schlechte Laune nicht nur mit dem Mangel an Kunden zu tun hatte. Ich fragte ihn, was los sei, und er antwortete ausweichend, Ärger mit seiner Ex, sie wolle die

Vereinbarungen hinsichtlich ihres Kindes einschränken, sie habe einen Anwalt genommen, und er werde nun wohl auch einen nehmen müssen. Er wusste, was da auf ihn zukam. Das würde ziemlich unappetitlich. Die alten Akten, die sie wieder hervorholen, die Briefe, die sie bekommen würde von ihrer Schwester, ihren Eltern, gemeinsamen Freunden, die zu ihr halten und behaupten würden, er sei ein schlechter Vater, er sei Alkoholiker, ja schlimmer, und man könne sich nicht auf ihn verlassen. Und er würde das Gleiche tun müssen, Leute bitten, das Gegenteil auszusagen und die Frau schlechtzumachen, für die er gestern noch sein Leben gegeben hätte. Und damit konnte er sich einfach nicht abfinden, auch wenn sie ihm das Leben schwermachte.

»Eine Frau, die du von ganzem Herzen geliebt hast. Verdammt. Wie kannst du sie plötzlich hassen? Das ist nicht möglich. Ich glaube, wenn man jemanden liebt, liebt man ihn für immer.«

Erneut pflichtete ich ihm bei, aber diesmal hatte er recht. Ich kannte zu viele Paare, die sich getrennt und die sich in Hyänen verwandelt hatten. Stets war die Frau, die man tags zuvor noch geliebt hatte, zu einer »hysterischen Verrückten« geworden und der Mann, für den man sich umgebracht hätte, zu einem unüberlegt handelnden, egoistischen und kindischen Typen. Wie konnte es nur so weit kommen?

Samir und ich gingen hinaus, um eine Zigarre zu rauchen, der Wind blies mit unverminderter Heftigkeit. Er peitschte uns wie ein Rugbystürmer, schleuderte uns nach hinten und verbrannte unsere Havannas innerhalb von zehn Minuten.

»Sarah trifft sich mit jemandem.«

Ich sagte es zwischen zwei Zügen, und Samir legte seine Hand auf meine Schulter. Er wusste, was das bedeutete. Natürlich waren Sarah und ich nicht mehr zusammen, und sie hatte absolut das Recht dazu, doch er wusste, wie sehr das schmerzte. Als er zum ersten Mal seiner Ex am Arm eines anderen begegnet war, diesem Arschloch von Gebrauchtwagenverkäufer bei Renault mit seinen altmodischen Anzügen und seinem Haar, das stets so gut nach hinten gekämmt war, dass man glauben konnte, es sei von morgens bis abends nass und der Typ renne jede Viertelstunde zum Waschbecken, um es anzufeuchten, hatte ihm das einen ganz schönen Schlag versetzt. Und erst recht, als der betreffende Typ schließlich bei ihr eingezogen war. Er bumste sie bestimmt in ihrem Bett, auf ihrem Sofa.

»Aber das ist noch nicht mal das Schlimmste. Das Schlimmste war, sich vorzustellen, dass er das tägliche Leben mit dem Kind teilte. Dass er es morgens weckte, ihm seine Schokolade und Butterbrote machte, es zur Schule brachte, abends mit ihm schmuste, mit ihm Lego oder mit Spielzeugautos spielte ...«

Wir gingen ins Warme zurück, und plötzlich wich die Luft aus meinen Lungen. Da stand er, am Tresen, der Arzt mit dem Audi Coupé. Der George-Clooney-Verschnitt. Ich hatte ihn nicht hineingehen sehen. Wir waren zu sehr damit beschäftigt gewesen zu beobachten, wie die Sonne im Meer unterging, während wir an unseren Cohibas saugten, Samir und ich. Aber da stand er in seinem schwarzen Anzug, seinem weißen Hemd, seinem silbrigen Haar, seiner vollkommen glatten Haut, seinen tadellosen Schuhen. Ich dachte nicht nach. Es kam einfach über mich. Es war stärker als ich. Ich stürzte mich auf ihn und schmetterte seinen Kopf gegen den Tresen. Mir bleib gerade noch Zeit zu sehen, wie das Blut spritzte, der Arzt sich aufrichtete und sich die Nase hielt und brüllte, ich hätte sie ihm gebrochen, denn schon stürzten sich alle auf mich, um mich zu packen und hinauszubefördern. Die beiden Krankenwagenfahrer schrien mich an, ich solle mich beruhigen, während ich um mich schlug und wie ein Irrer brüllte, dieses Arschloch ficke meine Frau und ich würde ihn umbringen. Zusammen mit dem Volleyballtrainer und dem Zahnarzt, die von nirgendwo aufgetaucht waren, schleppten sie mich bis zum Meer und schleuderten mich in die ersten Wellen, um mich zu beruhigen, wie sie sagten, um sich zu rechtfertigen, doch selbst den Kopf unter Wasser und außer

Atem hörte ich, wie sie sich halb kaputtlachten, wie Jugendliche, die einem Kumpel mitten im Sommer einen Streich spielen, man konnte fast täglich welche sehen, die einen aus ihrer Clique packten und angezogen ins Wasser warfen. Ich kam aus dem Wasser, und Samir blieb bei mir. Mit sorgenvoller Stimme drängte er mich, nach Hause zu gehen. Ich sei nicht ich selbst. Er verstehe mich, aber es bringe nichts, so auszurasten. Ich hörte auf ihn. Mir blieb auch gar nichts anderes übrig. Meine klatschnasse Kleidung wog drei Tonnen, und ich fror bis auf die Knochen. Unmittelbar bevor ich mich entfernte, warf ich einen letzten Blick auf La Goélette. In der Eingangstür hielt sich der Arzt die Nase, und seine Hände waren rot. Bevor ich im ersten Gässchen verschwand, hörte ich ihn brüllen, er werde Anzeige erstatten und ich würde mich für meine Tat vor den Bullen verantworten müssen. Ich wusste, dass er es tun würde. Ein Typ, der einen Audi fährt und am Meer Lackschuhe trägt, ist für mich absolut imstande, so etwas zu tun.

DER LÄRM DER BRANDUNG erfüllte den Raum. Ich hatte die Fenster geöffnet, und der Wind fegte herein, als fliehe er vor irgendetwas und suche Zuflucht. Ich trug einen Morgenrock, der durch einen zu lockeren Gürtel nicht richtig geschlossen wurde. Ich brauchte Luft, um wieder nüchtern zu werden. Auf dem niedrigen Tisch standen die beiden Weinflaschen, die ich geleert hatte, als ich nach Hause gekommen war. Aus den Lautsprechern drang die Grabesstimme von Alain Bashung, doch der Wind verwehte sie. Das Rauschen der Wellen übertönte sie zeitweise. Ich erinnerte mich genau an den Abend seines Todes. Alex und ich waren aus einer Buchhandlung gekommen, wo ich aus meinem letzten Roman gelesen hatte. Wir waren lange durch die Straßen von Paris gegangen, schweigend, tief bestürzt über die Nachricht. Schließlich waren wir in Alex' Wohnung gelandet, wo alle schliefen. Wortlos hatte er die Flaschen geholt und sie auf den Küchentisch gestellt. Und wir hatten andächtig getrunken. Ohne auch nur ein Wort zu wechseln, hatten wir getrunken, bis wir eingeschlafen waren.

Ich hörte kaum das Läuten des Telefons. Das Flackern des Displays machte mich aufmerksam. Sarah wurde sichtbar, das Gesicht teilweise verborgen von ihrem Namen, der in weißer Schrift erschien. Ich ging dran, und ihre Stimme war kaum zu hören. Draußen pfiff der Wind und glättete das Meer. Im Licht der Straßenlaternen wirkte es elektrisch aufgeladen. Überall kräuselten sich Gischtstreifen in phosphoreszierendem Weiß. Am anderen Ende der Leitung nannte sie mich einen Verrückten, einen Scheißkerl, und forderte mich auf, mein Verhalten eines Höhlenmenschen zu rechtfertigen. Ich ging zu den Fenstern. Der Wind pfiff in meinen Ohren und ließ die Möbel erzittern. Ich schloss die Fenster, und plötzlich wurde alles ruhig. Der Lärm des Meeres war nur noch ein gedämpftes Geräusch.

»Was fällt dir ein, ihn zu schlagen? Er ist im Krankenhaus!«, brüllte sie.

»Im Krankenhaus, für einen Arzt ist das nichts Ungewöhnliches«, scherzte ich.

»Du hast ihm die Nase gebrochen, Paul. Verdammt noch mal, was hat dich geritten?«

Ich griff nach einer Flasche und versuchte sie zu öffnen, das Telefon zwischen Schulter und Wange geklemmt. Ich gab keine Antwort. Stattdessen musste sie Bashung hören, der mit seiner volltönenden und doch verbrauchten Stimme »Bijou, Bijou« sang.

»Wie hast du es erfahren?«, fragte ich schließlich, während ich mir ein Glas einschenkte.

»Er hat mich angerufen, stell dir vor.«

»Oh, zu meinem Unglück fällt es mir nicht schwer, mir das vorzustellen. Schlimmer ist es, sich den Rest vorzustellen, verstehst du?«

»Den Rest? Wovon redest du? Was erzählst du da?«

»Wie lange geht das schon mit euch?«

»Sag mal, spinnst du? Hast du sie noch alle? Wovon redest du? Ich weiß nicht, wer dir das erzählt hat, aber das ist völliger Unsinn.«

»Hör auf, Sarah. Ich habe ihn aus unserem Haus kommen sehen.«

Es trat eine lange Pause ein. Es gab nur noch Bashung, Züge, die durch die Ebene fuhren, und den Wind, gefangen in Watte. Auf der offenen See blinkte ein Semaphor, und die kleinen Inseln waren nur noch Schatten, kaum weniger veränderlich als die Wolken. Ich zündete mir eine Zigarette an. Das alles kam mir irreal vor. Ich hatte das Gefühl, nicht wirklich an diesem Gespräch teilzunehmen. Ich hatte das Gefühl, ihm zuzuhören. Es allenfalls zu spielen. Ich dachte, dass Sarah recht hatte, im Grunde war ich niemals wirklich da. Oder ich war plötzlich zu sehr da, und das war so unerträglich, dass ich trinken oder mich am Wind und am eiskalten Wasser berauschen musste, um mich zu betäuben. Nach einer Weile ließ sie einen tiefen Seufzer vernehmen und stürzte sich in einen erschöpften Monolog, aus dem hervorging, dass ich wirklich zu bescheuert sei, dass der Doktor gekommen sei, weil Clément krank gewesen sei, wenn ich in den letzten beiden Tagen angerufen hätte, hätte ich es gewusst, und überhaupt, was gehe mich das an, selbst wenn sie

Lust bekäme, jemanden zu sehen, und ihn im Besonderen, was gehe mich das an, sie sei frei, oder nicht, wir seien getrennt, müsse sie mich daran erinnern, ach, und wenn du endlich aufhören könntest, »bei uns« zu sagen, die Kinder verunsichert das, es bringt sie auf die Idee, du könntest zurückkommen, und außerdem ist es ein bisschen billig, den Grandseigneur zu spielen, indem du sagst, »bleib, behalte das Haus, ich gehe, kümmere dich um nichts, wir finden schon eine Lösung, es wird dein Zuhause bleiben, was auch immer geschieht«, um danach pausenlos von »unserem Zuhause« zu sprechen.

Die letzten Punkte hatten mich derart sprachlos gemacht, dass ich nicht einmal mehr die Kraft hatte, die Bosheit der ersten zu bemerken. Warum sollte ein hohes Tier des Krankenhauses wegen einer Erkältung einen Hausbesuch machen? Es gab eine Menge Ärzte im Viertel, und die Kinder hatten ihren, eine sorgfältige und kompetente Frau, Clément liebte sie, manchmal konnte man glauben, er holte sich nur deshalb eine Angina, um sie zu sehen. Und bei meinen Anrufen der letzten zwei Tage hatte sich niemand gemeldet, ich hatte mir schon Sorgen gemacht, das war sogar der Grund gewesen, warum ich meine Rückkehr ein, zwei Tage vorverlegt hatte, auf die Gefahr hin, mir die Vorwürfe meines Bruders anhören zu müssen, warum ich nicht noch ein bisschen warten könne, bis unsere Mutter sich wieder zu Hause zurechtfinde, und um zu überprüfen, ob die Frau, der ich unsere Eltern anvertraut habe, ihnen auch zusage.

»Du hättest noch vier oder fünf Tage länger bleiben können, ist das zu viel verlangt?«, hatte er mich gerügt.

»Nein, eben nicht. Ich habe Arbeit, stell dir vor.«

»Arbeit …«

»Ja. Arbeit. Bücher, Drehbücher, das schreibt sich nicht von alleine.«

»Also ehrlich, wenn man sie liest, würde man es nicht glauben.«

»Sehr witzig.«

»Im Ernst, was hindert dich, dort zu arbeiten?«

»Dort? Na alles. Das Haus, Papa, die Kindheit. Ich weiß nicht, wie ich es sagen soll, ich fühle mich wie im Gefängnis, ich habe das Gefühl zu ersticken.«

»Und danach hältst du uns Vorträge über die Verachtung der Leute für diese Orte. Oh, diese Linke …«

»Moment mal, wovon redest du? Das hat nichts miteinander zu tun. Ich ertrage es nicht, mich angebunden zu fühlen. Durch die Vergangenheit, durch die Familienbande, durch die Arbeit, durch was auch immer. Genau aus diesem Grund bin ich abgehauen an einen Ort, wo ich niemanden kannte. Um mich zu nichts zugehörig zu fühlen. Weder meiner Familie noch der Banlieue, noch meiner sozialen Schicht, falls ich eine habe, noch Saint-Germain-des-Prés. Genau aus diesem Grund schreibe ich. Genau aus diesem Grund habe ich mit Sarah versucht, etwas Neues aufzubauen, an einem neuen Ort. Um frei zu sein. Und soviel ich weiß, bis du ebenfalls abgehauen. Was hat dich daran gehindert, die Pudel von Essonne zu behandeln? Sind sie weniger gut als die von Yvelines?«

Die Unterhaltung ging eine Weile so hin und her, ohne Sinn und Verstand, vollkommen absurd. Jeder von uns war für den anderen zu einem absolut Unbekannten geworden, und wir versuchten zwanzig Jahre später ein Gespräch wiederaufzunehmen, das wir vor langer Zeit unterbrochen hatten. Wir hatten innerhalb eines Monats öfter miteinander gesprochen als während der letzten zehn Jahre, und ich spürte genau, dass er mir das übelnahm, ohne dass ich auch nur im Geringsten wusste, was eigentlich. Sosehr ich es auch versuchte, ich erinnerte mich nicht einmal mehr an den Tag, an dem das begonnen hatte, diese Bissigkeit, diese unterdrückte Aggressivität. Natürlich gab es unsere politischen Meinungsverschiedenheiten, unsere Kräche während der Abendessen zu Hause, natürlich konnte Delphine mich nicht ertragen, kaum jemand übrigens, abgesehen von meinen Freunden, und das war etwas, das ich mir nie so recht hatte erklären können, die Leute mochten mich ganz allgemein nicht, irgendetwas an mir stieß sie ab, entfernte sie, und es kam mir so vor, als hätte die verschwindende Minderheit derer, die mich trotzdem schätzten, eigenartigerweise Angst vor mir.

Bevor sie das Gespräch beendete, sagte Sarah mir noch ein letztes Mal, wie sehr ich sie enttäuscht hätte, sie habe wirklich nie gedacht, dass ich mich so verhalten könnte, wie ein ordinärer Primat, ein Neanderthaler, ich wisse ja, wie sehr sie Gewalt hasse, verdammt, ich hätte ihm die Nase gebrochen. Ich musste unwillkürlich lächeln, während sie mir das erneut aufs Brot schmierte, die Vorstellung, dass unser lokaler George Clooney wochenlang mit einem Verband im Gesicht herumlaufen würde, freute mich kolossal. Ich schenkte mir ein weiteres Glas ein, um das zu feiern. In der Wohnung war es ganz still geworden. Bashungs Stimme war verstummt, und das Meer, das sich zurückzog, war an seinen Platz zurückgekehrt.

ICH WURDE VON DEN BULLEN GEWECKT. Ich solle in einer Stunde auf dem Kommissariat erscheinen. Ich duschte rasch und schlüpfte in eine Jeans und ein Hemd. Mein Kopf wog zwölf Tonnen, und fünfzehn Hornissen schwirrten völlig ungestraft in ihm herum. Draußen herrschte eine düstere Atmosphäre. Der Himmel war so schwer, dass es unvorstellbar schien, er könnte eines Tages aufklaren. Der Regen prallte in Tausenden von Stichen auf die eigentümlich ruhige und glatte aluminiumfarbene Oberfläche des Meeres. Auf der Windschutzscheibe des Wagens breitete er sich in großen Pfützen aus, als wiege jeder Tropfen hundert Liter. Am Abend zuvor hatte man in La Goélette wie immer vom Wetter gesprochen, und alle hatten sich gewundert, dass es seit bald einem Monat nicht mehr geregnet hatte. In den landwirtschaftlichen Gebieten begannen die Felder darunter zu leiden, in den Gärten herrschte Anarchie, der Rasen vergilbte bereits, und die Sommerblumen leuchteten. Ich schaltete das Radio ein, und diesmal war überhaupt nicht mehr von Japan die Rede. Der Erfolg des Front National beherrschte jetzt alle Gespräche. Die Kommentatoren wurden nicht müde, seinen Vormarsch in der Arbeiterklasse und in den unteren Schichten, ja sogar in der Mittelschicht zu konstatieren, an deren Existenz als unsichtbare und schweigende Mehrheit des Landes man sich plötzlich erinnerte. Ich dachte an meinen Vater. Im Endeffekt hatte er mir doch nicht verraten, wie er wählen würde. Ich war mir nicht sicher, ob er seinen Worten auch Taten hatte folgen lassen. Es erschien mir jetzt plausibler, dass er es nur ins Auge gefasst hatte, um mich zu ärgern, zu provozieren und mir damit heimzuzahlen, dass ich ihn immer so ärgerte. Als ich am Steuer meines Wagens saß, war ich von Kopf bis Fuß klatschnass, und als ich das Kommissariat betrat, war es nicht besser, jeder meiner Schritte hinterließ nasse Spuren auf dem Betonboden. Man ließ mich in einem Flur mit drei grauen Türen warten. Es roch nach Kaffee und Desinfizierungsmittel. Typen gingen vorbei mit ihrer Waffe am Gürtel. Ich hatte einen solchen Kater, dass mir speiübel war, fast hätte ich mir einreden können, ich käme gerade aus einer Ausnüchterungszelle und würde entlassen, nachdem man mir ins Gewissen geredet und mich gewarnt hätte, beim nächsten Mal würde ich nicht so billig davonkommen. Seit wann hatte ich nicht mehr mit diesen Leuten zu tun gehabt? Im Grunde seit *Douce France* herausgekommen war. Ein Film, an dem ich mitgearbeitet hatte und der von Migranten in Calais nach der Schließung von Sangatte erzählte. Die Geschichte eines Bademeisters und eines jungen Kurden, der sich in den Kopf gesetzt hatte, den Ärmelkanal zu durchschwimmen. Als er in die Kinos kam, hatte es einen Skandal gegeben, ein Minister hatte seiner Verärgerung freien Lauf gelassen, es war zu einer Auseinandersetzung mit dem Hauptdarsteller gekommen, die Organisationen hatten sich eingemischt, dann die Zeitungen und schließlich das Fernsehen. Ich war aus Paris zurückgekommen, und sie hatten mich zu dritt am Bahnhof erwartet. Stadtpolizei, Grenzpolizei und Zoll. Sie hatten mich genau zwischen der Reihe der Taxis und Le Relais abgepasst, am belebtesten Ort. Es war wie in einem Sketch. Ein Großer, ein Dicker, ein Kleiner. Abwechselnd stellten sie mir Fragen, deren Antworten sie bereits kannten.

»Ihre Papiere.«

Ich reichte sie dem Dicken, der sie den beiden anderen mit wissendem Blick zeigte. Ich war ganz offensichtlich die Person, auf die sie gewartet hatten. Im ersten Augenblick fragte ich mich nicht, woher sie wussten, dass ich in diesem Zug war, so wie ich mich auch nicht fragte, wie sie wissen konnten, dass ich häufig zwischen hier und Paris pendelte, als sie mich darauf ansprachen.

»Ja, klar, wie viele andere«, war meine ganze Antwort.

Es war besser, sich diesbezüglich nicht zu viele Fragen zu stellen, wenn man nicht augenblicklich in das Lager derer, die behaupteten, in diesem Land komme man sich wie in einem Polizeistaat vor, und all der Verschwörungstheoretiker, all der Apostel des kollektiven Verfolgungswahns geraten wollte.

»Grund für diese Fahrten?«

»Arbeit.«

»Und was arbeiten Sie, wenn es nicht zu indiskret ist?«

»Ist es, aber ich sage es Ihnen trotzdem. Ich schreibe Bücher.«

»Und Sie fahren nach Paris, um Bücher zu schreiben?«

»Nein. Um darüber zu reden. Mit den Journalisten. Im Radio.«

»Und jetzt kommen Sie also von einer Radiosendung über Ihre Bücher zurück?«

»Nein. Na ja ... Ich war im Radio, aber wegen eines Films.«

»Ah ... Sie schreiben auch Filme. Sie arbeiten fürs Kino. Das ist super. Wir lieben das Kino. Nicht wahr, Jungs, wir lieben das Kino?«

Die beiden anderen stimmten mit einem schwachsinnigen breiten Lächeln zu. Sie waren miserable Schauspieler. Keiner von ihnen hätte in *Douce France* eine Rolle bekommen, dachte ich, und als ich mich umblickte, bemerkte ich plötzlich, dass alle uns beobachteten. Die Taxifahrer, Samir an der Spitze. Das Mädchen des Kiosks. Der Typ der Sandwichbude. Ganz zu schweigen von drei Dauerstrandbesuchern, die ebenfalls von einer kleinen Spritztour nach Rennes zurückkamen, Tüten von Habitat, Nature et Découvertes oder Zara in der Hand.

»Und was ist das für ein Film?«

Sie lächelten idiotisch. Je länger es dauerte, desto mehr hatte ich das Gefühl, Opfer einer versteckten Kamera zu sein, organisiert mit der Hilfe eines Fernsehkomikers.

»*Douce France.*«

»Ah, *Douce France*! Na so was! Aber sagen Sie mal, der Film ist ja ein Bombenerfolg! Man spricht zurzeit von nichts anderem! Da verdienen Sie sich ja dumm und dämlich. Sehr gut. Kohle machen mit dem Schicksal der armen Flüchtlinge. Das bringt's. Auf zwei Hochzeiten gleichzeitig tanzen. Und? Läuft's gut? Sind die Leute zufrieden?«

»Ich glaube schon.«

»Der Film gefällt also?«

»Scheint so.«

»Tja, also, wissen Sie, er gefällt nicht allen.«

Sie hatten plötzlich aufgehört zu lachen. Ihre Gesichter waren ernst geworden, ihre Bewegungen nervös. Ich spürte genau, wenn sie die Möglichkeit gehabt hätten, hätten sie mir nur zu gern die Fresse poliert. Da ich keine Antwort gab, wiederholte der Dicke: »Hm? Sie wissen, dass er nicht allen gefällt?«

»Ja. Ich habe davon gehört. Der Minister scheint etwas verärgert zu sein.«

»Ja. Absolut. Angeblich erzählen Sie in dem Film Dinge, die nicht wirklich der Realität entsprechen. Es ist nicht gut, die Leute zu belügen.«

»Wir belügen niemanden. Ihr Minister hat einfach keine Ahnung von diesen Dingen. Noch vor zwei Monaten hat er sich um den Internethandel gekümmert. Er hatte keine Zeit, sich einzuarbeiten, das ist alles.«

»Ach ja. So sehen Sie das also?«

»Ja, klar.«

»Sehr gut. Tja, dann hoffe ich, dass Sie nichts Illegales dabeihaben.«

Und sie nahmen meine Tasche und durchsuchten sie gründlich, steckten ihre Nase in jede Hülle, in jeden Winkel, bevor sie sich meinen Kulturbeutel vornahmen, aus dem sie verschiedene Fläschchen holten, die sie genauer unter die Lupe nahmen. Doch abgesehen von Alprazolam, das ich nur noch vor Interviews nahm, weil ich sonst unmöglich hingehen und mich den Fragen, dem Mikro, den Kameras aussetzen, unmöglich auch nur einen verständlichen Satz herausbringen könnte, abgesehen auch von Paracetamol, Medikamenten für den Magen und Atarax, ohne die meine Hotelnächte darauf hinauslaufen würden, durch die Fernsehkanäle zu zappen, bis es Tag wird, fanden sie nichts. Mir war durchaus klar, was sie zu finden hofften. Natürlich waren die Künstler, und die als links geltenden Künstler erst recht, zwangsläufig zugedröhnt mit Koks, zwangsläufig von morgens bis abends high. Sie wirkten enttäuscht, dass sie es nur mit einem ehemaligen depressiven Alkoholiker zu tun hatten, der vorübergehend trocken war und sich nur noch mit Meerwasser behandelte. Ich hatte keinen Joint mehr geraucht seit den langen Wochenenden in der Ardèche oder am Mittelmeer, die wir manchmal mit Alex und seiner ehemaligen Lebensgefährtin verbracht hatten. Wir hatten noch keine Kinder gehabt, und es war uns damals undenkbar erschienen, dass ein Typ wie er eines Tages welche haben könnte, und jetzt hatte auch er zwei, und ich vermutete, dass Lorette noch ein drittes wollte. Was das Koks betraf, das war etwas, das für den Sohn von Arbeitern aus der Banlieue, der ich war, zu sehr nach den Champs-Élysées, den angesagten Diskos, dem sechzehnten Arrondissement, der Werbung, dem Fernsehen, der Mode, den Motorhauben roch. Selbst wenn es vor den Mietshäusern in Strömen floss, kiloweise in den Kellern der Cité des Bosquets und in den Wäldern gedealt wurde, wo Sophie und ich uns drei Jahre lang vor den anderen versteckt hatten, unfähig, unseren Platz in den verschiedenen Gemeinschaften zu finden, aus denen das Lycée bestand; Goths und Rollenspielfreaks, frühe Computerfreaks, wie Robert Smith gekleidete Raben, Schönlinge mit Schmachtlocke und Markenklamotten, post-alternative Intellektuelle, die mit *Les Inrocks* unterm Arm herumspazierten, tadellos gekämmte bürgerliche Katholiken, Lackschuhe, pastellfarbene Kleidung, Polohemden von Lacoste, pickelige Mathe-Experten mit einem Flaum über der Oberlippe, der sich nicht entscheiden konnte, sich in einen Schnurrbart zu verwandeln, und ein paar wenige Überlebende der Cité, die ihren Platz suchten und ebenso fehl am Platz waren wie wir, aber aus anderen Gründen.

Die Tür des Büros öffnete sich, und Galland bat mich hinein. Er schüttelte bereits bekümmert den Kopf, als er mir die Hand gab. Es war nicht das erste Mal, dass ich mit ihm zu tun hatte. Bereits vor ein paar Jahren hatte eine Auseinandersetzung ein schlechtes Ende genommen und uns hier in diesem grauen Büro, in dem es nach Kaffee und Banane roch, zusammengeführt. Er ließ sich in seinen Sessel fallen und stieß einen tiefen unergründlichen Seufzer aus. Irgendwie halb desillusioniert und halb amüsiert. In seinem üblichen paternalistischen und spöttischen Ton legte er mir die Fakten dar: Clooney habe Anzeige erstattet wegen Schlägen und Verletzungen, er habe seine Aussage am Abend zuvor gemacht, mehrere Zeugen hätten die Vorgänge bestätigt, und jetzt sei es an mir, meine Version zu Protokoll zu geben. Ich leugnete nichts und erzählte, wie die Dinge sich zugetragen hatten. Dieser Typ treibe es mit Sarah, und das hätte ich nicht ertragen, ich hätte seinen Kopf auf den Tresen gedrückt, und das Blut sei gespritzt. Aber Scheiße, was hätte er denn an meiner Stelle gemacht?

»Monsieur Steiner, das mit dem ›Was hätten Sie an meiner Stelle gemacht‹ hatten wir schon.«

»Aber hatte ich nicht recht?«

»Hören Sie, Sie haben diesen Typen geschlagen. Und ich bin nicht sicher, ob es eine Lösung ist, auf Gewalt mit Gewalt zu antworten. Es gibt Leute, die dafür sorgen, dass die Gesetze befolgt werden. In diesem Fall bin ich das. Sie hätten sich damals besser an mich gewandt. Aber diese Angelegenheit ist geregelt. Das hat nichts miteinander zu tun. Sie sind wegen etwas anderem hier. Und in diesem Fall scheint mir Ihre Auffassung von Gerechtigkeit und Moral, oder was immer Sie wollen, nicht so recht zu greifen. Es sei denn, Ehebruch wäre in Ihren Augen immer noch ein Verbrechen. Zumal Ihre Frau und Sie ja getrennt sind, wenn ich richtig verstanden habe.«

»Sie haben richtig verstanden. Aber das ist nur vorübergehend.«

»Mir hat sie etwas anderes gesagt. Aber das geht mich nichts an. Hören Sie! Ich verstehe, dass Sie eine schwere Zeit durchzustehen haben. Ich will Ihnen nichts vormachen, als meine Frau mir sagte, sie habe einen anderen und würde mich verlassen, hätte ich sie auch am liebsten umgebracht. Zumal es auch noch mein Bruder war.

Mein Bruder, stellen Sie sich vor! Ich habe ihn nie leiden können, aber trotzdem. Ich hätte es gern mit meiner Schwägerin getrieben, als ausgleichende Gerechtigkeit sozusagen, und ich muss dazusagen, ich hatte immer schon eine Schwäche für sie, aber um ganz offen zu sein, sie war nicht wirklich auf der gleichen Wellenlänge ...«

Irgendwie hatte sich die Situation plötzlich umgekehrt. Galland fing an, mir sein Leben zu erzählen. Ich hörte ihm zu, wie er mir von seinem Sohn erzählte, wie sehr er darunter gelitten habe. Unter der Trennung und dem Leben mit seinem Stiefvater, auch wenn er sein Onkel sei. Manchmal sei er ihr deswegen böse, wegen dem, was sie im Innern seines Sohnes zerstört hätte. Und im selben Jahr, ein paar Monate später, habe der Junge seinen besten Freund verloren, ohne Grund vom Balkon gestürzt, man habe nie herausgefunden, ob er das Gleichgewicht verloren habe oder seinem Leben ein Ende habe setzen wollen. Er sei immer schon labil gewesen, und dann sei seine Frau auch noch mit seinem bescheuerten Bruder abgehauen, einem verdammten Geschichtslehrer, einem dieser Typen, die eine Brille, einen Bart und Cordhosen tragen, die es lieben, am Wochenende im Wald spazieren zu gehen, bei den Trödlern herumzustöbern, sich um ihren Garten zu kümmern, Tee zu trinken, Schumann in ihrem Wohnzimmer zu hören und ich weiß nicht was für ein Buch zu lesen, na ja, ich wüsste schon. Jetzt war sein Sohn einer dieser Jugendlichen, bei denen man nicht wisse, wie man am besten mit ihnen umgeht, wütend auf sich selbst und die ganze Welt, immer kurz vorm Explodieren, ein Nervenbündel, leicht entflammbar.

»Aber das ist das moderne Leben. Es ist eben so. Und das ist vielleicht auch besser so. Für die Kinder ist es sicher weniger schlimm, wenn ihre Eltern sich beim geringsten Zwischenfall trennen, als mit anhören zu müssen, wie sie sich den lieben langen Tag anschreien.«

Er stand auf, um sich einen Kaffee zu machen. Als er ein Kaffeetab in die Maschine schob, konnte ich mir die Bemerkung nicht verkneifen, dass man es sich bei der Polizei ja recht gut gehen lasse.

»Was glauben Sie denn? Das ist meine Maschine, und das sind meine Tabs. Wollen Sie einen?«

Ich bejahte. Er schien es nicht eilig zu haben, mich nach Hause zu schicken. Man hatte den Eindruck, dass sie sich in diesem Kommissariat nicht gerade überarbeiteten. Die Stadt war ruhig, und abgesehen von den Möwen gab es nicht viele, die stibitzten. Während ich meinen Kaffee trank, dachte ich wieder an den Jungen, der vom Balkon gefallen war, an den Schwindel, den er möglicherweise empfunden hatte, als er beschlossen hatte, sich fallen zu lassen. Ich dachte an diesen Augenblick in den Alpen, wo ich ebenfalls hinunterstürzen, mich fallen lassen wollte, damit endlich alles vorbei sei. Galland begann auf seinem Computer zu tippen, und ich erzählte ihm die Szene aus meiner Sicht. Die Seiten kamen aus dem Drucker, und er reichte sie mir zum Unterschreiben. Ihm zufolge hatte ich mich ordentlich in die Scheiße geritten. Wenn Sarah Clooney nicht überzeugen könne, seine Anklage zurückzuziehen, würde mich das teuer zu stehen kommen.

»Allerdings muss sie das auch wollen«, fügte er hinzu. »Vor allem, weil er leugnet, mit ihr zu schlafen. Und wenn das stimmt, dann stehen Sie ganz schön dumm da ...«

Ich verließ das Kommissariat mit dem Gefühl, dass Galland sich ganz offensichtlich die Zeit angenehm mit mir vertrieben hatte. Was mich betraf, so hatte ich immer noch einen schweren Kopf, und vom Kaffee war mir vollends übel geworden. Der Himmel hatte sich plötzlich aufgeklart. Alles glänzte wie am ersten Tag. Ich übergab mich in den Büschen.

ICH SCHLIEF IM DÜNENGRAS, auf dem von den Sonnenstrahlen erwärmten Sand. Über dem silbrigen Meer, auf das Seeschwalben im Sturzflug niedergingen, breitete sich ein schwefliger Himmel aus. Im Schlaf hörte ich die Möwen schreien, ich öffnete ein Auge und sah einen Kormoran, der tauchte und ein paar Meter weiter wieder an die Oberfläche kam, den Schnabel dem Licht entgegengestreckt. Zu meiner Rechten zog sich der Strand bis zur Landzunge, ein langer Streifen aus weißem Sand, bereits gelb gefärbt vom Stechginster. Auch der Weißdorn blühte dort zwischen Winde, Strandnelke und Samtgras. Links drang die Halbinsel ins Meer vor. Das Telefon vibrierte in meiner Tasche. Ich ließ es vibrieren, doch es wiederholte sich dreimal. Irgendetwas sagte mir, dass es erst aufhören würde, wenn ich dranginge. Ich hatte erwartet, Sarahs Stimme zu hören, doch es war Sophie. Sie klang völlig exaltiert, kaum wiederzuerkennen. Ihr Mann sei soeben weggegangen, sie nutze die Gelegenheit, um mich anzurufen, seit meiner Abreise habe sie ununterbrochen an mich denken müssen, gerade habe sie erfahren, dass Alain in zehn Tagen erneut wegmüsse, ob ich mir vorstellen könnte, zu ihr zu kommen, unter dem Vorwand, nach meiner Mutter zu sehen. Natürlich konnte sie nichts dafür, das alles war meine Schuld, ich hatte alles getan, sie wiederzusehen. Ich hatte zugelassen, dass sie mich in den Wald geschleppt hatte, auf das Glatteis unserer Jugendjahre. Natürlich hatten wir gefickt, obwohl ich es eigentlich nicht gewollt hatte. Natürlich hatte ich mich schlecht benommen, doch die Fakten waren da, unwiderlegbar: Ihre Stimme am Telefon verursachte mir Übelkeit, sie mir in ihrem Wohnzimmer vorzustellen, wie sie mich in Abwesenheit ihres Mannes heimlich anrief, deprimierte mich, derartige Dinge in Betracht zu ziehen, diese Täuschungsmanöver, diese unanständigen Geheimnisse bürgerlichen Ehebruchs, widerte mich an. Das war die Wahrheit, und so servierte ich sie ihr, ohne sie mit Samthandschuhen anzufassen. Sie brach in Tränen aus. Was erzählte ich da? Wovon redete ich? Was sei das für ein Bürgerlicher-Ehebruch-

Unsinn? Diese Art, die Leute und die Gefühle in Schubladen zu stecken? Das würde doch überhaupt nichts sagen. Es gebe das Leben und sonst nichts, und manchmal hätte eine Frau eben Lust, mit einem Mann zusammen zu sein, der nicht ihr Ehemann sei, was sei daran bitte schlimm?

»Warum beschmutzt du alles? Das war doch schön, du und ich im Wald. Sag mir, dass es nicht schön war. Sag mir, dass es nicht existiert hat.«

»Das habe ich nicht gesagt, Sophie. Als es geschah, ja, da war es schön. Aber das hat doch alles keinen Sinn. Du hast deinen Mann, deine Kinder. Ich habe mein Leben.«

»Natürlich hat es einen Sinn. Es hat sogar mehr Sinn als irgendetwas anderes. Wir haben uns wiedergefunden. Wir hatten uns verloren, und wir haben uns wiedergefunden. Und seit wir uns wiedergefunden haben, habe ich das Gefühl, wieder aufzuleben.«

»Hör auf! Wieder aufzuleben ... Du hast sehr gut ohne mich gelebt.«

»Was weißt du denn?«

»Hör zu. Du hast wahrscheinlich recht. Ich weiß es nicht, aber was ich weiß, ist, dass ich das nicht will. Warten, bis Alain zur Arbeit geht, um zu dir zu kommen, ohne dass die Kinder was merken. Und ich habe auch nicht die Absicht, mein Leben in V. zu verbringen.«

Sie legte auf, während ich die kleine Insel erreichte, die sich gleichmäßig ansteigend, wie mit dem Lineal gezeichnet, aus dem flachen Wasser erhob. Überwuchert von Flechte, Erika, Farn und Lupinen, brach sie sich im rechten Winkel dreißig Meter über dem Meer. Ich stand bis zu den Waden im Wasser. Von dort oben hatte man einen weiten Ausblick auf eine andere kleine Insel, auf der Hunderte von Vögeln nisteten. Ihre Worte schlugen gegen meine Schläfen. Wir hätten uns verloren, und wir hätten uns wiedergefunden. Sie hatte von Seelenverwandtschaft gesprochen, wie damals, von Bruder, von Hälfte, von all diesen Dingen, die wir uns früher mit einem Ernst gesagt hatten, der keine Angst vor Lächerlichkeit, Gefühlen, Schwüren, großen Erklärungen gehabt hatte. Heute klangen ihre Worte seltsam, weil wir über vierzig waren und das alles so lange zurücklag, weil das Leben darüber hinweggegangen war und weil Guillaume mir keine Ruhe ließ: meine verlorene Hälfte, die mich allein durch eine eiskalte Welt hatte irren lassen, vollkommen hilflos. Ich kletterte hinauf mit weit offenen Lungen und Augen, ich wünschte mir, das alles würde mich ein weiteres Mal reinwaschen, das Salz würde innerhalb eines Augenblicks den gelben Hund zerfressen, der an meiner Brust zu knabbern begann, der jeden Tag ein bisschen mehr zurückkam, der sich einen Weg gebahnt hatte, als Sarah mich hinausgeworfen hatte, und der jetzt die Zähne fletschte und zu beißen drohte. Als ich oben angekommen war, betrachtete ich den Horizont, die blauen Weiten des Meeres und des Himmels, doch nichts löste sich. Einen Augenblick dachte ich, die Krankheit hätte mich wieder gepackt, obwohl ich den Ursprung entdeckt hatte. Einen Augenblick dachte ich: Ich muss erneut fortgehen. Ich muss mich retten. Aber das hatte ebenfalls keinen Sinn. Die Kinder waren hier, und ohne Sarah war ich keinen Pfifferling wert. Das Gegenteil war richtig. Ich musste mein Leben zurückgewinnen. Ich stieg wieder hinunter, rannte fast, hinkte zwischen dem Farnkraut, verdrehte mir die Füße in den Vertiefungen des Granits, rutschte aus auf den nassen Algen. Ich lief über den Strand zum Wagen, fuhr zur Stadt, vorbei an Stränden und felsigen Landzungen, Feldern und Wiesen, auf denen Pferde galoppierten. Dann begannen Häuser zu wachsen und sich aneinanderzudrücken, getrennt von Gärten, in denen Kamelien, Magnolien, Apfelbäume und riesige Kiefern wuchsen. Ich fuhr zum Krankenhaus. Ich durchquerte hellblaue Flure mit zahlreichen Flügeltüren. Krankenschwestern in rosa Kitteln schoben Wagen, und in den Zimmern hörte man Säuglinge schreien. Die Abteilung für neonatale Pädiatrie lag in demselben Stock wie die Entbindungsabteilung, ich war Hunderte Male durch die Flure gegangen, wenn ich

Sarah etwas vor der vereinbarten Zeit abgeholt hatte. Sie hatte stets geseufzt: »Wir hatten doch gesagt, dass wir uns unten treffen.« Aber ich liebte es, einen Blick durch die Scheibe zu werfen und sie dabei zu überraschen, wie sie sich über ein Neugeborenes beugte oder mit einer jungen Mutter sprach und sie zu beruhigen versuchte. Zu sehen, wie sie ihren Beruf ausübte, trieb mir die Tränen in die Augen. Mir wurde bewusst, was für ein Glück ich hatte, mit einer solchen Frau zu leben, deren Tage so entscheidenden, so wichtigen Aufgaben gewidmet waren, während ich Luftschlösser baute und leeres Gerede produzierte und mich bisweilen dazu herabließ, mich über die Schwierigkeiten meines Berufs und das Unverständnis zu beklagen, das die zeitgenössische Literatur, die Literatur überhaupt auslöste, Reich der Ambivalenz, der Doppeldeutigkeit und der Langsamkeit in einer Zeit, in der man nach Schnelligkeit, eindeutigen Meinungen, einfachen Erklärungen, Zusammenfassungen, endgültigen Urteilen, gesundem Menschenverstand und Schwarzweiß verlangte. Ich öffnete die Tür, und Sarah war nicht da. Zwei ihrer Kolleginnen waren damit beschäftigt, winzige Babys zu füttern.

»Sarah ist in der Pause«, sagte eine von ihnen. »Sie muss in der Cafeteria sein.«

Ich ging wieder hinunter zum Empfang, und sie war tatsächlich da, sie stand vor einem großen Tisch, auf dem zwei Kaffees in ihren Plastikbechern dampften. Sie lächelte einem großen Typen zu, den ich selbst von hinten im Kittel auf hunderttausend Kilometer in einer nebligen Nacht erkannt hätte und der seinen Kaffee austrank, bevor er sich entfernte. In der Nähe der Telefonkabinen versteckt, beobachtete ich Sarah. Ich war wie gelähmt, unfähig, zu ihr zu gehen. Allein geblieben, rührte sie gedankenverloren mit ihrem kleinen Löffel im Becher und grüßte manchmal mit einer Kopfbewegung einen Arzt oder Sanitäter, der vorbeiging. Nach einer Weile verließ sie ihren Tisch und ging zu der Flügeltür, die zu den Treppen führte.

Ich wartete zwei Stunden am Steuer meines Wagens auf dem Parkplatz, den schwarzen Audi anstarrend, dessen Motorhaube blitzte. Wahrscheinlich hatte er den ganzen Tag damit verbracht, sie zu polieren. Möwen hatten sich auf dem Dach des Krankenhauses versammelt und schrien, um die Patienten zu zerstreuen und sie daran zu erinnern, dass sie nur fünfhundert Meter vom Meer entfernt waren. Von manchen Zimmern aus konnte man es sogar sehen. Und wenn der Ostwind sich erhob, drang der Algen- und Gezeitengeruch bis in die Flure. Schließlich erschien Clooney, mit verbundener Nase, ohne seinen Kittel, aber in seinem taillierten schwarzen Anzug, seinem weißen Hemd und seinen vorn spitz zulaufenden Lackschuhen. Ich stieg aus meinem Wagen, und er wich instinktiv zurück, als er mich sah, schützte sein Gesicht mit den Händen, wie diese Jungs, die so sehr gewöhnt sind, Ohrfeigen zu bekommen, dass sie sich beim geringsten Alarmsignal einigeln. Ich sagte ihm, er solle sich beruhigen, er habe nichts zu befürchten, ich käme, um mich zu entschuldigen, ich wisse nicht, was mich geritten habe, ich sei betrunken gewesen, ich sei unglücklich gewesen, das entschuldige nicht, was ich getan hätte, aber schließlich sei ich nicht unfehlbarer als irgendein anderer, solche Dinge könnten nun einmal passieren. Er blickte mich argwöhnisch an. Diese Entschuldigungen beeindruckten ihn wohl nicht.

»Und ich wollte Ihnen wegen des Kleinen danken.«

»Des Kleinen?«

»Ja. Clément. Sarah sagte mir, er sei krank gewesen und Sie hätten die Freundlichkeit gehabt, zu Hause nach ihm zu sehen.«

An seinem Gesichtsausdruck erkannte ich, dass er keine Ahnung hatte, wovon ich redete. Hätte ich noch den geringsten Zweifel gehabt, wäre er jetzt ausgeräumt gewesen. Natürlich war er neulich, als ich ihn überraschend aus unserem Haus hatte kommen sehen, nicht da gewesen, um den Doktor zu spielen, oder jedenfalls nur mit Sarah, in einer anderen Bedeutung des Begriffs »Doktorspiele«, die mir Übelkeit verursachte, wenn ich nur daran dachte.

»Also, kurz und gut, es tut mir leid«, schloss ich. »Ich glaubte, Sie würden es mit meiner Frau treiben, und das hat mich ausflippen lassen. Es tut mir wirklich leid wegen Ihrer Nase.«

Ich ließ ihm keine Zeit für eine Antwort. Ich machte auf dem Absatz kehrt, ging zu meinem Wagen zurück und fuhr an der Küste entlang nach Hause. Ich wandte keine Sekunde den Blick vom Meer ab. Doch ich sah es nicht. Was ich sah, war Sarah vorhin in der Cafeteria, ihr Lächeln, während sie mit diesem Typen gesprochen hatte, ihre Art, ihm zuzuwinken, als er gegangen war. Ich fragte mich, ob er sie bereits gefickt hatte und wie und wie oft und in welchen Räumen. Diese Fragen quälten mich. In meiner Tasche vibrierte das Telefon. Es war erneut Sophie. Ich meldete mich nicht. Ich schnappte nach Luft. Und das hatte nichts mit dem Meer zu tun. Zu Hause kramte ich im Arzneischränkchen. Ich fand nur einen Blister mit Atarax, dessen Verfallsdatum abgelaufen war. Ich schluckte zwei und schaltete meinen Computer ein. Ich dachte, mich in die Arbeit zu stürzen wäre die beste Lösung. Das war natürlich eine Illusion. Mein Telefon hörte nicht auf zu vibrieren. Und immer erschien Sophies Name.

MANON SASS AN IHREM SCHREIBTISCH, über ihre Hausaufgaben gebeugt. Wie sie sich bei diesem Höllenlärm konzentrieren konnte, war mir unverständlich. Dionysos spielte »Monsters in Love« in voller Lautstärke. Ich blickte mich in ihrem Zimmer um. Es war mehr oder weniger das einer Jugendlichen. Das alte Sofa und der Teppich. Die Staffelei, die Palette und die Farbdose. Die Hi-Fi-Anlage und der iPod. Die Romane und Mangas auf dem Nachttisch. Das Bodyboard, an die Wand gelehnt. Nur die Form ihres Bettes und ihres Schranks und ihre Erdbeerfarbe wiesen darauf hin, dass sie noch ein Kind war. Sie zuckte zusammen, als ich meine Hand auf ihre Schulter legte. Ihr Lächeln, als sie mich sah, ihre Art, sich in meine Arme zu werfen, als hätten wir uns seit Jahren nicht gesehen, die gut fünf Minuten, die wir uns umarmten, während ich den Geruch ihres Haars atmete und sie mir ihre Woche erzählte, rührten mich zu Tränen. Einen Augenblick hatte ich das deutliche Gefühl, wieder aufzutauchen, ins Leben zurückzukehren. Clément war nicht da. Es war ausgemacht worden, dass ich ihn von seinem Musikunterricht abholte. Sarah hatte seine Sachen gepackt, seine Tasche stand auf dem Bett. Auf dem Parkett seines Zimmers lagen Playmobile herum, die in voller Aktion angehalten worden waren. Ganze Familien strebten dem Bahnhof entgegen, mit Koffern, Nutztieren und Schatztruhen. In der Nähe warteten Schiffe auf einem abwesenden Meer. Ein Piratenschiff verhieß nichts Gutes für die Touristen. Ebenso wie die Dinosaurier, die sich gefährlich dem Campingplatz näherten, auf dem ein Wohnwagen und mehrere Zelte standen, von denen manche halb geöffnete Bücher waren.

Ich ließ Manon ihre Tasche packen und ging ins Wohnzimmer zu Sarah.

»Wenn ich daran denke, dass wir jetzt eigentlich in Japan sein wollten«, sagte sie und deutete auf die Titelseite von *Libération*.

Ich hatte zwei Stunden zuvor den gleichen Gedanken gehabt. Ich hätte genau den gleichen Satz sagen können. Doch in meinem

Mund hätte er nicht die gleiche Bedeutung gehabt. In meinem Mund hätte er den bitteren Geschmack des Bedauerns gehabt. Während er in ihrem, wie ich zu erraten glaubte, wohl einen Beigeschmack der Erleichterung hatte. Ich hätte alles dafür gegeben, selbst in diesem Augenblick dort zu sein. Ich hätte alles dafür gegeben, mit ihr und den Kindern die Tempel von Kyoto und ihre perfekten Gärten zu besuchen, die einen glauben ließen, die Welt könnte ein friedlicher und bewohnbarer, einladender und gastlicher Ort sein. Ich hätte alles dafür gegeben, bei der Bevölkerung zu sein, die sehr viel weiter im Norden von dem Tsunami traumatisiert worden war, bei diesen Leuten, die es mit Sorge erfüllte, dass die Radioaktivität in Tokio und vielleicht sogar in Kansai zunahm, die sich Sorgen machten, verseucht worden zu sein, Sorgen machten über das Schicksal ihrer Mitbürger in Sendai und Umgebung. In Fukushima, wo die Evakuationen weitergingen, wo die Sicherheitszone ständig ausgeweitet wurde. Seit der Tragödie hatte ich mehrmals gedacht, dass mein Platz eigentlich dort sein sollte. Das war ein merkwürdiger Gedanke. Ich wusste nicht so recht, was ich dort hätte tun, wie ich mich hätte nützlich machen können. Ich wusste nicht einmal, was ich hätte schreiben können, wenn ich mich in diese zerstörten Gegenden begeben hätte und den Flüchtlingen und den Überlebenden dezimierter Familien begegnet wäre.

»Manon sieht sich unaufhörlich die Bilder aus Sendai im Internet an. Sie ist traumatisiert. Und hast du ihre Schultasche gesehen? Sie hat die Anti-Atomkraft-Aufkleber wiederentdeckt.«

Sarah saß auf dem Sofa, die Beine angewinkelt auf den Kissen, eine dampfende Schale mit Tee in den Händen. Ich hatte schreckliche Lust, mich neben sie zu setzen, sie zu umarmen, ihre Waden zu streicheln, meinen Finger zwischen ihre Haut und die Baumwolle ihres BHs zu schieben. Ich hatte schreckliche Lust, meinen Mund auf ihren zu drücken. Ich hatte schreckliche Lust, sie zu erwürgen. Tief in meinem Innern konnte ich nicht anders, als ihr böse zu sein, als sie verantwortlich zu machen. Ich dachte an Manon, an Japan.

Als Sarah ihr unsere Trennung mitgeteilt hatte, hatte sie zuerst geschrien. Dann hatte sie diesen Satz gesagt, der mir damals egoistisch, unangebracht und in vollkommenem Widerspruch zu der konkreten Wendung zu stehen schien, die unser Leben nahm: »Dann werden wir also nächstes Jahr nicht alle zusammen nach Kyoto gehen?« Sie hatte das unter einem Schwall von Tränen gesagt, der nicht versiegen wollte.

»Dein scheiß Clooney hat seine Klage zurückgezogen«, sagte ich und blickte ihr direkt in die Augen. »Galland hat mir heute Morgen eine Nachricht hinterlassen, um mir die frohe Botschaft mitzuteilen.«

»Ich weiß«, erwiderte sie. »Ich persönlich war nicht damit einverstanden. Ich finde, er ist zu nachsichtig mit dir.«

»Ja, genau, zu nachsichtig. Und neulich war er nicht wegen Clément hier. Warum hast du mich angelogen? Warum hast du mir nicht gesagt, dass er hier war, um dich zu ficken?«

Sarah bedeutete mir, leiser zu sprechen. Manon könnte uns hören. Ihr Gesicht war plötzlich angespannt. Die Wut entstellte es. In diesem Augenblick war sie wirklich kein schöner Anblick, als sie zwischen ihren Zähnen hervorstieß, dass ich sie nerve, dass mich das überhaupt nichts angehe und dass, wenn ich es genau wissen wolle, neulich, als er da war, überhaupt noch nichts zwischen ihnen gewesen sei, er sei gekommen, um ihr den Hof zu machen, und sie habe ihn abgewiesen. Aber jetzt sei sie, nur um mich zu ärgern, mit ihm ausgegangen. Er habe sie zum Abendessen eingeladen und dann seien sie tanzen gewesen an einem sehr eleganten Ort, und er habe sie geküsst, und er küsse sehr gut, wenn ich es genau wissen wolle, und sie habe die Nacht mit ihm verbracht und …

»Dir den Hof machen?«, unterbrach ich sie und brach in Gelächter aus. »Dir den Hof machen? Für wen hält sich dieser Kerl? Wer geht heutzutage an einem Dienstagnachmittag zu einer Frau, um ihr den Hof zu machen?«

»Typen, die zivilisierter und romantischer sind als du vielleicht.«

Ich konnte einfach nicht aufhören zu lachen. Es war nicht zu übersehen, wie sehr sie das ärgerte, aber es war stärker als ich.

»Na ja, wenigstens amüsiert ihr euch.«

Ich drehte mich um. Manon war gerade ins Zimmer gekommen, ihre Tasche über der Schulter. Ich lachte noch immer, während sie ihre Mutter küsste. Ich hatte Tränen in den Augen vor Lachen. Natürlich war das nur eine spontane Reaktion, wenn ich in ein paar Stunden an unser Gespräch zurückdenken würde, würden mir Sarahs Worte wieder einfallen. Sie waren jetzt zusammen, sie hatte also eine Affäre. Und der Gedanke war nicht von der Hand zu weisen, dass mein Verhalten die Dinge beschleunigt hatte.

Die nächsten drei Tage waren eine einzige Lichtorgie. In ganz Frankreich war plötzlich der Sommer ausgebrochen. Überall, im Fernsehen, im Radio, reagierte man überrascht. In der Flut der Katastrophenmeldungen, die einen glauben ließen, dass tatsächlich irgendetwas dem Untergang entgegenging, sich auflöste von einem Ende der Welt zum andern, schienen ein paar Sonnenstrahlen uns sagen zu wollen, dass das Leben hier unten trotzdem möglich war. Von morgens bis abends gab es, wo immer man auch hinging, stets jemanden, der lauthals beteuerte, für die Jahreszeit sei es wirklich zu heiß, für die jetzigen sommerlichen Temperaturen werde man im Juli büßen. Das Wetter war hier mehr als anderswo ein unerschöpfliches Gesprächsthema. Die Kinder und ich, wir machten die Strände unsicher, ließen uns vom Wind und ihren Gelüsten treiben. Manon suchte die Wellen, Clément Pfützen, in denen er herumplantschen und so tun konnte, als suchte er Krabben und Garnelen. Es waren glückliche, unbeschwerte Stunden, die nur selten von der Sehnsucht nach der glückseligen Zeit überschattet wurden, in der wir zu viert gewesen waren und die geringste Aufheiterung uns nach draußen getrieben hatte. Dann waren wir in den Wagen gestiegen, um an die Côte Sauvage zu fahren oder nach Westen in die benachbarten Badeorte, die einem, selbst wenn sie nur zwanzig

Kilometer entfernt waren, das Gefühl gaben, plötzlich im Urlaub zu sein. Manon lief hin und her, vom Meer, über das sie auf dem Bauch glitt, zum Badetuch, auf das sie sich in der gleichen Position legte, die Nase ganz sandig von dem Sand, der auf dem orangefarbenen Stoff klebte. Wie Sarah gesagt hatte, war sie von Japan besessen und wollte unbedingt wissen, wann wir dorthin zurückkehren könnten, ob es überhaupt eines Tages möglich wäre. Ich versuchte sie so gut ich konnte zu beruhigen, aber es war deutlich zu erkennen, dass die Sache sehr viel ernster war: Auch für sie ging etwas kaputt, und sie konnte das Ende nicht erkennen, wie jeder von uns wollte sie wissen, ob das alles eines Tages ein Ende haben, wann der Albtraum enden würde. Clément verbrachte die meiste Zeit damit, Krabben von einer Pfütze in einen Eimer und von dem Eimer in eine andere Pfütze umzusiedeln. Seine Begeisterung für jede Alge, jede Anemone, jede Strandschnecke, Seepocke, Napfschnecke, Tellmuschel, Messermuschel war grenzenlos. Er wirkte heiter, sprach aber wenig, verloren in seine Träumereien, er, den ich immer so gegenwärtig, so ganz und gar da, mit Haut und Haaren im Leben stehend erlebt hatte. All diese Jahre, in denen ich ihn hatte aufwachsen sehen, waren wie Balsam für mich gewesen. Er war so ganz anders als ich. Nichts schien ihn jemals zu beunruhigen, er hatte einen unstillbaren Hunger, bereit, es mit allem aufzunehmen, bereit, das Leben zu kauen und hinunterzuschlucken. Um mich herum schnaubten lauter junge Leute, in deren Gegenwart ich mich alt fühlte. Wann hatte dieses Gefühl eigentlich die Oberhand gewonnen? Ich kann es nicht sagen. Noch vor unserer Trennung, um ehrlich zu sein. Kurz nach unserem fünfunddreißigsten Geburtstag. Mit sechsunddreißig oder siebenunddreißig, ich weiß nicht mehr genau. Plötzlich war uns bewusst gewesen, dass wir schon seit langem auf die andere Seite gewechselt waren. Plötzlich hatte ich mich verbraucht gefühlt, nicht nur physisch – und auf dieser Seite war das nicht nur ein Gefühl gewesen: Angesichts meines Rückens, meiner Knöchel, meiner Zähne, meiner Verdauung, meiner Migräneanfälle, meines nachlassenden Sehvermögens, der kompletten Tage, die ich brauchte, um mich vom kleinsten Kater zu erholen, und der dreißig Kilo zu viel, die die Waage anzeigte, musste ich wohl oder übel zugeben, dass ich nicht mehr wirklich in Form war, obwohl ich an Ostern und Allerheiligen stundenlang im kalten Wasser schwamm und Kajak fuhr –, sondern auch psychisch. Ich hatte angefangen, die jungen Burschen, die jungen Frauen und sogar die jungen Eltern zu beneiden, und wenn ich einen Blick in den Rückspiegel warf, sah ich, dass irgendetwas nicht mehr da war, dass irgendetwas verlorengegangen war. Ich spürte es sogar in meinem Schreiben, das sich ebenfalls verweichlicht hatte. Ich überzog meine Sätze mit nutzloser Poesie, ich entfernte nicht mehr das Fett wie früher, und unter dem Vorwand, endlich das Licht in meine Erzählungen hereinzulassen, wurde ich nicht müde, die Ecken abzurunden.

Wir hatten nur sehr wenig Zeit in der Wohnung verbracht. Obwohl ich sie so eingerichtet hatte, dass ich sie vernünftig bei mir unterbringen konnte, sträubte ich mich dagegen, dort mit ihnen zu wohnen, als handele es sich wirklich um unser Heim. Doch das störte sie nicht. Aus ihrer Sicht ähnelte das, glaube ich, mehr den Ferien in Ferienwohnungen, die nie bequem genug und stets zu unpersönlich waren, um dort mehr Stunden zu verschwenden als diejenigen, die man dem Schlafen widmen musste. Und doch hatten wir uns geschworen, uns diesmal Zeit zu nehmen und ein wenig faul auf der Terrasse zu liegen, so dass es nicht mehr so ganz Ferien waren, in denen man gleich morgens aufbrach und erst abends nach Hause kam und jeden Tag endlose Ausflüge machte. Die Nächte verbrachten wir alle drei im selben Bett, nicht einen Augenblick lockerte ich die Umarmung, mit der ich sie zu beiden Seiten fest an mich drückte. Wenigstens glaubte ich das bis zu dem frühen Sonntagmorgen, an dem ich Clément an meinem Schreibtisch vorfand. Er hatte nicht schlafen können. Ich ging zu ihm, und er schmiegte sich in meine Arme. Mit müder Stimme gestand er mir, dass ihm das häufig passiere, dass er aufwache und nicht mehr einschlafen könne.

»Seit wann?«

»Seit du zu Hause ausgezogen bist.«

Er sagte das tief betrübt und erwachsen und entschuldigte sich dafür, so vorhersehbar zu sein, bekümmert, dass die Dinge manchmal so lesbar, so miteinander verbunden, so rührend kausal seien.

»Stimmt es, dass Mama dich hinausgeworfen hat, weil du andere Verehrerinnen hattest?«

Es durchlief mich eiskalt. Draußen wurde es allmählich etwas heller. Die Wolken zerfransten um die Straßenlaternen herum, Fetzen zerrissener Baumwolle auf dem Schiefer des Himmels. Woher mochte er diesen Unsinn haben? Wer hatte ihm solche Flausen in den Kopf gesetzt? Ich drückte ihn noch fester an mich. Ich tauchte meine Nase in sein Haar. Ich küsste seine Stirn und sagte ihm, nein, Mama habe mich nicht deswegen vor die Tür gesetzt, und ich hätte auch nie andere Verehrerinnen gehabt.

»Es ist nicht leicht, mit mir zu leben, und deine Mutter hatte die Nase voll von mir, das ist alles«, flüsterte ich ihm ins Ohr, obwohl für einen Jungen seines Alters solche Überlegungen mit Sicherheit nicht den geringsten Sinn ergaben.

»Wer hat dir das gesagt?«

»Kumpels, in der Schule.«

Ich zog es vor, das Gespräch nicht fortzusetzen. Ich wusste nur zu gut, wie Kinder sein können. In den letzten Jahren hatte Manon mir mehrfach zu verstehen gegeben, dass sie regelmäßig unter Tratsch über mich zu leiden hatte. Sie hatte nie eine große Sache daraus gemacht, da sie mir keinen Kummer machen wollte, da sie mich wie immer schonen und nicht beunruhigen wollte. So war sie immer schon gewesen, darauf bedacht, kein Problem zu sein, kein Anlass zur Sorge, als hielte sie mich für zu schwach oder zu labil, so dass sie keinen Grund sah, die Sache aufzubauschen. Ich war zwar kein Sänger oder Schauspieler, doch wir lebten in einer Kleinstadt, und viele Leute wussten mehr oder weniger, womit ich mich beschäftigte. Ich war manchmal auf dem Bildschirm zu sehen und da und dort im Radio zu hören, mein Gesicht tauchte in den Zeitungen, mein Name im Vorspann mancher Filme auf, und das genügte, um von Zeit zu Zeit für Gesprächsstoff zu sorgen. Manche machten sich Gedanken über meinen Lebensstandard, das einfache Wort »Kino« weckte Phantasien, andere dichteten mir Abenteuer mit dieser oder jener an, ganz zu schweigen von der Zügellosigkeit, die den Künstlern häufig zugeschrieben wird. Der Inhalt meiner Bücher, die das Porträt eines stark depressiven, dem Alkohol zugeneigten Typen zeichneten, machte die Sache nicht besser. Natürlich ließen die meisten Leute mich vollkommen in Ruhe, aber ein oder zwei Idioten genügten schon, dass ein oder zwei Kinder sich auf einem Pausenhof das Maul zerrissen, ein paar Schüler Manon und Clément plötzlich anders ansahen und ihnen unangenehme Äußerungen zu Ohren kamen. Ich hatte ein gutes Gedächtnis, und Kinder sind gnadenlos, die geringste Besonderheit führt zu anzüglichen Bemerkungen und Beleidigungen, ja geradewegs zur Ausgrenzung. Es gibt keine schlimmeren Konformisten als zehn-, elfjährige Kinder, abgesehen vielleicht von den Jugendlichen und abgesehen vermutlich von ihren Eltern. Clément schlief in meinen Armen ein, als sei er immer noch vier, und ich spürte, wie sich mir die Kehle zuschnürte bei diesem Gedanken. Mich überkam bereits die Sehnsucht nach dieser ersten Zeit der frühen Kindheit, dieser für immer entschwundenen Zeit leidenschaftlicher Zärtlichkeit, bedingungsloser Liebe, animalischer Nähe, die alles zusammenzukitten schien und mich ahnen ließ, dass nichts mich jemals von meinen Kindern entfernen könnte. Dass dieser Glaube bezüglich meiner Kinder so tief in mir verankert war, während es mir schwerfiel, in Betracht zu ziehen, dass es meinen Eltern mit mir ebenso gehen könnte, war mir ein unlösbares Rätsel. In dieser Nacht konnte ich keinen Schlaf finden. Ich setzte mich in den Sessel gegenüber den Fenstern und beobachtete das Anbrechen des Tages, die kaum wahrnehmbaren Veränderungen des Lichts, der Farben, der Kontraste und der Töne, die gedämpft durch die Scheiben drangen.

Am nächsten Tag brachte ich die Kinder kurz vor neunzehn Uhr zurück zu ihrer Mutter. Als sie mich fragte, ob ich dafür gesorgt hätte, dass sie ihre Hausaufgaben machen, blickten wir uns an und brachen in Gelächter aus. Sarah schätzte die Komik der Situation nicht, ich hatte es völlig vergessen und die Kinder auch, glaube ich. Es war so schön gewesen, und wir waren drei Tage lang so glücklich gewesen, uns im Sand auszustrecken und schreiend ins Wasser zu gehen, außer Atem, mit von der Kälte schmerzenden Armen und Beinen, es uns auf den Terrassen der Cafés und Restaurants bequem zu machen, Bällen hinterherzurennen, Drachen steigen zu lassen und bizarre Burgen zu bauen. Wir waren sogar aufs Meer hinausgefahren. Samstagmorgen hatten wir am Hafen den Vater eines Freundes von Manon getroffen, und er hatte uns mitgenommen. Wir hatten drei Stunden an Bord verbracht. Clément hatte die Finger gekreuzt, damit Tümmler erschienen, doch um diese Jahreszeit kamen sie nur selten an unsere Küsten. Wir hatten keine gesehen, aber er hatte sich damit getröstet, das Ruder zu halten, während Pierrick den Motor dröhnen ließ. Er war glücklich, uns bei sich zu haben, seine eigenen Kinder sträubten sich, mit aufs Meer zu fahren, und er fuhr nicht gern allein hinaus. Seit dem Tod seines Vaters hatte er etwas die Freude daran verloren, sein ganzes Leben lang waren sie zusammen hinausgefahren, außerdem war es sein Boot, noch am Tag vor seinem Tod waren sie hinausgefahren, um die Körbe einzuholen, und dann hatten sie drei Seebarsche gefangen, die sie sich in der Familie zum Abendessen geteilt hatten. Der Alte war in der Nacht nach Hause gegangen, hatte sich schlafen gelegt und war nicht mehr aufgewacht.

»Ich glaube nicht«, antwortete ich. »Wir kamen uns wie in den Ferien vor.«

Sarah schüttelte bekümmert den Kopf. Manon ging direkt in ihr Zimmer hinauf, um ihre Matheaufgaben zu machen und den Geschichtsstoff zu wiederholen, sie hatte am nächsten Tag einen Test. Clément holte sein Lesebuch heraus und setzte sich an den

Küchentisch. Ich setzte mich neben ihn und begann mit ihm zu arbeiten.

»Was machst du da?«, fragte Sarah.

»Wie?«

Im Grunde wusste ich ganz genau, was sie meinte. Ich stellte mich dumm. Natürlich war mein Platz nicht mehr hier, und ich tat so, als wüsste ich es nicht. Ich wollte glauben, dass ich dem Kleinen bei seinen Hausaufgaben helfen und dann die der Großen korrigieren würde, bevor ich in aller Eile eines dieser Sonntagabendessen vorbereiten würde, die sie so liebten, bei denen Rillettes, Thunfisch und geräucherter Fisch, Austern, Galettes, Schinken, Käse, Brot und Salat auf dem Tisch standen und jeder sich nehmen konnte, worauf er Lust hatte, während die Stereoanlage eine Platte spielen würde, die uns allen gefiel, auch den Kindern, Herman Dune, Baxter Dury usw. Dann würden wir noch eine knappe Stunde im Wohnzimmer sitzen, jeder damit beschäftigt zu lesen, zu zeichnen, ins Internet zu schauen, und die Kinder würden schlafen gehen, wonach wir den Abend zusammen verbringen würden, Sarah und ich, Musik hören und Wein trinken, lesen oder eine Folge von *Mad Men* oder *In Treatment*, einen Film von Koreeda oder Naomi Kawase anschauen oder miteinander schlafen würden, bis sie einschlafen und ich in die Nacht hinaus und zum Meer gehen würde, ein Zigarillo zwischen den Lippen, bis zu den ersten Wellen im eisigen Wind, völlig durchgefroren nach Hause zurückkehren, unter die Decke schlüpfen und mich an ihren nackten und warmen Körper schmiegen würde, mit hartem Schwanz, die Hände geschlossen über ihren perfekten Brüsten. Ich stand auf, und wieder einmal zerriss es mir das Herz, als ich dieses Haus verließ.

Ich fuhr unter einem gewittrigen Himmel. Schwarze Regenwolken brandeten gegen das fluoreszierende Meer. Ich trank ein Glas im La Goélette. Alle sahen mich schief an, mit Ausnahme von Samir. Ich fragte mich, warum. Ich hatte vergessen, sie aber nicht: Vor ein paar

Tagen hatte ich die Nase eines Gastes auf dem Tresen zerquetscht. Es war mir bereits entfallen. Ich dachte nur noch an Sarah, an die Kinder und an Guillaume, der mir einfach nicht aus dem Kopf ging. Ich hatte noch immer keine Möglichkeit gefunden, mit Sarah darüber zu reden. Dabei erschien mir nichts dringender, wichtiger. Je mehr ich daran dachte, desto mehr hatte ich das Gefühl, dass das der Schlüssel war. Am Abend zuvor hatte ich endlich Alex angerufen. Das Mindeste, was man sagen konnte, war, dass er mit Psychologie nichts am Hut hatte. Für ihn gehörte die Psychologie ins Reich des Glaubens, in seinen Augen war sie ein Schwindel ähnlich wie die Religion mit dem einzigen Ziel, unglückliche brave Bürger eines Teils ihrer Ersparnisse zu berauben. Mit dem, was ich ihm erzählte, hatte er nicht wirklich etwas anfangen können. Dass mein Leben von der Präsenz eines Zwillings *in utero* geprägt sein sollte, hielt er für unwahrscheinlich. Das kam ihm zu einfach, zu offensichtlich vor, zu romantisch.

»Es ist etwas anderes, als wenn du deinen Bruder während der Kindheit oder Jugend verloren hättest. Du hast ihn ja überhaupt nicht kennengelernt. Du bist dir seiner Existenz nie bewusst gewesen. Du hast bis jetzt nicht einmal gewusst, dass er existiert hat. Und was den Bauch deiner Mutter betrifft, wenn du meine Meinung hören willst, in diesem Augenblick des Lebens ist man nicht viel entwickelter als eine Kaulquappe.«

Anschließend unterhielten wir uns über die Kinder, Lorette und Sarah und über Bücher, die wir gelesen hatten. Durch eine grausame Ironie des Schicksals war er beruflich dazu verpflichtet, alles zu lesen, was in Frankreich veröffentlicht wurde, dabei war ich es gewesen, der ihn vor zwanzig Jahren davon überzeugt hatte, dass hier interessante Dinge geschrieben würden, was ihm wenig Zeit für die amerikanischen Romane ließ, die er wiederum mir nahegebracht hatte und die ich pausenlos verschlang. Im Laufe der Jahre war meine Bibliothek im Gegensatz zu seiner ausgesprochen angelsächsisch, japanisch, italienisch, südamerikanisch und immer weniger frankophon geworden, abgesehen von einer Handvoll Autoren, die ich immer schon gelesen hatte und die ich als meine Vorbilder betrachtete, eine Handvoll einsamer Gestirne, die keiner Schule, keiner Mode, keinem Dogma, ja nicht einmal einem Land zuzuordnen waren.

Als ich in die Wohnung zurückkehrte, war der Himmel geplatzt, und der Regen prasselte so heftig herab, dass er das Gesicht zerkratzte wie eine Handvoll Sand. Der Strand war unsichtbar geworden. Man konnte nicht weiter sehen als die Reihe von Straßenlaternen, die den Damm säumte. Unter einer von ihnen stand, gespenstisch im fahlen Licht und verwischt durch die Tropfen, eine Frau, die zu den Stockwerken heraufblickte. Von meinem Standort aus war ich, behindert durch die beschlagenen Scheiben und den Schauer, nicht sicher, aber ich hatte das Gefühl, dass sie mich anstarrte. Hinter ihr schlug das Meer gegen den Beton und schleuderte hohe Gischtfontänen, die die Promenade glänzen ließen. Ich öffnete das Fenster, um sie besser sehen zu können. Ihr triefendes Haar ergoss sich über einen Mantel, der nur dem Namen nach ein Regenmantel war. Im ersten Moment wollte ich es nicht glauben, doch sie war es, Sophie. Zu mir emporblickend, nass bis auf die Knochen, zu mir heraufl̈ächelnd in der Regennacht, umgeben vom Meer, das überall um sie herum herniederprasselte, sie aber nicht berührte. Ich verließ die Wohnung und stieg die Treppen hinab, um zu ihr zu gehen. Sie schlotterte, aber sie lächelte, etwas leicht Irres lag in ihrem Blick. Sie hatte ihre Augen schwarz geschminkt, und die Wimperntusche lief ihr die Wangen herunter. Ich nahm ihre Hand und zog sie ins Haus. In der Eingangshalle redete sie unentwegt auf mich ein: »Ich bin gekommen, freust du dich, mich zu sehen, hm, freust du dich, mich zu sehen?« Und ihr Mund suchte meine Lippen. Ihr Atem war warm und roch nach Alkohol, ihre Zunge irrsinnig süß, sie presste ihren nassen Körper gegen meinen, und ich führte sie in die Wohnung und zog sie aus. Sie sagte immer wieder, sie sei durchgefroren, aber wolle mit mir schlafen. Ich gab ihr einen Pyjama, und sie lachte, als sie sich darin sah, er war ihr viel zu weit, so dass sie aussah wie ein als Erwachsener verkleidetes Kind. Sie war betrunken. Ich legte sie ins Bett und deckte sie zu, und sie hörte nicht auf zu lachen, versuchte die ganze Zeit, mich zu küssen und meine Hände zu ihren Brüsten, ihrem Hintern, ihrem Geschlecht zu lenken, und schien die Fragen, die ich ihr stellte, nicht zu hören. Was suchte sie hier? Wusste ihr Mann Bescheid? Kümmerte sich jemand um die Kinder?

»Die Kinder, die Kinder, du nervst mich mit den Kindern, sie können gut auch mal ohne ihre Mutter sein. Seit ihrer Geburt sind sie mir nicht von der Seite gewichen ... Komm her und wärm mich.«

Wir schliefen miteinander, und die Nacht verging wie in einem merkwürdigen Halbwachtraum, in dem sich Überschwänglichkeit und Niedergeschlagenheit mischten. Ihr Telefon vibrierte alle zehn Minuten. Jedes Mal blinkte der Name Alain auf, gefolgt von einer Nachricht, die sie nicht abhörte. Manchmal rührte sie mich zutiefst durch einen Blick, ein Wort, einen Gesichtsausdruck, eine Geste, eine Haltung, ich hatte das Gefühl, in ihr diejenige wiederzufinden, die ich vor zwanzig Jahren geliebt hatte, und im nächsten Augenblick fiel alles in sich zusammen, es reichte eine Pause, ein Satz, der mich erkennen ließ, dass wir uns nichts zu sagen hatten, dass sich im Laufe der Jahre eine Kluft zwischen uns aufgetan hatte, eine Kluft bestehend aus unseren Vorlieben, Entscheidungen, Ansichten, Seins- und Handlungsweisen, unseren Lebensweisen, Überzeugungen, Interessen, und Überdruss und Ekel erfassten mich. Sie schlief für einen Augenblick ein, und was ich betrachtete, war nicht Liebe, sondern die Erinnerung daran, eine ferne, schale Reminiszenz. Dann wachte sie auf und redete wie überdreht, überstürzt, ihre Worte klangen hohl oder waren überfrachtet mit Emphase und Plänen, ihre Augen glänzten, doch es war nicht klar, ob sie aufleuchten oder Tränen vergießen würden. Wir umarmten uns, unsere Hände wanderten über unsere Haut, jeder suchte in dem anderen etwas von früher, das unerreichbar geworden war. Trost. Einen Funken. Man musste kein Hellseher sein, um zu begreifen, dass Sophie mit meiner Hilfe etwas versuchte. Versuchte, sich ein wenig lebendig zu fühlen. Sich zu spüren. Aus dem Schlaf zu erwachen. Man brauchte kein Wahrsager zu sein, um zu begreifen, dass sie, indem sie auf diese Weise in die Vergangenheit zurückkehrte, vor allem versuchte, vor sich selbst zu fliehen. Im Grunde war ich nur ein Vorwand. Aber auch das Gegenteil stimmte. Im Morgengrauen schliefen wir erneut miteinander. Ich war erschöpft, in diesem Zustand nervöser Labilität, in den die Müdigkeit mich stets versetzte, ein Zustand, der mich meiner Schutzmechanismen, meines Panzers beraubte und meine Nerven einzeln zusammenbrechen ließ. Sophies Telefon auf dem Nachttisch hörte nicht auf zu vibrieren. Wir hatten weitergemacht, als wäre nichts, mit einer etwas abgenutzten Verbissenheit, die nichts Gutes verhieß. Dann schliefen wir ein, und die Sonne weckte uns. Sie flutete durch die Fenster herein, und die Landschaft draußen war traumhaft. Das vollkommen glatte Meer wechselte zwischen Türkis und Blau, gesäumt von langen Zungen aus Sand, auf der offenen See funkelten kleine Inseln und Riffe, deren Granit wie Tierhaut glänzte. Sophie streckte sich, während ich im Stehen meinen Lapsang-Souchong-Tee trank und Radio hörte, gegenüber dem Strand, der übersät war mit Joggern, Spaziergängern, die sich an der Hand hielten, und kleinen Kindern.

»Willst du das Radio nicht ausmachen? Die Nachrichten deprimieren mich.«

Ich stellte den Ton leiser. Syrien, Libyen, Fukushima und der Rest mischten sich unter die morgendlichen Geräusche. Ich trank meinen Tee aus, und sie stand auf, nackt und mit zerknittertem Gesicht, und rieb sich die Augen wegen des grellen Lichts, das das Zimmer überflutete. Wieder vibrierte ihr Mobiltelefon. Angst verschleierte ihren Blick. Panik. Als würde ihr erst jetzt bewusst, wo sie war und mit wem und wer sie seit dem Abend pausenlos anrief.

»Du solltest vielleicht drangehen.«

Sie zuckte die Achseln und schmiegte sich an mich. Ihr Haar roch nach Nacht, und ihre Haut war angenehm warm. Ich spürte ihre Brüste an meinen Rippen.

»Zieh wenigstens etwas an.«

»Wozu? Niemand sieht uns, außer den Möwen.«

Sie ging zum Fenster und betrachtete einen Augenblick die Aussicht.

»Das ist dermaßen offen. Ohne jeden Schutz.«

»Du solltest Alain anrufen. Um ihn zu beruhigen. Ich meine, er hat das nicht verdient. Dieses Schweigen. Und deine Kinder. Sie fragen sich bestimmt, was los ist.«

Einen Moment lang dachte ich an Clément und Manon. Sie mir in einer solchen Situation vorzustellen, war mir unerträglich. Es schnürte mir die Kehle zu. Es wurde von Jahr zu Jahr schlimmer mit mir. Anstatt mich abzuhärten, wurde ich immer empfindlicher. Ich war erschüttert, wenn ich ein Kind weinen sah. Wenn ich auf der Straße Menschen begegnete, deren Gesichtsausdruck Abgespanntheit oder Kummer verriet, war ich zutiefst betroffen. Mir vorzustellen, was die anderen durchzumachen hatten, war eine Qual für mich.

»Woher willst du das wissen?«

»Was?«

»Dass Alain das nicht verdient hat. Woher willst du das wissen?«

»Du hast mir gesagt, er sei gut zu dir, er sei ein guter Ehemann.«

»Na und? Wenn ich Lust habe, mit dir zusammen zu sein?«

»Nun ja, das ist dein Recht, aber ich verstehe nicht, warum er vor Sorge vergehen muss, während er auf eine Nachricht von dir wartet.«

»Seit Jahren sperrt er mich schon in einen Käfig. In seinem verdammten Haus. Seiner verdammten Wohnanlage mit der Schranke. Weißt du, in letzter Zeit hat er den Schlüssel zum Wald versteckt, weil er findet, dass ich zu viel Zeit dort verbringe.«

Ich nahm das Telefon vom Nachttisch und reichte es ihr.

»Ruf ihn an!«, sagte ich. »Ich werde inzwischen duschen.«

Als ich zurückkam, war sie in Tränen aufgelöst. Sie hatte den Pyjama wieder angezogen und weinte, während sie ihren Kaffee trank. Sie sagte kein einziges Wort. Das ging mindestens zwei Stunden so. Auf meine Fragen antwortete sie nur mit Kopfbewegungen. Nein, sie hatte ihm nicht gesagt, wo sie war. Ja, er hatte sich schreckliche Sorgen gemacht und die Kinder auch. Ja, Alain hatte die Polizei angerufen, um ihr Verschwinden zu melden. Nein, sie hatte ihm nicht gesagt, wann und ob sie nach Hause kommen würde. Sie zog sich an, und wir gingen hinaus, wanderten stundenlang auf den Pfaden und schliefen auf den geschütztesten Stränden ein. Sie wirkte vollkommen ausgelaugt, als sei ihr schwindlig geworden von dem, was sie getan hatte, als sie hierhergekommen war, als sie von zu Hause weggegangen war ohne ein Wort, ohne sich fast vierundzwanzig Stunden bei denen zu melden, die sie liebten. Ich hatte Mühe, die Sophie zu erkennen, die ich in den wenigen Tagen, die ich in V. verbracht hatte, wiedergefunden hatte. Diese sanfte, maßvolle, durchschnittliche Frau, die mir die Vorzüge ihres ruhigen und soliden Alltagslebens gepriesen hatte. Natürlich hatte die Zeit, die wir uns im Wald versteckt hatten, mir eine Ahnung vermittelt von ihren inneren Kämpfen, Widersprüchen und Verlusten, natürlich hatte sie das Familiendomizil verlassen, um zu mir zu kommen, und das war nicht wenig, das mochte die Hektik, die Nervosität erklären, die zeitweise über sie kamen, die Stimmungsumschwünge, die dafür verantwortlich waren, dass Lachen und Küsse sich blitzschnell mit tiefer Niedergeschlagenheit abwechselten. Doch ich hatte das Gefühl, darin etwas anderes zu erkennen, das vermutlich von weiter her kam und das mir verborgen blieb. Diese Überlegungen gingen mir durch den Kopf, während wir auf das Meer starrten und unsere Hände im Sand wühlten, und ich machte mir Vorwürfe, dass ich mich nicht einfach damit zufriedengab, dass das, was da zwischen uns geschah, verwirrend genug war, um ihr Verhalten zu erklären. Ich sagte mir auch, dass ich, würde ich mich ebenso intensiv wie sie auf die Gegenwart einlassen, auf die entstehende Beziehung zwischen uns, auf ihre Gegenwart hier neben mir, an diesem in den abgelegensten Winkeln der zerklüfteten Côte Sauvage verborgenen Strand, an dem ich mich, was mir durchaus bewusst war, vor den Nachbarn, den Dauerstrandgängern, den Kindern und vor allem vor Sarah versteckte, vermutlich wie sie von Gefühlen heimgesucht worden wäre, die so heftig und widersprüchlich waren, dass sie mich aus der Reserve gelockt und mir den Verstand geraubt hätten, der meine Gesten und Handlungen lenkte. Doch die Wahrheit war stets die gleiche: Ich war nicht da. Sophie dagegen war auf geradezu erschreckende Weise da. Sie hatte sich zu mir geflüchtet, hatte ihren Mann und ihre Kinder in Sorge versetzt, wir hatten miteinander geschlafen, waren händchenhaltend zwischen Erika und Stechginster spazieren gegangen, wir hatten uns geküsst, den Rücken von den Felsen gewärmt, und ich war dabei gewesen, als würde ich mir einen Film anschauen oder ein Buch lesen. Sie hatte sich in meine Arme geschmiegt, und ich hatte mir zugeschaut, wie ich sie an mich gedrückt, ihr Haar geküsst, sie gewiegt und beruhigt hatte, aber mir kam es vor, als wäre ich überhaupt nicht daran beteiligt. In Wahrheit empfand ich nicht das Geringste. Nichts brannte in mir, nichts schwankte, nichts geriet in Panik.

Bei Einbruch der Nacht gingen wir nach Hause. Sophie hatte etwas von ihrem Elan und ihrem Vertrauen zurückgewonnen. Sie sprach jetzt davon, ein paar Tage zu bleiben. Alain zu verlassen. Sich Arbeit zu suchen. Sich um die Kinder zu kümmern, aber auf andere Weise. Ein Leben ohne sie zu haben. Sie sprach von mir, von uns, davon, wiederaufzuleben, einfach zu leben. Zurückzugehen, die Dinge dort wieder aufzunehmen, wo wir sie zurückgelassen hatten, und das Leben zu leben, das wir beide hätten leben sollen. Ihre Augen glänzten vor Begeisterung. Sie drückten ein solches Flehen, ein solches Verlangen aus. Und ich wusste, dass sie nicht wirklich mir galten, sondern dass ich nur der Funke war. Erneut klingelte das Telefon. Diesmal antwortete sie, und ich ging auf den Balkon hinaus, um eine Zigarette zu rauchen, während sie mit Alain sprach. Es war überraschend mild. Ein Südwind blies über dem Meer und erzeugte schwere Wellen, auf denen Dutzende von Surfern in schwarzen Surfanzügen ritten. Hinter mir presste Sophie sich an mein Hemd. Ihre Tränen benetzten den Stoff.

»Ich habe nicht die Kraft dazu. Es ist zu schwer.«

Sie wiederholte es zwischen zwei Schluchzern.

»Hast du ihm gesagt, wo du bist?«

»Nein. Aber er wird es letzten Endes erraten.«

»Wie soll er denn draufkommen? Du hast ihm nichts gesagt?«

»Nein.«

»Dann wird er auch nicht draufkommen.«

Ich drehte mich um und nahm ihr Gesicht zwischen meine Hände. Ich wünschte mir so sehr, dass es mich rühren würde. Ich hätte es so gern mit Küssen bedeckt und ihr gesagt, dass alles gut werden würde, dass auch sie das Recht auf Glück hätte, dass sie für immer dableiben solle. Doch ich zog es vor, nicht zu lügen. Die knallharte Wahrheit war, dass sie mich störte, dass ich sie am liebsten hinauswerfen würde, wenn ich sie so schniefen, in Tränen aufgelöst und hilflos sah, dass ich mir wünschte, Alain käme und nähme sie mit sich, dass ich nur zu gern meine Kinder anrufen, Sarah sehen und Clooney erneut meine Faust ins Gesicht schlagen würde, verdammt, Chefarzt und Krankenschwester, wie konnte man so vorhersehbar sein, wie konnte man so sehr das Klischee bedienen, ich wünschte mir nur eins, dass der Albtraum aufhören und alles wieder wie zuvor werden würde. Wir gingen in die Wohnung zurück, und während sie mich mit nassen Küssen bedeckte, mit einer Gier, die mich abstieß, legte ich sie ins Bett und deckte sie zu, wie am Abend zuvor, diesmal jedoch angezogen, und ich streichelte ihre Stirn, bis sie einschlief. Die Nacht hatte alles zugedeckt, und ich verbrachte ein paar Stunden am Computer und kämpfte mit meinem Drehbuch. Es fiel mir wahnsinnig schwer, mich zu konzentrieren, und eine Szene umzuschreiben schien mir ebenso schwierig wie einen Lkw zu fahren, jeder Satz war eine Last für mich, obwohl es manchmal so leicht sein konnte, auf diesem Gebiet wie auf dem des Romans konnten sich die Dinge von einem Tag auf den andern von Grund auf ändern, die Worte konnten nur so dahinrasen, aber auch am Boden kleben bleiben, ein Kapitel konnte sich ganz von allein schreiben, einen aber auch so viel Kraft kosten wie drei Bergetappen der Tour de France. Man konnte nie wissen, es gab keinen Hinweis, der einem erlaubte, die Schwierigkeiten vorherzusehen, weder die Tatsache, ob man gut oder schlecht vorankam, noch die Szene selbst. Mein Geist schweifte ständig vom Film ab, ich warf einen Blick auf Sophie, auf die Wohnung, in der ich mich hatte einquartieren müssen, auf das Meer, das nicht mehr ausreichte, um mich zu beruhigen. Ich betrachtete das Ruinenfeld meines Lebens, ohne Sarah brach alles zusammen, ohne Sarah war ich schlicht und ergreifend unfähig, einen Schritt vor den anderen zu setzen, ich hatte das Gehen verlernt. Mein Gesicht spiegelte sich im Fenster, und ich sah aus wie mindestens vierzig. Wie war das möglich? Warum erwies sich meine Generation als so wenig fähig, erwachsen zu werden, sich wie Erwachsene zu benehmen? Kannte ich einen Erwachsenen meines Alters? Gab es überhaupt welche? Als ich meine Bekannten, meine Freunde Revue passieren ließ, all jene, denen ich in V. wiederbegegnet war, die Schriftsteller, die Filmemacher, die Schauspieler, die Journalisten, denen ich in meiner Arbeit begegnete, kamen sie mir alle wie Jugendliche in vorzeitig gealterten Körpern vor. Dabei brauchte man sich nur die Fotos unserer Eltern anzuschauen, an ihre Leben zu denken, sich daran zu erinnern, wie sie damals gewesen waren, um zu begreifen, dass man mit vierzig kein Jugendlicher mehr war, nicht einmal mehr jung, sondern erwachsen. Nein, unter all den Personen, die ich kannte, gab es keinen, der sich so verhielt. Wir waren alle in unserer Entwicklung mindestens zehn Jahre zurück. Wir konnten nichts mit unseren Händen machen. Und aus unseren Leben. Und unsere

Kinder wuchsen wie wildes Gras, lebhafter und aufgeweckter als wir, mit elf entzogen sie sich uns, um Länder zu erobern, die uns für immer unbekannt bleiben würden, wir konnten nur beten, dass ihnen nichts allzu Schlimmes passieren, dass sie es ohne allzu viel Schrammen überstehen würden. Ich versuchte mich wieder auf die Arbeit zu konzentrieren, eine Flasche Weißwein in Reichweite. Am Ende hatte ich die fünfundsiebzig Zentiliter ausgetrunken und war nur drei Seiten weitergekommen. Ich ging ins Bett. Sophie schmiegte sich an mich, sie hatte sich ausgezogen, ohne dass ich es bemerkt hatte, ihre Hand glitt in meine Unterhose, und es wäre mir lieber gewesen, keinen Steifen zu kriegen, aber ich konnte es nicht verhindern. Sie verschwand unter der Decke und nahm mich in ihren Mund, bevor sie wieder hervortauchte, um sich auf mich herabzusenken. Ich konnte mich nicht belügen: Auch wenn ihre Anwesenheit hier unsinnig war, unser Verhältnis keinen Sinn hatte, mit ihr zu schlafen war etwas so Selbstverständliches, wir verschmolzen so sehr miteinander, dass man gar nicht anders konnte, als sich der Illusion hinzugeben. Als sie kam, flüsterte sie mir ins Ohr, dass sie dermaßen glücklich sei mit mir hier am Wasser, dass sie sich endlich lebendig fühle, so lebendig, wie sie es so lange nicht mehr gewesen sei, dass sie jede Erinnerung daran verloren habe. Ich gab keine Antwort, ich verbrachte meine Zeit damit, nicht zu antworten, mich von den Ereignissen tragen zu lassen, halb abwesend, mehr oder weniger gleichgültig, im Grunde ergriff ich nur dann Besitz von meinem Leben, wenn ich schrieb, und seit mehr als einem Jahr hatte ich nichts mehr zustande gebracht. Sophie schlief vor mir ein. Bevor auch ich einschlief, dachte ich noch, dass ich meine Eltern seit drei Tagen nicht angerufen hatte. Es kam mir vor, als seien seit meiner Rückkehr hierher mehrere Jahre vergangen.

ICH SCHRECKTE AUS DEM SCHLAF. Sophie schüttelte mich im Halbdunkel, das Gesicht vom Schlaf und von Panik verzerrt. Sie hatte ihr Telefon in der Hand.

»Er ist unten«, sagte sie. »Er ist unten.«

»Wer?«

»Alain. Er ist unten.«

Ich zog meine Unterhose an und stand auf. Er war tatsächlich da, jedenfalls stellte ich mir vor, dass er es war, wer hätte sonst da in der vom Vollmond erhellten Nacht stehen können, unter einer Laterne, deren weiße Kugel leicht pulsierte und ein unregelmäßiges Licht verbreitete, als wollte sie den Fluten, die sich zurückgezogen hatten, ein Signal senden?

»Ich will nicht, dass er raufkommt. Ich will ihn nicht sehen. Ich will nicht mit ihm sprechen.«

Ihr verzerrtes Gesicht und ihre verzerrte Stimme, ihr Zittern, während sie vor und zurück schaukelte und ihre angezogenen Beine zwischen den Armen hielt, all das hätte mich eigentlich rühren müssen. Doch ich wollte nur, dass sie abhaute. Ich wollte nur, dass diese Verrückte, die da auf meinem Bett schaukelte, verschwand. Ich zog mich in aller Eile an und ging zur Tür.

»Wohin gehst du?«

»Mit ihm reden.«

»Versprich mir, dass er nicht raufkommt.«

»Hör zu! Er ist dein Mann. Der Vater deiner Kinder. Er macht sich Sorgen. Er liebt dich. Er kommt, um dich zu holen. Das ist normal, Scheiße. Du bist nicht einem Typen weggelaufen, der dich schlägt. Ihr könnt miteinander reden, oder nicht? Ihr könnt euch aussprechen. Ihr könnt euch wie zivilisierte Erwachsene benehmen, verdammt. Ist das zu viel verlangt?«

»Ausgerechnet du sagst mir das? Du knallst den Kopf des Liebhabers deiner Ex gegen einen Tresen und sagst mir das? Ich will nicht mit ihm reden. Ich bin noch nicht so weit. Das ist alles.«

Ich ging die Treppen hinunter, ohne die geringste Ahnung zu

haben, was ich Alain sagen könnte. Er kam, um sie zu holen, im Grunde war das genau das, was ich wollte, dass er sie mitnahm und dass ihr Leben weiterging wie zuvor, ihr ruhiges Leben, das einfach nur einen kleinen Riss bekommen hatte durch eine plötzliche vorübergehende Verliebtheit, die Sophie hierhergetrieben hatte, bevor sie nach Hause in ihr normales Leben zurückkehrte. Im Grunde eine ganz banale Geschichte, wie sie in fast allen Ehen vorkommt. Hatte meine Mutter das irgendwann mal erlebt? Ein Abenteuer, das sie aus ihrem Heim getrieben hatte, die Routine durchbrochen hatte? Hatte sie auch nur einmal in ihrem Leben daran gedacht? Ich war mir nicht sicher. Und mein Vater hatte sehr strenge Ansichten diesbezüglich gehabt, ständig regte er sich auf über dieses Rumgebumse, diese Leute um ihn herum, die sich betrogen, sich trennten, sich wieder versöhnten. Wie so viele andere Dinge machten solche Situationen ihn fuchsteufelswild, und stets kam er auf die Kinder zurück, die unter der Verantwortungslosigkeit ihrer Eltern litten, Männer, die mit ihrem Schwanz dachten, notgeile, sexbesessene Frauen, alle gleichermaßen lasterhaft, getrieben von primitiven Instinkten, sie widerten ihn an, jedenfalls behauptete er das im Brustton der Überzeugung. Ich ging ihm natürlich nicht auf den Leim. Was sich genau dahinter verbarg, wusste ich nicht, doch wie oft hatte ich ihn im Sommer dabei ertappt, wie er seinen Blick auf den Beinen, dem Hintern oder der Brust der jungen Mädchen verweilen ließ. Das schockierte mich nicht. Ich muss zugeben, es beruhigte mich sogar. Mein Vater war also doch ein Mensch, fähig zu begehren, vielleicht sogar Zärtlichkeit zu zeigen und, warum nicht, Liebe zu empfinden. Ich ging in den prasselnden Regen hinaus, und Alain kam auf mich zu, so durchnässt, dass er wegzufließen drohte. Soweit ich ihn erkennen konnte, ähnelte er den Fotos, die ich bei ihnen hatte sehen können. Mittelgroß, kurzes Haar, haselnussbraune Augen, weder besonders schön noch besonders hässlich, die Art Mann, der man an jeder Straßenecke begegnet, aufmerksamer und bedächtiger Familienvater, zuverlässiger Ehemann, tüchtiger Angestellter.

»Ist sie da?«, fragte er. »Ist sie da?«

Er brüllte.

»Ja. Sie ist da.«

Ich glaube, die gegenteilige Antwort wäre ihm lieber gewesen. Sein Gesicht war blass, und er presste die Kiefer so stark zusammen, dass man Angst um seine Zähne haben musste. Er hätte mir am liebsten die Fresse eingeschlagen, und ich weiß nicht, was ihn zurückhielt, sich auf mich zu stürzen und mir seine Fäuste in die Rippen zu schlagen. Er setzte sich auf die Treppenstufen, das Gesicht zwischen den Händen, bereit, in Tränen auszubrechen.

»Verdammt ...«

Das war alles, was er herausbrachte. In seinem Kopf musste das reinste Gefühlschaos herrschen, Erleichterung im Wettstreit mit Wut, doch er konnte immer nur wiederholen: »Verdammt«, und die Schluchzer blieben ihm in der Kehle stecken. Ich bedeutete ihm, mir zu folgen. Es war mitten in der Nacht, ich war halb verschlafen, und meine Beine hatten Mühe, drei armselige Stockwerke hinaufzugehen. Als ich die Tür öffnete, war die Wohnung leer. Ich ging durch alle Räume. Ich rief mehrmals ihren Namen. Ich warf einen Blick auf den Balkon, auf die Promenade, auf das, was durch den Regen vom Strand sichtbar war, doch ich musste mich den Tatsachen beugen: Sophie war verschwunden. Sie hatte sich buchstäblich in Luft aufgelöst.

»Was ist das für ein Scheiß? Wo ist sie?«, brüllte Alain.

»Beruhigen Sie sich! Sie ist gegangen. Sie ist geflohen. Ich weiß nicht, wie sie es angestellt hat, welchen Weg sie genommen hat, damit wir sie nicht sehen, aber Tatsache ist, dass sie hier war, auf dem Bett, als ich hinausgegangen bin, und dass sie nicht mehr da ist.«

Alain warf einen schmerzerfüllten Blick auf die zerwühlten Laken. Ich wusste genau, was er empfand. Ich kannte keinen schlimmeren Schmerz, als sich vorzustellen, wie die Frau, die man liebt, sich von einem anderen ficken lässt. Dann fragte er sich erneut laut, wo sie sein könnte.

»Hören Sie, sie ist weggegangen. Das ist alles. Es ist Nacht. Sie kennt niemanden hier außer mir. Es ist nichts offen. Es regnet. Es ist kalt. Sie wird zurückkommen. Wir brauchen bloß zu warten.«

Seine Blicke töteten mich. An seinem Gesichtsausdruck war deutlich zu erkennen, dass er mich nicht besonders mochte.

»Man sieht, dass Sie sie nicht kennen. Sie haben sie vielleicht gefickt, Sie haben sich vielleicht gut mit ihr amüsiert, aber Sie haben keine Ahnung, wer sie ist. Von dem Zustand, in dem ich sie gefunden habe, als Sie in Paris waren und sich nicht mehr bei ihr gemeldet haben. Wer war da in all den Jahren? Hm? Wer hat sie aus der Gosse aufgelesen? Wer hat sie wieder aufgerichtet? Wer hat wie ein Luchs auf sie aufgepasst? Wer hat sie beschützt? Wer hat versucht, ihr ein glückliches Leben zu geben, in dem sie aufhörte, sich wehzutun? Sie bestimmt nicht. Wo waren Sie, als sie nicht mehr essen wollte? Wo waren Sie, als sie ihre Tabletten geschluckt hat? Waren Sie da, als sie monatelang in der Klinik war? Sie haben nicht die geringste Ahnung, mit was für einer Person Sie es zu tun haben. Sie haben nicht die geringste Ahnung, wie weh Sie ihr getan haben, als Sie in ihr Leben zurückkehrten, als Sie sie hierhergelockt haben. Sie haben keine Ahnung, wie sehr all das genau das Gegenteil von dem ist, was sie braucht. Sie haben keine Ahnung, wozu sie fähig ist.«

Er ging zur Tür und stürmte die Treppe hinunter. Ich folgte ihm, und wir trafen uns auf der Promenade wieder, wo wir den bleichen Sand und die schwarzen Fluten absuchten.

»Zu Fuß kann sie nicht sehr weit gekommen sein.«

»Was ist auf dieser Seite?«

»Der Damm. Und dahinter die Altstadt.«

»Und in der Richtung?«

»Die Landzunge. Klippen, Strände, Klippen, Strände. Und das zwanzig Kilometer lang.«

Wir gingen in Richtung Landzunge, der Wind blies von vorn, und der Regen peitschte in unsere Gesichter wie Tausende winziger Rasierklingen.

»Und die Kinder? Die sind Ihnen egal, hm? Sie haben ja keine Ahnung, was sie durchmachen. Die Angst, in der sie leben. Die Angst, dass ihre Mutter wieder ins Krankenhaus muss, wieder ihre Anfälle bekommt, ganze Tage das Zimmer nicht verlässt, bei geschlossenen Vorhängen, sich mit Xanax vollstopft und weint. Nein, das ist Ihnen egal. Sie ficken sie, Sie lassen sie glauben, dass sie wirklich Teil Ihres Lebens wird. Sie haben keine Ahnung, was Sie mit Füßen treten im Namen Ihrer Jugendliebelei. Ah, Sie hätten sie damals lieben sollen, um dann nie wieder in ihr Leben zu treten! Das schreiben Sie nicht in Ihren Büchern, hm ...«

Er rannte fast, während er unaufhörlich redete, um alles loszuwerden, was er sich während der fünf Stunden Fahrt von V. hierher zurechtgelegt hatte. Der Regen ließ nicht nach, und das Meer grollte immer lauter, je mehr es den Sand verschlang und sich auf den Damm zubewegte. Auf unserem Weg zur Landzunge waren wir niemandem begegnet. Die Häuser an der Promenade erhoben sich wuchtig und streng, mit blinden Fensterläden, nirgends brannte Licht. Alle schliefen. Niemand litt unter Schlaflosigkeit. Die ersten Wellen schlugen auf den Beton, und wir mussten immer wieder einen Schritt zur Seite machen, um nicht bespritzt zu werden. Dabei hätte die Gischt uns ruhig treffen können, der Regen bildete bereits einen eisigen Mantel. Wir gingen an La Goélette vorbei. Es war drei Uhr, und die Bar wollte gerade schließen. Samir rauchte auf der Schwelle mit dem Volleyballtrainer eine Zigarette, und ich fragte sie, ob sie jemanden hatten vorbeikommen sehen, eine Frau, eher klein, ganz sicher in einem Männerpyjama. Sie fanden das lustig. Etwas weiter weg prallte der Strand auf Felsmassen, die bereits vom Meer umspült wurden. Keine Laterne beleuchtete sie mehr. Sie waren von Muscheln und Seepocken bedeckt und von zahlreichen Spalten durchzogen, die mit Wasser, Algen, Garnelen, Krabben und Anemonen gefüllt waren. Ich verdrehte mir dauernd die Füße, und hinter mir schimpfte Alain jedes Mal, wenn er bis zu den Waden in einer Pfütze versank. Er fiel ständig auf die Schnauze. Ich drehte mich regelmäßig um, um ihm zu sagen, nein, ich sehe niemanden, es hat keinen Sinn weiterzugehen, sie kann überall hingegangen sein, es ist überhaupt nicht gesagt, dass sie weggelaufen ist, um ins Wasser zu gehen. Er wollte nichts hören. Wir gingen wieder auf dem Sand. Der nächste Strand erstreckte sich über mehr als einen Kilometer und endete am Fuß der ersten Klippen. Ein paar Häuser klammerten sich an den Granit und rechtfertigten ein gewisses Maß an Straßenbeleuchtung. Der Regen hörte auf, ohne dass der Wind nachließ. Der Himmel klarte nach und nach auf. Je länger wir gingen, umso heller wurde die Nacht und nahm eine silbrige Färbung an unter der Lampe des Mondes. Schließlich sah ich sie. Ein paar Meter über dem Wasser kletterte sie den Felsen hinauf. Weiß der Himmel, wohin sie wollte. Alain schrie ihren Namen. Das war sicher das Falscheste, was er tun konnte. Sophie drehte sich um, und ihr Körper stürzte herab und verschwand in den Wellen.

»Scheiße«, sagte Alain. Er war wie versteinert, unfähig, auch nur eine Bewegung zu machen.

»Verdammt, rufen Sie die Feuerwehr. Beeilen Sie sich«, rief ich ihm zu und lief zu dem schwarzen Wasser.

Der Sprung ins Wasser raubte mir den Atem. Die Wellen rollten wie Frachtschiffe über mich hinweg und drückten meinen Kopf unter Wasser. Da ich den Mund weit geöffnet hatte, schluckte ich literweise Wasser. Mein Hals und meine Lungen waren voll davon. Manchmal hob mich der Seegang etwas hoch, und ich sah Sophie. Ich weiß nicht, was mit ihr los war. Sie schwamm nicht. Sie ließ sich auf dem Rücken treiben, Arme und Beine von sich gestreckt, reglos, manchmal untergetaucht, vollkommen unter Wasser, dann wieder an die Oberfläche kommend. Ich erreichte sie schließlich, es kam mir vor, als wären Stunden vergangen, und als ich sie berührte, reagierte sie nicht. Ich schrie ihren Namen, doch sie gab keine Regung von sich. Ich packte sie, so gut ich konnte. Obwohl sie nicht viel wog, war es immer noch zu viel. Die Kälte nahm mir den Atem und lähmte mich von Kopf bis Fuß. Ich hielt einen Augenblick inne. Ich schüttelte sie, doch sie blieb leblos, die weit geöffneten Augen starr auf den Himmel gerichtet. Das Wasser bedeckte ihr Gesicht und gab es wieder frei, ohne dass sie auch nur einmal hustete oder dem Ersticken nahe war. So gut ich konnte schwamm ich weiter mit ihr im Schlepptau, achtete nicht darauf, ihren Kopf über Wasser zu halten. In der Ferne auf dem Strand kreisten blaue Lichter, von Zeit zu Zeit hörte ich das Meer brummen, es dröhnte immer lauter, wie ein Dieselmotor. Eine Welle überrollte mich, und Sophie und ich waren im großen Waschkessel gefangen. Ich war zu nichts mehr fähig. Ich glaubte, das sei das Ende. Ich würde ertrinken, während ich versuchte, diese Frau zu retten, die nicht meine Frau war, während Sarah sich von Clooney ficken ließ, während meine Kinder mir schrecklich fehlten. Ich verlor Sophie. Ich konnte sie nicht mehr halten. Irgendetwas saugte sie an. Die Strömung, glaubte ich. Dann wurde auch ich hochgezogen und kam wieder an die Oberfläche. Man hievte mich auf ein Schlauchboot. Zwei Typen im Taucheranzug bemühten sich um Sophie. Ein anderer lenkte das Boot. Ich zitterte am ganzen Körper, wenn man genau hingehört hätte, hätte man meine Knochen klappern hören. Ich brauchte gut fünf Minuten, um wieder richtig zu Atem zu kommen. Wir erreichten den Strand, und man legte uns auf Tragbahren, eingemummelt in Rettungsdecken. Sophies Gesicht war von einer Maske verdeckt. Ein Typ versuchte es mit künstlicher Beatmung. In regelmäßigen Abständen drückte er auf ihre Brust, bis sie anfing zu spucken und mit weit aufgerissenen Augen furchterregende Atemgeräusche von sich zu geben. Alain schrie die ganze Zeit, und ich verstand nicht ein Wort von dem, was er sagte, alles drang wie durch Watte an mein Ohr. Ich spürte meine Glieder nicht mehr, klapperte mit den Zähnen, hatte das Gefühl, jeder Zentiliter meines Bluts sei gefroren, und jeder Herzschlag in meiner Brust tat weh. Man trug uns in einen Krankenwagen. Sophie lag neben mir, die Augen immer noch weit offen. Ich versuchte, den Feuerwehrmann, der mir am nächsten war, zu fragen, wie es ihr gehe, doch mein Mund war zugefroren. Ich bekam keinen Ton heraus. Ich konnte ihn nicht einmal öffnen oder schließen. Der Krankenwagen hielt, und wir wurden auf rollende Bahren umgebettet. Die Flure des Krankenhauses zogen an mir vorüber, bis wir in einen Raum kamen, in dem man uns an Schläuche und Apparate anschloss und in den Alain nicht mitkommen konnte.

»Der Doktor kommt gleich«, flüsterte mir eine Krankenschwester zu.

Ich warf einen Blick auf die Monitore, mit denen Sophie verbunden war, und soweit ich es beurteilen konnte, schlug ihr Herz und sie atmete. Ich schlief ein, ohne es zu bemerken. Als ich wieder aufwachte, schien ich mich mitten in einem Albtraum zu befinden. Sophie war nicht mehr da. Ich lag allein in dem hellblau gestrichenen Zimmer, und Clooney, dessen Nase immer noch verbunden war, klopfte mir auf die Schulter.

»Wo ist sie?«, fragte ich.

Ich erkannte sofort die Stimme wieder, die mir antwortete.

Auf der anderen Seite des Bettes saß Sarah, Ringe unter den Augen.

»Deine Freundin liegt in einem anderen Zimmer. Sie muss behandelt werden. Sie ist unterkühlt.«

Sarah sah mich auf merkwürdige Weise an, ich kannte diesen Blick nur zu gut, sie benutzte ihn, wenn sie mir zu verstehen geben wollte, dass ich in ihren Augen ein unreifes Kind sei, das sie wahnsinnig mache.

»Aber mach dir keine Sorgen. Ihr Mann ist bei ihr.«

Sie betonte das Wort »Mann« ein wenig, eine kleine moralische Spitze, der das ironische Lächeln von Clooney entsprach, der darauf bestand, mich vierundzwanzig Stunden zur Beobachtung dazubehalten, danach sei ich frei.

»Ich fühle mich gut«, sagte ich. »Ich will nach Hause.«

»Hör zu«, sagte Sarah genervt, »wenn der Doktor sagt, dass

du bleiben musst, dann bleibst du gefälligst. Du hast schon genug angestellt.«

Ich sah sie verblüfft an. Wovon redete sie? Machte sie mich etwa verantwortlich für das, was geschehen war? Ich zog es vor, sie nicht zu fragen. Ich vergewisserte mich, dass mich nichts mehr mit irgendeiner Maschine, einem Glucose-Tropf verband, und erhob mich. Die Erde schwankte wirklich, das Zimmer war vollkommen schief, und ich strauchelte, aber Clooney fing mich auf.

»In diesem Aufzug werden Sie nicht hinausgehen«, sagte er und deutete auf den durchsichtigen Einwegkittel, der meine hundert Kilo und mein Glied sehen ließ, das zusammengeschrumpelt war wie eine Schnecke ohne Haus.

»Geben Sie mir meine Klamotten.«

»Sie sind nicht trocken.«

»Das ist mir egal.«

Sarah reichte mir ein Bündel Kleider. Es waren ganz offensichtlich nicht meine. Ich zog es vor, mich nicht zu fragen, wo sie sie herhatte. Sie anzuziehen war die reinste Folter. Sie waren zwei Größen zu klein. Und meine Schuhe waren Schwämme. Sarah schüttelte den Kopf. Ich verließ das Zimmer unter dem Blick der jungen Liebenden. Sie zusammen im selben Raum zu sehen, zerriss mir das Herz. Hinter mir hörte ich, wie Sarah mich fragte, wie ich nach Hause zu kommen gedächte. Ich hatte meinen Wagen nicht dabei, und kein Taxi würde mich in diesem Zustand einsteigen lassen. Ich tat so, als hätte ich die Frage nicht gehört. Ich nahm die erste Treppe. Nach ein paar Fluren, in denen alte Frauen in Rollstühlen auf ihr CT warteten, kam ich in die Cafeteria. Alain saß an einem Tisch und starrte ins Leere, vor sich einen Becher in diesem schrecklichen Braun, das man nur für Kaffeemaschinen benutzt, als müsste der Behälter unbedingt ebenso so scheußlich wie sein Inhalt sein, damit man sich, wenn man ihn sieht, darauf gefasst macht, Scheiße zu trinken. Ich setzte mich ihm gegenüber. Er sah mich mit einem schwer zu deutenden Blick an, als wären seine Gefühle mir gegenüber so gemischt und widersprüchlich, dass kein Blinzeln, keine Grimasse, kein Grinsen auch nur ein Tausendstel davon auszudrücken vermochten.

»Danken Sie mir bloß nicht«, knurrte ich.

Mit einem Schlag wurden seine Gesichtszüge deutlich gesprächiger. Sie sagten: Ich werde dich töten, du Arschloch. Seine Lippen taten es ihnen nach, und es kam heraus, dass er nicht wüsste, wofür er mir danken sollte, ich hätte all seine Bemühungen zunichtegemacht, Sophie wieder auf die Beine zu bringen und sie vor allem zu schützen, was sie verletzen könnte. Warum wohl würde sie nicht arbeiten? Warum wohl versuche er mit aller Kraft, ihr ein friedliches, beruhigendes und geregeltes Familienleben zu geben? Warum wohl hätten sie Paris verlassen? Warum wohl habe er jeden Tag, den Gott werden lässt, Angst, sie könnte, wenn er von der Arbeit nach Hause komme, tot oder weggelaufen sein oder sich ernsthaft in Gefahr bringen? Warum wohl habe er alles weggeworfen, was sie an die Vergangenheit erinnern könnte, all die Platten, die Filme, die Bücher, die sie durch mich kennengelernt hatte und die sie nach unten ziehen würden, dieses Zeug, das sich in Schwarzmalerei gefällt, meine Bücher vor allem, die sie immer in den schlimmsten Momenten wieder lese und die ihr schaden, die sie in ihrem Schmerz, in selbstquälerischem Grübeln versinken lassen würden, all diese Worte, die sie in sich aufsauge, diese Hirngespinste, diese Werke postpubertärer Wichser, die alles schwarz sehen und an nichts glauben, die sich anmaßten, die Absurdität unserer Leben zu erklären, indem sie ihnen das bisschen Sinn raubten, das man darin finden könne, und ein intensives und poetisches und befreites und transzendentes und freies Leben preisen, das keiner jemals wirklich leben würde, das niemand leben könne und für das Sophie nicht geschaffen sei, weil sie weder das Nervenkostüm noch den Panzer habe, die dafür nötig seien, weil schon die kleinste Kleinigkeit sie aufrege, gefährde, verletze und entblöße, und dann verwunde sie alles, fache sie an, sie verzehre sich, entflamme blitzschnell, sie brauche genau das Gegenteil, Ruhe und Geregeltheit, es falle ihr so schon schwer genug, sich an die Realität zu klammern, nicht wegzufliegen wie ein Heliumballon, verbunden, angedockt zu bleiben, ja, all diese verlogenen Bücher schadeten ihr, all diese Bücher, die ein Leben preisen, das es gar nicht gebe und das nicht einmal diejenigen führten, die es rühmten, kleine Beamte des Schreibens, wie ich einer sei, der morgens aufstehe, um sich brav an seinen Schreibtisch zu setzen, und das gleiche Leben wie die anderen lebe, mit Haus, Garage, Einkäufen, Kindern, Rechnungen, all diese kleinen Beamten, die auf ihrem Arsch säßen in ihren Häusern, ihren Wohnungen und sich für Hemingway oder London hielten, aber nur aus dem Haus gehen, um Cocktails mit ihresgleichen zu trinken …

Ich ließ ihn reden. Ich hatte ihm nichts entgegenzusetzen. Er hämmerte mir ein, meine Bücher hätten ihr geschadet, sehr geschadet. Nicht weil ich ihr Autor war, sondern durch ihren Inhalt. Meine Bücher und die meiner Kollegen halfen den Leuten in keiner Weise, im Gegenteil, sie drückten die Labilsten, die Unfähigsten hinunter, bestärkten sie in ihren düstersten Stimmungen, hielten ihren Kopf unter Wasser, in dem klebrigen Teich der Depression, dem grünlichen Schlamm der Melancholie. Sie verherrlichten die Traurigkeit und die Gehbehinderten, die Niederlage und die Desillusion, die Flucht und die Desertion, als wäre es nobler, auf dieser Seite zu stehen als auf der des Lebens und des Lichts. Endlich schwieg er und führte den Becher an die Lippen, obwohl er leer war. Trotzdem tat er so, als würde er trinken.

»Wie geht es ihr?«

»Körperlich ganz gut.«

»Hat sie mit Ihnen gesprochen?«

»Ein wenig.«

»Kann ich sie sehen?«

»Nein. Sie will Sie nicht sehen. Nie. Haben Sie verstanden? Als sie aufwachte, brach sie in meinen Armem in Tränen aus, fragte nach ihren Kindern und bat mich, sie nach Hause zu bringen und von Ihnen fernzuhalten. Sie hasst Sie. Sie hasst Sie, hören Sie!«

Ich stand auf und reichte ihm die Hand, bevor ich das Krankenhaus verließ. Ich überquerte den Parkplatz. Der Himmel war klar, und ein kalter Wind fegte durch die Straßen. Meine Schuhe waren wie Schwämme, und bei jedem Schritt hatte ich das Gefühl, in eine Pfütze eisigen Wassers zu treten. In der Ferne zeichneten sich die Kräne, die Containerschiffe und die Speicher des Hafens ab. Ich ging zitternd ein paar Meter. Ein Hupen ließ mich zusammenzucken. Ich drehte mich um. Es war Sarah.

»Steig ein!«

Sie trug Straßenkleidung. Ich setzte mich in den orangefarbenen Micra, der unserer gewesen und jetzt nur noch ihrer war. Aus dem Autoradio tönte der neueste Song von Miossec. Manon liebte es, ihn zu hören, wenn sie zur Schule gebracht wurde. Es war wie ein Ritual. Notgedrungen kannte ich jeden Takt. Auf dem Rücksitz hatte Clément Piratenfiguren, Drachen und Ritter liegen lassen, die sich in den letzten Monaten besonderer Beliebtheit bei ihm erfreuten. Er konnte stundenlang mit ihnen spielen, ohne ihrer überdrüssig zu werden. Immer wieder konnte man hören, wie er sich, allein mit seinen wohlüberlegt aufgestellten Männchen, mit seiner hellen und schrillen Stimme, die er für diesen Zweck benutzte, Abenteuer erzählte. Ich hatte das Gefühl, die Spuren meines eigenen Lebens zu betrachten, die Beweise einer Existenz, die man mir jetzt streitig machte.

»Ich habe Rozenn gebeten, mich für eine Stunde zu vertreten. Du hast Glück, dass sie dazu bereit war. Normalerweise endet ihr Dienst um diese Zeit.«

Ich nickte. Ja, ich hatte tatsächlich Glück. Das war sogar das prägende Merkmal meines Lebens in letzter Zeit.

»Hör endlich auf, dich zu beklagen. Man hat das Leben, das man verdient, weißt du.«

Ich tötete sie mit meinem Blick. Die Frau, die ich über alles liebte, einen so bescheuerten Satz sagen zu hören, machte mich wütend. Zu glauben, man bekomme im Leben, was man verdiene, und man verdiene, was man bekomme, war für uns, für sie wie für mich, stets die typische Denkweise des perfekten Arschlochs gewesen. Sie entschuldigte sich sofort. Wirklich, sie habe keine Ahnung, was sie da geritten habe. Sie habe nicht die geringste Ahnung, was ihr durch den Kopf gegangen sei, um einen solchen Schwachsinn zu sagen.

»Aber trotzdem. Was ist das für eine Geschichte? Wer ist dieses Mädchen? Und ihr Mann?«

»Das ist Sophie.«

»Sophie?«

»Sophie. Aus V. Ich habe dir hundertmal von ihr erzählt.«

Man hätte meinen können, ich hätte sie geohrfeigt. Die ganze Fahrt über sagte sie kein Wort mehr. Ich versuchte es ihr zu erklären, doch sie wollte nichts hören. Als sie den Wagen parkte, sagte sie nur, sie habe immer gedacht, ich hätte keinen Kontakt mehr mit ihr. Ich antwortete ihr, ich hätte sie erst im letzten Monat wiedergesehen nach zwanzig Jahren, was die reine Wahrheit war, doch sie glaubte mir nicht.

»Und in der ganzen Zeit hat sie auf dich gewartet. Du brauchtest nur aufzutauchen, damit sie dir in die Arme sinkt, ihre Kinder verlässt und mitten in der Nacht hier auftaucht?«

»Wer sagt dir, dass es so gewesen ist?«

»Ich habe mit ihrem Mann gesprochen.«

Ein bedrückendes Schweigen trat ein. Ich wusste nicht, was sie mir eigentlich vorwarf, aber unwillkürlich sah ich in ihrer Gereiztheit ein gutes Zeichen. Im Grunde fühlte sie sich verraten, wie ich, seit sie mit Clooney verkehrte. Das musste zwangsläufig etwas bedeuten.

»Ich habe einen Zwillingsbruder gehabt«, sagte ich, wie man in die Glut bläst.

»Was?«

»Ich habe einen Zwillingsbruder gehabt. Er hieß Guillaume. Er ist nach drei Tagen gestorben. Ich habe es bei meinen Eltern erfahren. Ich wollte nur, dass du es weißt.«

Ich ließ ihr keine Zeit, irgendetwas zu sagen. Ich ging nach Hause und zog mich aus. Ich wühlte in dem Wandschrank, in dem ich für den äußersten Notfall eine Flasche Bowmore versteckt hatte. Ich hatte sie unter einem wüsten Durcheinander von Dingen versteckt, und ich hasste nichts so sehr, wie nach etwas zu suchen, ich hatte mir immer gesagt, ich würde sie erst hervorholen, wenn ich wirklich nicht mehr anders könne. Und dieser Tag war jetzt gekommen. Mir war kalt. Das Blut, das durch meine Adern floss, war so eisig, dass ich es dringend erwärmen musste. Und dafür sah ich nur ein Mittel, einen Islay, ganz egal, welche Tageszeit gerade war. Schließlich fand ich die Flasche unter Bergen von Futons, Schuhen, uralten Kleidern und Reisetaschen. Ich goss mir ein großes Glas ein und kroch unter die Decken. Ich trank und dachte über das nach, was Alain über meine Bücher und den Schaden, den sie anrichteten, gesagt hatte. In all den Jahren hatte ich mir nie Gedanken darüber gemacht. Ich schrieb, um mich am Leben zu halten, um nicht abzustürzen. Ich schrieb, weil ich keine andere Möglichkeit gefunden hatte, um in der Welt zu wohnen. Doch ich hatte nie an die Leser gedacht. Ich hielt mich an die Vorstellung, dass die Schönheit, die Wahrheit, die Genauigkeit nichts beschädigen könnten. Ich war nicht sicher, ob ich sie erreichen würde, doch es schien mir, als könnten einem allein schon Bruchstücke Kraft geben, das war zumindest meine Erfahrung. Die Bücher, die Musik, die Filme, so deprimierend sie scheinbar auch waren, transzendierten mich, zogen mich nach oben, spornten mich zur Wachsamkeit an, verdammten mich, mich am Leben, auf den Beinen zu halten, mit weit geöffneten Augen und Sinnen. Sie wirkten wie Elektroschocks, die mich aus dem Schlaf rissen, der uns alle belauerte, aus der Ablageschale, in der unser Leben zu landen drohte, wenn man nicht aufpasste. Ich trank mein Glas, während ich über all das nachdachte. Von einer

Sekunde zur anderen schwankte ich, ob ich Alain für einen ausgemachten Idioten halten oder ob ich ihm recht geben sollte. Von einer Sekunde zu anderen schwankte ich, ob ich Sophie aus meinem Gedächtnis streichen oder sie im Krankenhaus besuchen sollte. Kurz vor dem Wegsacken fiel mir wieder ein, wie Alain am Strand gestanden hatte, ohne irgendetwas zu unternehmen, während ich zu ihr geschwommen war. Dieser Typ hatte mich stundenlang niedergemacht, aber er hatte nur blöd dagestanden, während seine Frau dem Ertrinken nahe gewesen war … Schließlich sank ich in einen schweren, schwarzen Schlaf. Ich wachte erst am folgenden Nachmittag auf. Der Strand glänzte im hellen Licht, und am Himmel zogen die Vögel ihre Bahnen.

IN DEN FOLGENDEN WOCHEN verbrachte ich die meiste Zeit über meinen Computer gebeugt im Kampf mit diesem verfluchten Drehbuch. Von Zeit zu Zeit öffnete ich ein neues Dokument und tat so, als glaubte ich, ich würde einen neuen Roman beginnen. Ich wusste, wie sehr ich das in genau diesem Augenblick brauchte. Ich wusste, wie sehr das Schreiben mich jedes Mal gerettet, mir aus der Klemme geholfen hatte. Doch ich hatte einfach nicht die nötige Kraft. Die Worte Alains, der mich beschuldigt hatte, Salz auf die Wunden meiner Leser zu streuen mit dem einzigen Ziel, meine eigenen zu lindern, so belanglos sie auch sein mochten, gingen mir im Kopf herum, verfolgten, quälten mich. Ich wusste, dass sie keinen Sinn hatten, keine allgemein verbindliche Bedeutung, und dass sie keiner Realität entsprachen außer der Sophies, doch das reichte aus, mir die Flügel zu stutzen. Ich schloss das Dokument, ohne auch nur einen Satz geschrieben zu haben, und kehrte zu den Sätzen eines Filmemachers zurück, der erwartete, dass ich sie ein bisschen redigierte, um meine Änderungen letzten Endes nur sehr bedingt zu berücksichtigen. Drehbücher sind nichts als ungefähre Partituren, die in erster Linie die Sender, die Produzenten und die öffentlichen Einrichtungen überzeugen sollen, etwas Geld lockerzumachen, ohne einen genauen Eindruck von dem künftigen Film zu vermitteln. Ich arbeitete drei oder vier Stunden am Stück, dann ging ich hinaus und wanderte am Meer entlang, was immer damit endete, dass ich hineinging und betete, es möge mich erneut reinwaschen und erlösen. Doch nichts dergleichen geschah. Der Zauber war gebrochen. Er hatte nicht gewirkt. Ich kehrte nach Hause zurück und verbrachte lange einsame und stille Stunden. Ich ließ die Brandung herein. Ich traf mich mit niemandem mehr. Ich mied auch La Goélette. »Man sieht dich ja gar nicht mehr«, sagte der eine oder andere, wenn wir uns zufällig begegneten, aber das klang nicht bedauernd, sondern eher wie eine Feststellung. Als wäre ich nie wirklich da, niemals wirklich Akteur gewesen, sondern nur ein Zuschauer, der mit einem Glas in der

Hand in der Ecke saß. Auf der Durchreise. Ich war vollkommen verwirrt. Ich ging zwar zweimal die Woche zu einem Psychiater und stopfte mich mit den Medikamenten voll, die er mir verschrieb, doch es nutzte alles nichts. Die Krankheit war zurückgekehrt und hatte sich erneut breitgemacht. Und ich weigerte mich, diesem Typen von Guillaume zu erzählen. Ich wusste ganz genau, dass das nichts klären würde. Ich erzählte ihm auch nichts von Sarah. Ich begegnete ihr manchmal am Arm ihres Arztes, ein Anblick, an den ich mich einfach nicht gewöhnen konnte. Es war jedes Mal, als risse man mir das Herz heraus, um hineinzubeißen. Sie ließ mir die Kinder fast jedes Wochenende. Ich glaube nicht, dass sie das für mich tat, aus Mitleid, Mitgefühl, nein, ich glaube vor allem, dass ihr das sehr gelegen kam. Auf diese Weise konnte sie mehr Zeit allein mit Clooney verbringen.

Als ich sie das erste Mal nach Sophies Versuch, sich zu ertränken, bei mir hatte, hatte Manon den Mund nicht aufgemacht. Sie wirkte verärgert. Wütend auf mich. Das war das Letzte, was ich brauchen konnte. Ihre frostigen Blicke demütigten mich, und ich wusste wirklich nicht, was ich getan hatte, um das zu verdienen. Ich war mit ihnen ins Kino gegangen und Pizza essen im benachbarten Badeort, ich hatte ihnen neue Surfanzüge geschenkt, damit sie von den Wellen profitieren konnten, die Manon sich normalerweise um nichts auf der Welt hätte entgehen lassen und die sie jetzt so gut wie gar nicht interessierten, es war alles vergeblich. Am Morgen des zweiten Tages fragte ich sie schließlich, während ihr Bruder noch schlief, was sie habe. Mit verschlossener Miene und meinem Blick ausweichend, blieb sie stumm und begnügte sich damit, auf den Strand zu starren, wo das Meer seine Farbe blitzschnell von Grau zu Blaugrün wechselte unter einer rasch dahinziehenden Wolkenschleppe. Der Wind ließ die Fensterscheiben erzittern. Er stürmte direkt in unsere Richtung, glättete das Wasser und durchmischte es mit Algen, die es von den fernen Riffen abgerissen hatte.

»Manon, meine kleine Blume. Sag mir, was du hast. Es ist so schon hart genug. Ich ertrage es nicht, dass du sauer auf mich bist, ohne dass ich weiß, warum.«

Ich sah, wie ihre Augen feucht wurden und ihre Kiefer sich verkrampften. Sie so verängstigt zu sehen, schmetterte mich nieder. Irgendwann würde ich mich damit abfinden müssen, dass meine Kinder litten, sich schlecht fühlten, vom Leben gebeutelt wurden, doch im Augenblick war das schlicht undenkbar, ja unerträglich für mich.

»Ich habe euch gesehen.«

Das war alles, was sie schließlich sagte. Und augenblicklich fing mein Herz an, wie wild in meiner Brust zu schlagen.

»Ich habe euch gesehen. Dich und das Flittchen, hier.«

Ich erkannte weder ihre Stimme noch ihre Worte noch ihr Gesicht wieder. Sie kam mir plötzlich fünf oder sechs Jahre älter vor, und ich sah uns in einem düsteren, albtraumhaften Film, in einer dieser erbärmlichen, klebrigen Situationen, die zu meiden ich mir immer geschworen hatte.

»Hör zu. Sie ist gegangen. Sie ist nur eine Jugendfreundin. Sie war in der Gegend und hat mich besucht. Das ist alles. Es ist nichts passiert, ich schwör's dir.«

»Hör auf, Papa! Hör auf zu lügen! Ich hab euch am Strand gesehen. Ich hab gesehen, wie ihr euch geküsst habt. Ich weiß alles. Ich weiß, dass du sie loswerden wolltest und dass sie fast ertrunken wäre.«

»Wer hat dir das erzählt? Deine Mutter?«

»Nein. Nicht Mama. Léa. Ihr Vater arbeitet bei der Feuerwehr. Er hat euch aus dem Wasser gezogen. Dich und deine Schlampe. Ich hasse dich!«

Sie stand auf, um sich auf das Schlafsofa zu flüchten, krank vor Wut und Kummer. Eine Jugendliche mitten in der Pubertätskrise. Clément war aufgewacht und beobachtete seine Schwester angespannt und beunruhigt.

»Was hast du, Manon, warum weinst du?«, fragte er unaufhörlich mit seiner verschlafenen Stimme.

Ich setzte mich neben sie, traute mich aber nicht, sie zu berühren.

»Hör zu, Manon. Es ist vorbei. Das sind Dinge, die zwischen Erwachsenen passieren. Deine Mutter hat mich verlassen. Ich weiß, dass du deswegen traurig bist. Aber ich bin auch traurig. Ich habe alles versucht, damit es nicht passiert. Ich habe alles getan, damit sie mich zurücknimmt, aber das ist nicht geschehen. Wir haben jetzt jeder unser eigenes Leben. Deine Mutter hat auch jemanden. Und bei ihr ist es keineswegs vorbei …«

»Was?«

Sie richtete sich mit einem Schrei auf. Ich war nicht wirklich stolz auf mich. Ich wusste nur zu gut, das war ein Schlag unter die Gürtellinie gewesen. Sarah würde mich auf den Tod hassen. Und Manon würde sie hassen. Doch ich hatte nichts mehr zu verlieren. Ihr Gesicht war so verzerrt, dass ich sie kaum noch erkannte.

»Mama hat jemanden?«

»Ja. Ich habe ihm sogar die Fresse poliert, wenn du es genau wissen willst. Ich habe ihm die Nase gebrochen. Und deine Mutter ist deswegen wütend auf mich. Du hättest ihn sehen sollen, diesen Vollidioten in seinem Anzug, seinen Lackschuhen und mit seiner blutenden Nase …«

»Papa … Das ist nicht komisch.«

Sie hatte das zwar gesagt, doch ihre Augen sagten das Gegenteil. Plötzlich war sie wieder die, die ich kannte. Sie versuchte sich zusammenzunehmen, das Lächeln, das über ihr Gesicht huschte, zu verbergen, doch diesen Blick kannte ich nur zu gut. Ich nahm sie in die Arme, und sie ließ es endlich zu, bevor sie in Schluchzen ausbrach.

»Wenn Mama jemanden hat, ist alles aus, ihr werdet nie mehr zusammenleben. Jedenfalls sollte er besser nicht zu uns nach Hause kommen …«

»Ich fürchte, dafür ist es zu spät, weißt du. Er dürfte in genau diesem Augenblick bei euch sein.«

Clément hatte sich an mich geschmiegt, das Gesicht verzerrt vor Sorge. Ich hatte nicht auf ihn geachtet. Seit dem Beginn des Gesprächs hatten Manon und ich uns unterhalten, als wäre er nicht da. Was für ein miserabler Vater ich doch war … Manchmal hatte ich ein schlechtes Gewissen.

»Ich will nicht, dass er nach Hause kommt. Ich will nicht, dass er dich ersetzt. Ich will keinen anderen Papa.«

»Mein kleiner Prinz. Ich werde immer dein Papa sein. Und er wird es niemals sein. Und ich glaube nicht, dass deine Mutter im Augenblick möchte, dass er bei euch einzieht.«

»Ich hasse sie. Sie hat dir wehgetan. Sie hat uns wehgetan. Und all das, um sich mit einem anderen Kerl zu amüsieren. Sie ist so egoistisch«, rief Manon, bevor sie unter ihrem Kopfkissen verschwand, von dem heftige Schluchzer zu mir drangen.

Ich nahm Clément mit mir, und wir legten uns neben sie. Lange lagen wir so da, eng aneinandergeschmiegt. Bis sie aufhörte zu weinen. Noch am selben Abend brachte ich sie zu ihrer Mutter zurück, und sie gingen direkt auf ihre Zimmer.

»Was haben sie? Was ist los?«, fragte Sarah leicht beunruhigt und auch ein bisschen misstrauisch.

Ich zuckte die Achseln. Es war schäbig von mir, aber etwas in mir freute sich. Das wird ihr eine Lehre sein, dachte ich. Rache ist niemals eine Lösung. Doch manchmal kann man sich mit ihrer Hilfe abreagieren. Zwei Stunden später vibrierte mein Telefon. Sarahs Name erschien. Ich ging nicht dran. Ich wusste, was sie mir sagen würde. Ich musste es mir nicht anhören. Ich hörte nicht einmal ihre Nachrichten ab. Es interessierte mich nicht, mir anzuhören, wie sie mich wüst beschimpfte, mich verfluchte, mich daran erinnerte, wie unreif, kindisch und gedankenlos ich sei. Wie sehr ich immer alles kaputtmachen würde. Ich nahm zwei Beruhigungspillen, legte eine Platte von Tindersticks auf und löschte das Licht. Die Nacht reduzierte die Landschaft auf mehr oder weniger dunkle Massen, die zwischen Petrolblau, Anthrazit und Schiefergrau schwankten. Am nächsten Morgen riss mich Sarah, nachdem sie die Kinder in die Schule gebracht hatte und bevor sie ihren Dienst im Krankenhaus antrat, aus dem Schlaf. Ich hätte es gern vermieden, doch ich musste ihr öffnen, mit zerzausten Haaren und in den Kleidern vom Vortag. Auf dem niedrigen Tisch standen volle Aschenbecher, leere Flaschen und Tablettenblister, ein Geruch nach Gras lag noch in der Luft. Natürlich war sie wütend. Wie konnte ich nur? Ich hörte ihr nicht wirklich zu, eine Elefantenherde trampelte auf meinem Gehirn herum. Am liebsten hätte ich sie in die Arme genommen und meine Zunge in die Falten ihres Geschlechts gesteckt. Sie verfluchte mich, bevor sie die Wohnung verließ, die Augen glänzend vor Wut, ihr Schluchzen mühsam unterdrückt.

Die Tage vergingen, und Sarah sprach nur noch mit mir, wenn es unbedingt nötig war. Die Anweisungen für Manons und Cléments Medikamente, wenn ich sie für das Wochenende abholte, Sätze wie: »Und achte darauf, dass sie ihre Hausaufgaben machen«. »Und wenn du sie diesmal rechtzeitig zurückbringen könntest …«; »wenn du dafür sorgen könntest, dass sie zu einer vernünftigen Zeit ins Bett gehen, wenn sie zurückkommen, sind sie hundemüde«; »Clément hat mir erzählt, dass er sich das ganze Wochenende mit Chips und Bonbons vollgestopft hat, vielleicht könntest du sie ein- oder zweimal normal essen lassen«, »anscheinend erlaubst du ihnen, eine Dreiviertelstunde im Wasser zu bleiben, verdammt, Paul, es sind vierzehn Grad! Anschließend sind sie dann erkältet«, »es gibt eine Elternversammlung in der Schule, wenn du diesmal hingehen könntest, seit elf Jahren ist es immer an mir hängengeblieben«. All diese Sätze, die man nie sagen oder hören will, all diese Floskeln, die einen manchmal wie sein eigenes Klischee aussehen lassen, erstarrt in eingespielten Schemata, so abgedroschen, dass man Mühe hat zu glauben, man lebe dieses Klischee tatsächlich. Unser Umgang miteinander wurde immer gemeiner, ich muss zugeben, dass ich unserer Familie, der Möglichkeit, sie könnte eines Tages wieder zusammenfinden, in diesem Augenblick keine große Chance mehr gab. Ich muss auch zugeben, dass ich in diesen Wochen reichlich trank und Medikamente nahm. Ich hatte mich nie so tief begraben gefühlt seit den Jahren in Paris, in denen die Krankheit mich an der Kehle gepackt hatte und ich mich in Wandschränke einschloss in dem Versuch, ihr zu entkommen, in Angst und Schrecken versetzt durch den kleinsten Telefonanruf, die kleinste Verpflichtung, den kleinsten menschlichen Kontakt, selbst wenn es Sarah war, die leise an der Tür kratzte und mir vorschlug, zu ihr ins Bett zu kommen. Der Psychiater hörte mir geduldig zu und bewilligte mir alle Beruhigungsmittel und Antidepressiva. Ich fand es gar nicht lustig, wieder darauf zurückgreifen zu müssen, aber ich sah keinen anderen Ausweg. Ich hatte zwei Kinder, ich musste durchhalten, ich durfte das Spielfeld nicht einfach verlassen, und dafür war mir jedes Mittel recht.

»Paul, seit wie vielen Jahren nehmen Sie jetzt wieder regelmäßig Medikamente? Seit wie vielen Jahren laufen Sie weg? Sie haben nichts in den Griff bekommen, das wissen Sie ganz genau. Zoloft und Konsorten werden Ihnen helfen, diesen x-ten Rückfall zu überwinden, aber für wie lange? Sie haben sich hier verkrochen, um das Tier abzuhängen, aber es hat Sie gefunden. Wo werden Sie jetzt hingehen? Sie werden nicht darum herumkommen, sich wieder in die Arbeit zu stürzen, die Sie zu lange schon ablehnen.«

»Moment mal. Und meine Bücher?«

»Ihre Bücher kreisen darum, stochern blind herum. Sie belügen sich selbst. Sie arrangieren sich, machen Kompromisse. Und ich habe das Gefühl, dass sie, soweit ich sie gelesen habe, meist Öl ins Feuer gießen. Haben Sie nie daran gedacht, einmal etwas zu schreiben, das Ihnen guttut? Das Ihren Lesern guttut?«

Ich war sprachlos. Von der ersten Sitzung an hatte ich mich aufgrund seiner Art zu sprechen, aufgrund dessen, was er sagte, und aufgrund der von sich selbst überzeugten Blicke, mit denen er mich ansah, des Gedankens nicht erwehren können, dass dieser Typ sein

Diplom im Lotto gewonnen haben musste und dass er ebenso wenig Psychiater war wie ich Champion in Skiakrobatik, und doch hatte irgendetwas in unseren Gesprächen mich motiviert, weiterhin zu ihm zu gehen. Als träfen trotz seines offensichtlichen Dilettantismus und seiner ikonoklastischen Methoden ein Teil seiner Worte ins Schwarze und erreichten den empfindlichsten und ungeschütztesten Bereich meines Wesens. In der folgenden Woche sprach ich über das »Peripherie«-Problem mit ihm.

»Also«, sagte ich zu ihm, »ich bin ein Mensch der Peripherie. Und ich habe das Gefühl, dass das die Ursache von allem ist. Die Ränder haben mich begründet. Ich kann mich nirgendwo zugehörig fühlen. Auch nicht der Welt. Ich lebe auf dem Rand. Anwesend, abwesend. Drinnen, draußen. Ich kann nie das Zentrum erreichen. Ich weiß nicht einmal, wo es sich befindet und ob es wirklich existiert. Die Peripherie hat mich begründet. Aber ich fühle mich dort nicht mehr zu Hause. Ich fühle mich nirgendwo zugehörig. Das gilt auch für meine Familie. Das ist ein merkwürdiges Gefühl. Wie ein Fluch. Sosehr man auch versucht, sich davon zu befreien, alle Brücken abzubrechen, es verfolgt einen. Mir ist das im letzten Monat bewusst geworden. Meine Kindheit, die Gebiete, in denen sie stattgefunden hat, die Familie, in der ich aufgewachsen bin, haben mich ein für alle Mal definiert, und doch habe ich nicht das Gefühl, ihnen zuzugehören, mit ihnen verbunden zu sein. Mit den Leuten, den Orten. Es ist, als hinge ich im Leeren, verurteilt zur Vorhölle. Das ist merkwürdig, oder?«

»Paul, all das ist die Konsequenz. Nicht die Ursache. Die Orte definieren niemanden. Jedenfalls nicht so radikal, wie Sie es beschreiben. Aber dass Sie davon überzeugt sind, ist interessant. Symptomatisch.«

»Wofür?«

»Das müssen Sie herausfinden. Alles, was Sie bezüglich der Orte, der Menschen, der sozialen Schicht, aus der Sie stammen, empfinden, all das geht nicht voraus. Es ist eine Konsequenz. Die Umgebung, die Familie, die sozialen Schichten, all das interagiert, reibt. Doch der Kern sind sie. Und Sie sind kein neutrales Element, kein Lehm. Oder es gibt zumindest einen Augenblick in Ihrem Leben, in dem Sie es noch nicht waren. Und dort ist etwas geschehen. Etwas, dass Sie prädisponiert, die Dinge so zu leben. Und sie auf diese Weise zu interpretieren.«

Zum nächsten Termin ging ich nicht. Dieser Typ war mir zu sehr auf die Nerven gegangen mit seinem ordentlich geschnittenen Bart und seiner kleinen Brille, die er immer sehr niedrig auf seine Nase setzte. Um die Wahrheit zu sagen, ich ging auch in den folgenden Wochen nicht zu ihm. Ich sah keinen Grund, ihm von Guillaume zu erzählen. Ich wusste nur zu gut, was er mir sagen würde, wie er sich darauf stürzen und das A und O meines Wesens daraus machen, die Ursache der Krankheit darin sehen, neun Zehntel meiner Neurosen damit erklären und den Rest auf die Strenge meines Vaters, die Scham und das depressive Wesen meiner Mutter, auf die Unfähigkeit meiner Eltern, mir die notwendige Liebe oder Zärtlichkeit durch Gesten oder Worte zu bezeugen, zurückführen würde. Er hatte mir das bei jedem meiner Besuche wiederholt. Die meisten seiner Patienten litten ausschließlich darunter: Sich nicht von den Eltern geliebt zu fühlen oder nicht von ihnen geliebt zu werden hatte genügt, extrem labile Menschen aus ihnen zu machen, die ein einfacher Windstoß umhauen konnte. »Oh, der Mangel an Liebe«, pflegte er zu sagen und dabei vielsagend seinen Bart zu streichen.

In diesen Wochen verbrachte ich, wenn ich mich nicht mit meinem Drehbuch quälte oder stundenlang im Kajak zwischen kleinen Inseln voller Kormorane über das glatte hellblaue Wasser glitt, viele Stunden damit, mich über alles zu informieren, was mit dem Verlust eines Zwillings bei der Geburt zu tun hat. Die Literatur über dieses Gebiet war umfangreicher, als ich zunächst gedacht hatte. Es war sogar die Rede von einem eher unterschwelligen Syndrom im Zusammenhang mit dem Verlust eines Bruders oder einer Schwester *in utero* und dem Mangel, der Verletzung, die daraus resultieren.

Soweit ich meinen Lektüren entnehmen konnte, gab es da eine erschreckende Übereinstimmung mit meinem Fall. Zahlreiche meiner Charakterzüge, meiner Versäumnisse, meiner Blockaden schienen all denen gemeinsam zu sein, die ihre Hälfte verloren und sie überlebt hatten und deren Eltern die Erfahrung der Trauer und der Geburt gleichzeitig gemacht hatten, mit der ganzen Wucht eines traumatischen Erlebnisses und dessen Folgen auf ihre Beziehungen zu dem Überlebenden. Auch das war niederschmetternd. Wie vorhersehbar und determiniert wir doch waren. Sosehr ich darüber auch nachgrübelte, sosehr ich jetzt auch in der Lage war, eine Ursache für meine Krankheit zu finden, so abstrakt sie auch sein mochte, sosehr ich sie auch benennen und ihre Mechanismen erkennen konnte, es änderte nichts. Was hätte ich tun können? Guillaume würde nicht wieder lebendig, ich würde nicht an seiner Stelle sterben, die Zeit, die wir zusammen im Bauch unserer Mutter verbracht hatten, war unvergesslich, wenn auch vergessen. Und die erste Zeit meines Lebens mit Eltern, die vermutlich glücklich waren, dass sie mich hatten, doch auch zutiefst erschüttert darüber, ein Kind verloren zu haben, das, was diese Prüfung, diese Trauer in ihnen ausgelöscht hatte – denn zahlreiche Fotos legten Zeugnis davon ab, dass sie einmal lebendig gewesen waren, fröhlich und voller Elan, jung und schön, und plötzlich hatte etwas sie welken lassen, ausgelöscht, sie kalt und hart, schroff und verschlossen werden lassen –, würde sich nicht ausradieren lassen. Es hatte seine Wirkung getan, und das war unumkehrbar.

Ich rief meine Eltern alle fünf oder sechs Tage an und erkundigte mich nach meiner Mutter. Sie erholte sich langsam. Das war alles, was ich herausbekam. Mein Vater beschränkte sich auf das absolute Minimum. Wir hatten niemals miteinander gesprochen. Und würden jetzt nicht damit anfangen, erst recht nicht am Telefon. Mein Bruder rief mich ebenfalls regelmäßig an. Er hatte mich abgelöst, ein paar Tage bei ihnen verbracht und machte sich immer größere Sorgen um meine Mutter, deren körperlicher Zustand sich zwar langsam besserte, die aber noch immer unter heftigen Anfällen geistiger Verwirrung litt. Auch wenn François das auf das »Trauma« schob, hatte er unseren Vater schließlich doch davon überzeugt, einen Spezialisten aufzusuchen. Natürlich bekamen sie bei dem Arzt erst einen Termin in einigen Wochen. Er war überlastet. Und kein Fall war ihm ernst genug, um einen vorgezogenen Notfalltermin zu rechtfertigen.

»Von was für einem Trauma redest du?«, fragte ich meinen Bruder.

»Der Umzug.«

Ich hatte keine Ahnung, was er meinte. Inwiefern der Umzug ein Trauma sein sollte. Jahrelang hatte ich meine Eltern ermuntert zu verkaufen. Natürlich hatten sie zu lange gewartet, und der Traum eines Häuschens am Meer, wo sie friedlich ihren Ruhestand hätten verbringen können, war dem Albtraum einer Wohnung in einer Seniorenresidenz in dieser identitäts- und seelenlosen Stadt in der Banlieue gewichen, in der wir aufgewachsen waren, doch die Schuld dafür mussten sie bei sich selbst suchen.

»Manchmal widern dein Zynismus und deine Herzlosigkeit mich an«, sagte François.

Ich war sprachlos. Es war nicht das erste Mal, dass er mir einen solchen Vorwurf machte. Es war nicht das erste Mal, dass er mich für ein kaltblütiges Monster hielt und mir meinen mangelnden Familiensinn vorwarf. Ich ahnte, dass er sich damit in gewisser Weise für unsere Kindheit rächen wollte, in der die Rollen lange Zeit andersherum verteilt gewesen waren. Er war der Ältere gewesen, unnachgiebig, rational und kalt wie unser Vater, und ich war natürlich der gequälte, hypersensible Künstler gewesen, Mamas Lieblingssohn, wie er sagte, obwohl ich mich nicht erinnern konnte, dass sie mich auch nur einmal in die Arme genommen oder ein zärtliches Wort, ein Zeichen der Zuneigung oder eine liebevolle Geste für mich gehabt hätte. Das alles war Schnee von gestern und ruhte in den alten verschimmelten Akten unserer Kindheit. Doch jetzt wusste ich wirklich nicht, worauf er hinauswollte.

»Du hast tatsächlich keine Ahnung. Warum, glaubst du, hat Mama sich nie entschließen können wegzuziehen?«

»Ich habe keinen blassen Schimmer.«

»Na, dieses Haus ist ihr Leben. Alle ihre Erinnerungen sind dort.«

»Erinnerungen woran? An all die Jahre, in denen wir uns zu Tode gelangweilt haben? An all die Jahre, in denen wir immer klein beigegeben haben, um zu vermeiden, dass Papa wie am Spieß schreit und uns Fußtritte in den Hintern versetzt? An all die Jahre, in denen sie deprimiert aus dem Fenster ihrer Küche blickte, bevor sie zum sechsten Mal in zwei Tagen feucht aufwischte?«

Er legte einfach auf, nachdem er mich ein Arschloch genannt hatte. Der Termin des Umzugs rückte näher. Ich hatte versprochen, ihnen zu helfen, François ebenfalls, und allein schon die Vorstellung, nach V. zurückkehren und ein paar Tage in diesem Haus verbringen zu müssen, zu allem Überfluss auch noch mit ihm, um auszusortieren, kam meiner Vorstellung von der Hölle auf Erden ziemlich nahe.

Abgesehen von diesen Telefongesprächen und den Versuchen, Sophie zu erreichen, wobei ich auf ihrem Mobiltelefon immer nur an ihre Mailbox geriet und, wenn ich bei ihr zu Hause anrief, an ihren Anrufbeantworter oder, schlimmer noch, an ihren Mann, weswegen ich dreimal gezwungen war aufzulegen, oder an eines ihrer Kinder, von denen ich auf die Frage »Kannst du mir deine Mutter geben?« nur die Antwort erhielt: »Sie ist nicht da, wollen Sie mit Omi sprechen?«, und abgesehen von den Tagen, die ich mit den Kindern verlebte, verbrachte ich trübe und arbeitsreiche Tage. Das Drehbuch machte rasche Fortschritte, ich hatte Mühe, mich wirklich dafür zu interessieren, doch die Aussicht, mit zwei Wochen Arbeit so viel zu verdienen, dass ich leben konnte, ohne mir Sorgen um meine Einkünfte machen zu müssen, reichte aus, um die Maschine in Gang zu halten. Zumal der Text ziemlich klassische Unausgewogenheiten aufwies. Im Grunde war man in diesem Beruf so etwas wie ein Hausarzt, man weiß zwar eine Menge über die

Krankheiten dieser Welt, die Symptome, die Behandlungsweisen, doch der größte Teil der Tätigkeit beschränkt sich darauf, Anginen, Grippen oder einfache Erkältungen zu diagnostizieren und zu behandeln. Der Patient geht stets mit ein paar Doliprane-Tabletten, einem einfachen Kortikoid oder im schlimmsten Fall einem leichten Antibiotikum nach Hause. Der einzige Unterschied war, dass ich mit Schecks mit drei oder vier Nullen bezahlt wurde. Und so vergingen die Tage mit Arbeit oder am Strand, zu dem die Familien und die Studentengruppen aus Rennes strömten, denn das Wetter war für die Jahreszeit ungewöhnlich mild, ein Sommer mitten im Frühling. Plötzlich herrschte in der Stadt eine Art Ferienstimmung, eine fröhlichere, offenere Atmosphäre. Manche trauten sich ins Meer und stießen schrille Schreie aus, wenn sie mit dem Wasser in Berührung kamen. Ich empfand ein diebisches Vergnügen dabei, ins Meer zu gehen wie in ein heißes Bad, ganz schnell, ohne zu zittern, bevor ich mit langen Zügen hinausschwamm, was mich innerhalb einer Sekunde nüchtern machte. In all dieser Zeit erreichte mich der Lärm der Welt so gut wie gar nicht. Ich hörte nicht Radio, ich las nicht einmal mehr Zeitung. Die Schlagzeilen in den Auslagen der Kioske setzten mich über Syrien, den Jemen, Libyen in Kenntnis. Von Japan war nicht mehr die Rede, nichts schien dort geregelt, doch von hier aus gesehen war es, als sei das Land ein zweites Mal untergegangen, überflutet von einer Welle von Nachrichten, die Tag für Tag den Erklärungen aller Nahrung gaben: die Roma, die Anspruchsberechtigten für die Mindestsicherung, die Sozialhilfeempfänger, sogar der Krebs. All diese Dummheit, dieses ungestrafte Dahergerede, diese Verachtung machten mir nichts mehr aus. All das erreichte mich wie durch eine dicke Watteschicht. Der Ekel beeinflusste nur schwach meinen Allgemeinzustand, eine Übelkeit, die selbst der Horizont, der mein Fenster ausfüllte, nicht einzudämmen vermochte. Anscheinend sprach man auch nicht mehr so viel von der Blonden. Man muss dazusagen, dass die Mitglieder der Regierung ihr in Sachen Schändlichkeit in nichts nachstanden, indem sie bei jeder sich bietenden Gelegenheit die französische Identität, das Muslim-»Problem« und all diese Niederträchtigkeiten bemühten, die der rassistischen Ader des Volkes schmeicheln sollten, das sie bald auf Kosten des Front National zurückzugewinnen hofften. Wenn ich sie so hörte, musste ich an meinen Vater und an meine Onkel denken, als ich ein Kind war, alle Kommunisten, alle in der Gewerkschaft, alle links, mit Ausnahme derer, die im Handel waren, was zu Auseinandersetzungen homerischen Ausmaßes beim Abendessen führte, und dann hatten sie sich plötzlich alle wieder versöhnt und wie ein Mann vor fünf Jahren den aktuellen Präsidenten gewählt, und jetzt schickten sie sich an, der Tochter des Einäugigen Beifall zu spenden, vereint über ihre historischen Divergenzen hinaus durch den Hass auf die Eliten, die Regierenden, die offiziellen Parteien, die sie, indem sie den Begriff der Klasse und mehr noch den des Kampfes aus ihrem Vokabular gestrichen hatten, de facto im Stich gelassen hatten und sich nicht mehr um ihr Schicksal, um ihre Worte, um ihr Leben kümmerten. Ich dachte an sie und sagte mir, dass im Grunde selbst diejenigen von ihnen, die am weitesten links standen, niemals wirklich der Rassismus gestört hatte, der immer schon die Reden des Front National gefärbt hatte und jetzt auch die der UMP verseuchte. Sie hatten ihn natürlich nie geteilt, aber er war auch kein Hindernis mehr, war es nie gewesen. Um mich davon zu überzeugen, brauchte ich mich nur an all diese Mahlzeiten, diese Diskussionen in der Familie zu erinnern, bei denen sich diese ganz gewöhnliche, gedankenlose Fremdenfeindlichkeit breitmachte, die ihnen bei der geringsten Gelegenheit über die Lippen kam, nach ein oder zwei Gläsern oder meist sogar ohne zu trinken. Ein Bistrorassismus, der niemals ein hinreichender Grund gewesen war, die extreme Rechte zu wählen, wenn dies das einzige Eisen war, das sie im Feuer hatte, der sie jetzt aber nicht mehr daran hindern würde, sie zu wählen, da sie in ihrem Namen zu sprechen vorgab, jetzt, da sie sich damit brüstete, sie zu beschützen vor den »anderen«: den Finanziers, den

Technokraten, dem Europa Brüssels, den Herrschenden, den Immigranten, der ganzen Welt ... Natürlich handelte es sich nicht wirklich um diese hasserfüllten Reden, die man dieser Randgruppe der Wählerschaft gewöhnlich unterstellte, sondern eher um eine Art Selbstverständlichkeit, ein heimliches Einverständnis, das sich über vielsagende Blicke, Anspielungen, Vermengungen vermittelte: Immigranten, Kindergeld, Sozialhilfe, Kriminalität, illegale Geschäfte, Drogen, Unsicherheit, Gewalt, den Franzosen weggenommene Arbeit, all das hingestellt als Gewissheiten, unbestreitbare und unumstrittene Tatsachen, über jeden Zweifel erhaben. Die Schwarzen und ihr Rhythmusgefühl, die Veranlagung für Sport, Faulheit, brutalen Sex, beschränkte geistige Fähigkeiten, im Übrigen brauche man sich ja nur anzusehen, wie es um Afrika stehe, die nicht zu übersehende Rückständigkeit, und hier sei es auch nicht besser, wie viele von ihnen hätten Abitur, absolvierten ein Hochschulstudium, machten intellektuelle Karrieren, gelangten in die höchsten Ämter – Reden, die sie schwangen, ohne sich auch nur einen einzigen Augenblick darüber zu wundern, dass keiner von ihnen über das Collège hinausgekommen war, doch das war nicht das geringste ihrer Paradoxe. Die Araber und der Schmutz, die angeborene kulturelle Unehrlichkeit, die in der Badewanne abgestochenen Schafe, der Fundamentalismus, die Gewalt gegen Frauen und Kinder – während in meiner Familie Ohrfeigen an der Tagesordnung waren –, die Veranlagung für Diebstahl, Gaunerei, illegale Geschäfte, und wie kann man erklären, dass so viele von ihnen im Gefängnis landen? Die Juden und das Geld, die Geschäfte, die Viktimisierung, die israelisch-amerikanische Verschwörung, die zionistische Lobby, die Übertreibung des mit der Shoa verbundenen Traums, der übersteigerte Kommunitarismus, und wie kann man ohne all das erklären, dass so viele von ihnen die höchsten Posten der strategischsten Sektoren, Finanzen und Medien, Bildungswesen und Kultur, Politik und tutti quanti bekleiden? Ich werde nie das verzerrte Gesicht meines Vaters vergessen, als ich darauf hingewiesen hatte, dass wir einen jüdischen Namen trügen, das wir historisch gesehen vermutlich Juden wären, dass es im Elsass nicht wenige gegeben hätte und dass es zwangsläufig eines Schicksalsschlags, einer Mésalliance oder was auch immer bedurft hätte, damit die Familie schließlich zum Protestantismus konvertiert sei. Ich hätte ihm ebenso gut eine Ohrfeige geben oder ins Gesicht spucken können. Und da waren auch noch die Chinesen, ihre Mafia, das verdorbene Fleisch, mit dem sie ihre Frühlingsrollen füllten, ihre heimtückische Art, alles zu überschwemmen, und die muslimischen Bevölkerungsgruppen in ihrer Gesamtheit, die mein Vater für archaisch, mittelalterlich, extremistisch und bedrohlich hielt und deren Kultur und Werte ihm definitiv unvereinbar mit denen des Westens vorkamen. Mir fielen auch seine Äußerungen über die schwarzen oder arabischen Frauen wieder ein. Er fand sie objektiv weniger schön als die weißen Frauen und konnte nicht erkennen, was rassistisch an einer solchen Behauptung sein sollte. Das Gleiche galt für die Musik und die Kunst ganz allgemein, die für ihn dort weniger entwickelt war als bei uns, ohne dass er sich jemals genauer damit beschäftigt hatte. Im Grunde sei das eine Frage des Geschmacks, und wer könne ihm das schon vorwerfen? Diese winzige Episode erinnerte mich an eine andere aus jüngster Zeit: Mein Vater im Krankenhaus, am Bett meiner Mutter, die in irgendeiner aufgeschlagenen Zeitschrift auf zwei Fotos deutet, die Michelle Obama und Carla Bruni Seite an Seite zeigen. Meine Mutter über Erstere: »Ah, ist das nicht Carla …« Und mein Vater, ihr beipflichtend: »Das ist sicher. Die da kommt direkt vom Planeten der Affen.« Hätte ich mich irgendwann mal getraut, ihm ins Gesicht zu sagen, dass er ein Rassist sei, wofür ich im Laufe der Jahre zahllose Beweise gesammelt hatte, noch bevor ich vor ein paar Wochen seine Blicke und sein Geschimpfe registriert hatte, als ich ihn in die Seniorenresidenz begleitet hatte, in die er zu ziehen beabsichtigte, wäre er natürlich wütend geworden und hätte es mit allem Nachdruck von sich gewiesen, was ihn stets an die Schwelle zur Gewalttätigkeit brachte, sobald man ihn reizte, ihm die Stirn bot, ihm widersprach, kurz, ihn »nervte«. Und ich wusste nur zu gut, dass es nicht viel brauchte, um ihn zu »nerven«.

MEIN VATER HAT MICH NIE GELIEBT. Es fiel mir plötzlich wie Schuppen von den Augen, und diese Erkenntnis hatte etwas Zwangsläufiges, die Selbstverständlichkeit einer Binsenwahrheit. Mein Vater hat mich nie geliebt. Das hätte ich diesem Operettenpsychiater sagen sollen, dachte ich, bevor ich ihm mit den geographischen und sozialen Rändern gekommen war, auf denen ich aufgewachsen war. Mein Vater hat mich nie geliebt. Und ich habe meinen Bruder im Augenblick der Geburt verloren. Das ist genau der Punkt. Das dachte ich, als ich erneut die Strecke fuhr, die mich vom Finistère, wo ich lebte, in die Banlieue führte, wo ich aufgewachsen war.

Mein Vater hat mich nie geliebt. Mein Bruder übrigens auch nicht. Aber das kam vielleicht in gewisser Weise auf das Gleiche hinaus, denn es kam mir plötzlich so vor, als sei er stets der Lieblingssohn, gewissermaßen der »wahre« Sohn gewesen, während ich, wie er mir neulich am Telefon an den Kopf geworfen hatte, Mamas Lieblingssohn gewesen war, gemäß dem alten Klischee, dass eine Mutter ihr schwächstes Kind immer ein bisschen mehr liebt, selbst wenn sie unfähig ist, es ihm zu sagen, es spüren zu lassen, selbst wenn sie nicht imstande oder verhindert ist, ihm zu zeigen, ihm zu vermitteln, dass sie es ein bisschen liebt.

Mein Vater hat mich nie geliebt. Und er hätte Guillaume geliebt. Und das nahm er mir übel. Dass ich derjenige war, der überlebt hatte. Derjenige, der alle Kraft aufgesaugt hatte, zulasten des anderen. Darüber dachte ich nach, als ich durch diese grauen, sich ähnelnden Straßen fuhr, und plötzlich fühlte ich mich wie ein weinerliches Kind, ich war nicht mehr vierzig und ein paar Zerquetschte, ich war nicht mehr Vater zweier Kinder, ich war nur ein Sohn, und ich hasste es. Ich fuhr zum Haus meiner Eltern, und je länger ich fuhr, desto mehr ergriff dieser Gedanke von mir Besitz: Mein Vater hat mich nie geliebt, und meine Mutter hat es nie gekonnt, was im Grunde auf das Gleiche hinauslief, denn auf diesem Gebiet zählen nur die Beweise, die Taten, die Gesten, die Worte, lauter Dinge, die mir in meiner Kindheit gefehlt hatten. Sie hatten mich nie geliebt, und ich weiß sehr wohl, dass ich, indem ich mir das sagte, auch versuchte, den Widerwillen zu rechtfertigen, mit dem ich zu ihnen fuhr, mit dem ich mit ihnen telefonierte. Sarah konnte ein Lied davon singen, als ich ihr die Kinder zurückgebracht hatte, hatte ich ihr nichts sagen müssen, sie kannte mich so gut, dass sie, nachdem sie meinen Gesichtsausdruck gesehen hatte, gesagt hatte: »Du fährst zu deinen Eltern, ich kenne diesen Ausdruck«, es war genau derjenige, den ich seit zwanzig Jahren machte, wenn ich zu diesem Haus fahren musste, und jedes Jahr wurde es schlimmer. Sie hatten mich nie geliebt, und das war die einzige Erklärung dafür, dass ich mich ihnen gegenüber so fremd fühlte, wenn ich bei ihnen war, dass sie mich so rasend machten und deprimierten und ihr Schicksal mich so gleichgültig ließ. In ihrer Gegenwart fragte ich mich immer, was mich mit ihnen verband, warum ich es mir antat, mit ihnen zu verkehren, und ich fand keine Antwort, außer einem unbestimmten Gefühl »moralischer« Verpflichtung.

Mein Vater hat mich nie geliebt, um mich davon zu überzeugen, musste ich mich nur an den gereizten und enttäuschten Gesichtsausdruck erinnern, den er annahm, wenn er mich, selten genug, ansah oder, noch seltener, das Wort an mich richtete. Alles an mir missfiel ihm, hatte ihm immer missfallen. Meine »Sensibilität«, wie meine Mutter zu sagen pflegte, meine schwache Gesundheit als Kind, mein träumerisches, einzelgängerisches Wesen, meine Manie, mich in mein Zimmer einzuschließen, um zu lesen und traurige Lieder zu hören, die nicht meinem Alter entsprachen, meine Überlegungen, sogar meine Gesten. Er machte sich stets über meinen »Stil« lustig. Ob ich aß, auf der Straße ging oder Tischtennis spielte, es war immer das Gleiche: Er fand, dass ich mich affektiert benahm. Und jetzt konnte ich mich des Gedankens nicht erwehren, dass das, was er damals gehasst hatte, die feminine Anmutung meines Auftretens war; sicher befürchtete er, ich könnte homosexuell sein. Übrigens glaube ich, dass er das nicht ertragen hätte. In der

Pubertät wurde es noch schlimmer: Ich trug lange Haare, las Gedichte, verachtete das populäre Kino und ließ nur die »Autoren« gelten. Ich war auf dem besten Weg, aus ihrer Welt auszubrechen, ja sogar aus ihrer Klasse. Ich war mir dessen damals nicht bewusst, aber ich entfernte mich unter ihren Augen, unter ihrem Dach. Ich verleugnete sie in gewisser Weise. Indem ich mich, wie er sagte, »aufspielte«. Für wen ich mich halte mit meinem intellektuellen Getue, ob ich glaubte, etwas Besseres zu sein? Damals erfand ich mich, wie die meisten von uns es in diesem Lebensalter getan haben. Ich studierte jede meiner Bewegungen, die affektiert, elegant sein sollten, jede meiner Vorlieben, die ausgefallen, avantgardistisch, modern, elitär sein sollten. Ich berauschte mich an Namen, die was hermachten, Godard Duras Bacon Basquiat Lou Reed Nico Gould Cassavetes Ginsberg Tarkowski Pialat Manset Ferré Cohen Joy Division, ich spielte Tennis und stand auf Edberg, den Ästheten, verachtete Fußball, den ich »vulgär«, und den Radsport, den ich »doof« fand. Ich gab das Bier und das Handwerken auf, alles, was »männlich« war, ließ mir die Haare wachsen, kleidete mich nur noch schwarz, lehnte Fleisch ab und wirkte nicht besonders fit. Vermutlich glaubte mein Vater, ich würde Drogen nehmen, und ich bemerkte, wie sehr ihn das alles ärgerte. Ich bemerkte auch, wie er meinen Bruder ansah, der weniger anfällig, weniger sensibel, weniger gequält, weniger unmännlich, sportlicher, robuster, weniger träumerisch, weniger intellektuell, praktischer und weniger eingebildet war, wie meine Mutter sagte. Sie mochte es ebenfalls nicht, dass ich ihnen immer mehr entglitt, dass ich mich nicht gegen sie, sondern fern von ihnen, von ihrer Welt, ihrem Leben, ihren Maßstäben, ihren Vorlieben und ihren Überzeugungen erschuf. Doch ich glaube, anstatt mich deswegen zu hassen – was sich bei meinem Vater zugleich durch eine extreme Kälte und eine gegenstandslose Wut ausdrückte, die jederzeit überkochen konnte und die manchmal ohne Grund explodierte –, begnügte sie sich damit, darüber traurig zu sein und es irgendwie nicht glauben zu wollen.

Und dann entfernte ich mich wirklich von ihnen, und zwar in jeder Hinsicht. Ich war nach Paris gegangen, hatte Leute mit ganz anderen Hintergründen kennengelernt und lebte in einer Welt aus Büchern, Filmen und Musiken, von deren Existenz sie keine Ahnung hatten und für die sie sich nur sehr am Rande interessierten, und machte mir Gewohnheiten, Denk-, Handlungs- und Seinsweisen zu eigen, die von vornherein die Zugehörigkeit zu einer anderen Welt signalisierten, den Verrat besiegelten und die von ihnen als Ablehnung, als Verachtung interpretiert wurden. Dabei versuchte ich in meinen Büchern den Orten und den Milieus, in denen ich aufgewachsen war, denen, die mich geprägt, von denen ich mich entfernt, die mich aber, und sei es aus Opposition, definiert hatten, Ehre zu erweisen. Sie mochten nicht, dass ich sie schrieb, noch weniger, dass ich sie veröffentlichte, dass man über sie sprach, dass man von mir sprach und dadurch auch von ihnen. Sie mochten nicht, was die Journalisten über meinen Werdegang, über meine Personen und die Orte, an denen sie lebten, schrieben, diese Orte und Leben, die für sie banal und schäbig waren, diese in ihren Augen »kleinen« Leute, dieses Frankreich, das sie das arme Frankreich nannten, so dass meine Eltern diese Urteile mit der Zeit mir zuschrieben, obwohl sie meilenweit von meinen Absichten entfernt waren und mich ebenso verletzten wie sie. Vor allem aber mochten sie meine Bücher nicht, die sie zu schonungslos, zu intim fanden und deren Erzähler meinen Vater auf die Palme brachten. Fast jedes Mal hatte er es mir gesagt. Wie sollte ich dieses letzte Geständnis interpretieren? Diese Erzähler, die er so sehr hasste, diese schwachen Typen, die sich gehenließen, die immer ein Haar in der Suppe fanden und die ihn anwiderten, waren niemand anderer als ich. Natürlich nicht auf der Ebene der Ereignisse, sondern wesensmäßig. Sie waren mehr ich als jeder andere. Mehr ich als ich selbst. Sie waren frei von den Regeln des Anstands und allen Verpflichtungen, ein Ich befreit von allen sozialen Bindungen, vollkommen frei, auf Gedeih und Verderb es selbst zu sein.

Ich parkte vor dem Haus. Der Wagen meines Bruders stand schon dort. Ich saß lange da, ohne mich zu rühren. Was suchte ich hier? Woher kam es, dass ich mich erneut meiner Familie gegenüber als Fremder fühlte? Woher kam es, dass die Liebe so tief in mir begraben, so unzugänglich war, dass ich zweifelte, ob sie jemals existiert hatte? Denn auch wenn mir plötzlich bewusst geworden war, wie sehr meine Eltern mich kaum oder nicht richtig geliebt hatten und wie sehr das mein Leben beeinflusst hatte, meine Unfähigkeit, auf der Welt zu sein, mein unstillbares Verlangen nach Anerkennung, Zuneigung, Beweisen, Gesten, Zeichen, Worten, so war sicher auch das Gegenteil wahr. Soweit ich mich zurückerinnere, war ich nie ein liebevolles, mitteilsames Kind gewesen, ich war immer kühl, abwesend, in mich gekehrt, aggressiv, verschlossen, wortkarg gewesen. Und meine Art, vor den Orten meiner Kindheit zu fliehen, vor mir selbst wegzulaufen, hatte einen sicherlich bitteren Beigeschmack von Vorwurf, dem meine Bücher den letzten Schliff gaben, in denen ihre Avatare nicht immer gut wegkamen. Was von ihnen blieb, war im Grunde ein Gefühl eisiger Traurigkeit. Auf beiden Seiten. Von Müdigkeit und Traurigkeit. Und niemals, glaubte ich, würde ich den Grund dafür erfahren. Guillaume war eine mehr als plausible Hypothese. Das harte Arbeitsleben, das sie geführt hatten, eine weitere. Aber ich konnte nicht umhin, mir zu sagen, dass auch ich meinen Anteil daran hatte, dass es auch eine Konsequenz war, ein Eingeständnis von Enttäuschung angesichts eines solchen Sohnes, dem Glück und Zärtlichkeit fremd sind, der undankbar und »eingebildet« ist.

Vor dem Haus parkend, in dem ich aufgewachsen war, war ich wieder einmal versucht wegzulaufen. Hineinzugehen überstieg meine Kräfte. Mich dem abweisenden und kalten Gesicht meines Vaters, der klagenden und abgespannten Miene meiner Mutter und der Verachtung meines Bruders aussetzen, ein paar Tage in dieser Stadt verbringen zu müssen, auf den Spuren meiner Kindheit, all das schnürte mir die Kehle zu. Ich ließ den Motor an und fuhr bis zum Waldrand. Ich parkte den Wagen bei den ersten Bäumen und ging in den Wald hinein. Die Sonne zeichnete große goldene Pfützen zwischen den Schatten. Gerüche stiegen auf, nach wasserdurchtränkter Erde, Moos und Flechte. Überall summte ein unsichtbares Tierreich. Ich ging bis zu »unserer« Lichtung. Mein Herz schlug wie wild. Ein Teil von mir hoffte, Sophie dort zu begegnen. Der andere hatte eine noch größere Angst davor. Doch sie war nicht da. Ich streckte mich zwischen dem jungen Farnkraut aus und rollte ihre ersten Wedel aus, die Augen auf das lichtdurchlässige grüne Blätterdach gerichtet. Ich schloss die Augen. Ich schlief ein und träumte von überfluteten Bäumen, von denen nur noch die Wipfel aus dem Wasser ragten, und toten Tieren, die der Schlamm forttrug. Eine untergegangene, ausgelöschte Welt. Als ich aufwachte, hatte sich der Himmel verdüstert. Ich ging zum Friedhof, auf dem meine Großeltern mütterlicherseits lagen. Es war das erste Mal, dass ich mich dorthin begab. Ich habe keine Ahnung, was ich dort suchte. Was ich dort zu finden hoffte. Vermutlich etwas, das mit dem Gedächtnis zu tun hatte. Schließlich hatte es sich erst mit dem Tod meiner Großmutter geöffnet, der meine erste Erinnerung war, die ersten Bilder, die ich von meinen Eltern und von mir selbst hatte. Ich suchte alle Alleen ab. Schließlich fand ich ihr Grab. Ihrer beider Grab, denn inzwischen lag auch mein Großvater darin. Doch ich fand nicht dasjenige, das ich wirklich suchte, ohne es mir einzugestehen. Nein, in dem Bereich, der den Kindern, den Neugeborenen vorbehalten war, gab es kein Kreuz mit dem Namen Guillaume. Wo mochte er begraben sein? Was hatte man mit seinem winzigen, blau angelaufenen Körper gemacht? Ich stellte ihn mir für immer im Nebel vor, an einem für immer vorläufigen Ort. Ich irrte noch einen Augenblick zwischen den grauen Stelen, den tristen Grabmälern umher. Der schmutzige Kies ließ manchmal ein wenig Erde sehen. Drei alte Frauen waren ins Gebet versunken inmitten der menschenleeren und stillen Alleen. Es roch nach Wald und Steinen. Ich ging noch lange durch die angrenzenden Straßen. Die Fensterläden im ersten Stock von Sophies Haus waren geschlossen. Kein Wagen parkte davor.

Ich klingelte. Ein zehnjähriges Mädchen öffnete mir. Sie brauchte sich mir nicht vorzustellen. Sie glich ihrer Mutter, wie ich sie im Collège kennengelernt hatte, aufs Haar. Hinter ihr drang aus einem Zimmer die Stimme einer anderen Frau, die mehrmals fragte: »Wer ist da?«

»Ist deine Mutter da?«, fragte ich.

»Nein. Warum?«

»Ich bin ein Freund. Ich wollte mich nach ihr erkundigen. Geht es ihr gut?«

Das Gesicht des Mädchens wurde plötzlich ernst. Ihr Blick verschleierte sich. Ihr blieb gerade mal die Zeit, mir zu sagen, dass ihre Mutter im Krankenhaus sei und dass sie nicht wisse, wann sie herauskommen würde, jedenfalls erst in ein paar Wochen. Eine Frau um die sechzig tauchte auf und schob sich zwischen uns.

»Sie sind?«, fragte sie schroff.

»Ein Freund von Sophie.«

»Und was wollen Sie von ihr?«

»Ich wollte ihr nur guten Tag sagen.«

Sie sah mich misstrauisch an. Das Mädchen hinter ihr warf mir verstörte Blicke zu. Man hätte meinen können, sie beschwöre mich, sie da herauszuholen, sie vor ihrem Leben zu retten. Sie hatte die Augen ihrer Mutter. Den gleichen Lebenshunger. Das gleiche Flehen. Nachdem sie mir erklärt hatte, sie sei Sophies Schwiegermutter, fragte die Alte mich nach meinem Namen. Ich nannte ihn ihr, und sie fing an zu schreien.

»Wie können Sie es wagen? Wie können Sie es wagen? Nach allem, was Sie ihr angetan haben. Nach allem, was Sie ihren Kindern, dieser Familie angetan haben.«

Sie packte das Mädchen am Arm und deutete mit einer hysterischen Geste auf mich.

»Das ist er, das ist er, es ist seine Schuld, es ist die Schuld dieses

Mannes, dass deine Mama wieder im Krankenhaus ist, sieh ihn dir gut an, es ist seine Schuld.«

Die Kleine wirkte völlig verängstigt. Sie begriff kein Wort von dem, was ihre Großmutter ihr erzählte. Ich wünschte mir so sehr, sie in meine Arme nehmen und ganz sanft, ganz ruhig mit ihr reden zu können. Über ihre Mutter. Über die Krankheit. Über die Wälder. Über die Kindheit und die Angst. Die Alte spuckte mir ins Gesicht. Ich spürte, wie ihr warmer Speichel über meine Wange lief. Dass eine Frau in diesem Alter, gut gekleidet, tadellos frisiert, Schmuck tragend und mit so klaren und strengen Gesichtszügen so etwas tun konnte, verblüffte mich. Ich wischte mir die Wange ab und machte kehrt. Wie betäubt ging ich zu meinem Wagen. Ich konnte ihre Spucke noch auf meiner Haut spüren, wie eine alte Verbrennung, eine Narbe. Im Wagen versuchte ich meine Ruhe wiederzufinden. Ich schluckte zwei Xanax und atmete tief durch. Ich stellte die Heizung an und legte die letzte Bonnie-Prince-Billy-CD ein. Die Hitze. Der Luftzug. Die Medikamente. Die Musik. Ein anderes Rezept kannte ich nicht in einer solchen Situation. Ich rief alle Krankenhäuser der Gegend an. Schließlich fand ich ihre Spur in der psychiatrischen Klinik einer Nachbarstadt. Besuche waren nicht erlaubt, außer denen ihres Mannes und ihrer Kinder. Auf der anderen Seite der Leitung wollte niemand meine Fragen beantworten. Sie lebte, sie ruhte sich aus, das war alles, was ich erfuhr. In den Lautsprechern stöhnte dieser gute alte Will Oldham, außer Atem oder mit den Nerven am Ende, das war nicht genau zu erkennen, es klang wie eine lange Agonie. Ich ließ den Motor an und fuhr ins Stadtzentrum. Das fahlgraue Licht löschte die Umrisse und die Kontraste aus. Alles verschwamm in einer trüben Dämmerung. Dabei war es früher Nachtmittag. Der Tag würde sich in die Länge ziehen. Die Gäste in der Tabakbar waren immer dieselben, trotz der frühen Stunde. Stéphane schenkte mir sein strahlendes Lächeln, als er mich sah, und an der Art, wie er mir in die Arme fiel und mich fragte, was mich schon wieder hierherführe, erkannte ich, dass er schon einige Gläschen intus hatte.

»Du bist nicht in der Arbeit?«, fragte ich ihn und gab dem Kellner ein Zeichen, mir ein Bier zu bringen.

Sein Lächeln wurde säuerlich. Man konnte seine Backenzähne knirschen hören.

»Sie haben mich nicht behalten. Angeblich habe ich nicht den Betriebsgeist. Man spürt, dass du keine Lust hast, die Simply-Weste zu tragen, man spürt, dass du nicht stolz darauf bist, haben sie mir gesagt.«

Die anderen lachten, aber dazu bestand kein Anlass. Stéphane stellte mir Jean-François vor, ob ich mich an ihn erinnere, nicht wirklich, jedenfalls war ich mir nicht sicher, in solchen Situationen hielt ich mich lieber zurück. Irgendwie sagte Jean-François mir etwas, doch ich war erleichtert, als er mir bestätigte, dass wir nie in derselben Klasse gewesen seien und auch nicht auf der gleichen Stufe. Er war ein Jahr älter als wir, aber er war mit Magali gegangen, einer unserer Freundinnen, eher sportlich und ziemlich hübsch, deren Vater Bademeister im städtischen Schwimmbad war. Er ließ uns umsonst hinein, was der Beliebtheit seiner Tochter sehr zuträglich gewesen war. Jean-François arbeitete als Gepäckabfertiger in Orly. Doch seit dem Lycée hatte auch er in zwanzig verschiedenen Jobs gearbeitet. Es sei überall das Gleiche, fuhr Stéphane fort, kleine Möchtegernchefs gäben an noch kleinere Möchtegernchefs demoralisierende Anweisungen, Zielvorgaben und Managementtechniken weiter, die diese voller Pflichteifer ausführten, um ihre Vorgesetzten zufriedenzustellen, und diese ganze Anhäufung von Eifer endete auf dem Rücken der Niedrigsten, die die unbedeutendsten, undankbarsten Aufgaben erfüllten, von denen man aber trotzdem vollen Einsatz und den richtigen »Betriebsgeist« verlange, was vor allem darauf hinauslaufe, den Mund zu halten, keine Forderungen zu stellen, weder Lohnerhöhung noch Urlaub, weder Lohnanpassungen noch arbeitsfreie Tage am Stück noch das geringste Entgegenkommen – ausnahmsweise zehn Minuten früher gehen dürfen, um die Kinder von der Hausaufgabenbetreuung abzuholen und mit ihnen zum Arzt zu gehen, im Krankenhaus zu sein, bevor die Besuchszeit endet, wenn die Mutter krank ist, solche Dinge – und natürlich auf keinen Fall einen unbefristeten Arbeitsvertrag.

»Einstellung, Engagement, Betriebsgeist, immer kommen sie dir damit. Weil sie an deiner Arbeit nichts auszusetzen haben. Scheiße, ich meine, die Arbeit an der Kasse, in der Küche bei McDonald's, wo auch immer, natürlich machst du sie gut. ›Ich zweifle nicht an Ihrer Kompetenz‹, sagen sie zu dir. Verdammt, was für ein Glück! Was für eine Kompetenz brauche ich schon, um Artikel abzukassieren oder ein Steak zwischen zwei Brotscheiben zu legen? Um dich feuern zu können, kommen sie dir also immer mit dem gleichen Schwachsinn. Die Einstellung. Die Begeisterung. Die Motivation. Der richtige Biss. Das Lächeln bei der Arbeit. Der Betriebsgeist. Ihr verdammter Scheißbetriebsgeist.«

»Okay«, sagte ich. »Aber warum feuern sie dich dann?«

»Weil sie wissen, dass ein Typ nach mehreren Monaten im selben Betrieb anfangen wird, Forderungen zu stellen. Ein anständiger Lohn. Keine Sonntagsarbeit mehr. Vor allem, wenn er Kinder, eine Familie zu ernähren hat. Arbeitszeiten, die ihm erlauben, seine Kinder zu sehen, sie zu umarmen, bevor sie ins Bett gehen, nicht mehr. Der Typ fängt an zu verlangen, was sie ›Privilegien‹ nennen. Ganz zu schweigen, dass er früher oder später die Frechheit besitzen wird zu fragen, ob man nicht einen unbefristeten Arbeitsvertrag in Erwägung ziehen könnte. Also feuern sie ihn und nehmen einen Jüngeren, einen, der umgänglicher ist und weniger ›anspruchsvoll‹, einen, der kriecht und stolz ist, das Trikot zu tragen, der stets bereit ist, auch sonntags zu arbeiten, der sogar findet, dass er zu viel verdient. Oder einen wie dich, aber sie wissen bereits, dass es nur für ein paar Monate ist, dass sie ihn bald wieder feuern werden, weil er sich eines Tages sicher genug fühlen wird, um sich zu trauen, seine Zukunft im Betrieb anzusprechen, eine, wenn auch noch so unbedeutende, Bemerkung über diesen oder jenen Aspekt des Managements, über die Sauberkeit des Arbeitsplatzes zu machen oder sogar einmal zu oft krank zu werden – nämlich genau ein einziges Mal.«

Die anderen pflichteten ihm bei. Stéphane bestellte ein weiteres Glas, mit glasigen Augen und einem bitteren Zug um den Mund. Seine ganze Haltung drückte Mutlosigkeit aus, erzählte von einem Leben, das einem die Flügel stutzte, das einen für nichts und wieder nichts kaputtmachte, nur weil es eben so war, weil die Welt Kopf stand und weil man auf der falschen Seite geboren war. Nicht ganz und gar auf der falschen, aber jedenfalls nicht auf der richtigen. Ich dachte einen Augenblick an die Handvoll von Schulkameraden, deren Namen ich auf Google wiedergefunden hatte, diejenigen, die fortgegangen waren und Ingenieure, Ärzte, Anwälte geworden waren. Oh, es waren nicht viele gewesen. Und sie kamen alle aus demselben Viertel; demjenigen, in dem Thomas aufgewachsen war. Bei den meisten waren die Eltern höhere Führungskräfte oder hohe Beamte. Oder sie übten die üblichen freien Berufe aus. Ich hatte sogar die Spur von zwei Typen im Jahrbuch der Ehemaligen der Sciences Po gefunden. Verdammt, wie war das nur möglich? Ich meine: Stéphane, David, Christophe, Yann, Éric, Fabrice und die anderen, selbst sehr gute Schüler wie ich, wir wussten nicht, dass es so etwas gibt, Sciences Po. Selbst diejenigen, die ihr Abitur mit »mention« bestanden hatten. Grandes Écoles, Classes préparatoires, wir hatten keine Ahnung, was das bedeutete. Khâgne, Hypokhâgne, Prépas commerce, Math Sup, Math Spé, das war alles ziemlich nebulös. Worte, die uns nichts sagten, die aber für andere, die besser informiert, besser vorbereitet, besser, das heißt auf der richtigen Seite der Schranke, geboren waren, eine sehr präzise Bedeutung hatten. Für uns, zumindest für diejenigen von uns, die es bis zum Lycée geschafft und es mit dem Abitur in der Tasche verlassen hatten (wenn auch nicht immer ohne Nachprüfung), war das immerhin schon mal etwas. Und wenn man sich an der Uni einschrieb, war das für unsere Eltern und für uns die Krönung, der Eintritt in die große Welt. Wir glaubten fest daran, an die Wege zur Exzellenz, die Leistung, die Republik. Wir hatten das alle auf uns genommen, wie ein Mann, diese Sackgassen, diese überfüllten Fachrichtungen, die nirgendwohin führten. Wir hatten das alle auf uns genommen, stundenlange Fahrten mit dem RER, während die anderen Wohnungen ein paar Schritte von der Uni entfernt mieteten, wir hatten das alle auf uns genommen, die Hälfte unserer Seminare zu versäumen, weil wir arbeiten mussten, um unser Studium zu bezahlen, wir hatten das alle auf uns genommen, ohne jemanden im Rücken, der uns antrieb, denn auf die Uni gehen, einen technischen Hochschulabschluss machen, zwei Jahre studieren oder sogar drei oder vier, das war für unsere Eltern etwas, das sie nicht zu erhoffen gewagt hatten, für sie waren wir aus dem Schneider, wir hatten studiert oder studierten, uns erwartete ein ruhiges Leben, wir würden uns nicht die Hände schmutzig, den Rücken krummmachen müssen. Und selbst diejenigen, deren Eltern etwas mehr Ahnung hatten, weil sie besser informiert waren oder weil sie jemanden kannten, der jemanden kannte, der ihnen gesagt hatte, dass man der Uni, den überfüllten Studiengängen misstrauen müsse, diejenigen, denen die Eltern geraten hatten, Philologie, Geisteswissenschaften, Psychologie und Ähnliches zu meiden und eine Ausbildung zu wählen, die »zu einem richtigen Beruf« führe, Wirtschaft, Betriebswirtschaft, hatten keine Ahnung, was HEC und ESSEC bedeuteten, und wenn sie doch davon gehört hatten, dann erinnerten sie die Einschreibgebühren, dass das nichts für sie war. Übrigens spielte das Geld in diesem Bereich gar keine so entscheidende Rolle. Normale Sup, Sciences Po, Polytechnique, diese Eliteschulen waren nichts für uns. Das Wort »Elite« war schon Hinweis genug, dass sie anderen vorbehalten waren, deren Identität zu bestimmen uns ziemliche Mühe gemacht hatte. »Die anderen«, »den anderen vorbehalten«, diese Worte haben mich stets begleitet. Es gab immer noch Orte, die mir für sie bestimmt schienen und zu denen ich keinen Zugang hatte. Cafés, Restaurants, Hotels, Geschäfte, Diskos, verschiedene Klubs ... Sogar manche Straßen, manche Viertel. Lauter

Orte, an denen die meisten Schriftsteller meiner Generation unbekümmert verkehrten und die ich wie die Pest mied, was mir den Ruf eines Wilden einbrachte, dem mein bretonisches Exil und mein Aussehen noch zusätzlich Nahrung gaben – die einzige Frage, die unbeantwortet blieb, war, ob es sich um eine Pose oder um Berechnung handelte, um Unfähigkeit oder einen Komplex, um Mangel an Geschmack oder Ekel. Und ohne dass es mir bewusst war, hielt ich meine Kinder so weit wie möglich fern von diesen Orten oder Umgangsformen, die ich weiterhin als diesen »anderen« zugehörig betrachtete. Etwas in mir lehnte ab, dass sie sich abhoben, sich unterschieden, den Wegen des Privilegs folgten: Privatschulen, elitäre kulturelle Einrichtungen, Reichensport, Markenkleidung. Dennoch hatte ich ihnen nie irgendetwas abschlagen müssen. Manon hatte einen sehr sicheren Instinkt für diese Dinge. Sie erkannte sofort die ihr gemäßen Orte, die für sie geeigneten Aktivitäten, und legte Wert darauf, dass wir sie in die Ballettschule des Viertels, in den Theaterkurs des Bürgerhauses einschrieben, und hätte mir strafende Blicke zugeworfen, wenn ich sie gezwungen hätte, in einen Wagen zu steigen, der luxuriöser gewesen wäre als unser alter Scenic, und sie schien wirklich enttäuscht, als ich von der Möglichkeit sprach, sie aus praktischen Gründen auf das nur fünfzig Meter von uns entfernte katholische Collège zu schicken, während das öffentliche versteckt in einem anderen Viertel der Stadt lag, ohne richtige Anbindung an die öffentlichen Verkehrsmittel und nur erreichbar über eine Straße, die so befahren war, dass ich Angst hatte, sie jeden Tag zweimal mit dem Fahrrad dort entlangfahren zu lassen. Sie lehnte alles ab, was sie aufgrund des Geldes oder der Klassenzugehörigkeit von den anderen abhob. Nur ihr eigener Geschmack, was Musik, Bücher oder Filme betraf – und sie war zu jung, um zu begreifen, dass auch das unbarmherzige, heimtückischere, gefährlichere Unterscheidungskriterien sind –, unterschied sie von ihren Klassenkameraden, deren Eltern in der Regel ein einfacheres Leben führten und einen niedrigeren Lebensstandard hatten. Dort, wo wir lebten, brauchte es nur wenig, um den privilegiertesten Schichten der Stadt anzugehören. Auch wenn es nicht so aussah, trotz der großen Villen über dem Meer, die zum größten Teil nur Zweitwohnungen waren, und der Ströme betuchter Touristen an den sonnigen Wochenenden und in den Ferien, den stinkreichen Kurgästen, die sich in den Thermalbädern aalten und im Vier-Sterne-Grandhotel wohnten, lebte die überwältigende Mehrheit der Stadt bescheiden. Der Ort lebte direkt oder indirekt vor allem vom Tourismus, vom Handelshafen, vom Fischfang und von der Muschelzucht. Abgesehen von ein paar Freiberuflern und Angestellten im öffentlichen Dienst arbeiteten die meisten Leute, denen ich begegnete, in dem einen oder dem anderen dieser Sektoren. Hotels, Restaurants, Geschäfte in der Altstadt, Gastronomie, der Austernpark von Cancale, die Muschelparks der Bucht des Mont Saint-Michel, Verpackungsbetriebe für Meeresfrüchte und Krustentiere, Fabriken, die Dünger auf der Basis von Algen herstellten, Molkereien, eine Werft, ein Holzbauunternehmen, ein Textilbetrieb ein paar Kilometer entfernt, eine Fährgesellschaft, sie alle beschäftigten mittelmäßig bezahlte Angestellte, die keine große Qualifikation und Ausbildung brauchten. Führungskräfte waren selten, die Honoratioren konnte man an den Fingern einer Hand abzählen, Ärzte, Zahnärzte, Notare und Anwälte bildeten den Hauptteil des lokalen Bürgertums. Und die Leute, die die Stadt ernährten, hatten bald nicht mehr die Mittel, um dort zu wohnen. Die nie erlahmende Lust der wohlhabendsten Schichten des Landes, die Sommerfrische am Meer zu verbringen, ließ die Preise ins Unermessliche steigen, weniger als zehn Kilometer vom Wasser entfernt fanden die Häuser reißenden Absatz zu horrenden Preisen und wurden nur zwei oder drei Wochen im Jahr bewohnt. Die Stadt alterte und verlor nach und nach ihre Bewohner, die wie in Paris gezwungen waren, wegzuziehen in diese unvorstellbaren Gegenden, in denen die Peripherie in die Landschaft überging, Siedlungen aus funkelnagelneuen Einfamilienhäusern, errichtet im Nirgendwo, mit einer Bäckerei, einer Apotheke und manchmal einer Bushaltestelle, umgeben von Kohlfeldern und Weiden.

Wir ließen uns unsere Gläser nachfüllen. Jean-François erzählte von seiner Frau, er freute sich für sie, sie habe gerade eine Stelle als Kassiererin in einer Autobahntankstelle gefunden. Es sei sogar ein kleines Café dabei, in dem Sandwiches verkauft würden, sie würde also auch als Kellnerin arbeiten, was ihr Spaß mache, die Kollegen seien sympathisch, selbst der Tankstellenchef sei ein anständiger Kerl.

»Vorher saß sie am Schalter der Mautstation von Saint-Arnoult. Jetzt kann sie wenigstens pissen gehen, wann sie will ...«

Stéphane hatte ein weiteres Bier bestellt. Ich bemerkte, dass er böse schaute und dass seine Stimmung kippte. Einen Augenblick fragte ich mich sogar, ob er nicht gleich anfangen würde zu weinen.

»Verstehst du«, sagte er, »mit Maries Gehalt kommen wir nicht aus, und als Arbeitsloser haben wir auf nichts Anspruch, ich werde auf die Mindestsicherung angewiesen sein, weißt du, diese Regelung, die die Gesellschaft wie Krebs zerfrisst, die dieses Arschloch sich ausgedacht hat, du kannst dir nicht vorstellen, wie das den Leuten Angst eingejagt hat, hier, anderswo, überall. Die Kerle, die sich das in ihren schönen Wohnungen ausdenken, haben keine Ahnung, was sie da lostreten, und in derselben Woche senken sie die Vermögenssteuer, während überall sonst die Gehälter eingefroren oder sogar reduziert werden, um den verdammten Finanzmärkten, diesen scheiß Ratingagenturen eine Freude zu machen, die die Staaten beherrschen und den Planeten sich drehen lassen mit dem einzigen Ziel, sich die Taschen zu füllen.«

Er war laut geworden, und alle in der Bar pflichteten ihm bei, und man muss gesehen haben, wie sie beipflichteten, zermürbt und mit den Nerven am Ende. Man muss gesehen haben, wie die Augen leuchteten angesichts der Vorstellung, das alles würde endlich explodieren, auch wenn man wusste, dass das nie der Fall sein würde, dass alles immer so weitergehen würde, dass sich alles jahrhundertelang so weiterdrehen würde zugunsten einer Handvoll Leute, die sich die Füße auf den Gesichtern von Milliarden anderer abtreten. Ein Typ kam herein und grüßte den Wirt. Er setzte sich an den Tresen und bestellte ein Bier. An Jean-François' Gesicht erkannte ich, dass irgendetwas im Busch war. Plötzlich sah ich, dass Stéphane aufstand und sich auf den Neuankömmling stürzte. Im ersten Augenblick begriff ich gar nichts. Ich nicht und die anderen übrigens auch nicht. Wir begnügten uns damit zuzuschauen, fassungslos, wie versteinert. Erst als Stéphane ihm mit der Faust ins Gesicht schlug und der andere zu brüllen begann, entschlossen wir uns einzugreifen. Es waren mehrere von uns nötig, um sie zu trennen. Stéphane schäumte und schnaubte wie ein Ochse. Die Wut schien durch seine Adern zu fließen und durch die Haut zu sickern. Der andere hatte eine blutige Nase. Er hielt seinen Kopf zwischen den Händen und betrachtete seine Finger, als könne er es nicht fassen. Er machte den Eindruck, jeden Augenblick ohnmächtig zu werden. Der Inhalt seines Glases hatte sich über den Tresen ergossen und fing an, auf seine Schuhe zu tropfen. Der Wirt begann zu schimpfen: Er gebe uns dreißig Sekunden, um zu verschwinden, andernfalls würde er die Bullen rufen und uns alle, wie wir da seien, einbuchten lassen. Wir fanden uns vor der Tür wieder, der Mann, der aus der Nase blutete, und Stéphane, der sich absolut nicht beruhigen und ihm noch eine reinhauen wollte, Jean-François und die anderen, die ihn mehr schlecht als recht zurückhielten. Und ich versuchte zu begreifen: Wer war der Typ? Was mochte Stéphane getrieben haben, sich so auf ihn zu stürzen? Was hatte er getan, um das zu verdienen? Ich begriff, als ich sah, wie zwei Frauen und ein Mann in roter Weste aus dem Simply kamen, zu ihm liefen, ihn umringten und ihm beizustehen versuchten, ihm ein Taschentuch gaben und ihm anboten, ihn in die Notaufnahme zu bringen. Plötzlich trübte etwas Rotes meinen Blick. Blut rann mir von der Stirn. Ich hatte einen Schlag abbekommen, als ich versucht hatte, die beiden auseinanderzubringen. Ich packte Stéphane am Arm, und wir entfernten uns, während sich ein Kreis um den Verletzten bildete.

»Ist das der Chef der Simply-Filiale?«, fragte ich.

Er nickte, vor sich hin schimpfend.

»Ja, er ist ein verdammter Hurensohn. Ich hätte diesem Arschloch die Nase brechen und die Fresse polieren sollen.«

»Ich glaube, genau das hast du gemacht, Alter. Ich denke, das Beste wäre jetzt, nach Hause zu gehen und dich um deine Frau und deine Kinder zu kümmern.«

»Zu Hause ist niemand.«

»Wie das?«

»Marie ist mit den Kindern zu ihren Eltern gefahren. Wir haben gestritten.«

»Warum?«

»Weil wir es einfach nicht schaffen, das ist alles. Weil ich meinen Job verloren habe, weil wir zwei Verbraucherkredite aufgenommen haben und weil sich jeden Monat, noch bevor wir die Miete bezahlt haben, sechshundert Euro in Rauch auflösen. Weil sie, als der Fernseher seinen Geist aufgegeben hat, einen neuen gekauft hat und ich sie angeschrien habe und sie gesagt hat: Aber Stéphane, wenn wir den Kindern nicht mal einen Fernseher schenken können, wer sind wir dann? Was sind wir? Weil sie an dem Abend, an dem ich nach Hause kam und ihr gesagt habe, es sei vorbei, ich sei nicht der Richtige für sie, dieses Arschloch habe mir gesagt, meine Haltung vertrage sich nicht mit der Firmenpolitik, er habe das Gefühl, ich sei nicht stolz darauf, die Weste zu tragen, gesagt hat, na bitte, du hast wieder dein großes Maul aufmachen müssen, kannst du es dir denn nicht einmal verkneifen, kannst du dich nicht ein bisschen bemühen, damit deine Kinder was zu essen haben, schaffst du das nicht? Du hast keine Vorstellung, wie einen das auffrisst, der Job, die Arbeitslosigkeit, die Kredite. Ich meine, es sind nicht nur die Sorgen. Es ist etwas, das einem das Herz zerreißt, dich innerlich auffrisst. Das allen Platz einnimmt, und am Ende bist du nur noch ein winziger, verschrumpelter Kern. Und wofür das alles? Weil man keine vernünftige Ausbildung hat, weil man keine guten Zeugnisse hat, weil man nicht im richtigen Augenblick die richtige Abzweigung genommen hat und weil es keine Möglichkeit gibt, das wiedergutzumachen. Du hast keine Vorstellung.«

»Du hast keine Vorstellung.« Dieser Satz drehte sich in meinem Kopf wie eine Platte, die einen Sprung hat. Dieser Satz, den ich dauernd zu hören bekam. Ich hätte keine Vorstellung, was es bedeute, hier zu leben, obwohl ich hier gelebt hatte, aber ich hätte trotzdem keine Vorstellung, denn es habe sich geändert, und ich hätte auch keine Vorstellung, wie sehr, ich hätte keine Vorstellung, was es bedeute, von hier zu kommen, obwohl ich von hier kam, ich hätte keine Vorstellung, was es bedeute zu arbeiten, kein Geld zu haben, obwohl ich aus einer Arbeiterfamilie stammte, in der das Geld immer knapp gewesen war, obwohl ich selbst gearbeitet und kein Geld gehabt hatte, ich hätte keine Vorstellung, was es bedeute, arbeitslos zu sein, in winzigen Wohnungen mit zwei oder drei Kindern zu leben, mitzuerleben, wie seine Kinder von den Gangstern des Viertels erpresst würden, inmitten von Arabern und Schwarzen zu leben, nein, ich hätte keinen blassen Schimmer, und dabei schrieb ich Bücher, in denen ich von all dem erzählte, von diesen Menschen, diesen Orten, diesen Problemen, ich würde behaupten, ich hätte eine Vorstellung, doch ich hätte keine. Ich dachte an meinen Vater, der diesen Satz unzählige Male gesagt hatte, ich hatte ihn schon gehört, als ich noch zu Hause war, und mein Bruder auch, wir hätten ja keine Vorstellung, weil wir studierten, weil er und meine Mutter sich aufgeopfert hätten, damit es uns an nichts fehle und wir eine gute Ausbildung bekämen, weil wir in den Büchern und in der Musik lebten, weil wir nie mit unseren Händen gearbeitet hätten, weil wir nie eine richtige Tracht Prügel bekommen hätten, weil wir bei Tisch reden, kommen und gehen durften, wann immer wir wollten.

Ich brachte Stéphane nach Hause. Er sackte auf dem Sofa zusammen, bevor er in Tränen ausbrach. Ich hatte das Gefühl, das Sofa würde von den Tränen überschwemmt. Zwischen zwei Schluchzern sagte er: »Wie soll ich nur klarkommen, verdammt, wie sollen wir klarkommen? Ich habe nicht mal das Geld, um diesen Monat die Miete zu bezahlen.«

»Wie willst du es machen?«

»Keine Ahnung. Mir Geld leihen. Einen dritten revolvierenden Kredit aufnehmen und jahrelang nur die verdammten Zinsen zurückzahlen.«

»Ich kann dir was leihen, weißt du.«

»Hör auf! Ich bin so schon genug Kohle schuldig.«

»Glaubst du nicht, es wäre besser, du schuldest es mir als ihnen?«

»Nein. Ich weiß nicht. Und warum solltest du mir Geld leihen?«

»Keine Ahnung. Ich weiß es nicht, Stéphane. Der guten alten Zeiten wegen.«

»Der guten alten Zeiten? Verdammt. Welche guten alten Zeiten, Paul? Von welchen guten alten Zeiten redest du?«

»Ich weiß nicht. Es schien dir so gut zu gehen, du wirktest so unbeschwert, als wir Kinder waren. Du hast das Licht angezogen. Ich erinnere mich daran. Man hätte glauben können, du magnetisierst den Himmel. Auf dem Schulhof sah man nur dich, die Mädchen sahen nur dich. Du hattest immer dieses strahlende Lächeln auf den Lippen, immer das richtige Wort im richtigen Augenblick, immer die richtige Haltung, warst immer so cool wie nötig, wenn es nötig war, alle liebten dich, alle wollten dein Freund sein.«

»Ja. Viele Dinge haben sich gründlich geändert. Die Dinge haben sich ganz schön gewendet.«

»Moment. Es waren trotzdem die guten alten Zeiten für dich, oder? Das Collège, das Lycée.«

»Ja. Wenn du es unbedingt glauben willst. Weißt du, nicht alle gefielen sich darin, den lieben langen Tag eine endlos lange Flappe zu ziehen, sich schwarz zu kleiden und den großen gequälten einsamen Künstler zu spielen, um allen zu zeigen, wie unglücklich man doch ist. Ich meine, man kann das auch für sich behalten, sich verstellen, sich zusammennehmen. Was weißt du schon, wie es war, wenn ich nach Hause kam? Nichts. Du bist nie bei mir gewesen. Niemand übrigens. Und aus gutem Grund. Nein, mein Alter, du kannst mir glauben, sobald ich nach Hause kam, war es aus mit den guten alten Zeiten … Nicht nur Christophe hat darauf geschissen. Nicht nur vor deinem Vater hatten alle solche Manschetten, dass man lieber zu Fuß ging, als in euren Wagen zu steigen, wenn er dich zufällig einmal samstags vom Lycée abholte. Weißt du, meiner, mein Scheißvater, hat mich, als er einmal zu viel getrunken hatte, um Verzeihung gebeten. Für all die Prügel, die wir von ihm bekommen hatten. Ja, er hat uns um Verzeihung gebeten, ohne uns anzusehen. Und ich weiß nicht, wir glaubten ihm nicht, weder ich noch meine Schwester, wir glaubten ihm nicht. Es klang irgendwie falsch. Als hätte unsere Mutter ihn gebeten, es zu tun, und er hatte gehorcht, so wie man seine Hausaugaben macht. Aber ich schwöre dir, in seinem Blick habe ich keine Reue gesehen. Übrigens das einzige Mal, als ich mit ihm darüber geredet habe, hat er es geleugnet. Er hat geschworen, dass er nie die Hand gegen uns erhoben hätte. Kannst du dir das vorstellen? Dieses Arschloch. Dieses Scheißarschloch, das uns verprügelte, wenn wir zehn Minuten zu spät kamen, wenn wir nicht rechtzeitig den Tisch gedeckt hatten, wenn wir ein lautes Wort gesagt oder ein Glas zerbrochen hatten. Und meine Mutter hat es auch geleugnet. Später, Wochen später, sagte sie dann zu mir, weißt du, du musst ihn verstehen, sein Vater hat ihn mit dem Koppel geschlagen, nur weil er bei Tisch das Schweigen gebrochen hatte, du musst ihn verstehen, wenn er von der Arbeit nach Hause kam, war er fertig, und du hast keine Vorstellung, was er in seinem Leben hat durchmachen müssen, die Wut, die in einem hochsteigt, wenn man so schuften muss, wie ein Hund behandelt wird, und das für einen Hungerlohn, diese Wut muss man irgendwo abreagieren, und was glaubst du, sagte sie, auch ich musste Schläge einstecken, aber so ist es eben, so waren die Männer damals, sie sind sicher die letzten, sie konnten sich nicht ausdrücken, sie wussten nicht, wie sie mit den Kindern umgehen sollten, aber er hat euch geliebt. Auf seine Weise. Ja. Auf seine verdammte Weise, indem er uns wegen jeder Kleinigkeit verprügelte. Nur um seine Wut abzureagieren.«

Ich ließ ihn reden. Ich holte mein Scheckheft aus der Tasche und fragte ihn, wie viel er benötige, um für ein paar Monate sorgenfrei zu sein. Er gab keine Antwort. Er sagte nur, er müsse ein wenig schlafen, danach werde er Marie anrufen. Ich unterschrieb einen Scheck und legte ihn auf den niedrigen Tisch. Er nahm ihn und warf ihn wortlos in den Papierkorb. Dann ging er in sein Zimmer und schloss die Tür hinter sich. Zwei Minuten später hörte ich ihn schnarchen.

DAS HAUS BEFAND SICH in einem unbeschreiblichen Zustand. Das Bett stand noch immer im Wohnzimmer, umgeben von Kartons, die mein Bruder und mein Vater mit Geschirr füllten nach den Anweisungen meiner Mutter, die in ihrem Sessel zwischen Buffet und Fernseher saß, einen Gehwagen neben sich. Meinem Vater zufolge brauchte sie ihn eigentlich nicht mehr, doch das war seine Art, das Leid der anderen immer herunterzuspielen, zu behaupten, das seien eingebildete Krankheiten, psychosomatisch, wie er sagte, und damit war alles gesagt, als relativiere der angeblich psychosomatische Ursprung einer Krankheit ihre Bedeutung, als sei alles, was psychosomatisch ist, ein Hirngespinst. Wie oft hatte ich ihn zum Himmel blicken sehen, wenn meine Mutter mit Rückenschmerzen ans Bett gefesselt war? Während mein Bruder in seinem abgedunkelten Zimmer blieb, niedergestreckt von einem dieser Migräneanfalle, die ihn jeden Monat quälten. Ganz zu schweigen von der Verachtung, mit der er auf die Manifestationen der Krankheit reagierte, die mich seit jeher zermürbte. Dass ich aufhörte zu essen und abmagerte, bis ich durchscheinend wurde, dass ich über längere Zeitabschnitte unter Schmerzen litt, die ich nur mit Medikamenten in den Griff bekam, war in seinen Augen im besten Fall Selbstgefälligkeit und im schlimmsten Fall der verdächtige Wunsch, mich aufzuspielen, um jeden Preis aufzufallen. »Immer muss er auffallen«, sagte er bei jeder Gelegenheit, ob es ein Buch war, das ich las und dessen Autor er nicht kannte, oder ein Film, den alle gut fanden und den ich, wie ich laut und vernehmlich verkündete, absolute Scheiße fand, meine Plattensammlung klassischer Musik, meine Abneigung gegen Fußball, Radsport und gewalttätige Sportarten – doch in diesem Punkt hatte er im Grunde nicht unrecht, wie viele Jugendliche übertrieb ich die Rolle, die ich mir zugewiesen hatte, und es kam mir unvereinbar vor, Gedichte, Musik und das Autorenkino zu mögen und sich für Sport zu begeistern. In Gesellschaft kicherte ich, wenn jemand auf diese vulgären Aktivitäten zu sprechen kam, was mich aber nicht hinderte,

L'Équipe zu lesen, wenn ein Exemplar herumlag, oder einen Blick auf ein Match zu werfen, wenn ich allein an einem Ort mit einem Fernseher war, und zwar nicht nur ein Tennismatch, auch wenn ich es behauptete, überzeugt, dass die Eleganz und die Gepflegtheit dieses Sports abmilderten, was ich damals für eine Art schändliche Sünde hielt. Und ich war völlig perplex, als ich Jahre später entdeckte, dass sich viele meiner Lieblingsschriftsteller für die Ligue 1, die Top 14 oder die Boxmeisterschaften interessierten.

Als meine Mutter mich sah, entgleisten ihr plötzlich die Gesichtszüge. Ihr mütterliches Gesicht wurde mit einem Mal still und besorgt. Irgendetwas war nicht in Ordnung, aber im ersten Augenblick wusste ich nicht, was, und sie würde es mir bestimmt nicht sagen. Meine Mutter machte sich stumm Sorgen, überzeugt, dass sie es sich nicht anmerken ließ. Bei jedem Problem bemühte sie sich um eine stoische Haltung, doch ihr ganzes Gesicht verriet ihre Aufgeregtheit und ihr Bemühen, sich zusammenzunehmen. Wenn man dann ein paar Wochen später einer Nachbarin begegnete oder kurz mit einer Tante oder flüchtigen Bekannten telefonierte, wurde einem klar, dass sie der ganzen Welt von diesem »Problem« erzählt hatte, dass die geringste Hautabschürfung zu einem nationalen Drama geworden war. Mit allen hatte sie gesprochen, nur nicht mit meinem Bruder und mir. So war meine Mutter. Sie liebte uns und machte sich Sorgen um uns, hielt es aber nicht für nötig, es uns zu sagen oder zu zeigen. Wie oft hatte ich verblüfft festgestellt, dass Leute, die für mich vollkommen Fremde waren, über jede meiner Handlungen Bescheid wussten, selbst in den Jahren, in denen ich aufgehört hatte, mich zu ernähren, eine Zeit, in der sie das Problem niemals angesprochen, ja sogar den Eindruck erweckt hatte, es nicht zu sehen, in der aber die ganze Familie und alle Bekannten aus dem Viertel wussten, dass ich meinen Teller nicht anrührte, mich auf der Toilette erbrach und zusehends abmagerte. Viele rieten ihr, mit mir zum Psychiater zu gehen oder mich ins Krankenhaus einweisen zu lassen, was sie nie getan hatte, vermutlich um sich nicht den Zorn meines Vaters zuzuziehen. Früh aufstehen, arbeiten, Sport treiben, sich gerade halten, das war das einzige Rezept, das jemals Gnade in seinen Augen gefunden hatte.

»Es ist nichts«, sagte ich, als ich plötzlich begriff, was sie bedrückte.

Im Badezimmer betrachtete ich mein Gesicht. Das Blut war getrocknet, doch der Augenbrauenbogen nässte noch ein bisschen. Ich suchte nach Watte und Desinfektionsmittel. Das Medikamentenschränkchen quoll über von Mitteln, die meine Mutter nahm. Medikamente für das Herz, für den Blutdruck, die Schilddrüse, entzündungshemmende und schmerzstillende Salben aller Art. Während ich mir die Stirn abtupfte, hörte ich Schritte auf der Treppe. Im Spiegel tauchte das Gesicht meines Bruders auf.

»Mit wem hast du dich geschlagen?«

»Mit dem Leiter eines Supermarkts.«

»Dem Leiter eines Supermarkts?«

»Ja, ich kann diese Typen nicht ausstehen.«

»Na ja, das ist immer schon dein Problem gewesen.«

Wir verließen das Badezimmer. Ich warf einen Blick in die drei Schlafzimmer. Das meiner Eltern war ein Geisterzimmer geworden. Das Bett stand im Wohnzimmer, der Nachttisch ebenfalls. Nur noch der Kleiderschrank stand dort. Ich öffnete ihn. Er war gefüllt mit Kleidern, die in der Mehrzahl mehrere Jahrhunderte alt zu sein schienen. Alles roch nach Lavendel und Mottenkugeln.

»Wir haben noch nicht angefangen. Wir haben nur alle Kartons von Mama hinausgeschafft.«

»Mamas Kartons?«

»Ja. Du weißt doch, dass sie alles aufhebt. Unsere Gesundheitspässe, Kinderkleidung, unsere Zeichnungen aus dem Kindergarten, unsere Milchzähne, alles.«

Ich gab keine Antwort. Nein, ich hatte es nicht gewusst. Und François hatte keine Ahnung, was sie damit machen wollte. Zuerst hatte sie den Wunsch geäußert, alles einfach mitzunehmen, doch unser Vater hatte geschimpft: Es gäbe dort nicht genug Platz, sie müsse auf jeden Fall aussortieren. Er hatte bei Castorama eine kleine Kiste gekauft. Da müsse alles reinpassen.

»Mach du das mit Mama, wir haben uns schon um das Geschirr gekümmert. Morgen werde ich alle Möbel, die sie nicht behalten, zur Diakonie bringen. Ich habe einen Kleintransporter für den ganzen Tag gemietet. Wenn du Dinge behalten willst, musst du es jetzt sagen.«

»Und du? Hast du was behalten wollen?«

»Was soll ich denn behalten wollen? Das sind doch alles Scheißmöbel. Es gibt auch Bücher und Comics. Ich habe sie beiseitegetan. Nimm einfach, was dich interessiert, und tu den Rest in einen Karton. Ich werde sie zu einem Antiquar bringen.«

François hatte die Dinge eindeutig in die Hand genommen und leitete den Umzug als verantwortlicher und gut organisierter älterer Bruder, der er war. Bevor wir ins Wohnzimmer zurückgingen, fragte ich ihn, wie unserer Mutter es seiner Meinung nach gehe.

»Schwer zu sagen. Vorgestern waren wir den ganzen Tag im Krankenhaus. Sie haben alle möglichen Tests mit ihr gemacht. Das Ergebnis wissen wir noch nicht. Der Arzt wird uns in drei oder vier Tagen anrufen. Manchmal hat man das Gefühl, dass sie die Dinge nicht mitkriegt. Dass sie abwesend ist. Sie verwechselt mich mit Papa. Oder mit dir. Oder sie erzählt irgendwelche Dinge. Oder vergisst, was man ihr gerade gesagt hat. Und dann ist sie plötzlich wieder ganz normal. Gestern habe ich sie barfuß im Garten gefunden, ein bisschen verstört und ohne ihren Gehwagen. Ich hatte im Keller ein Möbelstück auseinandergenommen, Papa war weggefahren, um etwas zu besorgen, und Mama sollte Fotos auf ihrem Bett durchsehen, aber als ich hinaufging, um ein Bier zu trinken, war niemand da. Ich warf einen Blick in den Garten, und da stand sie mitten auf dem Rasen, mit hängenden Armen, und schaute in die Sonne. Ich fragte sie, was sie da mache, doch sie antwortete nicht. Ich führte sie ins Wohnzimmer zurück, und sie hat weiter die Fotos durchgesehen, als ob nichts gewesen wäre. Dennoch hat sie ein unglaubliches Gedächtnis, sie erinnert sich an alles, was unsere Cousins jemals gemacht haben. Drei Stunden haben wir die ganze Familie Revue passieren lassen. Auch wenn du das nicht ausstehen kannst, du hättest deine Freude daran gehabt, ich bin sicher. Von den meisten Leuten, von denen sie mir erzählt hat, hättest du den Vornamen nicht gewusst. Ach übrigens, gestern ist Gilles vorbeigekommen, er lässt dich grüßen.«

»Gilles?«

»Ja, Gilles. Unser Cousin.«

»Ach ja. Und was macht er?«

»Immer das Gleiche, Fernfahrer.«

»Und seine Frau, seine Kinder?«

»Wie, seine Frau, seine Kinder?«

»Keine Ahnung. Geht es ihnen gut? Was machen sie jetzt?«

»Verdammt, Paul. Seine Frau ist gestorben. Vor fünf Jahren. Und sie haben keine Kinder kriegen können. Sag mir nicht, dass du das nichts wusstest. Na ja, du interessierst dich ja auch nicht dafür. Also tu auch nicht so! Du könntest mir ja nicht einmal sagen, wie meine Kinder heißen und wie alt sie sind, also ...«

Ich zuckte die Achseln, und wir stürmten die Treppe hinunter. Natürlich würde ich mich nicht dazu herablassen, ihm zu antworten. Was für einen Sinn hatte es, unseren Stammbaum genau zu kennen? Einen Augenblick war ich versucht, in meinem Gedächtnis zu kramen, um mich an die Vornamen seiner drei Kinder zu erinnern. Einer fehlte mir. Der seiner Tochter. Er lag mir nicht einmal auf der Zunge. Nein, er war so tief in mir begraben, dass ich bezweifelte, ihn jemals gewusst zu haben.

DER UMZUG HATTE BEREITS gute Fortschritte gemacht. Im Grunde wusste ich nicht so recht, was ich da eigentlich sollte. Mein Vater und mein Bruder machten die Hauptarbeit, mir fielen die subalternen Aufgaben zu, die »weiblichen«, bin ich versucht zu sagen. Das Sentimentale war mein Teil, das Zerlegen der Möbel, der Transport der schweren Kartons, das Ausräumen des Kellers, das Mieten des Kleintransporters, die Auswahl dessen, was man nicht behielt, war ihr Ressort. Im Grunde sah ich meinen Vater und meinen Bruder in diesen drei Tagen so gut wie nicht. Jeder war mit seinen Aufgaben beschäftigt, und ich war die meiste Zeit bei meiner Mutter. Auf dem Bett waren alle möglichen Gegenstände und Dokumente ausgebreitet, die wir durchgingen, um zu entscheiden, welche »unbedingt« aufzuheben waren, eigentlich natürlich nichts, denn es waren nur Spuren, Erinnerungen, doch meine Mutter hätte am liebsten gar nichts weggeschmissen. Schon dass sie das Haus ihres Lebens, wie sie sagte, verlassen musste, trieb ihr fast die Tränen in die Augen. Ich glaube, ich hatte nie zuvor so viel mit ihr geredet wie in diesen drei Tagen auf dem Bett im Wohnzimmer, während mein Bruder und mein Vater pausenlos beschäftigt waren. Wenn meine Mutter vor Müdigkeit einschlief, ging ich in mein Zimmer hinauf und sah meine eigenen Dinge durch, was rasch geschehen war, da ich nichts weiter zu tun hatte, als alles in riesigen Müllsäcken zu verstauen und die Bücher in Kartons zu packen, die mein Bruder fortbringen würde. Oder ich drehte eine Runde, ging ein bisschen im Wald spazieren, wobei ich immer in der Nähe von Sophie parkte und zu unserer Lichtung ging. Oder ich fuhr an der Seine entlang, an den ehemaligen Lagerhallen und Fabriken, dann kamen die Felder, und das Ufer war plötzlich von Bäumen gesäumt und durchlöchert von kleinen Sandstränden. Unbewusst mied ich das Stadtzentrum und die Bar, an deren Tresen ich Stéphane zu treffen fürchtete, in Begleitung ehemaliger Kameraden, deren Gesichter und Namen mir nichts sagten, die mich empfingen, als gehörte ich zu ihnen, wenn mein Name die Erinnerung an in

Klassenzimmern geteilte Stühle und Lehrer weckte, an Partys, auf die wir gemeinsam gegangen waren, an Anekdoten, die uns verbinden sollten und die mir bewusst machten, dass ich ein Fremder war, sobald die Rede auf meinen Beruf kam und die Art von Leben, das zu führen sie mir sofort unterstellten. Mein Platz war nicht mehr unter ihnen, ebenso wenig wie in dieser Stadt, ebenso wenig wie in diesem Haus, sagte ich mir, aber wo könnte er sein, da ich ihn auch in Paris nicht gefunden hatte und nicht in dem beruflichen Umfeld, in dem ich mich mutmaßlich bewegte, da ich, indem ich an die äußersten Ränder des Landes geflohen war, schließlich aus meinem Zuhause verjagt worden war, da in Japan Kolonnen von Flüchtlingen herumirrten, da dort unaufhörlich die Erde bebte, da dort alles darauf wartete, verschlungen zu werden.

Meine Mutter nahm jeden Gegenstand, jedes Dokument in die Hand, betrachtete es lange, schien Erinnerungen hochkommen zu lassen, sie fast einzuatmen, als ströme von jedem Foto, jedem Blatt Papier, jedem Gegenstand, jedem Kleidungsstück eine Art Duft aus. Meist sagte sie nichts und beschloss am Ende, ob sie es behalten wollte oder nicht, nach einer Logik, deren Grundprinzipien sich mir nicht erschlossen. Das alles hatte eine eigenartige Wirkung auf mich und weckte alte Erinnerungen, die ich seit langem begraben hatte und deren Wiederauftauchen mir alles andere als recht war. Ich hatte die ganze Zeit das Gefühl, dass meine Mutter Abschied nahm. Nicht nur von diesem Haus. Sondern von ihrem Leben. Als gehöre das, was sie in der Residenz erwartete, schon nicht mehr dazu, als würden die Dinge hier enden und als sei danach alles nur ein unbestimmter Warteraum, eine Art Vorhölle, in der ihre Seele für eine Weile schweben würde, bevor sie endgültig ins Jenseits einginge. Meine Mutter zog Bilanz. Irgendetwas sagte ihr, dass es vorbei sei, dass es Zeit sei.

François hatte recht. Meine Mutter hatte alles behalten. Sie hatte alles in ihren Schränken, im Keller, unter ihrem Bett aufbewahrt. Nichts fehlte. Unsere Kleidung, unsere Babysachen: Schnuller,

Saugfläschchen, Lätzchen, Pyjamas, Rasseln. Im Laufe der Jahre hatte sich alles angesammelt: Milchzähne, Tütchen mit abgeschnittenen Locken, Kinderzeichnungen, Schulhefte, Zeugnishefte, Fotos und so weiter und so fort. Zu den merkwürdigsten Dingen, die sie aufgehoben hatte, gehörten unsere Zahnspangen. Diejenige meines Bruders hatte dafür sorgen sollen, dass die Weisheitszähne genug Platz hätten zu kommen, darüber hinaus sollte sie den Überbiss der Vorderzähne korrigieren. Meine Mutter gestand mir, dass mein Vater einen weiteren Kredit habe aufnehmen müssen, obwohl er von ihrer Nutzlosigkeit überzeugt gewesen sei und jedem, der es hören wollte, erklärte, die Kieferorthopädie sei reiner Humbug, eine Disziplin, die sich ihre eigenen medizinischen Regeln erfunden habe und ihre Eingriffe auf eine Zukunft gründe, von der niemand vorhersagen könne, ob sie wie geplant verlaufen werde; alles nur Vermutungen, gewagte Hypothesen, das Ganze ergänzt durch neue Regeln, was das Gebiss betraf, das man zu präsentieren habe – jahrhundertelang hätten die Leute keine perfekt geraden Zähne gehabt, und soviel er wisse, habe sich nie jemand darüber beschwert, bis diese Scharlatane beschlossen hätten, es handele sich hier wirklich um ein ernstes Problem – mit dem einzigen Ziel, die Kassen von praktizierenden Ärzten zu füllen, die sowieso schon mehr als genug verdienten. Um ganz offen zu sein, ich gab ihm in diesem Punkt recht. Es war eines der wenigen Dinge, in denen wir übereinstimmten. Meine Spange war ein barbarisches Gerät, das mich daran hindern sollte, am Daumen zu lutschen. Ich hatte sie mit ungefähr neun getragen, und als ich sie jetzt wiedersah, war ich fassungslos, dass meine Mutter zugestimmt hatte, dass ich das Ding trug. Es handelte sich um ein Stück Draht, das so gebogen war, dass es in den Gaumen stach, wenn man versuchte, den Daumen zwischen Zunge und Zähne zu schieben. Ein wirklich barbarischer Apparat. Ein Folterinstrument aus dem Mittelalter.

»Tja«, sagte meine Mutter, »aber du hast eben immer noch am Daumen gelutscht, wir hatten keine andere Wahl.«

»Aber ihr habt doch versucht, es mir abzugewöhnen, oder?«

»Was denkst du denn?! Dein Vater hat die ganze Zeit mit dir geschimpft und dir gesagt, du sollst damit aufhören. Du kannst nicht sagen, wir hätten es nicht versucht.«

Ich konnte mich kaum erinnern, das Ding getragen zu haben. Und wenn ich mich bemühte, mir wieder den Tag zu vergegenwärtigen, an dem ich am Rand des Abgrunds in den Alpen kurz davor gewesen war, mich ins Nichts zu stürzen, konnte ich mich ebenfalls nicht an einen solchen Apparat in meinen Mund erinnern. Wahrscheinlich war er ein paar Wochen zuvor entfernt worden.

»Willst du sie behalten?«

Ich zuckte die Achseln. Meine Mutter warf sie in einen großen Müllsack, in dem sich bereits Dutzende von Ausmalbildern, Micky-Maus-Heften sowie die drei Schläger, die ich im Laufe meiner »Tenniskarriere« zerbrochen hatte, verschlissene Sportschuhe, Generationen von verstellbaren Rollschuhen, durchlöcherte Jeans, verwaschene Sweatshirts und Kinderüberraschungen stapelten. Ich traute mich nicht, sie zu fragen, ob es ihnen in den Sinn gekommen sei, mit mir zu »jemandem« zu gehen, damit dieser mit mir über diese Daumenlutschgeschichte redete. Die Antwort wäre natürlich nein gewesen. Ich wusste nur zu gut, dass ihnen so etwas nie in den Sinn gekommen wäre. Außerdem hatte ich das Gefühl, dass sie es dem Milieu schuldig waren, in dem sie sich bewegten.

Zu den wunderlichen Dingen, die meine Mutter aufbewahrt hatte, gehörte auch das Brett, das ich mit sieben unter dem Weihnachtsbaum gefunden hatte. Auch daran konnte ich mich nicht erinnern, doch die Geschichte war im Laufe der Jahre so oft wiederholt worden, dass die vergnügliche Erzählung meines Vaters so gründlich an die Stelle meiner Erinnerung daran getreten war, dass ich manchmal das entschwundene Bild dieses Moments deutlich vor mir sah. Ich war also sieben, und in meiner kindlichen Gedankenlosigkeit hatte ich mir, als man mich nach meinen Weihnachtswünschen gefragt hatte, anscheinend ein Klavier gewünscht, um darauf spielen zu lernen. In dem Alter dachte ich gewiss, das sei kein Problem. Ich war mir bestimmt nicht bewusst, was so etwas kosten würde. Alles, was ich wusste, war, dass ich die Musik liebte und dass mich nichts mehr beeindruckte als die Sänger, die samstagabends in den Sendungen von Michel Drucker an ihrem Klavier saßen, allen voran Elton John. Und in der Schule gab es zwei oder drei Schüler, die Unterricht am Konservatorium hatten, und dorthin wollte ich auch gehen. Natürlich waren es immer die Gleichen, diejenigen des Parc, die in einem Atelier d'arts plastiques oder in einem Sportverein, der kein Fußballverein war, eingeschrieben waren und Kleidung trugen, die in Geschäften und nicht auf dem Markt oder bei Auchan gekauft worden war. Was wusste ich schon? Mein Vater hatte sich nicht damit begnügt, das zu teuer zu finden, was es zweifellos war, er hatte diese so »weibliche«, so »preziöse« Wahl auch sehr komisch gefunden.

»Das warst wieder typisch du, du mit deinen Vorlieben eines vornehmen Intellektuellen, Klavier, Tennis, Poesie, deinen Kultursendungen um Mitternacht, deinen schwedischen Schwarzweißfilmen ...«, sagte meine Mutter auf ihrem Bett sitzend, als sie das Brett zusammen mit mir entdeckte.

Dann war Weihnachten gekommen, und ich hatte das größte Geschenk ausgepackt. Unter dem gemusterten Papier verbarg sich ein langes Holzbrett, auf das mein Vater die Tasten eines Klaviers mit sieben Oktaven gezeichnet hatte. Ich habe keinerlei Erinnerung an meine damalige Reaktion. Hatte ich so getan, als freute ich mich? War ich in Tränen ausgebrochen? Mein Vater behauptete, ich hätte angefangen, auf die »Tasten« zu drücken, und da keine Töne gekommen seien, hätte ich einfach nur gefragt, wo der Knopf sei. Ich weiß nur, dass ich dieses Brett jahrelang aufgehoben und noch als Jugendlicher manchmal, ohne Töne zu produzieren, die Melodien darauf gespielt hatte, deren Noten ich in dem alten Liederbuch hatte entziffern können, das ich im Keller zwischen den Dingen gefunden hatte, die meine Mutter schon damals angehäuft hatte und die aus ihrem früheren Leben, ihrem Leben ohne uns stammten. Und als mein Bruder sich Jahre später ein Saxophon von seinem eigenen Geld gekauft hatte, als meine Eltern ihm geholfen hatten, die Gebühren aufzubringen, die das Konservatorium kostete und von denen er die Hälfte selbst bezahlte, hatte ich ihn trotz allem beneidet und war eifersüchtig gewesen, vermutlich auch ein bisschen verletzt und böse auf ihn.

Was mich von all den Dingen, die sich um uns herum türmten, jedoch am meisten überraschte, war mit Sicherheit die Hülle, die einen Haufen Artikel über meine Bücher enthielt.

»Ach das, das gehört deinem Vater.«

»Wie das?«

»Das gehört deinem Vater. Er hat alles aufgehoben. Von Anfang an. Natürlich wird er es dir nie sagen, aber er ist stolz auf dich. Dabei versteht er deine Bücher eigentlich nicht. Na ja, er versteht sie schon, aber er mag sie nicht. Es ist ihm peinlich. Er findet sie zu intim, zu schamlos, zu vulgär auch. Aber er ist stolz. Auf deinen Erfolg. Als Pivot seinen ersten Artikel über dich geschrieben hat, hättest du ihn sehen sollen. Ich dachte schon, er würde durch die ganze Stadt laufen, um ihn allen zu zeigen. Er hat alles aufgehoben. Alles, was er finden konnte. Immer wenn eines deiner Bücher erscheint, geht er zwei Monate lang jeden Morgen in den Kiosk und schaut sich alle Zeitschriften an. An manchen Tagen beschäftigt ihn das fast eine Stunde. Sobald er was über dich findet, kauft er die Zeitung, bringt sie mit, schneidet den Artikel aus und wirft den Rest weg, denn du weißt ja, abgesehen vom Fernsehen ... Weißt du, dein Vater konnte nie mit euch reden, das ist eben so, die Männer seiner Generation ...«

»Und du, Mama?«

»Was, ich?«

»Glaubst du, dass du mit uns reden konntest?«

»Ich ... ich weiß nicht. Nein ... Vermutlich nicht. Aber das wusstet ihr doch, oder? Ihr habt es immer gewusst.«

»Dass du dir Sorgen gemacht hast, dass du Angst um uns gehabt hast, ja, das haben wir gewusst, das haben wir gespürt, auch wenn wir, weil wir Kinder waren, undankbare, mit sich selbst beschäftigte Jugendliche, die ihr eigenes Leben führen, denen ihre Unabhängigkeit wichtig war, ihr Flüggewerden, die sich selbst erfinden, sich neu erfinden wollten, uns nie wirklich Gedanken darum gemacht haben, uns nie klargemacht haben, dass du Angst um uns hattest und vielleicht sogar gelitten hast, während wir groß wurden, uns entfernten, euch manchmal verachtet, oft gehasst haben. Nein, wir haben uns nie Gedanken darüber gemacht, aber ja, natürlich wussten wir es.«

»Aber das ist doch das Gleiche, oder?«

Danach sagte sie lange kein Wort mehr. Ihre Hände gingen die Fotos durch, ließen normale Tage vorbeiziehen, die mit der Zeit einen gewissen Erinnerungswert für sie bekommen hatten, während sie für mich wie Rasierklingen waren, die in mein Fleisch schnitten. Ohne dass ich wusste, warum, war die Nostalgie für mich immer eine Qual gewesen. Ich fand keinerlei Trost darin. Eigentlich wäre es mir am liebsten, man würde mich nach und nach auslöschen, die Spuren verwischen, und die Orte würden zu Staub zerfallen. Am liebsten würde ich mich umdrehen und nichts sehen, alles wäre wie in meinen ersten Jahren, verborgen in einer unauffindbaren schwarzen Dose. Doch ich wünschte mir auch das Gegenteil. Dass sich alles klärt, dass ich den Ursprung finde, den Moment abpasse, in dem die Krankheit auftauchte, dass ich begreife, warum man mit zehn Jahren sterben, sich mit sechzehn auslöschen, sich mit fünfundzwanzig oder dreißig zerstören, sich erholen und mit vierzig alles verlieren will. Meine Mutter rührte sich nicht mehr. Sie hielt irgendein Foto in der Hand und blickte um sich. Dann fragte sie mich plötzlich, was all die Kartons da zu suchen hätten, warum so eine Unordnung herrsche und warum ihr Bett im Wohnzimmer stünde.

»Was meinst du?«

»All das, warum ist das so? Warum räumen wir hier? Und wer hat das Bett hierhergestellt?«

»Papa«, erwiderte ich. »Denn du hast Probleme mit dem Gehen. Und die Kartons sind für den Umzug.«

»Umzug?«

Ihre Gesichtszüge entgleisten plötzlich. Sie sah ganz klein und verloren aus.

»Aber wo ziehen wir denn hin? Ich will hier nicht weg.«

Sie wiederholte das immer wieder. Ich erklärte ihr, sie würden in eine bequeme Wohnung in einer Seniorenresidenz ziehen, mit Blick auf schöne Bäume, auf denen Eichhörnchen herumliefen, doch sie wollte nichts hören, und ihre Augen füllten sich mit Tränen.

»Guillaume …«, sagte sie. »Ich bitte dich, lass sie das nicht tun. Ich will nicht, dass sie mich dorthin bringen.«

»Wer denn?«

»Dein Vater und dein Bruder. Ich will nicht, dass sie mich dorthin bringen. Verstehst du, Guillaume?«

»Mama, ich bin Paul.«

»Ach, Paul. Entschuldige. Ihr seht euch so ähnlich. Ihr habt nicht den gleichen Charakter, aber ihr seht euch wirklich ähnlich.«

»Wir haben nicht den gleichen Charakter?«

»Oh, nein«, erwiderte sie lächelnd, fast lachend, und ihr Gesicht hatte sich plötzlich verjüngt, das Leben war auf spektakuläre Weise zurückgekehrt. »O nein, ihr habt nie den gleichen Charakter gehabt. Guillaume war immer liebevoll, während du so weit weg bist, er war selbstsicher und voller Schwung, während du dich immer unwohl fühlst und voller Zweifel bist, er war robust, während du labil und gequält bist. Es ist ganz einfach, ihr wart wie Tag und Nacht. Zwei Seiten derselben Person. Manchmal sage ich mir, man hätte euch vereinen müssen, um eine ganze Person zu erschaffen, etwas Ausgeglichenes.«

»Wo ist er?«

»Wer?«

»Guillaume. Wo ist er jetzt?«

Das Leben wich wieder aus ihrem Gesicht. Man hätte glauben können, es wollte sie endgültig verlassen. Als ich meine Mutter in diesem Augenblick ansah, hatte ich plötzlich das Gefühl, ihr Totengesicht zu sehen, als liege sie bereits im Sarg.

»Wir waren so glücklich, als er da war, weißt du. So glücklich. Und dann ist er gegangen, und danach war nichts mehr wie vorher. Oh, ich sage nicht, dass es nicht schön war, dich und deinen Bruder zu haben, aber als Guillaume nicht mehr da war, ist irgendetwas zwischen uns zerbrochen, verstehst du. So ist es nun mal. Dein Vater und ich haben getan, was wir konnten. Aber man kommt niemals darüber hinweg, dass man sein Kind verloren hat. Nie.«

»Mama. Antworte mir. Wo ist er jetzt?«

»Wer?«

»Guillaume. Wo ist er?«

»Hör endlich auf, alle damit zu nerven! Es hat nie einen Guillaume gegeben. Lass deine Mutter in Ruhe, sie muss sich ausruhen. Mach einen Spaziergang, verdammt! Geh, und mach einen Spaziergang!«

Ich drehte mich um, und da stand mein Vater, stinksauer. Mein Bruder stand hinter ihm und warf mir finstere Blicke zu. Neben mir starrte meine Mutter ins Leere. Ihr Geist irrte irgendwo herum in ungewissen, nebligen und verschwommenen Gegenden, wo die Zeiten und die Gesichter sich zu überlagern und ineinander überzugehen schienen. Ich drückte ihre Hand und ging hinaus, aus dem Wohnzimmer und aus dem Haus, ohne François und den Alten eines Blickes zu würdigen. Ich ging durch die umliegenden Straßen, die sich alle ähnelten und von japanischen Zierkirschen gesäumt wurden. Die Straßen, durch die ich als Kind mit dem Fahrrad gefahren war, Rotz an der Nase und den Blick auf die Fassaden der Häuser und die erleuchteten Fenster gerichtet, in denen undeutliche Gestalten zu erkennen waren, Hinweise auf konkretes Leben, nach dessen Ruhe und Sicherheit ich mich sehnte. Ich sah Erwachsene, die sich wie Erwachsene benahmen, als sei das ganz selbstverständlich, als wüssten sie sehr genau, was man von ihnen erwartete und wie man dieser Erwartung entspricht, und dieser Anblick verblüffte mich. Seit frühester Kindheit zogen erleuchtete Fenster mich magnetisch an, noch heute richtete sich mein Blick ganz automatisch auf sie, wenn ich zu Fuß ging, mit dem Auto unterwegs war oder im Zug saß. Mich faszinierten diese aufgereihten Leben, die nicht meines waren. Hinter diesen Scheiben kam mir alles realer und sicherer vor, in diesem gelblichen Viereck, in dem Familien beim Abendessen saßen, Eltern schlafen gingen, Kinder spielten, ferngesehen wurde. Häufig träumte ich, diese Wohnzimmer, diese Schlafzimmer, diese Küchen seien meine und ich würde dort leben, und wenn ich sie betrachtete, bildete ich mir stets ein, dass dort mein Platz wäre. Das Aussehen des Wohnzimmers, des Schlafzimmers, der Küche war mir egal, ebenso wie mir die Leute, die dort lebten, egal waren, aber ich hatte häufig das Gefühl, dass mein Platz dort war, bei ihnen, mehr als irgendwo anders, mehr als bei mir zu Hause. Soweit ich mich zurückerinnern kann, hatte es immer dieses Gefühl gegeben, nicht in meinem eigenen Leben zu wohnen und die der anderen zu betrachten, als warteten sie auf mich. Ich hatte das Gefühl, es sei ganz einfach hineinzuschlüpfen. Ganz gleich, in welches Leben. Ich hatte das Gefühl, das alles sei realer, dauerhafter, weniger doppeldeutig, weniger bröckelig, weniger ungewiss.

Ich kehrte zum Abendessen nach Hause zurück, und dieser Augenblick war ebenso merkwürdig wie diejenigen, die vorausgegangen waren. Wir saßen alle vier in der Küche wie vor dreißig Jahren, Vater, Mutter und ihre beiden Kinder, und aßen in einem verlegenen Schweigen, das manchmal von dem Versuch eines Gesprächs durchbrochen wurde, das keinen anderen Zweck hatte, als die Aufmerksamkeit von dem abzulenken, was geschehen war und eine schlechte Wendung zu nehmen schien. Das alles war so typisch, diese Versuche, um den heißen Brei herumzureden, indem man sich über lauter nebensächlichen Kram unterhielt, Bemerkungen über dieses oder jenes Automodell oder diese oder jene Fernsehsendung machte, irgendein aktuelles Ereignis kommentierte – in diesem Fall die Schwäche des ehemaligen Direktors des Internationalen Währungsfonds, die wieder einmal beweise, wie verdorben all diese Leute sind –, was mein Bruder sofort gegen mich benutzte, indem er durchblicken ließ, dass die Linken entschieden verdorbener seien als die Rechten, perverser, korrupter, unmoralischer, während meine Mutter, die anscheinend wieder klar im Kopf war, zusammengesunken auf ihrem Stuhl saß und mir in der Hoffnung, dass der Sturm sich bald legen würde, zuhörte, wie ich die Tatsachen aufzählte, die eher das Gegenteil bewiesen, die zahlreichen Korruptionsaffären, illegalen Vorteilsnahmen und Interessenskonflikte, in die die gegenwärtige Mehrheit verwickelt war. Wie zu erwarten, artete die Diskussion aus, weil mein Bruder und ich wie vor fünfundzwanzig Jahren natürlich nicht einer Meinung waren. Weder über die Schule und die Erziehung der Kinder noch über die Sicherheit und die Immigration und nicht über die Verdienste dieses oder jenes Politikers. Ich vermied es sorgfältig, die Blonde zu erwähnen, doch die Art und Weise, wie mein Vater sich aufregte, sobald ich die Erste Sekretärin der Sozialistischen Partei erwähnte (ihm zufolge habe die Fünfunddreißig-Stunden-Woche das Land getötet, ich könne ihm noch so sehr entgegenhalten, er sei der Erste, der davon profitiert habe, und ihn daran erinnern, dass die Arbeitslosenzahlen unter der Linken gesunken seien, er beharre darauf, dass die Maßnahme das Land ins Chaos gestürzt und die Löhne eingefroren habe. Glaubst du denn wirklich, erwiderte ich ihm, dass die Chefs sie ohne die Maßnahme erhöht hätten? Glaubst du das wirklich? Glaubst du nicht eher, dass das für sie ein willkommener Vorwand war? Ein Geschenk des Himmels? Eine Alibirechtfertigung, die ihnen fix und fertig in den Schoß gefallen ist? Ehrlich, glaubst du nicht, dass ohne die Fünfunddreißig-Stunden-Woche alles genau wie vorher geblieben wäre?), ihren Hauptkonkurrenten bei den Vorwahlen, die bald stattfinden würden (den er trotz seiner Gewichtsabnahme, seiner neuen Brille, seines ernstes Tonfalls und einer Gebärdensprache, die sich immer mehr der eines Präsidenten annäherte, immer noch Flamby nannte; und wie konnte man einem Typen vertrauen, der fünfundzwanzig Jahre mit dieser Idiotin verbracht und ihr vier Kinder gemacht hatte?), oder, schlimmer noch, die wahrscheinliche Präsidentschaftskandidatin der Grünen (die gefälligst in ihrem Land kandidieren solle), die enttäuschte Verachtung, die er erkennen ließ, wenn man vom Präsidenten und seiner Clique sprach (den mein Bruder nach wie vor verteidigte, indem er seine Haltung angesichts der Krise, seinen Volontarismus und seine staatsmännische Größe lobte), all das ließ keinen Zweifel an seinen Präferenzen und Absichten bei den bevorstehenden Wahlen. Mir gefror das Blut in den Adern, wenn ich den beiden zuhörte. Ihr Bündnis hatte etwas von einem Wettstreit. Gemeinsam hielten sie sich nicht mehr zurück und neigten dazu, alles über einen Kamm zu scheren.

»Wie auch immer, verdorben sind da oben jedenfalls alle. Für sie zählen nur die Interessen der Märkte, der Reichen oder ihre eigenen. Wir sind ihnen völlig egal. Das Volk ist ihnen egal.«

Mein Bruder nickte, und seiner Zustimmung entnahm ich, dass er sich in dieses Wir einschloss, trotz seines Einkommens als Tierarzt und seines Luxuseinfamilienhauses in den vornehmen Vorstädten im Département Yvelines, zu dem er mir den Zutritt verweigerte. Wie früher betete ich, dass wir zum Dessert kamen, damit ich endlich vom Tisch aufstehen und mich in mein Zimmer zurückziehen konnte, während aus dem Erdgeschoss die ersten Töne der Abendnachrichten auf TF 1 heraufdrangen. Was stets der Fall war und zugleich etwas Deprimierendes und Tröstliches hatte.

Es war drei Uhr morgens, als mein Bruder mich weckte. Mama war verschwunden. Sie war ganz offensichtlich aus dem Haus gegangen, während mein Vater schlief. Ihre Kleidungsstücke lagen zusammengefaltet auf dem Stuhl am Bett, Jacke und Schuhe befanden sich im Kleiderschrank. Aller Wahrscheinlichkeit nach war sie in Morgenrock und Hausschuhen losgezogen. Als sie in den Garten hinausgegangen war, war das Tor einen Spalt geöffnet und die Straße menschenleer gewesen. Ich zog mich in aller Eile an und folgte François. Unser Vater hatte sich bereits nach rechts auf den Weg gemacht, in Richtung Stadtzentrum, das im Grunde nichts weiter als eine Bushaltestelle neben der Kirche, einer Bar, einer Bäckerei, einem Simply-Supermarkt und einer Filiale der BNP war. Wir trennten uns. Mein Bruder verschwand im Labyrinth der Einfamilienhausstraßen. Ich ging in Richtung Nachbarsiedlung. Alles war ruhig, keine Menschenseele war unterwegs. Es war mild, und die Laternen tauchten die Alleen in ein unwirkliches Licht. Man kam sich vor wie in einer Stadt aus Pappmaché, mit Häusern aus Papier und einer Umgebung, in der man darauf gefasst war, die Geranien verwelken und schlafwandelnde und depressive Frauen im Nachthemd auftauchen zu sehen, die über das Gras gingen, und Männer mit nackten Armen, die, ein Bier in der Hand, abgespannt und in himmlisches Licht getaucht, zum Mond emporschauten und jemanden oder etwas anflehten. Man kam sich vor wie in einem Foto von Gregory Crewdson. Doch nichts geschah. Hier bellte ein Hund, als ich vorbeiging, dort drang durch ein Fenster der Schimmer eines Fernsehers oder eines Computerbildschirms. Kein Jugendlicher aus einem Film von Larry Clark oder Gus Van Sant schoss, Mütze auf dem Kopf und Skateboard unter den Füßen, aus einer der Gassen. Ich ließ die Einfamilienhäuser hinter mir und lief zur Cité des Bosquets, wo sich ebenfalls nichts rührte. Vor den Türmen parkten Autos, die nicht so bald brennen würden. Die Kinderspielplätze auf den zerrupften Rasenflächen schienen von niemandem mehr gebraucht zu werden. Alles war in tiefe Stille getaucht. Die Stadt wirkte, als wäre sie nie bewohnt gewesen, und meine Mutter hatte sich in Luft aufgelöst.

Als ich nach Hause kam, waren mein Bruder und mein Vater

ebenfalls zurückgekehrt. Jeder hing an einem Telefon, der eine telefonierte mit dem Krankenhaus, der andere mit der Polizei. Mein Vater beendete sein Gespräch sichtlich erleichtert. Die Bullen hatten sie an einer überdachten Bushaltestelle gefunden, verloren und unfähig, ihnen etwas anderes als ihren Namen zu sagen. Sie waren auf dem Weg zum Kommissariat, als mein Vater angerufen hatte, und meinten, sie könnten sie in fünfzehn bis zwanzig Minuten zu uns bringen. Wir warteten schweigend. Mein Bruder schenkte uns Wein ein, was er so Wein nannte, ein Gesöff von den Ufern der Loire, wenn man die Lippen hineintauchte, merkte man, dass keine Traube in ihrem kurzen Leben jemals die Sonne gesehen hatte. Nach einer Viertelstunde klopfte es an der Tür. Zwei Bullen umrahmten meine Mutter. Sie blickte ins Leere, und ihr Haar war zerrauft. Sie wirkte erschöpft, schlief im Stehen und hielt sich nur aufrecht, indem sie sich auf die Arme der Polizisten stützte. Mein Bruder nahm sie bei der Hand und führte sie zu ihrem Bett.

»Sie wartete auf den Bus. Das hat sie uns jedenfalls gesagt. Dass sie auf den Bus warte und einen gewissen Guillaume besuchen wolle.«

François tötete mich mit seinem Blick. Er brauchte gar nichts zu sagen, ich wusste genau, was er dachte: Das war alles meine Schuld, ich hatte ihre Verwirrung noch verschlimmert, indem ich ihr gegenüber meinen toten Zwilling erwähnt hatte, der nie geboren worden war, der immer nur in meinem Kopf existiert hatte. An seinem Blick erkannte ich, dass er davon wusste. Mein Vater musste es ihm ein paar Wochen zuvor gesagt haben. Hinter ihm unterschrieb mein Vater mit finsterem Gesicht die Papiere, die der größere der Polizisten ihm reichte. Der kleinere fragte mich, ob sie in Behandlung sei. Ich erwiderte, ja, mehr oder weniger, doch es sei das erste Mal, dass so etwas passiert sei. Wir würden auf die Untersuchungsergebnisse warten.

»Sie ist in letzter Zeit sehr müde. Sie nimmt Schmerzmittel, die sie benommen machen, das ist alles«, fuhr mein Vater dazwischen.

Das Verdrängen war wirklich eine Religion in der Familie. Guillaume hatte nie existiert. Meine Mutter hatte nur Probleme mit den Knochen. Mein Vater und ich liebten uns. Ich hatte mir mit zehn nicht das Leben nehmen wollen. Ich hatte mit sechzehn nicht aufgehört, mich zu ernähren. Und mein Vater war ein sanftmütiger und liebenswürdiger Mann, der lediglich nicht gut mit Worten umgehen konnte, was vermutlich an der Zeit, an der Erziehung und an dem Milieu lag, aus dem er kam. Natürlich hatte er nie den Front National gewählt und würde es auch nie tun. Alles stand zum Besten in der besten aller Welten. Abgesehen von mir natürlich, ich war nicht den rechten Weg gegangen, ich war immer seltsam gewesen, bildete mir Dinge ein, war ein Korinthenkacker, zermarterte mir das Hirn wegen nichts und wieder nichts, erfand Geschichten, um mich aufzuspielen, und schrieb düstere und schamlose Bücher.

Ich begleitete die Polizisten zur Tür. Der große riet mir, in Zukunft besser auf sie aufzupassen. Als redete er von einem Kind, als spräche er mit dem Vater eines Jugendlichen, den er erwischt hatte, als er Gras von Typen im Trainingsanzug mit jeder Menge nervöser Ticks kaufte.

»Hat sie Ihnen gesagt, wo sie genau hinwollte?«

»Nach Villeneuve-Saint-Georges. Aber sie ist nicht gefahren. Der erste Bus fährt erst gegen sechs, und man muss mindestens dreimal umsteigen. Mit dem RER wäre sie schneller hingekommen. Aber so ist das eben. Die alten Leute fahren lieber mit dem Bus. In der Métro haben sie eine Mordsangst, der Bahnhof und alles. Wissen Sie, auch ich fühle mich da drin nicht immer ganz sicher.«

Ich schloss die Tür und fragte mich, was einen da drin beunruhigen konnte, abgesehen von den Schwarzen und den Arabern. Ich erinnerte mich, wie angespannt mein Vater neulich in der Nähe der Cité des Acacias gewesen war, als wir an der Haltestelle vor dem Bahnhof vorbeigegangen waren. Er hatte auf den Boden gestarrt und war ganz dicht an den Mauern entlanggegangen, als hätte sich einer der Typen wirklich mit ihm anlegen wollen, als hätten wir uns in einem wilden, unzivilisierten Gebiet befunden, in dem die Gewalt vielleicht nicht allgegenwärtig, aber doch eine Möglichkeit unter anderen war, als wäre dieser Ort tatsächlich so, wie im Fernsehen abends nach dreiundzwanzig Uhr auf M6 oder TF 1 immer behauptet wurde.

Als ich ins Wohnzimmer zurückkam, waren meine Eltern bereits wieder schlafen gegangen, und das Licht war ausgeschaltet. Mein Vater fragte mich, ob ich diesmal daran gedacht hätte abzuschließen. Ich hörte den Vorwurf in seiner Stimme. Natürlich, es war wieder mal meine Schuld, mit meiner Manie, niemals hinter mir abzuschließen, meiner Manie, nie Angst zu haben, jemand könnte hereinkommen und uns die Kehle durchschneiden, meiner Manie, nicht paranoid zu sein, meiner Manie, nicht einsehen zu wollen, dass wir in einer gefährlichen Welt lebten. Natürlich hatte das alles nichts mit Mamas Ausreißen zu tun, aber trotzdem, wenn die Tür abgeschlossen gewesen wäre, wäre nichts passiert. Ich ging in mein Zimmer hinauf. Mein Bruder erwartete mich im Dunkeln.

»Bist du nun zufrieden? Dass du wieder mal so richtig Scheiße gebaut hast?«

»Wieso ›wieder mal‹? Wieso ›Scheiße gebaut‹?«

Er sah mich kopfschüttelnd an. Es war immer das Gleiche, ich spielte den Unschuldigen, vielleicht glaubte ich ja sogar, es zu sein, ich baute Scheiße und war niemals für irgendetwas verantwortlich. Und wer musste hinterher die Scherben zusammenkehren und zu kitten versuchen? Er natürlich.

»Du bist verantwortungslos. Du benimmst dich, als gäbe es nur dich auf der Welt, als hättest nur du Probleme. Du nimmst auf nichts Rücksicht, weder auf die Umstände noch auf die anderen. Du verbreitest einen Haufen Gemeinheiten über uns in deinen Büchern und kümmerst dich nicht einen Augenblick darum, wie weh du uns damit tust. Du besuchst deine Eltern einmal im Jahr, du enthältst ihnen ihre Enkelkinder vor und scherst dich einen Dreck darum, wie weh ihnen das tut. Du holst diese Zwillingsbrudergeschichte hervor, während Mama geistig verwirrt ist, und scherst dich einen Dreck um die Folgen. Das ist typisch für dich. Du baust Scheiße, rührst kräftig drin rum und haust ab. Und ich muss hinterher saubermachen. Ich sage den Eltern, nein, das bildet ihr euch ein, ihr seid ihm nicht egal, es ist nicht so, dass er nicht will, dass ihr eure Enkelkinder sehen und kennenlernen und lieben könnt, er ist nur sehr beschäftigt, er muss sich in sich selbst zurückziehen, um seine Bücher zu schreiben, und wenn sie erscheinen, ihr wisst ja, wie das ist, die Buchhandlungen, das Radio, die Journalisten, all das erschöpft ihn und laugt ihn aus, und er braucht Ruhe und Erholung, ihr kennt ihn ja, er ist immer wild und ein Einzelgänger gewesen. Ich sage ihnen, nein, das bildet ihr euch ein, er spricht nicht von euch in seinen Romanen, auch nicht von mir, nein, wenn er schreibt, dass er sich nicht an seine Kindheit erinnert, dass er eine Scheißjugend gehabt hat und dass er erst zu leben begonnen hat, als er von zu Hause weggegangen ist, dann meint er damit nicht euch, ihr seid gute Eltern gewesen, und selbst wenn er euch damit meint, ihr seid nicht verantwortlich für seinen Geisteszustand, ihr habt getan, was ihr konntet, die Eltern sind nicht verantwortlich für das Gehirn ihrer Kinder, für ihr Unglück, ihr Unwohlsein, ihren Schmerz. Und wenn sie in den Artikeln von unserem kleinen Scheißhaus in unserer Scheißbanlieue schreiben und von Eltern, die mit vierzehn die Schule verlassen haben, und dass du vor diesem Leben fliehen wolltest mit deinen Büchern, deiner Wichtigtuerei und deinen Künstler- und Literatenposen, dann sag ich ihnen, aber ihr wisst doch, die Journalisten schreiben aus der Perspektive ihrer Pariser Wohnungen, für sie ist alles, was nicht ihrem bürgerlichen, schicken und angesagten Leben ähnelt, zwangsläufig trostlos und verachtenswert. Paul hat diese Dinge nie gesagt, sie entstellen seine Äußerungen, ist wisst doch, es ist nicht seine Art, auf seine Leute zu spucken, auf das Milieu, aus dem er stammt, es ist nicht seine Art, sich für seine Leute zu schämen, hm, das ist nicht seine Art. Ist das nicht seine Art? Stimmt das? Ist das nicht seine Art?«

Seine Augen traten fast aus ihren Höhlen. Er hatte das alles leise gesagt, zwischen den Zähnen herausgepresst, sich Luft gemacht in Unterhose und T-Shirt, in der Tür seines Kinderzimmers stehend.

»Du solltest lieber schlafen gehen«, sagte ich. »Du bist müde. Du redest Unsinn. Wir immer, wenn du müde bist.«

»Ja, genau, ich bin müde. Du kleines Arschloch.«

Ich drehte mich auf dem Absatz um und legte mich auf mein Bett. Einen Augenblick dachte ich über all das nach, was mein Bruder mir da gerade ins Gesicht geschleudert hatte. Ich dachte an Sophies Mann, die beiden überlagerten sich, ergänzten sich, schienen mir sagen zu wollen, dass ich ein Nichtsnutz sei, dass ich alles ruiniere, dass das bisschen Leben, das ich mir zubilligte, immer noch zu viel sei, dass die einzige Möglichkeit, die ich gefunden hätte, um bei den anderen und in der Welt zu sein, unheilvoll, sinnlos, überflüssig und negativ sei. Ich zog mich nicht aus. Ich schlief sofort ein. Ich träumte von Sarah und den Kindern, wir liefen durch den Bambuswald in Sagano, in der Nähe von Kyoto, alles war in ein grüngelbes Licht getaucht, das auf die Felder schien, auf denen Süßgräser wuchsen und die von einem Teich voller Lotusblumen gesäumt wurden. Auf der anderen Seite der schmalen Straße, über die nur manchmal schwarze Taxis fuhren, erhob sich ein Haus mit Strohdach, umgeben von Kakibäumen. Der Boden war übersät mit Kakis, und wir hielten uns an der Hand unter dem strahlenden Himmel. Ich faltete im Schlaf die Hände, um zu beten, dass es kein Traum sein möge. Ich wusste, dass es einer war. Ich war mir bewusst, dass ich träumte, und betete, dass ich nicht träumen möge. Aber ich betete trotzdem.

Am Morgen war ich noch immer dort, durch die Gärten schlendernd, auf der Terrasse dösend, die von Pfählen gestützt wurde, die in das glatte Wasser des Teichs von Daikaku-ji gerammt worden waren. Sarah hielt meine Hand, das Gesicht der Sonne entgegengestreckt, Manon schlief, den Kopf auf meinem Bauch, und Clément fütterte die Enten mit Brot. Die Luft war angenehm kühl, und die Bäume auf der anderen Seite des Wassers schwankten leicht und gaben flüchtige Blicke auf bebaute Parzellen frei, auf denen Kleintransporter, Fahrräder mit Körben und Werkzeugschuppen standen. Als ich aufgewacht war, rief ich zu Hause an. Sarah war bereits in der Arbeit. Clément meldete sich. Es war Mittwoch, und er hatte eine leise verschlafene Stimme. Im Hintergrund hörte ich den Ton eines Zeichentrickfilms. Ich sah ihn direkt vor mir im Pyjama und mit seiner Schale voller Getreideflocken auf dem Bett, auf den Bildschirm starrend und sich von Zeit zu Zeit die Augen reibend. Ich fragte ihn, wie es gehe. Er antwortete ausweichend. Ich kannte ihn in- und auswendig, und an der unbeholfenen Art, wie er mir von der Schule erzählte, erkannte ich, dass er mir etwas verheimlichte und dass seine Mutter ihm befohlen hatte, es mir unter keinen Umständen zu erzählen. Auch das konnte ich spüren, hier in diesem ausgeräumten Zimmer, in dem nur noch ein Bett stand und an dessen Wänden die Spuren der Regale zu sehen waren, die abmontiert worden waren und darauf warteten, in den Umzugstransporter geladen zu werden, der bereits vor dem Haus stand und mit dem François unzählige Male hin und her fahren würde, bis im Haus nur noch die Möbel für die neue Wohnung und die Kartons standen, die meine Eltern mitnehmen würden; die anderen würden in den Kofferräumen unserer Autos und bei zwei Trödlern landen, die mein Bruder kontaktiert hatte. Der Rest, der keine Liebhaber mehr fand, würde in die Müllverwertungsanlage wandern. Ja, ich konnte das von hier aus sehen. Sarah erklärte Clément, dass er nichts erzählen dürfe, andernfalls würde sein Vater nur wieder Theater machen. Im Laufe der Jahre hatten sich diese Heimlichtuereien immer mehr eingebürgert, denen ich immer erst mit Verspätung auf die Schliche kam, ein Problem mit einem Lehrer, einem Klassenkameraden, einem Nachbarn. Sarah hatte Angst, ich könnte mich aufregen und die Sache nur noch schlimmer machen, und auch Manon dachte im Grunde wie sie: Seit mehreren Jahren gab sie mir immer wieder zu verstehen, dass sie nicht wolle, dass ich mich in ihre Angelegenheiten einmische. Ich hatte es oft genug getan.

»Was ist passiert?«

»Nichts, Papa.«

»Gib mir deine Schwester.«

Von Manon erfuhr ich sehr schnell, was ich wissen wollte. Dieses Mädchen hatte noch nie gut lügen können. Sie war vollkommen unfähig zu manipulieren, sich zu verstellen, zu heucheln, zynisch zu sein, was ich für eine Stärke hielt, was ihr aber, wie mir nicht verborgen blieb, nicht immer Ärger, Enttäuschungen oder anderen Kummer ersparte, die das gesellschaftliche Leben in diesem Alter reichlich bereithielt. Manche hielten sie für unverbesserlich nett und naiv, aber das war ein Irrtum. Sie hatte nur einen unerbittlichen, gnadenlosen Sinn für Klarheit, Offenheit, Wahrheit und Gerechtigkeit. Ich sah sie schon als Untersuchungsrichterin, als eine dieser Richterinnen, die den Mächtigen dieser Welt mit ihrer extremen Aufrichtigkeit und ihrem Abscheu vor der Lüge und den kleinen Arrangements mächtig auf die Nerven gehen würde.

»Gestern hat er Krach mit Clément gehabt, und dabei ist er ein bisschen zu weit gegangen.«

Mehr brauchte sie nicht zu sagen. Ich hatte sofort begriffen, dass sie von Clooney sprach.

»Das heißt?«

»Er hat ihm den Hintern versohlt.«

»Was?«

»Er hat ihm den Hintern versohlt. Aber na ja, er hatte es auch verdient. Ich weiß nicht, was er hatte, er hat ein furchtbares Theater wegen des Desserts gemacht.«

»Und deine Mutter war dabei?«

»Nein, sie ist erst kurz danach gekommen.«

»Sie war nicht da, und der andere war bei euch zu Hause?«

Ein leicht verlegenes Schweigen trat ein. Manon wollte mir nicht wehtun. Sie wusste, dass es mich über alle Maßen verletzen würde zu erfahren, dass Clooney den Hausschlüssel hatte und dass er eines Tages einziehen, mit ihnen zu Abend essen und darauf warten würde, bis Sarah aus dem Krankenhaus kam, dass er mit ihnen fernsehen würde, ihre Hausaufgaben beaufsichtigen und alles tun würde, was ich noch vor einem Jahr getan hatte.

»Weiß deine Mutter Bescheid?«

»Dass er da war?«

»Nein, dass er ihm den Hintern versohlt hat.«

»Natürlich. Clément hat es ihr erzählt. Aber erst heute Morgen, bevor sie in die Arbeit gefahren ist. Und er war schon weg.«

Wir plauderten noch eine Weile miteinander. Ich ging ins Wohnzimmer hinunter, während sie mir erzählte, was für diesen Tag auf dem Programm stand (Freundinnen, nachmittags Kino, Ballettunterricht usw.). Mein Vater verschloss die letzten Kartons mit Klebeband, während meine Mutter die Geschirrspülmaschine ausräumte. Als sie mich erblickte, schenkte sie mir ein breites Lächeln. Sie hatte sich wieder erholt. Ich beendete das Gespräch und küsste sie auf die Wange.

»Gut geschlafen?«, fragte ich sie ohne irgendwelche Hintergedanken.

»Ach weißt du, ich schlafe nie gut. Ich denke zu viel. Die Sorgen sind wie die Fliegen. Sobald man das Licht ausmacht, fliegen sie überall herum und machen dieses schreckliche Geräusch, und es ist aus, du kannst nicht mehr schlafen.«

Ich fragte sie nicht, was für Sorgen sie meinte. Jetzt, da wir nicht mehr über so etwas sprachen. Jetzt, da die Arbeit für sie zu einem früheren, fast vergessenen Leben gehörte. Ich ging in den Garten hinaus, um Sarah anzurufen. Mein Bruder hatte die Kellertür sperrangelweit geöffnet und ging zwischen Keller und Umzugstransporter hin und her, den er mit Stühlen, Tischchen, Tischen, Teppichen und Holzbrettern belud, die zusammengesetzt ein Bett, Regale, eine Kommode ergeben würden.

»Du hilfst mir nicht jetzt?«

»Nein. Jetzt nicht, nein.«

Er lächelte. Das war einer unserer typischen Dialoge von früher, ein Gimmick aus unserer Jugend, den wir aus einer Episode von *Die Strandflitzer* hatten, dessen erste beiden Teile neben den Dialogen von Michel Audiard und den Filmen des Trios Zucker, Abrahams & Zucker den größten Teil unseres Repertoires speisten. Das Aussprechen dieser Worte war für ihn wie das Rauchen einer Friedenspfeife. Auf diese Weise pflegten wir unsere Streitigkeiten beizulegen. So wie wir auch die Gewohnheit hatten, uns eine Waffenruhe zu gönnen. Ich entfernte mich und tippte Sarahs Handynummer. Sie meldete sich seufzend. Sie sei im Krankenhaus und ich störe sie, außerdem wisse sie ganz genau, warum ich anriefe. Chloé hatte sie gerade vorgewarnt, die Kleine hatte ihre Zunge noch nie im Zaum halten können und gleich gewusst, dass die Dinge so enden würden.

»Ich werde ihm die Fresse polieren, Sarah. Sobald ich zurück bin, polier ich ihm die Fresse. Ich rufe dich nur an, um dir Bescheid zu sagen. Das ist alles.«

»Hör zu, Paul, die Fresse hast du ihm schon poliert. Und abgesehen davon, dass du diesmal endgültig bei den Bullen landen würdest, wüsste ich nicht, was dir das bringen sollte.«

»Er hat die Hand gegen Clément erhoben.«

»Vielleicht. Aber für die Polizei ist das kein hinreichendes Motiv, um jemandem die Fresse zu polieren. Gerade du solltest das wissen. Und für die meisten Leute übrigens auch nicht, wie du weißt.«

»Moment mal. Was versuchst du mir da zu sagen? Dass ich unrecht habe, wütend zu sein?«

»Nein. Du hast nicht unrecht. Und ich bin auch wütend. Und ich werde mit ihm darüber reden. Das wird sich nicht wiederholen. Paul, ich muss aufhören.«

Das Gespräch brach ab, und ich verspürte eine leichte Genugtuung. Sie nahm es ihm übel. Das war am Klang ihrer Stimme zu hören. Sie nahm es ihm wirklich übel, und dieses Arschloch würde eine verdammt unangenehme Viertelstunde haben. Normalerweise freute ich mich nicht über das Unglück anderer, aber für ihn war ich bereit, eine Ausnahme zu machen. Ich war nicht weit davon entfernt, ihm den Tod zu wünschen. Das mochte ein hoher Preis dafür sein, dass er meine Frau ficken, sich bei mir zu Hause breitmachen, sich um meine Kinder kümmern und sie bei Gelegenheit misshandeln durfte, doch in meinen Augen war es das Minimum. Ich überließ meinen Bruder und meine Eltern ihrer Arbeit. Ich war ja doch nur beschränkt eine Hilfe.

In diesem Augenblick wusste ich noch nicht, dass ich meine Mutter nur noch in einem Krankenhausbett wiedersehen sollte. Und dass sie nie in ihre neue Wohnung einziehen würde.

ICH FUHR IN RICHTUNG Villeneuve-Saint-Georges. Wenn Guillaume dort wohnhaft war, dann zwangsläufig unter der Erde. Ich suchte alle Friedhöfe der Stadt auf, kämmte die Alleen durch, sah mir jedes Grab genau an und las jede Marmorinschrift. Es waren zumeist hässliche und nackte Orte, Alleen mit gräulichem Kies, von keinem Baum gesäumt, ohne jeden Schnörkel, eine einfache Aneinanderreihung von Grabsteinen, ein makabres Gräberfeld von unendlicher Traurigkeit. Diese Orte dienten dazu, die Verstorbenen wegzuräumen und zu verstauen. Nichts lud zur Sammlung, zur Erinnerung ein. Liebevoll der Toten zu gedenken, mit den Geistern zu reden hatte hier keinen Sinn. Mehrmals hatte ich Manon von meinem Wunsch erzählt, nach meinem Tod verbrannt zu werden und dass meine Asche auf dem Strand von Les Chevrets verstreut werden solle. Ich sagte ihr, auf diese Weise könnten sie und ihr Bruder an mich denken, während sie das Meer, die Dünen und die Klippen, die Halbinsel und die Vögel, die dort zu Hunderten nisteten, betrachten, doch Manon ließ sich nicht beirren, sie wollte lieber ein Grab, einen Friedhof, die Vorstellung meines verbrannten Körpers war unerträglich für sie, wie überhaupt die Vorstellung meines Todes, sie brach in Tränen aus, und ich musste sie trösten, während ich mich fragte, was mich nur geritten hatte, ein solches Gespräch anzufangen. Während ich zwischen diesen hässlichen und kalten Gräbern herumlief, dachte ich an die Toten in Japan, an ihre Körper, die in Kühlschränken aufbewahrt wurden, bis sie verbrannt wurden. Es würde möglicherweise Wochen, Monate dauern, der Massen Herr zu werden. Ich dachte an die leblosen und kalten Körper, an diese Tausende herumirrender Seelen, die darauf warteten, beruhigt zu werden, die auf die Gebete und Sakramente warteten, die ihnen den Weg zeigen und sie trösten würden. In der Zwischenzeit schwebten sie im Nirgendwo, in einer Finsternis, die das Entsetzen gefrieren ließ und die Bedrängnis zerfraß, und ihre Angehörigen beweinten sie noch mehr, ohnmächtig, zutiefst betroffen darüber, dass sie so vergessen, so schwach, so wenig imstande waren, die Handlungen zu vollziehen und die Worte auszusprechen, die ihnen aufgegeben waren. Nichts von alldem lag in ihrer Verantwortung, doch diese Leute machten sich Vorwürfe deswegen, bebten vor Kummer und Zorn. Auf irgendwelchen behelfsmäßigen Matten sitzend in eisigen Turnhallen, ohne Haus und Arbeit, ohne Unterschlupf, ohne Besitz, hörte sie nicht auf, ihre Toten zu beweinen und sich Sorgen um ihre verirrten Seelen zu machen.

Schließlich fand ich Guillaume, ganz hinten auf dem sechsten Friedhof, dem kleinsten, dem einzigen, auf dem es ein paar Bäume gab. Sein Grab war winzig und lag im Schatten einer großen Kiefer, die die umgebende Erde mit einem dichten Teppich heller Nadeln bedeckte. Die Sonne zwischen den Zweigen zeichnete überall goldene Flecke. Als ich es entdeckte, hatte ich das sehr deutliche Gefühl, dass ein Teil von mir hier ganz hinten auf diesem Vorortfriedhof begraben war. Dass ein Teil von mir gestorben war und für immer hier ruhte zwischen diesen Gräbern, die von alten efeuüberwucherten Mauern umgeben waren, inmitten einer zusammengewürfelten Ansammlung von verputzten Einfamilienhäusern mit viereckigen Gärten und vor sich hin gammelnden Mietshäusern, getrennt durch zerrupfte Rasenflächen, auf denen seit Jahrhunderten niemand mehr spielte, umschlossen von Straßen und Gleisen, die ins Zentrum führten. Ein Teil von mir ruhte für immer hier, in einer dieser Städte, die tausend anderen glichen, nicht genau definiert, wie in Erwartung von etwas, das nie geschehen würde.

Ich fuhr nicht zu meinen Eltern zurück. Ich parkte meinen Wagen in der Nähe des Bahnhofs und nahm den RER nach Paris. Ich betrachtete die vorüberziehende Stadtrandlandschaft, schwer durchschaubar, ohne jede Logik, die für immer mein Territorium, meine Heimat bleiben würde. Der Zug war fast leer. Ein paar Schwarze warfen sich, Kopfhörer über den Ohren, witzige Bemerkungen zu und erschreckten, ohne irgendetwas zu tun, drei alte Männer, die sich beim Hereinkommen die entferntesten Plätze gesucht hatten.

Ich stieg an der Station Les Halles aus und verließ das Forum über die Rue du Pont-Neuf, in der ich eine Weile gearbeitet hatte. Dort hatte ich Alex und Lorette kennengelernt, bevor das Unternehmen in die Nähe der Place Franz-Liszt umgezogen war. Dort hatte ich meine ersten Romane geschrieben und nicht wenige Papierkörbe in Brand gesteckt, indem ich die Asche der Zigaretten in ihnen erkalten ließ, die ich eine nach der anderen rauchte. Ich überquerte die Brücke, die nach Saint-Germain-des-Prés führte. Ich warf einen Blick auf die Spitze der Île de la Cité, deren Uferböschungen ein Dreieck um die kleine Grünanlage bildeten, in der Sarah und ich uns zum ersten Mal geküsst hatten. Ich war erkältet gewesen und schneuzte mich alle drei Sekunden, Sarahs Hände waren eiskalt, und ich versuchte vergeblich, sie zu wärmen. Ihr Mund saugte mich an und schleuderte mich in eine warme Gegend von unbeschreiblicher Süße, die ich mit der Zungenspitze erforschte. Kurz zuvor hatten wir zwei Stunden in einem Kino verbracht, den ganzen Film über hatte ich sie küssen wollen, aber ich hatte mich nicht getraut, zwei Stunden lang hatte ich ihr Gesicht betrachtet, das der Leinwand zugewandt war, auf der Jacques Dutronc van Gogh spielte. Von Zeit zu Zeit hatte sie sich zu mir gedreht und mich angelächelt, und ihr in diesem Augenblick unglaublich klares und strahlendes Gesicht ist mir für immer in Erinnerung geblieben. Vier Jahre später schauten wir *Mein Vater, das Kind*, ebenfalls von Pialat, an, und ich kam über alle Maßen erschüttert aus dem Film heraus. Damals wusste ich noch nicht, dass es mir fünfzehn Jahre später genau wie Gérard Depardieu gehen sollte, der seinen Sohn bei seiner Exfrau abholt und Dominique Rocheteau begegnet, der den Platz eingenommen hat, der ein paar Monate zuvor noch seiner gewesen war, damals wusste ich noch nicht, dass unsere Geschichte ebenso enden würde, vorhersehbar und banal, damals wusste ich noch nicht, dass wir wie Marlène Jobert und Jean Yanne in einem anderen Film nicht zusammen alt werden würden. Ich lief durch diese belebten Straßen, die zur Place Saint-Germain-des-Prés führten. Auf den

Terrassen stolzierten Typen herum, die Kleidung für mindestens zweitausend Euro trugen, und Mädchen, die aussahen, als seien sie auf dem Sprung zu einem Casting, um Schauspielerin oder Model zu werden, ganz egal, der Film oder Christian Lacroix interessierten sie nicht die Bohne, das Einzige, was sie interessierte, waren sie selbst, hinter der Fassade arroganter Frauen, die sich ihrer Schönheit und ihres eigenen Wertes, ihrer angeborenen Überlegenheit nur allzu bewusst waren, war nicht die geringste Schwachstelle, keinerlei Verletzbarkeit zu erkennen. Im Grunde schienen diese Leute nicht wirklich zu existieren, sie gehörten einer anderen Art als der meinen an, einer Art, von der ich nichts wissen und mit der ich vor allem nichts zu tun haben wollte. Ich ging den Boulevard weiter bis zur Kirche. Im Innern war es dunkel und kühl, die Luft war gesättigt von dem Duft gewachsten Holzes und von Weihrauch. In der ersten Reihe knieten zwei alte Frauen ins Gebet versunken vor dem schmerzgepeinigten Christus. Unter den Kirchenfenstern vibrierte die Luft orangefarben im Licht der Kerzen. Ich zündete eine an, ich weiß nicht, warum ich das tat, ich bin nie gläubig gewesen, die katholischen Rituale und der katholische Rummel hatten mich stets abgestoßen, mich faszinierten nur ein paar Mystiker, mich verwirrten nur die Riten des Shintoismus und des Buddhismus, wie sie in Japan praktiziert wurden, wo alles, wie ich glaubte, mit unserer Endlichkeit zu tun hatte, mit unserer lächerlichen Kleinheit angesichts der Welt und des Lebens, mit unserer Zugehörigkeit zu allem Lebenden, zur Natur, mit diesem ozeanischen Gefühl, das mich so häufig überfiel, wenn ich das Meer oder den Himmel betrachtete, verloren in der schwarzen Tiefe der Wälder. Ich betrachtete die Kerze, die sich verzehrte. Mir ging kein besonderer Gedanke durch den Kopf. Ich hatte nur das Gefühl einer tiefen Verbundenheit mit Guillaume, einem toten, vergrabenen Teil meiner selbst. Die ganze Zeit rannen Tränen meine Wangen hinab, ohne Schluchzen, ohne Schmerz, als wären Schleusen geöffnet worden, damit sich ergoss, was sich zu lange aufgestaut hatte.

Ich weiß nicht, wie lange ich so dasaß. Eine Stunde. Vielleicht mehr. Hinter mir herrschte ein ständiges Kommen und Gehen, Touristen, Gläubige, Schaulustige, die Zuflucht suchten, sich ein wenig ausruhten, so wie ich es in dem Sommer getan hatte, in dem ich im Viertel gearbeitet hatte. Gegenüber der Kirche befand sich eine berühmte Buchhandlung, in der ich einen Teil meiner Pausen verbracht hatte, bevor ich hier hineingegangen war und mich hingesetzt hatte, um ein paar Worte zu kritzeln, die meine Handschrift sofort unleserlich für jeden anderen machte. Als ich hinausging, blendete mich das Tageslicht. Dabei war es gar nicht mehr so früh. Ich ging zu dem Haus, in dem der Verlag seinen Sitz hatte, der seit fast vierzehn Jahren meine Texte veröffentlichte. Es gab ein Fest, um das Jubiläum des Verlags zu feiern, und ich hatte mein Erscheinen versprochen. Ich fühlte mich nie wohl bei derartigen Anlässen, von denen ich mich so weit wie möglich fernhielt. Es kam mir vor, als würden sie das Gefühl der Fremdheit, das ich in diesem Milieu empfand, das mich immerhin seit einer Reihe von Jahren aufgenommen hatte und in dem man mir einen Platz einräumte, den einzunehmen ich nie zu hoffen gewagt hatte, ins Unerträgliche steigern. Ich hatte keine Lust, diesen Journalisten zu begegnen, die mich, wenn auch nur zu einem kleinen Teil, verachteten, und diesen Autoren, deren Texte mir zuweilen durchaus gefielen, mit denen ich jedoch nicht mehr als ein paar Worte zu wechseln vermochte, ja nicht einmal dem Verlagschef. Vierzehn Jahre gemeinsamen Wegs hatten es nicht geschafft, etwas anderes als eine Arbeitsbeziehung zwischen uns entstehen zu lassen. Auf all das hatte ich keine Lust, noch weniger aber wollte ich allein bleiben, und Lorette würde da sein, sie arbeitete schon seit einigen Jahren im Verlag, ich hoffte, sie würde nicht allzu lange bleiben, wir würden uns nach ein paar Gläsern verdünnisieren, um uns Alex, Olivier und den anderen in ihrem Wohnzimmer anzuschließen, wo die Gläser sich in einem regelmäßigen und beruhigenden Rhythmus füllen würden und die Musik laut genug sein würde, damit niemand sich bemüßigt fühlen müsste zu reden oder eine Unterhaltung zu beginnen, versunken in dieser Atmosphäre unverstellter Zuneigung, fröhlicher Intelligenz und menschlicher Wärme; mehr brauchte ich an diesem Abend nicht. Und Gott sei Dank geschah genau das. Natürlich musste ich trotzdem zwei Stunden lang meine Hände mit einer Zigarette beschäftigen und Becher mit allzu saurem Champagner hinunterkippen. Natürlich musste ich all den Leuten zulächeln, die mich begrüßten. Teils honigsüße Journalisten, von denen manche eines meiner Bücher verrissen hatten. (Da gab es insbesondere diese Frau, die eines Tages über eines meiner Bücher geschrieben hatte, es sei nicht glaubwürdig, da ich meiner Protagonistin, einer arbeitslosen Kassiererin, die mit einem Busfahrer verheiratet war, in Calais lebte und in einer Siedlung mit Sozialwohnungen aufgewachsen war, »Gedanken von einer Klarsicht und einer Intelligenz« in den Kopf lege, »die unvereinbar seien mit dem Milieu, aus dem sie stammt«. Das Lustige war, dass diese Frau ebenfalls aus der Banlieue und der Mittelschicht stammte. Die Überläufer legten in dieser Frage manchmal den größten Eifer an den Tag. Indem sie jeden Roman verrissen, der mit Empathie über die unteren Volksschichten schrieb, geißelten, was sie Lob der Mittelmäßigkeit, Apologie der Spießigkeit nannten, die spießbürgerliche Demagogie ihrer Autoren verspotteten, versuchten, um jeden Preis die Stigmata ihrer Herkunft aus den unteren Schichten auszulöschen, und die Orte schmähten, an denen sie aufgewachsen waren, weil sie sich ihrer schämten und der Leute, von denen sie sich abgewendet hatten, rechneten sie, wie es mir vorkam, mit ihrer Kindheit und ihren Eltern ab. Und ich konnte nicht erkennen, was meine Bücher damit zu tun haben sollten.) Kritiker, die nie versäumten, mich als »Sozialautor« zu rühmen, der ich für sie war, nicht einfach nur Autor, sondern »Sozialautor«, als sei in einer Zeit, in der die meisten Romane, die den Anspruch erhoben, die französische Gesellschaft zu beschreiben, von Börsenhändlern, Firmenchefs, Topmanagern, Fernsehleuten, Models, dem Jetset, Werbefuzzis und überbewerteten Künstlern handelten – als bestehe Frankreich aus nichts anderem –, das Schreiben über die Mittel- und Unterschicht, die Provinz, die Stadtrandgebiete, die Gemeinplätze, den alltäglichen Kampf, den die meisten führten, paradoxerweise zu einem eigenen Genre geworden. Schriftsteller dieses Verlags und anderer Verlage, großbürgerliche Söhne und Töchter, gebildet, vornehm und geistreich, Absolventen der Écoles normales oder im Besitz der Agrégation, wenn nicht sogar beides – und die meisten konnten es sich nicht verkneifen, bei jeder Gelegenheit darauf hinzuweisen, dass sie die École normale absolviert oder eine Agrégation gemacht hatten oder was weiß ich noch alles, eine kindische Angabe, die mich immer wieder in Erstaunen setzte, weil sie von so intelligenten Personen kam, deren Bücher von einer so großen Scharfsicht zeugten, von einem so scharfen Blick auf die sozialen und menschlichen Beziehungen. Überzeugte Linke, waren sie dennoch übereinstimmend der Meinung, auch wenn sie sich nicht immer trauten, es zu sagen, dass jenseits der Ringautobahn nichts als Chaos, Barbarei, krasser Bildungsnotstand und Einfamilienhausmittelmäßigkeit herrschten. Und in die Provinz fuhren sie nur im Urlaub oder auf Lesetour durch triste Buchhandlungen, für sie konnotierte sie zwangsläufig Gefangensein, Verknöcherung, Konformismus, Hinterwäldlertum, bürgerlichen Konservatismus, Schwerfälligkeit, Arbeit, Familie und Vaterland. Viele sahen mich schief an und fanden es eigenartig, dass ich mich in der Bretagne »begraben« hatte – in diesem Zusammenhang war mir schon seit langem aufgefallen, dass Schriftsteller und Künstler allgemein, die in der Provinz lebten, stets auf ihren Wohnort reduziert wurden, ohne dass man darin gleich etwas Schlimmes sah, manchmal wurde das sogar positiv gesehen, als Garant für Authentizität, für Immunität gegen Moden, das Milieu, Glamour, Oberflächlichkeit, doch es wurde stets eigens betont, als eine Besonderheit, als hätten all diese Medienleute seit langem vergessen, dass es keine Besonderheit war, in der Provinz oder in der Banlieue zu leben, dass keineswegs die Mehrheit der

Franzosen, was immer sie auch glauben mochten, in Paris lebte. Dass ich ein banales Leben lebte, dass ich mich um meine Kinder kümmerte und dass man mich nie irgendwo sah (worauf ich stets erwiderte, man sehe mich ganz im Gegenteil überall, in der Bar an der Ecke, im Supermarkt, vor der Schule, überall, wie alle), änderte in meinem Fall nicht viel. Ich blickte sie an, und sie kamen mir alle so selbstsicher vor und überzeugt von ihrer Überlegenheit – mir war schon seit langem aufgefallen, wie sehr die Schriftsteller von vornherein der Meinung waren, ihr Status als Autoren und Literaturliebhaber hebe sie ganz automatisch über den Durchschnitt, über die banale und abstoßende Mittelmäßigkeit der Mittelschicht hinaus, getragen von der Selbstsicherheit, die Geld und Bildung einem verleihen, was mir stets größtes Unbehagen bereitete, gefangen wie ich war in meinen alten Komplexen eines Arbeitersohns aus der Banlieue, von denen ich mich nie würde befreien können, und für immer gefangen in dem Gefühl, anderswo zugehörig zu sein, das Annie Ernaux so wunderbar beschrieben hatte. Ein Gefühl, das immer stärker wurde, je länger die Gespräche dauerten, an denen ich teilnahm, bevor ich mich verdrückte, um mir mein Glas an der Bar füllen zu lassen, die von Praktikanten geführt wurde, deren Gesellschaft mir ein willkommener Trost war. Und dennoch gelang es mir nicht, dem Chef des Ladens bis zum Schluss auszukommen. Ich wollte gerade die Räumlichkeiten verlassen, als wir uns plötzlich gegenüberstanden. Er war nicht allein. Mehrere Journalisten umringten ihn, eine Schale Champagner in der Hand. Ich konnte nicht anders, als ihn zu begrüßen. Vierzehn Jahre hatten nicht ausgereicht, ihn an meine Gegenwart zu gewöhnen, ebenso wenig wie mich an seine. Um ganz offen zu sein, ich hatte mit ihm die gleichen Schwierigkeiten wie mit den meisten Leuten seines Alters, in denen ich merkwürdigerweise meinen Vater wiedererkannte. Ich fürchtete ihre Kälte, ihre mineralische Härte, ihre autoritäre Unerschütterlichkeit, ihren Mangel an Zärtlichkeit. Ich fürchtete die Distanz, die sie zwischen ihnen und mir aufbauten und die ich als einen Mangel an Liebe, Achtung, Zuneigung interpretierte, der mich über alle Maßen verletzte. Natürlich rührte die Distanz, die uns trennte, in diesem speziellen Fall nicht nur von diesem besonderen Gefühl her und auch nicht von dem gegenseitigen instinktiven Misstrauen, das wir stets füreinander empfunden hatten. Eine Rolle spielte auch, davon war ich überzeugt, unsere Herkunft. In diesem Punkt hatten wir nichts gemeinsam, und wie viele Akteure dieses Milieus gab er zwar vor, meine Texte so sehr zu mögen, dass er sie veröffentlichte, andererseits jedoch konnte er nicht anders, als, unbewusst vermutlich, ständig durchblicken zu lassen, dass ich nicht dazugehöre, dass ich die Stigmata meiner Herkunft trage und dass mich das unterscheide, zum Guten oder zum Schlechten, wie auch immer, aber es unterscheide mich. Wir hatten uns nie viel zu sagen, und die wenigen Worte, die wir wechselten, streiften immer die Peinlichkeit, ob er von meiner angeblichen Wildheit sprach (die Banlieue bringt zwangsläufig Wilde hervor, mein bretonisches Exil, in einem nicht weniger wilden Land, beweise das im Übrigen zur Genüge), von »primitiven« oder »proletarischen« Schriftstellern, mit denen er mich unweigerlich jedes Mal verglich (als könnte ich nur sie gelesen haben und nicht auch die anderen, als könnte ich nur wie sie schreiben, als wäre es im Übrigen undenkbar für ihn, dass ich so viel gelesen haben könnte wie er in seinem Alter, nicht zwangsläufig dieselben Autoren, aber immerhin so viele wie er), doch was er sich an diesem Abend leistete, war der Gipfel. Sich auf meinen letzten Roman beziehend, der in Japan spielte und insbesondere die physische Beziehung beschrieb, die mich mit der Natur verband, fragte er allen Ernstes und vor drei Journalisten, die sich für meine Leidenschaft für Kyoto interessierten, ob ich schon Filme von Miyazaki gesehen hätte. Als müssten aufgrund meiner Herkunft die einzigen Referenzen, über die ich verfüge, die eines Kindes sein. Als wäre es undenkbar für ihn, dass ich alles von Dazai und Soseki, Kawabata und Oé, Issa und Bashô, Yoshimura Ogawa Kawakami sowie die Blüte des zeitgenössischen japanischen Romans gelesen hatte. Als wäre es unvorstellbar, dass ich seit Jahren keinen Film von Ozu, Naomi Kawase oder Koreeda versäumt hatte. Als füllten die Bänder der Meister des Mangas nicht die Regale meiner Bibliothek. Als hätte ich mich nie über die Schriften der großen buddhistischen Mönche gebeugt. Als hätte ich nicht zahlreiche Wochen in Kansai verbracht ... Mir blieb keine Zeit, ihm zu antworten, denn Lorette zog mich am Ärmel, und wir verließen diese Feier, die nur dem Namen nach eine war. Alles atmete diese Ernsthaftigkeit, diese kalte Traurigkeit, die die Welt des literarischen Verlagswesens auszeichnete. Die wenigen Mitglieder, die versuchten, sich aus diesem Sumpf zu befreien, ein bisschen Schwung und Freude in das alles zu bringen, waren leider nur eine Bande narzisstischer Dandys, die im Grunde nur vom Fernsehen träumten. Sie veröffentlichten nur, um sich dort eine fast ununterbrochene Präsenz zu sichern, von der sie sich erhofften, dass sie sie eines Tages zu ihrem Gral führen würde: eine Kolumne, dann mehrere und warum nicht eine eigene Sendung. Ich hatte bereits eine ganze Menge getrunken und döste auf dem Rücksitz des Taxis vor mich hin, das uns zu ihr brachte, wo der Aperitif nicht versiegte in Erwartung eines Abendessens, das vermutlich nie serviert werden würde. Es waren knapp zehn Personen da, die Kinder nicht mitgezählt, die nicht im Bett waren und von einem Zimmer ins andere liefen. Alex war da, benebelt vom Alkohol und vor Müdigkeit sentimental. Ich dachte, dass er mein wahrer großer Bruder sei, dann, dass er Guillaume sei, ich dachte, dass ich irgendwie durch Guillaume mit ihm verbunden sei. Er hatte bereits eine Menge getrunken und kniff seine Augen zusammen, bis sie ihm ein asiatisches Aussehen verliehen; das Lächeln, das seinen Mund umspielte, sollte ihn bis zum Schlafengehen nicht mehr verlassen und konnte sich bei jedem Blödsinn, bei jedem miesen Kalauer, bei jeder dieser absurden Serien, nach denen wir verrückt waren und die bei den anderen auf Unverständnis stießen, in einen Lachanfall verwandeln. Olivier war ebenfalls da, und Cécile und Pierre und ihre Tochter, die wie ein Engel aussah, er endlich einmal nicht in London, und als ich sie alle so sah, dachte ich, sie sind deine Familie, sie sind dein Territorium, all diese Menschen sind deine wahren Brüder und Schwestern, deine Kinder, deine Eltern, denn sie hast du gewählt. Uns allen war gemeinsam, dass wir uns hatten erfinden, neu erfinden müssen. Uns allen war gemeinsam, dass wir uns abgespalten hatten, dass wir uns aus etwas herausgekämpft hatten oder daraus verbannt worden waren und damit hatten zurechtkommen müssen Cécile und Pierre waren wie ich Überläufer, die aus den alten Bergbaustädten in die Schneideräume, in die Londoner Kunstgalerien gewechselt waren. Cécile war in einer Bar-Tabac aufgewachsen, Pierre war von einer alleinstehenden Arbeitermutter mit seinen sechs Geschwistern aufgezogen worden. Alex und Olivier hatten jeder auf seine Weise mit dem Provinzbürgertum gebrochen, dessen Kinder sie nicht sein wollten, beide waren nach Paris gekommen, nur mit der Literatur, der Musik und dem Film im Marschgepäck. Lorette hatte ihre Mutter mit zehn Jahren verloren und ihren Vater mit siebzehn, sie war die Älteste und musste die ganze Verantwortung übernehmen. Ich hatte Tränen in den Augen, als ich sie alle betrachtete und ihnen zuhörte; im roten Sofa versunken, in kleinen Schlucken einen Wein aus dem Languedoc trinkend und gewiegt von der Musik, fühlte ich mich gut und schlief ein, ohne es zu bemerken. Mitten in der Nacht wachte ich auf und saß noch immer auf dem Sofa, zugedeckt mit einer Kinderdecke, auf der Buzz der Blitz und Woody der Cowboy herumstolzierten. Ich holte automatisch mein Telefon aus der Tasche. Ich hatte es den ganzen Tag über nicht kontrolliert. Ich dachte, vielleicht hatte Manon angerufen oder Sarah, ich hoffte es, hoffte, ihre Stimmen in der ruhigen Wohnung zu hören, die übersät war mit Gläsern, Flaschen und vollen Aschenbechern. Die Fenster ließen das gelbe und schräge Licht der Laternen herein, das auf dem gewachsten Parkett oder im Tannengrün der Pflanzen erstarb. Der Anrufbeantworter zeigte drei Nachrichten an. Die erste war von meinem Bruder. Das Krankenhaus habe angerufen, und die Ergebnisse seien nicht gut, sogar alles andere als gut. Meine Mutter müsse so schnell wie möglich wieder ins Krankenhaus, noch vor dem Wochenende. Sie würden anrufen, sobald ein Zimmer frei sei. François präzisierte nicht, unter welcher Krankheit sie litt, er wiederholte nur, dass es nicht gut aussehe, überhaupt nicht gut.

Die zweite Nachricht war um zweiundzwanzig Uhr dreißig hinterlassen worden. Meine Mutter sei erneut verschwunden. Sie habe das Haus durch den Keller verlassen, während mein Vater sich im Badezimmer die Zähne geputzt und er selbst in seinem Zimmer gelesen habe. Die Haustür sei abgeschlossen gewesen, und der Schlüssel habe sich in der Tasche unseres Vaters befunden, doch sie hatten nicht ans Erdgeschoss gedacht. Und außerdem sei meine Mutter gleich nach dem Abendessen eingeschlafen, es sei nicht einmal zwanzig Uhr gewesen.

»Gut. Ich bin jetzt draußen, ich suche nach ihr. Papa ist ebenfalls unterwegs. Wir können nur noch hoffen, dass die Polizei patrouilliert. Siehst du, du, der du dauernd schimpfst, dass die Bullen überall sind, dass sie einem eher Angst einjagen als irgendwas anderes, dass dadurch das Klima der Unsicherheit erst geschaffen wird, das eigentlich abgebaut werden sollte, tja, also, du hast nicht nur unrecht, sondern das bringt dir auch deine Mutter wohlbehalten zurück, du Scheißkerl!«

Er regte sich ganz allein am Telefon auf, brüllte ins Leere, hielt nächtliche Monologe.

»Schön, jedenfalls sind sie verständigt. Sie suchen nach ihr. Ruf zurück!«

Die dritte Nachricht war von meinem Vater. Es klang, als wüsste er nicht wirklich, wie dieses Ding funktioniert, als sei es das erste Mal, dass er so ins Leere sprach. Es klang, als wäre es das erste Mal, dass er mit mir sprechen musste, als wüsste er nach vierzig Jahren noch immer nicht, wie er das am besten tun sollte. Die Bullen hätten meine Mutter gefunden. Sie sei im Krankenhaus. Ich könne anrufen, wenn ich mehr wissen wolle. Ich tippte die Nummer von François. Er ging sofort dran.

»Endlich, wurde aber auch Zeit«, schimpfte er. »Was treibst du jetzt schon wieder? Was hat es für einen Sinn, sich eines dieser verdammten iPhones zu leisten und es bei jeder E-Mail von Price-Minister klingeln zu lassen, es mit schwachsinnigen Apps vollzustopfen, sich von ihm führen zu lassen, mit ihm ins Internet zu gehen und seine ganze Musik drauf zu haben, wenn du schlicht unfähig bist, seine eigentliche Funktion zu nutzen, das Telefon, du Scheißkerl.«

Mein Bruder konnte einfach nicht anders, er musste mir bei jeder Gelegenheit eine Moralpredigt halten.

»Mama ist angefahren worden. Sie ging mitten auf der Straße. Im Nachthemd. In Hausschuhen und Nachthemd. Sie hat eine gebrochene Hüfte. Und sie liegt im Koma. Man könnte glauben, sie schläft, aber sie sagen, sie liege im Koma, das sei der Schock, sie werde wieder aufwachen. Also, wir erwarten dich.«

Am Klang seiner Stimme erkannte ich, dass er die Zähne zusammenpresste, um nicht zu heulen. Ich atmete den Geruch von kaltem Tabak und Schweiß, Bier und Rotwein ein in dem ruhigen Wohnzimmer, aus dem das Schnarchen der Kleinen und die Atemstillstände ihres Vaters drangen, der, wenn er schlief, ständig den Atem anzuhalten schien, um in die Tiefen des Meeres zu tauchen und Unterwassernächte zu verbringen, die von Fischen und Neptungräsern wimmelten. Die Wände um mich herum waren schief, und der Fußboden schwankte mehr, als er sollte. Auf dem Weg zur Tür warf ich das eine oder andere Spielzeug um, das dort herumlag. Im Schlafzimmer von Alex und Lorette ging das Licht an. Lorette tauchte auf, weniger bekleidet, als es schicklich war, doch ich nahm keine Notiz davon und sie ebenfalls nicht, es war vier Uhr morgens, der Kater hatte uns fest im Griff, und ich empfahl mich auf Französisch. Ich erklärte ihr mit wenigen Worten die Situation. Sie nahm mich in die Arme, hinter ihr tauchte Alex ins Wasser vor Korsika und holte nur alle vier oder fünf Minuten Luft. Ich schlug die Tür zu und stürzte buchstäblich die Treppe hinunter, da ich auf dem Holz ausrutschte und auf meinem Hintern landete, von Schmerzen gepeinigt, aber am Ziel. Ich lief zur Place de la République. Die Straßen wimmelten von Menschen. Ich hatte keine Ahnung mehr, was all diese Leute an einem Donnerstagabend um vier Uhr morgens auf den Straßen des zehnten Arrondissements von Paris machten, ich hatte diese Stadt vor zu langer Zeit verlassen, und diese Stadt zu verlassen bedeutete, die Nacht zu verlassen. Paris war für mich eine grundsätzlich nächtliche Stadt, und mir fiel wieder ein, wie ungeduldig Sarah und ich, als wir hier gelebt hatten, die Nacht erwartet hatten, die zum Glück um siebzehn Uhr hereinbrach und das hässliche graue Licht auslöschte und durch die städtische Beleuchtung und die hellen Schaufenster ersetzte. Plötzlich strahlte und leuchtete alles und erstand neu aus einer schmutzigen und staubigen Erdkruste. Als wir in die Bretagne zogen, mussten wir in umgekehrter Richtung leben, morgens standen wir zuweilen vor Tagesanbruch auf und lauerten auf das rosa Licht, das die Landzunge einhüllte, die die Bucht schloss. Manchmal nahmen wir im Morgengrauen den Wagen und fuhren der aufgehenden Sonne entgegen, der Tag dämmerte herauf über der Halbinsel, der Erika, dem Ginster, den Grasnelken, den mit Strandhafer bewachsenen Dünen und den mit Farnkraut bedeckten Klippen, und wir wollten uns das auf keinen Fall entgehen lassen. Die Nacht verbarg das alles unter einem Schleier aus schwarzem Satin, Anthrazit und mattem Stahl, und die Stadt schlief ruhig und berauscht vom Wind ein. Ich hob den Arm, damit ein Taxi anhielt. Der Typ war hocherfreut, als ich ihm sagte, wir würden nach Villeneuve-Saint-Georges fahren.

»Ah, endlich eine richtige Fahrt. Um diese Zeit, ich schwör's Ihnen, fahren manche nur fünfhundert Meter weit. Sie sind dermaßen betrunken, dass sie auf dem Rücksitz zusammensacken. Sie schlafen innerhalb von dreißig Sekunden ein. Eine Minute später halte ich vor ihrer Wohnung, und ich muss sie wecken und ihnen helfen auszusteigen und ihren Code einzutippen. Es ist sogar vorgekommen, dass ich welche bis in ihre Wohnung bringen musste. Sie bitten mich, in ihren Taschen zu suchen, um mir zu nehmen, was sie mir schulden … Nur wenn sie betrunken sind, haben die Leute ein solches Vertrauen. Haben Sie bemerkt, dass die Menschen kein Vertrauen mehr haben? Jeder verdächtigt jeden. Wir leben in einer Zeit des Misstrauens. Alles ist entsprechend organisiert. Ich meine, in der Métro gibt es immer raffiniertere Drehkreuze, die alle nerven, Leute mit Kinderwagen oder Gepäck, und wozu das alles? Weil die Leute der RATP davon ausgehen, dass wir alle Diebe sind. All das wegen drei Typen, die betrügen. Wegen drei Typen, die betrügen, nervt man alle anderen. Und das ist überall das Gleiche. Wenn Sie in den Geschäften durch die Sicherheitsschleusen hinausgehen, treffen Sie auf einen Wachmann, ehrlich, da krieg ich eine Stinkwut, ich fühl mich beleidigt, ich kapier nicht, warum ich hinnehmen soll, von vornherein für einen potentiellen Dieb gehalten zu werden. Das Gleiche im Zug, ich ertrage es nicht mehr, kontrolliert zu werden. Als der Schaffner neulich kam und mich fragte, ob ich eine Fahrkarte hätte, wissen Sie, was ich ihm geantwortet hab? ›Natürlich hab ich sie‹, hab ich geantwortet und sie in der Tasche behalten. ›Vertrauen Sie mir!‹, sagte ich zu ihm. ›Sie ist hier. In meiner Tasche. Warum sollte ich Sie anlügen? Natürlich hab ich meine Fahrkarte. Warum sollte ich keine haben? Warum sollte ich in den Zug steigen, ohne zu bezahlen? Nennen Sie mich ruhig einen Dieb, wenn es Ihnen Spaß macht …‹ Sie hätten das Gesicht des Typen sehen sollen. Und die Leute sahen mich an, als hätte ich sie nicht alle. Schon verrückt, diese allgemeine Paranoia. Und das zieht sehr weite Kreise. Wegen drei Typen, die das Arbeitsamt betrügen, werden alle anderen polizeimäßig kontrolliert, man behandelt arme Teufel, die bereits ihre Arbeit verloren haben, wie potentielle Gauner, wie vermeintliche Drückeberger.«

Während der zwanzigminütigen Fahrt hörte ich dem Typen zu, ich war halb betrunken, aber es tat mir gut, ihn reden zu hören, während Paris zerbröckelte. Dieser Typ versöhnte mich mit den Taxis im Besonderen und der Menschheit im Allgemeinen. Während der ganzen Fahrt dachte ich an Samir und fragte mich, wie er wohl zurechtkäme, ob sein Sohn ihm fehlte, ob er nicht letzten Endes eine Dummheit machen würde.

»Mal ganz ehrlich, wir kuschen vor den Märkten, diese kleinen Wichser der Ratingagenturen diktieren den Politikern ihre Gesetze, Typen, die risikobelastete Finanzprodukte manipulieren, treiben ganze Länder in den Ruin, um Milliarden zu verdienen, und anschließend verlangt man von den unteren Schichten und vom Mittelstand, sich krummzulegen, um eine Krise zu überwinden, für die sie nicht im Geringsten verantwortlich sind. Banken, die von dem Staat gerettet worden sind, den sie mit ihren Sauereien in den Ruin getrieben haben, verlangen jetzt von ebendiesem Staat, sich krummzulegen und Schulden abzubauen, für die sie verantwortlich sind, verdammt, wohin führt das alles? Ich sag Ihnen eins, man muss die Märkte wieder auf Trab bringen, den Staaten die Aufsicht über die Finanzen zurückgeben, die Wirtschaft wieder in den Dienst des Staatswohls stellen, finden Sie nicht auch?«

Natürlich fand ich das auch, und er freute sich, dass wir zumindest schon mal zwei waren, denn laut ihm gab es nicht viele Politiker, die so redeten, hm, wer spricht das heute bei den Linken aus, könne ich ihm das sagen?

»Ich weiß nicht … Die Sozialisten?«

»Die Sozialisten? Machen Sie Witze? Tut mir leid, ich hab nichts gegen sie, aber nein. Die Leute haben Angst, von Gesellschaftsklassen zu reden. Sie haben aufgehört, darüber zu reden. Sie haben Angst, in aller Deutlichkeit zu sagen, dass sie für die beherrschten Klassen eintreten. Sie wollen sich keine Feinde machen. Sie sagen, die Sache sei komplizierter, so funktioniere das nicht mehr. So ein Quatsch. Nichts verändert sich. Die Reichen sind nie reicher gewesen und die Armen nie ärmer. Der Mittelstand ist nie so geschwächt gewesen. So hilflos.«

Inzwischen hatten wir den Bahnhof von Villeneuve-Saint-Georges erreicht, wo mein treuer Scenic auf mich wartete. »Oh, eine richtige Familienkutsche«, hatte mir einmal ein Journalist lachend ins Gesicht gesagt, dabei hatte ich immerhin die Freundlichkeit besessen, ihn vom Bahnhof abzuholen und mit ihm einen Spaziergang auf den Klippen der Pointe du Meinga zu machen, wo schon die geringste Bö ihn fortzuwehen drohte. »Ja, klar«, hatte ich erwidert, »schließlich habe ich ja auch eine Familie.« Ich hatte nicht »Arschloch« hinzugefügt, aber es hätte nicht viel gefehlt. Ich hatte ihn auch nicht gefragt, ob er nicht noch ziemlich unreif für sein Alter wäre, wenn er es klug fände, durch einen Wagen auffallen zu wollen, ob er nicht zufällig zu denen gehöre, die heimlich davon träumen, sich einen Geländewagen zu kaufen, um der ganzen Welt und insbesondere den Frauen zuzurufen, ja, er habe einen großen, oder einen Porsche oder einen verdammten schwarzen Audi Coupé, um allen zu zeigen, wie viel Geld sie verdienten, dass sie es geschafft hatten, dass sie sich aus dem Mittelstand herausgearbeitet hatten, dass sie endlich zur herrschenden Klasse gehörten.

Ich hatte große Mühe, aus dem Taxi zu steigen. So angenehm die Minuten auch vergangen waren in Gesellschaft des Fahrers, der Boden schwankte darum nicht weniger. Und ich hatte eine außergewöhnliche Selbstbeherrschung an den Tag legen müssen, um nicht die Sitze vollzukotzen. Ich fuhr zum Krankenhaus zu den Klängen von »Old Statues« von Other Lives, ein Song, der mich innerhalb weniger Sekunden den Tränen nahebrachte. Der Parkplatz war praktisch leer. Auf dem Flur begegnete ich der Schwester von Fabrice, ihre Augen waren vor Erschöpfung gerötet. Ich sah, wie sie zum Raum der Pflegehelferinnen ging. Vermutlich war ihr Dienst zu Ende, vermutlich würde sie ihren Kittel ausziehen, in eine Jacke schlüpfen und in die kühle Luft der dem Tag weichenden Nacht hinausgehen. Vermutlich würde sie zu ihrem Wagen gehen und nach Hause fahren, wo ihre Kinder und ihr Mann noch schliefen. Vermutlich würde sie sich einen Kaffee machen und versuchen, die

Augen offen zu halten, bis sie aufwachten, vermutlich würde sie versuchen, sich aufrecht zu halten, um ihnen Frühstück zu machen, die Kinder anzuziehen und ihnen ein paar liebevolle Worte auf den Schulweg mitzugeben, vermutlich würde sie vor Müdigkeit ins Bett fallen, nachdem die Tür zugefallen war und sie in der leeren und unaufgeräumten Wohnung zurückgelassen hatte, die in morgendliche Stille und Helligkeit getaucht war.

Mein Bruder und mein Vater warteten auf zwei Stühlen, die rein zufällig dort zu stehen schienen. Beide wirkten verlassen und merkwürdig in der Flucht von Flügeltüren, die manchmal die Fortsetzung des Flurs erkennen ließen, wenn sie sich öffneten, um Männer und Frauen in Kitteln hindurchzulassen, bevor sie sich mit einem dumpfen Gummigeräusch wieder schlossen. Sie standen auf, als sie mich sahen.

»Sie ist da«, sagte mein Bruder und deutete auf eine rosa Tür. »Sie wird behandelt. Es dauert noch zehn Minuten.«

»Wie geht es ihr?«

»Sie ist immer noch ohne Bewusstsein. Sie bekommt Schmerzmittel über den Tropf.«

»Was ist passiert?«

»Sie ging mitten auf der Straße, sie war wohl auf dem Weg zum Bahnhof, jedenfalls nimmt man das an. Sie war auf der Höhe von Les Rosiers, an der Kreuzung, die schlecht beleuchtet ist, aber trotzdem, ich weiß nicht, der Typ hatte angeblich nicht getrunken, er kam um drei Uhr morgens von der Arbeit …«

»Manche Leute arbeiten bis drei Uhr morgens. So etwas gibt es. Es gibt nichts, was es nicht gibt, weißt du.«

»Ja, also kurz und gut, vielleicht hatte er nichts getrunken, trotzdem muss er geschlafen haben, keine Ahnung, jedenfalls hat er sie angefahren.«

»Und er hat die Bullen gerufen?«

»Ja. Angeblich war er total in Panik.«

Mein Bruder erhob die Augen zum Himmel, als sei es undenkbar für ihn, dass ein Typ, der mitten in der Nacht von der Arbeit kommt und eine Frau im Morgenrock umfährt, die mitten auf der Straße geht, wirklich in Panik, traumatisiert sein kann.

»Was interessiert dich das? Man könnte meinen, du machst dir mehr Sorgen um diesen Typ als um Mama.«

Jetzt erhob ich die Augen zum Himmel. Wieso ließ ich mich immer wieder auf solche schwachsinnigen Diskussionen ein, fragte ich mich genau in dem Augenblick, als mein Vater seine Lippen einen Spalt öffnete, um zu murmeln: »Es war ein Schwarzer.«

»Wie?«

»Du hast schon verstanden. Es war ein Schwarzer«, wiederholte er und blickte mir in die Augen, als bestätigte dieser Unfall, was er insgeheim schon viel zu lange dachte und was ich missbilligte, ohne dass wir jemals wirklich darüber gesprochen hatten. All das war vergraben unter einem Berg von Schweigen, Anspielungen, Andeutungen und Schlussfolgerungen. Wie stets in dieser Familie. Ich musste dem ein Ende bereiten. Ich hatte nicht die Absicht, mich auf eine solche sinnlose Diskussion einzulassen. Der Typ am Steuer war ein Schwarzer, na und, was änderte das, was bewies das? Vielleicht hätte ich das sagen sollen, doch ich tat es nichts. Stattdessen sagte ich: »Ich habe Guillaume gesehen. Ich war auf dem Friedhof von Villeneuve-Saint-Georges, und ich habe Guillaume gesehen.«

Das Gesicht meines Vaters verfinsterte sich, und mein Bruder sank in sich zusammen. Panik und Schmerz blitzten in seinen Augen auf. In diesem Moment öffnete sich die Tür des Zimmers, und zwei Krankenschwestern kamen heraus. Wir gingen hinein. Meine Mutter schlief, bekleidet mit einem weißen Kittel und zugedeckt mit einem rosa Laken, angeschlossen an verschiedene Beutel mit Flüssigkeit und Apparate, die ihren Puls kontrollierten und die Daten sammelten, die bewiesen, dass sie am Leben war. Ich setzte mich neben sie, und mein Bruder wählte den großen Sessel. Er biss sich in die Wangen und tötete meinen Vater mit Blicken. Irgendetwas entging mir. Dann sagte mein Vater, er wolle sich einen Kaffee holen, und verließ das Zimmer.

»Was ist los?«

»Nichts. Ich will nicht darüber reden. Ich will nicht darüber reden, das ist alles.«

François war wirklich mit den Nerven am Ende, kurz vor dem Explodieren. Er stand ebenfalls auf und verließ das Zimmer.

»Ich brauche frische Luft. Verdammt. Ich brauche frische Luft.«

Ich war allein mit meiner Mutter, allein mit ihrem rasselnden Atem, der das Zimmer erfüllte. Irgendetwas in ihr war in die Brüche gegangen, sie war um mehrere Jahre gealtert, und allmählich wurde der Unterschied zwischen ihrem tatsächlichen Alter und dem, das sie zu haben schien, schwindelerregend. Erneut dachte ich an die Leute, die ich kannte und die ebenso alt wie meine Eltern waren, die aber die Bahn ihres Lebens in geschützteren Milieus gezogen hatten oder ihren Weg auf Bahnen gegangen waren, die man vorher für sie gezogen hatte. Ich dachte an diese Leute, Schriftsteller, Verleger, befreundete Eltern aus dem Bürgertum, Medienpersönlichkeiten, die sich in dem Viereck der Flachbildschirme herumtrieben, und selbst die ältesten unter ihnen wirkten jünger als meine Mutter. Ich nahm ihre Hand. Es war die Hand einer alten Frau. Fleckig, durchzogen von Adern, deren Farbe zwischen Grün und Blau schwankte. Ich näherte mich ihr und flüsterte ihr ins Ohr, dass ich Guillaume gesehen hätte, dass er im Schatten einer großen Kiefer ruhe, umgeben von einem Teppich aus goldenen Nadeln. Ich sagte ihr, es habe mir gutgetan, ihn zu sehen, es habe mir gutgetan zu wissen, dass er existiert habe, ich sagte ihr, ich verstünde, dass sie mir das immer verheimlicht hätten, um mich zu schonen, aber auch für sie, um zu versuchen zu vergessen, sie hätten unrecht gehabt, aber ich verstünde sie, ich sagte ihr, sie habe mir nie sagen können, dass sie mich liebe, aber ich hätte es auch nicht gekonnt, und jetzt würde ich ihr sagen, auch wenn ich nicht sicher sei, dass sie mich höre, ja, Mama, ich liebe dich, und ich danke dir für alles.

Ich weiß, was die Ärzte gesagt haben.

Dass es schlichtweg unmöglich sei.

Doch ihre Hand drückte plötzlich meine, ich spürte es. Ich schwöre, dass ich es spürte.

DER UMZUG FAND ZWEI TAGE später statt. Tags zuvor hatten wir uns im Krankenhaus am Bett unserer Mutter und zu Hause bei den letzten Vorbereitungen abgelöst. Ihr Zustand war unverändert. Sie bewegte keine Wimper, und die Ärzte, die Mühe hatten zu verbergen, dass ihr Zustand kritisch war, gaben sich zuversichtlich. Meinen Bruder und meinen Vater sah ich so gut wie gar nicht, und wenn, dann schwiegen wir uns an. Im Grunde hatte sich nichts geändert. Außer dass mein Bruder verwirrt, verunsichert wirkte. Natürlich rechtfertigte allein schon der Zustand unserer Mutter, dass er sich in einer Art Trance befand, aber ich konnte mich dennoch nicht des Gedankens erwehren, dass die Erwähnung Guillaumes ihn irgendwie betroffen gemacht hatte. Und mein Vater war ein Marmorblock, der die Zähne nicht auseinanderkriegte. Er hielt sich sehr gerade, blickte finster drein und tat, was zu tun war, ohne sich zu beklagen, verantwortungsbewusst und zuverlässig: bei seiner Frau sein, sich um das Haus kümmern, das er verlassen würde, und um die Wohnung, in der er in Zukunft wohnen würde – und auch hier fehlte es nicht an Aufgaben, Strom, Telefon, Papierkram, all das kostete wertvolle Zeit. Kurz, er war derjenige, den ich immer gekannt hatte, und auch an seinem Schweigen mir gegenüber hatte sich nichts geändert. Zu mehr als ein paar Worten hatte es nicht gereicht, als ich ihn das letzte Mal auf Guillaume angesprochen hatte.

»Nun gut, jetzt weißt du also Bescheid. Du hattest einen Zwillingsbruder, der nach ein paar Tagen gestorben ist. Das hat deine Mutter sehr traurig gemacht. Und sie legte großen Wert darauf, dass du es nicht erfährst. Sie wollte nicht, dass du dich schuldig fühlst oder was weiß ich. Ich wüsste nicht, warum du dich schuldig fühlen solltest, aber es war ihr Wunsch, und ich habe ihn respektiert. So. Und jetzt will ich nicht mehr darüber sprechen. Nie mehr! Ist das klar?«

Es war klar, und bis zu diesem Augenblick, in dem ich diese Zeilen schreibe, ist dieses Versprechen niemals gebrochen worden. Nachdem die Möbelpacker fort waren, öffneten wir zu dritt die

Kartons in der neuen Wohnung, hängten die Kleider in den Schrank, räumten das Geschirr in der Küche ein und die Artikel des Grundbedarfs in die entsprechenden Wandschränke. Das alles wirkte wirklich nicht wie ein Ort zum Leben, sondern eher wie eine Ferienwohnung, ein Ort ohne Erinnerung. Die beiden Kartons mit Erinnerungsstücken, die meine Mutter aus dem Schiffbruch gerettet hatte, standen bereits im Keller, dessen Trockenheit und Sauberkeit die Leiterin der Residenz uns mehrmals in den höchsten Tönen gepriesen hatte. »Das ist wichtig, verstehen Sie«, hatte sie mir anvertraut. »Die Leute hier haben alle größere Häuser verlassen, in denen ihre Kinder aufgewachsen sind, das sind alles Erinnerungen eines Lebens, hier haben sie nicht genügend Platz, also muss das, was sie mitnehmen, was sie behalten, unter den besten Bedingungen aufbewahrt werden.« Mein Vater hätte am liebsten alles weggeschmissen, abgesehen von den Fotos in den zehn Schuhkartons, die er unter das Bett gestellt hatte, auf der Seite, auf der meine Mutter schlafen würde.

»Manchmal ertappe ich sie nachts dabei, wie sie sie betrachtet, mit einer Lampe auf der Stirn. Sie betrachtet sie stundenlang«, hatte er mir anvertraut, als er sie dort verstaute.

Nachdem die Arbeit erledigt war, war alles sauber und ohne Leben. Der Fernseher im Wohnzimmer war riesig, und die wenigen Möbelstücke, die meine Eltern hatten behalten wollen (der runde Mahagonitisch, das Buffet, der Schlafzimmerschrank, das Bett, die Nachttische, die beiden großen Sessel, die wir vor dem Fenster aufgestellt hatten), waren alle zu klobig und zu wuchtig für den Raum. Für all das waren nicht mehr als drei Stunden nötig gewesen. Ein ganzes Leben, aus einem Haus in eine Wohnung, liquidiert innerhalb von hundertachtzig Minuten. Einen Augenblick dachte ich an all unsere Kinderzeichnungen, unsere Hefte, unsere Milchzähne, unsere Poster, die von den Müllzerkleinerungsmaschinen zerhäckselt wurden, an die Möbel unserer Kinderzimmer, die in großen staubigen Warenlagern angeboten wurden, an unsere alten Bücher, unsere Comics, die CDs, die wir doch nie mehr gehört hätten und die von unserem schrecklichen Geschmack mit zehn oder elf Zeugnis ablegten – A-ha, Vanessa Paradis, INXS, Midnight Oil, Elton John, Depeche Mode, Eurythmics, Jean-Jacques Goldman, Daniel Balavoine, U2, Michael Jackson, keineswegs eine erschöpfende Liste, und ich will meinen Bruder nicht kränken, indem ich verrate, welche der Scheiben, die sich in meinem CD-Player drehten, ihm gehörten –, verkauft für wenige Cent an Trödler und auf Flohmärkten ... Daran zu denken gab mir keinen Stich ins Herz, es schnürte mir nicht die Kehle zusammen, es war eher eine gleichgültige Feststellung. Mehr Kummer bereitete mir der Anblick meines Vaters in dieser Wohnung, die er für meine Mutter zu mieten beschlossen hatte und die sie vielleicht nie betreten würde. Er hatte sein Haus umsonst verlassen. Ich stellte mir vor, wie er sein Leben hier zwischen alten Menschen beenden würde. Und sollte meine Mutter im schlimmsten Fall tatsächlich nicht mehr mit ihm hier wohnen können, hinderte ihn natürlich nichts daran, den Vertrag zu kündigen und woanders hinzuziehen. Das Geld aus dem Hausverkauf sicherte ihm ein dickes Polster, um zu reisen oder sich eine schöne Wohnung mit Blick aufs Meer, auf die verschneiten Gipfel oder auf den Vézère zu mieten, der durch die Täler der Dordogne fließt, oder auf was immer ihm zusagte oder eher nicht zusagte, denn ich war ziemlich sicher, dass er nichts dergleichen tun würde. Er würde in dieser Wohnung, in dieser Stadt bleiben, mit der ihn nichts verband – meines Wissens hatte er keine Freunde, seine beiden Söhne und seine Enkelkinder lebten woanders, und er hatte soeben verlassen, was meine Mutter »das Haus unseres Lebens« nannte, so bescheiden und gewöhnlich es auch sein mochte –, und würde seine Zweizimmerwohnung nur sehr selten verlassen, für eine Partie Boule, eine Radtour, ein paar Besorgungen ...

»Jedenfalls«, sagte er, »werde ich das Geld aus dem Hausverkauf nicht anrühren. Ich brauche es nicht. Es wird dir und deinem Bruder gehören, wenn ich auf der anderen Seite sein werde.«

»Aber nein, wir brauchen es nicht. Wir brauchen nichts. Wir haben unser Leben. Außerdem bin ich gegen das Vererben. Das Vererben ist die Wunde unserer Gesellschaft, es macht die Reichen immer noch reicher, es ist die soziale Reproduktion, die nie aufhören wird, es ist die Ungleichheit an der Wurzel.«

Mein Bruder zuckte die Achseln angesichts dessen, was er meine »Reden eines Linksextremisten« nannte.

»Von was für einer Ungleichheit redest du? Von was für einer sozialen Reproduktion? Papa und Mama haben ihr ganzes Leben gearbeitet. Sie haben ein Haus gekauft, das sie dreißig Jahre lang abbezahlt haben, mit dem Schweiß auf ihrer Stirn und indem sie auf alles andere verzichtet haben, um wenigstens das zu haben, ein eigenes Haus, das sie uns vererben können, uns, die wir es bei ihrem Tod trotz allem auf die eine oder andere Weise zu etwas gebracht haben in unserem Leben. Von was für einer Reproduktion redest du?«

»Nein, ich meine, ganz allgemein. Auf gesellschaftlicher Ebene.«

»Ja, genau, ganz allgemein. Ihr mit euren schönen Reden, immer heißt es, ›ganz allgemein‹. Aber in der Praxis gibt es nie eine konkrete Entsprechung.«

Ich wollte gerade das Thema wechseln, bevor die Situation sich zuspitzte, als es an der Tür läutete. Eine elegante Frau, deren weißes Haar leicht bläulich schimmerte, sehr schlank in ihrem geblümten Kleid, kam herein. Sie trug einen großen mit Alufolie bedeckten Teller. Sie wolle sich vorstellen und meinen Vater begrüßen, sie habe das mit meiner Mutter gehört, die Ärmste, es war mir rätselhaft, wie sie davon erfahren haben konnte, aber daran musste man sich gewöhnen. In der Folge zeigte sich, dass hier nichts verborgen blieb, dass es nur wenige Paare gab, dass alleinstehende Männer eine sehr kleine Minderheit bildeten und dass die Residenz von ein paar lustigen Witwen regiert wurde, die sich jeden Nachmittag im Gemeinschaftsraum trafen und sich den lieben langen Tag gegenseitig einluden und die den ganzen Nachmittag vorbeikamen, um den Tisch mit selbstgemachten Keksen, süßen und salzigen Cakes, Kuchen und Pasteten zu überfrachten. Mein Vater empfing sie mit einer Höflichkeit, die ich an ihm nicht kannte. Gewiss, er blieb kühl und mürrisch wie immer, doch manchmal lächelte er und antwortete auf ihre Fragen, stellte sogar selber welche und dankte den Damen für ihre Fürsorglichkeit, ihr Mitgefühl für den Zustand unserer Mutter und ihre Geschenke. Mein Bruder und ich beobachteten das alles amüsiert, bevor wir ins Krankenhaus fuhren, um am Bett unserer Mutter zu sitzen, die noch immer auf der Intensivstation lag und auf keines unserer Worte, auf keinen Händedruck und keinen der Küsse, die François ihr auf die Stirn drückte, reagierte.

Als wir gingen, unsere Mutter schlafend in ihrem Bett zurückließen und unseren Vater allein in seiner neuen Wohnung, spürte ich, wie François' Stimmung kippte. Er müsse am nächsten Tag zurückfahren. Sein Terminkalender sei voll bis obenhin, Hunde und Katzen, die er behandeln müsse, und Delphine fahre für vier Tage ins Ausland. Ich spürte, wie hilflos er war, wie sehr der Zustand unserer Mutter ihn erschütterte. Wir gingen was trinken, und während ich meinen ersten Whisky kippte und mir die x-te Entgleisung leistete, die mir aufgrund der Situation gerechtfertigt schien, konnte ich nicht umhin, mir Gedanken über die Art und Weise zu machen, wie ich ein weiteres Mal auf die Ereignisse reagierte, als seien sie irgendwie irreal, als beträfen sie mich nur von ferne. Ich war versucht, das erneut dem zuzuschreiben, was ich mein »peripheres« Wesen nannte, meine Unfähigkeit, wirklich da zu sein in dem Augenblick, in dem die Dinge sich ereigneten, doch es kam mir so vor, als sei die Realität viel grausamer: Meine Mutter schwebte zwischen Leben und Tod, und wenn ich den Ernst der Situation und ihre Konsequenzen abschätzte, verkrampften sich meine Gedärme weniger, als sie es eigentlich tun sollten. Ich konnte mich des Gedankens nicht erwehren, dass eine derartige Szene mir, wenn ich sie in einem Buch lesen oder in einem Film sehen würde, die Tränen in die Augen treiben würde. Doch hier, in der realen Welt, war das nicht so. Natürlich ließ es mich nicht kalt, aber es machte mich nicht auf so organische, physische Art betroffen, wie es das eigentlich hätte tun sollen. Sarah hatte recht: Ja, ich war niemals da, das Leben der anderen berührte mich mehr als mein eigenes, die Fiktion bewegte mich mehr als die Realität, ich war ein Behinderter oder ein Kranker, und wenn das alles mir auch half, meine Bücher zu schreiben, ich mich dessen sogar rühmte, als Mensch erniedrigte mich das zu einem Stück Scheiße.

»Weißt du, ich bin sicher, dass alles gut wird. Dass Mama sich erholen wird. Dass sie ein schönes ruhiges Leben in ihrer kleinen Wohnung haben werden. Papa wird seine Zeitung lesen, Sport in der Glotze anschauen, den Bäumen beim Wachsen zusehen, seine Partie Boule spielen, seine Fahrradtouren machen können, und Mama wird weniger allein sein, ich bin sicher, dass sie hier Freunde finden wird. Und ich kenne dich, du wirst sie besuchen. Und ich verspreche dir, mich zu bessern. Ich werde der gute Sohn sein, der ich nie sein konnte.«

»Warum haben sie es mir nie gesagt? Mir? Verdammt. Warum?«

Ich sah meinen Bruder an, seine geröteten Augen blickten durch die Flaschen und den großen Spiegel der Bar hindurch, und seine Blicke verloren sich in einem fernen wütenden Nichts.

»Wovon redest du?«

»Von Guillaume.«

»Was? Willst du damit sagen, du wusstest es nicht?«

Er schüttelte den Kopf, vollkommen hilflos, am Boden zerstört, seine Gesichtszüge waren entgleist, er war kaum wiederzuerkennen. Dann trank er sein Bier in einem Zug aus.

»Weißt du, ich habe immer gedacht, dass irgendetwas passiert sein muss. Ich meine, Mama ist immer so traurig gewesen. Na ja, nicht immer. Hast du ihre Fotos gesehen, als sie jung waren? Scheiße, ich habe immer gedacht, das liege daran, dass ich geboren wurde, dass sie Kinder bekommen hatten, das würde sie belasten oder was weiß ich. Ich habe es nicht verstanden. Ich glaube, unbewusst dachte ich, es sei meine Schuld. Es sei meine Schuld, dass Papa so hart und kalt ist, dass Mama so traurig und abgespannt ist. Und ich habe alles getan, um ein guter Sohn zu sein. Der perfekte Sohn, verstehst du. Das alles ist mir sehr früh bewusst geworden. Als ich sechs war, vielleicht. Ich war damals schon sehr ernst. Ich sagte mir, du musst alles tun, um sie nicht zu ärgern. Ich war fleißig in der Schule, hilfsbereit zu Hause, ich nahm an allen Familientreffen teil, die du mit Hingabe geschwänzt hast. Mama träumte davon, dass ich Tierarzt werde. Erinnerst du dich, sie sagte immer: Arzt oder Tierarzt. Bei manchen Eltern ist es Ingenieur, Anwalt, Finanzexperte, Botschafter, aber bei ihr war es Arzt oder Tierarzt. Natürlich sagte sie das, ohne wirklich daran zu glauben, weil sie immer sagte: ›Das sind alles keine Berufe für uns, es wäre schön, wenn du eine gute sichere Arbeit in einem Büro hättest, wenn du dir nicht die Hände schmutzig machen und die Gesundheit ruinieren musst wie dein Vater.‹ Zum Arzt fühlte ich mich nicht berufen. Immer nur Kranke, ich weiß nicht. Also habe ich Tiermedizin studiert. Um ihr eine Freude zu bereiten. Während du gemacht hast, was du wolltest, von zu Hause abgehauen bist, all diesen Kram geschrieben hast, der ihnen wehtat, ans Meer verschwunden bist, während ich im Großraum Paris geblieben bin, ich meine, glaubst du etwa, ich fühle mich hier wohl im Großraum Paris? Glaubst du nicht, ich wäre auch gern mit den Kindern ans Meer gezogen? Hunde und Katzen gibt es überall, verdammt noch mal. Am Meer wie anderswo.«

Er hielt inne und machte eine lange Pause, die ich nicht zu unterbrechen wagte, nicht einmal, um ihm zu sagen, dass er sich die Dinge so hinbiege, wie es ihm in den Kram passe, und ihn daran zu erinnern, dass er, bevor er Delphine kennengelernt habe, Kommissar hatte werden wollen und sich sogar in Jura eingeschrieben hatte. Ich war selbst ein Experte auf diesem Gebiet, ich verbrachte mein Leben damit, Ereignisse in Übereinstimmung zu bringen, die nichts miteinander zu tun hatten, in der Hoffnung, eine verborgene Bedeutung, eine noch so dunkle, selbsterfundene Logik darin zu entdecken. Schließlich sprach er weiter und entschuldigte sich für das, was er gesagt hatte. Er verstehe einfach nicht, warum man ihm nie von Guillaume erzählt hatte. An meine Geburt konnte er sich kaum erinnern. Trotzdem war ihm im Gedächtnis geblieben, dass Mama sehr erschöpft gewesen war und manchmal geweint hatte. Das waren seine ersten richtigen Erinnerungen. Unsere Mutter in Tränen aufgelöst, während sie mich stillte.

»Es war deutlich zu erkennen, dass irgendetwas nicht stimmte. Und, keine Ahnung, sie hätten mir auch sagen können, dass Mama Zwillinge erwartete. Seit zwei Tagen denke ich an nichts anderes, ich versuche mich zu erinnern, was sie mir gesagt hatten. Ob sie mir gesagt hatten, dass sie Zwillinge erwarteten. Und ob sie mir danach gesagt hatten, dass es schließlich doch nur ein Kind war. Ob sie mich mitgenommen hatten, um Guillaume in seinem Brutkasten zu sehen. Ich versuche mich zu erinnern, aber nichts, da ist nichts …«

»Ich habe auch über all das nachgedacht. Seit mehreren Wochen geht mir das im Kopf herum. Aber Papas Kälte, Mamas Traurigkeit, ich glaube nicht, dass das mit Guillaume zu tun hat. Na ja, ich sage nicht, dass das nicht ein echtes Trauma für sie war. Das sage ich nicht eine Sekunde. Ich denke, es war ein echtes Trauma, über das sie nicht hinwegkamen, denn so etwas ist nicht wiedergutzumachen und schrecklich ungerecht und scheußlich und skandalös. Aber ich glaube auch, dass sie so waren. Dass das Leben sie dazu gemacht hat, das ist alles. Ihre Erziehung. Die Arbeit. Der Ärger. Die Erschöpfung. Die Geldprobleme. Das alles zermürbt die Menschen. Du brauchst dich ja nur umzuschauen. Das zermürbt die Menschen. Irgendwie schaffen sie es, aber in welchem Zustand …«

Er verzog das Gesicht, nicht sehr überzeugt.

»Vielleicht. Vielleicht hast du recht. Keine Ahnung. Und ich glaube, ich geh jetzt. Ich bin müde.«

»Du solltest besser nach Hause fahren. Ich bleibe hier. So lange wie nötig. Wenn es etwas Neues gibt, ruf ich dich an. Fahr nach Hause! Deine Kinder brauchen dich. Und die kleinen Katzen auch ...«

»Die kleinen Katzen ... Wenn du wüsstest, wie sie mich ankotzen, all diese Köter und diese Scheißkatzen ... Dieser Geruch. Ich ertrage ihn nicht mehr, den Geruch in der Praxis. Ich habe es mit allen möglichen Düften versucht, nichts hilft, es riecht nach Hund und Katze, Scheiße.«

François legte einen Schein auf den Tresen, und ich sah ihm nach, wie er die Bar verließ. Er würde seine Sachen holen, sich von unserem Vater verabschieden, nach Hause fahren und darauf warten, dass Mama aufwachte. Oder für immer einschlief.

Ich wollte gerade ebenfalls gehen, als ich plötzlich Fabrice gegenüberstand. Er hatte sich nicht verändert. Natürlich war sein Körper etwas kräftiger geworden und seine Gesichtszüge waren gealtert, aber grundsätzlich hatte er sich nicht verändert. Und das lag an seinem Blick. Ein strahlender Blick und ein charmantes Lächeln, die damals jeden um den Finger gewickelt hatten. Selbst wenn er einem zusammen mit seinen Kumpels das Fahrrad geklaut hatte und er es dreist leugnete, konnte man einfach nicht anders, als ihn zu mögen und sein Freund sein zu wollen. Er erkannte mich nicht sofort.

»Du hast aber ganz schön zugenommen, mein Schweinchen.«

Mit diesen freundschaftlichen Worten eröffnete er das Gespräch. Obwohl ich ganz woanders war. Obwohl ich bei meinem Bruder, bei meiner Mutter, bei Guillaume war. Ich hörte ihm zu, während er mir von seinem Leben erzählte, aber ich war nicht ganz da. Sein Job als Erzieher im Bürgerhaus von Les Bosquets, der Siedlung, die er nie verlassen hatte und nie verlassen würde, weil es für ihn so wäre, als verließe er das Schiff, als benähme er sich wie eine Ratte, wie ein Feigling, seine beiden Kinder, die ebenso wenig zu bändigen waren wie er in ihrem Alter. Ihre Mutter, von der er getrennt war, weil sie es nicht mehr ertragen hatte, dass er dauernd fremdging, all das erreichte mich durch einen dicken Nebel und drang kaum in mein Bewusstsein.

»Und die Siedlung, wie sieht es dort aus?«, fragte ich, ohne wirklich eine Antwort zu erwarten, wie man eine Unterhaltung wieder in Gang bringt, einfach nur, weil die Regeln der Höflichkeit es verlangen.

»Wie soll es dort schon aussehen? Es sieht schlecht aus. Alles hier ist eine Riesenscheiße. Es ist die Peripherie der Peripherie. Der Rand des Randes. Millionen leben an solchen Orten, aber es ist immer das Gleiche: Entweder ist es, als existiere man gar nicht, oder es ist, als existiere man zu sehr, als störe man wie ein fremder Körper, den man früher oder später wird loswerden müssen. Weißt du, in dieser Stadt hat der Front National bei den Kreiswahlen dreißig Prozent erreicht. Und was, meinst du, heißt das für die Jugendlichen? Wir wollen euch nicht. Verschwindet. Das heißt es für sie. Und die Vertreter der Regierung sprechen täglich von nichts anderem, die Immigranten, die Unsicherheit, die Muslime, die die Identität gefährden. Was sie hören, ist genau das: dass sie die Identität gefährden. Dass sie also nicht Teil dieser Identität sind. Natürlich sind sie wütend, natürlich fühlen sie sich im Arsch und vor die Tür gesetzt. Aber sie sind nicht blind. Sie sehen sehr wohl, dass sie in den Siedlungen leben und die Weißen in den Einfamilienhäusern. Dass sie in der Scheiße stecken, während die Weißen die guten Jobs haben. Auch das sehen sie. Weißt du, jahrelang hat man uns weismachen wollen, dass alles gut sei, dass es funktioniere, dass alle glücklich zusammenleben würden. Und weißt du, warum wir das glauben sollten? Wegen eines verdammten Fußballspiels. Blacks Blancs Beurs. Wegen eines verdammten Fußballspiels. Elf Blödmänner in Shorts, elf verdammte Millionäre, die einen Ball kicken. Ich meine, was hat das miteinander zu tun? Wovon redet man? Werden diese Blödmänner uns hier Arbeit verschaffen? Werden diese Blödmänner die Leute aus dem Elend holen?«

Ich verabschiedete mich von Fabrice, oder möglicherweise er

sich von mir. Er müsse ins Rathaus und sei schon spät dran. Wir vereinbarten, uns in ein paar Tagen wiederzusehen, er wolle etwas mit mir besprechen, eine Art Schreibwerkstatt oder so etwas, auch wenn ich nicht in der Siedlung gelebt hätte, für die Jugendlichen wäre es eine gute Sache, mit jemandem zu arbeiten, der hier aufgewachsen sei, der aus einem Arbeitermilieu komme und es geschafft habe. Ich sah ihm nach, wie er sich entfernte mit seinem geschmeidigen tänzelnden Gang, und ich sah uns wieder als Jungs. Ich sah uns als das, was wir waren: zwei Kinder der Ränder.

DAS HAUS WAR VOLLKOMMEN LEER. In meinem ausgeräumten Kinderzimmer stand nur noch meine Tasche. Und auf dem Waschbeckenrand im Badezimmer mein Kulturbeutel. In allen Zimmern trugen die Wände die Spuren der verschwundenen Kommoden, Regale, Schränke und Rahmen. An manchen Stellen war die Tapete übersät von schwarzen Flecken und zeigte Spuren von Feuchtigkeit und Schimmel. An anderen löste sie sich. An den Decken blätterte die Farbe ab und zeichnete ein kompliziertes Netz von Rissen, die über die ganze Fläche liefen. Nur die Küche hatte sich nicht sehr verändert. Es fehlten zwar Tische und Stühle, doch die Einbaumöbel, der alte Herd, die Platten und der Kühlschrank waren noch immer da, überzogen mit demselben orangegelben Resopal, das meine Mutter nicht mehr sehen konnte, sie träumte laut von einer schönen funkelnagelneuen Küche mit allem Drum und Dran, worauf mein Vater lediglich mit einem Achselzucken reagierte. »Deine Küche ist sehr gut.« Mir hatte immer das »dein« gefallen, für mich war es das Symbol einer aussterbenden Generation, aber sicher war es nicht, denn die nachfolgenden Generationen hielten hartnäckig an den archaischsten, machohaftesten, fremdenfeindlichsten, sicherheitsorientiertesten und homosexuellenfeindlichsten Traditionen fest, man brauchte bloß die Ohren aufzumachen, um festzustellen, dass die eifrigsten Vertreter des großen Lagers der Reaktionäre nicht nur die Meinungen einiger runzliger Alter ausdrückten, die auf den Plätzen des Var oder der Alpes-Maritimes in der Sonne saßen, sondern dass es da einen stets frisch gedüngten Nährboden gab, der niemals wirklich austrocknen würde und für den mein Bruder eines von zahlreichen Beispielen war. Ich konnte nichts dagegen machen, selbst allein in dem leeren Haus setzte ich den Streit mit ihm fort, alles diente als Vorwand, und Mama hatte schon recht, wenn sie früher auf ihrem Stuhl zusammengesackt war, während wir uns bis aufs Messer über politische Fragen gestritten hatten. Die Politik hatte uns getrennt, sie hatte einen Graben zwischen uns geöffnet, der nicht mehr zu schließen war.

»Ich hasse die Politik«, hatte mir meine Mutter eines Tages gesagt. »Sie trennt die Leute, und ganz ehrlich, wenn man sieht, was passiert, es ist die Mühe nicht wert.«

Sie hatte das gesagt, als ginge sie das alles letzten Endes überhaupt nichts an, als ginge es nur darum, diese oder jene Mannschaft zu unterstützen, Paris St. Germain gegen Olympique Marseille, Lyon gegen Saint-Étienne, die Celtics gegen die Rangers, Inter gegen AC. Als verstünde sie, kleine Angestellte, Arbeiterfrau, Tochter, Enkelin und Urenkelin von Proletariern, seit Generationen der beherrschten Klasse zugehörig, überhaupt nicht, inwiefern die auf höchster Ebene getroffenen Entscheidungen, die hitzigen Diskussionen auf der Straße und in der Nationalversammlung Auswirkungen auf ihr Leben und das ihrer Kinder haben könnten. Als wären die Härte ihrer Arbeit, ihre Lebensbedingungen, die Unmöglichkeit zu studieren, als wäre der Weg ihrer eigenen Kinder, der Freunde ihrer Kinder, der Neffen und Nichten keine Politik. Als wären die Gewissenhaftigkeit, mit der sie sich um das Haus kümmerte, indem sie nach der Arbeit noch sämtliche Hausarbeiten erledigte, als wäre die Furcht vor meinem Vater, die nichts anderes als die Furcht vor den Männern war, in der die meisten Frauen leben, selbst jene, die sich für emanzipierter hielten, bis in mein Umfeld hinein, wo man stets auf die Laune des Ehemanns, auf die Wutanfälle des Ehemanns, auf die Müdigkeit des Ehemanns Rücksicht nehmen musste (dein Vater ist müde, das wird deinem Vater nicht gefallen, da musst du deinen Vater fragen, du wirst deinen Vater nerven ...), als wäre all das keine Politik. Im Grunde verstand sie nicht, dass ihre Kinder das alles so ernst nahmen, ebenso wie sie sich wunderte, dass man sich so für ein Fußballspiel begeistern konnte: »Ach, gebt doch jedem einen Ball und Schluss«, sagte sie jedes Mal, wenn diese großen vor Geld stinkenden Jungen über den Bildschirm rannten.

Es war Nacht geworden. Nur die Geräusche des Heizungskessels störten die Stille. Die vorhanglosen Fenster gaben den Blick auf den kümmerlichen Garten frei. Man hätte meinen können, auch er sei im Zuge des Umzugs mitgenommen worden. Er kam mir plötzlich wie verlassen, bleich, nackt und traurig vor. Ich legte ein altes löchriges Laken auf den Fliesenboden des Wohnzimmers, ich hatte es im Keller gefunden, wo es die wenigen Gegenstände bedeckt hatte, die ich mitzunehmen beabsichtigte: Spielzeug, an dem die Kinder Spaß haben könnten, das alte Holzbrett, das mir als Klavier gedient hatte, ein Tischchen, von dem ich dachte, es könnte Sarah gefallen, und ein Stapel Bücher und CDs mit klassischer Musik, die nicht mehr aufzutreiben waren, Aufnahmen von Rudolf Serkin, Leonard Rose und Swjatoslaw Richter. Es war meine letzte Nacht hier in diesem Haus, in dem ich meine gesamte Kindheit verbracht hatte und in dem meine Eltern vierzig Jahre lang gewohnt hatten. Am Morgen würde der Makler die Schlüssel abholen, um sie den neuen Besitzern zu übergeben, und ich würde mein Gepäck in einem Hotel am Ufer der Seine abstellen, in dem einmal zu übernachten ich im Traum nicht gedacht hätte. Ich hatte mich lange Zeit gefragt, was für einen Sinn ein solches Hotel in einer Stadt wie dieser haben mochte, wer dort wohnen sollte. Und genau dort würde ich die nächsten Tage verbringen.

Ich wartete lange darauf, dass die Erinnerungen auf mich einstürmen, dass die Gefühle mich überwältigen würden. Doch nichts dergleichen geschah. Ich schlief ein, so leer, nackt, geschichts- und erinnerungslos, wie das Haus es bald sein würde, sobald die Wände neu gestrichen wären und ein neuer Teppichboden gelegt worden wäre. Ich löschte die Erinnerungen aus. Ich löschte die Spuren aus. Jahr für Jahr. Lebensabschnitt für Lebensabschnitt. Pinselstrich für Pinselstrich. Bis nur noch die letzte Schicht übrig blieb. Der Rest war unleserlich geworden.

III

DAS HAUS LIEGT ETWAS zurückgesetzt an einem Kanal gesäumt von Ahornsträuchern, Kirschbäumen und Bambus. Der Weg aus gestampfter Erde und langen grauen Steinplatten, der an ihm entlangführt, verbindet die Tempel. Torii markieren da und dort den Eingang einer heiligen Stätte, in die man kommt, um zwischen Zypressen und Zedern, efeubewachsenen Statuen, Süßgräsern und Chrysanthemen zu beten. Votivtafeln aus hellem Holz, geschmückt mit bunten Pflanzen, Tieren und Landschaften, klappern an den Verkaufsständern. An den Bäumen hängen gefaltete und verwaschene Papiere. Nachdem sie sich gereinigt haben, indem sie den Strahl eines Springbrunnens über ihre Handgelenke haben laufen lassen und sich mit Weihrauch parfümiert haben, schließen die Betenden die Augen, ziehen an einer Glocke, klatschen in die Hände und bitten um etwas Glück, Erfolg, Ruhe für die Seele der Verstorbenen. Jenseits der Tempel und der heiligen Stätten gibt es nur noch den Wald, Baumansammlungen, in denen Insekten und Affen leben und über die Raubvögel hinwegfliegen. Manchmal posiert ein Kranich reglos im Wasser des Kanals. Die Touristen betrachten ihn, dann knipsen sie ein junges Paar in Kimonos und Sandalen, das mit kleinen Schritten in der frischen Herbstluft dahintrippelt. An den Zweigen der Ahornsträucher färben sich die ersten Blätter rot. Weiter oben im Gebirge, auf den Hängen der Berge Hiei und Kurama, in Ohara oder weiter westlich auf den Hügeln von Sagano oder Arashiyama, herrscht bereits eine außergewöhnliche Farbenpracht, und die Menschenmengen drängen sich in den ruhigen und lieblichen Gärten, deren vollkommene Schönheit Balsam für das Herz ist. Während ich durch diese Anlagen mit ihren tausendjährigen Mustern laufe, in denen sich Kiefern mit roter Rinde, Bambus, Ahornsträucher, Kirschbäume, Laternen, steinerne Jizostatuen, Buddhas aus Granit, Wasserflächen, Moosflächen und Flächen aus geharkten Kieseln zu einer Einheit fügen, die Sonne genieße in der Galerie, die an den Gebetsräumen entlangführt, in denen die Sutras summen, die von den buddhistischen

Mönchen psalmodiert werden, spüre ich, wie das Blut langsamer durch meine Adern fließt und der Rhythmus meines Herzens sich beruhigt. Hier verbringe ich die meiste Zeit, oder ich durchstreife die Straßen, die gesäumt werden von niedrigen Häusern mit komplizierter Architektur, Holzfassaden, versetzten Dächern und erleuchteten Fenstern, durch die man Inneneinrichtungen erkennen kann, die derjenigen des Hauses gleichen, das ich bewohne: Tatamis, auf denen man die Futons ausbreitet, Kissen und niedrige Tische, ein den Ahnen geweihter buddhistischer Altar, Schiebewände aus hellem Holz, eingeteilt in Vierecke und mit weißem Papier bespannt. Eine kleine Außengalerie, wo man im Mondlicht eine Zigarette rauchen kann, während die Wäsche an winzigen Ständern aus rosa, grünem oder blauem Plastik trocknet. Oder ich gehe in Richtung der baumbedeckten Berggipfel, zwischen den roten Torii und den steinernen Mäusen, den Füchsen, dem Farn und den brennenden Kerzen, deren zitternde Flammen sich manchmal kreuzen. Dann gehe ich in die Stadt hinunter, die von dem Fluss gespalten wird, dessen niedriges Wasser übersät ist mit Gräsern, grazilen Reihern, Enten und Wildgänsen. Auf den Uferböschungen schlendern junge Paare, manche üben auf ihrem Instrument, proben, tanzen oder trinken einen Caffè latte, den Blick auf den Fluss gerichtet, der den Bergen und dem himmelgesättigten Horizont entgegenfließt. Die Nacht bricht herein, in den Gassen gehen die Neonlichter an, Tausende bunter Leuchtschilder und Ideogramme, miteinander verbunden durch Kabel, die in Bündeln auf Masten zulaufen, auf denen sie Rast zu machen scheinen, bevor sie ihren Weg in alle Teile der Stadt fortsetzen. Die Tage verlaufen ruhig, reibungslos und glatt. Ich trinke einen Kaffee, ein Bier oder etwas anderes, verweile in einem Park, in dem Kinder spielen, schreiend zwischen den blauen, roten oder gelben Spielgeräten herumrennend, behütet von jungen Müttern, die in ihre Gedanken versunken sind und verlegen lächeln, wenn mein Blick dem ihren begegnet. Seit zwei Monaten bin ich jetzt hier. Ich habe nicht vor, wieder abzureisen. Nur die Kinder fehlen mir. Ihre Gegenwart, ihre Stimmen, ihr Geruch, ihre Gesten, ihr Schlaf fehlen mir. Wir sprechen fast jeden Abend miteinander, ihre Gesichter erscheinen auf dem Bildschirm des Computers. Ich merke deutlich, dass Clément mir böse ist. Manon sagt nichts, doch ich glaube, sie versteht mich, ich glaube, sie spürt, was mich mit dieser Stadt verbindet. Sie weiß, dass ich hier Zuflucht, ein Refugium gefunden habe. Ein vorübergehendes vermutlich. Ebenso wie das vorhergehende vermutlich. Doch ich möchte nur zu gern glauben, dass ich, indem ich Tausende von Kilometern zwischen sie und mich gelegt habe, indem ich ans andere Ende der Welt gereist bin, die Krankheit für eine Weile abgehängt habe. Und ich möchte auch glauben, dass irgendetwas mich hier vor ihr beschützt. Dass sie nicht hierherkommen wird, dass sie es nicht wagen wird. Ich weiß nicht, was. Eine Abschirmung. Ein Ozean. Die Geister.

Die Kinder fehlen mir, aber sie werden bald kommen. In ein paar Tagen werden sie hier sein. Und auch Sarah wird hier sein. Es ist mir gelungen, sie zu überreden, sie zu begleiten. Für zwei Wochen. So lange die Ferien dauern. Ich habe eine Wohnung für sie ganz in der Nähe gemietet. Sie wird sich dort wohlfühlen. Die Terrasse geht direkt auf den Kanal und die Promenade. Ich weiß, wie sehr sie diesen Ort liebt, die Gärten, die ihn säumen, die Geschäfte voller zarter Gegenstände, das Café in Sagan und die Teesalons, in denen man Kuchen aus roten Bohnen probieren kann. Sie werden bald kommen, und es ist, als käme alles wieder ins Lot. Als wäre alles wie zuvor. Dabei kommen sie nur für zwei Wochen. Aber ich konnte mir nicht verkneifen, sie dazu zu bewegen, länger zu bleiben. Ich erinnerte Sarah daran, dass wir ein ganzes Jahr hier verbringen wollten. Ich sagte ihr, das seien wir den Kindern schuldig. Manon vor allem. Es sei ganz einfach. Sie brauche nur ein Sabbatjahr zu nehmen, das Haus könnten wir den Freunden zur Verfügung stellen, denen, die Zeit und Lust hätten, ein paar Tage, Wochen, Monate am Meer zu verbringen.

»Und womit soll ich meinen Lebensunterhalt in der Zeit verdienen?«

»Mach dir darum keine Gedanken.«

Nein, ich wollte nicht, dass sie sich darum Gedanken machte. Mein Agent hatte wieder einmal Wunder vollbracht. Ich hatte zwei neue Verträge unterschrieben, für ein Drehbuch und ein Buch. Ich würde so viel verdienen, dass wir alle vier zwei, drei Jahre davon leben konnten.

»Du brauchst nur eine Wohnung zu mieten. Ich werde sie bezahlen. Und wir werden es wie früher machen.«

»Wie früher?«

»Nein ... Nicht wie ganz früher. Wir werden einfach die Kinder abwechselnd nehmen. Du wirst deine Freiheit haben.«

»Ich werde meine Freiheit haben, allein in Kyoto mit dir nur drei Häuser weiter?«

»Ja, das glaube ich.«

»Ich nicht.«

Am Ton ihrer Stimme erkannte ich, dass sie nicht dachte, was sie sagte. Ich spürte eine leichte Unsicherheit. Je mehr ich darüber nachdachte, umso möglicher kam mir das alles vor. Ich musste sie während der zwei Wochen nur in Sicherheit wiegen, ihr beweisen, dass alles gut gehen könnte. Ich hatte mich bereits nach einer Schule für die Kinder erkundigt, ich hatte bereits alles geplant, und tief in meinem Innern hatte ich mir sogar ausgemalt, wie es weitergehen würde, wir würden schließlich wieder zusammenkommen und so lange bleiben, wie es nötig wäre, wie es uns gefallen würde, versteckt zusammengekuschelt am Ende der Welt, zwischen Ahorn und Bambus, beschützt von den Füchsen, den Kami, den Göttern und den Geistern. Sarah würde nachgeben, dessen war ich sicher. Nichts hielt sie zurück. Ihre Affäre mit Clooney war in die Binsen gegangen, hatte die Tracht Prügel nicht überlebt, und im Übrigen sei er ein ungebildetes Arschloch, überheblich, stinkreich, hatte sie mir auf der Beerdigung meiner Mutter gesagt.

»Aber er fickte phantastisch. Viel besser als du«, hatte sie hinzugefügt, wie man seinem schlimmsten Feind den Dolch ins Herz rammt, kaltblütig, ohne mit der Wimper zu zucken, ohne jede Reue.

Ich hatte keine Miene verzogen, schließlich konnte es sehr gut sein, dass dieser Typ ihr bessere und häufigere Orgasmen verschaffte, als ich es jemals getan hatte. Schließlich hatte ich mich nie für einen guten Ficker gehalten, eher für einen passablen, aufmerksamen, bemühten, engagierten, leidenschaftlichen Liebhaber ohne besondere Fähigkeiten. Ich war in diesem Spiel ein emsig bemühter Junge, ein bisschen wie die Kinder in der Schule, die sich mächtig anstrengen und mehr Zeit über ihren Hausaufgaben verbringen als die anderen, aber immer nur Durchschnitt bleiben und auch das nur um den Preis von Anstrengungen, die in keinem Verhältnis zu denen stehen, die die kleinen Wichser wie ich unternahmen, die, ohne einen Strich zu machen, immer die besten Noten bekamen … Was mich aber am meisten hoffen ließ, war das Gespräch, das sie mit Manon geführt hatte und das Manon mir erzählt hatte.

»Würde es dir gefallen, ein Jahr mit deinem Vater in Kyoto zu verbringen, wie wir geplant hatten?«

»Ganz allein?«

»Nein, mit deinem Bruder.«

»Nur wir beide?«

»Nein. Wie wir es vorgehabt hatten. Alle vier. Aber es wäre natürlich wie hier. Ihr hättet zwei Zuhause. Eines bei mir und eines bei eurem Vater.«

Manon hatte sie nicht ausreden lassen, sie hatte sich in ihre Arme geworfen und Clément ebenfalls. Nach einer Weile hatte man nicht mehr gewusst, wer lachte und wer weinte. Sarah hatte vergeblich versucht, sie zu beruhigen, indem sie ihnen gesagt hatte, es sei noch nicht sicher, es sei nur so eine Idee, es sei sehr kompliziert zu verwirklichen, und außerdem dürfe man die radioaktive Strahlung nicht vergessen, die Erdbeben, all das, was man über die Katastrophe und ihre Folgen wisse und nicht wisse und über künftige Katastrophen, the Big One, und die ganze Insel, die eines Tages zu verschwinden drohe, verschlungen vom Pazifik, von der Landkarte getilgt … Doch sosehr sie auch redete, es half alles nichts, sie ließen sich nicht beruhigen, in ihrem Kopf waren sie schon abgereist, für ein Jahr oder für immer, und wir wären alle vier wieder vereint, wie früher, wie früher, wie früher.

Mein Mutter starb nach sechs Tagen im Koma. Nichts hatte darauf hingedeutet, dass es so enden würde, aber es gab auch keinen Anlass zur Hoffnung, sie könnte wieder aufwachen. Für die Ärzte schien es eher so etwas wie ein Lotteriespiel gewesen zu sein, eine endgültige Version von »Kopf« oder »Zahl«. Die Beerdigung fand in Villeneuve-Saint-Georges statt, auf dem Friedhof, auf dem Guillaume beerdigt war. François hatte es so gewollt, und mein Vater hatte kommentarlos zugestimmt. Ich dankte ihm dafür und wir sanken uns in die Arme wie Brüder, die gerade ihre Mutter verloren hatten. Auf dem Friedhof drängte sich die ganze Familie, eine Menge Leute, die ich seit mindestens fünfundzwanzig Jahren nicht mehr gesehen hatte. Manche hatten sich nicht verändert, andere waren kaum wiederzuerkennen, alle drückten mich an ihre Brust, als hätten wir uns tags zuvor gesehen, und alle waren informiert über einen Gutteil meiner privaten und beruflichen Aktivitäten: »Wir haben das mit deiner Frau erfahren, alles okay, leiden deine Kinder nicht allzu sehr darunter?« »Wir haben dich im Fernsehen gesehen, bei diesem Komiker, ja, doch, der, der schwul ist, auf France 2, ja, Ruquier, genau …« Nach der Beerdigung setzten wir uns noch in einem Café zusammen. Nach den ersten Minuten der Trauer, des Schweigens, der Niedergeschlagenheit erhob sich das Gemurmel der Unterhaltungen, vom Austausch von Neuigkeiten bis hin zu Kommentaren über die Fernsehprogramme, nichts wurde ausgelassen. In puncto Politik gingen die Meinungen über den Präsidenten und die Vorzüge der führenden Sozialisten, die das

Zeug haben könnten, ihn abzulösen, zwar auseinander, doch in einem Punkt waren sich alle einig: Man könne sagen, was man wolle, aber die Blonde würde nicht nur Schwachsinn reden, und es wäre doch zu komisch, wenn sie im zweiten Wahlgang wäre, das würde all diesen Idioten gehörig das Maul stopfen, aber gehörig …

Ich fühlte mich ein bisschen verloren zwischen all diesen Menschen, meine Kinder waren nicht da, die von François schon. Als er mich gefragt hatte, warum, hatte ich ihm geantwortet, eine Beerdigung sei nicht der richtige Ort für Kinder, und er hatte mir erwidert, sie müssten doch die Realitäten des Lebens kennenlernen, sich darauf vorbereiten, und der Tod ihrer Angehörigen sei eine gute Gelegenheit.

»Na ja, eigentlich haben sie sie ja kaum gekannt.«

Ich hatte auf die kaum verhüllten Vorwürfe, den Angriff von der Seite nicht reagiert, ich hatte mich damit begnügt, mit den Augen Sarah zu suchen, und sie war da, hielt den Arm meines Vaters und sprach ganz ruhig und sanft mit ihm. Wie immer hatte sie die passenden Worte parat, die richtigen Gesten, und das ohne die geringste Berechnung, einfach weil sie so war, unfehlbar darin, stets das Richtige zu tun, und von einer Güte, die nicht gespielt war. So war sie, und ich hatte sie verloren. Ich weiß, wie weh dieser Gedanke tun kann, doch am Tag der Beerdigung meiner Mutter dachte ich besonders intensiv an diesen Verlust. Und als Sarah mir in dem Wagen, der uns zur Kirche brachte, mitgeteilt hatte, dass sie mit Clooney Schluss gemacht habe, hatte ich trotz der Umstände, trotz meines Kummers gespürt, wie wieder etwas Hoffnung in mir aufkeimte.

Nach dem Café trafen wir uns bei meinem Vater. Die Leiterin hatte uns den Gemeinschaftsraum zur Verfügung gestellt. Die ganze Gang der alten Omas kam nach und nach, um dem Neuankömmling ihr Beileid auszusprechen. Alle sprachen voller Ergriffenheit von ihrer verstorbenen Nachbarin, die kennenzulernen sie leider nicht mehr die Gelegenheit gehabt hätten. Mein Vater nahm ihre freundlichen Worte erneut mit überraschender Höflichkeit entgegen.

»Eins zumindest ist sicher. Dein Vater wird hier nicht allein sein. Ich spüre, dass all diese Damen ihn verwöhnen werden«, flüsterte mir eine Cousine ins Ohr, die ich seit zwanzig Jahren nicht mehr gesehen hatte, die um vierzig Jahre gealtert war und ebenso viele Kilo zugenommen hatte und an deren Vornamen ich mich nicht erinnern konnte; sosehr ich mich auch bemühte, er bleib auf meiner Zungenspitze kleben, bis sie sich verabschiedete.

Von Mamas Tod bis zu ihrer Beerdigung und bis zu meiner Abreise blieb mein Vater stoisch, sich selbst treu. Man hätte meinen können, all das berühre ihn nur oberflächlich. Es war nicht zu erkennen, dass er zusammengebrochen wäre. In der Familie bewunderte jeder seinen Mut, seine Würde. Ich dagegen konnte mich des Verdachts nicht erwehren, dass es sich um einen völligen Mangel an Gefühl handelte. Er hatte soeben seine Frau verloren, die sein ganzes Leben geteilt hatte. Natürlich war er traurig, betroffen, doch sein ganzes Wesen strahlte Unerschütterlichkeit aus. Als wäre es ihm nicht wirklich bewusst geworden. Als wäre er nicht wirklich da. Als wäre er es nie gewesen. Als wären wir, er und ich, letzten Endes aus demselben Holz geschnitzt, unfähig, wirklich präsent für die anderen, für sich selbst und im Leben zu sein. Es fiel mir schwer, ihm deswegen böse zu sein, ihm vorzuwerfen, nicht geweint zu haben, nicht zusammengebrochen zu sein und jetzt sein Leben zu führen, ohne irgendwelche Hilfe zu brauchen, als begnüge er sich damit, eine neue Situation zur Kenntnis zu nehmen und sich ihr anzupassen. Ich war nicht besser als er. Meine Mutter war gestorben, und es hatte keine Explosion stattgefunden. Ich hatte keine Tränen vergossen. Als wäre die Bedeutung dieses Ereignisses noch nicht in mein Bewusstsein gedrungen. Ich versuchte mir manchmal einzureden, es handele sich um eine allgemeine Betäubung durch den Schock, doch ich wusste sehr gut, dass es nicht so war. Dass die Distanz, die sich im Laufe der Jahre zwischen meinen Eltern und mir aufgebaut hatte, nicht zu überbrücken war. Ich hatte es übrigens auch nie gewollt, ich hatte mich damit abgefunden, daran gewöhnt. Allerdings hätte ich gern die Gründe für diese Distanz verstanden. Nicht um sie zu verringern, sondern um sie mir zu erklären.

Vor meiner Abreise nach Japan besuchte ich meinen Vater. Meine Cousine hatte recht gehabt. Er war nicht wiederzuerkennen. Der reinste Hahn im Korb inmitten all seiner Nachbarinnen, die kamen, um sich mit ihm zu unterhalten und ihm Kuchen, ein Stück Quiche, eine Portion Rindereintopf mit Karotten zu bringen, den sie gerade zusammengemixt hätten und den er nur noch aufzuwärmen brauche. Ein guter Teil seiner Tage schien so zu vergehen mit Plaudereien und oberflächlicher Geselligkeit, dabei hatte ich ihn stets so kalt, so wenig herzlich und so unempfänglich für das weibliche Geplapper erlebt, für das er nur Spott übrig gehabt hatte. Auch wenn es sich um meine Mutter gehandelt hatte. Vor allem wenn es sich um meine Mutter gehandelt hatte. Deren Meinungen über dieses oder jenes Thema meist mit einem eisigen »Komm schon, hör auf, solchen Unsinn zu reden« quittiert wurden. Am Tag meiner Abreise stellte ich meinen Wagen nachmittags auf dem Parkplatz der Residenz ab. Ich durchquerte die Eingangshalle, ohne einen Blick in den Gemeinschaftsraum zu werfen, in dem wir ein paar Wochen zuvor zusammengekommen waren, um uns nach der Beerdigung meiner Mutter zu sammeln. Gespräche, etwas Musik, Lachen und das Klappern von Besteck drangen zu mir heraus. Ich ging zur Wohnung meines Vaters. Die Flure rochen nach Suppe, Kölnisch Wasser und nach alten Leuten, und das würde von nun an für immer der Geruch meines Vaters sein. Ich klopfte an die Tür, doch niemand öffnete. Ich wartete einen Augenblick und klopfte erneut. Eine Frau kam aus der Nachbarwohnung.

»Suchen Sie Monsieur Steiner?«

»Ja.«

»Was wollen Sie von ihm?«

»Nichts. Ihn besuchen, das ist alles.«

»Sind Sie ein Verwandter?«

»Ich bin sein Sohn.«

»Oh, entschuldigen Sie. Er muss unten sein.«

Ich dankte der Frau für ihre Auskunft und ihre politessenhafte Liebenswürdigkeit. Bevor ich aus ihrem Blickfeld verschwand, machte sie noch eine letzte Bemerkung: »Sie haben Glück, einen solchen Vater zu haben.«

»Ach ja?«

»Er ist ein reizender Mann. Immer ein Lächeln auf den Lippen. Immer liebenswürdig. Immer hilfsbereit. Gestern erst hat er mir die Glühbirne im Badezimmer ausgewechselt. Und er hat meinen Toaster repariert.«

Ich machte kehrt, um zu diesem heiligen Mann zu gehen. Ich konnte einfach nicht glauben, dass sie von ihm gesprochen hatte. Ein reizender Mann. Man konnte viel über ihn sagen, aber reizend, liebenswürdig waren nicht gerade die Adjektive, die einem gewöhnlich als Erstes einfielen.

Im Gemeinschaftsraum waren zehn Frauen und zwei Männer, darunter mein Vater, damit beschäftigt, Karten zu spielen und Tee zu trinken. Auf einem Tisch stand eine Auswahl von Kuchen bereit. Die Stereoanlage spielte alte Jazzklassiker. Und mittendrin, sozusagen als strahlender Mittelpunkt, mein Vater. Als er mich sah, verfinsterte sich sein Gesicht. Noch heute frage ich mich, was dieser Wechsel des Gesichtsausdrucks wohl zu bedeuten hatte. Ob er sich plötzlich verlegen gefühlt hatte, weil ich ihn mit seinem neuen Gesicht eines liebenswürdigen und reizenden Mannes überrascht hatte, der mit den Frauen der Residenz plauderte und Karten spielte. Oder ob es ihn einfach nur ärgerte, mich zu sehen, als störte ihn mein Auftauchen, erinnerte ihn an eine Vergangenheit, ein Leben, Bindungen, an die er nicht mehr erinnert werden wollte. Verzerrte sich sein Gesicht ebenso, wenn François, seine Frau und seine Kinder zu Besuch kamen? Mein Bruder hatte mir erzählt, dass er sich in letzter Zeit geweigert hatte, zum Mittagessen oder zum Nachmittagskaffee zu ihnen zu kommen, angeblich strenge ihn das zu sehr an. Selbst als mein Bruder ihm vorgeschlagen hatte, ihn abzuholen und zurückzubringen, es war nichts zu machen, er wollte die Residenz nicht mehr verlassen, außer um die Zeitung und Brot zu kaufen, hinter dem Rathaus mit seinen alten Kameraden aus der Druckerei Boule zu spielen und im Wald Fahrrad zu fahren, was er immer noch zweimal in der Woche tat, um in Übung zu bleiben.

Mein Vater musste sich von seiner Tarot-Partie und der Gesellschaft seiner lustigen Witwen losreißen, um mich zu seiner Wohnung zu begleiten. Er so tat, als interessiere er sich dafür, wie es mir gehe. Sobald er den Gemeinschaftsraum verlassen hatte, war er wieder er selbst geworden, kalt und distanziert. Die Wohnung hatte sich seit der Beerdigung nicht sehr verändert. Er hatte lediglich Vorhänge angebracht, die er zugezogen hatte, womit er die Bäume und die Eichhörnchen aussperrte, die doch eigentlich den einzigen wirklichen Reiz dieses Ortes ausmachten, und den Zugang zum Balkon versperrt, auf dem ich nur zu gern eine Mini-Cohiba geraucht und den Duft der Koniferen eingeatmet hätte. Während mein Vater Kaffee aufwärmte, inspizierte ich für einen Augenblick die Wohnung. Die Fernsehzeitschrift lag auf dem Wachstuch, das den Wohnzimmertisch bedeckte. Eine Postkarte von François' ältestem Sohn, der in der Ardèche in Ferien war. Das war schon so gut wie alles. Im Schlafzimmer diente eine kleine Verschalung neben dem Bett als Bücherregal. Darin standen all meine Bücher und nicht ein weiteres. Sie füllten anderthalb Bretter. Und dann stand da noch ein großes Foto meiner Mutter, unter Glas in einem matten Silberrahmen. Ich musste an das Zimmer denken, in dem mein Großvater gestorben war, seine letzte Bleibe, wie er es genannt hatte. Alles war genau wie dort. Die Verschalung. Meine Bücher. Ein Foto der verstorbenen Ehefrau. Es gab auch einen Würfel, auf dem François und ich als Kinder nebeneinander zu sehen waren, vor dem Wohnwagen posierend, in Shorts und T-Shirt und mit Badmintonschlägern anstelle von Gitarren. Auf einer anderen Seite gab es ein Foto meiner jungen Mutter am Steuer eines Diane und mit einer Sonnenbrille, die ihr Haar zurückhielt, lächelnd und eine Zigarette zwischen den Lippen, im goldenen Licht, das durch den Sepia-Effekt noch gelber wirkte. Die restlichen Flächen waren den Kindern von François vorbehalten. Von meinen gab es keine Fotos, und mir fiel wieder der Satz meines Bruders ein: Eigentlich haben sie sie ja kaum gekannt. Ich hatte das Gefühl, dieser Satz enthalte meine ganze Familiengeschichte, für immer auf die Kindheit beschränkt und dann sich auflösend, bis diese Bindung fremd und unverständlich wurde, als wäre sie von Anfang bis Ende erfunden und beruhte auf nichts. Und aus gutem Grund. Ich hatte nicht die geringste Erinnerung an diese Zeit. Mein Gedächtnis öffnete sich auf den Beginn einer allmählichen Ablösung, einer mentalen und dann physischen Entfernung, die immer größer wurde, bis zum Unfall meiner Mutter. Während ich darüber nachdachte und den Würfel reflexartig hochhob, entdeckte ich auf der verborgenen Seite das Foto von Guillaume als Baby, winzig und faltig, angeschlossen an alle möglichen Schläuche, die mit breiten Stücken beigen Heftpflasters an seiner Haut befestigt waren. Mein Vater hustete hinter mir, um mir zu bedeuten, dass der Kaffee fertig sei, aber vermutlich auch aus Verlegenheit. Ich drehte mich um, und der Ausdruck seines Gesichts, derjenige, der mir nur allzu vertraut war, widersprach dem, was ich soeben entdeckt hatte. Wir tranken das widerliche Gebräu, ohne uns viel zu sagen zu haben. Die herausragende Leistung von Thomas Voeckler bei der letzten Tour de France reichte aus, um das Schweigen nicht zu lange andauern zu lassen, woran sich ein paar spöttische Bemerkungen über den neuen FC Paris St. Germain, seinen Emir von Katar und seine Euro-Millionen anschlossen. Ich vermied wohlweislich jede Anspielung auf den beginnenden Wahlkampf, den aktuellen Präsidenten, der sich hinter einer staatsmännischen Maske versteckte, an die keiner mehr glaubte, die sozialistischen Vorwahlen, bei denen die eine Kandidatin sich mit aller Kraft bemühte, vergessen zu lassen, dass sie von der Ersatzbank kam, während der andere sich bemühte, den Widerspruch zu lösen, zugleich normal und vom Schicksal gesandt zu sein. Was den ehemaligen Direktor des Internationalen Währungsfonds betraf, so hatten weder ich noch mein Vater ihn jemals sehr geschätzt, und um die Wahrheit zu sagen, wir hatten uns beide fast gefreut über sein Missgeschick. Das war das einzige Thema, über das wir reden konnten, ohne dass ich seine Zähne knirschen hörte. Mich widerte dieser Typ ebenfalls an und mit ihm alles, was er repräsentierte, die Herrschaft und die gemeinsamen Mauscheleien, die Macht des Geldes und die Straffreiheit der Mächtigen.

Mein Vater fragte mich, was ich in Japan machen wolle. Er verstand nicht, was mich veranlasste, in den Norden des Landes zu reisen, nach Sendai und anschließend in die Gegenden von Fukushima, die noch zugänglich waren, in diese zerstörten Gebiete, in denen die Menschen sich nach wie vor in den Turnhallen zusammendrängten, in denen man Hunderttausende von Toten beklagte und nicht aufhörte, in den Trümmern zu suchen, in denen man nicht aufhörte, die Körper zu verbrennen, und in denen die Seelen in der Vorhölle schwebten, in Angst und Schrecken versetzt, ohne Ruhe zu finden.

»Glaubst du nicht, dass es schon genug Unglückliche hier in Frankreich gibt? Warum musst du unbedingt über diese Leute schreiben?«

Was hätte ich antworten können? Dass ich dorthin reiste, weil ich trotz der Katastrophe das Gefühl hatte, dass das jetzt mein einziges Refugium war, der einzig mögliche Bestimmungsort für mich? Dass ich überprüfen musste, dass noch nicht alles verwüstet, ausgelöscht war, dass es dort trotz allem noch Leben gab? Und dass ich glaubte, ich könnte, indem ich das tat, überprüfen, dass auch in mir noch nicht alles verwüstet war, dass das Leben noch pulsierte und der Wiederaufbau möglich war? Dass ich eine größere Distanz zwischen Frankreich und mich legen musste, dass ich vor der Krankheit floh, dass ich vor meinen Wurzeln, meiner Kindheit, Guillaume, der Banlieue floh, dass ich auf diese Weise versuchte, mich wiederzufinden, mich zu versöhnen, meinen wirklichen Platz zu finden, am äußersten Rand der Welt, an ihrer Peripherie, in einem Land, zu dem ich nur marginal, an den Rändern gehörte? Dass die Inseln immer schon Zufluchtsstätten gewesen waren, an denen ich mich verstecken und neue Kraft tanken konnte? Dass ich meine letzten Karten im Finistère ausgespielt und verloren hatte? Dass ich woanders hingehen musste, an einen fast neuen Ort, wo alles zu erfinden wäre? Dass ich das unbestimmte Gefühl hatte, das sei der einzige Ort, an dem Sarah vielleicht eines Tages bereit wäre, zu mir zurückzukommen und dort wieder anzufangen, wo wir aufgehört hatten? Was hätte er von alldem verstanden?

»Hör zu, man hat mir diese Reportage angeboten Es ist für eine große Zeitung. Und es wird sehr gut bezahlt. Also …«

»Und wie lange wirst du bleiben?«

»Ich werde drei Wochen in der Gegend von Sendai sein. Und anschließend werde ich ein paar Monate in Kyoto bleiben, um mein nächstes Buch zu schreiben. Und danach wird man sehen, wie es so schön heißt …«

An seinem Blick erkannte ich, dass mein Vater sich nicht täuschen ließ. Er hatte begriffen, dass er mich wahrscheinlich nicht wiedersehen würde. Sein Blick trübte sich leicht. Ich sah, wie seine Kiefer sich verkrampften und leicht zitterten.

»Weißt du, wegen Guillaume … Na ja, es tut mir leid. Wir haben uns nicht richtig verhalten. Und das gilt auch für alles andere. Ich habe nicht alles richtig gemacht. Ich weiß es.«

Er hatte das leise gesagt, in einer Art tränenlosem Schluchzer, auf die Vorhänge starrend, wo das Tageslicht nur ein schmaler grünblauer Streifen war.

»Schon gut, Papa. Es ist alles in Ordnung.«

Ich zog meine Jacke an und überprüfte ein letztes Mal die Uhrzeit auf meinem Ticket. Es war höchste Zeit zu gehen.

Mein Dank gilt Alix Penent. Die Gespräche, die wir geführt haben, und die Ratschläge, die sie mir unermüdlich gab, während ich dieses Buch schrieb, waren ungeheuer hilfreich.